DESEJOS INACABADOS

GAIL GODWIN

DESEJOS INACABADOS

Tradução
Michel Marques

BERTRAND BRASIL

Rio de Janeiro | 2013

Título original: *Unfinished Desires*

Capa: Rodrigo Rodrigues

Imagem de capa: Clayton Bastiani / Trevillion Images

Editoração: FA Studio

Texto revisaao segundo o novo
Acordo Ortográfico da Língua Portuguesa

2013
Impresso no Brasil
Printed in Brazil

Cip-Brasil. Catalogação na fonte
Sindicato Nacional dos Editores de Livros, RJ

G536 Godwin, Gail, 1937-
Desejos inacabados / Gail Godwin; tradução Michel Marques – Rio de Janeiro: Bertrand Brasil, 2013.
616p.: 23 cm

Tradução de: Unfinished desires
ISBN 978-85-286-1634-7

1. Romance americano. I. Marques, Michel. II. Título.

CDD: 813
12-6976 CDU: 821.111(73)-3

EDITORA BERTRAND BRASIL LTDA.
Rua Argentina, 171 — 2º andar — São Cristóvão
20921-380 — Rio de Janeiro — RJ
Tel.: (0xx21) 2585-2070 — Fax: (0xx21) 2585-2087

Atendimento e venda direta ao leitor:
mdireto@record.com.br ou (0xx21) 2585-2002

Para Padre David Louis Bronson

Se sair num passeio por esta floresta escura
Quando o gavião sob a asa se oculta
E sobre os vales se eleva a bruma
Ao som do grito da coruja:
Não fuja, se em seu caminho
Encontrar um fantasma sozinho.
Pergunte: "O que por ti foi mais amado?
E o que deixaste inacabado?"

Prólogo da peça escolar de Suzanne Ravenel,
A Freira Vermelha (1931)

Prólogo

O COMEÇO DE UM MEMORIAL

31 de maio de 2001
Festa da Visitação de Nossa Senhora
Residência de Olivia e Gudge Beeler
Mountain City, Carolina do Norte

EMBORA PEQUENO, O RECINTO É CLARO E AREJADO. UMA escrivaninha muito lustrosa dá vista para um quadrado de relva com bordas floridas. No lado esquerdo da mesa, lápis apontados foram postos obliquamente sobre um novíssimo bloco pautado de folhas amarelas. Logo atrás dele, repousa uma sineta de jantar, feita de latão. No lado direito do móvel há uma bandeja de prata. Dispostos sobre seu pano branco engomado estão um cálice para água de vidro lapidado, um jarro de prata coberto por contas de gelo, um pequeno guardanapo com uma rosa bordada, um pacote de M&M's coloridos e uma caixa de lenços de papel, com estampa assinada por um designer.

No centro da mesa, um reluzente gravador de formato oval aguarda sua senhora.

Duas mulheres entram de braço dado. A mais elegante delas, trajando impecáveis calças de linho, conduz delicadamente a mais velha, que é quase cega. Ela ainda consegue ver formas e cores, identificar objetos e, com uma pequena ajuda, as pessoas que conhece. Guiada pelos sentidos do olfato e do tato e pela longa familiaridade com as coisas apropriadas e sua disposição mais satisfatória, ela ainda é capaz de reconhecer um cômodo perfeitamente aparelhado.

Nos meados de seus oitenta anos, ela tem uma cabeleira leonina de crespos fios brancos, uma postura ereta e um perfil nobre. Os olhos azuis brilhantes, profundos em suas órbitas, levam suas antigas alunas a pensar que ela lhes penetra o íntimo com mais perspicácia do que nunca, e talvez o faça, auxiliada por outros instintos desenvolvidos e aguçados ao longo de suas décadas observando meninas. Está vestida com o gosto simples de quem prefere cortes sob medida aos femininos, e a única indicação de que é uma freira é a cruz latina, pendente na corrente de prata, que descansa no busto casto de sua blusa de seda.

Todos os anos, na primavera, desde que a escola fechou, em 1990, um grupo de suas meninas faz uma vaquinha e a leva de avião da casa de repouso da Ordem em Boston até Mountain City para uma visita de um mês. Elas sabem como foi difícil para ela deixar Mountain City, sua morada durante sessenta anos, primeiro como aluna interna da sétima série vinda de Charleston, Carolina do Sul, depois como aluna do internato no liceu, onde fez seus votos de postulante no último ano. Daí em diante, excetuando-se os semestres que passou na universidade depois que professou — e aquela terrível "licença" (1952-53) que lhe foi forçada pelo voto de obediência —, sua vida inteira como Madre-mestra, diretora do liceu e, finalmente, Madre Superiora foi encenada nos limites abençoados de Mount St. Gabriel's.

Neste ano, ela está hospedada na casa de Olivia Stewart Beeler, da turma de 1974, talvez a mais agradável de seus cinquenta anos de ensino. As meninas de 1974 eram fáceis de lidar; demonstravam ânimo e não animosidade, eram criativas sem serem destrutivas. O ano em que esteve com elas (como diretora, ela sempre lecionava para o último ano) foi brincadeira de criança depois da tempestade dos anos 1960 e dos detritos que eles deixaram em sua passagem. Houve outras turmas boas, é claro, abrangendo desde o desafio revigorante ao doce sossego, e também comoções e tristezas, como as de 1943 e 1944, quando seis formandas perderam os noivos nos campos de batalha da Europa e do Pacífico. E, de vez em quando, turmas de notáveis "estrelas", que a mantinham afiada intelectualmente; anos em que um grupo de alunas se destacava e brilhava quase excessivamente para as demais boas alunas, provocando uma onda de ressentimento e mágoa nas menos talentosas. Depois disso, vieram as filhas dos emergentes do pós-guerra, que achavam a própria segurança algo natural; mesmo as travessuras dessas meninas eram por diversão, e não perversidade.

E ENTÃO, NO OUTONO DE 1951, OS ELEMENTOS VENENOSOS se reuniram quando a turma de 1955 entrou na nona série e ficou a seu cargo. Ela ainda o chama de "ano tóxico" e até hoje não tem certeza de qual parcela do dano lhe pode ser atribuída.

Um ano que é melhor esquecer. E ainda assim, cinquenta anos mais tarde, aquelas meninas ainda são como uma assombração para ela.

Porém, agora suas antigas alunas persistiram e finalmente triunfaram. Elas a convenceram de que deveria escrever um memorial da escola, ou melhor, *ditá-lo* nesta máquina em forma de miniespaçonave que a aguarda. "Caso contrário, Madre, tudo se perderá. Mount St. Gabriel's foi a melhor das escolas. Por favor. Pense nisso durante o inverno. Lembra de todas as tarefas que nos deu? Pois bem, esta é nossa tarefa para a senhora. Será uma história fantástica, Madre. Basta que comece a lembrar, e nós faremos o resto. Temos os álbuns, os anuários dos alunos e os recortes de jornais; até arranjamos uma editora! Mas não podemos fazer isso sem suas lembranças."

Isso ocorreu na primavera passada, e ela pensou e rezou a respeito durante todo o longo inverno de Boston e, a bem da verdade, já havia preparado trechos substanciais na cabeça. Ou melhor, havia permitido que eles se preparassem. Agora, nesta tarde, na bela residência de Olivia e Gudge em Mountain City, ela está prestes a começar.

— Em primeiro lugar, Madre, quero que a senhora experimente esta cadeira e veja se a acha confortável para sentar à mesa.

A freira segue levemente com os dedos as curvas do mogno da parte superior do encosto.

— É uma das suas Chippendales.

— Mas essa tem braços e um bom encosto liso. Não queria nenhum *enfeite* ferindo as costas da senhora.

— Você está sempre pensando nos outros, Olivia.

Ela se acomoda na cadeira. As mãos se estendem e exploram os itens indistintos e brilhantes na mesa da biblioteca.

— E você lembrou que sou canhota!

— Ora, é claro, Madre. Foi com a senhora que as canhotas entre nós ficaram na moda. E a senhora sempre gostou de rabiscar um bloco enquanto pensava em alguma coisa. Agora, só quero mostrar-lhe como operar o gravador. Este modelo também tem o recurso de gravação ativada por voz, mas não precisamos nos preocupar com isso no momento. Eu disse ao Gudge que a senhora gosta de ficar no comando e preferia fazer as coisas do modo antigo e parar quando bem entendesse. Mas, por favor, lembre-se que essas são suas *férias*. Faça só um pouquinho por dia.

— E o que você chama de "um pouquinho", Olivia?

— Bem, uma fita tem sessenta minutos em cada lado. Quando ela parar, a senhora pode achar que já é o bastante para o dia. Porém, se sentir que deseja continuar, basta tilintar sua sineta, e Sally ou eu venho aqui virar a fita. Ah, e sabe essa coisinha gradeada na frente? É o microfone. Disseram que a qualidade de som deste modelo é tão boa que a senhora nem vai precisar aumentar a voz. Basta falar no tom de voz normal, como se houvesse uma pessoa do outro lado da mesa.

— É melhor que essa pessoa seja Deus — comenta a freira com seu sarcasmo característico, fazendo Olivia rir.

Quando fica sozinha, ela se ajeita no centro da robusta Chippendale, descansando os cotovelos levemente nos braços curvos e delgados da cadeira. Respira fundo, ouve a si mesma expelindo o ar. As narinas captam o lustra-móveis com essência de limão, os traços residuais do Chanel nº 5 de Olivia e o tradicional bolo invertido de abacaxi que Sally está assando para ela na cozinha. Pelas janelas abertas, o gramado é uma placa cor de *chartreuse*, estampada com sombras; a borda florida, uma névoa de tons pastel com manchas vermelhas e amarelas.

Surpreendentemente, ela está experimentando a mesma palpitação incômoda de seus dias de estudante, quando as monitoras de Mount St. Gabriel's estavam prestes a distribuir as perguntas dos exames, e ela sentia toda a sua cuidadosa preparação escoando pelos vãos da mente.

Ela se inclina para a frente e junta as mãos sobre a mesa, depois as repousa, com as palmas para baixo, satisfeita com seu formato e maciez: elas haviam resistido bem. Em seguida, gira o anel de prata na mão esquerda. Celebrou há muito tempo o Jubileu de Ouro, um evento de gala na basílica de Mountain City, com cobertura dos jornais, a presença do bispo fazendo uma homilia "sobre o serviço a Deus" e a vinda de suas antigas alunas de lugares tão distantes quanto Paris e Venezuela. Seu septuagésimo quinto ano como freira, o Jubileu de Diamante, será daqui a apenas oito anos. Será que ela conseguirá sobreviver até lá? Hoje em dia, com noventa e três anos estamos só começando a nos tornar anciões. Contanto que ela mantenha o tino.

Ela se prepara para dizer uma prece antes de começar, depois decide que a oração proferida deve inaugurar a fita e pressiona o botão de gravação. Há um clique discreto, seguido de um silvo quase inaudível — bem diferente da máquina gasta em que praticou durante todo o inverno passado em Boston.

— Concedei que as palavras de minha boca e a meditação de meu coração sejam aceitáveis em Vossa presença, ó Senhor, minha força e meu Redentor.

Ela para, rebobina e reproduz o que disse. Depois de todos esses anos nas montanhas do oeste da Carolina do Norte, ainda mantém a fala arrastada das planícies da infância em Charleston. Ela já ouviu as pessoas dizerem que é um sotaque charmoso, "aristocrático", mas há também nele algo inegavelmente frívolo, especialmente ao recitar uma prece. Será que Teresa de Ávila soava frívola ao rezar em voz alta em seu espanhol aristocrático?

Ela sabe que pode rebobinar e gravar outra coisa por cima. Contudo, decide deixar a prece e continuar. No memorial publicado, não seria possível ouvir a fala arrastada de Charleston.

Senhor, e se eu não estiver à altura dessa tarefa? As meninas querem tanto essa pequena história. E quem é mais capacitada que eu para fazer isso? Eu estive em Mount St. Gabriel's por mais tempo que qualquer outra pessoa, primeiro como aluna, depois como professora. Sou a única pessoa viva que conheceu de fato nossa fundadora, Madre Elizabeth Wallingford, durante seus últimos dias na enfermaria. Para o bem ou o mal, sou a fiel depositária do que restou. Em todos os aspectos, sou a pessoa viva mais qualificada para preservar a memória de Mount St. Gabriel's, se isso tiver de acontecer. E, ademais: eu *quero* fazer isso.

Bem, Suzanne, como de costume, você respondeu à sua própria pergunta.

Mas preciso saber se estás comigo nesta incumbência, Senhor. É a Tua vontade, ou estou sendo levada pela ambição?

De forma geral, sua ambição nos serviu bem. Produziu muitos bons resultados, embora tenha consumido um pouco de sua alma.

(— QUANDO DIZ QUE CONSEGUE OUVIR O LADO "DELE" DO diálogo — indagou-lhe o mestre do retiro, Padre Krafft —, a voz

parece estar lhe falando de fora? Diria que é uma audição corpórea? Isto é, ouve-a da mesma forma que está ouvindo minha voz?

Ela estava no retiro de um mês antes de fazer os votos perpétuos.

— Não, Padre, não está fora de mim, mas é uma voz perfeitamente articulada e não é a minha voz.

— O que quer dizer com não é a sua voz?

— Bem, para começar, é mais grave. É a voz de um homem. E Ele não tem meu sotaque. E é sábio. Ele propõe coisas em que eu não teria pensado.

— Pode ser mais específica, Irmã?

— Ele tem respostas para coisas que eu sequer conseguiria começar a solucionar sozinha. Ele aponta lugares em mim que eu não sabia que existiam. E nem sempre é agradável, Padre. Ele é capaz de repreender e depreciar. Em outras ocasiões, Ele é um zombeteiro, quase de pirraça. O senso de humor dEle é mais do tipo masculino.)

Não tenho certeza de que compreendo, Senhor, quando dizes que minha ambição consumiu minha alma, apesar de ter produzido bons resultados. Se ao menos eu conseguisse ver um *plano* nessa pequena narrativa que vou ditar!

Apenas grave uma fita de cada vez, Suzanne. Sua ambição e sua disciplina lhe servirão bem. Quanto à parte não ditada que restaurará sua alma, lembre-se dos seus exercícios espirituais inacianos. Visualize a história do ano que a persegue. Percorra cena por cena. Habite cada participante com todas as suas aptidões.

Esta tarde começarei a história escolar de Mount St. Gabriel's em Mountain City, Carolina do Norte. É um grande empreendimento, mas farei o melhor que puder. Há álbuns de recortes que abrangem os anos da abertura da escola em 1910 a seu fechamento em 1990, e temos anuários de todos os alunos, excetuando-se os três primeiros anos da Grande Depressão, quando a escola não podia arcar com eles. Nenhuma menina foi mandada de volta para casa porque a família não podia mais pagar os custos de hospedagem ou instrução. Comemos muito feijão e aveia naqueles anos, mas nenhuma aluna ficou sem se alimentar.

Cheguei a Mount St. Gabriel's como aluna interna da sétima série em 1929 e fui mantida na escola quando meu pai perdeu tudo. Isso foi apenas dezenove anos depois da inauguração da instituição. E eu acabaria ficando até o fechamento. Portanto, fiz parte de muito do que aconteceu naquele lugar especial e, com a ajuda do Senhor Misericordioso, espero tornar este relato tão interessante quanto a história de Mount St. Gabriel's.

— do prefácio de *Lembranças de Mount St. Gabriel's: Um Memorial Histórico*, de Madre Suzanne Ravenel, Ordem de Santa Escolástica, 2006; publicado por Mountain City Printing Company

PARTE UM

CAPÍTULO 1

Passeio pelo Terreno

Terceiro sábado de agosto de 1951
Mount St. Gabriel's
Mountain City, Carolina do Norte

— QUANDO JÁ SE OBSERVOU TANTAS MENINAS QUANTO EU, Madre Malloy, é possível ver, mesmo à medida que elas avançam das séries mais baixas, que cada turma se revela como um *organismo* independente. Você não está muito cansada para um passeio, espero.

— Nem um pouco, Madre Ravenel. Nos últimos dois dias só fiquei sentada em bancos de trem.

— Ótimo, nesse caso — a diretora, de passo tão rápido quanto a fala, desviou-se subitamente do caminho de cascalhos e, agarrando as saias compridas até os tornozelos, enveredou por uma trilha na mata —, daremos uma volta pelo campo esportivo, depois subiremos até a gruta, sentaremos com a Freira Vermelha por algum tempo e faremos uma pequena prece para Nossa Senhora em frente ao nosso Della Robbia.

— Quem é a Freira Vermelha?

Sem reduzir o ritmo, a diretora se virou para recompensar a nova mestra com um sorriso de aprovação.

— Sabe, muitas vezes *eu mesma* me surpreendo pensando nela como uma pessoa. Depois de todos esses anos! A explicação mais breve é que ela é nossa mascote. Se é que uma tonelada de mármore vermelho com um metro e oitenta de altura pode ser chamada exatamente de mascote. Ela ficou incompleta desde o meio da Primeira Guerra Mundial. É uma história e tanto, e sabe de uma coisa? Vou deixar para contá-la quando estivermos na gruta. Há tantas coisas que quero lhe mostrar primeiro... E agora, onde eu estava?

— A senhora falava sobre... organismos?

— Ah, sim. Uma turma nunca é apenas um agrupamento de meninas, embora seja certamente *isso* também, quando consideramos uma garota de cada vez. Porém, uma classe como um todo desenvolve uma consciência de grupo. É uma unidade orgânica, com suas particularidades especiais. Enquanto fazemos nossa caminhada, vou lhe contar um pouco sobre as meninas da nona série, a futura turma de calouras. Elas formam um grupo problemático, essas meninas. Precisarão de controle.

— Como u...um organismo, a senhora quer dizer? Ou... algumas delas em particular?

— As duas coisas, Madre Malloy.

Na presença da diretora, Madre Malloy, que era por hábito tranquila e precisa ao falar, surpreendia-se gaguejando e atropelando as palavras. Pelas minhas respostas até agora, pensou, essa mulher segura e eloquente deve estar pensando como posso assumir *qualquer* turma que seja, que dirá uma turma "problemática" que precisa de "controle". Madre Malloy já estava incomodada pela falta de jeito que a acometeu, ainda ao descer os degraus do trem, tomando cuidado com as saias longas, agradecendo ao condutor que a amparava pelo cotovelo, quando uma freira usando óculos de sol estilo aviador se lançou à frente para buscá-la. Madre Ravenel era uma mulher de meia altura, graciosamente vigorosa, com um rosto corado e belos dentes brancos. As frases bruscas, temperadas com a fala arrastada sulista, agrediram a jovem freira de Boston. Com as mãos impecavelmente enluvadas, Madre Ravenel segurou com firmeza a mão de Madre Malloy, e esta se sentiu envergonhada por não ter se lembrado de colocar as próprias luvas.

O pior ainda estava por vir. Madre Ravenel apresentou-lhe o motorista negro uniformizado e um jovem de pele mais clara: "Este é Jovan, nós o chamamos de nosso Anjo do Transporte, e este é o neto dele, Mark, que vai para a universidade no ano que vem."

Madre Malloy estendeu a mão primeiramente ao grisalho Jovan, que a tomou após leve hesitação. Embora sentisse que havia feito algo fora do protocolo, ela não teve alternativa a não ser repetir o gesto com o jovem Mark, o qual, após um olhar de relance para o avô, apertou-lhe a mão e saiu às pressas para buscar o baú da freira. Enquanto os dois homens o depositavam na traseira da perua com painéis de madeira que ostentava o timbre de Mount St. Gabriel's (o arcanjo Gabriel com as palmas viradas para cima flutuando protetoramente sobre as cordilheiras), Madre Ravenel inclinou a cabeça em direção à nova freira e confidenciou gentilmente: "Fazemos as coisas de forma um pouco diferente por aqui, Madre, mas você vai se acostumar ao nosso jeito de ser. Acho que descobrirá que há um grande respeito entre as raças e o mesmo amor — se não for *maior.*"

Nunca havia visto uma freira usando óculos de sol, pensou Madre Malloy na estação de trem, tentando conter seu embaraço e oferecer o sacrifício ao Senhor.

— É claro, as garotas no início da adolescência são sempre difíceis — Madre Ravenel dizia agora. Ela ziguezagueava pela trilha na mata até uma clareira.

— Você tem irmãs, Madre?

Nunca havia conhecido uma freira que se movesse tão rápido, pensou Madre Malloy, esforçando-se para acompanhar sua guia. Somos ensinados a andar suavemente e manter os braços colados ao corpo no convento de Boston. Talvez a formação religiosa seja outra coisa que eles façam "de forma diferente" no Sul. O sotaque é melodioso, mas de alguma maneira não se presta à circunspecção.

— A não ser por minhas irmãs da Ordem, nenhuma, Madre.

— Ah, o mesmo que eu. Cresci com dois irmãos mais velhos. Era a caçula. Você teve irmãos, talvez?

— Não, nenhum irmão, tampouco.

— Filha única. Isso tem suas vantagens. Por exemplo, nunca pude ficar sozinha e ler e fantasiar, como imagino que pôde. Meus irmãos endiabrados estavam sempre me arrastando para suas casas nas árvores ou para sair em seus barcos. Morávamos na East Battery, em Charleston.

— A senhora falava sobre essas meninas, as que passaram para a nona série? — Kate Malloy tinha sido criada em um orfanato católico em West Newton, perto de Boston. Contudo, não via propósito em tentar Madre Ravenel com mais apartes. — Os aspectos difíceis delas?

— Sim, bem, o que quis dizer foi que *todas* as meninas são difíceis nessa idade. São sensíveis e perspicazes e têm uma índole cruel, uma crueldade *diferente* da dos rapazes na minha experiência, e uma energia impressionante. O corpo delas está pronto para o parto, mas o desenvolvimento cognitivo ainda não está completo. Basta que lembre seus próprios sentimentos aos quatorze anos. Você achava que era capaz de tomar suas próprias decisões. Que os adultos, em sua maioria, além de serem muito velhos, haviam contrariado os próprios princípios e eram dignos de pena em vez de atenção. Tenho razão?

Não, mas a senhora é minha superiora.

— Tive a sorte de ter vários adultos que eu admirava verdadeiramente. O que me lembro de sentir é vontade de passar mais tempo com eles.

— Ah, mentores, você diz. Mas um mentor não está na mesma categoria que os adultos normais que vão contra seus valores, não concorda? E já que você tocou no assunto de mentores, Madre, é exatamente o que quero que essas meninas encontrem em você. A especialidade delas é a intimidação. Na sexta série, elas minaram a autoconfiança de uma professora leiga muito querida. Darei os detalhes sórdidos mais tarde, mas agora quero que você contemple a vista pitoresca de Mount St. Gabriel's. Daqui é onde ela é mais sublime. Foi por isso que escolhi este lugar para o novo campo esportivo, mesmo que o custo das escavações e da poda das árvores tenha arrasado nosso orçamento.

Madre Malloy contemplou a vista desse lugar onde o voto de obediência a havia lançado tão abruptamente. Em três semanas, ela iria começar o segundo ano de trabalho na graduação do Boston College. Porém, há uma semana, a Madre Superiora a convocou. "Sei que é uma grande decepção, minha querida, mas Madre Ravenel em Mount St. Gabriel's está em apuros. O colégio perdeu a mestra de taquigrafia e datilografia, uma jovem noviça que pediu para ser liberada de seus votos, e Madre Sharp, que normalmente assume a nona série, é a única qualificada para ensinar os cursos de secretariado. Ofereça este sacrifício ao Nosso Pai, e veremos se podemos organizar sua volta para Boston nos cursos de verão."

O local onde estavam Madre Malloy e Madre Ravenel oferecia uma visão panorâmica das cordilheiras, umas atrás das outras, suas tonalidades se esmaecendo do roxo intenso esfumaçado ao azul leitoso do horizonte. Abaixo delas estava Mountain City, seus prédios do centro da cidade e o rio sinuoso fulgurante com o sol do fim da tarde. Um gavião solitário mergulhou e, depois, voou bem alto, flutuando nas correntes de ar sobre elas. Madre Malloy estava no meio da elaboração de uma frase elogiosa para a vista pitoresca da escola quando Madre Ravenel, mudando o curso da conversa, tornou o esforço desnecessário.

— E no *próximo* ano vamos aceitar rapazes.

— Rapazes?

— Newman Hall, da primeira à oitava série, e Maturin Hall para o colegial. Embora haja um movimento para chamar as séries mais avançadas de "*forms*", como nas escolas preparatórias e nas escolas públicas inglesas. Se você olhar por entre esses pinheiros, poderá ver o telhado de ardósia onde vai ser o Newman quando as reformas terminarem.

Madre Malloy seguiu o indicador bronzeado. Ela admirou o telhado triangular; também admirou as mãos jovens e bem-cuidadas da diretora. O anel de prata da freira mais velha brilhou com a luz do sol.

— Os lugares onde serão o Newman e o Maturin eram agradáveis propriedades vizinhas. Em um mesmo ano, elas foram legadas a nós por duas primas: mães gratas de ex-alunas satisfeitas. Contei ao bispo. Disse a ele: "Devemos estar fazendo alguma coisa certa no Mount St. Gabriel's." Ele torceu o nariz porque as propriedades foram transferidas para *nós*, a Ordem de Santa Escolástica, e não para a diocese. Não é um magnífico campo esportivo? Quando os rapazes vierem, colocaremos traves de futebol americano. Howard, nosso zelador, está tão orgulhoso do gramado e de seu novo trator cortador de grama que temos que impedi-lo de cortar duas vezes por semana. Ainda ontem eu disse a ele: "Howard, isso não é um campo de golfe", mas consigo ver e sentir no ar que o trator foi usado novamente depois disso. Que esportes já praticou, Madre Malloy?

— Não posso dizer que jogava nada bem, mas gostava de nadar no mar. E de badminton, quando adolescente.

— Ainda sinto muita vontade de jogar um set de tênis, mesmo com as restrições do hábito. Você joga tênis?

— Infelizmente, não.

— Eu poderia lhe ensinar. Que privilégio ter alguém com quem jogar além da srta. Farber, nossa professora de ginástica, que nunca tem tempo para mais que um game. Você ainda é jovem o bastante para aprender direito, e teríamos a mesma desvantagem com nossas longas saias e véus.

— Que esportes as alunas do liceu praticam?

— Todas podem fazer basquete, tênis, vôlei e dança moderna. Também oferecemos ginástica, dança de salão, sapateado e equitação, mas para esses há taxas adicionais. Existe um movimento entre os pais, incitados pela srta. Farber, para abrirmos a piscina coberta (Mount St. Gabriel's foi um famoso hotel de montanha na era vitoriana) e assim termos natação para as séries mais altas. A Madre Superiora, que gosta de agradar os outros, parece tender para isso. Como minha natureza é mais prática, tenho que considerar os cabelos molhados, as dispensas por conta das regras mensais e os julgamentos nada caridosos que as meninas fariam sobre a aparência uma das outras. Sua turma que vai entrar na nona série transformou a crítica em uma forma elaborada de tortura.

— Há alguma líder?

— Essa é uma boa pergunta *inicial.* Foi a primeira coisa que perguntei quando elas estavam na sexta série e seus, digamos, efeitos começaram a ser sentidos por outras pessoas.

— O que aconteceu na sexta série?

No passo rápido de Madre Ravenel, elas já haviam caminhado metade da extensão do campo, e Madre Malloy se encontrava ligeiramente sem fôlego.

— Perdemos uma dedicada professora leiga que esteve conosco durante vinte e dois anos. A sra. Prince ensinava aritmética da sexta à oitava séries e economia doméstica no liceu e no curso superior. As alunas gostavam muito dela, especialmente as mais velhas.

— Perderam... como?

— Depois de três meses com a turma da sexta série que será sua nona, ela se demitiu. Disse à Madre Superiora que achava que estava ficando sensível demais e não conseguia mais manter a disciplina. Alegou também que "as meninas pareciam estar se transformando em algo diferente". Imploramos que permanecesse, pelo menos para economia doméstica com as meninas mais velhas, mas ela disse que começava a tremer e passar mal do estômago assim que atravessava nossos portões pela manhã, então tivemos de respeitar sua vontade. Depois disso, ela passou a ser professora substituta no sistema público de ensino.

— O que elas faziam, as meninas da sexta série?

— Bem, para começar, a sra. Prince gostava de levar doce caseiro para a escola. Depois que as alunas tinham feito seus deveres direitinho, ela passava os doces e lia *Histórias doTio Remo*. Até que um dia, ela estava distribuindo para as alunas da sexta série, e uma menina após a outra recusou. Muito educadamente, é claro; elas tinham um sem-número de desculpas. "Muito obrigada, sra. Prince, mas descobri há pouco tempo que sou alérgica a chocolate"... "Obrigada, sra. Prince, mas estou de dieta"... "Obrigada, mas estou sem fome, sra. Prince". Uma aluna chegou a dizer que estava jejuando!

— A turma inteira recusou o doce?

— Ah, houve algumas que aceitaram. Mas a cada vez o número diminuía. Ela acabou não levando mais doce caseiro para nenhuma das turmas.

— E as leituras que acompanhavam o doce? Elas continuaram?

— Ah, esse foi o alvo seguinte delas. Conhece as histórias de Tio Remo? Não? Lá na Nova Inglaterra, acho que não. Joel

Chandler Harris foi um jornalista de Atlanta que escreveu adaptações humorísticas de contos folclóricos dos escravos negros. Tratavam principalmente de animais como o Compadre Coelho, que tinha um instinto malandro de sobrevivência e era sempre mais esperto que seus inimigos. Tio Remo era o velho escravo que narrava as histórias, e a sra. Prince sabia imitar o dialeto com maestria. Quando ela fazia as diferentes vozes dos animais, morríamos de rir. "Ah, *por favor*, Comadre Raposa, *não* me jogue naqueles arbustos espinhentos!"

— A senhora ouviu as leituras dela?

— Ora, sim, muitas vezes. Caí da cadeira de rir na primeira vez. Tinha acabado de chegar a Mount St. Gabriel's como aluna interna. Ela foi nossa professora de Matemática na sétima série.

— A senhora estudou aqui?

— Estudei, sim. Fui da turma de 1934. No meu tempo, não havia oitava série. Você saía da sétima série para o colegial. Ah, devo lhe contar também que as mães de três de nossas alunas da nona série foram da turma de 1934, e duas das meninas têm a mesma tia. A princípio, seriam somente *duas* mães e uma tia, mas agora Chloe Starnes, cuja mãe morreu tragicamente há poucos meses, vai se juntar a nós como aluna interna. Quem pode prever o que ela irá acrescentar ao grupo? A mãe dela, Agnes, foi uma moça muito querida. Agnes Vick e eu não éramos íntimas, mas eu a admirava. A jovem Chloe me parece do tipo mais reservado, embora esteja em profundo pesar agora, é claro. O tio, Henry Vick, irmão de Agnes, é um arquiteto importante na cidade... no momento, ele está projetando a nova biblioteca pública, e é um leal defensor da escola. E, além *disso*... bem, Henry, o tio de

Chloe, foi casado com a tia que mencionei... aconteceu uma coisa terrível: Antonia Tilden morreu em um acidente de trânsito na lua de mel em Roma. Henry nunca se casou novamente. Antonia foi minha melhor amiga em Mount St. Gabriel's. E pelo casamento com Henry, ela é também a tia de Chloe, ou tia falecida, bem como de Tildy Stratton. Cornelia, a mãe de Tildy, e Antonia eram gêmeas idênticas.

A cabeça de Madre Malloy era agora um turbilhão vertiginoso de tias, tios, mães, gêmeas idênticas, amizades, tragédias e acidentes, e ela devia fazer a correlação de todos eles com cada uma das meninas que sequer havia conhecido. Além disso, estava se sentindo zonza por causa da caminhada.

— O que as meninas fizeram... a respeito das leituras de *Tio Remo*?

— Bem, primeiro, elas deixaram de rir. E depois pararam até de sorrir. Em conjunto. Tudo que faziam era se virar com o olhar fixo para a frente. Pararam de olhar para a sra. Prince quando ela lia para elas. E então nem olhavam para ela quando ensinava Matemática.

— É difícil imaginar menininhas tão organizadas em sua crueldade. Com certeza há uma líder ou algumas meninas principais.

— Decerto sempre existe um núcleo de liderança. E toda turma tem suas meninas principais. Eu poderia dizer de memória alguns nomes, embora você logo será capaz de descobrir por si mesma. Prefiro que confie em seus próprios instintos, Madre Malloy. Ofereça-nos uma visão nova de alguém que veio de fora. Sou cria desta escola... Entrei na Ordem como postulante no meu último ano. Pode haver algo aqui que eu não esteja vendo por estar diante dos meus olhos o tempo inteiro. Afinal, estive na mesma turma com algumas das mães e tias. E, como disse, uma delas, pobre Tonia, foi minha amiga querida.

— Espero que eu...

— E eis os degraus que levam à nossa gruta. É fresco e agradável lá, um lugar ideal para meditar e entregar as coisas à Mãe de Deus. Você conhecerá todas as suas alunas no dia da inscrição, mas agora é hora de ver nosso belo Della Robbia e conhecer nossa Freira Vermelha.

• • •

Ela tem o rosto de uma santa de alabastro, a diretora estava pensando, enquanto subia depressa os degraus de pedra sinuosos até a gruta. O movimento vigoroso do hábito fazia as samambaias gigantes de cada lado se inclinarem e se envergarem, como subalternos reverentes.

No entanto, ela parece não ter consciência da própria beleza. E tem menos *ar de autoridade* do que eu estava inclinada a esperar. Mas só a aparência já a levará adiante — elas não terão nada para criticar quanto a *isso* — até que encontrem seus pontos fracos.

Ela está ofegante? Já está sem fôlego aos vinte e poucos anos depois de nossa pequena subida? Sou uma década mais velha que ela e me sinto tão em forma como quando era menina e corria com meus irmãos na praia. Pelo jeito, nossa universidade em Boston não dá muito valor a exercícios. E é claro que lá faz mais frio, e eles estão localizados bem no meio da cidade.

Vou treiná-la no tênis. Vai soltá-la um pouco. Pôr um pouco de cor em suas bochechas, ela é pálida demais. Tem certo jeito de quacre. Não é fácil fazê-la falar. Conversando, ela me lembra um cão de caça, concentrado em ir buscar uma ave só de cada vez.

— Ah...!

Agora ela torceu o tornozelo ou algo parecido!

— O que foi, Madre?

— Um filhote de coelho. — A jovem freira estava agachada na trilha, olhando absorta através de uma moita de rododendros. A faixa guarnecida de franjas do hábito roçava na vegetação rasteira.

— Ah, se o que quer são coelhos, temos dessas criaturinhas procriadoras às dúzias. Madre Finney, nossa despenseira, finalmente conseguiu fazer que Howard construísse uma cerca de arame em torno da horta.

— Nunca tinha visto um marrom antes.

— Estou vendo que vai gostar de suas caminhadas na floresta. Mount St. Gabriel's tem trilhas para passeio a cavalo e doze hectares de floresta repletos de vida animal. O que quiser, nós temos: perus selvagens, corujões-orelhudos, gaviões, linces, raposas, tanto vermelhas como cinzentas, e, é claro, guaxinins, cangambás e gambás, e uma superabundância de coelhos e esquilos. Não há mais tantos ursos-negros, embora quase todos os anos, no final da primavera, uma menina venha correndo nos contar que *acha* que viu um.

— O que é um lince?

— É basicamente um gato selvagem, só que menor, e soa exatamente como um gato doméstico quando vocaliza. Eles são pardos com pintas pretas. Jovan, que a conheceu na estação, encontrou um filhote de lince abandonado e o levou para casa para criar. Mas o bicho conseguiu roer a caixa e sair e, como era malvado e tentava morder os filhos dele, Jovan o devolveu para a floresta.

Por falar em "vocalização", estou desgastada com a minha. Pessoas que não sabem conversar sobre amenidades são cansativas; a gente é obrigada a carregar todo o fardo sozinha. Bem, talvez ela esteja apenas captando tudo, demonstrando respeito. Afinal, sou sua superiora imediata. A Madre Superiora em Boston disse que Madre Malloy era uma excelente professora-assistente no Boston College. Os alunos se esforçam para impressioná-la, e ela não tolera gracinhas. Que estranho que a Madre Superiora não tenha falado nada sobre a extraordinária beleza. "Acredito que vai achá-la eficiente" foi toda a informação que forneceu. Bem, Senhor, sempre ofereces mais do que sei pedir. Essas meninas supercríticas serão subjugadas pela beleza da professora... pelo menos até terem tempo de investigar as vulnerabilidades dela, como suspeito que haja algumas.

— Não falta muito agora, Madre Malloy. A gruta fica logo acima, depois da próxima curva.

Falando assim, parece até que estou mostrando o terreno aos pais de possíveis alunos. Não preciso convencer *Madre Malloy* sobre a escola... Ela já nos pertence!

• • •

MADRE MALLOY CONTINUAVA A RECORRER À SUA CAPACIDADE de filtragem para conter o fluxo de informações e as novas imagens e sensações que competiam entre si. Primeiro, o prédio vitoriano de formato irregular com oitenta quartos, antigamente um hotel, com sua torre, seus telhados triangulares e varandas, no qual ela moraria. O quarto no terceiro andar, no qual Madre Ravenel lhe havia concedido um repouso de meia hora (ela se deitou assim que ficou sozinha, deixando a tarefa de desfazer as malas para mais tarde), dava para um pátio interno ensolarado onde uma mulher negra descascava legumes e outra pendurava roupas para secar. E agora as presenças murmurantes desse ambiente de floresta primitiva, e a descoberta de sua própria falta de fôlego, uma novidade para ela aos vinte e quatro anos, enquanto subia e subia. Sua pele estava úmida por baixo do hábito e o suor escorria pela nuca. Quando o trem havia chegado à estação ferroviária, uma faixa já avisara: "Bem-vindo à Terra do Céu. Você está agora MIL E SEISCENTOS METROS acima do nível do mar!"

A diretora dava a impressão de nunca precisar de pausas para recuperar o fôlego, andando rapidamente em volta do campo esportivo aparado em excesso por Howard ou subindo com agilidade os degraus íngremes da floresta, discursando sobre tudo, de taxas extracurriculares à coitada da sra. Prince, e o redemoinho dessas histórias levava à imprevisível mistura química da turma que entrará na nona série.

Ajudai-me, POR FAVOR, a escutar e ouvir sem fazer julgamentos prematuros. Mais tarde, Vós me ajudareis a distinguir entre o que é importante e o que é curioso. Ou o que apenas distrai a atenção.

Enquanto isso, por favor, ajudai-me a não me sentir sufocada.

CAPÍTULO 2

O Tio

Na sombra salpicada de luz da gruta, Henry Vick relaxava no relevo de mármore frio da Freira Vermelha — ou colo, como as meninas a chamavam —, tragando reflexivamente seu cachimbo e se preparando para o encontro com a diretora assim que seus caminhos se cruzassem. Ela não ficaria satisfeita com as notícias que ele trazia. Suzanne Ravenel nunca aceitava bem quando seus planos eram modificados ou contrariados.

Ele não a encontrara na sala cheia de troféus e recordações com vista para as cordilheiras a oeste. Entretanto, havia cruzado com Madre Finney, que retornava da horta, encurvada com sua cesta de hortaliças de verão. A freira irlandesa viera com a fundadora inglesa para inaugurar a escola em 1910. Madre Ravenel estava levando a nova professora de Boston em um passeio pelo terreno da escola, Madre Finney informou a Henry, acrescentando: "E, o senhor sabe, ela gosta de deixar a gruta para o final." Henry carregou a cesta de Madre Finney até a cozinha, onde ela o recompensou com um biscoito macio de aveia, recém-saído do forno.

— Não existe biscoito melhor que este — disse. — A senhora aprendeu a cozinhar quando menina, na Irlanda?

— Não tinha permissão para chegar perto da cozinha na Irlanda. Ficava muito ocupada limpando os estábulos. A mulher de Jovan, Betty, ensinou-me tudo que sei sobre culinária aqui mesmo nesta cozinha.

Henry olhou em volta para as superfícies limpas e brilhantes da cozinha de Mount St. Gabriel's.

— É bom estar aqui. Sinto... Senti saudades de todos.

— Ah, mas vamos nos ver com mais frequência, Henry, agora que sua sobrinha Chloe vem ficar conosco. Estou desolada com o que aconteceu com Agnes. Sua irmã me era muito querida. Sei que não devemos ter favoritos, mas mesmo Nosso Senhor os teve.

— E a senhora também era muito querida por Agnes. Lembra o Dia das Bruxas em que ela se vestiu de Fiona Finney, a treinadora de cavalos irlandesa?

— Ora se lembro! Eu mesma a vesti. Ela estava usando uma das minhas botas de cavalgar. E morrer assim tão jovem...

— Agnes fez trinta e cinco anos em janeiro.

Uma mulher de trinta e cinco anos envelhecida, da última vez que Henry a havia visto. O futuro prometido ao lado de seu grande amor, Merriweather Starnes, fora arruinado quando o caça dele caiu em Okinawa menos de dois meses antes do final da guerra. Chloe tinha oito anos na época. O segundo casamento de Agnes, com Rex Wright, um membro do esquadrão de Merry, revelou-se, como Agnes confidenciou a Henry em seu último encontro, "um erro mortal".

Essa revelação ocorreu na mesa de uma lanchonete em Barlow, distante duas horas de Mountain City, por um caminho de curvas estreitas. Agnes havia telefonado para Henry na noite anterior. "Quero mandar Chloe para sua casa para passar o feriado de Páscoa", ela lhe falou. "Talvez por mais tempo. Direi quando nos virmos. Não venha até nossa casa. Não quero que ele saiba que ela está saindo até ter ido embora. Há uma pequena lanchonete no centro da cidade."

Agnes era uma pessoa que tinha muito cuidado com as palavras. "Mortal" significava "humano" ou "fatal"? Ele queria ter perguntado. Depois, quando já era tarde demais para perguntar, pensou consigo mesmo se a irmã tinha em mente "mortal" no sentido de pecado mortal: matéria grave, plena consciência e deliberado consentimento.

— Há certas coisas acontecendo na minha vida agora, Henry, que é melhor não explicar. Chloe virá para cá, para a lanchonete, direto da escola. A mala dela está pronta no meu carro. Por sinal, não disse a ela que talvez fique mais tempo que o feriado de Páscoa. Pode ser que não. Ainda preciso decidir.

Henry tinha ficado feliz com a viagem solitária descendo a montanha até Barlow: duas horas para se acostumar à perspectiva de uma jovem adolescente que ele mal conhecia compartilhando sua casa por uma temporada indefinida. Contudo, quando chegou à cidade onde Rex Wright tinha seu negócio de pulverização de pesticidas, surpreendeu-se prevendo certas mudanças que a sobrinha traria para sua vida de solteiro. Eles sairiam para jantar, iriam à basílica durante a Semana Santa. Ele teria a satisfação mo ral de ser tio e padrinho convocado para cumprir suas promessas de batismo.

E como havia viajado tanto, pôde dizer com toda a sinceridade para Agnes na lanchonete:

— Por que não vem também? Você e Chloe podem ficar em casa comigo o tempo que quiserem. A casa é tão sua quanto minha.

— Por favor, não me tente, Henry. Preciso ficar aqui e ver o que se pode salvar desse casamento.

— O que se pode salvar de uma coisa que você acaba de admitir que foi um erro mortal?

— Nada mais nada menos que minha honra, querido. — Tinha dado sua risada autodepreciativa e apertado os olhos para ele e, por um momento, era de novo sua irmãzinha. — Na alegria ou na tristeza, Henry, ainda estou ferozmente agarrada à minha honra. Não tem sido fácil para Rex desde a guerra. Combater o inimigo era muito mais empolgante que combater insetos. E casei-me com ele perante Deus. Prestei a ele os mesmos votos que prestei a Merry.

AS VOZES DAS MULHERES FLUTUAVAM ATRAVÉS DAS ÁRVORES. As cadências familiares de Ravenel corriam, agitadas, à frente das respostas graves, monossilábicas, da outra.

Henry se pôs de pé quando a diretora de tez avermelhada, usando seus costumeiros óculos escuros, entrou na gruta, seguida por uma jovem e pálida freira.

— Ora, Henry, que surpresa agradável. Estava numa audiência com nosso Della Robbia ou nossa Freira Vermelha?

Mesmo agora, quando Henry via a colega de turma de sua irmã e a melhor amiga de sua noiva trajando hábito, ele era capaz de imaginar Suzanne retirando impulsivamente o véu e interpelando sua plateia: "E então? Fui bem nesse papel, não fui?"

— Na verdade, eu esperava ter uma audiência com a senhora, Madre Ravenel.

— Bem, aqui estou eu. E esta é Madre Malloy, que acabou de chegar de trem de Boston. Estava fazendo o grande passeio com ela. Madre, este é Henry Vick, o tio de quem lhe falava, o tutor de Chloe. Madre Malloy assumirá a turma de Chloe, Henry.

— Muito prazer, Madre Malloy.

— Igualmente, sr. Vick. Estou ansiosa para conhecer sua sobrinha. — A voz dela era grave e precisa. Apenas a pronúncia de uma sílaba denunciava suas raízes de Boston. Entretanto, por trás dessas poucas palavras sobre Chloe, que não iam além do superficial, ele queria acreditar que ouvia empatia e sincera cordialidade. Ela era encantadora, apesar de sua palidez.

— Eu mesmo ainda a estou conhecendo — disse. — E quanto mais a conheço, mais gosto. Ela é retraída e está sofrendo. Perdeu a mãe na Páscoa; foi tudo muito súbito e inesperado. Está sendo um período de ajuste para nós dois.

— Você tem sido uma dádiva para essa menina, Henry — Madre Ravenel o tranquilizou —, e agora está fazendo o mais certo ao nos deixar ajudá-lo. Faremos o melhor que pudermos para oferecer a ela orientação e cuidados de mãe noite e dia, não vamos, Madre Malloy?

— A questão é que — disse Henry, percebendo que a presença da outra freira podia facilitar a tarefa — decidi, quero dizer, *nós* decidimos, Chloe e eu, que preferimos continuar como estamos. Chloe virá para Mount St. Gabriel's como aluna externa e morará comigo. Foi o que acertamos nesta manhã, mas queria informá-la disso o mais rápido possível.

Ele podia perceber que Suzanne reprimia de forma admirável seu descontentamento.

— Bem, Henry, isso *é* novidade. Mas se foi isso que vocês decidiram hoje cedo, agradeço por me informar tão prontamente. É claro que compreende que não podemos reembolsar o valor do alojamento de Chloe. Não há exceções, mesmo para um velho amigo. Além disso — e nesse momento conseguiu rir —, seu dinheiro provavelmente já foi gasto.

— Se não tiver sido — foi sua elegante réplica —, gaste-o em algo formidável.

— E o que você consideraria formidável, Henry?

— Ah, um cibório memorial para a mãe de Chloe, incrustado com granadas. Essa era a pedra de Agnes.

— Bem, não sei se a quantia será suficiente para *granadas*, Henry.

— Será, se eu completar a diferença. Encomende com Haywood Silversmiths. Com as datas dela na borda.

— Que tal "Turma de 1934"?

— Isso também, é claro — concedeu Henry, com generosidade.

• • •

DURANTE ESSE DUELO HARMONIOSO ENTRE A DIRETORA E O tio, Madre Malloy, esperando que ninguém percebesse, arfava de forma cansada. Ou melhor, tentava recobrar o fôlego. Esses dois eram oponentes à altura um do outro. Havia uma história entre eles. Apesar de Madre Ravenel ter sido obviamente pega de surpresa pelo anúncio do sr. Vick, ela manteve a compostura. O que, no entanto, ela quis dizer com "hoje cedo"? Isso não deixava implícito que ela não cederia em outra ocasião? Ou era uma característica da fala regional? O sr. Vick tinha um jeito severo, no entanto era cortês no combate. Ele lhe lembrava o professor de História da Renascença no Boston College, Padre Galliard: grave, rigoroso, porém sempre cordial.

Mas então, para seu desalento, a tontura aumentou. Pontos azuis e roxos cobriam seus olhos. Ela se viu inclinando para a frente e teria caído se não tivesse se esticado para agarrar o bloco de mármore castanho-avermelhado de onde o sr. Vick havia se levantado para cumprimentá-las.

Quando se deu conta, ela mesma estava semirreclinada no relevo de mármore em forma de banco, os rostos preocupados flutuando sobre ela.

— ... tudo minha culpa — dizia Madre Ravenel. — Venho a arrastando morro acima como se ela fosse uma cabra-montês. Fale conosco, Madre Malloy.

Henry Vick estava se oferecendo para trazer um copo-d'água da cozinha.

— Ou um frasco de conhaque que tenho no carro.

— Não, por favor. Foi... O que tiver sido já passou.

— Quando foi que comeu alguma coisa pela última vez? — indagou ele.

— Quando chegou, o chá gelado e o sanduíche de frango que Madre Finney havia preparado já estavam esperando por ela — respondeu em seu lugar a diretora.

— De verdade, estou melhor agora. É muito frio... — Ela percebeu que sua bochecha estava encostada no mármore vermelho e se apressou em erguer a cabeça para a posição vertical. — Aqui onde estou sentada é uma escultura?

— Ora, você foi direto para a proteção de nossa Freira Vermelha — disse Madre Ravenel. — Agora, é realmente uma de nós. Henry, vou abusar de você e pedir que conte a Madre Malloy a história de nosso espírito guardião. Tenho alugado o ouvido dela até eu mesma ficar cansada do som da minha voz. Enquanto isso, Madre Malloy, relaxe. Voltarei num segundo com um pouco de água gelada.

Ela saiu depressa, a faixa ornada de franjas voava no ar.

— A senhora sofre de desmaios, Madre Malloy?

Mexendo em seu cachimbo, Henry Vick chamava a atenção: um homem magro e desengonçado entre os trinta e cinco e os quarenta anos, voz suave, testa enrugada, cabelos castanhos que começavam a ficar grisalhos e escasseavam nas laterais; terno leve de linho amarrotado. Seu jeito gentil e pensativo a deixava à vontade.

— Nunca havia desmaiado antes, se foi isso mesmo que aconteceu.

— Minha irmã Agnes era a rainha dos desmaios. Sempre desmaiava no dentista e, às vezes, logo antes de uma prova. Toda vez que estava tensa ou insegura, dava para notar o sangue abandonando seu rosto. Aí ela precisava colocar a cabeça entre os joelhos ou apagava. A primeira vez que desmaiou foi logo depois da primeira comunhão. Ela estava voltando para seu assento com as mãos juntas diante de si, como se deve, e, de repente, bateu no chão com um baque.

— Foi o jejum, é claro — disse Madre Malloy. — Agora as crianças podem beber um copo de suco antes.

— O monsenhor lhe disse depois que era um sinal de graça; significava que ela estava levando o sacramento a sério. Mas ela ficou furiosa consigo mesma. "Todo mundo viu minha calcinha", nos disse quando chegamos em casa.

Os dois riram. Na narrativa dele, ela sentia a personalidade da irmã que perdera. No riso dele, percebia que Henry Vick obtinha alívio ao trazê-la de volta em histórias como essa.

— Você tem irmãs ou irmãos, Madre Malloy?

— Morei em um orfanato, mas havia algumas crianças que eram como irmãs para mim.

— Entendo. A senhora ficaria enjoada se eu reacendesse meu cachimbo?

— Não, gosto do cheiro de cachimbo. Se fosse homem, provavelmente fumaria um. Por favor, conte-me sobre a Freira Vermelha.

— É um memorial incompleto a uma jovem que foi aluna aqui nos primeiros anos da escola. A malária a levou no verão anterior ao que seria o de sua entrada no noviciado. A família era formada por pessoas ricas de Charleston; eles encomendaram o mármore da Itália e contrataram um famoso escultor funerário. No entanto, desde o início, os acontecimentos assumiram vida própria. Mármore branco foi encomendado; foi entregue o vermelho. Então veio o ano de 1914, a guerra foi deflagrada na Europa e não havia mais mármore italiano. O escultor disse que ficaria feliz em trabalhar com o vermelho; era mármore vermelho de Verona, com mais de cem milhões de anos. Afirmou que podia fazer algo muito bom, inconfundível. A ideia era esculpir uma jovem freira em tamanho natural em todos os detalhes, inclusive o rosário, sentada em frente a essa *Anunciação* de Della Robbia, defronte à senhora.

Os dois transferiram a atenção para o baixo-relevo em cerâmica terracota da Virgem olhando para cima, sobressaltada pelo livro aberto em seu colo e o arcanjo Gabriel ajoelhado. A pomba branca flutuava no ar de esmalte azul entre eles. Havia um vaso grego abarrotado de lírios centralizado entre a Virgem e o anjo.

— A jovem, que se chamava Caroline DuPree, havia rezado rosários aqui na gruta pedindo à Nossa Senhora que convencesse seus pais a permitir que fosse freira. Mas o escultor morreu quando a obra ainda estava pela metade. Falou-se em procurar outro escultor, mas isso não deu em nada. O que sempre me deixou, de certo modo, contente. Há uma força nessa forma bruta.

— Como nos *Cativos* de Michelangelo.

— A senhora já os viu?

— Somente no livro da faculdade sobre a História da Renascença. Mas senti neles o que o senhor disse: a força do que ficou inacabado. Como adoraria ir à Itália!

Ela percebeu sua gafe tarde demais: a noiva desse homem havia morrido na lua de mel em Roma.

No entanto, ele aproximava o fósforo aceso ao fornilho do cachimbo com a mesma concentração tranquila; a lembrança terrível aparentemente não havia sido despertada.

Quando a chama acendeu o tabaco, ele continuou a falar em seu tom sereno.

— As meninas de Mount St. Gabriel's a transformaram em sua guardiã espiritual. Aquele colo de mármore incompleto em que descansava, Madre Malloy, sofreu o desgaste das gerações de meninas que, acolhidas por ele, suplicavam que a estátua intercedesse junto à Nossa Senhora e curasse seus pesares ou lhes concedesse desejos. Suz... Madre Ravenel escreveu uma peça sobre ela para a turma de calouras em 1931. Chama-se *A Freira Vermelha*. Meus pais e eu estávamos na plateia. Minha irmã, Agnes, e Antonia, a moça com quem me casaria mais tarde, tinham papéis importantes. Madre Ravenel... era Suzanne naquela época... dirigiu a peça e dividiu seus talentos de atriz por vários papéis, incluindo a voz de Deus. Desde aquele tempo, a história verdadeira do memorial a Caroline DuPree se emaranhou à peça de Madre Ravenel, que é reapresentada de tempos em tempos. Todas as turmas do liceu preparam uma montagem todos os anos, mas as reapresentações da *Freira Vermelha* são apenas para os calouros, porque Madre Ravenel era caloura quando a escreveu. É a tradição. E você sabe como tradições e lendas tendem a criar tentáculos. Além disso, as meninas podem acrescentar seus próprios materiais. Dentro do razoável, é claro. Essa é outra tradição.

— Espero que a próxima encenação aconteça em breve — disse Madre Malloy, sentindo sua força voltar. — O senhor me deixou ansiosa para assistir a essa peça, sr. Vick.

Os primórdios

Ao longo dos anos, as meninas nunca se cansaram de ouvir a história sobre como nossa Ordem foi formada. E eu nunca me canso de recontá-la, porque é um exemplo maravilhoso da forma intrincada como Deus opera Seus desígnios em nossas vidas. Precisamos voltar no tempo até a cidadezinha de Cowley, a curta distância de Oxford, Inglaterra. O ano era 1889 e um notável sacerdote da Igreja Anglicana e monge, Reverendo Basil Maturin, tendo regressado recentemente de uma missão bem-sucedida de dez anos na Filadélfia, estava dirigindo um retiro em Cowley. Uma das participantes do retiro era Elizabeth Wallingford, a futura fundadora de nossa Ordem. Como Reverendo Maturin, Elizabeth ainda fazia parte da Igreja Anglicana naquela época. Ela era de uma família de Oxfordshire antiquíssima, que remonta ao século XI; os Wallingford e as propriedades deles estão arrolados no Domesday Book.

Pois bem, os irmãos de Elizabeth foram educados em Oxford, mas naquela época as mulheres não eram admitidas nas universidades. Sabemos, pelo breve relato de sua vida que nos legou, o quanto ela sentia a falta de instrução. No tempo do retiro de Cowley, ela havia chegado à idade de vinte e oito anos, que na época mais do que a qualificava como solteirona. Depois que recusou várias propostas viáveis de casamento, o pai, que a adorava, sugeriu colocá-la como diretora de uma escola para jovens moças em uma casa na propriedade dos Wallingford, porém ela recusou. Como posso ensinar a outras, ela perguntou, quando a mim mesma foram vetadas as matérias que faziam parte do cotidiano dos meus irmãos? Disse que o mundo não precisava de mais "escolas" para ensinar garotas a ficar em casa, fazer tricô e crochê, tocar piano e gerenciar os empregados. Ela estava muito à frente do seu tempo, mas não tinha poder para fazer nada quanto a isso.

Ou assim pensava até que foi a Cowley e ouviu o Reverendo Maturin pregar.

— Não fique contente apenas em especular o que *talvez* seja capaz de fazer — ele desafiava os participantes do retiro. Ela sentia que ele lhe falava diretamente. — Você não sabe o que vai dentro de você até tentar. Havia muito potencial em Maria Madalena de que ela nunca fizera uso, talvez nunca tivesse sonhado em ter, até que conheceu Nosso Senhor, e Ele a pôs no caminho do verdadeiro autoaperfeiçoamento.

Ironicamente, Elizabeth havia ouvido sobre o "fascinante Reverendo Maturin" de um ex-pretendente que agora era vigário na Igreja Anglicana. Ele a havia acompanhado durante o retiro, talvez com a intenção de induzi-la a reconsiderar sua proposta de casamento. Contudo, Deus tinha planos muito maiores guardados para Elizabeth Wallingford.

— Descontentamento — dizia o Reverendo Maturin, enunciando a palavra com estranho vigor e olhando diretamente para Elizabeth — pode ser a catapulta de Deus. A forma dEle de dizer: "Vai e tenta tu mesmo *agora*."

— de *Lembranças de Mount St. Gabriel's: Um Memorial Histórico,*
de Madre Suzanne Ravenel

CAPÍTULO 3

Desenhando os Mortos

Terceiro sábado de agosto de 1951
Residência de Henry Vick
Mountain City, Carolina do Norte

"*É COMO SE VOCÊ ESTIVESSE COMIGO NA MINHA ÉPOCA DE MENINA, zelando por mim como um anjo da guarda...*"

O quarto de menina da mãe de Chloe, do tempo em que ela ainda era Agnes Vick, dava vista para uma relva ligeiramente ondulada e cercada de buxos crescidos. O assento no nicho da janela, aninhado sob o declive do teto, era neste momento inundado pelo brilho flamejante da tarde de fim de verão.

Ao desenhar o projeto deste quarto em 1927, o pai de Agnes, o arquiteto Malcolm Vick, havia incluído um esboço da filha encaixada naquele espaço, as longas pernas dobradas para formar um apoio para seu livro. Agnes, ainda aos dez anos, já havia chegado a um metro e sessenta e sete de altura e, embora isso fosse deixar o desenho da casa ligeiramente desproporcional, o pai havia acrescentado uma segunda janela para aumentar o comprimento do assento, prevenindo-se assim para o estiramento de

Agnes na adolescência. Ele esperava que ela abrilhantasse essa nova casa por pelo menos nove ou dez anos antes que um marido a levasse.

Chloe nunca tinha visto esses projetos da residência de Vick na esquina da Montgomery Avenue com a Riverside Drive; contudo, com as descrições que a mãe fizera, havia criado sua própria imagem do esboço de Malcolm Vick, que retratava a filha no assento planejado.

E quando, nos meses seguintes à morte do pai, a própria Chloe começou a desenhar a sério, ela sentiu-se compelida a reproduzir aquela menina de pernas longas no assento da janela vez após vez. "*Como* você faz isso, querida?", a mãe lhe perguntou. "Sei que o jeito para desenhar é um dom de família, mas isso extrapola. É como se você estivesse comigo na minha época de menina, zelando por mim como um anjo da guarda..." Foi então que a mãe chorara, dizendo, "se não tivesse tido você, eu poderia achar que todo o meu casamento com Merry tinha sido um sonho". E Chloe dissera: "É, mas podemos recordá-lo juntas."

Os desenhos foram ficando mais interessantes à medida que as habilidades de Chloe se aprimoravam. Ela experimentou com ângulos: a menina Agnes vista de cima, do outro lado do quarto, do lado de fora da janela.

Se minha mãe pudesse observar esse assento na janela de onde está agora, comigo sentada nele, como eu poderia lhe transmitir a mensagem de que estou bem e que sei que continuaremos tomando conta uma da outra? Afinal, passamos uma noite juntas neste mesmo quarto, antes de Rex chegar mais cedo em seu novo avião e interromper nossa visita de fim de semana ao tio Henry.

Chloe não tinha como crer na ideia, defendida com frequência exagerada nas últimas semanas por aqueles que desejavam consolá-la, de que Agnes estava lá no céu com seu amado primeiro marido, a mãe, o pai e também Jesus, a Virgem Maria e o próprio Deus. Isso parecia uma ascensão muito simplista: os recém-falecidos alçados no dia da morte ("Hora de subir, pessoal!") para a vida eterna. Onde, então, fariam o quê? Circulariam por lá como se estivessem numa festa, reconhecendo velhos amigos (e certamente alguns inimigos também)?

Chloe, por outro lado, aceitava a existência do purgatório, no qual sua mãe havia acreditado firmemente. Era uma extensão das imperfeições da vida, Agnes afirmara. Você fica no purgatório porque ainda não está preparada para a perfeição. Ir apressadamente para o céu antes de estar pronta faria você se sentir suja e desconfortável diante do sublime.

— Você voltaria direto para casa depois de um dia na escola, toda suada, pegaria seu melhor vestido no cabide e sairia correndo para um baile fantástico sem antes tomar banho e ajeitar os cabelos? — Essa era Agnes durante uma de suas sessões de "Catecismo em Segredo" na lanchonete no centro da cidade, depois que Rex Wright havia proibido a mulher e a enteada de discutirem religião "na casa dele". ("Vocês duas transformaram seu maldito catolicismo numa sociedade secreta esnobe.")

Era fácil imaginar Agnes no purgatório, e Chloe gostava de ficar por um tempo lá com ela, da mesma maneira que havia passado a maior parte de seu verão fantasmagórico desenhando a mãe nas poses favoritas de sua memória: Agnes vista por trás, cabelo preso em um lenço, curvada para pegar os ovos no galinheiro; Agnes na lanchonete, inclinada para a frente sobre os cotovelos para dizer algo, o rosto esticado e enquadrado por suas mãos, com uma aparência subitamente mais jovem.

Se o purgatório era como uma extensão do que a maioria das pessoas queria dizer com "dia a dia", um lugar onde você se via presa a uma rotina que não queria nem esperava, mas onde havia ainda uma chance de que algo que fizesse ou aprendesse hoje fosse levá-la mais para perto da saída desse lugar decepcionante, então ela seria capaz de acompanhar Agnes em suas tarefas diárias lá.

Haveria coisas que Agnes precisaria fazer no purgatório, coisas que correspondiam aos seus afazeres domésticos em Barlow. No entanto, em vez de roupas sujas, galinhas e refeições, um marido para apaziguar e uma filha para educar e proteger, haveria...

Chloe hesitou. Era como ir morro acima com a mente; era preciso mudar a marcha, mas ao que corresponderia o câmbio se você estivesse falando de seres humanos?

As pessoas não estariam lá no purgatório, nem a casa ou mesmo as galinhas, mas a alma de Agnes faria essas coisas necessárias sem muito entusiasmo até que acertasse, até que compreendesse o que havia consumado e o que deixara inacabado.

Não haveria espelhos no purgatório. Agnes não precisaria ver sua imagem refletida, ela estaria ocupada em conduzir, com o mesmo cuidado que transportava em suas mãos o ovo fresco que seria o café da manhã de Chloe, a própria alma imortal.

Chloe não via problema em comparar a alma de sua mãe a um ovo. Em ambos, a parte difícil era levá-los intactos para os destinos determinados. Que seria, na vida, o alimento de uma filha. E, no purgatório, no purgatório...

Neste ponto, a capacidade de criar metáforas de Chloe cessou ao ouvir o carro do tio ronronar mansamente na garagem.

• • •

— Bem, realizei a proeza — disse Henry Vick, bebericando seu *scotch* enquanto Chloe fazia o mesmo com sua Coca-Cola, ele sentado confortavelmente em uma cadeira de vime, e ela, no balanço da varanda dos fundos. A sombra havia se alongado no gramado do quintal, a cerca viva de buxos resplandecentes tinha se tornado uma parede de roxo intenso, mas no céu ainda restava o dourado do sol. Na cozinha, Rosa, a cozinheira da família, supostamente nos seus noventa anos, fritava frango para acompanhar a salada de batatas que Chloe havia feito antes. ("Boa garota! Sabe retirar os fios do aipo." "Minha mãe me ensinou." "E adivinha quem ensinou a sua mãe?")

— Como ela recebeu a notícia?

— De forma admirável. Madre Ravenel sempre dá o seu melhor quando há plateia. Havia outra freira com ela. Sua professora da nona série, aliás. Madre Malloy acaba de chegar de trem de Boston.

— Como é que ela é?

— É uma pessoa que chama a atenção; bonita, da forma como as freiras são. Achei-a inteligente e de conversa agradável.

Ele deixou de fora o desmaio de Madre Malloy. Nessa época ele monitorava deliberadamente o sofrimento de Chloe; não queria sobrecarregá-la com coisas que evocassem lembranças, embora não desejasse tergiversar tampouco. Aceitando com antecedência que tomaria algumas decisões erradas, ele fazia um esforço constante para alcançar o delicado equilíbrio entre o que ela precisava saber no momento e o que podia esperar até depois.

Os desmaios eram algo pelo qual a mãe de Chloe havia passado, e suspeitava-se que haviam causado sua morte no sábado de Aleluia. O marido voltou para casa depois de dar aulas de voo no campo de aviação e encontrou o corpo dela tombado no chão do quarto do casal. Havia hematomas no crânio por causa do choque contra o aquecedor. Até aí Chloe havia sido informada.

Nem Rex Wright sabia que a esposa estava carregando um feto de seis semanas, até que o médico-legista lhe informou. "Ela nem tinha me contado que estava esperando um filho meu!", queixou-se a Henry ao telefone. "Estavam sempre de segredos, ela e Chloe. Elas me deixavam de fora sempre que tinham uma oportunidade. Pelo que me consta, ela contou para Chloe sobre o bebê, mas não para mim."

Henry duvidava disso e o disse a Rex. Isso iria contra o apego feroz da irmã à própria honra. Mas ele não estava disposto a perguntar a Chloe. Henry evitava de forma escrupulosa qualquer pergunta à menina sobre seus últimos dias com a mãe. Quando ela estivesse pronta para contar a ele alguma coisa, se é que isso viria a acontecer, ele estaria lá para ouvir.

— Fico pensando em como vai ser — disse Chloe, inclinando-se para frente de súbito no balanço da varanda.

— A escola?

— Tudo. A nona série. Madre Malloy. As garotas da minha turma. Espero que eu não esteja muito atrasada.

— Por que estaria? Você sempre se saiu bem no colégio.

— Mas não eram escolas como Mount St. Gabriel's. Minha mãe disse que, às vezes, eles colocavam as meninas de outras escolas para repetir a série.

— Isso não vai acontecer com você.

— Não — Chloe concordou calmamente, surpreendendo Henry. — Durante toda a oitava série, minha mãe vinha me ensinando matérias extras. Sei o catecismo e estávamos estudando História Europeia e começando em Latim. Eu a encontrava na lanchonete depois da escola, tomávamos Coca-Cola e comíamos biscoitos de queijo na mesa dos fundos, e ela me ensinava com seus velhos cadernos de Mount St. Gabriel's.

— Pois então. Você certamente vai estar em pé de igualdade com as outras meninas. Talvez até adiantada.

Essa foi a primeira vez que ele ouvira sobre as lições na lanchonete. Será que Agnes teria se preparado para mandar Chloe para a escola meses antes de tê-lo convocado?

— Não, adiantada, não. Apesar de eu ter continuado com meus livros escolares e os cadernos dela no verão, já que não terminei o último mês do ginásio. Mas há tantas *outras coisas* que não vou saber.

Com as pontas dos pés, Chloe pôs o velho balanço da varanda em movimento até ouvir o barulho agudo das correntes. Ela não tinha como saber como era parecida com Agnes aos quatorze anos. A mesma postura altiva, o queixo saliente e o nariz adunco idênticos aos da mãe, a mesma contemplação interior, muito embora ela pudesse estar olhando diretamente para você. A forma preênsil com que os pés compridos controlavam o movimento do balanço. No entanto, ela era mais séria que Agnes. Não havia a verve rápida como um relâmpago sempre prestes a vir à tona.

— Que espécie de "outras coisas" você não vai saber?

A pele fina do meio da testa de Chloe se enrugou. Ela molhou os lábios e projetou o queixo. Era sua maneira de se concentrar. Como um filhote prestes a saltar, ela estava tomando coragem para explorar um novo ponto de vista. De repente, Henry sentiu-se tocado no fundo da alma por sua protegida. Tinha ele aceitado responsabilidades demais? Teria sido mais sensato prosseguir conforme planejado e permitir que ela ficasse no internato em Mount St. Gabriel's, onde, como Madre Ravenel dissera, ela teria uma multidão de figuras maternas? Mas Chloe havia lhe contado na noite anterior que lamentaria deixar a casa em que sua mãe cresceu. Ela sentia, Chloe disse, a presença da mãe zelando por ela. "E, sabe, tio Henry, eu zelo por ela também."

E ele, sendo um desses homens feitos que ainda oram à noite, adormecera enquanto rezava a respeito de tudo isso.

— Bem, as outras meninas, elas estão juntas desde a primeira série. Para elas, serei uma novata na nona série, alguém que não faz parte do grupo.

— Para mim, é difícil entender como você poderia não fazer parte do grupo quando existem tantas conexões. Madre Ravenel foi a melhor amiga de sua tia Antonia. E a sobrinha de Antonia, Tildy Stratton, será sua colega de turma. Antonia, a irmã gêmea, Cornelia, e sua mãe foram todas da turma de 1934. Diria que você está tão... tão *vinculada* à escola quanto qualquer outra.

Ela parou de se balançar para pensar nisso, depois tornou a se mover, porém mais lentamente.

— Não — refletiu —, sempre haverá as coisas que essas meninas fizeram sem que eu participasse. E além disso... além disso... minha mãe nunca fez parte das oblatas da Freira Vermelha. Tia Tonia e a irmã gêmea, Cornelia Tilden, e Suzanne Ravenel *fizeram*.

"As oblatas ociosas", como Agnes as havia batizado desdenhosamente pelas costas depois que recusou o convite de Suzanne para fazer parte do grupo. "De todas as sociedades inúteis e tolas, o grupinho de Suzanne era o campeão." Ele não havia pensado nas oblatas há anos, nem mesmo nesta tarde quando informava Madre Malloy sobre a tradição que envolve o bloco de mármore vermelho.

— Duvido que suas colegas de turma saibam alguma coisa sobre essa sociedadezinha.

— Bem, se mamãe, que não fez parte de nenhuma, contou-me sobre elas, por que Tildy Stratton, cuja mãe e tias participaram, não teria contado às suas amigas sobre as oblatas?

— Porque não é o tipo de coisa que uma mulher adulta teria orgulho de contar à filha. Seria como se eu tivesse feito parte de alguma sociedade secreta no colegial, na qual nos reuníamos no escuro e fazíamos juramentos solenes além de nossa compreensão de garotos.

— Tia Antonia... ela contou ao senhor como eram os juramentos?

— Não tivemos muito tempo juntos, como você sabe — disse, evitando a pergunta por enquanto. Que bem faria a Chloe, quando precisava fazer amizade com essas meninas e respeitar Madre Ravenel como diretora, saber que a esposa do tio havia se deitado ao lado dele naquela breve lua de mel e recordado as promessas grandiosas que elas todas haviam recitado solenemente, de mãos dadas em frente à Freira Vermelha? ("Ah, querido, éramos tão fervorosas, jurando sermos verdadeiras conosco mesmas, como se já nos conhecêssemos... Mas Suzanne nos convenceu... Ela adorava ter segredos com um pequeno grupo de pessoas escolhidas.")

— Talvez tenha sido por isso que mamãe não quis fazer parte... por causa dos juramentos — disse Chloe. — Suzanne... Madre Ravenel... ficou muito ofendida com ela por causa disso. Precisaram pedir a outra garota para completar o número necessário. Era preciso cinco para montar um clube.

Dias de inscrição em Mount St. Gabriel's

Todos os anos, na primavera, tínhamos dois dias de inscrição em Mount St. Gabriel's. O primeiro dia era para as séries preparatórias, da primeira à sétima, até que, em 1943, o governo estadual incluiu a oitava série. O segundo dia era para as séries do colegial, que nós chamávamos de liceu.

No final dos anos 1940, depois que o preconceito contra católicos se abrandou em Mountain City, e as pessoas perceberam que escola excelente "as freiras da Inglaterra" haviam criado entre elas, as matrículas na escola preparatória chegaram a 200 e houve 78 meninas no liceu, 15 a 20 delas em cada turma. Também tínhamos um curso superior e uma escola de secretariado para alunas diurnas, com cerca de 50 matrículas.

Na verdade, eram tantas as famílias locais importantes que desejavam a instrução de suas filhas em Mount St. Gabriel's que o bispo da diocese reclamou, brincando, que a Ordem de Santa Escolástica estava dirigindo uma escola para meninas protestantes e judias com duas ou três católicas de quebra!

Nos anos 1880 e 1890, nossa escola havia sido um hotel de montanha muito famoso, o Clingman's Sky Top Inn. As pessoas vinham para Clingman's de todas as partes do país em busca do seu ar puro de montanha, 1.600 metros acima do nível do mar, e suas paisagens panorâmicas incomparáveis. Você podia olhar para o oeste e ver as cordilheiras das montanhas Great Smoky enfileiradas até o Tennessee, ou então se virar para a direita e apreciar no outro lado uma vista majestosa de Mountain City e do "Homem Longo", a forma como os índios chamavam um dos poucos rios que fluem para o norte nos Estados Unidos, com a montanha Beaucatcher de pano de fundo.

Nosso prédio era uma estrutura de madeira imponente de três andares no estilo vitoriano. Ele tinha um fabuloso ar gótico. Mesmo depois que foi posto abaixo em 1963, muitas antigas alunas relataram que percorriam regularmente seus corredores e varandas nos sonhos. Ele dispunha de oitenta quartos, duas salas de jantar, um salão de baile, uma piscina coberta e muitos salões. Também tinha seu próprio castelo de água, que podia ser visto de qualquer ponto de Mountain City. A torre do reservatório d'água era um ponto de referência local. Quando nossa fundadora, Madre Elizabeth Wallingford, comprou o local em 1909, a torre não continha mais água e ela solicitou a um arquiteto de Mountain City, Malcolm Vick, que projetasse um aposento lá em cima onde as freiras e as meninas pudessem meditar e desfrutar a maravilhosa "vista com os olhos de Deus", como ela a chamava. Por ter crescido em uma grande casa no campo em Oxfordshire com cômodos em torres, Madre Wallingford foi capaz de ajudar o sr. Vick com o projeto.

O longo caminho de entrada de Mount St. Gabriel's era ladeado por abetos da Noruega que ficavam mais esplêndidos à medida que os anos passavam. A primeira coisa que o visitante notaria quando o prédio se avultasse era a bela varanda que tomava três lados da construção. No verão, as freiras apreciavam ali o agradável frescor em suas cadeiras de balanço e, em dias quentes durante o ano letivo, era onde as garotas do liceu estudavam. Isso era considerado um privilégio. Mandamos fazer tábuas que atravessam os braços das cadeiras para que as alunas pudessem fazer suas lições ao ar livre. No entanto, as meninas precisavam virá-las para o lado de dentro, porque as paisagens fariam que se distraíssem demais. Mas, ao final do estudo, elas colocavam as cadeiras na posição original e fazíamos uma prece final enquanto "para os montes levantávamos os olhos".

No interior do prédio, havia um espaçoso *lobby*. Era magnífico, e nós o chamávamos de "salão principal". Nosso Menino Jesus de Praga o presidia, com as vestes feitas à mão pelas freiras, de acordo com os tempos litúrgicos da Igreja. E em toda a volta desse grande salão havia pequenos salões privados. Por dois dias inteiros, começando com o curso preparatório e terminando com o liceu, as professoras encarregadas de cada uma das turmas se sentavam nos pequenos salões e entrevistavam todas as meninas que estavam ingressando em sua turma e os responsáveis que as acompanhavam. Essas entrevistas no salão eram agendadas por ordem alfabética e, embora durassem cerca de quinze minutos cada uma, muito se fazia nesse curto período.

— do capítulo 2 ("O ano letivo") de *Lembranças de Mount St. Gabriel's: Um Memorial Histórico*, de Madre Suzanne Ravenel

CAPÍTULO 4

Troca de Amigas

Dia de matrícula no liceu, 1951
Mount St. Gabriel's

Os AUTOMÓVEIS QUE TRANSPORTAVAM AS MOÇAS COM horário marcado para as entrevistas de matrícula do final da tarde avançavam pontualmente pelos pilares de entrada de Mount St. Gabriel's e subiam, mais lentos e cerimoniosos, o caminho arborizado. Os abetos da Noruega haviam atingido sua maturidade completa, e os galhos pendentes de cada lado formavam copas sombrias sobre os carros. O acesso estivera claro e ensolarado quando Henry Vick, aos dezoito anos, assumindo o papel paterno, conduzira a irmã de quatorze anos, Agnes, para matriculá-la no primeiro ano do colegial, em setembro de 1930. O pai estava fora da cidade, à cata das tão necessárias comissões depois da Quebra da Bolsa de Nova York no ano anterior, e a mãe gozava uma das suas férias discretas para reabilitação do alcoolismo em um sanatório no estado da Virgínia Ocidental.

— Bem, lá está ele — disse Henry para a sobrinha, quando o antigo prédio pitoresco, uma armadilha mortal em caso de incêndio, surgiu no horizonte.

— É, e lá estão *elas* — respondeu Chloe. — Todas enfileiradas como corvos satisfeitos esperando para nos saudar. Do jeito que mamãe descreveu.

Lá estavam elas de fato, as freiras em suas filas de cadeiras de balanço, sentindo o clima agradável do final do verão na varanda; algumas delas velhas demais para lecionar, e umas poucas, como Madre Finney, velhas o bastante para terem feito parte do corpo docente original. Henry sentiu o escrutínio amistoso dessas figuras encapuzadas ("corvos satisfeitos" era algo tão típico de *Agnes*) à medida que elas identificavam os automóveis que chegavam e comentavam entre si sobre as pessoas que neles vinham. Ele sabia o que estariam dizendo sobre ele e Chloe... e a saudosa Agnes.

E da mesma forma — por ter visto num relance, e por acaso, no espelho retrovisor — ele podia imaginar o que estariam dizendo sobre as duas meninas no Oldsmobile conversível amarelo que vinha atrás dele.

— Aquela ali, logo atrás da gente, é Tildy Stratton. A irmã mais velha, Madeline, é quem está dirigindo.

Henry percebeu pelo enrijecimento súbito dos ombros de Chloe que ela se continha para não olhar para trás.

— Madeline está no liceu?

— Não, não mais. Ela está no penúltimo ano no Mountain City High.

— Ah, então ela não foi convidada para retornar a Mount St. Gabriel's.

— Como você sabe disso?

— Porque mamãe me contou sobre essas cartas que são enviadas no final do ano. "Sua filha está convidada... ou não está... a retornar."

Você e sua mãe devem ter conversado muito sobre Mount St. Gabriel's, Henry quase disse, porém deteve-se e não arriscou falar mais.

No entanto, Chloe respondeu com tanta naturalidade que era como se ele tivesse se expressado em voz alta. Henry cada vez mais se dava conta da tendência da sobrinha de ler seus pensamentos.

— Mamãe me contou muita coisa sobre a escola porque gostávamos de vir para cá, juntas, na nossa imaginação. Era um lugar onde se sentia segura e tinha sido feliz, ela me contou. E onde ninguém poderia seguir a gente.

• • •

— Aquela lá na frente deve ser ela — disse a moça no volante do conversível amarelo, dotada de uma beleza insolente aos dezesseis anos.

— Ela, *quem*? — Tildy Stratton estava de mau humor por ter sido arrastada por Madeline da piscina do clube de campo, muito embora ele fosse fechar no final da semana. Creighton Rivers, o salva-vidas bonitão que lhe havia ensinado o mergulho do cisne e a apelidado de "Tentadora Tildy", deixaria a cidade para frequentar a Emory University. E tudo isso pelo motivo idiota de colocar um vestido de mangas muito apertadas — mangas curtas não eram permitidas pela Venerável Ravenel! —, sapatos e *meias* — as meninas de Mount St. Gabriel's não ficavam com as pernas descobertas —, e jogar fora o que restava de um belo dia sentada em uma cadeira dura de um salão abafado, sendo inquirida — e, consequentemente, pré-julgada — pela professora com quem você ficaria por todo o próximo ano.

— Chloe Starnes. Na frente, no Jaguar de Henry. Finalmente, vocês duas vão se conhecer.

Tildy se animou. O verão inteiro ela vinha ensaiando seu primeiro encontro com Chloe Starnes: o que diria a ela, e com que efeito desejado. Henry Vick e Chloe iam à missa nas noites de sábado; Tildy, Madeline e, às vezes, a mãe iam aos domingos. "Com certeza ele está conservando a sobrinhazinha órfã embalada em papel de seda preto", mamãe dissera. Por fim, em junho, mamãe havia telefonado para Henry e convidado Chloe e ele para chá ou ceia, mas Henry tinha dito que não estava pronto para isso ainda; será que Cornelia poderia convidá-los novamente dentro de cerca de um mês?

— É *claro*, Henry, telefonarei novamente "dentro de cerca de um mês" — mamãe repetira suas palavras exatas para ele com sua voz "social". No entanto, depois de desligar, ela fez uma careta.

— Vai nevar no inferno antes que eu convide esse chato pomposo de novo. Mesmo que ele ainda seja oficialmente meu cunhado.

Acima de tudo, Tildy estava ansiosa para pôr os olhos em Maud, cujas cartas e postais da Flórida haviam se tornado mais bobos e exasperantes durante o verão, o primeiro período prolongado em que ficaram separadas uma da outra desde que se tornaram melhores amigas na terceira série. A mãe e a avó de Maud administravam o Pine Cone Lodge, que mamãe dizia ser apenas um nome sofisticado para uma pensão chinfrim para caixeiros-viajantes e turistas velhos de orçamento apertado. A avó de Maud, uma Sluder, era descendente de antigos colonos e, por isso, tolerava-se o fato de a mãe de Maud ser divorciada, e de Maud ter uma aparência aciganada e até mesmo, suspeitava-se, judia.

Em todos os verões anteriores a este, o pai de Tildy providenciava no clube uma afiliação especial para uso da piscina, de maneira que Maud pudesse frequentá-lo com Tildy sempre que quisesse. Tildy havia ensinado Maud a mergulhar e, sob a instrução de Madeline, as moças haviam começado seu aprendizado no flerte com rapazes mais velhos.

Mas de repente, na primavera passada, o pai de Maud, sr. Norton, há tanto tempo sumido que muitas das meninas suspeitavam que nem sequer existisse, convidou a filha para passar o verão em Palm Beach com ele e sua esposa atual, Anabel.

— Isso vai arruinar completamente nossos planos! — berrara Tildy. — Íamos aprender a andar de esqui aquático. Madeline já providenciou o barco a motor de Creighton no dia de folga dele.

— Ah, Tiddly, sinto muito. Mas vovó e mamãe disseram que eu tinha que arriscar. Se eles gostarem de mim, talvez se ofereçam para ajudar com a faculdade. Ao que tudo indica, Anabel está nadando em dinheiro.

— Não seja boba, Maud. Com suas notas, você pode conseguir uma bolsa em qualquer faculdade do universo. Não precisa deles. Não tem como adiar? Ele adiou *você* por bastante tempo.

Foi então que Maud a atacou.

— Você não compreende. Ele é meu pai. Quero conhecê-lo. E... e, talvez, ele tenha tido seus motivos para me *adiar*, e, aliás, esta é uma forma extremamente cruel de falar, Tildy.

Foi como se lhe atirassem água fria no rosto. Primeiro, o abandono abrupto do apelido engraçado, de que tanto gostava, "Tiddly", inventado por Maud, a única com permissão para chamá-la assim. E depois ser acusada de crueldade. *Crueldade!* Por sua melhor amiga desde a terceira série.

Mas o pior ainda estava por vir, algo cujo reconhecimento Tildy mal podia suportar e que avançava inexoravelmente em sua direção como uma onda perigosa. Tildy havia passado todos esses anos sossegada, na certeza de que era a pessoa mais importante na vida de Maud. Ela adorava seu papel de guardiã e benfeitora. Sob vários aspectos, Tildy havia criado a Maud que a fitava agora, com aquela hostilidade recente e audaciosa queimando em suas bochechas.

Extremamente cruel!

Na terceira série, antes que Tildy tivesse dó dela e embarcasse no seu Experimento Magnânimo, Maud Norton não era nada: uma novata insegura, a voz pouco mais alta que um sussurro, arrastando rumores duvidosos atrás de si. A mãe, divorciada, (ou que se assim dizia) retornara à cidade de algum lugar em New Jersey para ajudar a avó a administrar o Pine Cone Lodge. Numa maré de azar? Humilhada? *Abandonada?* Ela disse que estava mantendo o nome de casada para que "fosse o mesmo da filha". A mãe de Maud tinha um jeito metido, era Lily Roberts, mas agora adotara o nome Lily Norton. Ela sempre foi assim, mamãe disse, mesmo no colegial, embora não tenha frequentado Mount St. Gabriel's. O avô Roberts era um ferrenho opositor do catolicismo; ele se gabava de ter saltado de um bonde em Mountain City quando duas freiras de Mount St. Gabriel's embarcaram. Mas, agora, o avô já tinha morrido, e a avó queria que Maud tivesse as vantagens da instrução em Mount St. Gabriel's, mesmo que isso custasse cento e cinquenta dólares por ano para uma aluna externa.

Mas quem era o "sr. Norton"? E, quando primeiro os meses e depois os anos se passaram, por que ele nunca apareceu para visitar a filha?

— A senhora acha que Maud tem mesmo um pai? — Tildy havia perguntado à mãe depois que ela e Maud se tornaram melhores amigas.

— Todo mundo tem pai, Tildy — respondeu Cornelia Stratton. — Seja ele presente ou não. O que Maud disse?

— Ela não se lembra muito bem dele. Ele vendia anéis de formatura e viajava muito. Mas eu estava pensando, se o pai *fosse* mesmo ausente e, por exemplo, a mãe dela morresse, nossa família bem podia adotá-la legalmente, não é?

— Para que isso, Tildy?

— Bem, só pensei que...

— Vocês duas já não se veem o bastante do jeito que as coisas são? E, além disso — a mãe de Tildy acrescentou secamente —, Lily Norton não aparenta estar definhando. Com frequência ela é vista jantando e dançando com os melhores partidos da cidade no Casa Loma Club. Se duvidar, outra pessoa vai adotar Maud em breve.

Contudo, a terceira, a quarta, a quinta, a sexta, a sétima e a oitava séries se passaram, e ninguém adotou Maud. Lily Norton continuava a ser vista dançando e jantando no Casa Loma com a safra mais recente de bons partidos da cidade; os antigos haviam se casado e começavam a formar famílias. "Nesse ritmo", comentou a mãe de Tildy, "não demora e Lily Norton vai namorar os filhos de seus antigos namorados."

Cornelia Stratton era conhecida por sua língua afiada. A última coisa que se podia querer era inspirar um dos seus comentários "cáusticos", como a filha Madeline os descrevia. Ninguém era poupado, nem mesmo o marido de Cornelia, Bernard, que, quando noivaram, ela havia apelidado de Smoky Bear, o urso mascote do Serviço Florestal dos Estados Unidos, porque ele liderava grupos de caçadores de ursos, vivendo alegremente e sem culpa pelo dinheiro da madeira que lhe coube de herança. Era válido tratar até de Antonia, a adorada irmã de Cornelia, tanto em vida quanto já em memória. "É mesmo a cara de Tonia, tão ansiosa para entrar numa maldita *igreja* na *lua de mel* que se mete na frente de um furgão", Cornelia esbravejara em sua dor depois da ligação de Roma. Ao longo dos anos, suas filhas sofreram as queimaduras desses comentários com tanta frequência que fizeram delas cicatrizes cômicas, cada uma com sua história. Em certo ponto, Madeline e Tildy haviam decidido tacitamente considerar essas marcas como sinais da atenção cuidadosa de Cornelia, provas de amor maternal.

Mas o que vinha acontecendo nesse verão a Maud em Palm Beach com o sr. Norton e a esposa, Anabel, que estava nadando em dinheiro? Tildy morria de vontade de ver Maud em pessoa e tirar suas próprias conclusões. Norton era distante o suficiente no alfabeto para que a entrevista de Maud fosse agendada, como as de Stratton e Starnes, para o final da tarde. Mas primeiro Tildy pretendia punir sua melhor amiga. As cartas e postais superficiais de Maud, quando pingavam pela caixa de correio, tinham sido tão decepcionantes que beiravam o insulto. Facetas haviam sido deixadas completamente de fora. E Maud tinha um zilhão de facetas. Fora Tildy quem identificara esses potenciais e a profundidade de Maud e os havia trazido à luz para que outras pessoas os admirassem. No entanto, nessas míseras missivas de verão, pelas quais Tildy a princípio tinha aguardado avidamente, depois com reprovação e, por fim, com raiva... Meu Deus, era como se Maud estivesse sob um encanto ou tivesse sofrido uma lobotomia; até sua caligrafia clássica inclinada, que todos admiravam, havia se degradado com círculos flutuando sobre *i*'s ou na base de pontos de exclamação excessivos. E, por alguma razão, os nomes de todos os seus conhecidos, incluindo o da madrasta, ela pusera entre aspas.

Sim, primeiro terei de punir Maud um pouco, atingi-la, dando-lhe uma dose de "gelo" a técnica que dominamos juntas e ensinamos ao resto da turma com grande proveito na sexta série. Ela precisa ser lembrada de tudo que fiz por ela e de quanto mais podemos fazer com a soma de nossas forças. Ela precisa compreender como a nona série seria chata sem me ter ao seu lado.

— Então, garotinha — disse Madeline —, você quer que eu fique atrás de Henry no caminho de entrada ou devo desfilar pelo estacionamento para lhe dar mais tempo?

— Mais tempo para *quê*?

— Nossa, como estamos mal-humoradas esta tarde. Mas eu a perdoo; eu costumava odiar a entrevista de matrícula. O que quis dizer foi: se eu estacionar atrás de Henry, você poderá conhecer Chloe imediatamente e terminar logo as apresentações. Ou talvez você queira planejar sua abordagem tática.

— Jesus! Não é tão importante assim. Estacione atrás do Jaguar.

— Cuidado com tanto Cristo e Jesus, querida. O verão acabou... você está de volta à linha de fogo de Ravenel. Só estava tentando ajudar. Lembro como era quando uma novata chegava. Uma avaliação mútua precisa ocorrer, como cães que se cheiram.

— Bem, com certeza não estou pensando em *cheirá-la*. Ela não é uma espécie de prima nossa pelo casamento... já que a tia Tonia foi casada com o tio dela?

— Ah, pelos critérios sulistas, todo mundo é meio-primo. Diria que vocês podem ser primas ou não, dependendo de como se entendam.

Em seu vestido de verão de alcinha, Madeline estava irresistível girando o volante, exibindo o arco de seu pescoço de cisne e os ombros nus bronzeados. Tildy se beneficiaria muito com uns dois centímetros do pescoço de Madeline sem que a irmã mais velha fosse ficar menos atraente com essa perda.

À frente delas, Henry Vick, alinhado no terno de veludo cotelê e chapéu panamá, saía do automóvel, revelando seu corpo comprido e desengonçado. No lado do passageiro, o alto da cabeça da menina não havia se movido. Henry estava dando a volta por trás do Jaguar, quando o conversível de Madeline avançou e parou a centímetros de suas pernas, e ele levantou as mãos em falso alarme. Abriu a porta para a sobrinha, que não se apressou para aparecer.

— Saia logo, Tildy, e tome a iniciativa — disse Madeline. — Vou só tirar meu suéter da mala para esconder meus braços desavergonhados para que Ravenel não desconte em você, mas ela vai ter que engolir meus tornozelos de fora. É claro que ela ficará furiosa quando vir que fui *eu* quem trouxe você em vez de mamãe.

("Diga a ela que tenho coisas a fazer na câmara escura", mamãe havia instruído Madeline. Cornelia Stratton tinha um estúdio fotográfico bem-sucedido na cidade, especializado em eventos sociais e fotografias em grupo. "Hoje eu simplesmente não estou disposta para o fervor de Suzanne em dia de matrícula.")

Tildy se investiu da benevolência que cabia às pessoas de berço e saiu para encontrar Chloe. As apresentações eram mais fáceis quando se fingia que estava interpretando um papel numa peça. Ela caminhou até a moça piscando na claridade do sol, estendeu a mão e disse:

— Olá, eu sou Tildy Stratton. Creio que somos da mesma turma.

Mas por que ela estragara tudo com aquele estúpido *creio*? Chloe ia pensar que ela era uma idiota.

No entanto, o rosto da moça relaxou, e a mão dela se apresentou e encontrou a de Tildy. Era branca como a lua. Deve ter passado o verão inteiro dentro de casa, "embalada em papel de seda preto". Com a mão fria aninhada no aperto de mão de Tildy, Chloe disse, de forma não muito audível:

— Oi, estava ansiosa por conhecê-la.

E isso foi tudo. Depois o tio e a irmã mais velha assumiram seus papéis, e os quatro avançaram juntos para a entrada principal, de onde duas mulheres estavam acabando de chegar.

— Ai, Jesus, Maria, José — balbuciou Tildy com nervosismo. As duas mulheres eram Lily Norton e a filha, Maud. Ela parecia ter cerca de vinte anos. Havia espichado e formado seios. Estava vestida como uma modelo em uma saia tubo combinando com o blazer e com babados na cintura fina. O cabelo castanho havia sido cortado muito curto, e pequenos brincos dourados lhe enfeitavam os lóbulos. Para piorar, Tildy percebeu que Maud já a havia visto, mas estava fingindo — por algum motivo sinistro, ainda a ser revelado — que não.

— Nesse ritmo, garotinha, não demora muito e você estará comigo em Mountain City High — disse Madeline à irmã. — Expulsa por blasfêmia. Ah, minha nossa, é Maud. — Para Henry Vick, Madeline explicou: — Aquela moça charmosa que vem se encaminhando em nossa direção é a melhor amiga de Tildy.

— Ah, sim, Lily Norton e a filha — disse Henry.

Se pudesse, Tildy teria matado Madeline por ter revelado que Maud era sua melhor amiga quando esta ainda não havia sequer se dado ao trabalho de reconhecer sua presença. Chloe provavelmente estava pensando: "Essa Tildy deve ser uma grande imbecil."

Mas Tildy não estava disposta a deixar que a pessoa que ela resgatou na terceira série e praticamente criou do nada a fizesse de boba. Maud podia ter muitas sutilezas, aspectos trazidos à tona por Tildy, no entanto o poder de comando nato de Tildy não havia sido afetado em nada. Mais uma vez, investiu-se de benevolência e, pegando Chloe gentilmente pelo cotovelo, encaminhou-se até a afetada Maud e sua mãe, Lily Norton, bastante charmosa também... para uma mulher de meia-idade.

— Maud. Quanto tempo! — disse Tildy com animação. — Como passou o verão? Espero que não tenha sido *quente* demais lá na Flórida.

— Ah, nossa, não — Maud, assustada, já estava na defensiva. — Meu pai tem ar-condicionado central, e a casa dele é bem em frente...

— E como vai, senhora Norton? — Tildy continuou, sufocando o melancólico "... à praia" de Maud.

— Ah, eu não tenho do que me queixar, Tildy — disse Lily Norton no sotaque artificial do Norte que trouxera de New Jersey. — Muito ocupada, como sempre. A pensão ficou lotada o verão inteiro. Minha mãe e eu fomos forçadas a recusar alguns antigos clientes. Bem, Henry Vick, como a vida tem tratado *você* ultimamente? — Isso foi dito em tom familiar, como que para relembrar as antigas intimidades. Depois que ficou viúvo, Henry havia namorado a mãe de Maud por um tempo, então se afastou. ("Ela se jogou para cima dele" foi a interpretação de Cornelia Stratton sobre o ocorrido. "Conseguiu deixá-lo completamente assustado com as mulheres locais e, às vezes penso, com as mulheres de forma geral.")

— Olá, Lily. Olá, Maud — disse Henry com um aceno de cabeça para cada uma. — Na verdade, Lily, devo dizer que estou quase tão bem quanto você. Muito ocupado, mas não posso me queixar. Você conhece Madeline, é claro, e esta é minha...

— Ah, Madeline e eu somos velhas conhecidas — Lily reconheceu animadamente, embora tenha esquecido por completo de incluir Madeline em sua saudação. Esse era o problema, pensou Tildy, com pessoas sem berço: elas nunca conseguem se lembrar das amenidades pelas quais é preciso passar primeiro.

— E esta é minha sobrinha Chloe Starnes, que veio morar comigo. Ela vai para a nona série também.

— Ah, sim — disse Lily Norton, olhando Chloe expressivamente de alto a baixo. Ela dava a impressão de estar a ponto de dizer algo específico para Chloe quando Tildy usou seu estratagema.

— Chloe é a coisa mais próxima que tenho de uma prima — declarou ela a Maud. — Tio Henry era casado com minha tia Antonia, e sempre desejei ter uma prima. Acho que a nona série vai ser um ano muito interessante, não acha?

— Ah, *isso* com certeza — disse Maud, com uma risada nova forçada. E estendeu a Chloe um aperto de mão *blasé*. Até então ela não havia sequer olhado para Tildy. — Esperem só até vocês entrarem no salão e a conhecerem.

— Conhecer *quem*? — interpelou Tildy com irritação.

— Nossa professora, Madre Malloy, de Boston. Ela é linda de morrer. Não vamos querer nos livrar *dela* tão cedo. Bem, precisamos correr... Mamãe e eu temos que fazer compras. A propósito, Tiddle-dy, *amei* todas as suas cartas. Desculpe por não ter respondido com mais frequência, mas papai e Anabel me deixavam ocupada o dia inteiro.

Tiddle-dy! A sílaba adicionada parecia um deboche. Maud seria punida por isso também.

— O pai de Maud e sua nova esposa se apaixonaram por ela — disse Lily Norton. — Minha filha foi um sucesso absoluto em Palm Beach.

— Isso não é muito difícil de imaginar — respondeu Henry de forma galante enquanto mãe e filha tratavam de seguir para a próxima jornada. — Embora eu saiba que você deve estar muito feliz por tê-la de volta em casa.

CAPÍTULO 5

A Nona Série de Madre Malloy, 1951

As entrevistas da manhã

SETE MENINAS, SOBRENOMES DE A A L, DAS NOVE E MEIA até o sino do Ângelus ao meio-dia. Em seguida, capela e almoço. As alunas externas acompanhadas pelas mães, exceto por um pai, dr. Galvin, cuja mulher estava no hospital, prestes a dar à luz o sexto filho do casal. Galvin era clínico-geral e também atendia as freiras. Ele trouxe duas filhas em idade escolar, Josie para a nona serie, a primeira do colegial, e Sally para a última. Ele estivera em Mount St. Gabriel's no dia anterior, conforme contou Madre Malloy, para matricular suas duas filhas mais novas no curso ginasial. Havia, por enquanto, um menino na família Galvin, que estaria pronto para o primeiro ano do Newman Hall quando ele fosse inaugurado no ano seguinte. Josie Galvin, uma moreninha de olhos dissimulados, parecia segura de si e da estima do pai. Seria Josie, talvez, uma das líderes na nova nona série de Madre Malloy?

As duas cubanas, alunas internas da nona série, apresentaram-se em dupla para a entrevista, uma vez que a moça mais nova falava bem pouco inglês; Marta Andreu e Gilda Gomez haviam chegado no dia anterior no trem de Nova York, onde os pais eram diplomatas. A extrovertida Gilda, cujo inglês de sotaque carregado rolava de sua língua em cascatas impulsivas, estava retornando para seu terceiro ano. Ela já estava em Mount St. Gabriel's desde a sétima série. Suas blusas grandes demais, ela explicava rindo a Madre Malloy, estavam sempre apertadas no feriado do Dia de Ação de Graças, e seu pai dizia que era desperdício de dinheiro comprar dois tamanhos de tudo. "Em Sain' Gabriel, Madre, minhas roupas começam grandes e depois ficam pequenas. Justamente o contrário do que acontece comigo!"

Marta dava a impressão de ser, e era, mais velha que suas colegas de turma. Ficou atrasada na escola em Havana, Madre Ravenel contara a Madre Malloy, e, durante esse ano vexatório em que teve de repetir uma das séries, iniciou uma relação indevida. Em seguida, foi mandada para a Espanha para passar um ano com a tia-avó. "Estou abrindo uma exceção", disse Madre Ravenel, "deixando que ela divida o quarto com Gilda Gomez, que é uma menina boa e alegre e que conhece o nosso jeito de ser. Permito que falem espanhol quando estiverem sozinhas, embora isso costume ser contra nossas regras. Marta é de uma família importante de Cuba, e ela tem uma irmã menor que virá estudar conosco daqui a poucos anos".

Quatro das novas alunas externas haviam se formado no St. Jerome's, a escola paroquial do outro lado do rio. Elas seriam levadas de ônibus vinte e quatro quilômetros na ida e na volta para ter o privilégio de receber uma educação católica de primeira. Embora o sobrenome de uma delas começasse com Y, Madre Ravenel achou adequado flexibilizar as normas de maneira que pudessem formar um grupo matinal, menos uma das mães, que trabalhava como taquígrafa judiciária. Essas meninas e suas mães apoiavam umas às outras, com desconfiança e um leve desdém pelo dia de entrevista com os pais. "Lora Jean poderia ter vindo aqui muito bem sozinha, Madre Malloy. É ela quem vai estudar em Mount St. Gabriel's, não eu."

Lora Jean Cramer. Kay Lee Jones. Mikell Lunsford. Dot Yount. Esta noite, antes de rezar as Completas, leia toda a lista de chamada e faça a correlação das imagens com os nomes. Lora Jean, objetiva e atarracada, uma versão mais nova da mãe. Kay Lee, a moça tresloucada de olhos verdes com uma marca de nascença em formato de morango no pescoço; a sra. Jones era a taquígrafa ausente. Mikell, alta, de cabelos feito palha e modos de rapaz: deve ter puxado isso do pai, já que a sra. Lunsford era morena, baixa e acanhada. Dot, desculpando-se ao espirrar em um lenço úmido, era alérgica a vara-de-ouro, explicou a sra. Yount. E também, disse, como se listasse os talentos da filha, tinha alergia a ovos, atum, nozes e pó de giz.

Eis as quatro meninas transferidas de St. Jerome's do outro lado do rio. Mas tente fixá-las na mente como indivíduos.

Um cancelamento de última hora: Lidia Caballos, da Venezuela, que fugiu para casar com o primo. "O pai dela está tomando medidas para anular o casamento", contou Madre Ravenel a Madre Malloy. "Ele está furioso por causa do depósito não reembolsável do internato. Ele não via motivo, se a anulação ocorresse, para que Lidia fosse impedida de frequentar Mount St. Gabriel's no próximo semestre. Eu disse a ele que lamentava, mas isso não seria um bom exemplo para as outras meninas."

A sra. Frew havia dirigido todo o caminho desde Knoxville para inscrever a altiva Elaine, sua filha, como aluna interna no liceu tal qual a própria sra. Frew, então Francine Barfoot, havia sido inscrita como caloura no outono de 1930. "Fui da turma de Madre Ravenel, na época em que era nossa talentosa Suzanne e nossa representante de turma. Ela me escolheu para compor e tocar a música de flauta para nossa peça de calouras, *A Freira Vermelha*, que ela mesma escreveu. Minha época em Mount St. Gabriel's foi tão feliz, Madre Malloy... Infelizmente, papai faleceu e precisei sair no penúltimo ano. Fiquei muito triste. Mas aqui está Elaine, para terminar o que comecei."

Elaine Frew, que tinha conhecimento avançado de música, teria aulas de piano duas vezes por semana na cidade com um concertista aposentado que escolhia a dedo seus poucos alunos e cobrava uma fortuna.

"Exceto pela flauta, Francine Barfoot era bem comum, mas ela se esforçava em tudo que fazia, e você podia confiar na lealdade dela. Não se dá o devido valor a essas meninas que ficam satisfeitas em dar forma à massa da turma em vez de serem sempre a cereja do bolo", esse foi o esboço resumido que Madre Ravenel fez da "terceira mãe" da turma de 1934.

Meio-dia — A sexta hora — o Ângelus

Cinco minutos antes do meio-dia, Madre Finney desligou o forno a gás, deixando as bandejas de macarrão com queijo dentro do forno para mantê-las aquecidas. Lavou as mãos embaixo da torneira, secou-as numa toalha limpa com o cuidado sacerdotal que precede os deveres sagrados e saiu pelo corredor ladeado de troféus, com seu andar levemente claudicante devido a uma queda de cavalo na juventude, para tocar o sino do Ângelus.

A ponta da corda grossa do sino pendia no vão da escada. Ela era isolada por um portão de ferro batido circular, que Madre Finney agora destrancava com a chave retirada de seu bolso fundo. A tentação de uma corda acessível atada ao badalo trovejante de um sino que podia ser ouvido num raio de quilômetros de distância mostrou-se grande demais para várias gerações de menininhas — e mesmo algumas mais velhas. Em 1939, uma aluna da última série anunciou seu noivado usando o sino e escapou por pouco de ser expulsa. A última que tinha tocado o sino sem autorização, antes que o portão fosse colocado em 1944, foi uma aluna interna da quinta série, muito empolgada com o filme da noite de sexta-feira, *Este Mundo É um Hospício*. Ela havia puxado e balançado a corda proibida para o horror e deleite de suas colegas e, enquanto as badaladas ainda ecoavam na torre, subira correndo as escadas gritando a famosa fala de Cary Grant: "A loucura corre nas veias da minha família. Ela praticamente *galopa*!"

Com frequência, Madre Finney pensava naquela garotinha quando tocava o sino do Ângelus. A menina não ficou em Mount St. Gabriel's por muito tempo, embora não tivesse sido expulsa. Sempre houve aquelas que iam e vinham, aquelas que haviam sido deixadas por pais que estavam fora da cidade e que depois eram levadas embora de repente. Madre Finney guardava um lugar especial no coração para as moças mais corajosas e animadas. Ela esperava que Deus concedesse àquela pequena tocadora de sino meios de dar vazão à sua energia e que a ajudasse a distinguir entre malícia excessiva e o que Madre Wallingford, que havia incorporado o conceito à perfeição, chamava de "ousadia santa".

Três toques e uma pausa; três toques e uma pausa; três toques e uma pausa. Ouça, largue suas ferramentas e lembre-se de que você está na presença do Eterno. Seguidas das nove badaladas consecutivas anunciando a hora sem sombras, o fim do trabalho da manhã, ressoando pelo prédio e ondulando pelo vale abaixo. Se o vento estivesse soprando para o lado certo, os presos no décimo andar do fórum no centro da cidade seriam capazes de contar as badaladas do sino de Mount St. Gabriel's.

O corpo frágil e curvado de Madre Finney não se harmonizava com seus braços ainda fortes. Ela tocava o sino com habilidade e firmeza. Quando jovem, ela havia domado potros xucros na fazenda de sua família em Galway. Agora estava em seu octogésimo nono ano, tendo sobrevivido a Elizabeth Wallingford, sua amiga aventureira e adorada fundadora da Ordem, mais de duas longas décadas.

As entrevistas da tarde

Oito meninas, da uma e meia às cinco horas, M até Y, seguidas da oração de Vésperas e depois o jantar.

Sra. Saul Meyer, uma mulher elegante com uma mistura charmosa de sotaques da Alemanha e da Carolina do Norte, apresentou-se como "Judy Meyer".

— Rebecca está em Mount St. Gabriel's desde a primeira série, Madre Malloy. Nós migramos para cá em 1941. Ela adora esta escola, e nós também. O pai dela e eu somos judeus praticantes e estamos criando Becky de acordo com nossas tradições. Mas, sabe, em Viena, tanto Saul quanto eu frequentamos escolas católicas. A freira que me ensinou caligrafia nos fazia copiar o catecismo, por isso o conheço quase tão bem quanto o Torá!

Rebecca Meyer: pequena para a idade, com compostura de criança do Velho Mundo. Um grosso rabo de cavalo vermelho vivo descia até a sua cintura. Falava com sotaque da Carolina do Norte, mas pouco dizia.

Ashley Nettle, a nova aluna externa, e a mãe, Virginia Nettle, que falava com frases teatrais cheias de presunção. A inquieta Ashley, cabelos soltos cor de ouropel, engolia suas palavras; agitava as pernas embaixo da mesa, e seus olhos percorriam o salão, como se estivessem procurando uma saída. "O pai de Ashley é o novo diretor assistente no Pisgah Prep, a escola particular para meninos. Ashley vai vir para a escola com o contingente holandês de Enka Village. É muito conveniente, já que ficamos no caminho."

Mais tarde, Madre Malloy perguntou à Madre Ravenel se a sra. Nettle era britânica. "Não, ela só gosta de fazer pose", respondeu a diretora. "Aquela Ashley certamente vai dar trabalho. Gostaria que ela estivesse no internato conosco, mas pelo menos vai vir junto com as moças holandesas da fábrica de raiom Enka. Elas serão uma boa influência. São descontraídas e amistosas e falam nosso idioma melhor que ela."

Maud Norton, uma moça alta, bonita e com bom desenvolvimento físico, e a mãe, Lily Norton. "Somos antigas em Mountain City, Madre. Minha mãe era da família Sluder, uma das pioneiras aqui. Eu e ela administramos o Pine Cone Lodge. De onde é seu sotaque? Boston! Foi o que pensei. Trabalhei por um tempo em Cape May, New Jersey, foi lá que conheci meu marido, sr. Norton. Quando voltei a Mountain City, todo mundo jurava que eu tinha um sotaque "do Norte", mas eu acho que não, a senhora acha? O sr. Norton e eu não somos mais casados, mas foi uma separação muito amigável. Maud passou este verão em Palm Beach com o pai e a esposa atual dele. Os dois ficaram apaixonados por ela."

Maud, cujo olhar fixo na nova professora chegava às raias da falta de educação, corou do pescoço para cima e revirou os olhos.

— Foi um bom verão para você na Flórida, Maud? — indagou a freira.

— Foi tudo maravilhoso, Madre, mas estou feliz por estar de volta à escola.

— Maud adora estudar — Lily Norton interrompeu — e é claro que sentiu saudades de sua melhor amiga, Tildy Stratton, não sentiu, querida? Essas duas são unha e carne desde a terceira série. Elas...

— Tildy e eu nos correspondemos regularmente — disse Maud com frieza, cortando a fala da mãe.

Madre Malloy não havia percebido como o longo dia de entrevistas contínuas havia sido cansativo até que levantou os olhos e viu Henry Vick acompanhando uma moça magra com queixo saliente e uma franja escura. A entrada deles fez o salão, que havia se tornado menor e mais opressivo com o calor da tarde, de repente parecer mais arejado. Madre Malloy sentiu maior leveza de espírito e confiança. Ali estava o homem gentil que ela havia conhecido fumando seu cachimbo na escultura incompleta da Freira Vermelha. Naquela superfície fria, ela havia descansado depois da falta de ar, ou o que quer que tenha sido, enquanto ele, de pé próximo a ela, conversava com seu jeito fácil, dizendo muito sem dar impressão que o fazia. E essa devia ser Chloe, outra órfã como ela. Embora Chloe tenha conhecido seus pais. E Kate Malloy não tenha sido abençoada com um tio como o sr. Vick.

— É bom vê-la de novo, Madre Malloy. Esta é minha sobrinha, Chloe Starnes.

— Muito prazer, Chloe. Espero que se sinta em casa conosco em Mount St. Gabriel's.

— Espero que sim, Madre. Minha mãe, Agnes Vick, esteve aqui da primeira série até o colegial. Ela me contou tudo sobre as coisas em Mount St. Gabriel's.

— Nesse caso, você pode ser de grande ajuda para mim. — Madre Malloy percebeu que sorria sem esforço. — Cheguei há menos de uma semana e tenho quase tudo a aprender sobre como são as coisas por aqui.

Era raro que uma garota da idade de Chloe olhasse alguém nos olhos de coração aberto e permitisse ser olhada de volta. Talvez fosse preciso ter sofrido uma grande perda para isso.

Mary Tilden ("Tildy") Stratton estava acompanhada de sua irmã mais velha, Madeline, uma beldade com o dom da palavra.

— Nossa mãe pede desculpas, Madre Malloy, mas ela está atarefada com seu trabalho na câmara escura do estúdio fotográfico.

Ela teve muitos casamentos em agosto. Por isso, estou no papel de mãe de Tildy hoje. Sou uma antiga aluna de Mount St. Gabriel's também, até ter sido convidada a me retirar no final do ano de caloura. Se bem que as coisas acabaram sendo satisfatórias para mim em Mountain City High.

— Você usa seu nome completo, Mary Tilden, ou prefere Tildy? — Perguntou Madre Malloy à moça mais jovem. Ela não era uma beldade como a irmã, embora fosse atraente de uma forma meiga e atlética. Seu rosto estava tão queimado de sol que era preciso olhar de perto para notar as expressões. Mas elas estavam presentes.

— Chego a *pensar* que... — a menina começou com arrogância. Em seguida, parecia prestes a chorar, mas isso se transformou em raiva. — *Talvez* mude meu nome para...

— Não tome nenhuma decisão precipitada — aconselhou a irmã. Para Madre Malloy, ela disse: — Ela acaba de ter um estranhíssimo desentendimento na entrada com a melhor amiga, Maud...

— Cale a *boca*!

— *Desculpe*, garotinha. Estou sempre passando dos limites, não é? Acho que não estou acostumada ao papel materno. Fui da nona série também, Madre Malloy, e o dia de entrevista em Mount St. Gabriel's deixa todo mundo irritado. Ouça, Tildy, vá na frente, segure Henry Vick antes que ele vá embora com Chloe e pergunte se ele gostaria de ir à nossa casa para um coquetel ou chá ou o que ele quiser.

Assim, a dignidade de Tildy foi poupada antes que suas lágrimas rolassem, e Madeline ficou para ter uma palavra com Madre Malloy.

— Acho que não me tem em alta conta, Madre, mas amo minha irmãzinha e, ah, este lugar é um foco de perversidade. Gerações de perversidade e intriga! Agora eu posso dizer, posso dizer o que quiser. Posso até dizer que a senhora é bonita e que espero que goste de ser freira. Tive uma tia bonita, a irmã gêmea de minha mãe, que também tinha vocação, mas alguma coisa deu errado, e ela acabou se casando com Henry Vick e morreu na lua de mel. Eles estavam em Roma, e ela foi atropelada por um furgão. Quero que Tildy mantenha seu espírito intrépido... quase tenho vontade de ensiná-la a ser expulsa para que eu possa cuidar dela em Mountain City High. O que me impede é que não se pode ir para lá até a segunda série do colegial.

— Ah, pelo contrário, Madeline, gostei muito de você — disse Madre Malloy. — Espero que venha me ver novamente. Enquanto isso, prometo fazer o melhor que puder para zelar pelo espírito intrépido de sua irmã.

As duas últimas eram as moças holandesas: Hansje Van Kleek e Beatrix Wynkoop, da Enka Village, a fábrica de raiom. A maior do mundo, segundo Madre Ravenel. ("Quando os holandeses decidem fazer uma coisa, eles fazem direito.") As mães das duas garotas, que mal pareciam mais velhas que as filhas, cumprimentaram animadamente a nova professora e depois saíram para visitar Madre Finney. "Dava pra sentir o cheiro dos biscoitos de aveia lá de fora no estacionamento!"

Tanto Hansje quanto Beatrix falavam inglês perfeito, sem sotaque, do que Ashley Nettle, pronta a devorar-lhes as palavras, certamente se beneficiaria enquanto iam e voltavam da escola juntas. Madre Malloy se esforçou o tanto que podia para distinguir Hansje de Beatrix, as duas moças altas, louras e de boas maneiras, as duas retornando do seu terceiro ano em Mount St. Gabriel's. Ela observou, como um possível ponto importante, o canto esquerdo da boca de Hansje curvado para baixo, como se ela tivesse suas restrições à vida mesmo quando sorria, e o gesto aparentemente inconsciente de Beatrix de enrolar uma mecha de cabelo em torno do dedo enquanto prestava atenção com ansiedade, como se estivesse prestes a ouvir algo sensacional.

Antes das Completas nesta noite, vou me sentar nesta pequena escrivaninha no meu quarto, abrir o livro de chamada e percorrer esta lista de meninas. E direi cada nome em voz alta, seguido por uma curta prece: "Ajudai-me a ver o que é preciso sobre esta jovem alma humana."

A nona série de Madre Malloy, 1951

Marta Andreu
Lidia Caballos (cancelamento de última hora)
Lora Jean Cramer
Elaine Barfoot Frew (mãe: Francine Barfoot, turma de 1934)
Josephine (Josie) Teresa Galvin
Gilda Gomez
Kay Lee Jones
Mikell Maria Lunsford
Rebecca Meyer
Ashley Nettle
Maud Norton

Chloe Vick Starnes (mãe: Agnes Vick, turma de 1934; tia pelo casamento: Antonia Tilden, turma de 1934)
Mary Tilden (Tildy) Stratton (mãe: Cornelia Tilden, turma de 1934; tia: Antonia Tilden, turma de 1934)
Hansje Van Kleek
Beatrix Wynkoop
Dorothy Yount

CAPÍTULO 6

A Pós-cursora

Domingo, 24 de junho de 2001
Natividade de São João Batista
Residência de Olivia e Gudge Beeler
Mountain City, Carolina do Norte

ESTA É SUA ÚLTIMA NOITE NO LUGAR A QUE OLIVIA STEWART Beeler da turma de 1974 se refere como "sua própria suíte de convidada VIP, Madre Ravenel".

Amanhã de manhã, Gudge e Olivia vão levá-la para o aeroporto para despachar sua bagagem — Olivia havia lhe emprestado uma segunda mala para carregar o gravador além de outros presentes das meninas — e enfatizar com os funcionários da companhia aérea que essa senhora idosa, cega de acordo com a definição jurídica, deve ser transportada como uma relíquia ao seu destino. Infelizmente, não há voos diretos para Boston, portanto uma cadeira de rodas estará esperando por ela no portão em Dulles para agilizar a conexão. Já foi tudo programado, e ela ficou agradecida.

No Logan Airport, em Boston, ela encontrará a Irmã Bridget, que rapidamente a levará a perder as ilusões, acalentadas em Mountain City, sobre seu status de relíquia. A Irmã Bridget, de sessenta e cinco anos, é a "jovem" Madre Superiora de tudo que restou da Ordem de Santa Escolástica, embora não haja muito a que ser superior agora. Ela é a única na casa que ainda tem carteira de motorista, e irá se certificar de encaixar o máximo de afazeres possível entre a esteira de bagagens em Logan ("Duas malas, Irmã Suzanne? Como é possível, se saiu com apenas uma?") e a casa de repouso da Ordem em Milton. A Irmã Bridget chama todas as freiras de "Irmã", seguido pelo nome, muito embora as mais velhas tenham se acostumado a "Madre" pela maior parte de sua vida religiosa.

Felizmente, nem todos os jovens no comando são tão mal-humorados e intimidadores quanto Irmã Bridget. Na missa na basílica nesta manhã, Padre Thad, o novo monsenhor, pregara um sermão animado sobre João Batista.

"Não é fácil ser o precursor", afirmara Padre Thad. "Mas quando algo extraordinário está prestes a surgir no meio de nós, *alguém* precisa ir primeiro... sabe, como aqueles carros com pisca-alerta ligado que vão à frente de um caminhão com uma carga maior que o normal. As pessoas precisam estar preparadas. O precursor precisa anunciar... precisa até mesmo *prevenir*: 'Prestem atenção! Algo maior do que aquilo a que estão acostumados está vindo aí.'"

Depois da missa, Padre Thad, uma névoa alta vestida com paramentos vermelhos para a festa do mártir, cumprimentou sua congregação enquanto ela saía pelo nártex. Quando chegou a vez da Madre, ele se curvou e segurou-a em seus braços. As roupas dele cheiravam a incenso; seu pescoço quente exalava uma loção de barbear aromática.

— Ah, Madre Ravenel, eu não gosto nada disso! Nos domingos de um mês inteiro lhe entreguei meu coração, e agora a senhora está nos deixando amanhã. O que espera que eu faça?

— Espero que esteja bem aqui quando eu voltar no ano que vem — retorquiu ela em seu tom de diretora — E, Padre, seu sermão me ajudou a perceber o que talvez eu seja, em um sentido mais geral. Sou justamente o contrário de uma precursora. Sou o que vem depois... uma "pós-cursora", se é que existe essa palavra.

— Bem — respondeu ele encantado —, agora existe.

— É, Padre, o senhor me ajudou a ver que estou destinada a ser uma *pós-cursora*. Minhas antigas alunas me convenceram a escrever a história de Mount St. Gabriel's. Tenho ditado no gravador, que levarei de volta para Boston comigo amanhã. Reze para que eu viva e conclua minha tarefa para a glória de Deus e para que eu faça justiça ao meu material.

— Pode ter certeza que rezarei, e espero receber um exemplar autografado. Faça boa viagem, Madre. Que o Senhor a carregue em Vossas mãos.

É agradável estar entre pessoas que sabem que um dia você teve poder. É uma bênção, aos oitenta e cinco anos, deitar nesses lençóis macios em "sua própria suíte de convidada VIP", cercada de conforto, com os carinhos, os piqueniques, as festas e os brindes oferecidos por aqueles que estavam de fato presentes durante suas horas de maior força. Ontem no último piquenique, na hora do almoço, no alto da montanha de Beatrix De Groot Bradford, nome de solteira Wynkoop, turma de 1955:

— Ah, Madre, que época triste foi aquela, o fim de nosso ano na nona série. Sempre me senti mal por ter sido nossa turma que mandou a senhora embora em licença médica.

Beatrix, aos sessenta e quatro anos, é uma mulher próspera, que possui uma propriedade de extração de árvores de Natal no topo da montanha e realiza incontáveis serviços para a igreja e a comunidade. Enviuvou duas vezes, perdeu um filho em um acidente de barco e sobreviveu ao câncer, entretanto mantém seu modo alegre e cheio de expectativa de ver as coisas e seu velho hábito de colegial de brincar com os cabelos.

— Houve atenuantes, querida. Minha mãe estava morrendo em Charleston, meu irmão me pediu para ir cuidar dela, e Madre Superiora me deu permissão. Ela achou que ir embora seria revigorante para mim. E, ao mesmo tempo, eu estaria ajudando minha família. Mas, depois que todas aquelas coisas lamentáveis aconteceram, você deve se lembrar, Beatrix, a composição da turma mudou. Na época em que tive vocês no último ano, para começar, havia mais alunas, uma turma de vinte e uma formandas...

— ... E algumas não estavam mais lá.

— Algumas não estavam mais lá — ecoou Madre Ravenel significativamente, levantando o rosto para sentir o sol do meio-dia no pescoço descoberto. Embora sentisse falta de ser chamada de "Madre" em Boston, na jurisdição de Irmã Bridget, ela não sentia nem um pouco falta do velho hábito sufocante.

— A senhora venceu, Madre.

— *Nós* vencemos, Beatrix. Deus estava do nosso lado o tempo todo.

Pelos óculos escuros, a luz era o prateado reluzente do meio-dia verdadeiro, e Beatrix, fitando-a em uma cadeira de madeira Adirondack, era um borrão brilhante e querido.

— Bem, Madre, já faz onze anos, e meu médico afirma que ainda estou livre do câncer. E ainda tenho esse topo de montanha com três mil abetos crescendo diligentemente para virar dinheiro no Natal, e ainda tenho Deus e a senhora. Não posso aparecer para vê-la no convento sempre que sinto vontade, é claro, mas sei que está do outro lado do telefone e fazemos parte do mesmo mundo. E agora as meninas me deram o privilégio de transcrever suas fitas quando a senhora as enviar.

Na luz do meio-dia, Madre Ravenel conseguia distinguir Beatrix passar distraidamente as mãos para a frente e para trás sobre sua nova cabeleira, que surgia do borrão do seu rosto como uma auréola de lã de aço ardente.

— Será como ter a senhora no quarto comigo o ano inteiro, Madre, contando-me histórias sobre meu lugar favorito e as histórias por trás das histórias — disse Beatrix. — A senhora vai contar as partes tristes também? Lembro de Madre Malloy perfeitamente.

— Ainda sonho com ela. Madre Malloy ficou conosco por tão pouco tempo, mas por todos esses anos ela permaneceu uma visitante fiel à minha vida noturna. Acontece isso com você, Beatrix? Pessoas que reaparecem em seus sonhos e lhe trazem mensagens, e elas mesmas continuam a crescer e mudar nos sonhos?

— Ah, Madre, acontece. E mesmo que nunca tenham se conhecido quando estavam nesta terra, elas podem se misturar e trocar informações das formas mais impressionantes.

— O que ouve falar sobre Chloe Starnes, Beatrix? Olivia me contou que ela trocou o nome para Vick para que a firma pudesse continuar sendo Vick & Vick.

— Bem, dizem que depois do horário do expediente, Chloe sempre foi muito reservada. Ela está na lista de correspondência dos ex-alunos, é claro, mas nunca responde aos questionários. Se nos esbarramos no supermercado, ela é sempre cordial, mas continua empurrando o carrinho. Frequenta a Igreja Episcopal Anglicana agora, e projetou um belo labirinto para eles. Isso se tornou uma de suas especialidades. Espaços sagrados.

— Fui convidada para o casamento dela, nos anos 60, aquele que nunca se realizou. Sempre me perguntei o motivo.

— Muitos nos perguntamos. Há especulações de que estivesse apaixonada por outra pessoa, mas essas eu tento evitar. Ela devolveu todos os presentes e, que eu saiba, nunca mais namorou ninguém.

— Bem, lamento que ela não tenha se formado em Mount St. Gabriel's, mas desejo o melhor para ela. Ao que tudo indica, ela foi um grande conforto para a velha Madre Finney, no ano em que estive fora. Desejo o melhor para todas elas. Mesmo aquelas com as quais perdemos contato. Deve rezar por mim, Beatrix. Quero muito fazer um bom trabalho neste pequeno memorial da escola.

— Sempre rezo, Madre, e como a senhora poderia fazer outra coisa senão o melhor?

Obrigada, Senhor, por este brilho do meio-dia no topo da montanha de Beatrix. É como ir para o céu e encontrar minhas meninas no comando. Quer dizer, abaixo de Vós, é claro.

CAPÍTULO 7

O Swag

Sábado, 15 de setembro de 1951
Aniversário de quatorze anos de Tildy Stratton
Cabana de caça de Smoky Stratton

— QUERO UM TIPO DE FESTA *DIFERENTE* ESTE ANO — ANUNCIOU Tildy aos pais no final de sua primeira semana na nona série.

— Xi — resmungou o pai de Tildy com um estremecimento engraçado de seus ombros robustos. — Quanto isso vai me custar desta vez?

— Muito pouco, papai. Menos que nunca. Pretendo convidar somente uma pessoa.

— A pequena Maud, imagino.

— Maud e eu é coisa *bem* do passado, papai. E ela já não é tão "pequena" assim.

— Maudie espichou como uma vara e ganhou um considerável busto ao longo do verão, de acordo com Madeline — informou a mãe de Tildy ao marido. — Então quem será sua distinta convidada, Tildy?

— O que eu queria para meu aniversário deste ano é que Chloe Starnes e eu passássemos o fim de semana na depressão da montanha, lá no Swag. A gente poderia cozinhar em uma fogueira e fazer a própria comida, e prometo que a gente usaria coletes salva-vidas caso *sonhasse* em andar perto do lago.

— Não está pensando em irem sozinhas... só você e Chloe?

— É claro que não. — Tildy havia planejado como abordaria o assunto. — Pensei que Flavia e John poderiam ir com a gente, como fazem com os convidados de caça e pesca de papai. Só que a gente não pediria que Flavia cozinhasse nem fizesse limpeza; ela ficaria lá só para servir de acompanhante. E John dirigiria e pescaria até não poder mais.

— Mas o que vocês duas fariam um fim de semana inteiro? — perguntou mamãe. — O lago é muito frio para nadar, e o Swag, você sabe, não oferece muito em matéria de lazer.

— Podemos nos divertir uma com a outra. Chloe é uma pessoa muito interessante para passar o tempo, e ela me acha interessante também.

— Bem, eu não sei — disse mamãe. — Dê ao papai e a mim tempo para pensarmos no assunto.

— A única coisa que não quero é que vocês tentem fazer fogueiras — alertou papai. — John teria que fazer as fogueiras e apagá-las. Isto é, se sua mãe e eu decidirmos que vocês podem ir.

— E Henry Vick precisaria concordar sobre Chloe — disse a mãe de Tildy. — Mas seu pai e eu ainda *não* decidimos, então não vá se entusiasmar antes da hora.

Tildy sabia que tinha conseguido.

• • •

Chloe, sentada ao lado de Tildy no espaçoso banco traseiro do Packard que se movia suavemente pelo campo, executou alguns traços no bloco de desenho e uma figura ganhou vida.

— Ai, meu Deus, é ela — exclamou Tildy. — *Como* você faz isso, Chloe?

— Não sei com certeza. Primeiro, preciso que a pessoa apareça, e então tento vê-la e, quando acerto, ela meio que surge da ponta do meu lápis.

— Mas é que ela ganhou vida. Do jeitinho que ela fica quando está escrevendo no quadro-negro. Ah, eu adorei. Posso ficar com ele?

— Não até o seu aniversário.

— Mas *já é* meu aniversário.

— Não exatamente *ainda*. Você nasceu às cinco da tarde, e ainda são dez da manhã.

Embora os ocupantes banco da frente falassem de vez em quando em murmúrios entre si, os dois se portavam com um rígido distanciamento: John, o chofer fazedor de fogueiras, e a esposa, Flavia, a guardiã e supervisora de gêneros alimentícios. Era uma coisa nova para Chloe que os negros morassem na propriedade com as famílias brancas. Rosa pegava o ônibus da casa de tio Henry até o bairro dos negros todo fim de tarde, apesar da idade avançada. Rex Wright e a mãe de Chloe jamais haviam empregado “ajudantes”, já que Rex nunca fez segredo de sua desconfiança dos negros.

John e Flavia moravam em um apartamento sobre a garagem dos Stratton. John realizava os afazeres da família no Packard preto e conduzia o sr. Stratton aonde ele precisasse ir; também transportava Tildy na ida e na volta de Mount St. Gabriel's. A mãe de Tildy e a irmã mais velha andavam velozes em seus próprios carros, enquanto Flavia ficava em casa e preparava sopas, pratos típicos da cozinha sulista e os almoços escolares de Tildy, dando a impressão de que mantinha o lar dos Stratton completamente sob seu domínio. Ela não era simpática nem falante, mas dava para sentir quando envolvia alguém em sua ideia de como o dia deveria transcorrer do modo adequado. Contanto que se encaixassem em sua coreografia de atividades, os membros da família sentiam que ela cuidava deles e, em sua proteção distanciada, até se preocupava.

— Ah, Chloe, você acertou a manga, o cotovelo, o véu sempre esvoaçante quando ela se move e a forma como recolhe o queixo quando está escrevendo. Meu Deus, nela, até mesmo esses sapatos de senhora ficam bem. Imagino como era na nossa idade. Ela contou ao seu tio que era órfã.

— Não, ela disse que tinha ficado em um orfanato.

— Mas das duas uma, né? Digo, ela pode ser órfã ou pode ter sido abandonada pelos pais. Ela não falou o que aconteceu?

— Ela só disse isso porque o tio Henry perguntou se tinha irmãos. — A própria Chloe havia interrogado tio Henry sobre sua conversa com Madre Malloy na gruta. Como qualquer outra aluna da nona série, ela estava sob o encanto da professora de Boston.

— Talvez eles tenham precisado desistir dela — disse Tildy de forma sinistra.

— Quem?

— Os pais dela. Quer dizer, e se... — Tildy baixou a voz. — Talvez o pai dela tenha sido um padre ou algo assim, e seu amor precisasse permanecer secreto para que a mulher fosse forçada a ter o bebê e entregá-lo em adoção para um orfanato. Talvez a mãe fosse uma freira.

— Se alguém é adotado — argumentou com calma Chloe —, não vai para um orfanato. Vai para casa com seus novos pais.

Sempre que os voos de imaginação de Tildy desprezavam demais a realidade, Chloe se sentia obrigada a trazer sua nova amiga de volta para o terreno do plausível. Já haviam se passado três semanas agora (elas estavam entrando em sua quarta semana de amizade) e Chloe ainda ficava entusiasmada com a lembrança de Tildy avançando na entrada da escola, como um jovem príncipe a convidando para a dança, e a apresentando a Maud Norton como "a coisa mais próxima que tenho de uma prima".

Por motivos que Chloe ainda estava tentando reconstituir com os comentários bruscos de Tildy e sua própria intuição, a parceria de Tildy e Maud havia se rompido durante o tempo em que ficaram separadas no verão anterior. Agora, as ex-melhores amigas se olhavam de forma enviesada e cuidadosa; conversavam, quando necessário, usando lugares-comuns cautelosos, como se uma tentasse superar a outra em indiferença. Embora uma vez, quando Maud tratara a ex-amiga de "Tiddle-dy", Tildy tivesse bradado: "*Nunca* mais me chame assim."

— Ah, tudo bem — respondeu Maud com um sorriso frio. — Se eu chamar você para alguma coisa, vai ser para jantar.

— Acho mesmo que eles arrancaram uma parte do cérebro dela em Palm Beach — contara Tildy a Chloe. — Suas cartas foram ficando cada vez mais superficiais, até a caligrafia ficou boba, com pequenos círculos, e agora ela está de volta com frases feitas para preencher o lugar da conversa de verdade. Essa nova palerma em nada se parece com a pessoa que foi minha amiga durante todos esses anos. Quero que você entenda isso. É quase como se a Maud verdadeira tivesse *morrido* ou coisa assim.

Nesse momento, a pobre Tildy ficou vermelha como beterraba, e Chloe sabia o que ela estava pensando: Como posso ter dito uma idiotice dessas, quando a mãe de Chloe havia morrido *de fato*?

— Entendo, sim — disse Chloe. — É algo bem capaz de deixar uma pessoa triste.

— Nem tão triste quanto enojada — corrigiu Tildy.

Maud Norton — a "nova" Maud — avaliou a nova melhor amiga de Tildy com um tipo de curiosidade afrontosa que lembrou a Chloe os olhares ressentidos e confusos de Rex Wright para sua enteada durante os quatro anos em que eles compartilharam Agnes. Como Rex, Maud também olhava para Chloe como se ela tivesse tomado algo que lhe pertencia por direito. Como Rex, parecia tentar descobrir a origem da força de Chloe sem sacrificar seu orgulho.

Mais uma vez, Chloe se sentiu no meio de um relacionamento destruído. Não estava passivamente no meio, tomando espaço, mas preenchendo o espaço entre antagonistas e recebendo as flechas dos dois lados. Porque, é claro, a ligação entre Tildy e Maud ainda existia, tão forte quanto antes, talvez ainda mais forte; porém, agora as forças haviam se tornado hostis. Da mesma forma que, quando Agnes e Rex se desencantaram um com o outro, Chloe fora atingida pelas flechas de cada um.

Por causa das mudanças frequentes enquanto o pai estava na guerra, Chloe nunca tivera tempo de ter uma melhor amiga. Sua melhor amiga sempre tinha sido a mãe, Agnes. Elas brincavam juntas, liam juntas, dormiam juntas, enquanto aguardavam a guerra terminar para que pudessem ser novamente uma família. Então, quando o avião do pai foi derrubado nas últimas semanas da guerra, Chloe precisou ser a amiga "mais velha e mais ajuizada" por um tempo. Convencer Agnes a comer, ler para Agnes em voz alta, arrastá-la para passeios, pensar em pequenos presentes e surpresas, fazer Agnes querer levantar pela manhã. E depois houve o assédio de Rex Wright, e Agnes convenceu Chloe de que eles podiam ser uma família novamente. Depois do casamento, Chloe se estabeleceu em um lugar, a cidade natal de Rex, Barlow, e frequentou a mesma escola durante quatro anos. Menina calada e serena que ouvia tanto quanto falava, ela atraía amigos, meninos e meninas, mas não uma melhor amiga em particular. Sua única melhor amiga ainda era a mãe, a quem muitas vezes chamava de Agnes.

A família de Rex era respeitada na cidade, e o próprio Rex havia retornado para casa como um herói de guerra. Até aí, tudo estava bem. Contudo, depois de certo tempo, Chloe parou de trazer seus amigos para casa; ela nunca sabia quando haveria vozes altas, o choro por trás de uma porta fechada ou o baque de alguém caindo. Antes de Rex, Chloe não sabia que os homens batiam nas mulheres. Quando Agnes era casada com papai e eles discutiam, ele quase sempre cedia primeiro, e mamãe brincava dizendo que ele a havia deixado ganhar. Ela sempre dizia que "Merry" havia sido mesmo um nome *feliz* para o pai de Chloe.

Em algum momento, um pouco antes que as surras de Rex começassem, houve, num fim de semana, uma viagem de ônibus muito aguardada, quando ela e sua mãe foram para as montanhas em visita a tio Henry. Mãe e filha haviam compartilhado o quarto de menina de Agnes debaixo do beiral. Elas iam visitar Mount St. Gabriel's no dia seguinte (Agnes queria apresentar Chloe à adorada Madre Finney); porém, não era para ser: Rex surpreendeu as duas aparecendo um dia mais cedo em seu novo Beechcraft e insistiu que voassem com ele de volta imediatamente. Agnes chorou. Rex explodiu.

"Nada que eu faça para vocês é suficiente", gritara ele depois da decolagem, empinando tanto o avião que Chloe achou que ia vomitar. "Eu devia era esmagar nós três nas suas adoradas *montanhas* e acabar com tudo de uma vez!"

E assim, naquele último ano, Agnes e ela se tornaram amigas mais íntimas do que nunca. As aulas particulares na lanchonete começaram. O latim, o catecismo, as histórias contadas apressadamente, uma após a outra, como se houvesse um prazo se esgotando. Histórias sobre Mount St. Gabriel's, onde Agnes havia sido tão feliz. Mãe e filha guardavam mais e mais coisas para si mesmas, e Rex ficava cada vez mais furioso.

Anoitecer, aniversário de Tildy
O Swag

Tildy e Chloe, com os rostos mergulhados na luz vermelha da fogueira, viravam seus espetos, observando os marshmallows escurecerem e formarem bolhas perfeitas. Uma lua falciforme subira no horizonte ao leste, e as estrelas pipocavam como pequenas luzes que se acendem no céu.

Tildy retirou seu espeto das chamas; Chloe a imitou.

— Estes estão perfeitos — declarou Tildy. — E este é o aniversário *perfeito*.

— Agora você tem oficialmente quatorze anos — disse Chloe, satisfeita com as palavras de Tildy.

— E *você* já tem quatorze anos desde junho — devolveu Tildy.

No silêncio incômodo que se seguiu, Chloe tinha certeza de que Tildy pensava como o último aniversário de Chloe devia ter sido triste, tão próximo da morte de Agnes. Mas Chloe salvou o momento trazendo Agnes para os vivos.

— Sabe, minha mãe veio aqui no Swag uma vez. Foi no outono do último ano dela na escola, na festa de noivado dos seus pais. Agnes estava prestes a ficar noiva também, mas não sabia disso. Já sabia que estava apaixonada, mas meu pai não a havia pedido em casamento ainda. Ele lhe contou depois que tinha medo que ela o recusasse.

— Meu Deus! — exclamou Tildy. — Então eles estavam sofrendo em silêncio porque tinham medo de não serem correspondidos! Todo esse tempo perdido! Você consegue se imaginar apaixonada, Chloe?

— Espero me apaixonar um dia, mas agora acho que penso mais nas outras pessoas... em como foi para elas. Meu tio Henry, por exemplo, com sua tia Antonia.

— Isso foi meio estranho — disse Tildy.

— Como assim?

— Bem, tia Tonia tinha vocação. Desde muito cedo, ela estava muito determinada a virar freira. E meus avós aprovavam. Não era como aquela coitada que nunca conseguiu ser a Freira Vermelha, aquela menina que morreu enquanto os pais ainda esperavam convencê-la a desistir. Meus avós tinham *orgulho* da decisão de tia Tonia. Eles puseram o dinheiro do dote de freira em uma conta especial e tudo. O que deveria ter acontecido, segundo mamãe, era Antonia e sua melhor amiga, Suzanne Ravenel, entrarem juntas como postulantes no final do último ano. Mas Suzanne se adiantou sem contar nada a ninguém e entrou no recesso da primavera, com a permissão da Madre Superiora. Isso surpreendeu Antonia; ela ficou muito decepcionada.

— Minha mãe me contou alguma coisa sobre isso — afirmou Chloe. — Mas ela disse que foi porque Antonia estava tendo dúvidas, e Suzanne queria livrar a amiga do constrangimento de voltar atrás.

— Mamãe chama isso de "o álibi de Ravenel". Tia Tonia nunca teve dúvidas quanto a nada até Suzanne agir às suas costas. Depois, ela meio que entregou os pontos. Prosseguiu nos estudos com boas notas, continuou indo à missa, mas de forma mecânica, segundo mamãe. No final do ano de formatura, Antonia foi eleita Rainha da Escola. Isso sempre foi esperado; todo mundo sabia que tia Tonia era a garota mais admirada do colégio.

— E Antonia recusou o posto — disse Chloe, assumindo o relato. — Ela disse que não merecia e pediu que Madre Delaney, a diretora, fizesse outra eleição. Mas Madre Delaney decidiu não fazer isso, e a tradição foi interrompida.

— Tia Antonia foi a última pessoa a ser eleita rainha de Mount St. Gabriel's, e ela nem chegou a ser coroada. — Com seu espeto de marshmallow, Tildy mexeu no fogo que se extinguia. Depois se ajoelhou e assoprou o fogo vigorosamente. — Seu tio Henry já falou alguma coisa sobre tia Antonia depois que ela virou mulher dele?

— Ah, ele fala nela pelo menos uma vez por dia.

— Que tipo de coisa ele diz? Costuma falar de como eles se apaixonaram?

— Não, é mais algo como "Antonia uma vez disse..." ou "Antonia sempre achou..." ou apenas "Não tivemos muito tempo juntos".

— Talvez você pudesse perguntar a ele. Podia dizer como quem não quer nada, quando ele estivesse tomando seu drinque: "Tio Henry, como vocês dois decidiram se casar?"

— Talvez eu possa fazer isso — disse Chloe. — Mas sua mãe não lhe contou nenhuma história sobre os dois como casal?

— Só que eles começaram a namorar depois que Antonia inaugurou o estúdio de fotografia, quando mamãe estava grávida da minha irmã.

— Mas sua mãe não lembra como eles se apaixonaram? — perguntou Chloe. — Quero dizer, ela e Antonia eram irmãs gêmeas. Elas deviam andar aos sussurros no escuro.

— Consigo imaginá-las sussurrando sobre tia Antonia querer ser freira, porque isso aconteceu quando eram meninas. Mas mamãe já tinha dado à luz quando tia Antonia se casou com tio Henry. Elas não eram mais irmãs aos sussurros no escuro.

— Eu fico pensando no motivo de Madre Ravenel... na época em que era Suzanne... por que ela agiu assim sem contar à melhor amiga? Digo, quando elas tinham planejado entrar juntas?

— Melhores amigas são conhecidas por fazer coisas que magoam uma à outra — disse Tildy, com um cutucão menos entusiasmado na fogueira, fazendo Chloe se sentir triste antecipadamente pela possibilidade de que as duas um dia se magoassem e passassem a proteger sua mágoa com lugares-comuns cautelosos.

Estava ficando frio ali fora no escuro, e Flavia podia ser vista olhando, preocupada, da janela da cozinha iluminada na cabana.

• • •

Uma manhã de verão, muito cedo, 2001
Casa de repouso da Ordem de Santa Escolástica
Milton, Massachusetts

Senhor, quando vais me libertar desse sonho humilhante? Toda vez que o tenho, acordo constrangida de me voltar para Ti e provavelmente ficaria ainda mais se escolhesses responder. Diante disso, apenas permitas que eu fale. Talvez eu fique sem ter mais o que dizer, e aí isso vai parar. Não que não goste de invocar Tua voz, mas é penoso. Santo Agostinho se afligia em seus castos trinta e quarenta anos, quando seu corpo continuava a traí-lo no sono. Mas, Senhor, eu vou fazer oitenta e seis.

É sempre no mesmo lugar, o Swag. Ou melhor, o que passou a ser minha construção onírica do Swag. Antonia e eu estamos andando para longe da fogueira, para longe dos outros. Mal podemos esperar estar longe o suficiente para nos dar as mãos. Nesse momento, começamos a correr, levantamos voo juntas e alçamos ao céu noturno. O ápice é sempre o abraço, mas antes dele vem a expectativa do prazer da união, quando sabemos que seremos inseparáveis e, uma através da outra, completamente transformadas para sempre. Se eu encontrasse esses sentimentos em um romance que uma de minhas meninas estivesse lendo, eu teria confiscado o livro com um gesto de repulsa. Contudo, no sonho esse é o momento do auge da satisfação: *vai acontecer, nada pode nos impedir agora*. Com o abraço surge a compreensão do pecado, aquele que repetiremos tantas vezes quanto pudermos. E então vem a parte ruim: acordar neste corpo velho que ainda vibra culposamente de satisfação, com minha boca e bochechas inchadas e ásperas pelo contato prolongado — tudo isso em um mero sonho!

E ainda assim, Senhor, eu só a beijei aquela vez, na festa do noivado de Cornelia no Swag. E ela me retribuiu o beijo. Nós duas nos perdemos no que havíamos descoberto. No entanto, depois daquela noite, pude sentir Antonia se afastando de mim.

Continuação dos primórdios

Como já disse, Elizabeth Wallingford tinha vinte e oito anos quando foi para o retiro de Cowley, onde o carismático monge anglicano Basil Maturin pregava, e depois confidenciou ao Reverendo em uma conferência particular que sabia que queria dedicar sua vida a Deus, mas não sabia como proceder para isso. Reverendo Maturin a mandou visitar a irmã dele, uma freira anglicana em Oxfordshire, que aconselhou Elizabeth a ir para casa, rezar a respeito e pedir sugestões a Deus. "Não tenha medo de pedir detalhes", disse-lhe a sábia freira. "Deus ama os detalhes."

Pois bem, nessa época havia uma jovem treinadora de cavalos da Irlanda que estava hospedada com a família. Os Wallingford eram entusiastas de cavalos, e os Finney de Galway também, e o interesse do proprietário rural aumentou quando seu amigo Brendan Finney se gabou de que a filha mais nova era capaz de domar qualquer potro xucro na propriedade dos Finney. "Deixe que venha e nos visite", disse o fazendeiro. "Tenho certeza de que podemos encontrar alguns cavalos xucros para sua filha domar, e minha filha adoraria a companhia de outra amazona."

Essa jovem que veio ficar com os Wallingford era Fiona Finney.

Em 1889, tinha vinte e três anos, cinco anos mais nova que Elizabeth. As duas eram excelentes amazonas, ambas gozavam de grande independência e vitalidade e buscavam formas extremadas de servir a Deus. Não demorou muito para que as duas amigas cavalgassem até Littlemore, uma cidadezinha na saída de Oxford, para visitar um padre católico que Fiona vinha consultando a respeito de sua possível vocação.

Littlemore, vocês lembram, foi onde John Henry Newman vivera a crise de consciência que o levou a deixar a Igreja Anglicana e se tornar católico. Sua conversão, em 1845, mudou a nação em seu aspecto religioso. Nos quarenta e quatro anos que se seguiram, a Igreja Católica se tornou a doutrina que atraía a classe média instruída da Inglaterra. O catolicismo não era mais restrito a imigrantes irlandeses e aristocratas católicos velhos e turrões que sobreviveram à dissolução de Henrique VIII.

Tendo crescido na Irlanda, Fiona sempre se sentiu tão confortável em seu catolicismo que nunca o questionou. Para ela, ser católica significava o mesmo que ser uma Finney de Galway. Ao contrário de Elizabeth, Fiona não era uma intelectual ou acadêmica, mas usou de todas as suas capacidades mentais para examinar sua religião e converter Elizabeth. Porque a essa altura era nítido para ambas que eram vocacionadas. E elas tinham certeza de que podiam realizar mais ficando juntas e se apoiando mutuamente do que sendo freiras em religiões diferentes.

Elizabeth voltou a Cowley para ver o Reverendo Maturin várias vezes e falar com ele sobre seu interesse cada vez maior na Igreja Católica. Quanto mais Elizabeth ficava sabendo sobre a fé católica, por meio dos cultos com Fiona e suas próprias leituras — ela devorou o *Apologia* de Newman e depois escreveu seu próprio comentário animado sobre os Atos dos Apóstolos —, mais lhe parecia que a linha que podia ser traçada entre a Igreja que Pedro e Paulo trabalharam incansavelmente para fundar e a Igreja Católica de hoje era a mais direta e a mais pura.

Teria sido maravilhoso ouvir as conversas de Elizabeth Wallingford com o Reverendo Maturin, porque, como sabemos, ele se converteu ao catolicismo em 1897. Nessa época, Madre Wallingford e Madre Finney já haviam feito seus votos perpétuos, haviam estabelecido sua Ordem sob a égide dos beneditinos e estavam administrando o primeiro liceu para moças em Boston. É impossível não pensar até que ponto o questionamento ávido de Elizabeth Wallingford foi responsável por levar seu famoso mentor a seguir seu exemplo!

— de *Lembranças de Mount St. Gabriel's: Um Memorial Histórico*, de Madre Suzanne Ravenel

CAPÍTULO 8

A Dor Plangente da Alma

Noite de segunda-feira, 15 de outubro de 1951
Pine Cone Lodge
Mountain City, Carolina do Norte

MAUD NORTON SEMPRE GOSTOU DE LER, MAS *DAVID COPPERFIELD* a apresentou à ideia de que a história de outra pessoa, contada de certa forma, podia fazer você sofrer como se a história fosse sua.

Da varanda telada da pensão três andares abaixo, os murmúrios dengosos da mãe se alternavam com as respostas melífluas de barítono do sr. Foley. Maud estava contente que as palavras deles fossem inaudíveis. Já era desagradável ouvir as cadências de suas vozes. Ainda estava quente o bastante para que pudessem se sentar do lado de fora na varanda, desde que estivessem agasalhados. Os aromas combinados do cigarro de Lily Norton e do charuto do sr. Foley subiam pelo ar e entravam pela janela aberta da "torre de marfim" de Maud, como Lily a chamava com afetação. O quarto da torre era muito quente no verão e muito frio no inverno, e era preciso descer escadas íngremes para chegar ao banheiro, mas Maud prezava seu distanciamento do resto da vida mal-afamada do Pine Cone. Apesar do frio do inverno, ela aguardava ansiosamente a rigorosa geada, quando a mobília da varanda lá embaixo seria coberta com plástico e virada para a parede, e sua mãe e o sr. Foley seriam forçados a continuar seu namoro furtivo dentro de casa ou no cinema do centro da cidade.

Art Foley, que vendia alimentos sofisticados ("comestíveis seletos", dizia seu folheto) de uma empresa de atacado sediada em Atlanta, era um pensionista especial no Pine Cone da segunda terça-feira à terceira segunda-feira de todos os meses. Ficava no quarto de canto, o melhor de todos, com banheira própria. Ele lhes trazia cestas cheias de presentes questionáveis: mostarda com cerveja, fígado de ganso com cogumelos negros chamados trufas, "biscoitos finos" ingleses, que na verdade eram crackers sem gosto e secos, e queijos manchados que, pela aparência e cheiro, deviam ter sido descartados havia muito tempo.

Lá embaixo, na sala de estar escura, a avó Roberts estava sentada na poltrona do falecido marido, com as pernas inchadas levantadas sobre o assento baixo acolchoado, ouvindo seus programas de rádio e de olho no corredor que levava à cozinha. Alguns hóspedes tinham o hábito de assaltar a geladeira do Pine Cone.

Até o dia seguinte, a turma deveria ter chegado ao fim do capítulo 11 e atualizado o quadro biográfico de David. "Quando terminarem de ler o livro", Madre Malloy lhes dissera, "vocês verão o andamento de uma vida inteira em seu quadro." Maud havia pulado páginas para descobrir se David iria morar com o sr. Micawber, para que pudesse inserir seu novo endereço no quadro .Segura disso, ela pôde voltar ao começo do capítulo, em que eles estavam apenas sendo apresentados um ao outro, e saborear a certeza de que as coisas estavam indo um pouco melhor para David, que havia sido mandado ao sr. Murdstone para lavar garrafas em um armazém miserável.

Não que a mãe de Maud tenha se casado com um vilão como o sr. Murdstone e morrido logo depois. Lily estava muito viva, às vezes tão viva que era embaraçoso. E agora todos na escola, graças ao anúncio descarado de Lily, sabiam que Maud tinha um pai respeitável em Palm Beach, e que tanto ele quanto sua esposa rica, Anabel, haviam sido "cativados" por Maud no verão passado, com indícios de outros futuros benefícios. Sim, Maud tinha um pai tão "real" quanto o de Tildy. O pai de Tildy dispunha de mais charme rústico másculo, mas a forma como os dois homens passavam os dias era extraordinariamente similar. Smoky Bear Stratton, com nada muito urgente para fazer, lubrificava suas armas no gabinete e dirigia pela cidade no assento da frente ao lado do chofer. Cyril Norton, sem nada muito urgente para fazer, dirigia pela cidade no segundo melhor Cadillac da esposa e engordava de tanto petiscar na cozinha enquanto tentava levar a cozinheira na conversa.

Longe de ser despachada para lavar garrafas em um lugar miserável ou ser tratada com desprezo por pessoas inferiores, Maud estava em uma escola de primeira, com uma bela professora que todos cultuavam, e mais uma vez havia sido eleita representante de turma — a primeira sem a ajuda da campanha enxerida de Tildy. As outras moças a admiravam, admiravam Maud Norton e não o antigo monstro híbrido conhecido como "TildyeMaud".

E apesar de tudo isso, por que seu coração exultava quando ela relia e saboreava a passagem onde David confidenciava ao leitor que nenhuma palavra poderia expressar a agonia secreta de sua alma enquanto lavava garrafas com suas companhias ordinárias e sentia, oprimida em seu peito, a esperança de crescer para ser um homem culto e distinto?

Estar "completamente sem esperanças"! Que agonia secreta em sua alma corresponderia a isso? Que sentimentos de vergonha? Que medos de que tudo que aprendeu fosse morrer nela, pouco a pouco? O que acontecera em seu passado, ou poderia acontecer agora, para tornar suas aflições comparáveis às dele? Quando tudo em sua vida corria tão bem, quando todos os dias escolares lhe traziam seis horas de proximidade com a sublime Malloy, que identificação estava acontecendo aqui com esse menino inglês em outro século, na pobreza e no desespero? E, no entanto, essa identificação se dava, repetidamente, com uma dor plangente.

Depois que a turma terminou de ler e discutir o romance, Madre Malloy esperava um trabalho de cinco páginas de cada menina. "Por favor, não vão à biblioteca olhar o que outros disseram sobre *David Copperfield*. Vou conhecer qualquer trabalho crítico que vocês possam encontrar lá. Estou interessada em sua experiência do romance. Não em 'O que isso significa?' ou 'O que outras pessoas disseram sobre ele?' ou 'O que vai impressionar minha professora?', mas em 'Como ele mexe com minha alma?'"

Será que uma aluna poderia escrever um trabalho chamado "A Dor Plangente da Alma em *David Copperfield*"? Malloy incentivava que as moças pensassem por si mesmas, mas era implacável com qualquer coisa que cheirasse a impertinência ou linguagem ordinária.

Sinto ou não falta de Tildy?

Ficar sozinha era um pouco assustador — tão desprotegida —, mas pelo menos você era apenas você mesma, não estava ligada a outra pessoa cujo nome sempre vinha primeiro na boca dos outros: TildyeMaud. Ficar sozinha era como começar seu próprio clube e esperar para ver quem ia se associar, em vez de ter que ficar agradecida por seu mísero passe de visitante no clube de campo dos outros para que pudesse nadar ao lado de sua amiga enquanto ela era condescendente com você.

Não que eu não tenha ficado ressentida quando Tildy encontrou uma substituta tão rápido, uma nova pessoa a quem mandar, a orfãzinha tímida e "prima" que agora faria parte dos esquemas de Tildy e deveria gratidão a ela.

Será que já fui tão tímida desse jeito? Já fiquei tão agradecida assim por ela ter me escolhido para colaborar no que chamava de "fazer as coisas acontecerem do modo que *nós* queremos"?

Provavelmente, sim. Até o verão passado em Palm Beach, quando Anabel Norton levantou para mim suas sobrancelhas feitas na Worth Avenue e perguntou: "O que exatamente *vê* nela, querida?"

Toda aquela coisa com a sra. Prince na sexta série. Não estávamos aprendendo nada. Ela cheirava a talco de senhoras e havia lecionado na turma da sexta série da *mãe* de Tildy e lia as histórias de Tio Remo e levava doce para *elas*. "Coitada da sra. Prince; o problema dela foi que queria muito que gostassem dela", havia declarado a mãe de Tildy. "Isso sempre causa a ruína de qualquer um." Cornelia sabia ser devastadora quando se concentrava nas falhas de alguém. Ela sabia decretar sentenças de morte com uma frase corrosiva.

"Vamos tentar uma coisa, Maud", havia proposto Tildy, após a sra. Stratton ter decretado a sentença de morte da sra. Prince. "Vamos ver até que ponto podemos *impor nossa vontade sobre* a sra. Prince e deixar um exemplo para as outras."

Havia funcionado. Dentro de dois meses, a sra. Prince havia ido embora. Elas tinham uma nova professora, Madre Odom, de rosto fino, e nariz e queixo pontudos. Ensinava para as moças das séries mais altas no liceu e dizia que nunca era cedo demais para começar com álgebra. Tildy ficou tonta com o sucesso que tiveram. Maud titubeou a princípio; sentiu-se como uma bruxa: se elas eram capazes de realizar isso, o que mais poderiam fazer?

"Acho que você deve ser representante de turma no ano que vem" foi a próxima proposta de Tildy. "Se começarmos a planejar agora, será uma barbada na sétima série. Você é a pessoa mais inteligente da turma, e todas respeitam você."

Elas *nos* respeitam, Maud havia pensado; elas respeitam o animal estranho chamado TildyeMaud. Embora as notas de Tildy fossem medíocres, e seus problemas de leitura fossem uma vergonha secreta, ela dava a impressão de achar natural que as habilidades superiores de Maud fossem compartilhadas com ela e cobrissem as duas de glória. Contanto que estivessem atreladas como duas éguas, sua carruagem avançaria suavemente, na frente de todos, puxada pelas habilidades de Maud e as fantasias e o implacável apreço de Tildy por si mesma.

Na sétima série, Maud foi eleita representante de turma. Na oitava série também.

Mas agora, pela primeira vez sem o benefício do eleitorado de Tildy, Maud se viu representante da turma da nona série, tendo batido a outra concorrente, Kay Lee Jones, por nove a seis, em voto secreto. Se Kay Lee, a mais bonita e a mais insolente das transferidas, apesar da marca de nascença em forma de morango no pescoço, havia votado em si mesma (e por que não? Maud havia votado em *si mesma*), isso colocaria todas as quatro transferidas de St. Jerome — Kay Lee, Lora Jean Cramer, Mikell Lunsford e Dorothy Yount — ao lado de Kay Lee.

Considerando-se a ruptura entre Tildy e Maud, era esperado que Tildy e sua nova melhor amiga, Chloe, tivessem votado em Kay Lee. Porém, Maud pôde ouvir perfeitamente Tildy dizer a Chloe: "Embora Maud e eu não sejamos mais melhores amigas, Maud é *alguém que conhecemos*. Ela leva a sério ser representante. É um trabalho, como suas notas. Enquanto que Kay Lee Jones e seu grupo não são verdadeiramente meninas de Mount St. Gabriel's ainda. Digo, mal pode se dizer que sejam indivíduos; estão mais para um *conglomerado* de alguma coisa vinda do outro lado do rio."

Maud ficou horrorizada com o esnobismo flagrante de Tildy. Isso poderia muito bem ter se voltado contra ela, se Tildy não a tivesse escolhido como melhor amiga.

Não, devem ter sido as outras duas meninas que votaram em Kay Lee Jones. Não Marta Andreu, a nova moça cubana, porque ela votaria como Gilda Gomez votou, e Gilda sempre gostara de Maud. Talvez a metida da Elaine Frew então, que vivia para praticar piano e não dava a mínima para quem era a representante da turma.

E provavelmente o outro voto de Kay Lee veio de Ashley Nettle. Nos primeiros dias da escola, Maud havia visto Kay Lee bajulando a nervosa Ashley.

Agora, porém, Ashley havia se juntado ao eleitorado formado por Josie Galvin, a filha do médico, e as meninas holandesas, Hansje Van Kleek e Beatrix Wynkoop e algumas vezes Rebecca Meyer, quando ela não estava envolvida nas atividades da sinagoga. Rebecca Meyer nunca tinha gostado muito de Tildy, apesar de ser muito reservada para declarar isso publicamente.

Como Tildy estaria se saindo sozinha com essas tarefas de *David Copperfield*? Embora ela, como a mãe e a irmã, dominasse um vocabulário oral impressionante, o curioso é que era derrotada pela visão das palavras no papel. No ano passado, na oitava série, havia ameaçado ter um colapso nervoso com o romance *Silas Marner*. Maud precisou arrastá-la por aquele livro, um quarto do tamanho de *David Copperfield*, com ela esperneando o tempo inteiro.

(— Ah, Deus, Deus, Deus, ele me dá vontade de vomitar, Maud. Essa história não é escrita em nossa língua, mas em hieróglifos obscuros que me deixam tonta. Quem se importa com rodas de fiar, e que diabos são "sebes nucíferas"?

— É a tarefa que nos foi atribuída, Tiddly. Temos que passar por ela. Não fique presa às rodas de fiar e às sebes nucíferas. Vamos só ir em frente, um capítulo de cada vez, e extrair disso o que elas querem.)

Será que Chloe Starnes estava desempenhando essa função para Tildy agora? Estaria Chloe tão impressionada e grata quanto eu quando Tildy chegou para mim na terceira série e disse: "Quer se sentar junto comigo no almoço?"

E todos esses anos eu continuei impressionada e grata que ela tivesse me escolhido. Até que Anabel Norton me perguntou, quando estávamos fazendo compras na Worth Avenue: "Você tem uma foto dessa amiga especial de quem está sempre falando?" E eu puxei o retrato de Tildy da minha carteira — a adoravelmente arrogante Tildy, de mãos na cintura, apertando os olhos para mim como um gato para o seu dono ("Você me pertence") — e o entreguei, com orgulho, para Anabel.

A linha das sobrancelhas feitas de Anabel se elevou uns dois centímetros, e então ela riu. "É *este* o ser superior chamado Tildy? Ora, Maud, ela parece a... órfã Annie dos quadrinhos, só que sem pescoço. É uma menininha, se comparada a você. Você já é uma mulher deslumbrante. O que exatamente *vê* nela, querida?"

Ah, Tildy, como me magoei por você quando Anabel disse isso. É como a vovó sempre dizia para a mamãe: "Não deixe que lhe ponham uma venda nos olhos de novo." Mas o que se diria se alguém *tirasse* a venda que sempre esteve sobre eles?

Depois que Anabel disse isso, muito embora ela tendesse a julgar todos pela aparência e pelas roupas, eu não consegui pôr a venda de volta. Eu me sentia mal com isso, mas algo havia mudado. Pela primeira vez me perguntei: como seria ser apenas Maud sem o "Tildye" na frente. Precisava descobrir. Mas como, sem magoá-la? Talvez se eu fingisse ser superficial e burra você ficasse enojada e pensasse que era você quem estava me dispensando.

Você, que sempre dizia: "Ah, Maud, você é tão profunda, tem um zilhão de facetas"... Pobre Tildy, sequer percebeu quem eu era de fato!

"Quer se sentar junto comigo no almoço?", você disse naquele dia milagroso da terceira série. E eu disse: "Claro, por que não?", tentando esconder meu deslumbramento. Trouxemos nosso almoço de casa, mas quando chegamos ao refeitório você foi até o balcão e comprou para cada uma um pacote de batatas fritas. Entregou meu pacote e depois colocou o seu no banco e sentou-se nele. *Crec.*

"Gosto de fazer isso", você disse do seu jeito presunçoso. "Ficam mais pedaços. Por que não experimenta?"

Então experimentei. *Crec.* Tornou-se um hábito nosso, e logo as outras meninas estavam nos copiando.

Ah, Tiddly. Você era tão engraçada!

• • •

Lily Norton, com os ombros cobertos por um xale de lã, inclinou-se para trás contra o braço agasalhado de Art Foley, estirado despreocupadamente ao longo das costas do banco de balanço. Estava bem escuro agora. Nenhum fofoqueiro intrometido que passasse na calçada, mesmo alguém com visão noturna perfeita poderia ver alguma coisa além de duas figuras sentadas respeitosamente na varanda do Pine Cone Lodge.

— É, Maud e eu somos muito íntimas — dizia Lily. — Somos mais como irmãs do que mãe e filha. É claro, eu a tive muito nova. Era praticamente uma menina noiva. O sr. Norton me chamava assim: sua menina noiva. Maud me conta absolutamente tudo. Não temos segredos uma para a outra.

— Você conta absolutamente tudo para ela também? — Uma insinuação indolente enfeitava a voz de Art Foley. Quando as sílabas saíram, sua mão no encosto do banco de balanço acariciou o pescoço de Lily Norton.

— Bem, *nem* tudo — disse Lily com uma risada nervosa. — Afinal de contas, sou a mãe dela. Há coisas que uma moça de família não deve pensar ainda. Maud é tão menos sofisticada do que eu era na mesma idade... Muito disso se deve à escola, Mount St. Gabriel's, e àquelas freiras... embora eu esteja satisfeita por mamãe e eu termos conseguido juntar o dinheiro da instrução dela. E ano passado ela ganhou uma bolsa de quatro anos no liceu. Está recebendo uma educação de primeira e conhecendo o tipo certo de moças. Como lhe contei, fui para o colegial em escola pública porque meu pai odiava católicos e achava freiras uma coisa abominável.

— Aquela vez que ele pulou do ônibus quando as freiras entraram — lembrou Art Foley, agora massageando animadamente o pescoço e os ombros de Lily.

— Ah, isso é tão gostoso. Não pare.

— Quem disse que pretendo parar?

— É só que... ah, às vezes eu fico tão cansada. Não é fácil ser uma mulher sozinha com uma filha para criar numa cidade pequena onde todos observam você à espera de um erro seu. Estou tão feliz que o sr. Norton e a esposa, Anabel, tenham se encantado com Maud. Anabel é uma mulher muito rica, e Maud gosta dela. É claro que Anabel é um pouco mais *velha* que o sr. Norton, mas arrisco dizer que o acordo lhe convém. Ele nunca foi alguém que gostasse de se *esforçar*. O sr. Norton tinha seus pontos fortes, mas ser um bom provedor nunca foi um deles.

Art Foley deu uma risada.

— Que foi? — perguntou Lily.

— Estava só pensando se o sr. Norton tinha um primeiro nome. Ou você o chamava de "sr. Norton" o tempo inteiro em que foram casados?

— Era... Cyril — disse Lily, sem muita naturalidade. Ela não havia usado o primeiro nome do pai de Maud havia tanto tempo que soava estranho.

— Você o chamava de Cyril, então? "Pode colocar o lixo pra fora, Cyril?" "Ai, Cyril, isso é tão gostoso." "Ai, Cyyy...ril!"

— Você é muito safado, sr. Foley.

— Sim, imagino que eu seja mesmo. Mas você falava de sua filha adorável e de como ela ia conhecer as moças certas na escola e coisas assim. Que tal dividir esse xale comigo? Dá para dar uma volta se o colocarmos sobre os joelhos, assim. Está ficando frio, mas ainda não quero entrar, você quer?

— Ah, não. Mamãe está no meio dos seus programas. Ela gosta de desligar a luz e *viver* neles, sabe como é.

— Continue a contar sobre as amigas de Maud. — Sob a cobertura do xale, a outra mão dele começou a alisar o lado interno da coxa de Lily.

— Maud tem um grupo novo de amigas. Hum, isso é *bastante* agradável. Mas tem certeza que tem espaço suficiente para você aí embaixo, Art?

— Mais espaço do que preciso, Lily.

— Sabe, quando ela começou em Mount St. Gabriel's na terceira série... isso foi depois que o sr. Norton... Cyril... e eu nos separamos e eu voltei para Mountain City para ajudar mamãe a administrar a pensão. Não que eu achasse isso uma vida excitante, mas eu tinha dado chance ao azar e agora precisava pensar nas consequências. Bem, na terceira série, Tildy Stratton foi direto para Maud, e elas se tornaram inseparáveis.

— Sim, eu conheci Tildy. Uma metidinha. Os pais são gente da alta sociedade, você me contou.

— O tataravô fundou a Stratton Lumber. Mas outras pessoas a administram agora. O que ele mais faz é levar pessoas ricas para caçar na sua cabana e andar por aí no banco de passageiro do automóvel com o motorista negro.

— Acho que, a esta altura, a Stratton Lumber já derrubou florestas virgens suficientes para lhe permitir fazer isso — disse Art Foley, com seu bom humor insinuante e indolente.

— Não tenho nada contra os Stratton — disse Lily. — *Ela,* a mãe de Tildy, tem uma língua de escorpião, mas Cornelia sai para trabalhar todo dia. Tem um estúdio fotográfico que está indo muito bem na cidade. Fotografa todos os casamentos e clubes importantes.

— Não duvido nada — sussurrou Art Foley, tomando um pouco mais de liberdade sob o xale.

CAPÍTULO 9

O Dormitório das Freiras

Noite de segunda-feira, 15 de outubro de 1951
Festa de Santa Teresa de Ávila
Mount St. Gabriel's

Exame de consciência inaciano

1. Primeiro, peça luz a Deus. Em seguida, tente rever o dia do ponto de vista dEle.
2. Reze pela graça de ver claramente a orientação que Deus lhe dá em sua história cotidiana.
3. Ao rever o dia, peça que lhe sejam mostrados exemplos concretos da presença de Deus e da atividade e da influência do mal. Eles podem ser identificados quando se presta atenção a sentimentos fortes experimentados durante situações ou encontros.
4. Quando você e Deus agiram juntos? Quando você sucumbiu à influência do mal? Peça perdão por suas falhas e força para superá-las.
5. Planeje como você pode agir melhor amanhã. Em seguida, entregue-se à graça de Deus. Finalize com um Pai-Nosso.

Madre Malloy retirou os alfinetes do véu, dobrou-o conforme o costume e guardou-o na gaveta, os dois alfinetes dispostos sobre o quadrado negro de crepe georgette formavam uma cruz.

Na pasta sobre a escrivaninha estavam suas preparações manuscritas das aulas do dia seguinte: partes da *Segunda Filípica* de Cícero, aquela obra-prima da invectiva contra Marco Antônio, com seus muitos matizes e tons de ataque, embora nada muito brutal ou libidinoso no livro em latim com o imprimátur, que adotavam; em História Medieval, elas estudavam corporações de ofício, festivais e artes visuais. Que tesouros ela poderia ter encontrado para as alunas nas bibliotecas de Boston!

Para a aula de Língua Inglesa, ela havia atualizado seu próprio quadro biográfico de David. "Vai morar com a família Micawber em Windsor Terrace, City Road."

Com lembretes para si mesma nas margens:

1. O sr. Micawber é baseado nas experiências do pai de Dickens na prisão dos devedores.
2. O uso pelo autor de bordões reconhecíveis ("Nunca vou abandonar o sr. Micawber") para identificar os personagens.
3. Personagem "plana" versus personagem "redonda": vantagens e desvantagens de cada uma.

Removendo a touca engomada, Madre Malloy girou o pescoço, aproveitando a expansão da visão lateral e o frescor da cabeça nua. Todos aqueles anos se perguntando que tipo de resquícios antiestéticos deviam se esconder sob as toucas das freiras; e então, sua surpresa depois dos votos ao descobrir que a maioria das irmãs *optava* por manter os cabelos comprimidos sob os véus. Na Ordem de Santa Escolástica, a escolha cabia ao indivíduo. A velha Madre Finney, que havia mantido a boa visão e a firmeza nas mãos até os oitenta anos, trabalhava em uma série de funções do convento, de sacristã a arquivista escolar, despenseira e cabeleireira. O "Salão da Finney", como ela o chamava, abria uma vez por mês no solário das freiras no terceiro andar. Você se sentava em um banco de cozinha de frente para o céu e as montanhas a oeste, com um lençol rasgado preso por cima dos ombros, e pedia a tesoura ou o barbeador elétrico. A própria Finney preferia o barbeador, como disse à Madre Malloy. "Os cabelos voltam mais grossos e selvagens... é como se cada fio se alegrasse em sua liberdade de começar de novo. Ainda assim, como você, Madre Malloy, prefiro o couro cabeludo lisinho."

Primeiro, peça luz a Deus. Em seguida, tente rever o dia do ponto de vista dEle.

Na sua camisola de flanela, Madre Malloy pôs-se de joelhos sobre o genuflexório abaixo do crucifixo de madeira. Depois de pedir luz a Deus, ela subiu ao firmamento, em círculos como um gavião no ar da alvorada sobre Mount St. Gabriel's. O preceito de assumir a perspectiva de Deus lhe vinha naturalmente. Quando criança, Kate Malloy saía em frequentes jornadas noturnas depois do aviso da hora de dormir no orfanato. Essa forma satisfatória de lazer consistia simplesmente em fechar os olhos e visualizar qualquer cena que se escolhesse, seja flutuando acima e olhando abaixo seu próprio corpo curvado na cama estreita ou observando o orfanato como um pássaro em West Newton poderia vê-lo do telhado ou, ainda, identificando as luzes do porto de

Boston como pareceriam a um viajante noturno a bordo de um navio que chegasse. Essas jornadas foram aperfeiçoadas durante uma longa convalescência aos nove anos, quando uma infecção na garganta seguida de bronquite grave a deixou sem ir à escola durante semanas; elas continuaram com força total durante a adolescência. Foi só quando se tornou postulante, com um escrúpulo excessivo a respeito de tudo em sua vida mental, que ela as confessou ao seu guia espiritual, o qual, por sorte, era um homem que se baseava nas realidades físicas, um padre professor de Física e Química no colegial.

— O que *você* acha dessas pequenas excursões, Irmã? Acha que está realizando um feito místico quando sai flutuando? Ou que talvez Deus lhe tenha agraciado com essas visões como um sinal de Seu carinho especial?

— Elas não me parecem nada místicas, Padre. É mais uma mudança visual de perspectiva. E as cenas não aparecem do nada. Primeiro, preciso querer ir... e preciso ter visto os lugares ou ter visto fotos deles. Eu apenas consigo vê-los de outros ângulos.

Ele trouxe um caderno de prova do colegial. Ela olhou os diagramas e escolheu a figura mais próxima de como o objeto seria quando montado a partir deles. Avaliou distâncias na mente ou transpôs ângulos, depois escolheu entre as figuras como o campo de visão seria alterado. Ela acertou todas as questões daquela prova.

— Foi o que pensei, Irmã. Seu caso não é de presunção espiritual; Deus simplesmente lhe concedeu um alto grau de percepção espacial. Você seria uma ótima aviadora.

Volte a esta manhã. Assuma o ponto de vista de Deus enquanto Ele viaja pelo amanhecer, depois se inclina, mergulha e penetra o telhado da capela como uma presença invisível e onividente.

A comunidade está na oração matutina. Hoje é a festa de Santa Teresa de Ávila. Madre Ravenel lê o lecionário com seu vigor sulista em ritmo rápido, introduzindo os próprios apartes, como se fosse uma confidente da freira do século XVI e talvez como se acreditasse ser uma provável candidata a Teresa moderna.

— ... e como vocês sabem, ela foi uma organizadora de primeira, uma mulher prática e vigorosa que havia se tornado tão próxima de Deus que Lhe falava com atrevimento. "Se essa é a forma que tratas Teus amigos, não é de admirar que tenha tão poucos." Sim, foi justamente isso que ela disse a Ele quando sua carruagem tombou na lama enquanto estava na estrada para procurar outro convento.

Uma onda de risos das freiras vinda dos bancos da igreja. Algumas não haviam ouvido a história; as demais riam para registrar sua benévola aprovação de Madre Ravenel, a organizadora vigorosa e loquaz entre elas, envolvida no ato de ser tipicamente ela mesma.

("A parte mais difícil da vida no convento é a coexistência diária com suas irmãs em Cristo", a professora das noviças de Madre Malloy em Boston alertara. "Algumas personalidades vão irritar você desde o início; outras farão que você se deite no escuro à noite, rangendo os dentes. Outras ainda a entediarão, algumas ganharão sua estima, de outras você se despedirá com alegria. Mas são todas peças vitais no caleidoscópio de Deus. É disso que precisa se lembrar quando se ajoelhar ao lado delas na capela ou observá-las mastigando a comida do outro lado da mesa. Mas será especialmente difícil para você, Irmã, porque é exigente e tem expectativas tão altas sobre os outros quanto tem em relação a si mesma.")

Madre Malloy não se frustrou muito devido a algum atrito com as irmãs desde que chegara a Mount St. Gabriel's. Ela ficava simplesmente cansada demais ao final de cada dia para se deitar no escuro e ranger os dentes por causa de alguém. Muitas vezes cochilava enquanto fazia seu exame e dizia suas orações noturnas. Lá no alto das montanhas, um quilômetro e meio acima do nível do mar, o oxigênio era mais escasso. A comida do Sul — carnes fritas, papas de milho, pratos à base de maisena e bolos de frutas —, preparada e servida pelos negros da equipe de cozinha, pesava em seu estômago por horas depois de cada refeição. Não é de admirar que Gilda Gomez já estivesse vestindo bem as blusas de tamanho maior em outubro, no Dia de Ação de Graças.

Exceto pelo intervalo da capela ao meio-dia, Madre Malloy ficava geralmente com as moças da nona série das oito e quarenta e cinco da manhã até o fim do último tempo, às duas e cinquenta e cinco da tarde. A exceção eram as aulas de Matemática depois do almoço, com Madre Odom, nas segundas, quartas e sextas-feiras, durante as quais Madre Malloy gostava de andar pelo terreno da escola; não a extenuante caminhada de "cabra-montês" do seu primeiro dia com Madre Ravenel, mas apenas passear, respirar fundo e relembrar a presença de Deus. Mesmo quando outras professoras estavam lecionando para as turmas do liceu em conjunto no grande salão de estudos, Madre Malloy devia estar presente em algum lugar ao fundo, monitorando as quinze moças.

Entre as aulas com turmas reunidas, estavam as de conversação de espanhol da srta. Bianca Mendoza, muito populares entre as alunas, e as palestras vespertinas de sexta-feira da professora Staunton sobre atualidades (nem tão populares assim: Chloe Starnes desenhava esboços muito caprichados nas margens do seu caderno de eventos atuais; Marta Andreu, cuja compreensão de inglês continuava mínima, olhava distraída para fora da janela; o prodígio do piano Elaine Frew dedilhava escalas no tampo da mesa).

Havia também os animados discursos quinzenais de Madre Ravenel para o liceu inteiro, intitulados "Orientação moral para moças modernas", aos quais Madre Malloy ouviu Tildy Stratton se referir como "Orientação moral para moscas modernas". (Tinha certeza de que Tildy queria que ela ouvisse.)

Ela respeitava Madre Ravenel, até a temia um pouco, e desejava uma pequena fração da energia da diretora. Madre Malloy não conseguia se lembrar de uma época, mesmo quando menina, em que pudesse dispor de tamanha reserva de energia.

AO REVER O DIA, PEÇA QUE LHE SEJAM MOSTRADOS EXEMPLOS concretos da presença de Deus e da atividade e da influência do mal. Eles podem ser identificados quando se presta atenção a sentimentos fortes experimentados durante situações ou encontros.

Nesta segunda-feira, a festa de Teresa de Ávila, Madre Malloy havia vivenciado dois exemplos definitivos do amor de Deus manifesto nas comunicações humanas. Ela também havia sentido, em sua turma, os primeiros sinais de uma rivalidade que poderia atrair um demônio alerta à oportunidade. Tinha dificuldade com o conceito de mal absoluto, mas conseguia compreender a definição de São Tomás de Aquino ("uma ruptura no tecido do bem") e havia concluído por si mesma que a tentação é qualquer coisa que nos incentive a ser menos do que somos ou que tente nos separar de Deus.

Ela se lembrou da irmã mais velha de Tildy Stratton, Madeline, no dia de matrícula dizendo "Quero que Tildy mantenha seu espírito intrépido" e de sua própria promessa de zelar por ela. Ela desejara ver a interessante irmã de novo, e nessa mesma segunda-feira, durante a hora livre depois do almoço, seu desejo tinha sido concedido.

Como almoço, ela comera uma minúscula porção do ensopado de salsicha alemã e feijão, dispensara o bolo de frutas e se apressara para aproveitar o ar límpido de outubro enquanto Madre Odom ensinava álgebra à nona série. Ela se encaminhou direto para a gruta, não pelo extenuante caminho que Madre Ravenel tinha escolhido em seu primeiro dia, mas por um trajeto mais fácil que partia do acesso circular para veículos em frente à escola.

Depois de sentada no colo de mármore frio da Freira Vermelha, de frente para a *Anunciação* de Della Robbia, Madre Malloy inspirou profundamente (ela havia andado rápido para aproveitar ao máximo sua hora) e tentou adiantar o exame noturno analisando o dia até aquele momento. A parte do "monitoramento" da vida religiosa era difícil quando havia uma carga inteira de aulas também. Será que a jovem Madre Galyon, a nova diretora das séries mais baixas, a quem haviam sido concedidos anos ininterruptos para a conclusão do seu trabalho na graduação, era capaz de monitorar sua alma com todas as suas preparações de aula?

Onde, Madre Malloy se perguntava na gruta, aninhada no memorial incompleto para uma moça morta, *identifiquei até agora no dia de hoje a presença de Deus? E onde, a influência e a atividade do mal? Ou notei uma ruptura no tecido do bem?*

Ela estava consciente da presença de Deus na maior parte das manhãs quando fazia a chamada da nona série. Sentia-se assumindo a auréola de Cristo como Bom Pastor, ao verificar o bem-estar de todas. Cada "presente, Madre" rotineiro lhe chegava em determinado sotaque e tom emocional. Durante a breve troca de palavras com seu rebanho, alternada como numa antífona, Madre Malloy reconhecia a essência de cada menina. A complacência impassível de Jean Cramer, a desatenção moleca de Mikell Lunsford. Ela também procurava sinais do estado mental de cada moça: impaciente ou infeliz nesta manhã? Estimulada por alguma coisa? Chorosa ou mal-humorada?

Elas estavam na época da muda. Sem terem se livrado dos invólucros infantis, suas identidades femininas surgiam em jatos repentinos. Madre Malloy notava as mudanças quase diárias. Tildy Stratton exibia novas maçãs do rosto — ela chamaria a atenção, mesmo que não viesse a ser bonita —, mas suas notas estavam próximas da reprovação. (Madre Malloy havia enviado uma mensagem para a sra. Stratton na semana anterior, mas ainda não recebera resposta.) Ashley, a devoradora de palavras de peito chato, tinha agora seios brotando e, sob a influência de suas amigas holandesas Beatrix e Hansje, com quem ia e voltava da escola, já estava falando frases (quase) coerentes em inglês. Dorothy Yount, portando-se como uma diva desde que Madre Lacy descobriu sua voz e se tornou sua professora, dava a impressão de ter se esquecido completamente de suas alergias.

("Lembrem-se, meninas: vocês são uma obra em andamento." Esse era o fechamento característico de Ravenel ao final de todas as palestras de "Orientação moral para moças modernas".)

Girando de volta, no ponto de vista de Deus, até sua sala de aula nesta manhã, Madre Malloy se lembrava dos primeiros sinais de rancor juvenil que podiam muito bem sinalizar o interesse de um demônio de passagem. Foi pouco mais que um barulho distante de trovão, mas Madre Malloy havia testemunhado o confronto. Foi logo antes da chamada; Maud Norton e Becky Meyer, representante e vice-representante de turma, respectivamente, estavam ocupadas atualizando o quadro de avisos, colocando novos lembretes de reunião (ensaio do coral, Congregação Mariana, comitê de decoração do chá de Natal com os rapazes da Pisgah Prep). Em seguida, surgiu Tildy Stratton, com a pequena e sossegada Chloe logo atrás. Tildy, mal-humorada e à procura de algo em que achar defeito, imediatamente encontrou.

— Mas quem diria — sussurrou ela com sarcasmo para Chloe. — Nosso velho quadro de avisos sem graça está sendo renovado.

Becky Meyer, com seu característico distanciamento de todas as intrigas da turma, continuou colocando os avisos. Maud, porém, virou-se lentamente, um estranho sorriso iluminou seu rosto, e ela se dirigiu apenas para a amiga de Tildy.

— Ah, que bom, Chloe, você pode nos ajudar. Pode pensar em algo artístico para que o quadro de avisos não fique igual ao de todo mundo?

Chloe pestanejou. Tildy pareceu momentaneamente aturdida, depois estreitou os olhos. Empurrando Chloe com as pontas dos dedos, disse:

— *Você* vai lhe dar um pouco de *estilo* — como se a ideia tivesse se originado com ela. — Bom *dia*, Madre Malloy.

— Bom dia, Tildy.

— Bom dia, Madre Malloy — ecoou Chloe.

— Bom dia, Chloe. Agora, todas vocês, sentem-se para a chamada. E vamos todas pensar em formas de fazer do nosso quadro de avisos algo exclusivo.

Teve cuidado de evitar as palavras preferidas de cada facção. Sem mencionar "artístico" ou "sem graça" ou "estilo". Se você fosse muito dócil e submissa na sua conduta com jovens, já alertara Santo Agostinho, sua autoridade seria solapada.

O problema de distinguir o mal do bem, pensou Madre Malloy (fechando os olhos contra a luz do sol brilhante e se reclinando na Freira Vermelha), era que, com muita frequência, os dois crescem juntos. Nosso Senhor sabia disso: a parábola do joio e do trigo. Se a erva daninha ameaçadora fosse arrancada prematuramente, arriscava-se matar as diminutas mudas de bem que lutavam pela vida em torno de sua raiz.

CAPÍTULO 10

Madeline

Início da tarde de segunda-feira, 15 de outubro de 1951
Festa de Santa Teresa de Ávila
Gruta de Mount St. Gabriel's

DESEJANDO FICAR FORA DO RADAR DE MADRE RAVENEL, Madeline Stratton estacionou seu conversível amarelo no final da rua, atrás do prédio do curso superior. Com a cabeça baixa em sinal de humildade, subiu a entrada para veículos do velho prédio onde sua irmãzinha estava tendo aula de álgebra. Nesta manhã, ela havia se vestido buscando discrição e invisibilidade em vez de seu padrão usual de glamour.

Hoje, os alunos da Mountain City High tiveram metade do dia livre. Eles estavam sempre tendo um turno vago de modo a sobrar tempo para as coisas realmente importantes da vida, como partidas de futebol americano e a eleição da rainha da festa dos ex-alunos e sua corte. "Acho que devemos admitir que, em nossa escola de ensino secundário Mountain City High, o *ensino* é mesmo *secundário*", Madeline comentara recentemente com sua mãe, na ocasião de outro turno livre, quando havia buscado alívio para a falta do que fazer ajudando no estúdio da mãe no centro da cidade.

— Ah, Madeline, você sente falta mesmo de Mount St. Gabriel's. — Mãe e filha estavam juntas na câmara escura. Na bandeja de revelação de filmes abaixo delas, os rostos e os corpos dos rapazes da primeira série atual do elegante Pisgah Prep flutuavam aos poucos, como fantasmas que surgem de um nevoeiro.

— Não daquele lugar decrépito. Sinto falta da sensação de estar sempre alerta.

— E não há nada para manter você alerta... nessa escola em que o *ensino* é *secundário*. — O tom engraçado da mãe indicava aprovação do chiste de Madeline.

— Não, não mesmo. As garotas mais legais gostam de mim. E os rapazes, bem, eu posso mais ou menos escolher. Apesar de que é meio como escolher sair com um bombom Hershey's Kiss em vez de outro. Acho que sinto falta de odiar certas pessoas. O ódio com certeza mantém você alerta.

— Assumo minha parcela de culpa por você ter sido obrigada a deixar a escola. Você não teria desrespeitado Madre Ravenel naquele evento do dia de vocação se não tivesse ouvido, durante anos seguidos, eu criticá-la em casa.

— Não a desrespeitei, mamãe. Só disse a verdade...

— A única coisa no mundo que não deveria ter dito.

— Bem, era verdade, não era? Só disse que não queria me precipitar em minha vocação, como certas pessoas fizeram.

— Sabe, Mady, eu muitas vezes fantasio onde todos nós estaríamos hoje se nossos pais tivessem mandado Antonia e a mim para as escolas públicas depois da sétima série. Na época, o ginásio ia até a sétima série. Muitas outras moças católicas foram transferidas para escolas públicas. Elas queriam ir; não podiam mais suportar restrições. Mount St. Gabriel's já teria estabelecido nossos fundamentos religiosos perfeitamente a essa altura e, sem Suzanne grudada como uma sanguessuga, Tonia poderia ter seguido com sua vocação. Ah, maldição, veja aquilo!

— O quê?

— Esse rapaz infeliz no fim da primeira fila.

— O que tem ele?

— Ora, olhe. Ele está de olhos fechados.

— Mas a senhora sempre tira fotos extras de cada grupo.

— Sim, mas a luz estava perfeita nessa foto. Nas outras, havia muito sol, e todos os garotos ficaram com aparência esbranquiçada. — Em seguida, Cornelia riu maldosamente e bateu o quadril contra o da filha. — Como se fossem bombons idênticos Hershey's Kiss.

Para evitar desfilar pelos postos de observação de Ravenel, Madeline fez um desvio pelo caminho coberto de folhagens que levava de forma tortuosa para a gruta. Dentro de sua bolsa a tiracolo estava a carta de Madre Malloy, escrita numa sofisticada caligrafia de freira, recebida na sexta-feira anterior na casa dos Stratton.

Quinta-feira, 11 de outubro de 1951

Prezada sra. Stratton,

Este é um complemento do boletim escolar das primeiras seis semanas de Tildy, que ela levou para casa ontem.

Haveria um horário conveniente para nos encontrarmos? Tenho tempo livre às segundas, quartas e sextas-feiras durante a aula de álgebra das meninas, de uma às duas. Quando o clima permite, caminho pelo terreno ou me sento na gruta. Caso contrário, posso ser encontrada em minha sala. Também costumo ficar na minha sala depois do horário da capela às três horas, se isso for melhor para sua agenda.

Tildy tem um espírito vivaz e muitas qualidades de liderança, embora deva resguardar-se da arrogância e da impertinência. Ela gosta de resolver problemas matemáticos e participa entusiasmada das aulas de conversação de espanhol. Seu vocabulário e sua capacidade de expressão oral são de fato excepcionais para uma menina de sua idade. Contudo, eles excedem em muito seu trabalho escrito. Como a senhora pode ver no boletim dessas seis semanas, as notas em História (75), Redação (70) e Língua Inglesa (70) estão no limite da reprovação. Espero que possamos pensar juntas e traçar um plano para que Tildy melhore. Estou ansiosa por encontrá-la, sra. Stratton.

Atenciosamente,
Madre Kate Malloy, O.S.E.

P.S.: Por gentileza, mande lembranças minhas a sua filha Madeline e diga-lhe que espero sua visita um dia desses.

— Ela deve achar que sou uma mãe muito negligente — foi a explosão de autorreprovação de Cornelia Stratton quando passou a carta para Madeline. — Não acompanhei Tildy no sagrado rito do dia de matrícula e, na quarta-feira passada, quando Tildy me entregou o boletim, não fui correndo à escola perguntar por que minha filha estava sendo reprovada em três matérias. É, essa Madre Malloy não deve me achar nenhum exemplo de mãe.

— Ela escreveu "no limite" — disse Madeline, analisando a carta. — Setenta não é reprovação.

— É só um pontinho a mais que isso, Madeline.

— É, mas ela tirou 92 em Álgebra e 75 em História. São só cinco pontos abaixo de um C. E as notas de Tildy sempre giraram em torno de C em Língua Inglesa. A senhora sabe como ela detesta ler.

— Você sempre adorou ler.

— Mas era devagar com Matemática. Ainda sou. Embora em Mountain City High, que é um ano atrasado em relação à Mount St. Gabriel's, eu consiga B+ em Álgebra, por incrível que pareça.

— Mas, veja. — Cornelia puxou de volta a carta. — Aqui ela diz que o vocabulário e a capacidade de expressão de Tildy são "de fato excepcionais para uma menina de sua idade". Tildy é a criança mais articulada que conheço, Madeline. Supera você na idade dela. Sempre sabe o que dizer.

— Acho que tem a ver com a impressão na página, mamãe. Quando ela era pequena, e eu lia, ela dizia que tentar seguir todos aqueles sinais gráficos para cima e para baixo lhe dava vontade de vomitar e que preferia ouvir a história de olhos fechados.

— Mas ela *vem* lendo todos esses anos, odiando ou não... não vejo motivo para, de repente, retroceder. Você vê?

— Pode ser porque Maud não está mais por perto. Elas estudavam muito juntas.

— Você não está tentando me dizer que Tildy ficou de olhos fechados por todos esses anos enquanto Maud lia em voz alta para ela.

— Não, mas talvez as conversas com Maud tenham tornado a tarefa menos penosa.

— E agora a professora de Tildy espera que eu abandone todos os meus compromissos profissionais e me dirija à *gruta* para que possamos "pensar juntas". E eu deveria, sei que deveria. Mas que droga, logo nesta semana, eu tenho o almoço dos Jaycee, o jantar do clube Toastmasters e a abertura do novo Centro da Comunidade Judaica, sem falar que estou muito atrasada com o trabalho do Pisgah Prep porque vou precisar voltar e fotografar de novo a primeira série por causa daquele rapazinho de olhos fechados.

Madeline percebeu que sua mãe estava se aquecendo para uma de suas árias "Ninguém entende a vida de uma mulher que trabalha".

— Por que não me deixa ir na segunda, mamãe? Vamos ter outro turno livre para decoração do carro alegórico.

— Mas você tem suas obrigações *sociais* na escola também, Madeline.

— Acabo de ser eleita para a corte da festa dos ex-alunos, mamãe. Isso deve completar minha cota de obrigações sociais do semestre.

— Mas detesto sempre atrapalhar sua vida.

— Ah, minha vida. Madre Malloy disse em seu P.S. que queria que eu fosse lá vê-la. Posso ser sua emissária, como o do Papa... "Sua Santidade informa que poderá se encontrar convosco no futuro próximo; porém, no momento, a agenda..."

— Bem, talvez você *pudesse* só aparecer na escola na segunda-feira, explicar a ela minha maldita agenda e perguntar se podemos marcar uma reunião na semana seguinte... Ah, Madeline, você me apoia tanto... Provavelmente já está cansada de ouvir isso, mas você me lembra muito Antonia. Tão serena e tão solícita. O oposto de mim. Como queria que a tivesse conhecido melhor.

— Nunca vou me cansar de ouvir, mamãe, e acho que me lembro de tia Tonia brincando comigo no quarto dela.

— Tonia tinha adoração por você. Sentia que você, em parte, era dela, sabe, porque enfrentamos tudo juntas.

Quando Cornelia Tilden, aos dezoito anos, casou-se com Smoky Stratton, depois de se formar em Mount St. Gabriel's em 1934, seus pais cederam a casa de Mountain City para o novo casal e se mudaram para a propriedade deixada para eles pela tataravó Tilden. Antonia, sem rumo desde sua súbita decisão de não fazer votos, foi com eles e dedicou-se a fazer que se acostumassem à nova vida. Mas logo que ela os acomodou na fazenda, Cornelia enviou um pedido de socorro e implorou à irmã gêmea que se mudasse de volta para o velho quarto de cima e a ajudasse a suportar a intimidadora provação da gravidez.

— Passamos tantas horas, Tonia e eu, encolhidas na cama juntas com você, Madeline, bem ali no meu ventre entre nós, crescendo a cada dia. Quando eu me sentia muito mal, ela era a única pessoa que eu podia suportar a meu lado. O coitado do Smoky tinha que dormir sozinho.

O quarto da falecida tia Tonia era de Madeline agora; havia sido seu quarto desde que Antonia casara com Henry Vick em 1938, quando Madeline tinha três anos, e saíra em sua azarada lua de mel na Itália. Madeline queria se lembrar mais de tia Tonia brincando com ela naquele quarto. Houve vestígios de lembranças da doce luz da tarde e do ruído do movimento cerimonioso dos carros que passavam lá fora embaixo dos velhos olmos frondosos, e a respiração de alguém oculto atrás da cortina ou alguém abrindo a tampa do assento da janela e puxando a criança escondida que gritava a plenos pulmões. Mas quem era a criança? A pequena Madeline, agarrada por tia Tonia, ou a pequena e carinhosa Tildy, remexendo-se e gritando nos braços da não muito mais velha Madeline? Ela nunca tinha certeza.

Para Madeline, adentrar a gruta era como entrar em uma ilustração melancólica de um velho livro que outros haviam lido, ou achavam que haviam lido, e por isso lhe falavam dele com frequência talvez exagerada. Hoje, porém, ela foi surpreendida pela justaposição da freira branca como alabastro descansando nesse memorial rubro e rústico à moça morta que não chegou à condição de freira. O sol de outubro castigava as folhas cambiantes, banhando a estátua maciça em pontos de luz que se moviam. A princípio, Madeline presumiu que Madre Malloy estivesse em profunda prece, depois viu que a freira dormia, aconchegada no abraço de mármore da Freira Vermelha. Ela ficou paralisada, sem querer causar sobressalto.

Até que a brisa levou a sombra a se mover, e a luz do sol brilhou diretamente no rosto de Madre Malloy. Ela acordou, piscando os olhos para Madeline.

— Desculpe, Madre...

— Por quê? Tinha esperança que você viesse, Madeline.

— Mamãe recebeu sua carta sobre Tildy e deseja se encontrar com a senhora na próxima semana, se estiver tudo bem para a senhora. A agenda dela é muito doida nessa época do ano... todos esses almoços e eventos de inauguração na cidade. Ela administra o negócio sozinha. E como me deram um turno livre hoje no Mountain City High, disse que passaria aqui...

Estava saindo tudo errado. Como se a agenda de mamãe fosse mais importante que Tildy, e como se eu estivesse fazendo a todo mundo um favor, quando a ideia partiu de mim.

Mas Madre Malloy sorriu como se Madeline houvesse retribuído de forma igual a franqueza de suas próprias boas-vindas.

— E aqui está você. Venha, vamos nos sentar ali. — Madre Malloy se levantou da superfície de mármore vermelho, um "colo" perfeito para duas jovens meninas se abrigarem lado a lado, mas pequeno demais para duas adultas. Enquanto a freira sacudia graciosamente a poeira de suas longas saias e reajustava a faixa, Madeline percebeu que essa mulher não era muito mais velha que ela mesma.

Será que eu ia querer me enrolar em todo esse *pano* pelo resto da vida, ela se perguntava, sentando-se ao lado de Madre Malloy no banco de madeira de frente para o Della Robbia. Dependeria, eu acho, de quantos elementos chatos ou antipáticos ele fosse afastar. Haveria certo alívio em ter escolhido um suposto destino, de modo que se pudesse seguir adiante não importando o que viesse depois.

— Conte-me sobre sua escola, Madeline. Gosta de lá?

Para seu próprio desgosto, Madeline se ouviu repetindo a piadinha da "escola onde o ensino é secundário", que havia divertido sua mãe na câmara escura.

Embora Madre Malloy não tenha rido, ela continuava a tratar Madeline com uma atenção terna.

— As matérias são fáceis demais? — sugeriu ela.

— Não só as matérias... é toda a vida escolar. Sinto como se estivesse sendo forçada a repetir o que já sei fazer. É como se você tivesse aprendido a nadar muito bem e estivesse pronta para atravessar um grande rio e ver o que existe do outro lado, e então alguém lhe dissesse "Não, não, querida, você precisa ficar nessa piscina mantendo a cabeça fora d'água até que...", até não sei o que mais. O que vier depois. Queria que chegasse logo!

Que falta de jeito! Mas pelo menos ela estava navegando em direção a alguma coisa, não à deriva com as observações espirituosas de antes.

— Posso perguntar o que fez para ser banida de Mount St. Gabriel's?

— Disse algo muito mal-educado para Madre Ravenel. Foi no dia da vocação... todos os anos celebramos o aniversário da fundadora Madre Elizabeth Wallingford; há uma programação produzida pela escola inteira. É o dia em que as meninas do liceu são convidadas a perguntar a Deus se teriam vocação. E, se tiverem, marcham até o palco e se declaram e então, logo depois do evento, elas se encontram com Madre Ravenel em sua sala.

— O que você disse deve ter sido muito grave.

— Simplesmente saiu, como um sapo que estivesse sendo engolido há muito tempo. Era algo que apenas alguém de nossa família teria direito de falar para ela, mas também era a única coisa que não deveria ser dita por ninguém sob o controle dela. Isso a magoou, como deveria, e deixou-a absolutamente furiosa.

Madre Malloy estava ouvindo de lado agora, com a cabeça baixa, as mãos pálidas junto ao colo.

— Disse por nervosismo, para me proteger. Estávamos na sala dela. Ela havia me convocado depois do evento. Nenhuma menina naquele ano havia marchado para o palco para declarar o desabrochar de sua vocação, e ela estava irritada e, acho, pronta para me culpar. Estava me passando um verdadeiro sabão, dizendo que era hora de darmos um fim ao meu comportamento pueril.

"O que eu tinha feito foi, bem, o que fizera em todo dia de vocação desde que tinha dez anos: tive um ataque de riso e precisei pedir licença e sair do auditório. Sempre houve um momento durante o programa em que eu perdia o controle. Nunca sabia o que seria o estopim, mas sempre havia alguma coisa. Dessa vez foi uma menina recitando um poema que tinha escrito para a ocasião, um punhado de versinhos açucarados com rimas previsíveis. O poema devia ser sobre a noite anterior ao dia em que nossa fundadora fez os votos, quando sai à luz da lua na propriedade de sua família em Oxfordshire — ela está de camisola — para se despedir dos seus... ah, minha nossa, lá vou eu de novo... para dizer adeus aos seus... rá-rá-rá... 'pulcríssimos cabelos'..."

Madeline levantou-se rapidamente do banco e ficou indo e voltando até que conseguiu controlar o riso convulsivo.

Ela estava prestes a concluir de forma penitente — "Está vendo? É assim que eu passava vergonha todo dia de vocação"—, quando viu que Madre Malloy, com as mãos ainda juntas sobre o colo, também se balançava de rir.

— Ah, por favor, Madre, precisa dizer o que *a senhora* achou engraçado.

— Vou dizer, prometo. Mas continue. Estou gostando da forma como você conta.

— Bem, primeiro, nossa fundadora tinha vinte e nove anos quando fez os votos; ela era uma solteirona convicta que vinha se guardando para Deus. Ela e a amiga Fiona Finney tinham trabalhado nesse plano juntas, e Elizabeth havia acabado de se converter ao catolicismo... Ela havia passado pela instrução católica e tudo o mais. A última coisa no mundo em que ela estaria pensando seria em seus cabelos. Quem sabe se os cabelos dela eram mesmo pulcríssimos? E que importa isso?

Os risos trouxeram uma cor agradável ao rosto de Madre Malloy.

— Continue.

— Bem, como disse, perdi o controle, e Madre Ravenel me lançou um olhar que me deixou sem ação, então saí furtivamente do auditório. É claro, a esta altura minhas reações já tinham ganhado notoriedade... minha saída se tornou parte do espetáculo anual. O que tornou as coisas diferentes dessa vez foi que nenhuma menina subiu para revelar sua vocação e manter Madre Ravenel ocupada depois disso. Então, lá estava eu, em sua sala, quando ela puxou um caderno preto espiralado de uma gaveta, achou a página que queria e disse: "Pois bem, Madeline, você vem achando o dia de vocação hilariante desde que era criança na quinta série. Sabe, eu mantenho um registro. E agora você é caloura no liceu, uma jovem mulher. Por que ainda está se comportando como uma criança de dez anos?"

Madeline, boa atriz que era, dizia as falas da diretora com um sotaque de ritmo rápido muito parecido com o de Madre Ravenel.

— Depois, ela fechou o livro, mas manteve o dedo nele para marcar o lugar. Olhou para mim por debaixo das sobrancelhas da forma que faz quando está prestes a espicaçar alguém e disse: "Sabe, Madeline, os psicólogos dizem que o riso involuntário muitas vezes mascara o medo. Se isso for verdade no seu caso, não acha que é hora de chegarmos ao motivo pelo qual o evento do dia de vocação deixa você temerosa?"

"E eu também me perguntava o que mais havia sobre mim naquelas páginas. Ela estava sempre dizendo que ia escrever isso ou aquilo em seu 'caderninho', mas sempre pensei que fosse força de expressão. Foi bem assustador saber que o caderninho existia mesmo.

"Ela continuou a me interrogar. Eu tinha alguma ideia de qual poderia ser o motivo? Eu respondi que alguma coisa simplesmente me tomava, e eu não conseguia controlar.

"Ela perguntou o que essa 'coisa' podia ser, e eu disse que realmente não sabia, e foi então que perguntou se eu gostaria de ouvir a opinião dela.

"O que poderia dizer a não ser 'Sim, Madre'? E aí ela me espicaçou: 'Acho que é Deus que está lhe chamando, Madeline, e você está com medo, como qualquer mulher jovem e sensata teria.'"

"Então a Rav... Madre Ravenel começou a citar o poema de Francis Thompson, aquela primeira estrofe inteira que as meninas do liceu precisam decorar para a Orientação Moral... sobre fugir dEle de formas labirínticas e em meio a lágrimas. Quando ela chegou à parte sobre esconder-se dEle no riso incessante eu sabia exatamente aonde ela queria chegar.

"Mas o sapo já estava na minha língua prestes a sair. Deixei-a terminar a estrofe e me oferecer aquele olhar de vitória e autoelogio, e então eu disse: 'Seja o que for que esteja me chamando por meio do meu riso, Madre, espero que eu tenha o autocontrole de não me precipitar em minha vocação e arruinar a vida dos outros.'"

Madeline fez uma pausa para causar efeito.

— Acho que é melhor eu parar aqui e explicar que minha tia Antonia foi quem teve a vida arruinada. Ela e Madre Ravenel, que na época era a melhor amiga dela, Suzanne, haviam prometido fazer os votos juntas no final do ano de formatura. Meus avós Tilden estavam planejando uma festança para as duas... a família de Suzanne a retirara da herança e não queria nem contribuir com o dote; a Ordem acabou pagando para ela... e então Suzanne se antecipa e entra na Ordem no recesso da primavera, sem contar a ninguém. Partiu o coração de tia Tonia. Ela era a irmã gêmea de minha mãe.

— Sim, eu sabia disso. Mas então sua tia casou com o sr. Vick...

— Isso foi depois. Mas é uma história completamente diferente. Embora minha mãe às vezes diga que é a mesma história que se desenrola até o seu desfecho fatídico.

— Mas deve ter havido mais do que isso — disse Madre Malloy. — Para você ter precisado deixar Mount St. Gabriel's.

— Ah, terminou sendo um acordo mútuo entre mim e *a* Ravenel — disse Madeline, sem se importar dessa vez em censurar o modo informal como a família se referia à diretora. — Ela me ofereceu a chance de pedir desculpas, e o fiz, ali mesmo, na hora. Admiti que tinha sido rude e desrespeitosa. Também sabia que a havia magoado e não me arrependia, mas *isso* não admiti. Depois ela disse que nós duas precisávamos rezar sobre o que havia ocorrido entre nós, e eu devia retornar uma semana depois para outra conversa. Nesse meio tempo, ela concluiu, devemos deixar isso "só entre nós". Ela gostava de isolar as pessoas dessa forma... manter todos os segredos só entre ela mesma e o outro envolvido. Mas é claro que fui para casa e contei para mamãe e papai, e então os dois concordaram que eu havia ido longe demais para um dia voltar a cair nas graças dela. Papai, que não suporta que alguém encontre falhas em suas filhas, estava decidido a me transferir para Mountain City High no dia seguinte; ele inclusive estava estudando como faria para me comprar um carro, embora eu tivesse apenas quatorze anos e não pudesse dirigir. Mas mamãe disse que ficaria feio no meu histórico se eu não terminasse o primeiro ano em Mount St. Gabriel's. Ela me aconselhou a meter o rabo entre as pernas e deixar que Madre Ravenel *pensasse* que havia despertado algo em meu coração, mas dizer que eu "precisava de tempo para me acostumar à ideia". Então eu voltei na semana seguinte, fui humilde e penitente e concordei com Madre Ravenel que eu a havia atacado porque tinha medo de que Alguém Grandioso estivesse me seguindo. O resultado foi que, antes de nos despedirmos, nos abraçamos, e ela havia feito uma enorme concessão, em sua opinião. Foi permitido que eu terminasse o ano da melhor maneira que pudesse, e ela iria deixar a parte que diz se uma moça está convidada, ou não, a retornar no ano seguinte em branco e assinar embaixo. Ela disse: "Vou arriscar com você. Sabe, Santo Inácio de Loyola dizia: 'Dá-me uma criança até que ela tenha sete anos e depois disso ela é nossa.' Bem, vai fazer nove anos que temos você, Madeline, e acredito que, para onde quer que vá, você sempre será uma dama e sempre pertencerá a Deus."

— É uma história e tanto, Madeline — disse Madre Malloy, depois de ficar algum tempo pensativa. — Você compreende por que não seria apropriado para mim fazer nenhum comentário adicional.

— Ah, sim, é claro — concordou a moça, retomando seu lugar no banco ao lado da freira. — Mas a senhora prometeu dizer por que riu.

— Você mesma o disse. É uma bobagem romântica. Na noite anterior a fazer os votos, Elizabeth Wallingford certamente estava envolvida com todos os desafios de encontrar sua Ordem. E ela e Fiona Finney já estavam fazendo planos para vir para os Estados Unidos. E aqui estamos nós, como resultado de seus sonhos. — Ela tirou um relógio de um bolso fundo. — Preciso voltar para minha próxima aula. Obrigada, querida Madeline, você me revigorou. Diga, por favor, à sua mãe que estou ansiosa para encontrá-la assim que ela conseguir um tempo. E quero que saiba que não esqueci o que lhe prometi no primeiro dia: estou fazendo o melhor que posso para zelar pelo espírito intrépido de Tildy.

— Vou acompanhá-la por parte do caminho, Madre. — Mas não o bastante para passar por uma janela em que Ravenel esteja de tocaia. — Agora estou me sentindo culpada por ter falado o tempo inteiro sobre mim.

— Mas eu perguntei. Não preciso dizer que não contarei nada do que me disse.

— Ah, todos sabem tudo sobre isso, Madre. É só mais uma história borbulhando no caldeirão da escola. Mais coisas são incluídas todos os anos, e todo mundo joga seu tempero favorito e continua mexendo. A esta altura, o caldo já está bem grosso. E os vários contratempos de nossa família são predominantes na mistura, é claro, embora diria que, no momento, as contribuições de Madre Ravenel dominam o preparado.

— Você e Tildy têm um ótimo domínio do idioma.

— Espere até conhecer mamãe. Ela adiciona um sabor todo dela, meio parecido com molho Tabasco servido sobre gelo seco. Xi!

Madre Ravenel, caminhando com sua habitual rapidez, de repente aparecera no caminho.

— Ora, Madeline, que bom ver você — disse, com os óculos escuros estilo aviador ocultando qualquer outra coisa que estivesse sentindo.

Mais uma vez, Madeline fez seu discurso sobre os dias de meio período na "escola onde o ensino é secundário", que Madre Ravenel deu a impressão de ter aprovado.

— E então você apareceu para uma pequena meditação em nossa gruta? — indagou a diretora.

— Bem, não, Madre. Na verdade, mamãe me pediu para passar aqui e dizer a Madre Malloy que se encontrará com ela na próxima semana para discutir as notas de Tildy.

— Ah, há algum problema com Tildy do qual não tenha sido informada? Talvez pudesse passar na minha sala depois da capela, Madre Malloy, e me atualizar.

— Com certeza, Madre — respondeu a jovem freira, parecendo desconcertada pela reprimenda implícita de sua superior.

Veja só o que fui fazer, pensou Madeline, irritadíssima consigo mesma. Por que não pude contar uma mentirinha boba sobre precisar de um lugar de meditação na boa e velha gruta? A Ravenel sempre faz isso. Força você a dizer mais do que queria, e aí alguém sempre acaba sendo espicaçado.

CAPÍTULO 11

A Lista de Afazeres de Irmã Bridget

Por volta de meio-dia, 31 de julho de 2001
Festa de Santo Inácio de Loyola
Propriedade da Casa de Repouso da Ordem de Santa Escolástica (anteriormente propriedade dos Sanderson)
Milton, Massachusetts

ESTOU PARTICULARMENTE DEPRIMIDA HOJE, SENHOR. NÃO tenho dinheiro próprio, meus olhos estão falhando, e não sei como escapar. Embora eu possa seguir a luz do sol no cascalho branco deste caminho, ir e vir entre a casa e os portões, e embora eu ainda possa andar sem bengala se escolho meus passos com cuidado, alguém me atormenta por prazer. Tu sabes de quem estou falando. Ela é mais jovem e mais forte, e me aflige a alma. Tem um coração de pedra. Se ela fosse uma das minhas antigas meninas, eu a convocaria à minha sala e teria uma conversa séria com ela sobre as vantagens de *imitar* a compaixão até que se comece a senti-la. E, se ela não demonstrasse melhora até o fim do ano, poderia dizer adeus. Contudo, e estou tentando reconhecer a ironia nisso tudo, Senhor, eu sou uma das antigas meninas *dela* agora, e não posso ir a lugar nenhum. O que vou fazer?

O sol está quente, Suzanne. Vamos entrar no gazebo. Tenha cuidado com os degraus precários.

Vou ficar sentada aqui, onde não posso ser vigiada por ninguém na casa. Ela vigia tudo. Senhor, por favor, faze alguma coisa.

O que gostaria que as fizesse?

Não vou pedir que Tu a destruas; não estamos nos tempos do Antigo Testamento. E nem mesmo pediria que a afligisses com alguma doença, porque sinto verdadeira compaixão. A Irmã Bridget é um de Teus pardais, e sabes o número exato de penas dela, da mesma forma que sabes o meu.

O que precisa para concluir as tarefas do seu espírito?

As meninas ficarão decepcionadas se eu não conseguir terminar *Lembranças de Mount St. Gabriel's*. Comecei tão bem...

Por que não o terminaria?

Tu sabes o motivo. Mas queres que eu expresse em palavras para que possa ver por mim mesma. Minha melhor hora para ditar é a hora do crepúsculo antes das Completas. Como sabes, fazemos nossa ceia absurdamente cedo para que a cozinheira possa encher a máquina de lavar e ir para casa, e depois subo e desço o caminho de entrada e organizo meus pensamentos. Na hora em que volto para o meu quarto e aperto o botão de gravação, as palavras saem em frases completamente formadas. Mas isso é porque elas tiveram o dia inteiro para se organizarem. Esse é o meu método; é assim que sempre trabalhei melhor.

Você sempre reservou sua escrita reflexiva para a noite, é verdade.

E então ela coloca a lista de afazeres da Natividade de São João Batista até o Advento na geladeira. Natividade de São João

Batista ao Advento. Mil anos, diante de Ti, é como o dia de ontem, de acordo com o salmo. Mas, tendo em conta a expectativa de vida de um ser humano de oitenta e cinco anos, da Natividade de São João Batista até o Advento é equivalente a quase uma década na vida de um jovem adulto. E, sob o voto de obediência, eu devo agora desperdiçar essa parte preciosa do que restou de minha vida criativa telefonando para todos os hospitais e centros de vida assistida na área de Boston em busca dos católicos mortos no dia. Eu dito os nomes para Madre Galyon, perdão, "Irmã *Frances*", que ainda enxerga. Ela se senta de frente para mim na salinha abafada do telefone e os escreve para as Completas daquela noite. No dia seguinte, Irmã Bridget, que é tanto diretora e provincial de nossa Ordem deploravelmente diminuída, senta-se em sua sala com ar-condicionado e faz anotações pessoais para o parente mais próximo: "Apenas gostaríamos de informar que nossa comunidade de Santa Escolástica rezou por seu ente querido, N, no dia de sua morte." Serve como boas relações públicas, segundo ela, e é claro que o próximo da família integra nossa lista de correspondência para solicitações de fim de ano.

Como sabes, Senhor, fui até Irmã Bridget e perguntei se Irmã Frances não poderia fazer a parte de telefonar e escrever. "Irmã Frances se ofereceu", eu disse. "Ela está ali no quarto mesmo; consegue ouvir *e* ver. Ter nós duas não é necessário." E Tu ouviste o que minha superior disse: "Sua voz tem classe, Irmã Suzanne. As pessoas se lembram dela." Sempre aconselhei minhas meninas a evitarem essa palavra. É a forma mais rápida do mundo, costumava dizer, de demonstrar às pessoas que não se tinha nenhuma. Só queria ter evitado acrescentar que Irmã Frances sabia como esse projeto era importante para mim, e que eu sempre sou mais fluente à noite, depois de ter tido o dia para organizar meu material. Porque isso deu a Irmã Bridget a oportunidade perfeita para dizer que eu havia ficado obcecada com esse "projeto de vaidade", patrocinado por ex-alunas ricas, e com a "glorificação de minha própria criatividade" às custas da comunidade.

Ela só tem sessenta e cinco anos, e disciplina irmãs vinte anos mais velhas como se fossem suas noviças. Sempre à procura de falhas. Como quando Irmã Odelie (devo dizer que é difícil pensar em nossa maga da matemática Madre Odom como "Odelie") estava preparando nossas refeições no dia de folga da cozinheira, na quinta-feira, e Irmã Bridget fez que ela parasse no meio da preparação do molho holandês porque estava "inflada de orgulho". Espero que nunca tenha sido culpada de usar meu poder assim — quando tinha algum. Senhor, tenho estado a Teu serviço há sessenta e sete anos. Mas meu coração está nesse memorial escolar, que ela chama de "projeto de vaidade". A questão é: como honrar meu voto de obediência e seguir meu coração?

Você sempre acorda cedo, Suzanne.

Sempre acordei. Antes da luz do sol, antes dos passarinhos.

E depois?

Bem, primeiro, como sabes, vou tateando pelo caminho do corredor até o banheiro coletivo. Uma bexiga cheia com certeza é capaz de apaziguar o ardor das orações matinais de um idoso. Depois, como meus joelhos ficaram duros, eu me levanto, e Tu e eu temos nossa primeira conversa do dia. Minha mente está descansada e receptiva, e acho que Te ouço melhor nessa hora.

Você está me ouvindo agora.

Sim, Senhor.

Vamos alterar sua rotina. Amanhã pela manhã, assim que voltar do banheiro coletivo, vá direto para sua escrivaninha. Pressione o botão de gravação da máquina e fale o que vier à cabeça sobre a escola. Não pare para organizar tópicos ou embelezar frases.

Antes mesmo de rezar?

Pense nisso como uma forma de prece. Sua primeira oferta, sem desordem, sem edições.

Mas esse método "espontâneo" pode gerar um problema, Senhor. O que me preocupa é: como impedir que os pensamentos destinados à reparação de minha alma... se infiltrem no memorial publicado?

Não há como.

Mas assim o projeto inteiro vai mudar.

Se você já está mudada por esse projeto, por que sua narrativa não deveria dar espaço à mudança também? Chega de análises por enquanto, Suzanne. Amanhã de manhã, depois de ir ao banheiro coletivo, sente-se em sua escrivaninha, pressione o botão de gravação e simplesmente fale com suas meninas com a urgência de seu coração. Vamos ver aonde isso a levará.

Ousadia santa: uma digressão antes do amanhecer

Minhas queridas meninas, nesta manhã quero que consideremos juntos o que nossa fundadora queria dizer com "ousadia santa".

Que Madre Wallingford (1863-1930) foi uma mulher notável é evidente, considerando o que realizou em seu tempo de vida e o legado que deixou para todos nós que tivemos a sorte de passar pelos portões de Mount St. Gabriel's.

Elizabeth Wallingford abraçou uma vida de "ousadia santa". Ela cunhou a expressão no seu comentário de 1890 ao livro bíblico Atos dos Apóstolos,[1] exegese escrita durante seu vigésimo nono ano, quando estava próxima à conversão, indo à missa diariamente na igreja de John Henry Newman, em Littlemore, com sua boa amiga Fiona Finney, e buscando orientação sobre a vocação com o Reverendo Basil Maturin em Cowley, Oxfordshire. Foi o Reverendo Maturin, recém-chegado de uma missão nos Estados Unidos, que encantou Elizabeth com histórias de oportunidades norte-americanas para os religiosos. E, como disse anteriormente, acho que é muito provável que suas conversas em Cowley com Elizabeth tenham sido o que, em última análise, inclinou Maturin para a fé católica, que ele veio a adotar aos cinquenta anos, em 1897.

Outra das expressões encantadoras de nossa fundadora, que ela passou a usar com cada vez maior frequência durante o período de trabalho nos Estados Unidos, de acordo com Madre Finney, foi a "liberdade da mulher em Deus".[2] Tenho certeza de que vocês se lembram dessa! Eu a espalhei de forma generosa como sementes que caíam a esmo, em nossa sessão quinzenal de Orientação Moral para Moças Modernas, embora eu nunca tenha entrado em muitos detalhes: teria sido precipitado de minha parte, e agora vou lhes contar por quê.

O conceito da "liberdade feminina" para um grupo de moças adolescentes naquela época anterior ao "movimento para liberação das

---

[1] Esse comentário vigoroso e apaixonado, *Repleto do Espírito Santo*, é preservado no apêndice do inestimável livreto de Madre Fiona Finney, *Aventuras com Nossa Fundadora* (Mountain City Printing Company, 1933).

[2] *Ibid., passim.*

mulheres" era uma noção muito incendiária em si mesma. Ele teria incitado um abuso inconsequente. E a "liberdade da mulher em Deus" teria sido... bem, como posso dizer? Se "liberdade feminina" evoca uma pilha de lenha presa com gravetos secos na lareira doméstica, então a "liberdade da mulher em Deus" seria como entregar uma caixa de fósforos, quando vocês estavam sob meus cuidados, e dizer: "Meninas, esta caixa de fósforos foi abençoada pelo Papa: sirvam-se e acendam à vontade."

Quando vocês vieram até mim no liceu, a maioria tinha entre quatorze e dezoito. Ao longo dos anos, algumas de vocês vinham me procurar depois das sessões de Orientação Moral e diziam: "Por favor, Madre, quero ouvir mais sobre essa ousadia santa e a liberdade em Deus de que nossa fundadora estava sempre falando."

E àquelas que eu julgava prontas, informava criteriosamente. Se alguma de vocês achou que pus a "carroça na frente dos bois", peço que me perdoem, onde quer que estejam.

Bem, as digressões não devem se estender tanto; caso contrário, elas podem atrapalhar o fluxo. Mas talvez em uma futura digressão mais à frente no memorial da escola, eu discorra, tanto para mim quanto para vocês, sobre esses dois tópicos relacionados: ousadia santa e liberdade da mulher em Deus.

— de *Lembranças de Mount St. Gabriel's: Um Memorial Histórico*, de Madre Suzanne Ravenel

CAPÍTULO 12

As Vozes das Moças no Andar de Cima

Uma noite de domingo no final de outubro de 1951
Residência dos Vick
Mountain City, Carolina do Norte

HENRY VICK NÃO ERA O TIPO DE PESSOA A QUEM SE PERGUNTARIA de forma casual: "Você é feliz?" No entanto, se alguém *perguntasse*, ele teria dito que ficava feliz na sua prancheta em casa ou no escritório. Ele adorava observar o levantamento dos prédios; talvez as escavações o entusiasmassem ainda mais. Esperava ansioso por seu primeiro gole de *scotch* no final da tarde, gostava de tocar os prelúdios de Bach e as baladas de Chopin que praticara ao longo dos anos e atingia o auge da felicidade em conversas que provocavam algum grau de iluminação nas duas partes. Adorava a missa e se sentia reabastecido pelo mistério de Deus toda vez que recebia o sacramento.

A vinda de Chloe para morar com ele havia adicionado novos itens à lista: as muitas formas que a menina lhe lembrava a Irmã Agnes — a curva dos pés longos e estreitos quando ela punha o balanço da varanda em movimento; o mesmo perfil, o queixo proeminente e o nariz adunco da família suavizado pelos lábios franzidos e o pescoço delicado. Talvez lhe fossem ainda mais caros os momentos em que Chloe não parecia com ninguém a não ser consigo mesma.

Destacava-se na personalidade de Agnes a rapidez da verve, o chiste apropriado ("Não tem sido fácil para Rex desde a guerra. Combater o inimigo era muito mais empolgante que combater insetos") e a autocrítica mordaz ("Todo mundo viu minha calcinha").

A princípio, Henry se perguntou se faltava senso de humor à sobrinha. Depois, percebeu que o que Chloe achava engraçado vinha de seu exame silencioso do que ocorria em torno de si, até surgir uma resposta pela qual valera a pena esperar. ("Você não acha que Madre Ravenel teria dado uma boa atriz coadjuvante, tio Henry? Quer dizer, se já não tivesse encontrado seu papel perfeito.")

Os dois podiam trabalhar no mesmo recinto, Henry desenhando projetos para a nova biblioteca e Chloe aninhada em sua poltrona favorita fazendo deveres ou esboços de seu tio no banco alto da prancheta ou tocando piano. Era tão agradável ficar com ela que ele sentia saudades antecipadas quando contava os poucos anos restantes da juventude dela na casa. Ele esperava que o futuro marido valorizasse seu raro tato. Seu dom silencioso e sereno de fazer companhia sem invadir a solidão alheia era provavelmente, pensava Henry, a razão por que ela conseguia produzir retratos estranhamente fiéis de pessoas ocupadas em seus afazeres.

Recentemente, a nova amiga de Chloe havia entrado em cena. Nas noites em que Tildy dormia lá, as moças ficavam sozinhas no quarto de Chloe, que Henry deixara de pensar como "quarto de Agnes" mesmo antes que ele e Smoky Stratton tivessem reorganizado os móveis para acomodar um sofá-cama para Tildy, carregado para cima nos ombros fortes do versátil criado e chofer de Smoky, John.

As duas garotas estavam lá em cima agora (elas haviam deixado a porta aberta, o que mostrava respeito por ele), e ele podia ouvir o bombardeio frequente de sugestões e pronunciamentos de Tildy intercalado com os sussurros de Chloe enquanto se concentravam em seu projeto importantíssimo, para o qual ele havia emprestado sua prancheta (e de seu falecido pai), desmontando-a do canto em que ela havia ficado desde que esta casa fora construída e carregando-a para cima peça por peça, junto com o banco alto giratório, para remontá-la no quarto de Chloe.

Então é isso o amor, pensou Henry, sorrindo com seu próprio desconforto: o eminente arquiteto encolhido na poltrona abandonada da sobrinha, com seu bloco de desenho apoiado no utensílio tomado emprestado de Rosa, a tábua para pão, equilibrada sem muito jeito em suas pernas cruzadas, na esperança de resgatar, em alguns traços limpos, o projeto da nova biblioteca municipal da confusão armada pelos administradores, com suas revisões nada razoáveis e seus acréscimos antiquados.

De forma que Chloe, lá em cima com a melhor amiga, sobrinha de Henry por casamento, pudesse ter acesso à melhor superfície de desenho para criar o retrato ambicioso do grupo de colegas de turma que enfeitaria o quadro de avisos da nona série.

• • •

— Sabe o que mal posso esperar? — disse Tildy, equilibrando-se em uma perna só ao lado do banco de desenho de Chloe. — A hora em que você vai entrar na sala com ele enrolado debaixo do braço. Quando você vai caminhar até a escrivaninha dela com seu jeito humilde, entregar o desenho e dizer: "Madre Malloy, aqui está uma coisa que criei para nosso quadro de avisos. Isto é, se, a seu ver, for bom o suficiente." Em seguida, você vai dizer: "Lembra quando, um dia desses, nossa representante de turma pediu que eu criasse algo artístico, e então *a senhora* disse, Madre, que deveríamos todas pensar em formas de tornar nosso quadro de avisos algo exclusivo..."

— Não acha que eu deveria dizer o nome dela?

— Você *já* vai ter dito o nome dela, e apenas "Madre" é respeitoso o suficiente na segunda vez. Até a Venerável Ravenel concordaria com isso.

— Não, eu quis dizer... o nome de Maud.

— Acho que dá mais peso se você disser "nossa representante de turma". *S*eria o mesmo que qualquer outra pessoa da turma pedindo. Ah, pelo amor de Deus, diga o que quiser. *Eu* não me importo.

— Não fique cheia de não me toques comigo, Mary Tilden, ou vai atrapalhar minha concentração.

— Ah, Deus nos livre, srta. Chloe, que sua concentração artística seja *atrapalhada* por esta melindrosa lacaia. Não dou um tostão furado pelo que vai dizer, não dou mesmo. Não estou nem mais zangada com ela. Ela cumpre o plano traçado para ela no firmamento. Só pensei que "representante de turma" era o tipo de protocolo que a ponderada Malloy de Boston recebe com entusiasmo.

— Tio Henry tem razão. Você sempre sabe o que dizer, Tildy. Embora eu não tenha certeza se gostaria de ouvir você exercitar seu vocabulário sobre mim pelas minhas costas.

— Eu também não gostaria disso. Se você me ouvisse descrever você pelas costas, sua preciosa moderação seria coisa do passado.

— Bem... — Chloe escondeu seu prazer franzindo as sobrancelhas para a escolha de sombras marrons da bela caixa de lápis que seu tio lhe dera. Ela escolheu o tom terra e, para dar contraste, aplicou algumas sombras por trás das garotas holandesas de cabelos louros.

— Por que está fazendo as garotas da última fila primeiro?

— Porque elas estão no alto. Sempre trabalho de cima para baixo. Isso evita que manche.

— Quando coloria, sempre fazia minhas partes favoritas primeiro e preenchia o resto depois.

— Isso era com giz de cera. E além do mais, como você sabe que Hansje Van Kleek e Beatrix Wynkoop não são minhas partes favoritas? — Implicar com ela, Chloe havia aprendido, era uma boa maneira de deter o despotismo desenfreado de Tildy.

— Rá, rá. Mas sério, cá entre nós, Chloe, por que algumas meninas são sempre o *pano de fundo*?

— O que quer dizer com pano de fundo? — Hansje e Beatrix tinham os mesmos cortes de franja reta. As duas vestiam sobretudos leves cinza com duas filas de botões e golas de veludo. Mas Beatrix tinha seu sorriso de expectativa, enquanto os traços na expressão de Hansje não se harmonizavam. Era como se duas pessoas estivessem brigando no rosto de Hansje.

— Quis dizer um pano de fundo para as outras.

— Que outras?

— As que importam.

— E quem seriam essas? — O esnobismo de Tildy era espantoso às vezes.

— Ei, não banque a atrevida comigo, srta. Chloe. Você sabe tão bem quanto eu que algumas meninas se destacam, a gente pensa nelas primeiro, e as demais servem meio como substitutas. É claro que não é o tipo de coisa que eu diria em público.

— Você não está em público, então por que não dar nome aos bois? — Chloe migrou para o outro lado da última fila do esboço: em seguida, vinha a provocante Marta Andreu com seus cílios caídos aveludados e a forma ultrafeminina de se encolher contra o frio norte-americano. A perspectiva de fazer justiça ao xale roxo com borda verde vestido sobre o casaco de vicunha que o pai de Marta havia mandado de Nova York lhe dava água na boca.

— Bem, para começar veja a turma de nossas mães, a turma de 1934. Eram doze meninas. Você pode contá-las no anuário das alunas. Mas de quantas delas você lembra o nome? Vamos lá: sua mãe, Agnes Vick. Minha mãe e minha tia, Cornelia e Tonia Tilden. E a líder Ravenel, na época Suzanne. Depois disso, dá um branco.

— Tildy, seu argumento é muito furado. A gente lembra os nomes delas primeiro porque elas são próximas. Quero dizer, havia a mãe de Elaine Frew, Francine Barfoot. Ela era uma das oblatas, e se as oblatas não eram um grupo especial, então não sei o que era. Nem minha mãe fez parte das oblatas.

— Mas as oblatas *queriam* Agnes. Francine foi só uma substituta. Ela tocava flauta e fazia o que lhe mandassem porque estava entusiasmada por ter sido incluída no grupo.

Chloe atirou o lápis para baixo. Ela havia posto muitos reflexos roxos no cabelo de Marta, desmerecendo o xale da mesma cor antes mesmo de começar a desenhá-lo. Ela sentiu hostilidade para com a amiga e se contentou que Tildy estaria indo embora logo. Sob o novo regime rígido depois do recente ultimato de Madre Ravenel sobre as notas, Tildy só tinha permissão para passar uma noite fora de casa, e essa noite havia sido a do dia anterior. Em cerca de meia hora, o Packard dos Stratton estaria na entrada, e Tildy, com um suspiro de mártir, jogaria sua escova de cabelos e itens de última hora na sua elegante chapeleira de couro envernizado e desceria de mau humor até a custódia silenciosa de John.

E quando, nessa hora, o ronco do motor foi ouvido no acesso de veículos, fazendo Tildy gritar "Ah, não. Isso não é justo!", Chloe se sentiu absolvida de qualquer culpa.

Tildy saiu voando pelo quarto e levantou uma janela-guilhotina.

— John, você está *muito* adiantado — gritou para a escuridão.

— Sou eu, garotinha — a voz casual de Madeline Stratton vibrou de volta. — Mas vou visitar o tio Henry primeiro, então vocês ainda têm algum tempo.

• • •

Henry Vick, é claro, ouviu o diálogo das irmãs dentro e fora da casa e reprimiu sua decepção de que não fosse o motorista dos Stratton. Já havia escurecido fazia horas e ele vinha aguardando uma transição ordeira e cordial. ("Ah, John, entre. Tildy, John está esperando você lá embaixo. Você é muito bem-vinda, querida, é sempre bom tê-la aqui em casa. Volte logo, ouviu?") E depois talvez ele tocasse um pouco de Bach, e como seu pai costumava dizer, subiria a colina de madeira para dormir mais cedo na noite de domingo. Ele se encontraria com o conselho da biblioteca mais uma vez no dia seguinte e não estava ansioso para defender sua opinião contrária à insistência teimosa deles em ter um supérfluo pórtico com colunas.

Mas em vez disso lá estava Madeline, de quem ele gostava genuinamente. Ela trazia sua própria aura para o ambiente, em nada turbulenta como a de Tildy. Era afável e sabia conversar, mas dava a impressão de manter reservado seu lado emocional. O que era incomum para uma moça de dezesseis anos, se bem que hoje à noite, com os cabelos cobertos por uma bandana, poderia passar por uma mulher de vinte e cinco. Ela própria parecia, na verdade, pronta para ir dormir mais cedo.

— Que surpresa agradável — disse ele. — Veio fazer companhia a um velho.

— Essa era minha intenção, mas... ah, meu Deus — respondeu ela, vendo o bloco de desenho virado para baixo no braço da poltrona. — Eu interrompi seu trabalho. E não quis dizer — ela corou levemente — que acho que você seja velho.

— Eu sei, fui eu quem disse. O que aceita para beber, Madeline?

— Nada, obrigada. Eu tomei praticamente uma jarra inteira de água gelada antes de sair de casa. Ah, Henry, estou muito satisfeita comigo mesma esta noite.

— Sente-se e me conte tudo.

Madeline tinha mesmo uma aparência triunfante, vestindo jeans e um velho suéter de malha grossa grande demais para ela e que Henry imaginava ter saído do armário do pai.

— Por favor, desculpe minhas roupas desleixadas — disse ela sentando-se ereta no canto do sofá, como uma debutante que estivesse vestida com uma saia ampla —, mas eu estava trocando de quarto com Tildy. É uma surpresa para ela. Flavia e eu estamos trabalhando sem parar, esvaziando gavetas e arrastando móveis, desde que encontrei vocês na missa esta manhã. Tildy não faz ideia, eu mesma só pensei nisso durante o sermão do Monsenhor. Depois, Flavia me lembrou de que estava chegando o horário de Tildy voltar e não havia ninguém a não ser eu para vir buscá-la. John está lá no Swag com papai, fazendo algumas melhorias antes que a temporada de caça comece, e mamãe está trabalhando até mais tarde no estúdio. Espero que isso signifique um recomeço para Tildy. Ela sempre cobiçou meu quarto.

— O seu quarto é... qual deles mesmo?

— O de cima, frontal. O antigo quarto de tia Tonia. Ele recebe a luz do sol da tarde e será mais alegre para estudar. Madre Ravenel espicaçou a pobre menina na semana passada como somente ela sabe fazer. Tildy tem seis semanas para aumentar suas notas e melhorar o comportamento ou então...

— Ou então, o quê?

— Ou então Madre Ravenel escreverá "em segunda época" no verso do próximo boletim de Tildy. E isso fará parte da "ficha permanente" de Tildy, o que Ravenel sempre faz que pareça a danação eterna.

— Isso soa mesmo sinistro.

Henry se lembrou de várias visitas castas ao quarto de Antonia com o objetivo de carregar para baixo caixas que seriam armazenadas na casa de seu pai enquanto eles aproveitavam sua viagem de lua de mel em Roma. Os dois eram virgens, ela por escolha, ele por falta de alternativa. Antonia tinha vinte e um anos e trabalhava em tempo integral no estúdio de fotografia recém-inaugurado da irmã. Ele era o sócio júnior de vinte e cinco anos da Vick & Vick e sentia-se agradavelmente engrandecido pelas súbitas novas responsabilidades, desenhando e redesenhando em escala os esboços frenéticos do pai para o ambicioso shopping em ambiente fechado (promovido pela imprensa como "o primeiro do tipo no Sul", mas que ficou no limbo com a morte de Malcolm Vick; o local foi posteriormente confiscado pelo Departamento de Defesa quando Roosevelt entrou na guerra) e correndo pela cidade reunindo papéis e assinaturas para que o passaporte de sua noiva pudesse ser emitido com seu nome de casada. Nenhum dos dois já havia viajado para fora do país. Alguns cidadãos locais que se julgavam informados quanto a questões políticas opinaram que passar a lua de mel na Itália de Mussolini poderia ser uma coisa incerta. Mas ele queria ver a arquitetura, e Antonia queria visitar as igrejas. E o pai de Henry havia providenciado para que o casal tivesse uma audiência com o Papa.

— Tildy sempre adorou meu quarto: ela trazia seus livros de historinhas, encolhia-se ao meu lado na cama e nós líamos. Ou melhor, eu lia para ela. Flavia e eu deixamos minha cama para ela; era muito pesada para nós duas carregarmos mesmo. O que espero é que todas essas boas lembranças de leituras tornem o quarto mais confortável para o estudo. Ela precisa mesmo mudar radicalmente. Não existem tons de cinza na paleta de Ravenel.

— Mas e você? Vai se sentir confortável em seu novo quarto? Que quarto é o seu agora, aliás?

— É o quarto dos fundos no mesmo lado da casa. Costumava ser o quarto de costura da vovó Tilden, porque ele recebe a luz indireta do norte. Nunca foi muito aconchegante, mas desde que fizeram o novo túnel que atravessa a ravina, ele fica de frente para um mar de argila e máquinas gigantescas. Uma visão nada cômoda para uma jovem que está passando por tantas mudanças.

— Mas você pode dispensar a comodidade?

— Ah, Henry, há tantas coisas que estou disposta a dispensar! Só queria ter pensado na mudança de quartos muito antes. Graças a Deus que o Monsenhor não é nada inspirado, ou a pobrezinha da Tildy iria dormir lá esta noite.

Henry se esforçava para ouvir as vozes das meninas lá em cima. Seu desejo de que Madeline pegasse Tildy e a levasse para casa para que ele pudesse ir dormir mais cedo havia sido substituído pela surpresa: como essa jovem cheia de vida conseguia falar de forma tão apaixonada sobre renúncia?

— Aos dezesseis anos, acho, uma moça como você ia querer... absorver a vida... desfrutá-la ao máximo.

— Era isso que você queria aos dezesseis anos, Henry? Desfrutar a vida ao máximo? — Ela apertou os olhos para ele como se estivesse espionando os resquícios de sua alma aos dezesseis anos por uma abertura estreita.

— Eu disse uma pessoa como você. Eu era mais... bem... — Ele se agarrou à primeira comparação que surgiu: — Não era nada inspirado, como o sermão do Monsenhor. Eu cumpria meus deveres. Fazia minhas preparações, mas o resultado nunca foi brilhante. Nem perto disso.

— Ora, isso é muita modéstia de sua parte, Henry Vick. Quem fez o prédio do jornal e quem projetou a nova biblioteca? Você é um dos homens mais ilustres desta cidade.

Ele deixou isso passar. Pobre moça: nesta cidadezinha, talvez fosse verdade.

— Aos dezesseis anos, a coisa que eu fazia melhor talvez fosse ser um bom irmão para Agnes. Embora sempre tenha sido mais brilhante, *era* quatro anos mais nova e acho que assumi como minha responsabilidade garantir que se sentisse querida e protegida.

— Por que não tenho nenhuma lembrança da sua irmã? Consigo ver seu pai correndo para o escritório com seu guarda-chuva fechado e, desculpe dizer, sempre de cara amarrada, e me lembro de sua mãe uma vez num vestido esvoaçante no clube. Eu não devia ter mais de cinco anos... ela se abaixou, me beijou e me chamou de "Adelaide". Mamãe me contou que eu disse depois "O perfume daquela senhora cheira a Listerine", apesar de não me lembrar de ter dito isso.

— Bem, você acertou na mosca. — Henry riu com pesar. — Coitada de mamãe. Não viu Agnes pela cidade quando você era pequena porque ela foi embora com Merry quando ele terminava a faculdade de engenharia, depois ele ingressou na Força Aérea, e eles foram obrigados a se mudar frequentemente.

— E lá estava Chloe crescendo em todos esses lugares desconhecidos. Por falar em querer uma irmãzinha para se sentir querida e protegida, estou feliz com a amizade de Tildy e Chloe. Parece tão saudável... como se fosse uma troca justa. — O semblante de Madeline se anuviou com um pensamento posterior que não foi expresso.

— Uma troca justa?

— As qualidades de uma complementam as da outra. Cada uma contribui com algo. A última amizade de Tildy não trazia à luz o melhor de nenhuma das duas.

— Você quer dizer Maud Norton. Ela sem dúvida se tornou uma moça bonita, apesar de um pouco frívola. — Ele não acrescentou "como a mãe".

— Todo mundo presumia que Tildy era a personalidade mais forte, seguramente nossa família achava isso, mas agora não tenho mais tanta certeza. Acho que há algo na combinação das duas que criou uma espécie de aliança perversa. Quando Maud entrou na terceira série, e as outras meninas estavam especulando sobre ela, foi gratificante para Tildy abrigar a novata sob suas asas e brincar de defensora. Uma vez ela chegou a propor a mamãe e papai que eles *adotassem* Maud. Mamãe disse que outra pessoa provavelmente adotaria Maud um dia desses, porque Lily não estava tendo dificuldades em arrumar namorados. E depois quando o tempo passou, mamãe disse que Lily logo estaria saindo com os filhos dos ex-namorados. Nossa, Henry, que gafe a minha! Você namorou Lily, não namorou?

— Por um tempinho, sim. Mas ela era muito animada e ambiciosa para aguentar um viúvo molenga como eu por muito tempo. E essa aliança perversa que você disse que as meninas formaram?

— Juntas, elas influenciavam as outras, convenciam a turma a fazer o que elas haviam decidido. Mas era uma coisa conjunta. Não acho que Tildy poderia ter feito tudo sozinha, mesmo com sua grande imaginação, e Maud com certeza não poderia ter feito nada *sozinha*: ela não existia socialmente até que Tildy a escolheu. Mas as duas formavam um motorzinho poderoso: quem era o motor e quem era o combustível eu não tenho certeza se importa ou não. Você precisava das duas para chegar a algum lugar.

— Então aonde elas chegaram?

— Bem, a primeira chegada foi, com o perdão do trocadilho, dar um chega pra lá numa professora leiga que ensinava lá havia séculos, a sra. Prince.

— Ah, Agnes teve aula com a sra. Prince.

— Sim, a turma da mamãe teve aula com ela. Era bem-intencionada e fazia parte do patrimônio da escola. Mamãe sempre disse que a sra. Prince queria muito que gostassem dela, e isso podia ser a ruína de qualquer um.

— Ah. É preciso ter cuidado com esse desejo de querer que gostem muito de você. — Henry podia ouvir o tom nada misericordioso de Cornelia Stratton enquanto fazia seu pronunciamento e não podia deixar de pensar até que ponto ela teria inspirado a expulsão da sra. Prince.

— Ora, Henry, você não parece ser do tipo que dá importância a que gostem de você.

— Gosto de ser respeitado, o que é uma variante disso. Mas e você, Madeline? Que importância dá a que gostem de você?

Madeline retirou o suéter folgado do pai.

— Eu primeiro precisaria perguntar: "gostem" quem? Ainda que esteja, do jeito que sempre faz, Henry, desviando o holofote de si.

— Por favor, pergunte o que quiser.

Será que estou tão carente de companhia adulta que estou me divertindo nesse diálogo com uma moça de dezesseis anos, ou foi porque seguimos por tópicos que geralmente não abordo durante um dia de trabalho?

— Bem, ao contrário de Tildy, eu nunca precisei ter apenas uma "melhor amiga" especial a quem eu pudesse contar tudo. Provavelmente, mamãe supria esse papel para mim. Ainda somos garotas juntas, rindo na câmara escura sobre como a maioria dos rapazes não se destaca dos demais. Mamãe me teve quando tinha dezenove anos, que é apenas três anos a mais do que tenho agora, e ela me disse muitas vezes que não se sentiu de verdade como mãe até ter Tildy, que era uma criança mais infantil. Mamãe costuma dizer que já nasci com uma alma velha, como a irmã dela. Como Antonia, segundo ela, sou mais ajuizada e tenho um coração maior que a média dos adultos. Não tenho certeza disso, mas sem dúvida ela gosta de mim na mesma medida que gosta de todo mundo. É claro que papai andaria descalço sobre cacos de vidro por mim ou Tildy, mas estou falando de gostar aqui.

"Estou farta de dizerem que tenho uma alma velha", Antonia dissera a Henry durante o curto período que tiveram o privilégio de deitar juntos como casal santificado pelo sacramento e dizer o que quisessem no escuro. "Quero ter uma alma novinha em folha começando na aventura da vida." E ele dissera algo não muito inspirador, como "Bem, espero que me deixe ir com você". Ao que ela havia respondido com uma risada impaciente, que soava exatamente como a de sua irmã mordaz: "Você já está comigo, Henry, caso não tenha notado."

— Eu disse algo que não devia, Henry. Vejo isso no seu rosto.

— Não, estava me lembrando de algo que Antonia disse.

Ele notou a coragem com que a moça lutava para reprimir sua curiosidade.

— Enquanto estávamos em Roma, Antonia me contou que queria ter uma alma novinha em folha começando na aventura da vida. Eu só queria que essa oportunidade lhe houvesse sido concedida.

— Ah, *por que* ela precisava ter atravessado a rua sem olhar?

— Bem, estávamos atravessando juntos e acho que ela presumiu que eu estava olhando por nós dois. Ela se virou para dizer algo. Mas devia estar um pouco na minha frente, porque houve um estrondo, um baque, e só um de nós estava no chão. Era um pequeno furgão cinza, fazendo uma curva muito acentuada na esquina. Continuou em frente sem diminuir e desapareceu no tráfego. Talvez o motorista não tenha notado que atingiu alguém. Depois as pessoas começaram a gritar em italiano, e dois *carabinieri* muito eficientes se materializaram num instante.

A ambulância chegou logo depois. Essa era a cidade administrada de forma irrepreensível por *Il Duce*. Mas ela já havia falecido.

— Deve ter sido... Não consigo imaginar o que faria em seu lugar.

— Não fiz praticamente nada. Tudo foi organizado para nós. Nossa embaixada e até o Vaticano se envolveram. Antonia e eu havíamos sido recebidos pelo Papa Pio XI no dia anterior. Tudo que precisei fazer foi sentar num quarto e falar ao telefone com meu pai e os Tilden. Até o trabalho de discar foi de outra pessoa. Em seguida, estava de volta ao meu antigo quarto com as caixas fechadas de Antonia num canto. E não muito tempo depois disso, meu pai morreu e depois veio a guerra.

As meninas conversavam no andar de cima.

— Ah, tio Henry, não tive a intenção de trazer de volta toda essa dor antiga.

— Na verdade — disse Henry —, é bom lembrar de algo específico sobre ela. Ouvi-la dizer algo que ela de fato disse. E você trouxe isso de volta para mim, Madeline, e por isso lhe agradeço.

— Ah, meu Deus, isso é impagável! — gritou Tildy.

Madeline se levantou e avançou com passos decididos até o sopé da escada.

— Muito bem, garotinha — ela chamou com sua voz forte e vibrante —, hora de nós irmos.

Foi a imaginação de Henry ouvir um toque de alívio em ser liberada do dever de participar de uma conversa constrangedora?

CAPÍTULO 13

Finados

Sexta-feira, 2 de novembro de 1951

Dia de Finados

Mount St. Gabriel's

PADRE LOHAN, DE COSTAS PARA OS FIÉIS, AJOELHOU-SE NO altar para a missa de réquiem do Dia de Finados ao meio-dia. "*Munda cor meum ac labia mea, omnipotens Deus, qui labia Isaiae Prophetae calculo mundasti ignito...*"

Maud, a não católica, também de joelhos, lia a tradução no lado direito do missal. "Senhor onipotente, purificai o meu coração e os meus lábios, Vós que purificastes os lábios do Profeta Isaías com um carvão em brasa..."

Ela gostava de seguir o missal. Colocado nos suportes dos bancos de igreja neste ano letivo, era mais bem-organizado, tinha letras maiores e era mais pródigo de ilustrações. Isso deve agradar a Tildy, pensou. Antes da vinda de Chloe, Maud se ajoelhava ao lado de Tildy. Não porque elas fossem melhores amigas, mas porque tudo em Mount St. Gabriel's era em ordem alfabética e, na sua turma, depois de Norton vinha Stratton. Mesmo que Chloe não fosse a nova melhor amiga de Tildy, ela ainda estaria entre Maud e Tildy, porque Starnes vinha entre Norton e Stratton.

Maud conseguia ver Tildy, no outro lado de Chloe, ajoelhada com o olhar fixo no missal aberto. Tildy não virava as páginas. No passado, Tildy observava até que Maud ao seu lado virasse a página, ou folheasse indo e voltando entre a parte inicial do livro e a festividade do dia, e então Tildy a acompanhava. Tildy conseguia distinguir bem os números na parte de cima das páginas, mas as letras lhe pregavam peças maldosas. Para ler, ou para fingir que estava lendo quando Maud não estava por perto para acelerar as coisas, Tildy tinha que ir letra por letra, como que tentando avançar, segundo sua comparação, por um rebanho de ovelhas desagradáveis e agressivas, *arrastando* as que se perdiam para seus lugares certos. Ela levava o dobro do tempo para fazer as tarefas e ficava com dor de cabeça, mas aprendera a fazê-las. Agora, dava para ver Chloe virando a página, mas Tildy mantinha teimosamente o olhar firme na anterior. Será que ela havia desistido de tentar manter as aparências? Ou havia optado por não compartilhar sua fraqueza com a nova amiga?

De repente, Maud sentiu-se a ponto de chorar.

— Se não tivermos ouvido nada até o Dia de Ação de Graças, não é bom sinal — a avó ansiosa sussurrara para a mãe de Maud na noite anterior, quando as duas mulheres estavam levando a louça para a cozinha.

— Ah, estou farta dessa espera servil pelos caprichos dos ricos.

— Fale baixo, Lily.

— Estou farta de ter de falar baixo.

— A criança vai ouvir.

— Deixe que escute. Ela não é mais uma criança e talvez deva começar a aprender que pode precisar trilhar seu próprio caminho, como eu fiz.

— Bem, se isso acontecer, espero que ela tenha mais juízo que você.

— Isso é golpe baixo, mãe.

— Desculpe se falei o que não devia. Mas não é fácil, sabe, administrar este lugar.

— Eu voltei para ajudá-la, para facilitar a sua vida.

— Você voltou porque não tinha nenhum outro lugar aonde ir. Tinha uma filha de sete anos sem...

— Se for começar com essa ladainha, mãe, não vou dormir no mesmo quarto que a senhora.

— Vá dormir no quarto do sr. Foley então. Ele só vai voltar daqui a duas semanas.

— Talvez eu vá mesmo. Sabe, mãe, quando não está me condenando, a senhora às vezes tem boas ideias. A fantasia de Júlio César de Maud foi inspirada. Só a senhora poderia vesti-la assim.

— Então dê graças a Deus por minhas boas ideias enquanto eu as tiver. Não vou estar aqui por muito tempo.

— Ah, eu já não ouvi *isso* antes?

— Aí vai ter nossa cama só para você. Até que decida dividi-la com outra pessoa. Se bem que, se fosse você, eu seria um pouco mais prática desta vez.

No Dia das Bruxas, o segundo lugar pela eleição da turma foi dividido entre Tildy, como David Copperfield, e Chloe como a pequena Emily. Maud preferiria que elas tivessem ficado com seu próprio primeiro lugar. Madre Malloy, entregando o prêmio (um volume de poemas de Robert Burns), disse que Maud estava "igualzinha ao imperador". E estava mesmo, com seu cabelo curto coberto de talco, o corpo alto enrolado na toga esmerada da vovó. Mas Maud achava que tinha ficado grande demais para vestir fantasias.

Por que os lábios do Profeta foram purificados com um carvão em brasa em vez de serem esturricados? Essa seria uma pergunta legítima para se fazer a Madre Malloy. Não era "impertinência" nem "linguagem ordinária", duas das abominações da freira, mas algo que Maud queria entender de verdade. Havia um mundo onde uma pessoa se queimava se beijasse um carvão em brasa, e outro onde um carvão em brasa, ou o que quer que ele representasse, poderia purificá-la. O segredo era como transformar o carvão em brasa literal em um carvão que podia transformar alguém numa nova pessoa purificada. De todos os adultos na vida impura de Maud, Madre Malloy lhe parecia a melhor esperança para aprender esse segredo.

Maud se sentia esperançosa toda vez que se lembrava do encontro de meia hora a respeito de seu trabalho sobre *David Copperfield*. Embora ele tenha começado mal com a reação de Madre Malloy ao seu título, "A dor plangente da alma em *David Copperfield*".

— O que lhe levou a escolher a palavra "plangente", Maud?

— Bem, parecia próxima ao tipo de dor sobre a qual eu queria escrever, Madre.

— Então, vamos falar sobre isso primeiro. Conte-me sobre essa dor.

— É a dor de David quando está lavando garrafas naquela fábrica. Ele teve a alma esmagada. Acha que nunca sairá desse lugar desprezível e se tornar o que sabe que pode ser. Não consegue entender por que uma criança inteligente como ele deve ser desperdiçada. Enquanto estava lendo, a dor que senti foi a dor dele, mas havia alguma outra coisa acontecendo também, no meu lado. E é sobre isso que quero escrever, como se pode experimentar mais de si mesma quando se acompanha um personagem por sua história. Se a história for boa o suficiente, digo. A maioria das histórias não é. Ou não são boas o suficiente para ajudar você a fazer essa *passagem*. Porque você nunca consegue se esquecer de que a história é apenas algo que um escritor inventou. Se você mesma não sente a dor, não consegue captar o que ela significa em sua vida.

— E pretende relatar essas passagens à medida que elas ocorrem no romance? — Madre Malloy, que ouvia com atenção, parecia surpresa, mas impressionada.

— Esse é mais ou menos o meu plano — blefou Maud, com imprudência. Ela realmente não havia pensado muito além do estalo inicial que teve sobre a cena da fábrica de garrafas.

— É um plano muito ambicioso para um trabalho de cinco páginas, Maud. Talvez ambicioso demais. Precisa consolidá-lo. Restringi-lo. E talvez escolher um título menos dramático por enquanto. E com certeza outro adjetivo. "Plangente" em geral se aplica a alguém que se lastima ou chora. Talvez sua intenção tenha sido dizer "pungente", que denota algo profundamente doloroso para os sentimentos, embora "pungente" já tenha sido usado em excesso pelas revistas femininas. Por que não escolhe um título provisório simples que a manterá fiel às suas intenções, "As dores universais de David", ou algo assim? A combinação perfeita de palavras pode se sugerir a você depois que o trabalho estiver terminado. É o que muitas vezes acontece comigo com meu próprio trabalho acadêmico.

Qual seria a combinação perfeita de palavras para descrever a beleza de Madre Malloy? Pálida, plácida, clássica, esculpida, *etérea*: todas, infelizmente, levavam a marca das revistas femininas. Maud sabia disso muito bem. Aquelas pilhas de revistas de Vovó, com *Journal* ou *Companion* no título e as *Reedbook* e *Good Housekeeping*. Quem, depois dela, devorava aqueles artigos como se fossem barras de chocolate? Só que agora, depois de David e da fábrica de garrafas, elas não dariam mais satisfação plena. As coisas que você costumava amar estavam sempre perdendo o valor. Como a coitada da Tildy, quando as sobrancelhas de Anabel Norton se ergueram na Worth Avenue ao olhar para a fotografia dela.

A beleza de Madre Malloy era mais do que meras proporções favoráveis, mas exatamente o que mais? Maud se encucava quanto a isso enquanto tentava esconder seu vexame porque provavelmente *fora* sua intenção dizer "pungente" e não "plangente". No rosto comprido da freira, tudo estava na posição certa. As extremidades externas das sobrancelhas eram arqueadas para baixo, como asas. Os olhos castanhos bem separados pareciam mais escuros sob as sobrancelhas espessas. O nariz era uma linha reta que descia da testa até a ponta sem nenhuma curva. O que se chamaria de nariz grego. Como de costume, ela encolheu o queixo firme no pano branco engomado e plissado que lhe envolvia o pescoço, como se esperasse fazer parte do hábito. Contudo, havia reserva e também um toque intimidador de... quê? Desdém? Com certeza não numa freira. O que então? Era adorável olhar para ela quando estava no quadro-negro, ou agora, de perfil, ajoelhada no banco da igreja no coro das freiras no presbitério, mas ficava um pouco envergonhada quando ela escolhia olhar direto para você. Porque podia ver que sua atenção estava em você; ela queria você e todos os Davids do mundo sob seus cuidados para que fossem tão ilustres quanto seu potencial permitisse. Só que se tinha a impressão de que ela se importava mais com alguma outra coisa.

— As palavras são difíceis — Maud dissera. — Quero dizer, encontrar as mais... adequadas é que é.

Madre Malloy fez uma careta pela estranheza do "são" contrastado com o "é que é", embora a gramática de Maud estivesse correta. Ela viu a freira reconhecer isso também, com um leve sorriso.

— Mas está num bom caminho, Maud. Estou ansiosa para ver o que escreverá.

• • •

Graças à mãe, Agnes, Chloe sabia todo o latim da missa de "*Dominus vobiscum*" a "*Ite, missa est*". Ela sabia que a oração do ofertório do dia era qualificada como "secreta" em seu missal porque você a dizia para si mesma e não em voz alta. Nesta, a segunda missa do Dia de Finados, o "segredo" era: "Sejais propício, ó Senhor, às súplicas das almas de Vossos servos e servas, por quem Vos oferecemos o sacrifício da oração, para que lhes concedei companhia com Vossos Santos."

Agnes agora era uma serva, carregando sua alma imortal, como um ovo fresco, pela névoa e pelas intempéries de suas tarefas no purgatório.

Na época em que o capitão Merriweather Starnes ainda estava vivo, mas lutava na guerra, Agnes dava suas aulas de catecismo a Chloe em suas diferentes casas nas bases aéreas. A fé delas havia ficado no lugar do pai ausente nas muitas mesas de cozinha, marcadas e manchadas pelas famílias de militares anteriores de mudança. Depois que Rex Wright se tornou parte das suas vidas, Agnes tinha seu próprio conjunto de móveis de cozinha novinho de bordo, mas o novo pai, que agora era o terceiro à mesa, achava que elas usavam sua fé para isolá-lo. Depois de cenas lamentáveis, catecismo e latim foram banidos para a mesa da lanchonete na cidade.

— Este é nosso cenáculo — dizia Agnes, inclinando-se para a frente sobre os cotovelos e puxando a pele do rosto para parecer mais jovem. — Somos como os primeiros cristãos repartindo o pão em segredo. Só que nosso pão são biscoitos salgados com manteiga de amendoim.

— Então não seremos lançados aos leões — Chloe arriscou dizer uma vez, mas Agnes, que insistia em ser justa, não riu. — Ele está tentando, querida — disse ela. — Vamos lhe dar o benefício da dúvida. — E completou com um toque de malícia: — Porque, francamente, não vejo que outra opção nós temos.

Et resurrexit tertia die secundum Scripturas. Ressuscitou no terceiro dia segundo as Escrituras.

Aqui estava a coisa que Chloe ansiava por compreender.

Para os primeiros discípulos, Agnes havia lhe contado, a Crucificação de seu mestre não foi o fim, e por isso toda essa coisa chamada cristianismo começou. Eles contavam os episódios do sepulcro vazio, de sua aparição para amigos e mesmo para alguns estranhos, da exibição das terríveis chagas para Tomé, o Incrédulo. Essas histórias não podiam ser provadas como fatos históricos, mas existiam em seu pensamento, segundo Agnes.

Contudo, prosseguia ela, eles *também* falaram de como seu mestre amoroso tinha sido libertado dos limites das fragilidades humanas de maneira que pudesse estar presente para eles em todos os momentos e em todos os lugares.

— Se mais pessoas — disse Agnes na lanchonete — pudessem ascender ao nível em que compreendessem que ressurreição simplesmente não é o mesmo que *ressuscitação*, não teríamos todos esses subterfúgios de interpretações literais do que "teria ou não acontecido".

Se Chloe ao menos conseguisse chegar àquele nível em sua mente, então poderia ter Agnes, sua própria mestre amorosa, ao seu lado de novo.

Ela não queria imaginar a mãe levantando do sepulcro. (Muito embora a sepultura estivesse a leste, nos ensolarados Jardins Memoriais de Barlow, cercados pelas bandeiras dos veteranos e flores de plástico nos jazigos de estranhos. Tio Henry queria que Agnes fosse enterrada no lote da família no sombreado Riverside Cemetery, a uma distância que podia ser percorrida a pé da residência dos Vick, porém Rex Wright, como marido, tinha feito valer sua vontade.) E ela com certeza não queria sua mãe *ressuscitada*, como nessas histórias de terror, em que a pessoa voltava, mas com alguma mudança assustadora.

O que Chloe queria de verdade, agora que Agnes não podia mais viver com ela, era que Agnes vivesse nela e através dela. E havia sinais do começo disso, se ao menos Chloe tivesse fé e quietude e se apegasse ao que *sentia* que sabia.

Às vezes, as pessoas se uniam e compartilhavam um segredo, ou inventavam um, como as oblatas da Freira Vermelha sobre as quais estava tão cansada de ouvir a respeito. Até onde ela conseguira perceber, o segredo das oblatas não havia feito muito bem a ninguém.

Mas às vezes um segredo de verdade se fazia conhecido de forma lenta somente a você. Isso era mais difícil e mais solitário, mas se você mantivesse a fé nele e o deixasse viver dentro de si, ele a tornava mais forte.

Os primeiros sinais de como isso podia acontecer — do seu segredo começar a viver através dela — haviam começado durante o desenho de Chloe das moças da nona série, destinado ao quadro de avisos atualizado. Essa contribuição devia aprimorar ambas: Chloe, porque era a artista; e Tildy, porque era a melhor amiga da artista e tivera a ideia.

Bem, mais ou menos. Maud, a quem Tildy preferia se referir como "a representante de nossa turma", havia pedido a Chloe para contribuir com algo "*artístico* para que o quadro de avisos não fique igual ao de todo mundo". E Tildy, embora Maud não tenha chegado a falar, havia empurrado Chloe dizendo: "*Você* vai lhe dar um pouco de *estilo*." E depois Madre Malloy havia convidado *todas* da turma para pensarem em formas de fazer do quadro de avisos algo exclusivo.

Mas havia sido Tildy quem tivera o estalo do retrato da turma. "Você tem esse *jeito* impressionante. Desenha as pessoas exatamente como são... *além* do que são, na verdade, às vezes. Será uma obra-prima. Todo mundo vai ficar deslumbrado."

E Chloe havia concordado sem hesitação. Com certeza, era algo que ela podia fazer. Como sempre, estava ansiosa para ver o que sairia do papel quando começasse a desenhar. E esse seria um desafio ainda maior porque quinze pessoas — dezesseis, contando Madre Malloy — estariam saindo do papel. Materiais de primeira qualidade estavam acessíveis, junto com a prancheta e o banco de tio Henry, carregados com reverência escada acima até o quarto da "artista". Todos aguardavam a obra-prima.

Primeiro, ela havia esboçado sua composição, colocando as moças mais altas na fileira do fundo. Maud era uma das mais altas da turma — Tildy disse que ela havia espichado durante o verão —, mas não ficaria na fileira de trás. Ela estava posicionada de lado, no canto direito do grupo, na extremidade do espaço do desenho, quase como se estivesse se aprontando para sair dele. Era a única na ilustração cujo corpo inteiro podia ser visto. As moças de pé (e Madre Malloy) na fileira do fundo e as moças de pé na fileira do meio estavam visíveis apenas da cintura para cima. As cinco moças na fileira da frente, incluindo a própria Chloe, estavam ajoelhadas, de maneira que não era possível ver suas pernas. Somente um sapato bicolor ou mocassim com meia branca ocasionais estavam parcialmente visíveis.

Bem, Maud era representante da turma, portanto talvez houvesse um certo protocolo em tê-la de pé ao lado assim. Tildy não havia reclamado quando viu a composição pronta para receber seus detalhes.

Mas então outras coisas começaram a surgir.

— Ah, meu Deus, isso é impagável! — Tildy havia gritado naquela noite de domingo, quando as bochechas de Gilda Gomez de repente se estufaram debaixo de seus pequenos olhos de suíno e suas mãos rechonchudas e delicadas empurravam para cima a gola de pele de carneiro de seu casaco rosa. Sem fazer esforço, Chloe havia "captado" Gilda, com seu aconchego histriônico contra si mesma num país frio. Isso havia simplesmente surgido na página.

Depois que Madeline havia levado Tildy para casa naquela noite de domingo, e tio Henry permanecera embaixo para tocar Bach, Chloe subira mais uma vez no banco de desenho para trabalhar um pouco mais na mal-humorada Marta Andreu com seu xale roxo. De repente, outra imagem da moça cubana emergiu do papel: uma jovem madona com os olhos para baixo, atordoada por uma aflição secreta. Sentindo-se plena de poderes de clarividência, Chloe continuou "fazendo" as duas moças holandesas com seus longos sobretudos e cabelos louros em cortes retos, só que Beatrix tinha aquele cacho em que ela vivia mexendo, e sua expectativa levemente servil contrastava com o rosto de Hansje, que de forma curiosa travava uma guerra consigo mesmo.

Mas depois que ela estava na cama, com o antigo quarto da mãe iluminado apenas pelo brilho laranja que atravessava as cortinas fechadas vindo de um poste na rua, um pensamento totalmente novo e incômodo *infundiu-se na mente de Chloe*. Foi isso mesmo que pareceu: como se uma consciência mais sábia estivesse aguardando gentilmente a oportunidade de se inserir para mostrar as possíveis repercussões de sua "obra-prima".

Para começar, o que Gilda Gomez sentiria caso se visse retratada de forma tão "impagável", como um porco inchado vestindo rosa, abraçando com comicidade suas peles contra si num clima estranho? O que cada menina sentiria quando se encarasse no retrato em grupo de Chloe? Apesar da teoria esnobe de Tildy sobre algumas moças "serem apenas o pano de fundo" para as outras, não era verdade que cada uma delas se considerava o centro do palco?

Que estúpida eu fui, Chloe havia percebido depois daquele primeiro pensamento vindo da mente mais sábia na hora de se deitar. Eu devo ter sofrido uma lavagem cerebral do plano de Tildy. E, embora Chloe continuasse a desenhar o retrato, já sem muita seriedade, não esperava mais torná-lo público. O que ela vinha pensando? Sendo realista, não havia chance de que a professora jamais permitisse que ele fosse exibido no quadro de avisos. "Que desastre seria se eu entrasse na sala com essa coisa enrolada debaixo do braço e com um 'jeito humilde' a apresentasse para a aprovação de Madre Malloy."

Tildy ficara furiosa, é claro.

— Como assim você não vai continuar? Está maluca? É uma coisa que já existe. Não conseguiria parar agora mesmo que tentasse. Já fez até *nós duas*. Coloriu meu casaco de pele de castor. Fez Dorothy Yount limpando os olhos bem da forma que ela faz, e captou o olhar furtivo de esguelha que Becky Meyer dá quando está tentando se fazer de distante.É a melhor coisa que você já fez!

— Seja como for, precisa ser algo privado.

— Mas isso é simplesmente burrice!

— Seria uma burrice ainda maior se o tivéssemos mostrado a Madre Malloy. Teria prejudicado muito nossa reputação com ela.

— Não vejo por quê. Você revelou os lados secretos de algumas dessas pessoas, o que as torna *elas mesmas*!

— Já passou pela sua cabeça que "essas pessoas" podem não querer que seus lados secretos, da forma como são vistos por outra pessoa, sejam expostos no quadro de avisos?

Tildy dirigira um longo olhar perscrutador a Chloe.

— Seu tio disse alguma coisa? — inquiriu ela. — Quem está influenciando você?

Minha mãe, eu acho, Chloe poderia ter respondido. Poderia até ter ido além disso. Não seria difícil convencer a imaginação dramática de Tildy de que o espírito de Agnes vinha "assombrando" de maneira regular seu antigo quarto à noite para incutir um pouco de sabedoria e senso de justiça em sua filha: isso se tornaria um segredo entre Chloe e Tildy; teria tornado as duas amigas mais íntimas.

Mas teria desmerecido o segredo mais solitário, e Chloe preferia se manter fiel a ele.

E mesmo essa escolha — a de manter para si o segredo — podia também ter sido incutida por Agnes, que havia rejeitado a si mesma, na idade de Chloe, os laços mais fáceis de um segredo compartilhado ao se recusar a fazer parte das oblatas.

— Ninguém está me influenciando — Chloe respondeu a Tildy. — Só me perguntei como me sentiria se eu fosse uma dessas outras meninas.

— Que outras meninas?

— Ora, qualquer uma das que você chama de "pano de fundo".

Acuada, Tildy emitiu seu característico muxoxo. Mas depois, reanimando-se, inquiriu:

— Então com o que nossa grande artista *vai* contribuir para o esforço comum?

— Eu pensei em talvez uma ilustração do prédio da escola, visto de frente, saindo das nuvens e da névoa.

— Bem, *isso* com certeza será seguro — foi a resposta desdenhosa de Tildy.

— *Et verbum caro factum est* — disse o Padre Lohan, sua voz mais grossa devido à congestão nasal. E o Verbo se fez carne.

Nesse momento todos se ajoelharam.

— *Et habitavit in nobis.* — E habitou entre nós. — *Deo gratias* — disse em uníssono o coro feminino.

Agora elas sairiam alinhadas da capela, fileira por fileira, turma por turma, e andariam pelo lado leste do prédio até o cemitério das freiras no bosque de cedros. O Padre Lohan perfumaria com incenso a sepultura de Madre Elizabeth Wallingford e as das outras freiras. Chloe sabia exatamente o que viria em seguida porque Agnes lhe contara tudo sobre a solene marcha anual até o cemitério das freiras no Dia de Finados em Mount St. Gabriel's.

Ela seguiu em silenciosa fila indiana pela trilha estreita no bosque, como se viesse fazendo isso há décadas.

CAPÍTULO 14

Mais Indignidades

11 de agosto de 2001, numa manhã chuvosa e com vento, logo após a missa da Festa de Santa Clara de Assis
Casa de Repouso de Santa Escolástica (antiga propriedade dos Sanderson)
Milton, Massachusetts

SENHOR, É ESTE OUTRO SILÊNCIO COMO O MEU EXÍLIO DE 1952-1953 naquele ninho de serpentes em Battery? Disseste mais tarde que estiveras comigo naquele ano inteiro terrível em que a Madre Superiora me enviou para cuidar de minha mãe. Disseste que tinhas estado ao meu lado mesmo nas trevas exteriores da minha desconfiança. Não tenho desconfiança. Sabes disso, mas preciso ter fé de que estás me ouvindo, uma vez que não me deixas Te ouvir.

Por favor, recorda-me de que valho alguma coisa.

É porque falo demais? Meu mestre do retiro, Padre Krafft, sempre me contava aquela piada do monge ancião que tagarelava o dia inteiro com seus botões no jardim. Um noviço recém-chegado finalmente toma coragem para perguntar a ele: "O senhor está sempre rezando, Padre?" "Sempre! Sempre", responde o velho monge. "Mas o senhor não fica sem ter o que dizer, Padre?" "Essa é a minha esperança!", exclama o monge ancião.

Ontem ouvi Irmã Bridget fofocando sobre mim na cozinha com a auxiliar da casa, Lanie, que vem providenciar as necessidades de Madre Odom desde seu derrame.

— Toda vez que eu passo pela porta da freira cega — dizia Lanie —, ela está falando pelos cotovelos. Está rezando?

— Não — respondeu Irmã Bridget —, está ditando suas memórias em um aparelho sofisticado que algumas ricaças de sua antiga escola compraram. Elas vão publicá-las, e então ela vai ficar tão inflada de orgulho que vai faltar espaço para se respirar nesta casa.

Bem, continuarei a falar em meu aparelho sofisticado, porém Te darei um descanso.

O Padre Krafft me deu uma prece para recitar, mas nunca a recitei muito porque gostava mais de conversar Convosco. É atribuída a Santo Ambrósio, o eloquente Bispo de Milão, mas eu tenho as minhas dúvidas. Por que alguém que dava tanto valor às palavras como Santo Ambrósio criaria uma prece dessas? Seja como for, em memória de Padre Krafft (como eu gostaria de poder consultá-lo sobre Teu silêncio!), vou rezá-la: "Concedei que Teu bom espírito penetre meu coração e lá seja ouvido em silêncio, e sem o som das palavras fale toda a verdade."

A freira cega Te ouvirá no silêncio de seu coração.

Ousadia santa: uma digressão ao meio-dia

Minhas queridas meninas, hoje na casa de repouso da Ordem de Santa Escolástica, em Milton, celebraremos a Festa de Santa Clara de Assis

Permaneci na capela depois, pois chovia e ventava muito para minha caminhada matinal, e quando me ajoelhei lá estava eu refletindo sobre muitas coisas, inclusive o ideal estimulante da "ousadia santa", que nossa fundadora nos legou, junto com seu conceito cativante da "liberdade da mulher em Deus".

Clara viveu apenas cinquenta e nove anos (1194-1253). Parece um tempo muito curto quando pensamos em tudo que realizou. É claro, ela dispunha de São Francisco como sua inspiração e mentor: foi ele quem, acompanhado por seus monges, cortou-lhe os cabelos, deu-lhe uma túnica rústica e a mandou embora, aos dezoito anos, abrigar-se com freiras beneditinas até que pudesse instalá-la e suas "damas pobres" (mais tarde conhecidas como "clarissas") no monastério que estava restaurando para elas na igreja de São Damião. Aos vinte e um anos, era a madre de sua ordem; duas de suas irmãs e até sua mãe se juntaram a ela. No final da vida, Clara havia fundado vinte e duas outras casas. Foi a primeira mulher no Ocidente a escrever uma regra monástica. Comparada à bula do Papa Inocêncio, que entrava em detalhes sobre o que as freiras deveriam usar, e quantas grades e fechaduras duplas seriam necessárias para protegê-las das tentações femininas, sua regra era cheia de alegre bom-senso. Use roupas simples, instruiu ela, para imitar a pobreza do Menino Jesus na manjedoura. Quando as irmãs que serviam precisavam deixar o convento para fazer compras, em vez de alertá-las contra os estranhos e os convites do mal, Clara disse-lhes "para agradecer a Deus quando vissem belas árvores, flores e arbustos e para agradecer-Lhe por todas as pessoas e criaturas que encontrassem pelo caminho". De acordo com a sua regra, cada comunidade elegia oito irmãs "entre as mais ajuizadas" para oferecer aconselhamento à abadia. O poder compartilhado exigia menos da abadia, e ela também renunciava a parte de seu poder. A vida de Clara era uma verdadeira incorporação dos conceitos de "ousadia santa" e de "liberdade da mulher em Deus".

Bem, nesse dia chuvoso estive refletindo um pouco mais sobre a "ousadia santa" desde a missa nesta manhã. Queria poder pôr as mãos no comentário de Elizabeth Wallingford sobre o Atos dos Apóstolos, *Repleto do Espírito Santo*, que ela redigiu durante seu vigésimo nono ano quando estava próxima à sua conversão. O texto, como vocês sabem, está preservado para nós no apêndice do livreto de Madre Fiona Finney, *Aventuras com Nossa Fundadora*, que não tenho, e mesmo que tivesse não poderia ler... Outra pessoa teria que o ler para mim. Mas vejamos se consigo me lembrar dos pontos pertinentes para esta pequena digressão.

Lucas nos conta no livro Atos dos Apóstolos que as jornadas missionárias dos apóstolos foram determinadas pelo Espírito Santo. Lemos como o Espírito Santo os "proíbe" de pregar a palavra na Ásia, quando eles já haviam passado pelas regiões da Frígia e da Galácia. Da mesma maneira, eles percorrem todo o caminho até a Mísia, que foi um centro judaico importante no noroeste da Ásia Menor, mas quando tentam atravessar a fronteira para a Bitínia, o Espírito Santo mais uma vez diz não. Adotando a visão de um homem lhes suplicando que fossem à Macedônia e viessem "em nosso auxílio", o Espírito Santo os reencaminha para o leste pelo mar Egeu até a Macedônia.

Tudo isso está bem lá na Bíblia para que leiamos, mas nossa fundadora, quando ainda era Elizabeth Wallingford, a solteirona anglicana em Oxfordshire, estava motivada a aplicar seu senso crítico ao livro Ato dos Apóstolos porque tentava traçar aquela "linha pura" de Pedro e Paulo até a Igreja dos dias atuais. Você pode dizer que o Espírito Santo a conduzia em sua jornada espiritual. E ao escrever seu comentário, *Repleto do Espírito Santo*, ela formulou o conceito de "ousadia santa".

Contudo, mera "ousadia" pode levar, nossa fundadora escreve, à insensatez e à destruição da missão de alguém. E se os apóstolos tivessem "ousado" cruzar a fronteira para a Bitínia porque isso era, hum, ousado? Afinal, a Bitínia era um desafio: uma grande fonte de riqueza para o Império Romano e, portanto, administrada de forma muito eficiente pelos governantes locais. Ao lidar com as ameaças à ordem pública ou às instituições aceitas, era permitido aos governantes amplos poderes de arbítrio. Sabemos pelas cartas de Plínio, o Moço, ao imperador Trajano, que foram escritas setenta anos depois das missões dos apóstolos, que os cristãos ainda estavam sendo punidos na Bitínia quando as delações davam resultados.

Se os apóstolos tivessem ousado atravessar até a Bitínia, teria sido ousado, é verdade, mas poderia ter sido sua última parada.

Que é onde entra a parte "santa" de "ousadia santa". Segundo nossa fundadora, a ousadia santa se permite ser guiada pela improvisação divina. E a improvisação divina é uma questão de estar a serviço para um trabalho maior que você mesmo e de ser "um só coração" com os outros "que fazem parte do mesmo grupo" nesse trabalho.

Acho que seria um exercício espiritual maravilhoso, na próxima vez que tiverem um dia chuvoso, pegar o décimo sexto livro, o Ato dos Apóstolos (em que o Espírito Santo os está reconduzindo), a vida de Clara de Assis e a vida de nossa fundadora e de sua "colega de aventuras" Fiona Finney, e meditar sobre as formas como eles aceitaram o chamado para servir com alegre bom-senso no espírito da ousadia santa. Sei que essa pequena reflexão sem dúvida melhorou meu humor neste dia sombrio em Milton, Massachusetts.

— de *Lembranças de Mount St. Gabriel's: Um Memorial Histórico*,
de Madre Suzanne Ravenel

CAPÍTULO 15

Tildy em Dificuldades

Tarde de segunda-feira, 10 de dezembro de 1951
Segunda semana do Advento
Sala de Madre Malloy
Mount St. Gabriel's

ESTE CÔMODO É BEM DIFERENTE DA SALA DE MADRE Ravenel, com sua vista das cordilheiras a oeste e todas as prateleiras e paredes repletas de troféus de conquistas escolares e de fotografias emolduradas de alunos prediletos e dignitários posando com a diretora, usando ou não seus óculos de sol.

A sala de Madre Malloy dá vista para o sombrio bosque de cedros em volta do cemitério das freiras e para uma parte do caminho de xisto embaixo, onde o jovem Mark, o neto de Jovan está aproveitando o resto do sol do dia para polir com cera automotiva a perua da escola para suas viagens em direção ao aeroporto e à estação de trem, quando Mark e Jovan conferirão a lista de modo que todas as alunas internas sejam embarcadas em suas férias de fim de ano.

Exceto pelos livros nas prateleiras e várias pilhas de papéis bem-organizados na escrivaninha, agora exposta à triste e derradeira explosão de luz do outono, vinda da janela de canto, não há indícios da atual ocupante do recinto, a não ser sua presença acolhedora no medonho sofá revestido por um tecido de crina de cavalo. Os quadros nas paredes, velhas fotografias amarronzadas de Mount St. Gabriel's na época em que as árvores e os arbustos eram mais novos e esparsos, dão a impressão de estarem tão estabelecidos em seus lugares que assentem em não serem notados. Mas Tildy preferia mil vezes estar nesta sala inexpressiva a ficar no deslumbrante e temido santuário que Ravenel dedica a si mesma.

— Ah, Tildy, entre — diz Madre Malloy, sorrindo e mostrando um lugar no sofá. Em seu colo, há um velho e querido livro, com ilustrações cuidadosamente coloridas pela própria Tildy na primeira série, e um bloco pautado de anotações. Tildy, sentada ao lado da freira, sabe o que a aguarda e, portanto, não sente apreensão nem vergonha se avolumarem em seu peito.

— *Votre père, Tildy, est-il à la maison?* — O exercício recordado soa infantil nos lábios elegantes de Madre Malloy, à medida que ela improvisa com o livro de francês da primeira série, e Tildy precisa suprimir uma risadinha pela pronúncia terrível da freira de Boston.

— *Non, ma mère. Mon père est dans la campagne avec son chauffeur, John.*

— *Et votre soeur, Madeline? Est-elle à la maison?*

— *Non, ma mère, Madeline est à l'école.*

— *Et votre mère, est-elle à la maison?*

— *Non, ma mère, Mama est à son atelier de photographe.*

— Tildy, você fala como uma francesa. Estou admirada.

— É porque na primeira série Madre Hubert, que é francesa por parte de pai, nos fazia olhar sua boca e não o livro quando dizia as palavras. Quando as repetíamos corretamente, ela as escrevia no quadro, e depois que copiávamos no nosso livro, podíamos colorir a página.

— Que plano excelente. — Madre Malloy passa o bloco para Tildy. — Pois bem, você pode escrever algumas palavras em francês quando eu as ditar?

— Claro, que palavras?

— Ah, vamos começar com *dans la campagne.*

Tildy precisa repetir as palavras em voz alta lentamente, corrigindo os sons nada franceses de Madre Malloy, antes que possa começar a formar adequadamente as letras no bloco.

— Boa ideia, repetir depois que eu disser — diz a freira, com uma careta de autorreprovação. — Talvez você consiga melhorar meu sotaque. Não tive uma professora como Madre Hubert. Aprendi francês com um livro e as aulas de uma freira irlandesa cuja pronúncia era tão ruim quanto a minha, se não pior.

Elas prosseguiram dessa maneira até que o sol tinha deixado o recinto. Madre Malloy acendeu uma lâmpada.

— Como você está se saindo com *David Copperfield*, Tildy?

— Estou insistindo, Madre, com a ajuda de Madeline. Acabamos de conhecer Uriah Heep. A princípio, não se percebe como ele é assustador. Quer dizer, soprar as narinas de um cavalo pode até ser uma coisa boa. Mas, aos poucos, a gente acaba se afeiçoando a essa característica dele. Madeline e eu nos deitamos na cama dela e lemos como fazíamos antes, só que agora a cama é minha. Ela achou que eu precisava de um novo começo, por isso passou seu quarto para mim.

— E como está indo?

— Estamos tentando algo diferente. Nos revezamos na leitura e colocamos sentimento na interpretação, como se fosse uma peça, mas sempre que chego a uma palavra difícil, eu lhe dou um tapinha no braço, e ela me ajuda, para não estragar nosso ritmo. Antes, eu ficava com tanto pavor das palavras difíceis que teria de parar.

— Ah, Tildy, você teve muita sorte de ter sido aluna de Madre Hubert e, com certeza, é abençoada em ter uma irmã como Madeline.

• • •

Noite de segunda-feira, 10 de dezembro de 1951

Sala de Madre Ravenel

Mount St. Gabriel's

— E COMO *VOCÊ* ESTÁ SE SENTINDO, MADRE MALLOY?

— Bem, Madre, e a senhora?

— Ah, estou bem. Preciso estar. A srta. Mendoza perdeu a voz e não pode dar a aula de conversação de espanhol; Jovan está em casa pela segunda vez com febre de trinta e nove graus, embora Betty tenda a exagerar na proteção aos homens da família; e Madre Arbuckle tem três alunas internas na enfermaria esta noite.

— Isso é... algum tipo de epidemia, na opinião da senhora?

— Não, é a média para esta época do ano. Resfriados da estação combinados com a agitação nervosa do Natal. Por favor, Madre Malloy, sente-se na poltrona de Madre Wallingford. Tenho a impressão de que lhe faria bem ter algo em que se escorar por um tempinho. Teve uma das suas aulas particulares depois do horário escolar com Tildy. Vi Madeline aguardando do lado de fora no pequeno conversível dela.

Madre Ravenel estava sentada atrás da sua escrivaninha inglesa de tampo liso, ladeada por seus galardões e troféus. As cortinas de veludo grosso estavam fechadas, e, juntas, as luzes das luminárias quebravam as sombras imponentes. Acima do genuflexório vitoriano, a luz de uma vela votiva em vidro azul tremulava diante de uma imagem de madeira de Nossa Senhora da Solidão em seu nicho pintado com cores vivas e dourado, um presente de uma colega de quarto mexicana na ocasião dos primeiros votos de Madre Ravenel. Madre Malloy, durante suas visitas a esse recinto, havia sido informada pela diretora sobre seus itens importantes. A escrivaninha com suas três fileiras de gavetas de cada lado havia pertencido ao pai de Madre Ravenel, que morrera em um acidente quando caçava codornas dois dias antes da quebra da bolsa de Nova York em 1929. A bela poltrona azul-prateada estilo Queen Anne que apoiava as costas de Madre Malloy foi um dos grandes achados da fundadora. Madre Wallingford, com seu olho aguçado para mobília, havia comprado a poltrona depreciada por vinte e cinco centavos em uma loja de cacarecos de Mountain City, e ela e Madre Finney passaram semanas removendo graxa e camadas de tinta de cozinha, depois a revestindo com um resto de brocado de um frontal de altar.

Esse recinto fez Kate Malloy, uma criança de orfanato criada em meio a mobília insignificante, compreender pela primeira vez que uma pessoa podia se cercar de coisas que a tranquilizavam quanto à sua própria história.

— Eu concluo do segundo boletim de seis semanas de Tildy — começou Madre Ravenel, a mão esquerda brincando com o lápis colocado sobre o ubíquo bloco amarelo no qual anotava pensamentos à medida que eles surgiam — que seus esforços vespertinos com ela trouxeram bons frutos. Dou meus parabéns, Madre. Não é uma moça de fácil trato. Não é uma família fácil. É por isso que tive minha sessão de disciplina com ela primeiro, antes de entregá-la aos seus cuidados corretivos. É melhor deixar as reprimendas a cargo da diretora, não acha?

Sem esperar uma resposta, Madre Ravenel continuou impetuosamente:

— Você já chegou à origem do problema? As notas estão começando a melhorar, mas elas precisam melhorar mais. Como disse a Tildy, em nossa conversinha particular, ela não está explorando todo o seu potencial.

— O problema é a leitura, Madre. Tildy tem dificuldade em ver as palavras como realmente se apresentam na página. Ela inverte as letras, vê "em" no lugar de "me", por exemplo; ou lê incorretamente parte das palavras. Pode ler "bato" no lugar de "pato" ou "dica" em vez de "bica". Ela percebe o engano logo que lê a frase em voz alta, mas leva tempo. É preciso esperar enquanto repete as palavras e se ouve. Ela fala e escuta bem; seu vocabulário é sofisticadíssimo para a idade, tem muita facilidade com a aula de conversação de espanhol. Seu francês falado põe o meu no chinelo. É isso que temos feito. Pergunto-lhe algo em francês, ela ouve e responde oralmente. Depois peço que escreva frases que temos usado, repetindo-as em voz alta enquanto escreve. Ela parece trabalhar melhor quando pode exercer várias atividades ao mesmo tempo. O francês foi uma coisa que aprendeu de ouvido e observando a boca da professora. Ela me contou que sua professora da primeira série, Madre Hubert...

— Sempre digo que, se pudéssemos encontrar uma forma de fazer cópias em carbono dessa freira preciosa e espalhá-las pelas séries, todas as nossas meninas seriam bilíngues sem jamais abrir um livro. O segredo pedagógico de Madre Hubert é fonética e amor paciente. Se bem que ela não pensaria em si mesma como alguém que tem segredos. Madre Hubert simplesmente *é* fonética e amor. Mas como só temos uma Hubert, o lugar dela é no início da educação das alunas. O que não compreendo é por que levamos até a nona série para perceber que Tildy não sabe ler adequadamente.

Enquanto rabiscava algo no bloco amarelo, Madre Ravenel prosseguiu respondendo à sua própria pergunta:

— Concluí que é Maud Norton. Ou melhor, a falta de Maud Norton. Elas não são amigas neste ano, e Tildy não tem mais Maud para ajudá-la com o dever de casa. O que me leva a outra questão na qual venho meditando, Madre Malloy. Vejo em sua nona série *vários* grupos de moças, cada um com sua esfera de interesses. Não vejo mais um núcleo de moças principais. Fico pensando se essa turma, da forma como está constituída agora, caso uma situação como a da sra. Prince ocorresse, conseguiria forçá-la a sair. Na minha opinião, o fim da amizade de Tildy e Maud e a vinda de outras moças criou novos padrões de comportamento e diluiu forças antigas. É assim que vejo. O que acha?

Madre Ravenel em diálogo com seus rabiscos parecia ter fornecido, ela mesma, toda a informação de que precisava sobre as moças da nona série.

Que ideias Madre Malloy poderia acrescentar? Havia animosidade entre Tildy e Maud, mas também uma atração persistente. Elas não conseguiam deixar de prestar atenção uma na outra. Maud era uma aluna dedicada, de mente questionadora. Sua vida doméstica, pelo que Madre Malloy podia inferir, era um obstáculo para seus ideais. A moça que Kate Malloy havia sido com certeza poderia se identificar com o desejo de Maud de transcender suas origens. Sendo ela mesma órfã de pai e mãe, conseguia também sentir empatia pela órfã Chloe em sua dor; embora Chloe fosse extraordinariamente reservada — ela guardava reserva até mesmo quanto ao fato de ser a melhor amiga de Tildy Stratton. O talento artístico de Chloe a absorvia, e ela dava sinais de se apoiar na memória da mãe. Ter uma mãe de quem se possa lembrar deve ser uma ajuda.

Mas foi Tildy quem tocou o coração de Madre Malloy. Durante suas sessões de leitura, ela batalhou com essa menina inteligente, esnobe e inconstante, que podia ser levada às lágrimas por uma sucessão indisciplinada de letras pretas numa página branca.

Não havia dúvida na cabeça de Madre Malloy de que Tildy podia ter sido a organizadora da remoção da sra. Prince na sexta série e das três eleições de Maud Norton ao cargo de representante de turma. Tildy era uma instigadora. Sabia ser "a moça principal" sozinha. Sua imaginação ansiava pelo drama, e ela gostava de transformar em cenas inconfundíveis o fluxo da vida que se processava em sua volta. Gostava de fazer as coisas acontecerem.

No entanto, quanto disso seria sensato compartilhar (se é que seria sensato compartilhar alguma coisa) com Madre Ravenel? Tendo ouvido a história familiar da tia que ficou a ver navios pela entrada precipitada de Suzanne Ravenel no postulado e sabendo da hostilidade de Madre Ravenel com relação às mulheres "difíceis" da família Stratton, Madre Malloy relutava em arriscar o progresso de Tildy revelando mais características problemáticas. Seria só pôr mais lenha na fogueira. Por outro lado, que tipo de informação ela poderia oferecer à diretora para ajudar Tildy a escapar da segunda época enquanto a moça se empenhava para melhorar sua leitura?

Madre Malloy então disse:

— Acho que a senhora tem razão, Madre, quanto a serem vários grupos de meninas, cada um com seus próprios interesses. Estou impressionada com o trabalho de Maud Norton. Ela teve uma ideia muito promissora para a dissertação sobre Dickens. E concordo com a senhora que ela parece se preocupar menos com amizades e mais com os estudos.

— Se continuar assim, ela vai ter boas escolhas de universidades — disse Madre Ravenel. — E com a proteção recente do pai e de sua esposa rica, as coisas parecem ainda mais cor-de-rosa para ela. Maud vai passar o Natal com eles em Palm Beach. Vão mandá-la de avião para lá.

— Que bom para ela. Eu não sabia.

— Sim, eles estão encantados por ela, de acordo com Lily Norton. Lily ligou para perguntar se eu permitiria que Maud faltasse ao último dia de aula. Eles querem que ela chegue lá cedo para algum baile de debutantes natalino.

Madre Malloy prosseguiu estrategicamente (a diretora levava uma pessoa a apreciar estratégias):

— Eu não vejo um núcleo de meninas principais, tampouco, Madre. E ultimamente tenho experimentado uma sensação de harmonia na turma. Chloe Starnes fez um desenho maravilhoso para nosso quadro de avisos. Ela ficou depois da hora todos os dias durante uma semana. Pediu permissão para se sentar à minha mesa na plataforma e desenhou as escrivaninhas das meninas, olhando para elas como eu faço. Quinze escrivaninhas vazias. Com as janelas e a vista que se tem atrás delas. A senhora devia ver. O desenho foi belamente executado, e a perspectiva é tão apurada...

— Ela tem o sangue de dois arquitetos talentosos. Não me surpreenderia se Henry a admitisse na empresa um dia. Seria o mais natural. E as mulheres têm se ocupado em trabalhos mais empolgantes hoje em dia. Mas eu a interrompi, Madre. Você dizia...

— Dizia apenas que as meninas adoram aquele desenho. Antes da aula, sempre há meninas olhando para ele. Kay Lee Jones costuma apontar para uma escrivaninha e dizer "Aqui estou eu", e Ashley Nettle aponta para a dela e diz "E aqui estou *eu*".

— Chloe parece mesmo estar suportando a pressão — refletiu a diretora —, apesar de ter sido escolhida por Tildy.

— Por falar em Tildy de novo, Madre, desde que comecei a trabalhar com ela, pensei em algumas coisas que podem ser úteis.

— Ah, por favor, Madre Malloy, desembuche. Faça do meu Natal um dia feliz. Creio que me preocupo mais com essa menina do que com todo o resto de sua ninhada. É claro, é compreensível, dada minha história entrelaçada com a da família dela. A pobre Antonia e depois a necessidade de mandar Madeline para casa no fim do primeiro ano do colegial. A propósito, como foi sua reunião com Cornelia Stratton, quando ela finalmente encontrou tempo para você? Pedi que passasse aqui depois para conversar, mas como de costume ela precisava correr. Cornelia nunca gostou muito de mim, mas me tolera porque sabe que Tildy vai ter mais atenção aqui do que nas escolas municipais. Madeline está se entediando a mais não poder no colégio público; ela diz que Mountain City High School é uma escola onde o *ensino* é *secundário*.

— A mãe de Tildy estava com pressa comigo também, Madre — se apressou Madre Malloy em tranquilizar a diretora, que dava a impressão de se medir com as outras professoras como se estivessem numa competição. — A sra. Stratton é muito ocupada com seu estúdio fotográfico. Mas ela ficou satisfeita que Tildy esteja fazendo progresso, e acho que ficou feliz por eu ter reconhecido as qualidades especiais da filha.

— Tais como?

— Acho que Tildy tem qualidades de liderança ainda inexploradas. Gosta de pensar em coisas para os outros fazerem. Foi ela que convenceu Chloe a fazer um retrato da turma para o quadro de avisos. Ela mesma me contou. Admitiu inclusive que a primeira ideia, a de Chloe desenhar retratos das meninas de pé em fileiras, não tinha funcionado. Algumas meninas poderiam não gostar de como tinham sido retratadas. Depois Chloe abandonou um retrato do prédio da escola envolvido em névoa e, em seguida, perguntou se poderia se sentar sozinha na sala de aula vazia até que pensasse em alguma coisa. E disso saiu esse desenho. Tudo a partir de um processo que Tildy iniciou.

— Certamente vou aparecer na sua sala de aula e dar uma olhada nesse maravilhoso desenho. Conte-me, Madre Malloy, antes de sair para rezar as Completas: o que está achando de nós?

Madre Malloy não estava preparada para uma pergunta dessas. Sua alma se indignou. Como ela deveria responder? "Não devo ter voz. O que quer que me ofereça eu aceito." Que aos ouvidos mundanos de Madre Ravenel poderia parecer uma devoção afetada.

E se ela dissesse: estou tentando aceitar, como boa disciplina para minha alma, ter sido enviada para Mount St. Gabriel's, quando o que eu queria mesmo era... bem, primeiro eu lamentei não ser um rapaz para que pudesse entrar na Ordem dos Jesuítas. Mas, não sendo assim, queria continuar com o doutorado e ensinar Teatro Grego, Língua Inglesa e Literatura para os calouros da faculdade. Gosto de lecionar para rapazes e moças na mesma turma. Gosto de ficar diante de uma sala de aula e me envolver com mentes famintas, muitas das quais nunca leram uma peça de Shakespeare, muitas das quais trabalham em empregos noturnos para poder frequentar a faculdade. Aqui em Mount St. Gabriel's, nao percebo nenhuma conexão entre a minha vida e a vida dessas meninas de quatorze anos. Fui menina, mas não uma menina como nenhuma delas. A maioria, fora uma ou outra Tildy em dificuldades, parece aprisionada nos limites de sua boa sorte.

O que foi mesmo que Madeline disse para mim outro dia na gruta? ("É toda a vida escolar. Sinto como se estivesse sendo forçada a repetir o que já sei fazer. É como se você tivesse aprendido a nadar muito bem e estivesse pronta para atravessar um grande rio e ver o que existia do outro lado, e então alguém lhe dissesse: 'Não, não, querida, você precisa ficar nessa piscina mantendo a cabeça fora d'água até que...', até não sei o que mais. O que vier depois. Queria que chegasse logo!")

Às vezes, sinto que estou zelando por quinze jovens que estão mantendo a cabeça fora d'água com competência e resignação numa piscina cercada, Madre.

O que Madre Malloy finalmente respondeu soou tímido e um tanto insincero:

— Todo mundo tem sido muito bom comigo aqui, Madre Ravenel. Às vezes, lamento não ter mais energia. Como invejo a sua! Muitas vezes caio no sono antes de terminar meu exame diário. Minhas meditações diárias não são dignas de Deus, mas eu ofereço as minhas falhas e espero que seja uma coisa passageira.

• • •

Depois que Madre Malloy pediu licença para ir mais cedo à capela, Madre Ravenel analisou o dia na companhia de seus estimados pertences. Tendo sido reanimada pela inveja confessa de Madre Malloy por sua energia, sentiu-se com um vigor incomum. Por que era como um estimulante quando alguém admitia ter menos de alguma coisa do que a gente? Talvez porque Deus nos tenha feito para sermos competitivos.

Madre Ravenel havia notado que Madre Malloy sempre era a primeira nos bancos do coro para o rito final do dia. Depois da revelação da freira mais jovem de que tendia a cair no sono, Madre Ravenel suspeitou que ela talvez usasse as Completas para iniciar seu exame.

Como era seu costume, a diretora resolveu primeiro as questões institucionais pendentes.

Pela terceira vez desde o início do ano letivo, o vaso do compartimento dois do banheiro do dormitório estava entupido. George, da Encanadores Lombardo, precisaria ser convocado novamente com seus honorários elevados para girar sua geringonça serpentiforme na tubulação até que chegasse à obstrução e, desta vez, quer ele achasse adequado, quer não, ela pretendia ficar do lado dele usando luvas de borracha e examinando as provas pessoalmente. Tinha certeza de que a culpada era Marta ou Gilda. Era preciso repetir para as moças cubanas seguidas vezes, com a ameaça de punição, o que não devia ser jogado em que lugar, já que não havia um batalhão de criados para limpar a bagunça sem dar um pio. Além disso, ela estava quase certa de que conseguiria dizer pela condição do absorvente se era de Marta ou de Gilda. Gilda sangrava mais, tudo que fazia era em abundância; Marta era a reprimida e tinha mesmo muito que reprimir.

Madre Ravenel sabia o segredo de Marta, embora as moças não soubessem que ela sabia, e isso tinha sua vantagem estratégica. A história de Marta havia sido comunicada tacitamente pelo pai com seu dom de diplomata de transmitir coisas das quais era melhor não falar. O cônsul Andreu viajara de avião de Nova York para Mountain City na primavera passada a fim de examinar a escola e sondar Madre Ravenel. Durante seu passeio confidencial pelo terreno, o cônsul e a diretora rapidamente se avaliaram. A filha de seu melhor amigo, Jorge Gomez, parecia estar progredindo em Mount St. Gabriel's, disse o cônsul Andreu, e ele pensou que devia ser o lugar adequado para a filha, que conhecia Gilda desde a infância. As duas famílias sabiam tudo que valia a pena saber sobre a outra. As moças poderiam dividir o quarto. Marta confiava em Gilda, e Gilda podia ajudar com o inglês de Marta que, como o cônsul confessou a Madre Ravenel, era limitadíssimo. Marta era dois anos mais velha que Gilda, mas as duas iriam para a nona série.

Sua filha, explicou o cônsul, havia ficado atrasada na escola em Havana por não se aplicar e, durante o ano vexatório em que teve de repetir a série, tinha estabelecido uma relação imprópria. Em seguida, ela foi enviada à Espanha para passar um ano com a tia-avó na Andaluzia. Enquanto isso, ele e a esposa haviam sido surpreendidos por um bebê temporão, uma menina, que Marta adorava e havia insistido que se chamasse Angel. Se a escola fosse conveniente para Marta, a criança, que estaria pronta para a primeira série em alguns anos, talvez acompanhasse sua irmã mais velha em Mount St. Gabriel's.

Se fosse por sua escolha, contou ele a Madre Ravenel, Marta preferia ficar em Havana, vivendo com sua mãe e sendo "uma mãezinha" para Angel. Mas havia prioridades, e Marta devia terminar sua educação primeiro.

Madre Ravenel explicou sua política de não permitir que alunas estrangeiras do mesmo país dividissem o quarto; ao contrário do que o cônsul podia pensar, o inglês delas não se aperfeiçoaria tão rapidamente, porque elas sempre estariam sussurrando em seu idioma materno assim que a porta se fechasse.

"Ah, isso é uma pena", o cônsul havia replicado tristemente com um olhar de esguelha que era como um aviso, mas a diretora virou o rosto para que seus olhos se encontrassem. A essa altura, eles haviam chegado ao novo campo esportivo, onde as moças das séries mais baixas estavam praticando para o dia da competição entre escolas. "Porque, sabe, Madre Ravenel, nossas famílias são muito próximas. Marta confia em Gilda. Confiança é muito importante para Marta nesse momento. E para a *señora* Andreu e para mim. Queremos que Marta vá... vá... *empezar de nuevo*... como devo dizer, Madre? Achamos que é importante que nossa filha tenha um começo completamente novo."

Antes que fossem rodeados pelas árvores frondosas da gruta, ela já havia decidido arriscar. Ele era um homem influente que enviaria outras filhas cubanas bem-nascidas para ela. Nada na verdade foi dito; e aí residia a beleza do trato, e os dois sabiam disso. Avançando à frente dele os degraus íngremes de pedra, ela disparou sua concessão: "Cônsul, o senhor me tocou direto o coração. Nunca consigo resistir à promessa de um novo começo para uma moça. Comigo mesma foi assim quando cheguei a Mount St. Gabriel's como aluna interna na sétima série. Mas as moças precisam entender que, se o inglês de sua filha não melhorar, vou precisar separá-las e colocar Marta com uma interna norte-americana. Nosso pequeno acerto deve ser considerado uma experiência.

O pai, fora de forma, precisou de alguns momentos para responder. Depois de recuperar o fôlego, ele parou ao lado da Freira Vermelha, cuja história logo lhe seria contada, e agradeceu a Madre Ravenel por sua generosidade e grande compreensão. Garantiu que ele e seu amigo Jorge Gomez iriam enfatizar com as duas jovens a importância de fazer desse experimento um sucesso: "Porque Marta não se sentiria confortável dividindo o quarto com uma moça estranha. Vou recomendar que Jorge ressalte essa sua condição com Gilda."

Antes de deixar o terreno, o cônsul Andreu deixou um cheque no valor do custo da instrução do ano inteiro de Marta, além da taxa de internato não reembolsável.

Quem quer que fosse a dona do absorvente teria de limpar as cabines e instalações do banheiro com desinfetante todas as noites durante uma semana. (Não os próprios vasos; isso insultaria a dignidade de um pai cubano.)

E... Orgulhosa, Madre Ravenel consignou uma nova inspiração em seu bloco amarelo: essa moça teria de fazer uma pesquisa completa e desenhar um diagrama inteligível dos mecanismos internos de um banheiro moderno.

Hora de tratar das questões pendentes mais importantes do dia sem contar as institucionais: aquelas jovens almas em formação, as "obras em andamento" sob seu cuidado.

Era Tildy que a aguardava; as dificuldades dela predominavam em sua cabeça. "Não é uma moça de fácil trato", dissera ela a Madre Malloy. "Não é uma família fácil." Com isso ela queria dizer, é claro, as mulheres da família: primeiro suas próprias colegas de turma, as irmãs Tilden, Cornelia e Antonia, e depois as moças Stratton, Madeline e, agora, Tildy.

Ficava atormentada com a forma como Cornelia continuava a esnobá-la, depois de todo esse tempo. ("Você pode passar na minha sala para uma conversinha, Cornelia, depois que tiver seu encontro com a professora de Tildy?" Ela desejava não ter escolhido a palavra "conversinha". Enquanto ela ainda lhe saía dos lábios, Madre Ravenel já percebera que Cornelia a usaria como peça central de sua recusa ácida. "Ah, *Madre*, quanta gentileza. Mas administrar um negócio sozinha exclui privilégios confortáveis como conversinhas. E aqui estou eu, já atrasada para a extraordinária Madre Malloy.")

O "Madre" de Cornelia tinha "Suzanne" saindo pelas bordas; e "privilégios confortáveis" era de uma condescendência flagrante. Sim, também estou administrando um negócio, ela deveria ter respondido, com a segurança sarcástica de uma diretora responsável por uma escola de primeira, que a filha mais nova de Cornelia mal conseguia acompanhar. No entanto, os saltos da irmã rancorosa de Antonia já ressoavam pelo corredor pois ela estava "atrasada" para ver a "extraordinária" professora de Tildy, a quem Cornelia tinha tido o respeito de chamar pelo nome apropriado.

"A mãe de Tildy estava apressada comigo também", relatara Madre Malloy. Mas acrescentou que Cornelia havia ficado satisfeita que Tildy estivesse fazendo progresso, satisfeita que Madre Malloy tivesse reconhecido as qualidades especiais de Tildy.

E quais eram essas qualidades especiais?

Qualidades de liderança, de acordo com Madre Malloy, que não haviam sido exploradas ainda. Tildy gostava de pensar em coisas para os outros fazerem, dissera a "extraordinária" Madre Malloy.

O relógio da parede deu sete minutos para as Completas, mas nenhum sino soou, porque as internas mais novas deviam estar dormindo.

Bem, quem melhor que eu pode identificar essas qualidades?, pensou Madre Ravenel, levantando-se da escrivaninha antiga do pai e sacudindo a poeira das saias antes de fazer o trajeto para fechar seu santuário. (Ela soprou a vela votiva em frente da Nossa Senhora da Solidão e cortou o pavio.) Eu era assim também. Gostava de pensar em coisas para outras pessoas fazerem. Quando tinha a idade de Tildy, comecei a escrever uma peça durante o período reservado para estudos a fim de que fosse encenada por nossa turma de calouras. *A Freira Vermelha* brotou de mim de uma só vez. Ouvia as vozes e já sabia quem interpretaria todos os papéis. A voz de Deus dizendo o prólogo era tão fácil quanto tomar um ditado. Sabia exatamente o tipo de música lúgubre que queria que Francine Barfoot compusesse em sua flauta para o refrão do fantasma da abertura.

A montagem mais recente de *A Freira Vermelha* havia sido em 1947, encenada pela turma de formandas do ano passado, em seu ano de calouras. Aquela turma era notável pelo seu espírito escolar. As moças vieram até mim como uma delegação e pediram a honra de montá-la. Não tinha havido uma apresentação desde 1940. Foi uma montagem muito respeitosa. Nada novo foi adicionado. Em alguns aspectos, tinha o clima de um funeral. A coisa toda precisava de uma injeção de ânimo, pensei em segredo, mas ela foi muito bem-recebida. O jornal cobriu a peça, e houve uma pequena coluna a meu respeito, sobre como minha peça escolar de 1931 havia se tornado uma tradição em Mount St. Gabriel's. Depois da guerra, fazer coisas comuns e tradicionais era motivo de grande satisfação. Como já haviam se passado cinco anos? Ou melhor, serão cinco se eu decidir permitir que essa nona série monte a peça na primavera.

Agora (desligando a lâmpada da luminária de cúpula verde na escrivaninha do pai), onde encontro um roteiro relativamente limpo? Eles ficam muito marcados ao longo dos anos. Talvez eu datilografe um novo, com alguns carbonos.

Primeiro, vou sondar Tildy. Perguntar se ela acha que pode ser a diretora. E, é claro, ela deve perceber que isso seria um presente, um privilégio e também um desafio.

Só espero... (sentia uma onda nova de energia enquanto desligava a lâmpada de chão atrás da poltrona onde a professora da nona série havia apoiado seus ossos cansados) só espero que Madre Malloy não pense que estou tentando competir com ela ou prevalecer sobre ela na formação de Tildy, nem nada assim.

PARTE DOIS

Na fortaleza da mocidade
Onde antes me abrigava
Sonhei o divino sonho
Da vocação que me chamava.
Mas em Seu sublime intento
Na rubra rocha, quis-me presa.
"Filha, faça desta o seu convento:
Seja, dos outros, a fortaleza."

— Ária do fantasma de Caroline DuPree
em *A Freira Vermelha*, de Suzanne Ravenel

CAPÍTULO 16

A Crítica do Natal

Primeiro sábado do recesso de Natal de 1951
Centro de Mountain City

MADELINE, USANDO UM CHAPÉU DE PELE DE GUAXINIM DO pai e um lenço de seda dobrado solto sobre os ombros — no estilo *kaffiyeh* — para esconder os rolos amarrados nos cabelos a fim de cacheá-los para o baile de Natal do clube naquela noite, estava servindo de motorista para a mãe e suas câmeras numa tarde cheia de sessões fotográficas. Tildy estava na matinê do espetáculo de patinação no gelo Ice Capades, com Chloe e aquele verdadeiro modelo de tio, o paciente Henry Vick. Papai e John estavam lá na cabana, sendo anfitriões no evento aberto para as famílias que tinham caminhonetes e gostavam de dirigir até o Swag para cortar suas próprias árvores de Natal da floresta de papai. John foi com ele e apontava os abetos de um metro e meio a três metros, prontos para serem extraídos, enquanto na cabana Flavia mexia a sidra quente misturada a temperos e açúcar, e montava os pratos de linguiça picante e biscoitos recém-saídos do forno, e papai cuidava da fogueira e experimentava a mistura mais recente de seu *eggnog*, preparada com ovos, leite, conhaque e açúcar.

Cornelia Stratton, tendo acabado de proferir as notas finais de seu lamento de mulher que trabalha ("Ninguém nesta cidade compreende minha agenda e ninguém *quer* compreender..."), fazia agora algumas críticas pesadas ao conceito moderno de "Natal", com todas as demandas e todo o mau gosto dessa época do ano.

Madeline estava se divertido. Ela gostava de estar ao volante do automóvel discreto e possante de Cornelia, com seu interior espaçoso de couro. Papai trocava os Packards dele e de mamãe a cada dois anos, de forma que os carros de mamãe sempre tinham cheiro de novos, batizados com borrifos de Ma Griffe no verão e Jicky no inverno. Os carros novos de papai, nos quais Madeline agora raramente andava, logo começavam a cheirar a fragmentos de pólvora, fumaça de tabaco e respingos da garrafa trazida dentro de um saco de papel pardo e guardada por John no porta-luvas.

— Fica pior a cada ano. Comprar, comprar, comprar... culpa, culpa, culpa... "Por favor, venha tirar uma foto minha fazendo doações às viúvas e aos órfãos." E não dá para entender por que todos esses consumidores decidem se vestir de "vermelho Noel" para ir comprar outras roupas vermelhas uns para os outros, coisas que ninguém vai usar depois do Ano-novo. — Pela janela de passageiro, Cornelia fixou o olhar em uma família vestida com parcas vermelhas que ia a pé para a Sears. Sua próxima sessão de fotografias era na festa de Natal dos órfãos no templo do corpo maçônico dos Shriners, a Antiga Ordem Árabe dos Nobres do Santuário Místico. — Quem está sendo homenageado? Que eu saiba, vermelho Noel nem era uma cor no tempo de Nosso Senhor. Os vermelhos deles eram mais cinzentos ou tintos como vinho. Você vem comigo para o templo dos Shriners, não vem?

— Se a senhora não for ficar com vergonha desta minha roupa.

— Madeline, você podia usar um balde na cabeça e ainda assim ia ficar exótica e deslumbrante. Conte-me novamente como Creighton Rivers acabou virando o seu par para o baile do clube. Os pais dele não são membros.

— Acho que a senhora não tinha me perguntado antes, mamãe, mas eu o convidei.

— Você escreveu para ele na universidade?

— Não, eu liguei para o alojamento dele e perguntei se ele gostaria de ser meu par.

— E quando foi isso?

— Em setembro. Queria deixar isso resolvido para poder recusar outros convites.

Cornelia retirou seu espelhinho, retocou o batom, emitiu um "hum" sério de aprovação e largou os itens de volta na bolsa.

— Imagino que tenha recebido esses outros convites. Feitos pela sua... — escarneceu alegremente Cornelia — brigada dos bombons Kisses.

— Sim, e pude responder a verdade: "Ah, obrigada, bombom número um, dois e três, mas eu já prometi a outra pessoa em setembro."

— Três! Ah, Madeline. E você nem liga. Você não está apaixonada pelo Creighton ou algo assim, está?

— Ele é alto, bonito, ambicioso e pobre. Estuda Medicina na Emory e é um dançarino fantástico. E é meigo e paciente com crianças... ele ensinou Tildy a mergulhar com elegância. Além disso, eu prefiro homens mais velhos. Mas não, não estou apaixonada, e ele sabe que não estou. Foi por isso que pude pegar o telefone e convidá-lo.

— Mas ele deve ter ficado surpreso.

— Ele riu. Disse que ficaria honrado em me acompanhar, mas que não tinha um smoking. Eu disse: isso é um "Sim, eu vou alugar" ou uma desculpa para um "Não"? Ele disse "Sim, eu vou alugar" e depois perguntou como estava sua menina favorita, a Tentadora Tildy, e quase o amei por *isso*.

— Eu me preocupo com Tildy, e nós ainda nem a levamos ao estágio da brigada dos bombons ainda. Será que ao menos *um* rapaz vai convidá-la para o baile? Isso é o que me preocupa. Ela não é tranquila e superior como você.

— Não sou superior, mamãe. Quero as coisas com a mesma vontade que todo mundo. Embora ultimamente eu pareça estar num estágio em que não há muito em meu horizonte para querer.

— Ela é uma pessoinha tão estranha — Cornelia continuou sobre Tildy, ignorando ou preferindo desconsiderar o débil apelo de Madeline por um pouco da sabedoria materna. Cornelia preferia que sua filha mais velha ficasse no papel de substituta e esteio "fraternal": uma espécie de extensão da Antonia que perdeu. — A menina é um verdadeiro enigma. Primeiro essa coisa da leitura... Me recuso a crer que ela esteja fingindo esses anos todos. Se você quer saber minha opinião, embora ninguém tenha se dado ao trabalho de *perguntar*, ela estava só passeando no banco de passageiro e permitindo que Maud bancasse a motorista... como o seu pai, que relaxa e permite que John o leve aonde estejam indo, muito embora pudesse guiar sozinho se desejasse. E então Maud volta de Palm Beach toda altiva com suas novas relações, e a pobrezinha da Chloe é sagrada a nova queridinha de Tildy e, de repente, as notas da minha filha despencam. O que devo achar disso? Vou dizer, embora vá parecer insensato e um tantinho malicioso: acho que Maud gostou do poder que tinha sobre Tildy e incentivou o declínio dela... Agora, Madeline, escute bem o que vou lhe dizer...

— Eu não sonharia em interrompê-la, mamãe. — Quando Cornelia advertia que estava prestes a soar insensata e um tantinho maliciosa, Madeline não escondia a empolgação em soltar-lhe as rédeas e ver aonde Cornelia chegaria.

— É isso, acho que Maud a incentivou a *deixar para lá*, para que pudesse ficar na vantagem e se sentir superior. Aquele encontro no Pine Cone Lodge deu motivos suficientes a Maud para que se sentisse inferiorizada. Lily Norton, se é que ela já foi Norton mesmo algum dia, foi vista recentemente aos carinhos no cinema com um vendedor de alimentos *gourmet* que se hospeda com eles. Acho que isso possibilitou que Maud observasse Tildy ficar dependente dela e piorar. Seria como se John (não que ele fosse jamais pensar em algo assim) dissesse: "Agora, sr. Stratton, não precisa se preocupar em renovar sua carteira de habilitação. Estou aqui para levar o senhor aonde precisar ir. Apenas relaxe, olhe pela janela e colha os louros." O que estou dizendo, Madeline, é que Maud sabia que essa coisa da leitura era uma forma de igualar as coisas e se vingar às nossas custas. Olha só esse trânsito horrível em frente ao templo dos Shriners. Mas nos disseram para darmos a volta por trás e usar o estacionamento do potentado. Bem, uma mãe tem direito de ter sua opinião, se bem que talvez eu exagere.

Embora deplorasse que Cornelia atribuísse motivos tão mesquinhos a uma menina de quatorze anos, Madeline se apressou em tranquilizá-la.

— Bem, mamãe, seja lá o que tenha acontecido, a nuvem está se dissipando. Madre Malloy é uma verdadeira defensora de Tildy. Elas estão trabalhando na dissertação de Tildy sobre Dickens em francês. Só uma frasezinha de cada vez. "*Uriah Heep, c'est un homme de grande humilité. Il est très humble. Mais qu'est-ce que c'est que cette humilité?*" Tildy recita as palavras, e Madre Malloy, que Deus a proteja, "toma o ditado". Então, Tildy leva o ditado de Madre Malloy para casa e o copia, e na aula seguinte elas o traduzem para o inglês. Tildy fala as palavras, e Madre Malloy as escreve, depois Tildy copia *o que ela escreveu*. Não é uma forma inspirada de fazer alguém escrever um trabalho? Da próxima vez que me sentir bloqueada pretendo tentar.

— Gosto de Madre Malloy — disse Cornelia, admirando seus sapatos de pele de cobra enquanto saía do carro. — Ela é reservada e humilde e age como uma freira deve agir. É bem bonita por trás daquele véu. Quando estava com ela, eu ficava pensando em Antonia. Ela teria ficado bonita naquele mesmo hábito.

Madeline puxou da mala as câmeras e a sacola de lona com os filmes. As duas mulheres andaram juntas pelo estacionamento. De dentro do templo levantavam-se os barítonos joviais dos Shriners liderando as tímidas vozes agudas dos órfãos: "Hoje a noite é bela..."

— E, sabe, mamãe, logo antes da saída da escola ontem, Madre Ravenel disse a Tildy que estava pensando em permitir que ela dirigisse a próxima montagem de *A Freira Vermelha*. Tildy deveria rezar sobre isso durante as férias. Madre Ravenel lhe disse que ela tem qualidades de liderança que precisam ser postas em uso.

Cornelia ficou paralisada.

— Não, eu *não* sabia, Madeline. Quando chego em casa do estúdio, ninguém se dá ao trabalho de me contar nada.

— Bem, aconteceu ontem. Tildy me contou quando estávamos em nossa pequena sessão de leitura na noite passada. Ela nem podia me contar. Você sabe como a Ravenel gosta de dizer: "Isso é apenas entre nós duas..."

— Fico pensando no que aquela mulher tem na manga para infligir à nossa família agora — exclamou Cornelia com furor.

Contudo, ela logo voltou à sua sofisticada *persona* social, pois o potentado, um homem corpulento e rubicundo vestindo um fez vermelho e um cardigã vermelho Noel, veio cambaleando na direção delas com o andar lento de um urso sobre duas patas. Quando apresentado a Madeline, ele elogiou efusivamente seu charmoso chapéu.

• • •

A ÚLTIMA SESSÃO DE FOTOGRAFIAS DA TARDE ERA NA LIQUIdação de Natal da Sociedade Feminina de Preservação Histórica na recém-restaurada Miles-Rutherford House, o mais antigo prédio de tijolos do condado.

— O que significa que vou precisar ser educada com Eloise Niles, a presidente — disse Cornelia para Madeline enquanto subiam os degraus recém-pintados da varanda de dois andares. Uma empregada uniformizada recolheu seus casacos na entrada; depois, elas foram empurradas lentamente para dentro da rotunda neoclássica abarrotada, através de uma densa nuvem de fumaça de cigarro, perfumes conflitantes e a acústica estranha de dezenas de vozes agudas reverberando na cúpula. Prósperos membros da entidade se separavam de seus grupos para dar passagem para a igualmente próspera sra. Stratton, seguida pela beldade com a câmera vestindo o chapéu de Davy Crockett com o lenço sedutor. Alguns chamavam Cornelia pelo nome. "Ah, que gracinha de chapéu sua assistente está usando", exclamou alguém. "Não, essa é a filha", disse outra pessoa. "E ela tem uma irmã gêmea, não tem?" "Não, essa foi a que..." (inaudível).

Finalmente, elas chegaram ao solário semicircular em arquitetura neogrega que brilhava com reflexos do rio e uma árvore de Natal que ia até o teto carregada de enfeites artesanais à venda. Organizadas em mesas de cavalete cobertas de feltro verde estavam dispostas mantas de colo em crochê, bolsas de noite com lantejoulas, echarpes (variadas, infelizmente contaminadas pela cor vermelho vivo de Papai Noel), luvas e meias de tricô, guardanapos enfeitados, caixas de óculos bordadas, bandejas de madeira pintadas, joias de prata, anjos de sabão esculpidos à mão e "praticamente tudo no mundo que não tem utilidade para ninguém", sussurrou Cornelia para Madeline sobre seu ombro enquanto se inclinava atrás da câmera com flash para tirar *closes* ao nível dos olhos dos mimos expostos. "É um assombro, porém, que sobre tanta coisa no final do dia."

— Ah, a maioria já foi vendida — confidenciou uma voz atrás dela que não era a de Madeline. — Mas eu expliquei que eles tinham que permanecer nas mesas até que você chegasse, Cornelia.

— Ah — disse Cornelia, endireitando-se para olhar de frente a intrometida. — Bem, isso faz sentido. — Ela percebeu que Madeline havia sido parada por algumas mulheres que lhe alisavam o chapéu.

— Meu nome é Sally Goodall, vice-presidente da entidade. Eloise Niles está gripada, mas ela me pediu para enviar seus cordiais cumprimentos, Cornelia, e agradeço por ter nos encaixado em seu dia.

— Que gentileza. Diga-lhe para ficar bem logo. Ouça, hum, Sally, você poderia ficar de pé ao lado da árvore, com a vista do rio como pano de fundo?

— Não quer que eu chame alguns dos outros, Cornelia?

— Os outros podem esperar. Neste momento, a luz está perfeita. E você parece tão... bem, *representativa* de toda essa reunião. — Cornelia reservava um cantinho especial no inferno para gente que repetia seu nome o tempo todo, como essa vice-presidente se concentrava em fazer.

— Bem, obrigada, Cornelia. Quero dizer — a mulher deu uma risadinha nervosa —, se isso foi mesmo um elogio.

— O que mais teria sido? Agora vire o corpo um pouquinho para a esquerda... esse é um tailleur bem bonito... e levante o queixo... belos brincos também. Agora, não olhe para mim. Você é a pessoa no comando deste evento agradável, todo mundo está se divertindo, e a maioria dos itens já foi vendida. Apenas olhe para o rio de perfil e pense em... hum... *colher os louros.*

— Colher os louros — ecoou, com obediência, a vice-presidente.

— Assim. Não se mexa, fique olhando meio de perfil para... é isso, ótimo. — Cornelia clicou, direcionando as lentes de forma que o flash não refletisse na janela e arruinasse a foto.

— Bem, obrigada, hum, Sally. Acho que conseguimos algo muito bom... a mesa com todas as coisas, o rio e, é claro, você. — Ela esperava que a vice-presidente aceitasse isso como sua deixa para desaparecer nos arredores, mas a mulher continuava parada ali, sorrindo de forma expressiva para ela.

— Você não se lembra de mim, se lembra, Cornelia? Sou a Sarah, Sarah Kogan, de sua turma em Mount St. Gabriel's, só que me transferi para a escola pública depois da sétima série. E quando nos mudamos, decidi que me chamaria Sally.

— Ah, minha nossa... Sarah Kogan... agora me lembro de você *perfeitamente.* — O nome antigo havia instantaneamente conectado Cornelia à imagem de uma moça ansiosa que se intrometia furtivamente nas conversas particulares dos outros. — E como é que você está se sentindo de volta a Mountain City, Sarah... hum, Sally?

— Meu marido foi transferido para cá de Macon, Georgia, no ano passado. Ele administra o escritório local da seguradora State Farm.

— E aqui está você, praticamente administrando a preservação histórica. Bem, foi ótimo ver você, Sarah. Preciso ir, tentar ganhar minhas pratas. Sou uma mulher que trabalha agora, sabe como é.

Mas para a surpresa de Cornelia, Sarah-Sally estava agarrando seu braço. Seus olhos estavam marejados, e ela dizia as coisas mais aterradoras.

— Você e ela eram... tudo. Costumava observá-las entrar na sala juntas, para ver o que vestiam. Vocês se vestiam de forma parecida, mas sempre havia algo diferente. Você usava cadarços coloridos; ela usava presilhas bem atrás do cabelo. Eram como deusas gêmeas; todo mundo venerava vocês. Logo antes de me mudar, fiquei sabendo que Antonia ia ser freira, e pensei no que isso significaria para você. Quer dizer, seria como se você perdesse uma parte de si mesma. E depois, ah, eu sinto muito... eu não fiquei sabendo que ela havia falecido até Jim e eu voltarmos para Mountain City. Se soubesse, Cornelia, eu teria lhe escrito uma carta. Não que minha carta fosse significar muita coisa depois de todos esses anos, mas me senti tão mal por não saber...

Sarah-Sally Goodall, anteriormente conhecida como Kogan, estava a ponto de perder o controle, embora pelo menos tenha tido a presença de espírito de pegar um lenço e, ao fazer isso, com a graça de Deus, tenha tirado as *garras* do corpo de Cornelia. Em parte por recordar e em parte por calcular onde o toalete do andar de baixo devia ficar localizado na restaurada Miles-Rutherford House, Cornelia empurrou a vice-presidente da Sociedade Feminina de Preservação Histórica em direção a ele.

— Por favor, Sally, vá ao toalete e se recomponha. Obrigada por suas palavras gentis, e seja bem-vinda de volta a Mountain City, mas agora eu preciso mesmo voltar ao meu trabalho.

• • •

MADELINE, TENDO SE LIVRADO DAS BAJULADORAS DO SEU chapéu (isso era tudo que se precisava fazer para ser considerado superior e ousado nesse ambiente: jogar um velho lenço de seda sobre os cachos e coroar-se com o velho chapéu de guaxinim de seu pai?), apressou-se até a mãe, que devia estar precisando de mais filme. Mas ela foi detida por uma estranha cena que ocorria entre mamãe e uma mulher que agarrava seu braço. Falando com urgência para o olhar fixo e *ofendido* de mamãe, a mulher tirou de repente um lenço e começou a chorar, e Cornelia, com o rosto distante, estava guiando-a pelo cômodo e depois a empurrou numa direção específica. "... preciso mesmo voltar ao meu trabalho", Madeline ouviu a mãe dizer.

Cornelia se virou e viu a filha.

— Bem, antes tarde do que nunca — comentou secamente. — Dê-me a Argus e pegue a Kodak. E vá pegar nossos casacos no cabide e espere por mim *lá fora*, na varanda.

— OBRIGADA, MADELINE. — A FILHA DIRIGIA PARA longe da Miles-Rutherford House. — Aquela mulher assustadora. Não podia arriscar ainda estar lá quando ela voltasse do reservado. Eu não teria resistido a um segundo ataque. Só queria fotografar cada rosto e vestido o mais rápido possível e sair de lá com minha sanidade intacta.

— Quem era ela, mamãe? Por que ela estava chorando?

— O descaramento de toda aquela choradeira! Ela não era ninguém na nossa turma em Mount St. Gabriel's. Foi transferida para a escola pública depois da sétima série, e depois a família deixou a cidade. E aqui estava ela, falando sem parar dessa forma presunçosa sobre mim e Antonia.

— O quê? Que foi que ela disse?

— Ah, como nós éramos deusas gêmeas e que todo mundo achava que éramos "tudo", e como ela aguardava para ver que modelitos maravilhosos íamos usar para a escola todos os dias, e como eu usava cadarços coloridos e Tonia puxava o cabelo para trás com presilhas. Tentei ignorar... era tão inadequado. E agora ela voltou para a cidade com seu maridinho vendedor de seguros e ficou sabendo pela primeira vez que não, Antonia não se tornou freira, e que ela havia... ai, meu Deus... "falecido" e, ah, espere, antes disso ela falou sobre como havia se preocupado comigo porque Antonia ia fazer os votos, se eu sentiria que estava perdendo uma parte de mim mesma... Ah, tanta intimidade! Tantas emoções! Preferia que ela me tivesse atirado soda cáustica no rosto.

— Ouça, mamãe, você gostaria de passar na leiteria e tomar uma xícara de chá e um pouco de sorvete?

— Não posso pensar em nada mais reconfortante, querida, que sentar de frente para minha bela filha com seu *chapéu que encanta multidões* e bebericar uma xícara de chá quentinho, arrematar com um sundae com calda de chocolate quente e então voltar para casa para meu marido amoroso e ouvir tudo sobre as árvores grátis e o *eggnog* que ele distribuiu essa tarde, e depois obter uma nova perspectiva sobre minha filhinha estranha que só ela, e adverti-la para ter cuidado com a Ravenel raivosa, que é conhecida por devorar menininhas, mas sou uma mulher que trabalha e, por isso, o que vou fazer é pedir que me leve para casa de modo que você possa começar a se produzir para o seu lindo baile com seu vistoso homem mais velho. Flavia preparará para mim uma garrafa térmica de sopa e outra de chá quente, e depois vou descer ao estúdio e revelar a leva de fotografias da tarde. Quero terminá-la logo. Todos os benfeitores do Natal e suas decorações bregas para o pobre nascimento de Nosso Senhor num estábulo. Além disso, acho que posso estar com alguma coisa. — Ela riu, quase feliz. — Acho que Eloise Niles conseguiu me infectar com sua gripe lá da cama de doente dela.

Como ela faz isso?, Madeline se perguntava, girando o Packard em direção à casa. Como ela consegue nos alvejar com uma mira tão precisa — "antes tarde do que nunca", quando fui sua fiel motorista e carreguei a câmera a tarde inteira deste sábado, meu "chapéu que encanta multidões" e "se produzir para o seu lindo baile com seu vistoso homem mais velho" — e ainda assim fazer que a continuemos amando e querendo mais de sua companhia e de seus insultos bem-articulados. Esta noite vou me encostar no ombro do smoking alugado de Creighton, sabendo que somos o casal mais bonito do salão de dança, mas parte do meu coração estará com mamãe em sua câmara escura, desabafando sua revolta contra a chorona presunçosa e a breguice da época natalina.

CAPÍTULO 17

Sombras em um Passeio

Primeiro sábado do recesso de Natal de 1951
Matinê do Ice Capades
Auditório Cívico de Mountain City

HENRY VICK HAVIA ESCOLHIDO ASSENTOS NA FILA DA FRENTE do auditório de maneira que as jovens Chloe e Tildy pudessem esticar o pescoço sobre o parapeito para alegrar seus corações e devorar cada movimento em *close* da trupe de patinadores profissionais valsando nas pancadas surdas e nos clangores de *Contos dos Bosques de Viena,* que reverberavam no teto acústico que Malcolm Vick havia projetado no ano anterior à sua morte, e cuja instalação Henry havia supervisionado diligentemente, junto com a importante canalização, a casa de máquinas e a instalação hidráulica abaixo, com seus tanques d'água e vasos de pressão que possibilitavam transformar um salão de dança e quadra de basquete em um rinque de patinação do dia para a noite. As garotas estavam perto o bastante para ver ondular o vapor da respiração da boca aberta dos patinadores. Dali podiam se entusiasmar com o ruído rascante de lâminas cortando o gelo numa curva súbita e ouvir o grunhido do protagonista quando ele, sorrindo, levantava a parceira para girá-la no gelo.

— Veja — sussurrou Tildy —, dá para ver a cicatriz de vacina dela. Ali na coxa. Eu teria pedido que me vacinassem no braço.

— Mas os braços dela estão à mostra também — argumentou Chloe.

— Verdade, mas se fosse *eu* com minhas pernas no ar em frente da multidão, eu teria insistido no braço.

Lá estão elas com seus jovens dramas, pensou Henry, amargurado com suas notícias sombrias, que estava decidido a não contar a Chloe até depois do Natal. Os meus terminaram. Isto é, se é que se pode dizer que tive algum drama. De certa forma, "a noiva dele morreu na lua de mel" não pertence verdadeiramente a mim. É mais algo imposto ao meu currículo por outras pessoas que não estavam lá. Havia — talvez — um drama em nosso casamento, mas ele estava apenas começando e poderia ter se desenvolvido e frutificado; embora quem pode saber que tipo de fruto ele teria produzido?

Uma mulher com quem havia saído por um tempo, mais tempo do que deveria, disse-lhe, antes de terminar o relacionamento, que ele lhe lembrava um personagem chamado Marcher de um romance de Henry James. Em seu quinto ano como viúvo, os amigos haviam organizado um encontro com Letitia Winch, uma "moça" de boa família de Mountain City, que perdeu o noivo na Batalha do Mar de Coral e ensinava Literatura no curso superior local. Henry pegou o livro e tentou ler a história, curioso para descobrir o que Letitia Winch pensava dele. Era uma narrativa obscura e comprida, com raros parágrafos. As frases longas se dobravam em si mesmas, frustrando sua busca por uma entrada principal. Era como tentar forçar a passagem por uma porta giratória perpétua. Entretanto, ele havia mergulhado na verbosidade do texto o suficiente para entender a mensagem: Marcher era um vaidoso insensível a quem nada estava destinado a acontecer. Depois da morte de May Bartram, que sabia disso desde o início e o amava mesmo assim, ele se joga na lápide, já um homem velho, percebendo que havia perdido, com ela, sua única chance de se tornar humano.

Como posso deixar Chloe voltar, Henry pensou. Voltar para o quê? Ela não quer voltar. Por que ele está fazendo isso? Ele havia recebido a carta do advogado de Rex Wright com a cópia do surpreendente documento no dia anterior, sexta-feira. Esquecendo-se do sobretudo e das luvas, ele se dirigiu a pé para o escritório do seu próprio advogado, com os papéis inacreditáveis espremidos entre os punhos.

— Ollie, diga que não preciso me preocupar com isso — disse ele.

— Henry, eu queria poder dizer isso, mas ela foi adotada legalmente por ele. Na certidão de nascimento dela está o nome dele. Você não sabia?

— Não, eu não sabia. Agnes nunca me contou. Chloe nunca disse nada, tampouco. E como pode o nome de Merry, o nome do pai de verdade dela, não ser mencionado em nenhuma parte desse documento?

— É porque é assim que é feito, Henry. Um novo começo, legitimado pelo Estado. Para os propósitos civis, ela é filha dele, com os direitos, privilégios e deveres de filha e herdeira.

— Mas o nome dela ainda é Starnes.

— Isso fica a critério dos indivíduos. Vejamos, Chloe tinha uns dez anos quando esses papéis foram assinados, era o meio do ano, e eles já estavam morando em Barlow. É difícil para uma criança deixar a escola um dia e voltar no dia seguinte com um sobrenome diferente. Talvez tenha sido isso que Agnes levou em conta.

— Bem, lamentavelmente — disse Henry —, não podemos perguntar a Agnes. Mas por que ele ia querer fazer isso?

— Talvez porque, como diz seu advogado, ele sinta tê-la perdido e, agora que vai se casar novamente, queira lhe oferecer um lar estável.

— Mas ela está bem assim. Estamos bem. Ela gosta da escola; gosta de morar na casa onde a mãe morou. Escute, Ollie, conte-me o pior que pode acontecer. Vamos ter de ir ao juiz?

— É muito cedo para afirmar isso, Henry. E, detesto dizer isso, mas pode haver coisa pior do que ir ao juiz.

— Você quer dizer que posso perder a guarda?

— Henry, primeiro, vamos tentar nos certificar da seriedade da coisa, ou se ele pode estar querendo outra coisa.

— O que mais ele poderia querer?

— Talvez ver se você aguenta o tranco. Ou impressionar sua pretendente. Não sabemos nada sobre ela, mas vamos ver o que consigo descobrir.

— Mas por que ele ia querer ver se aguento o tranco?

— Talvez apenas por saber que pode. Você não era exatamente um fã dele, imagino.

— Para dizer o mínimo. Na última conversa que tive com minha irmã, ela me contou que o casamento havia sido um erro mortal, mas que estava tentando salvá-lo porque, bem, as palavras exatas dela foram que ainda estava "ferozmente agarrada à sua honra". Espere, há outra coisa que você provavelmente deveria saber, Ollie. Agnes estava grávida de seis semanas quando morreu. Eles descobriram isso na autópsia. Rex não sabia e ficou bastante aborrecido com isso. Me disse que era bem capaz que Agnes tivesse contado a Chloe e não a ele. Estava chorando nessa hora... disse que elas estavam sempre com segredos.

— Estou anotando, Henry. Isso pode ser muito útil. Você já perguntou a Chloe sobre isso?

— Não, tomo cuidado para não ficar interrogando a menina.

— Bem, Henry, você pode precisar se certificar de algumas coisas. Ela tem que idade mesmo? Quatorze? Já tem idade para depor.

— Mas isso é uma coisa vil. Ela já sofreu o suficiente sem ser arrastada para a frente de um juiz. Não vai querer voltar. Não discutimos nada sobre Rex Wright. Como disse, ela nem mesmo me contou que havia sido legalmente adotada por ele.

— Vamos dar um passo de cada vez, Henry. Pode ser que tudo isso se dissipe. Deixe que eu me envolva nesse vaivém de papéis entre advogados e veja até onde isso vai nos levar.

• • •

Noite do mesmo sábado

Residência dos Vick

Mountain City

Há trinta e duas horas e meia, Tildy mal podia esperar o momento em que ficaria sozinha com Chloe e contaria sobre a peça. Ela havia planejado seu anúncio, seguido por uma "primeira leitura" do roteiro; porém, Deus Todo-poderoso, que sequência intolerável de atividades que ela precisava aguentar até chegar essa hora! Primeiro, ela precisara passar por toda a noite anterior, embora pelo menos tenha conseguido contar a Madeline sobre a peça, e depois teve de acordar no sábado, tomar café e percorrer toda a manhã, com Madeline passando o vestido e ajeitando o cabelo para o baile, e mamãe numa das suas agitações nervosas por causa dos muitos eventos e por ninguém dar valor à agenda de uma mulher que trabalha, e então teve de acenar para Smoky, o Herói de Mentira, com John e Flavia e o carro cheio de acepipes para o Swag, de modo que papai pudesse bancar o Urso Amigo dos Pobres com as pessoas simples que gostam de cortar suas próprias árvores e se encher de *eggnog* e petiscos depois, e aí — para prolongar o tédio um pouco mais! — almoçar com Chloe e tio Henry no restaurante (projetado pelo velho avô Vick nos anos 20) do centro da cidade, acenar para pessoas que conhecia que também estavam indo ao Ice Capades, ir em seguida para o próprio Ice Capades e depois ser levada pela cidade no Jaguar de tio Henry em sua velocidade favorita de trinta quilômetros por hora, o pé pisando e soltando o acelerador para pontuar suas frases, o suficiente para deixar você enjoada da viagem, e seguir para a residência dos Vick, onde tio Henry precisa bebericar seu drinque sem pressa e as moças acompanhariam com suas Coca-Colas (tio Henry conseguia fazer uma pequena dose de *scotch* e um pouco de refrigerante em um copinho durarem mais que dois copos longos de *bourbon* com gelo e água do papai), e depois eles precisavam rediscutir o Ice Capades e tudo sobre o sistema subterrâneo de fazer gelo do auditório que o velho sr. Vick projetou no ano anterior à sua morte e, em seguida, ter mais conversas civilizadas na sala de jantar cheia de ecos de Vick com retratos de família sombrios sobre sua ceia de galinha fria, *aspic* de tomate, salada de batata e bolo de chocolate, preparados no dia anterior por Rosa. E *então*, tio Henry, com uma súbita cara triste, arrasta-se até o piano e começa a dedilhar seu Bach interminável e depois seu interminável Debussy, e Chloe aproveita a deixa e se atira, em êxtase, numa poltrona e rabisca um esboço após o outro (ela deve ter um portfólio inteiro deles a esta altura) de tio Henry dedilhando o piano.

Justamente quando Tildy fantasiava que podia perder o controle de si e começar a gritar: "Eu não aguento mais essa tortura!", e eles teriam de chamar uma ambulância, já que John ainda não havia voltado, Madeline estava no baile, e mamãe, provavelmente no estúdio, revelando as fotos do dia; num ato de misericórdia, o telefone tocou, e era alguém querendo que tio Henry lhe construísse algo, e ele pediu licença e — finalmente! — ela e Chloe subiram para o quarto delas, porque era assim que Tildy pensava, já que ela dormia nele toda noite de sábado.

Finalmente o anúncio de Tildy foi feito, e Chloe havia lhe dado um "parabéns" ressentido, porque disse que Tildy devia ter lhe contado antes que não era uma notícia ruim, em vez de deixar Chloe se preocupar desde a hora que Madre Ravenel havia chamado Tildy na sala de estudos no dia anterior.

— É, eu sei, me desculpe, Chloe. Você e eu estávamos esperando o pior, mas ela me surpreendeu completamente. Não estava tentando esconder de você nem nada disso, mas queria aguardar até que as atividades sociais tivessem terminado e pudéssemos nos concentrar de verdade.

— Bem, Tildy, eu poderia ter aproveitado o Ice Capades e nossas outras "atividades sociais" muito mais se não estivesse me preocupando com você o dia todo.

Contudo, agora as arestas haviam sido aparadas; os dentes, escovados; e dois conjuntos de pijamas, colocados. A arrependida Tildy, tendo convencido Chloe de que ela seria absolutamente indispensável "em tudo, desde a escolha dos atores ao cenário... se nós decidirmos aceitar a oferta", estava agora deitada em seu sofá-cama, como havia se imaginado fazendo desde o dia anterior, seu braço curvado protegendo os olhos para se concentrar melhor, e Chloe, encolhida em uma cadeira de frente para ela, estava lendo em voz alta o roteiro da velha peça de Suzanne Ravenel, recém-datilografado pela própria Madre Ravenel, "com algumas novas revisões, Tildy. Enquanto estivermos nesta terra... e espero que se lembre disso ao seguir com sua vida, querida... Deus nos permite benevolentemente que aprimoremos o que tenhamos feito. Como sempre digo, nós todos somos obras em andamento!".

• • •

— Devo começar do início e ir adiante? — perguntou Chloe.

— Ora, é claro, que outra coisa faríamos? — respondeu Tildy, tendo assumido seu costumeiro domínio. — É assim que o diretor de uma peça da Broadway faz. Ele se deita em um sofá e elimina todas as distrações enquanto os atores leem o roteiro inteiro, e ele o observa se desenrolar na cabeça. Essas primeiras impressões recebidas no escuro dão origem às suas ideias mais brilhantes.

Tildy, encaixada no sofá-cama em sua pose de diretora, com o braço lançado dramaticamente contra o rosto, parecia mais a Chloe uma colegial de pijama rosa retratando, ou talvez parodiando, sua ideia de "uma donzela em apuros num sofá".

Que montanha-russa engraçada era essa coisa chamada amizade, pensou Chloe enquanto começava a ler em voz alta o prólogo de *A Freira Vermelha*. Desde que Tildy foi convocada na sala de estudos ontem, fiquei morta de preocupação. Podia visualizá-la tirada de mim, forçada a se transferir para o colégio público no meio do ano. Estava já imaginando as coisas de que sentiria mais falta: suas pequenas arrogâncias, como essa pose desmaiada no sofá. Pairou uma nuvem sobre todo o meu dia de hoje: o restaurante elegante de vovô, com as claraboias coloridas e o bufê variado, todas as minhas comidas favoritas na bandeja, depois o Ice Capades e os maravilhosos assentos que tio Henry comprou para nós, porque ficava me lembrando de que aquela podia ser a última vez, ela faria novos amigos na escola pública, e eu seria deixada para trás em Mount St. Gabriel's, um fantasma caminhando pelos corredores com o fantasma da minha mãe. Até tio Henry parecia triste o dia todo, e eu pensei: "É porque ele sabe."

Os pais dela, ou provavelmente Madeline, telefonaram para ele com a má notícia, e eles decidiram, juntos, esconder isso de mim até o Natal, porque sou uma coitadinha que não conseguiria suportar mais nenhuma perda. E então chegamos a este quarto e, mal passamos pela porta, ela me surpreende com a reviravolta de Madre Ravenel. Longe de ser expulsa, Tildy havia, de repente, sido escolhida a sucessora artística da própria diretora, e porque não estou esfuziante de alegria e toda sentimental com felicitações, ela faz biquinho e revira os olhos quando explico que, para mim, uma nuvem pairou sobre todo o dia.

— Você se importaria em ler esse prólogo de novo, Chloe? — murmurou Tildy. — Acho que ouço uma música sinistra, mas não consigo decidir o que será.

Chloe começou novamente:

"Se sair num passeio por esta floresta escura
Quando o gavião sob a asa se oculta
E sobre os vales se eleva a bruma
Ao som do grito da coruja:
Não fuja, se em seu caminho
Encontrar um fantasma sozinho.
Pergunte: 'O que por ti foi mais amado?
E o que deixaste inacabado?'"

— Não podemos usar uma flauta, droga, porque foi isso que a velha Ravenel escolheu... A mãe de Elaine Frew compôs uma melodia sinistra na flauta.

— Que tal pedir a Elaine que componha algo no piano?

— Prefiro queimar no inferno a pedir um favor àquela primadona metida.

— Mas ela não ia ficar lisonjeada? Quer dizer, por manter isso na família e tudo o mais.

— Não, Chloe. Além disso, como instrumento, o piano não é horripilante o suficiente. É muito agudo. Prossiga. O que vem a seguir?

— Bem, é Deus falando. Você não leu?

— É claro que dei uma olhada, mas tentei *não* ler. Queria fazer como os diretores. Ouvir na escuridão da mente. Madre Malloy disse em nossas sessões de leitura que ouvir coisas dos lábios de outras pessoas é uma forma completamente diferente de receber a palavra. Eu lhe contei, estou ditando meu trabalho sobre Dickens para ela em francês. Isso dá mais corpo às coisas. Quero que essa peça tenha corpo. Ela não pode ser só fantasmas modernizados marchando em linha reta pela página, sabe, Chloe.

— Eu não disse que devia ser.

— Não, eu sei que não disse. Mas... continue, leia as falas de Deus.

— "Eu esmaguei continentes uns nos outros para formar estas montanhas. Eu os comprimi formando esses picos íngremes antes que meus dinossauros condenados à morte atingissem seu crescimento fatal. Deste tamanho e não maior, eu disse... e depois eles viraram fósseis. Então, esculpi meus picos brutos, enviei milhões de anos do meu vento e minha chuva sobre eles e os poli com minhas geleiras. E eras passaram como um dia e uma noite, e um belo dia, em certa montanha, quando bem quis, decidi criar uma escola."

— Corta! Que se dane tudo isso, quem vai fazer a voz de Deus?

— Minha mãe disse que Madre Ravenel, ou Suzanne, fez Deus, bem como alguns dos outros papéis importantes.

— Bem, eu sei disso, mamãe me contou, mas isso foi em 1931, e estamos nos anos 50. Não dá mais para ter uma caloura fazendo a voz de Deus. O teatro ficou muito mais sofisticado. Você pode ler de novo... não tente mudar sua voz, mas leia cada palavra devagar e deixe uma pausa entre elas. E, por favor, tente não bocejar.

— "Eu esmaguei..."

— Não, não: "Eu" (pausa) "esmaguei" (pausa)... As pausas fazem com que soe mais sobrenatural, como se Ele estivesse falando devagar no idioma de Suas criaturas para que elas conseguissem compreendê-Lo.

— "Eu..." — (Bocejo.) — Desculpe, Tildy, deixe-me começar de novo.

— "Eu... esmaguei... continentes... uns... nos... outros... para... formar... estas... montanhas..."

— Bem, com as pausas melhorou, mas o que precisamos mesmo é de um vozeirão como o de Paul Robeson, alguém como John, com uma voz grave que vibre saindo pelas narinas.

— Você diz o John da Flavia? Acho que não teríamos permissão de pedir a pessoas que não estejam na nona série.

— Sei disso, Chloe. Mas por que não podemos gravar a voz de John? Eu teria que ensinar a ele, é claro. Eu diria cada palavra e depois ele repetiria e algum técnico juntaria as duas, e a voz de Deus sairia de um gravador fora do palco. Chega a me dar um arrepio; isso seria perfeito!

— Quem faria todo esse trabalho técnico?

— Ah, podemos achar alguém para isso. Prossiga com Deus.

CAPÍTULO 18

Duas Freiras em uma Caminhada

Sábado, 1º de setembro de 2001
Festa de Santo Egídio (abade); Comemoração dos Doze Irmãos Santos
Terreno da Casa de Repouso da Ordem de Santa Escolástica
Noite clara, de moderado calor e sem nuvens, depois das Completas

— ADORO NOSSAS CAMINHADAS AO ANOITECER, MADRE Galyon. Você é muito gentil de me permitir apoiar em seu braço. E, por favor, interrompa-me se eu tagarelar demais. Há tanta coisa em minha cabeça... Registramos apenas vinte e oito mortes de católicos na área de Boston hoje. É um dos nossos números mais baixos, não é? Tento não ficar pensando nisso, mas um dia meu nome estará nessa lista, só que não estarei do outro lado da linha para repetir para que você possa anotar os detalhes. E Irmã Bridget terá de ligar para Mountain City e fazer alguém espalhar a notícia para minhas velhas alunas oferecerem preces por minha alma. Só espero ter terminado o memorial até lá, mas isso está nas mãos de Deus.

— Até onde a senhora chegou, Madre?

— Esta manhã eu terminei a... bem, vamos chamar de *abertura* para o capítulo dos "anos 50". Eu vinha procrastinando, oferecendo um panorama histórico condensado das "décadas até hoje". Os franceses chamariam isso de *reculer pour mieux sauter*: eu fico parada por medo de saltar. Você se lembra daquelas meninas na área de recreação que nunca conseguiam pular corda direito e, em vez disso, ficavam lá paradas, vacilantes, mexendo a cabeça para frente e para trás como frangos?

— O que faz a senhora vacilar, Madre? Cuidado aí; o cascalho não está nivelado.

— Obrigada, querida. Sabe, ainda consigo ver as estrelas com o cantinho dos olhos. Sabe o que me faz vacilar? A turma de 1955. Digo, essa turma quando estava na nona série. Aquelas moças e sua peça catastrófica e as terríveis consequências, com suas repercussões. Você se lembra.

— É, mas eu não teria chamado a peça em si de catastrófica. Para qualquer um que estivesse assistindo pela primeira vez... e a maior parte da plateia estava, a senhora deve se lembrar... a impressão de ser uma apresentação ambiciosa com algumas passagens obscuras e algumas partes engraçadas, todas elas provavelmente involuntárias: a voz de Deus fora do palco, por exemplo. As consequências foram trágicas, mas não necessariamente um resultado direto da peça.

• • •

Para o bem de nós duas, ajudai-me a estabelecer algumas coordenadas, invoca Frances Galyon, Ordem de Santa Escolástica, setenta e nove anos, diminuindo o passo para adequá-lo a essa freira mais velha, mais baixa, quase sem visão, em sua caminhada noturna.

Essa matraca minguada que se apoia em meu braço está em minha vida há mais tempo que qualquer outra pessoa. Eu já a admirei e odiei alternadamente. Ela era a mais alta quando comecei a admirá-la. Quando cheguei a Mount St. Gabriel's como caloura interna com uma bolsa da Ordem dos Cavaleiros de Colombo, ela estava sob o fascínio inicial de seu noviciado. Andava com leveza pela escola com seu curto véu branco. Estava tendo aulas no curso superior e também lecionava para a segunda série. Assim que disse de onde eu vinha, as moças começaram a estabelecer relações e nos comparar. "Ah, Charleston foi de onde *ela* veio. O nome dela era Suzanne antes de se tornar freira, ela foi representante de turma durante todos os quatro anos de colegial e a primeira moça a fazer os votos antes de terminar o último ano. Recebeu o diploma usando seu hábito de postulante. Imagino que conheça a família dela em Charleston?"

Eu disse que achava que meu pai conhecia o pai dela. Isso parecia seguro o bastante. Era uma novata e queria ter as conexões certas. "Ah, mas o pai dela morreu", logo me informaram. "Foi um acidente de caça no fim de semana depois da Quinta-feira Negra. Ele estava sozinho, espremido numa tocaia, quando seu cotovelo escorregou, e ele acabou atirando em si mesmo em vez de no pássaro. Pelo menos, essa é a história oficial. Ela acabara de chegar a Mount St. Gabriel's como aluna interna. Não quiseram deixá-la voltar para casa para o funeral."

O pai dela havia sido um importante advogado que administrava vários fundos, disse uma garota, e houve rumores dando conta que ele estaria pegando emprestado dos clientes, pretendendo completar a defasagem sem ter aprendido nada que já não soubesse; mas então veio a Quinta-feira Negra e todos os seus clientes queriam ser tranquilizados de que seus investimentos estavam seguros. Nunca houve acusação criminal. Isso ocorreu porque, disse outra moça, repetindo o que o pai lhe dissera, os irmãos prometeram honrar as dívidas, e quem iria se arriscar podendo manter a boca fechada com chance de ser reembolsado um dia em vez de fazer a acusação, ter um inimigo da família e terminar de mãos abanando?

As moças da minha idade em Mount St. Gabriel's (hoje em dia eu as chamaria de minhas "colegas") davam a impressão de saber muito sobre coisas mundanas como motivos e dinheiro. Eu esperava que elas fossem mais devotas e inocentes, como tenho certeza de que meu pai também esperava. Ele mesmo era devoto e inocente, ia à missa toda manhã e rezava por minha mãe falecida, depois andava até a rotunda e começava a inspecionar seu rebanho. Era chefe dos mecânicos na ferrovia Southern Railway. Naquelas cadernetas de bolso que as seguradoras costumavam fornecer, ele registrou por mais de vinte anos seus ministérios diários às máquinas a vapor sob sua responsabilidade.

> Máq. 4882 não leva vapor para bomba-d'água e bomba não alimenta caldeira...
>
> 1369 elevador do alimentador da caldeira desperdiçando muito carvão...
>
> Máq. 4877. Colocar indicação no amortecedor do superaquecedor...

Tubos de areia em 4567 não jogam areia nos trilhos. Devem ser extraídos...

4877 haste do cano da caldeira presa no corrimão. Retirar.

Não é de admirar que eu não tivesse dificuldade em imaginar um Deus que sabia o número exato de fios de cabelo da minha cabeça e mantinha um registro de cada pardal que desceu à terra: meu pai não controlava cada querida máquina a vapor designada aos seus cuidados?

Da mesma forma que estou designada a Madre Suzanne Ravenel, pecadora semelhante e irmã em Cristo, compartilhando uma proximidade forçada nesse local de repouso, e nós duas nos encaminhando para jubileus de diamante como membros da quase extinta Ordem de Santa Escolástica.

E agora, nesta caminhada ao anoitecer, como nos conservo no caminho do presente verdadeiro e nos oriento para longe desses tentadores impasses de ressentimento e remorso?

— A senhora tem um prazo final, Madre? — pergunto.

— *O quê?* — Sinto-a enrijecer em meu braço. — Ah, o memorial. Pensei por um minuto que você queria dizer "morte final". Bem, eu prometi às meninas que trabalharia de forma diligente ao longo dos meses e, se nada desfavorável acontecesse, e eu mantivesse a mente funcionando, esperava levar as últimas fitas na minha mala quando voasse para Mountain City em maio próximo.

— Hoje é 1º de setembro — Madre Galyon contava os meses futuros nos dedos —, então a senhora tem oito meses pela frente. E já fez quanto desde que começou?

— Bem, vejamos, fiz todos os capítulos introdutórios, a história de nossa Ordem e a inauguração e o começo da escola, com algumas digressões homiléticas sobre ousadia santa e liberdade da mulher em Deus... não a fascinaram sempre esses dois conceitos de nossa fundadora?... e terminei os capítulos das décadas até os anos 50 e, como lhe disse, tenho procrastinado, com minha pequena abertura para essa década, voltando e revisando os pontos altos de onde já estivemos.

— Então, em quatro meses, fora toda a parte introdutória e as digressões homiléticas, a senhora cobriu as primeiras quatro décadas. Como a escola fechou em 1990, a senhora tem oito meses para cobrir as quatro décadas restantes. Fazendo as contas, Madre, suas perspectivas parecem muito boas.

Ela nos faz estremer até parar e gemer.

— Mas o que vou fazer com essa turma de 1955?

Está na cara dela.

— Nas décadas passadas, Madre, as décadas que a senhora já terminou, como relatou cada turma? Por exemplo, a turma de 1915 ou 1930 ou 1944?

— Bem, não dá para colocar tudo, dá? Você coloca os destaques. As coisas engraçadas. As ocasiões inspiradoras. As moças que sobressaíam. E é somente o *meu* memorial; tudo precisa sair do que posso me lembrar. E mesmo que eu faça parte da escola há mais tempo que qualquer outra pessoa, é provável que haja lacunas. É claro que Beatrix, que está transcrevendo as fitas, tem sido inestimável com os velhos anuários. Ela me telefona fielmente, sem que se passem muitas semanas entre uma ligação e outra. Nós percorremos a década em que eu estiver... ela lê em voz alta os anuários e isso incentiva minha memória. Durante anos, sabe, quando eu enxergava, costumava ler aqueles velhos anuários sempre que tinha insônia. Eu os guardava na minha sala, levava um ou dois de cada vez para meu quarto e os folheava. As velhas fotos e a forma como as moças caracterizavam umas às outras e o que elas deixavam escrito podem lhe dizer muito.

— A senhora e Beatrix já começaram os anuários dos anos 50?

— Engraçado você perguntar isso. Quando ela me telefonou sábado passado, disse: "Bem, Madre, chegamos aos anos 50. Devo ler da *Escolástica* de 1950?" E eu tinha na ponta da língua o seguinte: "Não, vamos esperar. Estou meditando sobre uma visão geral de onde estivemos até agora e o que estava acontecendo no mundo na época." Mas, depois, sabe de uma coisa? Senti um súbito alívio. Porque o anuário de 1950 teria apenas as turmas de 1950 a 1953. O ano terrível, com seus rostos de calouras de 1951 a 1952, não viria até o anuário de 1952. E ele será o único anuário que conterá esse grupo inesquecível de calouras que me assombra o espírito. Na próxima *Escolástica* seus rostos teriam ido embora. Por isso eu disse: "Vamos em frente, cara Beatrix, a todo o vapor para os anos 50." E ela começou a ler até a turma que se formou em 1950... é assim que fazemos; o foco é nas formandas. Eu conseguia me lembrar dos rostos quando ela os nomeava e lia as pequenas legendas sob suas fotos... você se lembra de sua legenda, Madre Galyon?

— Acredito que era algo como "Sempre estudiosa e ponderada". Qual foi a sua, Madre?

Ela alivia o aperto no meu braço e se empertiga, rejuvenescendo na mesma hora trinta anos. "Energia encarnada", ela se gaba, com uma risada triunfante.

E eu precisei lutar contra a amargura do ressentimento. Estamos aqui no presente sob essas constelações, Virgem, Cygnus, Sagitário e Pégaso, neste período outonal, no ano de 2001, da Era Comum, riscadas pelas linhas cruzadas verdes e vermelhas piscantes dos aviões de Logan. Duas velhas freiras, sem um convento nem um padre residente, sem uma escola ou alunos, movendo-se sob a luz das estrelas em seu complexo de repouso num subúrbio de Boston. Esta velha senhora em meu braço não é mais a mestra das noviças de rosto rubicundo que, em seu ápice, repeliu a nova postulante ("Há *tantas* Charlestons, não há, Irmã?") quando, para quebrar o gelo, eu me referi à cidade em que havíamos crescido como "nossa cidade natal". Mais adiante em meu postulado, ela havia me mostrado o espectro de uma exclusão pior: "Seja qual for a duração de sua estada conosco na Ordem, Irmã Galyon, devemos nos lembrar de que Deus a estará usando, sejam meros seis meses ou sua vida inteira, para o bem divino."

E depois, quando eu já tinha feito meus votos perpétuos, fizera meu trabalho de graduação *summa cum laude* na universidade, trabalhara como diretora do ginásio por um ano, e a substituíra como diretora do liceu durante sua licença em 1952-1953, ela retornou para aplicar o golpe de misericórdia.

A Madre Superiora me chama e diz que estou sendo enviada para ser diretora do liceu da Ordem em Boston. Embora uma freira não deva perguntar o motivo, não pude esconder meu desalento. "Mas eu havia pensado que", protestei, "voltaria para ser diretora do ginásio aqui." A vaga e imperturbável Madre Superiora Barrington. Seus óculos brilhavam para você, enquanto os olhos castanho-claros por trás deles se moviam com um arroubo de preocupação. Há quem diga que ela rezava sem cessar, e que esse era o segredo de sua equanimidade. Contudo, se alguém insistisse em obter sua atenção, os olhos se aguçavam e se fixavam no requerente, que então se sentia como um ser alado arrastado para longe dos perigos terrenos por uma grande ave-mãe. Quando essa pessoa aterrissava novamente, depois do aconselhamento e da alta sabedoria que lhe haviam sido dispensados, levantava as asas caídas e voava para obedecer às ordens. A sabedoria e o aconselhamento nessa ocasião foram que, quando eu trabalhava como diretora na função de Madre Ravenel enquanto ela cuidava da mãe que estava morrendo em Charleston, a Madre Superiora e as outras perceberam que meus dons seriam plenamente aproveitados com as moças mais velhas. E assim, quando Madre Ravenel retornou para retomar suas responsabilidades, a Madre Superiora havia feito uma proposta. As matrículas no liceu estavam aumentando. E, considerando a perda de Madre Malloy e o casamento da senhorita Mendoza com o novo diretor da divisão masculina, quem sabe Madre Ravenel acolhesse Madre Galyon como sua diretora assistente?

"Infelizmente", disse a Madre Superiora, seus olhos já se tornando remotos por trás do brilho dos óculos, "Madre Ravenel não gostou muito da ideia, e isso, minha querida, é tudo que direi. Você é uma professora excepcional e um belo exemplo para as moças mais velhas. Madre Ravenel é uma diretora dinâmica e muito popular na comunidade de Mountain City. Ela tem se dedicado à escola desde que veio para nós como uma garota em 1929. Nossa própria fundadora, em seus últimos dias, providenciou para que ela ficasse em Mount St. Gabriel's. Era talvez um pouco egoísmo meu querer manter duas estrelas sob o mesmo teto."

PAPAI DEIXAVA SEUS PESARES NA GRADE DO ALTAR TODAS AS manhãs e ia se ocupar de suas máquinas doentes. Considerando minhas coordenadas (tempo, lugar, idade, história de vida), o que mais tenho a fazer nesta noite de setembro a não ser bancar a chefe dos mecânicos para uma irmã religiosa que marca passo na rotunda?

Tubulação de vapor ligada à tubulação de água quente na Máquina Ravenel vazando orgulho. Cano obstruído com remorso. Remover a torção de culpa dos freios.

A todo o vapor para os anos 50.

Uma fita confessional

Final da noite de sábado
1º de setembro de 2001
Aposento de Madre Ravenel
Casa de Repouso da Ordem de Santa Escolástica

Minha cara Beatrix,

Considere esta fita uma carta pessoal minha para você. A fita inteira é de mim para você.

Acabo de retornar de uma caminhada ao anoitecer muito revigorante com Madre Frances Galyon, de quem você se lembra do ano letivo de

1952-1953, quando ela assumiu a função de diretora enquanto eu estava de licença. E após isso, no outono de 1953, nossa Ordem transferiu Madre Galyon para nosso liceu em Boston, onde ela trabalhou por muitos anos como diretora e depois como professora de Latim e Matemática Avançada. Como eu, ela foi uma antiga aluna de Mount St. Gabriel's, entrando na Ordem no último ano (como também fiz), e agora que somos velhas ela está sendo camarada com essa coisa de me guiar por aí no escuro, mantendo-me "no caminho", como diz ela. Não havia percebido até esta noite o quanto ela amava Mount St. Gabriel's e como ficou infeliz em deixar o Sul. Ela disse que teria partido seu coração se já não o tivesse entregado a Deus. Até recentemente, sempre pensei nela como alguém um tanto inacessível e não muito inclinado à atividade social, mas não é maravilhoso como Deus enfraquece nossos preconceitos e nos mostra mais facetas uns dos outros? Esta noite fiquei sabendo que Madre Galyon possui um coração sensível além de seus dons intelectuais.

Esta noite admiti para ela que estava evitando o meu capítulo da década de 1950 porque temia reviver aquele "ano tóxico" sobre o qual você e eu falávamos em junho passado no piquenique no topo de sua montanha.

E ela disse a coisa mais perspicaz, Beatrix. — Mas você não o tem revivido desde então? Não seria verdade que ele cresceu ocupando tanto espaço em sua cabeça que empurra para fora os materiais que realmente têm lugar no seu relato daquela década numa história escolar?

— Mas como eu justifico *aquilo*? — insisti.

Foi então que Madre Galyon me lembrou de que eu tinha afirmado que nosso foco eram as formandas quando percorremos os anuários.

— E elas nunca chegaram a ser formandas em Mount St. Gabriel's — prosseguiu ela. — Quando a turma de 1955 tiver seu destaque no anuário do mesmo ano, aquelas moças que a assombram não vão estar mais lá.

Ainda assim, é óbvio que a senhora ainda sentirá a necessidade de relatar algo. A senhora mencionou isso aos seus guias espirituais ao longo dos anos?

— Tentei — disse —, mas, fora Padre Krafft, que podia ser muito rigoroso, todos estavam com pressa de me absolver e dizer para não ser tão dura comigo mesma. Um deles sugeriu que eu fizesse ioga e aprendesse a tocar violão. Em minha última conferência com Padre Krafft, ele me disse que eu estava interpretando a graça de Deus como nugatória ao continuar a "raspar o caldeirão" daquele ano a fim de obter mais "lanchinhos malignos", e que eu já havia concluído a penitência durante meu ano de exílio. Meu último guia espiritual, que usava um boné do Boston Red Sox e chinelo de dedo, disse que minha recusa a me perdoar era puro orgulho. Ele me aconselhou a ler uma alegoria de C.S. Lewis sobre pessoas num ônibus e o que as impede de sair do ônibus e entrar na grande liberdade e amplitude do paraíso.

— Bem, e a senhora leu? — perguntou Madre Galyon, e quando eu respondi que não, ela riu e depois trocamos reminiscências sobre guias espirituais que não foram assim tão úteis para nós. Ela disse que fazia anos desde que ouvira alguém na vida religiosa usar a palavra "nugatória", a qual tinha um tom de autoridade que "insignificante" ou "inútil" não conseguem igualar. Mas prosseguiu afirmando que tinha gostado da ideia do céu como um lugar de grande liberdade e com espaço ilimitado no qual podíamos aceitar o choque de atingir a plenitude de nosso ser à imagem de Deus, sejam quais fossem nossas circunstâncias.

Eu fiquei muito atraída por essa ideia também.

—Sim — concordei —, mas como chegamos lá? Você vê ônibus alinhados fora da casa de repouso?

Nesse ponto, havíamos chegado aos portões na extremidade da propriedade, e era hora de dar meia-volta e retornar caminhando para a casa. Havia luzes acesas em vários quartos, e eu estava contente que as conseguia ver. Quando chegamos mais perto, conseguia até identificar os espectros em cores vivas e movimento constante na tela de tevê do salão das freiras.

Eu sentia que Madre Galyon estava refletindo com muita intensidade em nossa caminhada de volta. Finalmente ela disse:

— Os ônibus foram a escolha de transporte de C.S. Lewis, mas podemos chegar lá da mesma forma com nossos próprios meios.

Ela confessou que trens vinham naturalmente para ela porque seu pai havia sido um homem de ferrovias, e ela gostava de pensar tendo como referência trens e seus problemas e como consertá-los e colocá-los novamente em seus trilhos.

— Tudo de que precisa, Madre Ravenel, é uma forma de sair de um lugar dentro de si mesma para um lugar melhor. — Depois sugeriu: — Talvez seu meio de transporte possa ser seu gravador. A senhora está confortável com essa forma de viajar, não está?

— Espere aí — disse eu. — C.S. Lewis ganha ônibus, você ganha trens, e eu vou ter de viajar para o céu sozinha, sentada no meu quarto, na frente de um gravador?

— Por que não? — respondeu. — Conte sua história para alguém vivo, alguém com quem se importe e em quem confie. Basta contar as partes que está cansada de reviver, as partes que a assombram. Tire-as das trevas e convide um semelhante a olhar para elas com a senhora compartilhando alguma luz. Depois peça a bênção de Deus no final da fita e a envie para essa pessoa e acabe com isso.

Pensei em você imediatamente, cara Beatrix.

Agora que estou começando a ver, graças à perspicácia de Madre Galyon, quais coisas não têm nenhum propósito num memorial escolar, embora elas possam ter moldado meu comportamento como diretora no "ano tóxico", o que vou tentar fazer é relatar essas partes a você, Beatrix, a fim de obter uma melhor perspectiva.

Esta história teve seu começo no início da década de 1930, quando minha colega de turma e melhor amiga, Antonia Tilden, e eu decidimos que queríamos entrar na Ordem juntas. Antonia sabia desde os dez anos que queria ser freira, e não havia problema para seus pais, porém ela tinha uma irmã gêmea, Cornelia, que nunca gostou de mim. Ficava me vigiando desde o começo e não fez segredo de seus receios quanto à nossa aliança. As irmãs eram gêmeas idênticas, mas Antonia era de natureza superior; era tranquila e tolerante às pequenas falhas das pessoas, ao passo que Cornelia era crítica de todos e tinha uma língua viperina.

CAPÍTULO 19

Indignidade Imerecida

Noite de domingo, 6 de janeiro de 1952
Pine Cone Lodge
Mountain City, Carolina do Norte

> Todo esse tempo, estive trabalhando na Murdstone e Grinby's como de costume, com as mesmas costumeiras companhias, e com a mesma sensação de indignidade imerecida que no princípio. Todavia, nunca fiz, decerto para meu bem, sequer um único conhecido nem conversei com nenhum dos muitos rapazes que via diariamente ao ir para o armazém, ou ao voltar de lá, e ao rondar pelas ruas nos horários de almoço. Levava o mesmo tipo de vida secretamente infeliz; porém, levava essa vida da mesma forma solitária e autossuficiente.

O PRAZO DO TRABALHO DE MAUD NORTON SOBRE *DAVID Copperfield* era terça-feira, o primeiro dia do novo semestre. O rascunho das dez páginas manuscritas precisaria ser reduzido para as cinco que Madre Malloy havia especificado. Conseguir dizer tudo que se planejava em cinco páginas exige um método completamente diferente do que ter dez páginas nas quais se estender. Além disso, o que você havia planejado dizer ficava sempre virando outra coisa e muitas vezes algo bem menos grandioso. "A Dor Plangente da Alma em *David Copperfield*", vulgo "As Dores Universais de David", vulgo "Passagens", havia sido, na opinião retrospectiva de Maud, um conceito brilhante. O conceito era como você podia vivenciar mais de si mesmo enquanto acompanhava um personagem por sua história se ela fosse contada com eficiência suficiente para ajudá-lo a fazer a *passagem*. Maud havia planejado demonstrar algumas dessas passagens à medida que elas ocorriam no romance, e Madre Malloy havia declarado que esse era um plano muito ambicioso. Embora ela tenha aconselhado Maud a escolher um título menos dramático.

Durante os dois meses em que estava trabalhando nessa dissertação, Maud havia aprendido muitas coisas sobre o ato de escrever e quase demais sobre a vida. As lições de vida infligidas a ela durante as férias de fim de ano em Palm Beach lhe franziram os lábios e a nausearam.

Ela pretendia, porém, como David, suportar as indignidades imerecidas com um distanciamento autossuficiente até que algum revés de fortuna pudesse resgatá-la ou até que se fortalecesse o bastante para resgatar a si mesma. Não havia ninguém com quem ela pudesse falar sobre essas coisas. Lily, que agora se esgueirava para o quarto do sr. Art Foley quando ele estava na residência, contribuía para a atmosfera geral de desonra. Vovó, lá embaixo, que ligava seus programas de rádio mais alto nessas noites para que não "ouvisse" nada desrespeitoso no Pine Cone Lodge, não vinha passando bem. Atravessar um quarto ou mesmo falar uma frase longa a deixava sem fôlego, seus tornozelos haviam inchado ao tamanho dos de um elefante, e havia um cheiro nada bom na sua cozinha normalmente imaculada. Os negócios na pensão tinham declinado desde a inauguração recente de dois novos hotéis na estrada com o túnel, atrás da casa de Tildy. Havia mais caixeiros-viajantes do que nunca em Mountain City, mas eles queriam seus próprios banheiros e escolher suas refeições num cardápio. Queriam a liberdade e a privacidade de quartos impessoais sem vovós doentes os espionando.

Seria possível conversar com Tildy. Ah, seria bem possível. Mas Tildy não era mais dela. Como será que ela estava se virando com seu trabalho sobre *David Copperfield*? Quando eram melhores amigas, elas discutiam os trabalhos, e Maud sugeria tópicos para Tildy escolher. Ela fazia um resumo e às vezes permitia que Tildy a convencesse a fazer um esboço inicial de onde poderia "decolar".

O guia mais próximo que Maud tinha para sua autossuficiência solitária era David Copperfield; embora não tivesse como não sentir que havia certas indignidades que ele e seu criador nunca haviam vivenciado porque nasceram homens.

Desde o verão anterior, os Norton de Palm Beach haviam sido eleitos potenciais redentores da história de vida de Maud: Anabel e Cyril Norton, que fizeram ofertas para a filha de quatorze anos de Cyril, fruto de seu primeiro casamento com Lily. Havia dinheiro de sua segunda esposa para fazer algo esplêndido para a filha do sr. Norton, se ela se mostrasse digna. No retorno triunfal de Maud de sua estada em Palm Beach, vovó e Lily haviam começado a expressar em detalhes a generosidade esperada dos

Norton. Haveria universidade, é claro, sem nada de restrição ou escolha entre segundas opções nem a necessidade de bolsas servis. E as roupas certas, as viagens certas e conhecer as pessoas certas.

— Guarde minhas palavras: eles provavelmente vão insistir para ela debutar lá em Palm Beach — previra vovó Roberts. — Debutar é uma coisa importante para uma moça; para arrumar sua vida.

— Ah, é mesmo, mãe? Que pena que não debutei, então. E que pena que você não debutou tampouco — foi a resposta ácida de Lily Norton.

— O que está feito está feito... para nós — declarou vovó resignadamente —, mas a criança deve ter sua chance. Guarde minhas palavras: eles vão querer que ela passe o Natal com eles.

"Se não tivermos ouvido nada até o Dia de Ação de Graças não é bom sinal", vovó dissera quando novembro chegou sem nenhuma palavra dos Norton. E Lily havia explodido e se declarado cansada de esperar pelos caprichos dos ricos. É claro que o convite chegou quase imediatamente depois, seguido de ligações de longa distância sobre datas e aviões. "Você deve sempre nos ligar a cobrar", Anabel instruiria Lily, que reprimia a raiva toda vez que fazia as ligações, depois corria para imitar o ceceio autocomplacente de Anabel para o sr. Foley. Agora, toda vez que Art Foley saía do escritório de Atlanta para renovar seu estoque de itens *gourmet*, ele deixava o braço deslizar em torno da cintura de Lily e dizia em sua voz melíflua de barítono: "*Lembre-fe*, cara Lily, deve *fempre* nos ligar a cobrar." E recebia a resposta travessa: "Não ligo para homens, sr. Foley. Você sabe onde estou se quiser me ligar."

Então no último minuto, Anabel, toda agitada, havia telefonado para Lily para perguntar se Maud poderia vir num voo mais cedo. "Os Dudley Weatherby estão dando um baile natalino na sexta-feira para o jovem Duddy, que chegou de Groton, e quando minha amiga Mimi Weatherby ficou sabendo que Maud viria, ela disse que Duddy ficaria muito entusiasmado se Maud, que ele admirava tanto desde o verão passado, fosse seu par no baile."

E assim Maud viajou de avião na quinta-feira em vez de no sábado, para satisfazer as ambições sociais de Lily e vovó e Anabel Norton. Anabel aspirava ao patronato de Mimi Weatherby; Maud lembrava dessa celebridade pela menção casual que a madrasta fez dela no verão anterior. A escalada dos alpinistas sociais em Palm Beach parecia se dar em poucos metros de cada vez. Provavelmente Mimi, cujo marido era ex-presidente da Sociedade da Velha Guarda e que fazia parte, ela mesma, do conselho de diretores da Sociedade das Quatro Artes e da Távola Redonda de Palm Beach (dois clubes dos quais Anabel desejava muito ser convidada a participar)... provavelmente a própria Mimi Weatherby estava de olho em algum pico identificado nos domínios mais altos da estratosfera social.

Maud se lembrava do "jovem Duddy" apenas como um garoto com olhos atrevidos de porco num rosto queimado de sol, sempre cercado por um grupo de outros garotos que ficavam olhando de forma grosseira para as moças. Tendo passado a maior parte da vida na companhia de mulheres, Maud ainda não havia se dado conta até o verão passado de como seu sexo era mais sutil, comparado aos rapazes da mesma idade.

A tamanha "admiração" de Duddy devia significar a aparência dela, pensou; ela nunca tivera uma conversa com ele. Parecia estranho, entretanto, que a esta altura ele não tivesse um par para seu próprio baile. Maud inferiu que ela e Duddy deviam ser peças em algum intercâmbio social entre Anabel Norton e Mimi Weatherby.

Isso se revelou verdade, embora Maud não tenha ficado satisfeita com a perspicácia de sua previsão.

Anabel encontrou Maud no aeroporto de Palm Beach na tarde de quinta-feira, e elas se dirigiram imediatamente à Worth Avenue para vestir Maud para o baile dos Weatherby.

— Vai ser na casa deles? — indagou Maud.

— Por Deus, não, querida; no Palm City Club. Haverá, *sim*, uma festa na casa deles no sábado, e você e eu iremos juntas. Seu pai não tem saído muito ultimamente.

— Ele está doente?

— Creio que os médicos estão decidindo considerar como doença. Mas a boa notícia é que ele está no caminho da recuperação se conseguir manter o tratamento. Cyril é o homem mais delicado do mundo, mas com ele é tudo ou nada. Uma escorregadela e ele... bem, sai dos trilhos. É melhor ele ficar longe das festas este ano. Desculpe por lhe dar essas notícias, Maud. No verão passado, ele queria ganhar o respeito da filha e ficou sem tomar uma gota na sua estada inteira. Mas, assim que você saiu, ele se recompensou com um pouco de martíni, e foi o início da derrocada.

Surpresa, Maud olhava fixamente pela janela do Cadillac as palmeiras que ladeavam a estrada. A folhagem tropical parecia um deboche aos natais que ela sempre conheceu. No verão passado, ela não sabia que o pai corria risco de sair dos trilhos. Presumia que seu hábito mais autodestrutivo fosse beliscar na cozinha enquanto a cozinheira preparava a próxima refeição. Mas agora Anabel estava praticamente dizendo que o estresse da última visita de Maud fizera que ele ultrapassasse os limites no minuto que ela foi embora. Será que Lily sabia da existência do problema com os trilhos ou era uma coisa mais recente?

— Talvez eu não devesse ter vindo — disse ela.

— Bobagem! Cyril tem tanto orgulho de você. Nós dois aguardamos ansiosamente sua visita. — Maud desejava que Lily e o sr. Foley não tivessem feito do problema de fala de Anabel uma brincadeira, porque as afirmações tranquilizadoras de sua madrasta agora lhe vinham ridiculamente distorcidas. *Bobagem! Fyril tem tanto orgulho de vofê.* O verão inteiro Maud não havia notado a língua presa da madrasta nem que Cyril podia sair dos trilhos.

— Ora, você é a melhor coisa que aconteceu para nós... nos dá uma razão para viver — disse apressadamente Anabel, e Maud fez o que podia para ouvir as palavras sem a adulteração das sibilâncias. — Só queria alertá-la para esperar uma mudança, porque verá por si mesma. Ele perdeu muito peso e está sendo medicado.

— Ele... ainda... está fora dos trilhos?

— Ah, minha nossa, não. Como disse, ele está no caminho da recuperação, contanto que consiga manter o tratamento. Desde novembro, ele é paciente diurno em um centro de tratamento muito exclusivo e, devo acrescentar, muito caro. Foi por isso que não foi encontrá-la no aeroporto. Está fazendo seu tratamento durante o dia no centro. Eles o medicam, entende, para que não queira muito beber, mas isso o deixa com enjoos. Depois, ele vai ao psiquiatra. Além disso, está tomando pílulas contra depressão.

— Depressão — repetiu Maud. Ela não conseguia pensar em mais nada para dizer.

— É parte da síndrome. Você fica deprimido quando se reabilita. É claro, os médicos agora estão dizendo que o próprio álcool provoca depressão. Mas o alcoólico não se sente deprimido contanto que esteja bebendo, porque essa é a forma que escolheu para fugir. Enquanto continuar bebendo, ele *acha* que se sente muito bem. Só que ele precisa continuar entornando os drinques ou começa a se sentir deprimido.

Fugir de quê?, Maud desejava poder perguntar. Mais uma vez ela se questionava se o problema com os trilhos existia no tempo em que sua mãe esteve casada com o sr. Norton.

— Agora vamos mudar para um assunto mais alegre — disse Anabel, virando na Worth Avenue. — Seu vestido para o baile dos Weatherby. E você vai precisar de uma bolsinha enfeitada com contas e os sapatos certos. Que prazer fazer compras para você, porque é alta e tão jovem e bonita. E veja, uma vaga de estacionamento bem na frente da Tat Saunders. Vamos para Tat primeiro e depois veremos o que os outros lugares têm para oferecer.

— Como é o Duddy Weatherby? — perguntou Maud.

— Ah, ele está na Groton. É uma das melhores escolas preparatórias do país. E minha amiga Mimi naturalmente espera que ele vá para Princeton, como o pai, e siga Dudley no mercado de ações. Deixe-me ver o que mais... Bem, eu sei o que mais!

— Anabel balançou alegremente as chaves antes de soltá-las na bolsa. — Ele está gamado em você, minha querida.

— Mas a gente nunca teve sequer uma conversa.

— Uma pessoa com os seus atrativos, Maud, pode dar-se ao luxo do silêncio — foi a resposta triunfante de Anabel. Maud se esforçou para ignorar a parte da *pefoa* e do *filênfio*.

Se Anabel não a tivesse informado sobre a luta para permanecer nos trilhos, Maud poderia ter atribuído as mudanças em seu pai a um regime bem-sucedido e ao fato de simplesmente se sentir mais à vontade com a filha em sua segunda visita. Cyril Norton havia perdido a barriga e as bochechas gorduchas e tinha uma aparência, bem, mais condizente com o que uma moça gostaria para seu pai. Seus movimentos eram lentos e imponentes, sua fala cuidadosa, embora lhe faltasse vigor. Estava bem menos apreensivo quanto a ela desta vez. Ele lhe perguntava sobre a escola, perguntas específicas sobre o que ela estava estudando e como eram as freiras, e outras sobre sua mãe e até mesmo sobre vovó. Enumerou, prato por prato, o delicioso jantar que vovó havia preparado para ele naquela única vez que havia estado com eles no Pine Cone Lodge. Sua noite com elas, recordou, havia coincidido com o programa de rádio favorito de vovó, e então todos os quatro se reuniram na sala de estar e ouviram *Doctor Christian* juntos. "Lembro que sua avó desligou as luzes. Ela disse que conseguia ouvir melhor no escuro. Ela ainda faz isso?"

Ele dava a impressão de se orgulhar de sua capacidade de recordar.

— É um dos bons efeitos colaterais dessas pílulas. Eu posso me sentar e pensar sobre as coisas por horas. As coisas mais impressionantes voltam. Outro dia eu lembrei como sua mãe costumava ostentar aqueles menus enfeitados com borlas e ir para o outro lado da sala de jantar, com o queixo nas alturas, quando era anfitriã no hotel de férias onde nos conhecemos. Um dos efeitos nem tão bons assim das pílulas é que — nesse momento, lançou a Anabel um olhar que era como um pedido de desculpas — não tenho vontade de fazer mais nada.

As horas de Maud com seu pai e Anabel antes do baile dos Weatherby na sexta-feira seriam as mais alegres de sua estada de Natal com eles. Tudo que levava àquele evento era cheio de esperança, e Maud sentia que, de alguma maneira, ela era seu símbolo. Eles se arrumaram e saíram para restaurantes, uma pequena família, bela e próspera. Cyril Norton bebia café descafeinado Sanka com suas refeições e, às vezes, parecia sonolento. Maud experimentou suas novas roupas sofisticadas para eles verem, e Cyril Norton pescava em sua memória ampliada pelos remédios histórias de seu casamento com Lily, quando ele estava na estrada vendendo anéis de formatura para a Balfour Company.

— Eu era o melhor vendedor deles na Costa Leste quando você era pequena. É surpreendente para mim hoje em dia como eu conseguia, sem nenhum esforço, convencer os alunos a comprar aqueles anéis. Nunca mais vou faturar aquele montão de dinheiro. — Soltou uma risada leve, surpreso. — Felizmente, Anabel tem o suficiente para nós dois e — com outro olhar rápido para a esposa — ela parece gostar de me ter por perto.

— Quando está se comportando — disse Anabel —, você é o homem mais gentil do mundo.

• • •

Duddy Weatherby, vestindo smoking, entrou na sala de estar dos Norton segurando uma caixa transparente com o braço esticado, como se ela pudesse talvez explodir. Dentro, havia uma orquídea branca com centro rosa. Na lapela, ele usava um cravo branco. Seu bronzeado do verão havia sido substituído por uma testa pálida marcada por espinhas rosadas. Ele conseguiu entregar a caixa a Maud sem lhe dirigir o olhar. Tudo ficou mais devagar. Era como se todos tivessem se servido com as pílulas de Cyril Norton. Até mesmo a exclamação de Anabel de como a orquídea combinaria perfeitamente com o vestido de Maud soou como um disco tocado numa rotação muito baixa. Quando Cyril Norton perguntou a Duddy se ele gostaria de se sentar, enquanto Anabel estava prendendo a orquídea no vestido de Maud, Duddy revirou os olhos de porco. "Acho que não", disse ele para o teto. "Estamos atrasados porque meu pai, para variar, trouxe botões e abotoaduras que não combinam." Ele revelou essa informação com uma risada de satisfação, que significava o quê? Que não era todo pai que conseguia chegar com frequência a essa desatenção quanto aos seus pertences?

A princípio, Maud achou que era o motorista de pé sob a luz da rua. Mas era o sr. Weatherby em seu smoking.

— Ele sempre usa seu chapéu do Rolls-Royce quando dirige seu Phantom 1929 — explicou Duddy. — E eu o uso quando dirijo, mas preciso ir pelas estradas menos movimentadas até conseguir minha carteira. Minha mãe foi na frente até o clube para saudar os convidados que chegaram lá muito cedo.

O pai de Duddy tirou seu chapéu de motorista para Maud e se apresentou. Ele cheirava como o pai de Tildy depois das cinco da tarde e, às vezes, até antes, e Maud se lembrou de por que era melhor que seu pai ficasse longe de festas de Natal.

Ela e Duddy foram instalados cerimoniosamente no banco de trás do Rolls-Royce, e o sr. Weatherby instruiu Maud a não se encostar na porta, porque tinham descoberto que ela poderia abrir. Duddy deu uma risadinha sinistra. Maud se perguntou por que, se isso era verdade, não a tinham feito se sentar no outro lado. Ou aquela porta costumava abrir também? Havia tantas coisas que Maud estava pensando, mas não diria nenhuma delas em voz alta. ("Uma *pefoa* com os *feus* atrativos, Maud, pode *dar-fe* ao luxo do *filênfio.*") Maud estava inclusive se sentindo nostálgica por sua madrasta antes que eles estivessem a três quarteirões da casa dos Norton. Por sorte, o sr. Weatherby havia iniciado um monólogo sobre Rolls-Royces clássicos que durou a maior parte do caminho até o clube, mas depois perguntou sobre os Norton.

— Eu esbarro em Anabel quase todos os dias, mas não tenho visto Cyril na cidade recentemente. O que seu pai tem feito?

— Ele tem ficado em casa, principalmente — respondeu Maud. Contudo, para afastar qualquer ideia de *doença*, ela acrescentou: — Ele tem refletido muito.

Isso foi recebido com um silêncio demorado o suficiente para que Maud imaginasse formas nas quais essa informação poderia ser mal-interpretada.

— Bem, bom para ele — respondeu finalmente o sr. Weatherby. — Com os diabos! — continuou ele com entusiasmo. — Como queria encontrar tempo para pensar nas coisas. Se bem que só Deus sabe o que eu ia acabar pensando.

Ao lado dela, Duddy deu outra risadinha sinistra.

A experiência de Maud no clube de campo estava limitada àquela em Mountain City. Ela nadava na piscina como convidada de Tildy e jantava com os Stratton em seus terraços ao ar livre ou no ambiente esfumaçado da churrasqueira. Escondidas nos arbustos do lado de fora das janelas do salão de dança, ela e Tildy haviam tomado lições de flerte juntas, observando Madeline encantar um parceiro após o outro num baile de Natal. O Mountain City Country Club era um prédio baixo de pedra cinza-dourado cujos cômodos se podia contar. A maioria tinha acesso direto por outros cômodos. Ele era cercado em três lados pelo campo de golfe. Por causa disso, chegava-se lá pelo quarto lado, de modo que os membros ou seus automóveis não fossem atingidos por uma bola de golfe perdida.

À primeira vista, o Palm City Club, do qual Anabel falava com tanta reverência, apresentava-se aos olhos de Maud como uma imitação pitoresca de uma missão espanhola com um campanário iluminado. Contudo, à medida que o Phantom do sr. Weatherby avançava com seus roncos entre sebes altas e palmeiras gigantes, a imagem da missão se expandia para um confuso labirinto de ampliações e fachadas.

Mesmo depois de seu malfadado passeio pelo Palm City Club, que ocorreria mais tarde à noite, Maud seria incapaz de dizer se o mar ou o lago ficavam à direita ou à esquerda do clube, ou onde os campos de tênis isolados estavam em relação ao campo de golfe, ou acima de que escada em espiral ela havia desaparecido para consertar sua própria fachada comprometida. O clube labiríntico, com sua exagerada prolixidade de estilos, serviria no futuro como a imagem mental de Maud sempre que quisesse refletir sobre o rumo traiçoeiro trilhado pelo alpinista social. Suas veredas afastadas eram muito mais fiéis à natureza da jornada que a ideia anterior que fazia: escadas simples que levavam o alpinista cada vez mais alto até a esfera seguinte de integração.

A sra. Weatherby, ladeada por vasos de pedra repletos de flores espinhosas, estava de pé no nicho com espelhos e azulejos, saudando os convidados para o baile do filho. Maud, que era míope, vislumbrou uma moça bonita e belamente vestida. Ao chegar mais perto, lamentou que o sorriso nervoso da moça tivesse arruinado o efeito inteiro, e lamentou ainda mais quando percebeu que via seu próprio reflexo. Mimi Weatherby, que ela mal conhecia, agarrou-a pelos ombros e cobriu-a de elogios. "Sei onde você esteve, jovenzinha! Tat Saunders não é o máximo?"

Ela empurrou Maud e Duddy para ficar no nicho com ela saudando os convidados. Eles eram em sua maioria da geração de Duddy, mas havia adultos espalhados que trocavam brincadeiras, aludindo a eventos que haviam ocorrido tão recentemente quanto esta tarde, alguns nesse mesmíssimo clube. Todos pareciam ter frequentado as mesmas festas esta semana. A maioria deles tinha no hálito o odor de Smoky Stratton depois das cinco da tarde. O sr. Weatherby, que havia insistido em estacionar "seu próprio bebê", desfilou pela recepção dos convidados com um aceno jovial e dirigiu-se para o bar.

Mimi Weatherby apresentou Maud aos convidados. Para alguns, ela era "Maud Norton, que veio da Carolina do Norte para ficar conosco". Para outros, ela era "Maud Norton, a filha de Cyril e Anabel Norton... ela está passando o Natal com eles". E determinadas pessoas Mimi beijava, ou esfregava nelas o nariz, e depois dizia: "Ah, e esta é amiga de Duddy, Maud Norton, em visita de sua escola na Carolina do Norte", dando a impressão de que Maud era interna nessa escola. De vez em quando, Mimi sussurrava: "Ela não é uma gracinha?"

Maud dava apertos de mão e fazia mesuras ocasionais quando alguma pessoa mais velha parecia esperar por isso. Tendo deplorado o sorriso nervoso da bela moça no espelho, ela mantinha o rosto inexpressivo. Uma senhora perguntou qual escola na Carolina do Norte e disse que conhecia alguém cuja prima havia frequentado Mount St. Gabriel's. Duddy, depois de ter trocado murmúrios com amigos e oferecido sua cota de "Sim, senhores" e "Não, senhoras" aos adultos, virou-se para Maud e disse:

— Ah, espere. — Ele procurou em seus bolsos e extraiu um cartão do tamanho da palma da mão, equipado com um pequeno lápis. — Você sabe para que serve isso, não sabe?

— Espero que eu não viva numa redoma *dessas* — respondeu Maud irritada. Um homem próximo bufou com uma risada de satisfação. Duddy corou, mas salvou sua dignidade com a risadinha que era sua marca registrada.

— E aqui está Timmie Veech — exclamou Mimi, abraçando um rapaz ruivo e gorducho que usava um smoking que mais parecia uma camisa de força. — E Troy Veech. Achei que você estivesse domando cavalos selvagens lá em Montana ou algo assim. O que lhe traz de volta à velha e plácida Palm Beach?

— Alguém precisa levar meu irmãozinho para as festas de Natal. Nossos pais estão nas Bermudas. A senhora está muito atraente esta noite, sra. Weatherby.

— Obrigada, sr. Veech. Eu tento.

— Mas, ao contrário da maioria, a senhora nunca dá a impressão de que precisa tentar. Depois das festas de fim de ano, estou voltando para ingressar no Exército.

— O Exército! Mas por quê?

— Por que não? — Troy Veech retrucou sem energia. Ele parecia cerca de dez ou quinze anos mais velho que o irmão. O cabelo, macio e de um vermelho esmaecido, caía-lhe sobre a testa de um jeito casual, e ele emanava uma elegância desdenhosa. Usava suas roupas de noite como se as tivesse pegado do cabide no último minuto e confiasse que cairiam bem, o que acabou acontecendo. Maud o reconheceu como o homem que havia rido quando ela respondeu a Duddy.

— E esta é Maud Norton, o par de Duddy nesta noite — disse Mimi. — Ela veio em visita da escola interna na Carolina do Norte.

— Muito prazer, Maud Norton. — Troy Veech levantou a mão de Maud a uns dois centímetros de seus lábios, depois os contraiu no ar que os separava. — Timmie, vejamos se a srta. Norton tem alguma dança sobrando para gente como a gente. — Maud entregou seu cartão e lápis para Timmie, e os irmãos caminharam até um lado da recepção dos convidados. — Marque esta e aquela. — Maud ouviu Troy dizer.

— Mas não sei dançar essa... é um tango — protestou Timmie.

— Fique calado, está bem? — disse Troy Veech. — E escreva seu nome nas duas.

Quando Troy estava devolvendo o cartão para Maud, Mimi Weatherby se virou, deixando a senhora com quem conversava no meio de uma frase, e agarrou a manga dele.

— Não me diga, Troy, que vai se *alistar*.

— De onde saiu essa ideia, sra. Weatherby?

— Bem, você disse que ia ingressar no Exército.

— Na Escola de Aspirantes a Oficial, então, se isso a deixa mais tranquila quanto a mim. Mas ingressar no Exército soa mais irrevogável.

— Desde quando *você* opta pelo irrevogável, Troy Veech?

— Quanto mais velho fico, mais ele me atrai, sra. Weatherby.

Maud estava confusa pela animosidade jocosa entre a mãe de Duddy e o irmão mais velho de Timmie.

A dança, aliviou-se em descobrir, seria a menor de suas preocupações. Duddy havia feito aulas de dança de salão: ele tinha os pés leves e sabia como guiar uma moça sem agarrar seu vestido ou colidir com seus pés. Maud relaxou durante sua segunda dança, um foxtrote. Que pena que Duddy não tenha simplesmente se materializado como seu parceiro de dança neste terraço cercado de palmeiras, sem os preâmbulos de tensão e risadinhas pelos quais passaram.

Agora ela se sentia segura o bastante para olhar em torno de si e aproveitar sua situação. Ela era o par oficial do anfitrião, com três outras danças agendadas por ele, que incluíam a última, e parecia tão orgulhoso quanto ela de que eles pudessem se exibir tão profissionalmente perante seus pais e amigos. Ele não tentou conversar sobre amenidades e se saiu muito melhor como o tipo calado. Nesse cenário noturno iluminado por tochas, seus defeitos não eram visíveis, e ela podia visualizá-lo como o homem que se tornaria quando fosse da idade de Troy Veech. E ela estava mais bonita do que nunca: o vestido da srta. Tat ia até sua batata da perna e lhe cingia a cintura confortavelmente, com a anágua de tafetá roçando em suas meias finas. Os pés se moviam com leveza nas sandálias de salto alto. A bolsa de noite do tamanho de um envelope ("Estava decidida por uma com contas", disse Anabel, "mas as lantejoulas brilharão nesta quando você estiver no salão de dança") vinha com seu próprio pente e espelho e, fora esses itens, nela só cabiam um batom e o cartão de dança — com todos os espaços preenchidos.

Os dois parceiros seguintes a Duddy deviam ter faltado a algumas aulas de dança. O rapaz da valsa ficava uma batida à frente dela, e o rapaz do Carolina shag parecia que tinha se esquecido da parceira. Em seguida, veio Timmie Veech, que a guiou em círculos amplos em torno do terraço, unindo com vigor as mãos suadas dos dois, enquanto, indiferente, o irmão se reclinava em uma palmeira, fumando e os observando. A mecha de cabelos ruivos de Timmie encostava de leve no ombro dela, lembrando Maud de seus exercícios de dança na casa dos Stratton, com os cachos de órfã Annie de Tildy batendo nos ombros de Maud. "Ah, Norton, que dançarina divina você é", havia sussurrado Tildy, e Maud se descobriu com doces saudades da velha amiga, sem nenhum traço do rancor que havia surgido após brigarem.

Depois Duddy estava de volta, guiando-a na dança de passo duplo até que o pai dele bateu em seu ombro e dançou com ela. A empolgação do sr. Weatherby havia aumentado desde sua permanência no bar. Ele elogiava a dignidade e a postura de Maud, desejava ser trinta anos mais moço e esperava que ela não estivesse se entediando muito com o velho Duddy. Ao que ela pôde responder com franqueza:

— Ah, não, senhor, ele é um dançarino maravilhoso.

Em seguida no cartão de dança de Maud vinha o tango, e então "pausa para lanche". Maud olhou em volta à procura de Timmie Veech, cujo nome estava escrito ao lado deste número, mas era Troy Veech quem estava gingando à frente dela, convidando-a para seus braços.

— Concede-me a honra desta dança, Maud Norton? Meu irmão disse que não sabe dançar tango.

Ele a guiou até o salão e ergueu a sobrancelha quando percebeu que ela conseguia acompanhá-lo.

— Com certeza você não aprendeu isso na redoma do seu internato.

— Nossa professora de espanhol, srta. Mendoza, costuma nos ensinar todas as danças latinas. A próxima será o fandango, com castanholas.

— E você sabe tocar castanholas?

— Não, mas ela vai nos ensinar. Ela sabe fazer um pouco de tudo, a srta. Mendoza. Ela diz que uma mulher moderna precisa saber.

— A srta. Mendoza parece ser uma das minhas. Ela é bonitinha?

— Ela é mais do tipo elegante. Chamá-la de bonitinha seria quase um insulto.

— E você?

— Como?

— Você diria que é elegante ou... já que bonitinha é um insulto... que tal bela?

Fizeram seus passos de dança, inclinando o tronco e balançando o corpo no salão com alguns outros casais. O sr. Weatherby os observava das laterais do salão, a boca fechada num sorriso sarcástico. O tango de Troy Veech era passável, mas ele não chegava perto da segurança da srta. Mendoza quando assumia o papel do cavalheiro.

— Ah, eu acho que você está no caminho, Maud Norton — disse Troy. Quando pegou a cintura de Maud e a curvou para trás, ele olhou para Mimi Weatherby e nisso quase caiu por cima de Maud. — Já chega disso — disse ele irritado. — Que tal sairmos até o campo de tênis e fumarmos um pouco? Embora eu tenha certeza de que, na superproteção do seu internato, o fumo é proibido.

— Não fumo, mas a maioria dos homens que conheço fuma — disse Maud, permitindo que ele a guiasse pelo cotovelo para descer alguns degraus, até um campo rebaixado. — Meu pai fuma. Nosso padre na escola fuma. E o sr. Foley fuma charuto.

— E quem é o sr. Foley?

— Ele é hóspede na casa de minha avó. É um vendedor de uma empresa de alimentos *gourmet.* E é amigo de minha mãe.

— Ah, entendo. Enquanto você está fora na escola. O proverbial caixeiro-viajante. — Troy Veech reclinou-se contra uma palmeira e acendeu o fósforo. A luz alongava seus traços e lhe dava uma aparência cruel. Ocorreu a Maud que ele estava, ou esteve, caçoando dela. Seria muito descortês pedir licença e voltar para o baile? Em vez disso, decidiu enfrentá-lo. — Há uma coisa que eu gostaria de esclarecer sobre minha escola, sr. Veech.

— Ah, por favor. Apenas Troy. Eu já me sinto velho e gasto o bastante.

— Bem, se você parar de me chamar de "Maud Norton", como se tudo fosse uma piada.

— Eu lhe garanto que foi a última coisa no mundo que tive a intenção de fazer... Venha, vamos caminhar, Maud. Serei seu guia num passeio curto pelo nosso eminente clube. O arquiteto que o projetou disse que estava buscando o "esplendor deteriorado", e isso resume bem todos nós.

Ele soava quase penitente. Guiou-a pelo caminho que ziguezagueava por árvores plantadas muito juntas.

— Quantos anos *você* tem, mesmo? — perguntou ela.

— O bastante para me olhar no espelho e desejar ver outra pessoa. Mil anos mais velho que você, minha querida Maud. Longe de ser uma piada, você me encanta. O que você queria "esclarecer" sobre sua escola?

— Não é meu "internato". Quero dizer, é para algumas moças, mas sou uma aluna externa. Moro com minha mãe e minha avó.

— Ah, onde se hospeda o caixeiro-viajante que fuma charuto.

Ela ignorou o deboche, voltando ao seu tom inicial.

— Não gosto de deixar falsas impressões. A sra. Weatherby estava fazendo que eu parecesse ser alguém que não sou.

— A sra. Weatherby faz isso. É o estilo dela. Se for amiga dela, você pode dizer que é uma espécie de idealismo. Se for alguém que não a suporta, você diria que ela é uma esnobe insignificante.

— Estou tentando descobrir qual dos dois no seu caso.

— Se sou idealista ou um esnobe insignificante? — Ele parecia tirar grande prazer disso.

— Não, se você é amigo dela ou alguém que não a suporta.

Troy Veech deu uma tragada longa em seu cigarro.

— Acho que transito nos dois lados. Ouça, Maud, você quer voltar e comer uns sanduíches do tamanho de uma mordida, encantar os adolescentes enquanto os pais bêbados deles não tiram os olhos de você ou gostaria de passear pela marina? Se tiver sorte, haverá um iate embarcando rumo ao grande desconhecido. É uma das poucas visões que despertam o pouco idealismo que me resta.

— Não estou com muita fome, se você acha que está tudo bem. — Ela estava francamente curiosa para vislumbrar o idealismo de Troy Veech. — Quanto tempo temos de intervalo?

— Ah, temos tempo suficiente — disse Troy Veech. — Farei o melhor que puder para que o passeio seja educativo.

Não havia nenhum iate embarcando naquela noite, mas antes que Maud reaparecesse escandalosamente no salão de dança, tendo perdido três danças do seu cartão, ela havia aprendido outras coisas, algumas casuais e outras não. A primeira casa no banco de areia improdutivo agora conhecido como Palm Beach foi construída por um fugitivo do serviço militar. Aquelas palmeiras altas que se avultavam sobre as pessoas em todos os lugares haviam chegado como cocos cubanos de um navio espanhol naufragado em 1878. Cocos foram plantados, e quando eles cresceram como palmeiras, chamaram o lugar de Palm City, Cidade das Palmeiras. Mais tarde, descobriu-se que já havia uma cidade com esse nome na Flórida, por isso eles mudaram o nome para Palm Beach, Praia das Palmeiras. Então chegou Henry Flagler com sua estrada de ferro, e ele imaginou a pequena ilha coberta de palmeiras como um luxuoso balneário de inverno. Comprou a propriedade nos dois lados do lago Worth, determinou o desenho das ruas, instalou sistemas de distribuição de água, deixou a paisagem ao seu gosto e convidou seus amigos ricos lá da Filadélfia.

— E nesse momento — disse Troy Veech a Maud com sua fala arrastada, nunca distante do deboche (há quanto tempo seus dedos estavam unidos aos dela?) —, Palm Beach teve seu começo oportunista e se tornou o espaço em que nos achamos presos agora.

Os primeiros grandes hotéis de Flagler hospedavam apenas convidados; e para isso era preciso ser gentio. Automóveis não eram bem-vindos. Flagler permitia somente cadeiras de vime acolchoadas puxadas por bicicletas, com negros nos pedais, para transportar os hóspedes entre os hotéis e os trens. Ele as chamava de "afromóveis".

A maioria dos clubes, incluindo o Palm City Club, ainda excluía judeus, e o pai de Anabel Norton, um milionário de loja de departamentos de Jacksonville, era judeu. Todo mundo sabia disso quando os Norton se mudaram para Palm Beach, mas Mimi Weatherby se encantou pelo sr. Norton e escolheu manter as esperanças de Anabel, desde que ela a bajulasse e também apoiasse, com generosidade, suas instituições beneficentes.

Duddy Weatherby era epilético, já havia tido ataques em público, e as moças e suas mães começaram a eliminar potenciais desastres cedo por aqui.

— Deixe que eu satisfaça uma curta fantasia antes de levá-la de volta — disse Troy Veech, enquanto estavam comprimidos um contra o outro à sombra da marina. — Um desses iates é meu. Eu a ajudo a embarcar, do jeito que você está. Sempre podemos ancorar em algum lugar mais tarde e comprar roupas casuais. Temos um capitão, porque eu não quero me preocupar com a parte de velejar. E como isso é uma fantasia, por que não uma tripulação também? O capitão dá as ordens, a tripulação lança a âncora, e eu e você andamos até a proa. É dada a partida nos motores e estamos a caminho. Não olhamos para as luzes nem para as pessoas que se afastam atrás de nós. Você vem comigo, como sou, Maud, para o grande desconhecido? Se disser que sim, você me faria um novo homem. Por favor, diga que sim. Lembrando-se, é claro, que isso é apenas uma fantasia.

Troy Veech estava dizendo:

— Não acredito que nunca beijou antes. Não, não consigo acreditar. Seus beijos são tão revigorantes quanto você. Mas, nossa, que coisinha intensa você é. Percebe o que está fazendo comigo, não percebe? Melhor dar uma olhada nisso. Algum cafajeste vai acionar seu botão da paixão e você vai acabar passando dos limites.

Troy Veech dizia:

— Estou muito disposto a tirar você dessa cidadela de pretensões e levá-la como se fosse minha. Não, não estou falando em fantasias agora. Não tenho um iate, mas tenho um carro muito bom. Você viria?

— Eu não poderia... — A voz de Maud saiu estranha e dissonante. Ela não tinha ideia de que podia se sentir assim e estava verdadeiramente confusa, sem saber se esses sentimentos eram pecaminosos ou sublimes.

— Por que não? — Os lábios dele se moviam contra a orelha dela, desencadeando mais sensações. O deboche havia ido embora. — Percebe o que estou falando, Maud? Estou lhe oferecendo meu coração. Você me faz pensar que ainda tenho um. Casaria com você num minuto. Parece loucura, mas essa loucura poderia ser o começo de nós dois. Você poderia ser a esposa de um soldado. Eu a mandaria para a escola e a faculdade.

— Eu tenho *quatorze anos* — lastimou Maud contra o peito desse homem perturbador. Sentiu o próprio poder onde as cinturas se encontravam, mas não estava muito tentada. Ela sabia que as palavras dele vinham de um lugar de profundo conflito. De qualquer forma, pensava nas pessoas em sua vida. Quem sentiria falta dela? Quem a invejaria? Quem se sentiria traído? Quem diria que ela era uma boba maluca? Conseguia ler os pensamentos de todos e ouvir cada voz os expressando. Com uma dor súbita e aguda, ela percebeu que seria vovó quem mais sentiria sua falta, a avó que desligava as luzes para viver em seus programas de rádio e que enfurecia Lily com seus lembretes impassíveis de que "O que está feito está feito para nós, mas a criança deve ter sua chance".

— Preciso voltar agora — disse Maud, desvencilhando-se dele. — Principalmente depois do que me disse sobre Duddy.

— Ah, derrotado pelo epilético Duddy. Bem, vamos dar uma olhada em você. Não pode voltar parecendo uma donzela desonrada. — O deboche havia voltado, mas também um toque de alívio. — Vou lhe mostrar onde fica o vestiário das mulheres que jogam golfe. Não vai haver uma atendente de serviço para ficar olhando enquanto você se ajeita. Vá por essa arcada, depois direto pelo claustro até a outra arcada, e suba as escadas em espiral.

Outra dança se foi porque Maud se perdeu depois de "se ajeitar" no banheiro das mulheres que jogam golfe. Suas bochechas estavam esfoladas; e os lábios, inchados. Os olhos tinham um brilho febril. O vestido não havia sofrido, mas a orquídea de Duddy havia sido amassada. Ela a deixou em uma lixeira de vime e a cobriu com toalhas de papel.

Os dançarinos estavam no meio do Virginia reel quando ela entrou. Tirou seu cartão de dança para ver quem havia decepcionado. Alguém chamado Jabbo Trowbridge. De repente, a sra. Weatherby estava ao seu lado, consultando o cartão com ela.

— Jabbo tem uma parceira. Eu a substituí, Maud. Agora você está de volta e por sua conta. A última dança é com Duddy, e conto com você para não perdê-la.

A viagem de volta para casa com Troy Veech foi bizarra. A sra. Weatherby tinha providenciado isso também. Ela e o sr. Weatherby precisaram ficar e ajustar as contas com a banda e os garçons, ela disse:

— Agora, Maud, dê lembranças a Anabel, e lhe diga que espero vê-la depois do ano-novo. Provavelmente não antes disso, diga a ela. — Maud estava prestes a dizer: "Mas viremos à sua festa amanhã," então percebeu o que estava implícito. A sra. Weatherby estava retirando o convite para a festa por causa do comportamento de Maud naquela noite. Coitada de Anabel! — Você vai se lembrar de dizer isso a ela, não vai? — reiterou Mimi, olhando severamente para Maud.

— Sim, senhora — Maud tranquilizou Mimi Weatherby —, não vou me esquecer.

Troy e seu irmão mais novo discutiam no assento da frente do Oldsmobile nem tão novo assim de Troy. ("Não tenho um iate, mas tenho um carro muito bom. Você viria?") Maud e Duddy viajavam em silêncio no banco de trás. Maud estava feliz que Duddy já havia perguntado o que acontecera à orquídea durante sua última dança.

— Ela murchou de repente — ela lhe disse e acrescentou sem vigor: — Sinto muito.

Troy Veech estacionou na frente da casa dos Norton.

— Bem, aqui estamos — disse de seu jeito debochado. Mas parecia cansado. — Foi um prazer conhecê-la, Maud Norton. Desejo-lhe todo o sucesso na vida. — Ele manteve o motor funcionando enquanto o par dela a levava até a porta.

— Obrigada por tudo, e boa noite — disse Maud. Ela ofereceu a mão, e Duddy, sem olhar para ela, apertou-a sem firmeza.

— Boa noite — disse Duddy Weatherby.

CAPÍTULO 20

Correção dos Trabalhos

Final da tarde de terça-feira, 8 de janeiro de 1952
Oitava da Epifania
Sala de Madre Malloy
Mount St. Gabriel's

MADRE MALLOY REZOU ANTES DE COMEÇAR A CORREÇÃO dos trabalhos.

Vossos pais Vos encontraram no templo, sentado no meio dos doutores, ouvindo-os e interrogando-os. Tínheis doze anos de idade. Ajudai-me a estar atenta às perguntas de meus alunos e às necessidades por trás dessas perguntas, e concedei-me discernimento e energia para guiá-los em direção à sabedoria e ao entendimento. Peço isso em Vosso nome. Amém.

Ela corrigia os trabalhos em ordem alfabética. Era seu sistema.

O trabalho autocomplacente e que carecia de pesquisa adequada de Elaine Frew, "O artista como estrangeiro", precisava de alguns ajustes após a competente apresentação de Lora Jean Cramer dos dois casamentos de David e de sua conclusão de que "às vezes na vida é preciso cometer um erro grave para encontrar o amor verdadeiro". Madre Malloy percorreu a escrita floreada, riscando todos os substantivos em maiúsculas de Elaine. Depois largou o lápis e ficou de pé ao lado da janela. Eram quatro e meia da tarde. Os últimos raios solares tingiam de carmim a parede a oeste da garagem e pincelavam o topo das cruzes no cemitério das freiras abaixo. Como se descobriu fazendo cada vez mais ultimamente, Madre Malloy fantasiou um *alter ego* que partia num passeio. Esse segundo eu, dotado de mais energia, punha seu véu e se encaminhava para fora em direção à luz decrescente. Ela inspirou o ar da montanha e se sentiu melhor por ter saído. O cascalho estalou sob seus passos rápidos até que enveredou pelo caminho da floresta que levava ao cemitério. Lembrou a oferta de Madre Ravenel, naquele primeiro dia, de lhe dar aulas de tênis, para que pudessem jogar juntas. Um eu alternativo derivava daquele no caminho da floresta, e Madre Malloy sorria com a visão improvável dela mesma jogando tênis, faixa e vestes esvoaçantes, correndo pela quadra para devolver os voleios da diretora.

No cemitério, ela andava pelas fileiras, pausando para ler os nomes e as datas nas cruzes de mármore, todas esculpidas com o mesmo formato, incluindo a cruz da inglesa que fundou a Ordem de Santa Escolástica.

Elizabeth Mary Wallingford
O.S.E.
1863-1930
Professou em 10 de fevereiro de 1893

Um dia, sob uma cruz assim, era ela quem estaria deitada, ou aqui ou em Boston, e a alegrava que em sua morte as datas não seriam menos completas que a de suas irmãs. Porque Kate Malloy não sabia nem o dia nem o mês de seu nascimento. Em alguma data no final do outono de 1926, pensava-se. No orfanato, eles celebravam seu aniversário em 2 de outubro, a Festa dos Santos Anjos da Guarda. Mas, na vida que escolhera, a data em que professou era a única que interessava: 28 de agosto de 1948, a Festa de Santo Agostinho.

De volta à sua escrivaninha da caminhada de faz de conta, ela tornou a se aplicar à correção dos trabalhos.

Parou ao lado da capela para acalmar seu estômago antes de enfrentar mais um jantar de Mount St. Gabriel's. Quem dera fosse possível retirar sustância calórica dos cheiros de cera de abelhas e incenso, aguçados por um sopro de ar frio que vinha da pequena janela sob a padieira da porta, deixada entreaberta pelo Padre na sacristia de modo que ele pudesse fumar.

Quando estivestes entre nós como homem, havia coisas que detestásseis comer? Em todas aquelas refeições em casas alheias, com certeza houve pratos postos a Vossa frente que Vos deram ânsias de vômito. Gostaria de saber quais foram eles. Daí quando eu pegasse meu garfo para enfrentar minha porção de macarrão grudento borbulhante com bacon e queijo Velveeta, eu poderia dizer: "Este prato é equivalente ao que revirou o estômago de Nosso Senhor, preparado por alguma Marta amorosa, e Ele o engoliu." Mas quando imagino Vosso alimento, vejo palmitos, nozes, pão ázimo, frutas, peixe fresco — em Boston, tínhamos muito peixe fresco — acompanhados de água de um poço, talvez uma porção de vinho. Todas essas coisas eu acolheria de bom grado em nossa mesa em Mount St. Gabriel's.

Quatro alunas internas e duas freiras sentaram-se em cada uma das mesas redondas na sala de jantar. A distribuição dos assentos era trocada a cada quinze dias, começando com a refeição da noite de domingo. Nessas primeiras duas semanas do novo semestre, Madre Malloy e Madre Arbuckle, a enfermeira, estavam dividindo a mesa com Marta Andreu, Gilda Gomez, Elaine Frew e uma nova interna da segunda série do colegial, Jiggsie (Juliana) Judd. O pré-aviso de Madre Ravenel foi que "havia muito trabalho a ser feito" com Jiggsie. O pai dela, um golfista profissional, vivia de um lado para outro entre a Flórida e Poconos, e Jiggsie costumava frequentar duas escolas por ano letivo. Agora, os pais estavam em guerra um com outro e a avó paterna, sra. Judd, de Spartanburg, Carolina do Sul, ex-aluna formada em Mount St. Gabriel's (turma de 1913) e boa católica, havia assumido a responsabilidade pela educação de Jiggsie na esperança de evitar que a moça seguisse os passos de sua mãe "nada confiável". Tudo isso se ouviu de Madre Ravenel, que acrescentou: "Se Jiggsie conseguir aproveitar o nosso ambiente, ela será convidada a retornar para o outono. Caso contrário, não será. Foi o que eu disse à sra. Judd em nossa entrevista por telefone. Ela compreendeu perfeitamente, já que ela mesma foi nossa aluna."

Jiggsie tinha a aparência de um anjo quinhentista até que se movia ou abria a boca. Seus tremores pareciam ser manifestações de uma guerra que era travada dentro dela. Seu comportamento nas refeições poderia ser uma paródia dos maus modos à mesa. Ela agitava seu guardanapo como se estivesse arejando um pequeno tapete. Pegava um pão da cesta, apertava os olhos para ele, depois o colocava de volta na cesta. Pulava assustada como um coelho quando alguém falava com ela, piscava de forma descontrolada quando lhe perguntavam algo, depois murmurava uma resposta em sua voz miúda e tediosa, geralmente monossílabos ou uma das várias frases batidas que sempre acabavam soando grosseiras.

Mais um motivo, então, para que Madre Malloy apreciasse as tentativas de Elaine Frew, durante sua refeição da terceira noite no novo semestre, de colocar Jiggsie Judd sob suas asas. Isso foi feito, é claro, do jeito condescendente típico de Elaine, e com sua reação visivelmente entediada, mas depois de alguns "O quê?" e "Hein?" e "Ah, é?", ouviu-se Jiggsie dizer "Hum, tudo bem" e então, milagre dos milagres, "Ah, obrigada, Elaine". Foi suficiente para entristecer Madre Malloy pela nota abaixo da média que Elaine não sabia que receberia.

Embora Madre Malloy ainda estivesse lutando com uma fatia trêmula de pudim de pão com uvas-passas amontoadas, Madre Arbuckle pediu licença — duas internas doentes com gastroenterite estavam aguardando o copo de caldo que estava em sua chapa de aquecimento lá na enfermaria. Na passagem, ela deixou um pacotinho pardo no colo de Madre Malloy.

— Peguei isso para você. Veja o bilhete dentro do pacote.

— Ora, obrigada, Madre.

De volta ao escritório, Madre Malloy desembalou o embrulho. Era uma garrafa de algo chamado Geritol. O bilhete dizia:

Beba uma boa dose antes de dormir e outra no café da manhã. É para lhe dar mais energia e apetite. Muitas vitaminas essenciais e ferro. É uma novidade, mas eles estão anunciando em todo o canto. Vamos ver se ajuda!

Clara Arbuckle, Enfermeira Registrada, O.S.E.

Então seu fraco apetite havia sido observado por uma profissional. Ela percebeu que devia pegar porções ainda menores se fosse continuar a comer tudo que estivesse no prato, como as moças deviam fazer.

Algumas alunas da nona série tinham pedido permissão antes das férias para alterar ou modificar o tópico do trabalho. Isso era esperado e geralmente era bom sinal. Chloe Starnes, cuja primeira proposta era examinar a influência das mães em *David Copperfield*, havia alterado o foco para a influência de Agnes Wickfield em David. "Quero explorar como a força de uma pessoa de caráter pode guiar alguém até a maturidade, mesmo quando essa pessoa fica em segundo plano. O que me deu a ideia foi o nome de minha mãe também ser Agnes, e muito embora ela não esteja mais comigo sinto-me influenciada por ela. Sinto que ela zela por mim e me guia em minhas escolhas."

O plano inicial de Josie Galvin, a filha do médico, era comparar e contrastar a queda da pequena Emily (a fuga com seu sedutor Steerforth) com a da amiga Martha, a prostituta. Mas antes do Natal ela fez um apelo apaixonado para se concentrar apenas em Martha.

— Há muita coisa ali, Madre; Martha pode tomar sozinha minhas cinco páginas inteiras. Meu pai diz que a prostituição na Inglaterra vitoriana foi o maior vespeiro. Eles gastaram milhões de libras por ano com suas prostitutas, mas em geral elas morriam em quatro anos, mesmo que fossem jovens. Gostaria de chamar meu trabalho de "A redenção de Martha".

— Então você acha que ela se redimiu?

— Ah, sim, Madre. Quero dizer, ela não tinha pai nem mãe, por isso foi mais fácil que ela se desencaminhasse.

Madre Malloy pensou em levar alguns dos trabalhos para seu quarto. Embora o sono ameaçasse capturá-la em momentos inoportunos durante o dia escolar, ele se evadia quando ela se deitava na cama à noite. Por que não fazer mais dos trabalhos? Mas em uma recente releitura da regra da Ordem, ela viu, no capítulo 42, "Silêncio depois das Completas", que a fundadora, que deve ter lutado contra o hábito de ler à noite, advertia contra permitir que se tornasse uma "forma de conversação que interfira com a comunhão mais privada de Deus conosco logo antes de dormirmos".

E assim, depois das Completas, ela foi de mãos vazias para seu quarto, removeu o véu, dobrou-o segundo o costume com dois alfinetes dispostos na forma de uma cruz, trocou o hábito pela camisola de flanela, lavou o rosto e escovou os dentes na pequena pia, tomou seu primeiro gole exploratório do tônico de Madre Arbuckle (era ao mesmo tempo "amargo e doce", como o pequeno livro dos anjos do Apocalipse) e se ajoelhou no genuflexório para realizar seu exame de consciência. Duas vezes, durante sua revisão do dia, ela sentiu uma sonolência auspiciosa, mas assim que se deitou esticada sobre o travesseiro, estava completamente desperta novamente e vagamente apreensiva. Às vezes, ela conseguia diminuir o incômodo sentando-se e dizendo a Confissão e batendo no peito três vezes ("por minha culpa, por minha culpa, por minha máxima culpa"). No entanto, em outras vezes, como agora, ela exacerbava seu nervosismo e recorria a uma solução alternativa: fazer um segundo travesseiro do lençol extra no armário, depois deitar-se na nova elevação com seus olhos fechados e recitar Ave-marias sem contá-las até que algo emergisse, depois outra coisa e mais outra, continuamente até que caísse no sono.

O que emergiu primeiro esta noite foi a dor que continuava a sentir como adulta quando havia a mera menção a pessoas que não tinham pais. Josie Galvin, plena dos frutos da vida familiar, dava como líquido e certo que era fácil para Martha "se desencaminhar" porque ela não tinha nem pai nem mãe. E isso, por sua vez, evocava em Madre Malloy a primavera de seu nono ano, quando uma garganta infeccionada, seguida por uma piora para bronquite, manteve-a na cama durante semanas. Kate Malloy tinha de observar o sol se levantar mais cedo a cada dia e ouvir as outras crianças saindo da escola e, no final do dia, brincando do lado de fora no crepúsculo que se alongava. Ela estava infinitamente triste e era incapaz de se confortar ou explicar o motivo. Todos lhe eram atenciosos e ela era querida dos responsáveis por sua guarda e das outras crianças. A sra. O'Neill se preocupava muito com ela. O sr. O'Neill, um carpinteiro, lhe fez uma caixa de lápis com suas iniciais, K.M. O médico disse que ela era uma paciente muito boa; sua professora da quarta série a visitava e a tranquilizava dizendo que facilmente recuperaria o que perdeu porque era disciplinada e esperta.

O padre da paróquia veio vê-la e a incentivou a começar a pensar sobre seu nome de crisma. Ele lhe ensinou uma oração para São José, que lhe deu vontade de chorar, embora não soubesse explicar o porquê.

Ó abençoado José, feliz foste tu, a quem foi concedido o privilégio de ver e ouvir o Deus que muitos reis ansiavam ver e não viram, ansiavam ouvir e não ouviram, e também de carregá-Lo em teus braços para abraçá-Lo, vesti-Lo, guardá-Lo e defendê-Lo.

Ela havia escolhido José para seu nome de crisma, e o padre da paróquia apoiou sua escolha enquanto outras pessoas, incluindo os amorosos O'Neill, tinham sugerido que Josefina poderia ser mais adequado.

CAPÍTULO 21

Realinhamentos

Noite de sábado, 19 de janeiro de 1952
Domicílio dos Stratton
Mountain City, Carolina do Norte

A FAMÍLIA STRATTON, EXCETO CORNELIA, QUE HAVIA FINALMENTE encontrado tempo em sua agenda ocupada para sucumbir à gripe, tinha terminado a sopa de legumes de Flavia e estava aguardando ansiosa o próximo prato do jantar: bolo de carne, purê de batatas e os grandes feijões-de-lima amarelos armazenados desde o verão passado.

Tildy, cujos gestos tinham se tornado mais teatrais desde que fora apontada diretora de *A Freira Vermelha*, limpou os cantos da boca com o guardanapo, colocou-o com afetação sobre o colo e sorveu um gole cuidadoso de seu cálice de água.

— Estive pensando, papai, o senhor e John têm algum plano urgente para *segunda-feira*?

— Esta segunda-feira? Mas por quê, querida?

— O funeral da avó de Maud é às onze, na Primeira Igreja Metodista, e acho que preciso estar lá. Por isso, estava pensando se Madeline me deixaria na escola de manhã, depois o senhor teria o John até dez e quinze mais ou menos, e então ele poderia vir me buscar junto com as moças que queiram ir ao funeral e ao cemitério e aí nos levar de volta para a escola. Acho mesmo que devo isso a Maud.

— Coitadinha da Maud. Encontrar a velha sra. Roberts assim... O meu primeiro choque na juventude foi quando minha avozinha faleceu, embora ela tenha ficado confinada à cama por muito tempo.

— Levarei Tildy para a escola com prazer — disse Madeline. — Poderia me oferecer para dirigir meu pequeno conversível até o enterro, mas cabem mais moças no Packard, e Tildy obviamente o preferiria.

— É mais apropriado para a ocasião que John seja o motorista — afirmou Tildy. — Se papai puder dispensá-lo.

— Ah, sempre dá para usar o carro de sua mãe emprestado enquanto ela está acamada — disse o pai de Tildy. — Se eu conseguir me lembrar como se dirige um carro com câmbio automático. — Ele piscou para suas meninas, incluindo Flavia, que entrava com as bandejas.

Depois da ceia, Flavia preparou o bule de chá de Cornelia enquanto Madeline cozinhava em fogo baixo um ovo *poché* perfeito em uma pequena frigideira e deslizava o fruto de seu trabalho sobre torradas levemente amanteigadas. Ela colocou mais algumas fatias de laranja descascada na beira do prato, enrolou os talheres de prata em um guardanapo de linho e organizou tudo numa bandeja de cama.

— E então, Flavia, o que acha?

— Ela vai querer seu sal — sugeriu Flavia, com um meneio de cabeça para o saleiro esquecido. — Posso levar para ela, srta. Madeline.

— Sei que pode, Flavia, mas é que não é todo dia que tenho mamãe presa à cama.

Mergulhada nas cobertas, Cornelia Stratton tinha a aparência tranquila de um inválido que aguarda seu agrado, mas não quer aparentar ansiedade.

— Pois bem, mamãe, eu mesma escaldei este ovo para a senhora, e Flavia, que me rodeava como um gavião, me lembrou que você gostava de sal. Está se sentindo disposta para fazer uma boquinha?

Cornelia levantou-se e inspecionou a bandeja.

— Conte-me o que está acontecendo no mundo, Madeline. Se você tiver um tempinho.

— Bem — disse Madeline com alegria, puxando uma cadeira —, a senhora já sabe sobre a coitada da sra. Roberts.

— Sim, seu pai me contou que ela bateu as botas durante um dos seus programas de rádio. Maud estava no quarto com ela, mas não ficou sabendo até que as luzes foram acesas. Ele disse que Tildy foi a primeira a quem Maud contou na escola.

— Tildy está se comportando de forma muito leal. Ela pediu que papai liberasse John e o Packard na segunda-feira para levar as colegas ao funeral.

— Francamente, estou feliz que Maud e Tildy não estejam mais sob a influência uma da outra. Um gesto de lealdade em nome de uma boa amizade que se foi é uma coisa, mas posso me lembrar de quando Tildy estava sempre atrás de nós para adotar Maud. Não ia querer que ela começasse com isso de novo.

— Dê aqui, deixe-me pôr seu chá. Por que ela começaria de novo?

— Ai! Quente demais. Leve até o banheiro, querida, e coloque um pouco de água fria da torneira.

Madeline obedeceu.

— Experimente agora.

A inválida testou com cuidado.

— No ponto. Você é muito boa para mim, Madeline. Cada dia mais me faz lembrar Antonia. Não seria estranho se descobrisse que tem vocação.

— Acho que não, mamãe. Mesmo que eu pudesse ficar tão bonita quanto Madre Malloy.

— Você ficaria mais bonita: ela é branca como giz. Mas, se isso significasse que você teria de ceder à pressão daquele demônio da Ravenel, eu imitaria Medeia e mataria você primeiro.

Madeline suprimiu um tremor quando sua mãe estripou habilmente o ovo *poché*. Ela o espalhou sobre os pedaços triangulares de torrada, depois salgou tudo em excesso, inclusive as fatias de laranja.

— O que quis dizer foi que, agora que a sra. Roberts está fora do caminho, Lily Norton, se é que esse já foi o nome dela algum dia, sem dúvida vai assumir o relacionamento com aquele vendedor de comida *gourmet*.

— Você acha que eles vão tentar administrar o Pine Cone Lodge, mamãe?

— O que tem para administrar? Ninguém mais fica em pensões. Exceto caixeiros-viajantes com segundas intenções. Não, é bem capaz que Lily Norton ponha a casa à venda no dia seguinte ao enterro.

— Mas onde eles iam morar?

— Meu palpite é que vão se mudar para outro lugar para que possam começar de novo e botar banca. Eles podem até se casar. Lily terá um dote. Seu pai diz que ela pode conseguir até dez mil por aquele prédio velho. O suficiente para lhes proporcionar um começo cheio de pose num novo lugar. Segundo seu pai, a rua fica num limbo do zoneamento municipal e dá para vir a pé da cidade, o que atrairá os empreendedores.

— Ah, minha nossa — disse Madeline. — Então o que vai acontecer à coitada da Maud?

Cornelia bufou.

— Está começando a entender, hein? Ou ela vai com eles, e é arrastada de Mount St. Gabriel's, ou eles permitem que ela fique como aluna interna (Lily precisaria usar parte do dote para isso). Ao passo que se Maud ainda tivesse Tildy na palma da mão, nós seríamos assediados por Tildy para aceitá-la. O que é uma boca a mais? E mesmo que ela fique como interna em Moünt St. Gabriel's, para onde ela vai no verão? A coisa toda começaria de novo. Nadar todos os dias no clube. Maud dormindo no quarto de Tildy e aqueles modos afetados e nervosos à nossa mesa. Graças a Deus, Tildy tem a pequena Chloe agora. Uma pessoa bem mais controlável. Embora Chloe tenha seus problemas também. Ela contou a Tildy que o padrasto, que infelizmente perante a lei é seu pai, está ameaçando disputar com o coitado do Henry a guarda de Chloe. Que rolo. Fique feliz por você ter seu pai e mãe originais, pelo menos até que a morte nos separe. E, até lá, espero que vocês estejam velhas o bastante de modo que, se forem arrastadas para algum lugar, será por um marido carinhoso.

— Mas e o pai de Maud e a sua nova esposa? Talvez eles a queiram.

— Ah, eu não estou nem aí para se ela vai ou fica. Estou só dizendo que Tildy está muito melhor sem essa amizade. Veja como ela melhorou com seus próprios esforços. Um B+ no trabalho sobre Uriah Heep! É claro, nós duas a apoiamos nisso. Você lê com ela todas as noites, e eu fiz algumas sugestões para tornar Uriah mais detestável. Mas ela escreveu tudo sozinha. Só olhei no final e fiz umas correções ortográficas.

— As aulas de apoio de Madre Malloy a ajudaram muito. E sabe, mamãe, até Madre Ravenel merece *algum* crédito, por ter colocado Tildy na direção da montagem de *A Freira Vermelha*. Isso fez muito bem à autoestima de Tildy, e ela se entregou à tarefa.

— Nunca faltou autoestima a minha filha. E não se engane: tudo que aquela mulher faz tem um motivo escuso. Só queria saber o que ela tem escondido naquela manga preta dela para infligir à nossa família agora.

— Eu tenho a sensação de que a peça será um imenso sucesso. Tildy tem muitas ideias para renová-la. Ela até pediu a papai para gravar a voz de John para as falas de Deus.

Cornelia deu uma risadinha.

— Não é uma ideia mirabolante. A voz de John tem uma autoridade horripilante. Ela sempre me lembra "O Sombra sabe".

— Que tal outro bule de chá?

— Não, obrigada, querida. Toda essa fofoca me deixou um pouco cansada. Esse é o problema da gripe. Mesmo depois que o pior já passou, ainda é preciso recuperar a energia. Imagino que haja uma pilha horrível de mensagens não respondidas para mim lá no estúdio.

— Não, mamãe, estamos totalmente em dia. Sua nova secretária é muito organizada, e eu verifico com ela toda tarde se todas as chamadas foram respondidas.

— Você faz tanto por mim, Madeline. Não sei quando você tem tempo para sua vida de jovem.

— Ah, minha vida de jovem. Mamãe, quando a senhora tinha minha idade, passou por alguma fase em que queria alguma tarefa maior? Não falo de tarefas da escola, mas algo que exigisse mais da senhora?

Cornelia empurrou sua bandeja.

— Meu Deus, filha, você já não tem exigências demais sobre as suas costas?

— Mas são só coisas de família e da escola. Às vezes queria ter sido, ah, não sei, uma motorista de ambulâncias na Primeira Guerra Mundial.

— Isso faria com que tivesse cerca de cinquenta anos agora. Eu seria anos mais nova que você. Às vezes sinto que *sou mesmo* anos mais nova. Agora sinto que sou uma garotinha mimada com gripe que comeu um bom ovo *poché* com torrada e está pronta para ir dormir.

Tentando esconder sua decepção, Madeline removeu a bandeja.

— A senhora não comeu suas fatias de laranja, mamãe.

— Coma-as por mim — murmurou Cornelia, afundando-se nas roupas de cama, com os olhos já fechados.

• • •

Segunda-feira, 21 de janeiro de 1952
Primeira Igreja Metodista
Mountain City, Carolina do Norte

Tildy raramente punha os pés em igrejas protestantes, mas cada vez que era obrigada a isso agradecia à sua boa estrela por ser católica. Tudo era tão sombrio, sem cor e *controlado* nas igrejas protestantes. Não havia estátuas nem velas, nenhuma lâmpada no santuário, nem paramentos, nem latim, nem incenso, nem rituais — em outras palavras, nenhum mistério; nem teatro. Mas ela devia isso a Maud, que se sentou, com aparência pesarosa e desimportante, no banco da frente, entre Lily Norton e o caixeiro-viajante. Havia poucas pessoas ali, e a maioria delas era velha e desinteressante. Tildy tinha orgulho de seu contingente de Mount St. Gabriel's: as cinco eram jovens, tinham boa aparência e ocupavam um banco inteiro. No Packard caberiam quatro na parte de trás, com Tildy na frente com John. A presença de Chloe, é claro, eram favas contadas, e depois, como era o funeral da avó da representante da turma, Tildy havia achado apropriado convidar as outras que detinham cargos na nona série: Rebecca Meyer, vice-representante; Kay Lee Jones, secretária; e Josie Galvin, tesoureira. E lá estavam todas elas, com seus chapéus, casacos e luvas elegantes, dando à ocasião uma distinção que, de outra forma, ela não teria.

O pastor, em sua toga preta lisa, foi ao encontro do féretro na porta e quatro velhos e dois representantes da casa funerária conduziram o caixão até a nave em seu carrinho enquanto a congregação cantava "O trabalho redentor do amor está feito, a luta foi travada; a batalha, vencida...". Depois, o pastor disse algumas preces em inglês, de frente para as pessoas, e um senhor subiu as escadas até o atril e leu a Bíblia. O padre e a congregação então recitaram "O Senhor é meu Pastor", e após isso o idoso leu um trecho da Bíblia novamente e quase caiu descendo as escadas. Em seguida, o pastor, que se chamava dr. Clark, subiu ao púlpito e falou da importância da hospitalidade numa comunidade. Ele disse que fora isso que Cleona Roberts havia praticado por trinta anos, abrindo sua casa para estranhos de passagem, e leu algumas partes da Bíblia sobre pessoas diferentes que faziam o mesmo e, assim, descobriram-se acolhendo anjos sem o saber. Abraão e Sara receberam alguns anjos para jantar e, devido à hospitalidade, Sara foi recompensada com a gravidez de um filho aos noventa anos.

Tildy ficou contente que sua mãe não estivesse lá, porque os lábios de Cornelia teriam se contraído com um prazer cruel, e Tildy poderia se descontrolar. Mamãe estaria pensando *em voz alta*, de forma nada caridosa, sobre possíveis "recompensas" a Lily Norton pelas visitas daquele "anjo" *gourmet*, o sr. Foley. No entanto, Tildy não podia esperar para chegar em casa e fazer mamãe sorrir: "Quando dr. Clark estava falando sobre pessoas que acolhiam anjos, li sua mente, mamãe, embora a senhora nem estivesse lá."

Uma senhora com o queixo trêmulo cantou um solo trêmulo, "Ó pelas asas, pelas asas de uma pomba", e depois dr. Clark ficou diante do caixão e rezou uma longa prece, com muitos "Vossa serva Cleona" espalhados em toda a reza, e todos ficaram de pé e cantaram um hino final, "Amor divino, maior de todos os amores", que soava muito alegre para um funeral, durante o qual o caixão foi levado para fora de novo.

Madre Ravenel havia jogado um balde de água fria no plano original de Tildy de que John fosse conduzir as cinco alunas da nona série para o funeral e depois até o cemitério.

— Sua ideia de que as colegas de Maud deviam estar presentes no enterro foi boa, Tildy. Ela mostra sua inclinação natural para a liderança. Mas não há necessidade de que vocês moças percam outro período de aula indo ao cemitério. Estranhos não têm o que fazer num enterro. O sepultamento deve ser para amigos e familiares de luto.

— A sra. Roberts não era uma estranha para mim, Madre Ravenel. Dormi na casa de Maud centenas de vezes, desde que éramos menininhas.

— Si-im — disse a diretora de forma arrastada, olhando Tildy severamente do outro lado da grande escrivaninha. — Apesar de você e Maud não serem mais tão íntimas. Mas, se sente que *deve* ir ao enterro, Tildy, convença sua mãe a escrever um bilhete para Madre Malloy dizendo que deseja que você vá.

— Aquela mulher! — explodiu Cornelia, escrevendo o bilhete às pressas. — Sempre se metendo em nossas vidas!

Depois que as outras moças foram levadas de carro de volta para a escola, Tildy foi conduzida por John até o cemitério, ponderando sobre sua nova relação com Madre Ravenel, que ainda era uma adversária, mas de repente se tornara uma rival vantajosa.

Ravenel tinha poder: ela podia expulsar uma aluna ou convidá-la a retornar. Ou, como ela havia feito depois do primeiro boletim de Tildy, ela podia ameaçar de segunda época, com o prenúncio implícito do fracasso e da expulsão. Apesar disso, podia também, como privilégio de pessoa poderosa, conceder poder aos seus escolhidos. Como havia feito quando sugeriu a Tildy que ela talvez tivesse permissão para dirigir a montagem de 1952 de *A Freira Vermelha*. Mas por que Madre Ravenel escolhera Tildy? Mamãe suspeitava de seus motivos.

— Suzanne Ravenel se mete nos assuntos de nossa família desde o começo. No primeiro dia que chegou a Mount St. Gabriel's, ela começou a tramar para ganhar a simpatia de minha irmã, Antonia, que nunca pôde resistir a uma sofredora, ficou amiga da pequena interna solitária de Charleston, mesmo antes de o pai dela dar um fim a si mesmo no final de semana seguinte à Quinta-feira Negra. E depois se falou que seria mandada para casa porque não havia dinheiro, e ela teve uma espécie de minicolapso nervoso e foi despachada para a enfermaria, onde teve seu famoso encontro com a fundadora. Só Deus sabe que parte *disso* era verdade e que parte era conto da carochinha, porque Madre Wallingford estava sob opiáceos o tempo inteiro por causa de seu tumor cerebral. Depois da morte dela, Suzanne estava livre para fabricar o que melhor servisse a sua própria história pessoal. Em seguida, ela nunca deixou a escola; quem foi que pagou por isso ninguém sabe. A velha Madre Finney uma vez disse a Agnes Vick, sua preferida, que Madre Wallingford havia conseguido uma bolsa integral para ela antes de morrer.

A mãe de Tildy agora a observava com ansiedade em busca de qualquer evidência de que ela pudesse estar "se bandeando" para o lado de Madre Ravenel. O conhecimento disso deu a Tildy uma estimulante onda de poder: sua mãe orgulhosa e difícil de compreender examinava, cheia de temor, a filha em busca de sinais de deserção para o inimigo.

— Ela não está tentando induzi-la a pensar que tem vocação, como tentou fazer com Madeline, está?

— Minha nossa, não, mamãe, eu sou egoísta demais para ser uma boa freira. Ela diz que tenho qualidades de liderança que ainda não foram exploradas. Diz que era do mesmo jeito. Um dia, na sala de estudos das calouras, pegou o lápis e começou a escrever uma peça para a turma. Segundo ela, era como tomar o ditado de uma fonte superior.

Cornelia fez uma careta.

— Nunca entendi por que os escritores acham que têm de culpar uma "fonte superior" por seus rabiscos. Por que eles não assumem a tarefa e pronto, não se fala mais nisso? E, Tildy, você sempre gostou de mandar nos outros. Suas qualidades de liderança não floresceram simplesmente porque ela se dispôs a notá-las. De qualquer forma, espero que você consiga infundir algo novo na cansativa peça juvenil dela. Ela precisa de um sopro de vida nova. Precisa...

— Do quê, mamãe? Precisa do quê? Todas as turmas têm permissão para acrescentar seu próprio material, sabe. É parte da tradição. Conte o que está pensando!

— Ah, alguma espécie de desvio da velha linha dura tradicional. Da linha dura *dela*. Talvez alguns bastidores das cenas.

— Como o quê, mamãe? Por favor, seja específica. Veja como me ajudou a apurar a repugnância de Uriah Heep. Que *tipo* de desvio? Bastidores de *quais* cenas?

— Não seja tão insistente, Tildy. Você sabe que não suporto ser pressionada. Deixe-me ir embora e pensar sobre isso.

• • •

Segunda-feira, 21 de janeiro de 1952
O cemitério

Maud sabia que se lembraria de cada detalhe da chegada grandiosa de Tildy ao cemitério enquanto vivesse.

Lá estavam eles em volta da sepultura aberta, os restos deploráveis do funeral de vovó. Os velhos com seus chapéus e casacos surrados pareciam meio mortos na luz cruel do inverno. Sua mãe recostada muito próxima ao sr. Foley, que havia exagerado no gel do topete. O vento frio colava as vestes negras do pastor em seu corpo magro, e ele segurava o livro de orações a uma distância absurda dos olhos. Maud havia ouvido o pastor se desculpar brincando com sua mãe por ter esquecido seus óculos de leitura atrás do púlpito, enquanto seu grupinho escasso de enlutados subia com dificuldade a colina até a cova que aguardava vovó.

Em todo lugar, nessa pequena e triste cena de que fazia parte, Maud percebia elementos que prenunciavam concessões desonrosas e risco flagrante para suas melhores esperanças.

Agora parecia sinistro que ela tivesse escolhido "A depreciação dos sonhos" como título final de seu trabalho sobre *David*

Copperfield, que lhe valeu um A+ e um bilhete de altos elogios de Madre Malloy. Esse triunfo havia aplacado parte da dor do fracasso em Palm Beach e da consequência de ter que explicar a vovó e a Lily por que ela provavelmente não seria convidada para ficar com os Norton novamente, mas foi um triunfo de curta duração, porque vovó se despediu deles logo depois que o trabalho foi devolvido.

Embora seja diferente do plano inicial (e talvez excessivamente ambicioso) de identificar as dores universais em todo o romance e mostrar como elas fazem a passagem do personagem para o leitor, e assim tornam maiores e mais autênticas suas experiências, o foco mais restrito do seu trabalho tem a força da emoção sentida usada a serviço de um tema. Sim, é um fato, como você afirma, que indignidades imerecidas abundam em nosso mundo decaído, mas também é verdade, como você prossegue afirmando, que elas frequentemente evocam as melhores forças criativas da alma humana. "A depreciação dos sonhos" é um testemunho da leitura e da escrita em sua melhor forma. Este é um trabalho excelente, Maud.

Madre K. Malloy, O.S.E.

O chapéu de feltro de Tildy com uma pena preta virada para cima surgiu no horizonte justamente quando dr. Clark estava convidando os enlutados reunidos para irem jogar uma mão-cheia de terra no caixão. Depois o restante dela ficou visível, o punhado de cabelos castanho-amarelados que fizera Anabel Norton compará-la à órfã Annie, um casaco preto longo demais com gola de pele de raposa (provavelmente do guarda-roupa de Madeline) e um fichu de renda fora de moda que dava a impressão de ter sido saqueado de um velho baú; completavam o traje luvas de criança do comprimento de manoplas, meias finas escuras e escarpins. Ah, a gloriosa e dramática Tildy, se movendo elegantemente pelo gramado para ficar a seu lado! Maud, que não conseguira chorar no enterro, sentia lágrimas de boas-vindas escorrendo pelas bochechas. Ela havia presumido que Tildy havia retornado à escola com as outras moças.

A mãe de Maud foi primeiro para jogar sua mão de terra no caixão de vovó, seguida por Maud. Se não fosse por Tildy, que grudou em Maud como um guarda-costas, o sr. Foley teria se enfiado em terceiro lugar e daria a impressão de que era o protetor escolhido de Maud e sua mãe. Maud lembrou-se da sensação de que Tildy previa suas necessidades antes mesmo que ela soubesse que existiam.

— Agora, eis o que vou sugerir, Maud — disse Tildy, arrojando-se com seu antigo ar oficial assim que os enlutados começaram a se dispersar. — John está aguardando lá embaixo com o Packard. Você tem o resto do dia livre, certo? Também tenho. Mamãe escreveu um bilhete. Por que você não vem para minha casa comigo? Flavia fará um lanche para nós. Eu tenho um novo quarto: é muito melhor. Madeline trocou comigo. Poderíamos ficar juntas pelo resto do dia. Isto é, se você quiser.

— Não sei, quero dizer, eu quero, mas não sei se devo voltar com minha mãe e... eles... na limusine.

— Bem, vamos perguntar a sua mãe e ver o que ela diz.

• • •

Tarde de segunda-feira
Residência dos Stratton

— Como conseguiu que Madeline trocasse com você? — perguntou Maud, sentada com os joelhos para cima no assento da janela do novo quarto de Tildy.

— Foi ideia dela. Ela fez isso um domingo quando eu estava passando o dia na casa dos Vick. Ela e Flavia se mataram de trabalhar a tarde toda para me fazer uma surpresa. A cama era grande demais para mover, por isso aqui estou nela. — Tildy esticou com deleite os braços e as pernas em quatro direções, como os raios de uma roda. — Foi em outubro, quando todos estavam sentindo pena de mim.

— Por que estavam sentindo pena de você?

— Ah, minhas notas despencaram, e a velha Raivosa me chamou e disse que eu precisava me mexer ou ela colocaria uma mancha negra que ficaria no meu histórico para sempre. E eu estava tendo dificuldades terríveis com o velho *David Copperfield*. Depois, Madre Malloy se ofereceu para me dar aulas particulares duas vezes por semana para melhorar minhas habilidades de leitura, e Madeline trabalhava comigo à noite. Lemos juntas, como você e eu costumávamos fazer, Maud.

Você quer dizer como eu fazia a leitura, e você se deitava com os olhos fechados e ouvia com um olhar superior no rosto, e depois eu explicava o significado de tudo que havíamos lido, pensou Maud, sentindo amargura pela segurança familiar de Tildy, pelas aulas particulares duas vezes por semana com a bela Malloy, e medo e repugnância pelo que provavelmente estava acontecendo agora entre sua mãe e o sr. Foley no Pine Cone Lodge, já sem vovó. No entanto, também se sentia empolgada de estar sozinha com Tildy nesse quarto grande banhado de sol.

— Não consigo imaginar desistir de um quarto desses para ninguém — disse ela.

— Ah, mas Madeline é assim. Está sempre pensando nos outros. Mamãe diz que nossa tia Tonia era igualzinha. Este foi o quarto de tia Tonia quando era moça. E depois quando veio viver aqui com mamãe e papai, enquanto mamãe estava esperando Madeline, foi seu quarto de novo. Ainda tem pertences dela em caixas debaixo dos assentos da janela. Roupas velhas e coisas que deixou para trás quando se casou com tio Henry.

— Era dela o fichu que você usou sob o casaco hoje?

Tildy levantou o corpo para ficar sentada.

— Meu Deus, você é *impressionante*, Maud. Como *sabia*?

— Só tive essa impressão. — Maud fez que concordava. Com Tildy, nada podia ser tão mundano quanto uma simples dedução. Tinha de ser mágico, sobrenatural.

— Você sempre teve um zilhão de facetas, Maud. Deve ser sensitiva também. Chloe tem alguns poderes mediúnicos. Mas — Tildy revirou os olhos, com irritação — ela usa os *dela* principalmente para se comunicar com a mãe morta.

A mera menção de Tildy a Chloe resvalava para um terreno perigoso. A segunda revelação, porém, principalmente acompanhada com o revirar dos olhos, podia ser interpretada como uma violação da lealdade à melhor amiga atual e um convite para "debater" sobre Chloe. Se Maud quisesse permanecer isenta de censura, ela não deveria aceitar a isca.

— Com a... *mãe morta*?

Contudo, ela aceitou.

— Eu não devia mesmo discutir isso com ninguém — disse Tildy. Franzindo as sobrancelhas, ela ajeitou cuidadosamente as pernas cruzadas na cama alta e se inclinou para a frente, com uma mão em cada joelho. As duas moças haviam se desfeito das roupas do enterro e usavam jeans. Tildy encontrara uma calça no armário de Madeline que cabia no corpo mais comprido de Maud. — Mas tem sido um pouco preocupante.

— Como são esses contatos? — perguntou Maud, deixando a vergonha de lado.

— Bem, ela a desenha o tempo todo. Você sabe como ela vive desenhando. Qualquer coisa que desenhe é o original, cuspido e escarrado. Preenche uma página atrás da outra com desenhos da mãe. Agnes quando tinha nossa idade, na escola. Agnes com a aparência que tinha antes de morrer. Pegando ovos no galinheiro ou sentando-se em frente a Chloe naquela lanchonete onde elas iam fugir de Rex, o padrasto. Ela deve ter centenas desses desenhos.

— Mas desenhar alguém... isso não é exatamente contatar os mortos...

— Espere — disse Tildy de maneira sinistra. — Não terminei. Depois ela *consulta* os desenhos. Ela não faz muito isso quando estou por perto, mas faz o bastante para eu saiba que deve fazer muito mais quando está sozinha.

— O que quer dizer com "consulta"?

— Ah, ela pega o bloco e vira as folhas até um desenho ou às vezes começa uma nova Agnes, e dá para perceber que ela o contempla, como se faz com um ícone sagrado. Às vezes ela fala com ele, faz perguntas.

— Que tipo de perguntas?

— Perguntas como "É certo que façamos isso?", isto é, a princípio parece que ela está lhe perguntando, porque você é a única outra pessoa no quarto, mas não está. Está perguntando ao desenho, está perguntando a Agnes. É como se ela estivesse rezando para a Virgem ou coisa parecida. Me dá calafrios.

— É certo fazer o quê?

— Ah, qualquer coisa que esteja nos nossos planos. Ela ia fazer um retrato da turma para o quadro de avisos. Lembra? *Você* pediu que ela contribuísse com algo artístico.

— Sim, me lembro. — Maud também se lembrava do olhar de ódio que Tildy havia lhe lançado naquele dia, e da forma como ela fingira não ouvir a solicitação de Maud, e que havia agido como se fosse ideia dela que Chloe fizesse algo.

— Bem, ela estava com o retrato todo esboçado e começava a colorir os rostos e fazer as roupas. Nossa, Maud, era fantástico, era como observar cada moça ganhar vida no papel. Ela havia feito Hansje e Beatrix com seus sobretudos que combinam, e Marta Andreu se abraçando no xale roxo, mas então tive de ir para casa, e a próxima coisa que ouço de Chloe é que não vai continuar o retrato. Estava tudo cancelado. Quero dizer, àquela altura ela já devia ter terminado; ela havia feito meu casaco de castor com perfeição e Dorothy Yount limpando os olhos, mas me disse que não ia apresentá-lo a Madre Malloy para o quadro de avisos.

— Por quê?

— *Porque sim*. Ela disse que as pessoas podiam não querer que seus lados secretos fossem publicados no quadro de avisos. Foi então que lhe perguntei quem a estava influenciando. Pensei que talvez fosse o tio Henry.

— Foi ele? — Maud deseja saber como ela mesma tinha ficado no retrato de Chloe. Será que ela reconheceria seu próprio lado secreto?

— Ela disse que ninguém a havia influenciado, mas estava com aquele olhar de quando está se aliando a Agnes contra mim. E então o que ela disse era Agnes todinha: "Eu só me perguntei como me sentiria se eu fosse uma dessas outras meninas." Agnes era tão *justa*. Essa era sua maior característica, mamãe me contou. Nunca conheci Agnes, mas acho que sei como ela se sente sobre tudo, através de Chloe. Ela *assombra* Chloe.

Você está começando a soar como você mesma também, pensou Maud.

— Você acha mesmo isso?

— Se você quer saber o que eu realmente penso — Tildy franzia o sobrolho —, acho que Chloe está tentando *se tornar* Agnes.

— Mas por que ela ia querer fazer isso?

— Para deixar de ser ela mesma e ter de decidir sobre as coisas.

A próxima pergunta óbvia de Maud teria sido "*Quais* coisas?", e ela podia perceber que Tildy estava esperando que perguntasse. As velhas cadências de suas conversas com Tildy estavam de volta em atividade novamente. Ela sabia que ia obter mais reduzindo o andamento e expressando receio.

— Afinal — ponderou Maud, olhando para baixo atenta aos próprios joelhos —, a mãe dela morreu na primavera. Não faz nem um ano ainda.

Em seguida, Maud teve um pensamento terrível: teria sido melhor para mim se vovó tivesse vivido com seu coração delicado e Lily tivesse morrido. Vovó e eu poderíamos ter tocado o negócio do Pine Cone Lodge; eu poderia fazer compras e administrar as contas e terminar em Mount St. Gabriel's com a bolsa do externato que ganhei no fim da oitava série. Poderia ter notas perfeitas e conseguir uma bolsa para a faculdade. Teria escapado, mesmo sem a ajuda dos Norton. Agora não tenho certeza de que escaparei. Ouvi-os conversando. Art Foley quer se mudar para Atlanta e nos levar com ele. Será como David Copperfield perdendo terreno na fábrica de garrafas. Todas as conquistas que obtive aqui em Mountain City serão destruídas, e terei que recomeçar tudo do zero. Mas não sou um gênio como Dickens, não sou homem nem sou o personagem de um romance sob a proteção amorosa de um criador inclinado a me favorecer.

Posso nunca mais conseguir reaver meu terreno perdido.

— Maud! — exclamou Tildy. — Preciso saber o que você está pensando neste minuto!

O quanto senti falta dela? Suas ordens enérgicas, sua dramatização exasperante de si mesma, de tudo que se relaciona com sua vida. Quero fazer parte desse drama novamente? Abandonar a autonomia que construí para mim mesma na nona série e voltar a dormir na casa dos Stratton e me sentir grata pelo abrigo sob a segurança dela? Quero voltar para aqueles chiliques e crises de ciúme que costumavam me fazer odiar a mim mesma e a ela?

— Maud, você está chorando? — Em um movimento, Tildy havia pulado da cama e estava aninhada com Maud no assento da janela. — Você precisa me contar. Conheço esse olhar. Não é só a sua avó. É mais que isso.

Ela pode não saber ler porcaria nenhuma, mas com certeza sabe me ler.

— Tudo é tão horrível — disse Maud. O rosto dela parecia de borracha; ela lutou para controlar, depois se entregou. — Minha vida está indo por água abaixo — choramingou ela nos cachos de órfã Annie de Tildy. — Eles vão me mandar embora de Mountain City. Antes de morrer, vovó me contou que suspeitava que eles fossem casar, mas pretendia continuar viva para que eu pudesse morar com ela e manter minha bolsa em Mount St. Gabriel's. Mas agora eles vão vender o Pine Cone Lodge, e os Norton não podem mais vir em meu socorro... eles têm seus próprios problemas, e Anabel talvez deixe meu pai. Ele saiu dos trilhos: voltou a beber quando estive lá no Natal porque me desonrei numa dança com essa pessoa horrível chamada Troy Veech, que me beijou, pediu que eu me casasse com ele e disse que me mandaria para a escola, depois foi embora para ingressar no Exército. Arruinei as chances de Anabel de entrar na sociedade de Palm Beach, e ela está farta do meu pai e agora vou perder tudo.

— Não vai, não — declarou Tildy. Maud podia sentir a velha amiga tremer com o *frisson* dessa manifestação de novo melodrama. — Você precisa me contar tudinho que aconteceu, e então nós vamos montar um plano.

Fita cassete confessional, continuação

Alvorada, segunda-feira de manhã
10 de setembro de 2001
Festa de São Nicolau de Tolentino, confessor (1245-1305)
Aposento de Madre Ravenel
Casa de Repouso da Ordem de Santa Escolástica

Imagino que tenha se perguntado o que aconteceu comigo, Beatrix. Mas não, você não sabe que comecei esta fita pessoal para você há dez dias. Isso foi depois que Madre Frances Galyon sugeriu durante nossa caminhada noturna que eu revelasse o "ano tóxico" a alguém em quem confiasse e por quem me importasse, e isso certamente a descreve, cara Beatrix.

Não há nada como férias de uma semana no hospital para fazer uma pessoa colocar as prioridades em ordem e lhe mostrar onde ela tem hesitado. Não se preocupe, estou em perfeita saúde agora. Era uma coisa que tenho dificuldade de pronunciar na qual o intestino forma nós em si mesmo com pequenas torções, e é preciso observar a dieta com cuidado daqui para a frente, mas levou um tempo para que eles diagnosticassem e terem certeza de que não era algo pior. Passei vários dias tomando analgésicos no soro, entrando e saindo de fugas. Em certo ponto, eu tinha certeza de que já tinha morrido, e em outro, o tempo se aplainou como um tapete intrincado e vi os episódios de minha vida entrelaçados nos lugares apontados por Deus, e nem todos eles têm lugar na história da escola. O que vim a chamar de "ano tóxico", depois de tê-lo vivido, foi o efeito colateral de coisas iniciadas muito antes. Devo aceitar a responsabilidade pelo papel que desempenhei desde o início, contudo devo também aceitar que meu papel foi apenas um dos muitos outros e, ademais, que seria insultar a misericórdia de Deus continuar me flagelando como a principal culpada.

No início desta fita pessoal para você, eu disse que minha história teve seu começo nos primeiros anos da década de 1930, quando minha melhor amiga Antonia Tilden e eu decidimos que queríamos entrar na Ordem juntas. Acho que é melhor voltar a esse tempo, talvez ainda antes, para o princípio de nossa amizade.

Antonia e Cornelia Tilden. Elas eram gêmeas idênticas, mas fáceis de distinguir. A superioridade de espírito de Antonia refulgia por sua beleza como uma luz interior, enquanto os traços idênticos de Cornelia pareciam mais brutos, como se ela tivesse sido esculpida por fora. Cornelia era temida por seu olhar crítico e língua malévola. Em contraste, Antonia era reconfortante e nada ameaçadora. Nela não havia sinal da maldade ou da futilidade da maioria das moças de sua idade. Tinha uma forma de tratar a todos como igualmente dignos de sua atenção. Pois bem, essa é uma qualidade rara e admirável, acho que Nosso Senhor mesmo deve tê-la tido, mas ela sem dúvida pode exasperar alguém que espera obter uma fatia maior da atenção dessa pessoa ou ser escolhida como sua "predileta". Basta virar as páginas dos Evangelhos para ver Pedro amolar o Senhor vez após vez: "A quem amas mais, Senhor? Quem sentará a Teu lado no Paraíso?" O impulsivo Pedro, saindo do barco, até as ondas, para chegar ao Nosso Senhor primeiro; tendo de ser salvo para não se afogar.

Antonia tornou-se minha amiga; eu nunca teria me aproximado dela primeiro.

Eu era uma nova interna de Charleston. Minha mãe havia dito ao meu pai que se divorciaria se ele não me mandasse para a escola. Ela disse que nossa casa de dezoito cômodos na East Battery não era grande o suficiente para nós duas. Sempre me chamou de "criança-pelicano", dizendo que eu saí de seu corpo decidida a reduzi-la a pedaços, enquanto meus irmãos mais velhos haviam escorregado como "pequenas focas cheias de óleo". Adorava contar para as pessoas na minha frente que, "a princípio, pensei que

Suzanne fosse o começo de uma menopausa prematura". Ela me chamava de seu "sorrateiro presente-surpresa". Quando cheguei à adolescência, já havia compilado uma lista inteira de epítetos para "Suzanne". Eu era "sorrateira, santa do pau oco, soberba"; tantos dos seus adjetivos começam por "s" que cheguei a acreditar que ela havia escolhido meu nome porque ele ia proporcionar boas aliterações com esses qualificativos. Ela também gostava de me chamar de coisas iniciadas por "velha": "Velha Rota", "Velha Cotó" e "Velha Anã"; a última parecia particularmente injusta, porque minha constituição física era melhor, com torso e pernas maiores que o dos meus irmãos. Eu tinha o corpo comprido do meu pai e seus traços mais elegantes.

Mas esta não será a história da falta de amor de minha mãe por mim. Levei uma boa parte da vida para compreender que há, como sempre houve na história registrada, muitas mães que não conseguem suportar um filho. Eu era apenas um desses filhos. Isso fez parte da padronagem, um dos episódios no "tapete" que vi espalhados à minha frente durante as fugas do analgésico no hospital. Mas queria lhe oferecer um pequeno histórico de como cheguei a Mount St. Gabriel's como aluna interna. "Uma de nós precisa ir embora", minha mãe dissera, e meu pai, que provavelmente já tinha previsto isso havia algum tempo, não queria perdeu seu lar confortável. Além disso, como ele era de uma velha família católica, divórcio era a perdição para ele.

Amei Mount St. Gabriel's desde o primeiro momento que pus os olhos na escola. Ao contrário das outras novas internas, eu não tinha nem um pouco de saudades de casa. Desde o início, senti que Mount St. Gabriel's era minha casa. Eu adorava o ar rarefeito e límpido das montanhas, tão revigorante depois do calor abafado de Charleston. Adorava as freiras, as velhas e as jovens, as gentis e as rabugentas, todas elas que se comportavam mais como mães para mim do que a mulher que eu tinha deixado para trás. Estava encantada com minha adorável companheirinha de quarto, Soledad, que fez seu próprio genuflexório esculpido à mão ser enviado para ela da Cidade do México. Eu gostava de ir à missa na capela e acompanhá-la no missal diário que meu pai havia me dado, com minhas iniciais em dourado na capa. Adorava saber e seguir as estações da Igreja e as festas dos santos e mártires. Até a culinária de Mount St. Gabriel's me satisfazia, apesar de ser moda entre as internas reclamar. A escola foi fundada por uma inglesa, por isso seu cardápio normal continha carnes assadas ou tortas salgadas, legumes cozidos e compotas, com pudins de pão com manteiga ou pão de ló de sobremesa... e pavê em ocasiões especiais.

Tive a oportunidade de começar de novo e cativar o amor dos outros, e foi isso que tratei de fazer logo no meu primeiro dia na escola.

As irmãs gêmeas Tilden ficavam na fileira ao lado da minha, Antonia na frente e Cornelia logo atrás dela. Eu ficava no fim da fileira e elas estavam no começo da seguinte, por isso, para observá-las, bastava olhar para a frente. Primeiro, as estudei como uma unidade: como seria ter uma irmã gêmea? E se houvesse outra igual a mim? Minha mãe teria criado epítetos para nós duas? Elas se vestiam igual, o que fazia seus "toques" individuais se destacarem mais. Cornelia usava laços coloridos em sapatos Oxford: rosa, amarelos ou verde-claros; os de Antonia eram sempre marrons. Antonia puxava firmemente da testa o cabelo cor de mel para trás com presilhas de casco de tartaruga; Cornelia deixava os dela formando cachos na frente, e ela olhava para os outros com malícia por trás da pesada mecha ondulada.

Eu ouvia mais do que falava nessas primeiras semanas em Mount St. Gabriel's. Ouvia o que as moças mais antigas diziam sobre as outras e sobre as freiras. Escutei que a fundadora inglesa, Madre Elizabeth Wallingford, então no final de seus sessenta anos, tinha um tumor terminal crescendo no cérebro, e tudo que se podia fazer por ela agora era "deixá-la confortável" na enfermaria. Madre Fiona Finney me foi apresentada, a irlandesa que domava cavalos na juventude e havia vindo com Madre Wallingford. Ela era muito ocupada, realizava muitos trabalhos de uma vez, de sacristã a cozinheira e instrutora de equitação, mas era vista andando depressa pelos corredores ou segurando as saias e subindo rápido pelas escadas. "Lá vai ela", alguém diria. "Ela corre para a enfermaria em toda oportunidade que tem. A coitada da Finney vai ficar arrasada quando Wallingford se for!"

Fiquei sabendo que o pai das gêmeas Tilden estava na assembleia legislativa em Raleigh e que sua mãe era uma dona de casa dedicada que costurava todas as roupas das moças. Mas Cornelia ficava de "péssimo humor" ou desmaiava se tivesse que permanecer parada para provar os vestidos, por isso Antonia havia se voluntariado para fazer isso pelas duas. Cornelia, dizia-se, tinha uma língua cruel. Uma nova moça, em busca de um prelúdio de amizade, havia perguntado "que tipo de gêmeas vocês são", e Antonia estava explicando gentilmente que elas eram idênticas, não as fraternas, quando Cornelia falou sem rodeios e desconcertou a pobre moça. "Na verdade", Cornelia anunciou com um tom perverso, "éramos trigêmeas, mas uma de nós morreu."

Eu era boa em esportes, como a maioria das moças que têm irmãos mais velhos. Conseguia correr rápido, jogava bem tênis e gostava de organizar equipes esportivas. No final do ano letivo, fui escolhida uma das quatro capitães do dia de competição do ginásio, e nosso time, a Equipe Verde, ganhou o troféu. Eu havia escolhido Antonia Tilden como minha auxiliar. Cornelia Tilden, capitã da Equipe Vermelha, ficou muito irritada por eu, em vez dela, ter ficado com sua irmã como auxiliar porque tiramos no palitinho quem escolheria primeiro. Mas acho que Cornelia havia começado a se sentir incomodada por minha presença muito antes disso.

Contudo, estou me adiantando.

No começo do ano letivo, foi Antonia quem se chegou a mim — perdoe-me se me repito; posso já ter dito isso — porque nunca me aproximaria de nenhuma das gêmeas e me arriscaria a ter o destino daquela pobre moça que tentou iniciar uma amizade perguntando que tipo de gêmeas elas eram. Eu permitia que as pessoas se aproximassem de mim quando se sentiam inclinadas. Fiquei surpresa como isso deu certo. Apenas fazia meu trabalho, participava das corridas e dos jogos, era cortês e agradável com todos, e tinha uma conduta afável e acessível, mas nunca fiz força para atrair a atenção de nenhuma pessoa específica. Como acho que indiquei, Deus havia me favorecido com boa aparência. Eu não era uma beldade nem irradiava uma aura superior como as Tilden, mas era esguia e bem-feita e tinha cabelos castanhos encaracolados com matizes atraentes e dentes brancos perfeitos. Eu me movia com leveza e velocidade, mas sempre com um objetivo, e uma vez ouvi por acaso Madre Finney dizendo: "A moça Ravenel anda empertigada como um soldado." Minhas colegas de turma sabiam pouco sobre mim, fora o fato de que eu havia vindo de Charleston, que minha família morava na East Battery, meu pai era um advogado especializado em fundos e minha mãe era uma semi-inválida. Lamento que tenha sido eu quem deu início a essa última história. Parecia o mínimo que minha mãe poderia fazer por mim. Coloquei-a em um bom quarto grande com tudo de que ela precisava, as cortinas fechadas evitando o calor do dia: um bom quarto silencioso nos fundos da casa, longe da agitação do tráfego da alameda. Meus irmãos eram crescidos, o mais velho já era sócio do meu pai, o outro ainda estava estudando Direito. Eu havia sido um bebê temporão — essa parte era verdade — e ela simplesmente não tinha forças para controlar uma jovem enérgica no ápice de sua condição de mulher, quanto mais assumir a responsabilidade pela vida social dessa moça e acompanhá-la da forma adequada.

O engraçado é que depois de certo tempo, eu mesma quase cheguei a acreditar nessa versão.

Mas Antonia e eu, como começou.

Foi depois do almoço em um desses dias deslumbrantes de setembro, quando o ar da montanha era tão puro que podia deixar uma pessoa tonta. Especialmente alguém como eu que cresceu no calor úmido das planícies. Minha colega de quarto, Soledad, e eu estávamos indo para a área de recreação no intervalo. Ela estava falando sem parar em sua mistura animada de espanhol e inglês. Eu não estava prestando muita atenção ao que era dito; ela parecia não exigir isso. Sempre ficava comigo no intervalo porque eu era uma pessoa conhecida com quem ela dormia todas as noites, e papagaiava como uma charmosa ave exótica que tivesse se grudado ao meu braço. Eu me descobria rindo do puro bem-estar físico — eu floresci nessa altitude — e da alegria de ter essa pequena criatura dedicada comigo, de forma que eu parecia alguém escolhido e querido aos olhos das outras.

Antonia Tilden estava passeando devagar à nossa frente no caminho, de cabeça baixa, parecendo mergulhada em seus pensamentos. Sua irmã não estava por perto, pelo menos dessa vez. Soledad me puxava alegremente, completamente envolvida em sua conversa poliglota e minha risada, e foi então que Antonia de repente nos deu passagem. Ela nos ofereceu seu sorriso respeitoso e um tanto melancólico, o tipo de sorriso que uma pessoa mais velha pode conceder a moças mais jovens que desfrutam de seu bom humor.

Assim que chegamos à área de recreação, Soledad tomou o caminho direto para o Ocean Wave, que era a rota preferida das moças mais ousadas. Ele tinha um banco circular preso por cabos de aço a um poste alto no centro. As moças subiam, ocupando seus espaços ajoelhadas ou agachadas e seguravam a barra em frente a elas. A última moça que entrava (dessa vez foi Soledad) dava um grande empurrão para fazê-lo se mover antes de pular para dentro. Era um brinquedo perigoso para uma área de recreação escolar; hoje ele não seria tolerado, mesmo que os ocupantes usassem capacetes e tivessem trazido cartas de casa absolvendo a escola de qualquer responsabilidade. Ainda assim, não me lembro de nenhum acidente. O Ocean Wave funcionou durante décadas de moças corajosas até os anos 60, quando a área de recreação foi nivelada para dar espaço à nova escola e ao convento.

Observei Soledad se jogar com um gritinho no brinquedo de balanço. As garotas a bordo gritaram de volta, e começaram a usar os joelhos e mover o corpo para manter a coisa em movimento e ver quantas vezes elas conseguiam fazê-lo bater contra o poste. Soledad e eu tínhamos treze anos, mas o Ocean Wave nos distinguia entre criança e mulher adulta. Agora era minha vez de sorrir com benevolência para meninas de bom humor. O sorriso foi para Antonia Tilden, que havia chegado para ficar ao meu lado. Eu sabia que ela falaria primeiro e tentava adivinhar o que diria. Ela poderia ter começado de muitas formas... com alguma conversa irônica: "Você não é uma devota do Ocean Wave?" Ou uma pergunta pessoal direta: "O que você está achando de Mount St. Gabriel's?"

Eu fiquei surpresa quando ela olhou para o céu e murmurou, tanto para si quanto para mim: "Que dia bonito."

Ó Senhor, rezei, por favor, não permita que Antonia Tilden seja só uma Poliana insípida.

— Quando era pequena — continuou Antonia —, eu achava que Deus morava no vento. Mas agora acho que ele mora nas nuvens também.

— Ele sempre é mais do que se pode compreender — disse, enquanto observava uma nuvem cúmulo se desfazer do perfil severo de um velho e se transformar num grande animal em posição relaxada.

— Isso! — disse Antonia.

— Você já viu um furacão? — perguntei-lhe.

— Não, e você?

— Ah, temos deles todos os anos em Charleston. Consigo observá-los da janela do meu quarto. As árvores se partem em duas, e os telhados saem voando pelo ar. Acho que Deus habita na destruição também. Quer dizer, para Seus próprios desígnios, é claro.

— Para Seus próprios desígnios, é claro — ecoou Antonia, com um sorriso de aprovação que me tocou direto o coração.

Essa foi a troca de palavras que iniciou nossa amizade naquele setembro de 1929. Desde então, tenho observado gerações de moças começarem amizades. Com ironia, cautela, acanhamento, insistência; definindo regras e dividindo os poderes; competindo por alguma vantagem ou tentando fascinar uma à outra. Éramos apenas duas moças especulando sobre qual foi o procedimento de Deus ao Se revelar por meio de Seu mundo.

Depois que todas ficaram sabendo que éramos melhores amigas, tenho certeza de que as outras presumiram que Antonia e eu contávamos tudo sobre nós mesmas. Mas sempre mantivemos uma reserva respeitosa entre nós. Sei que me contive, porque não queria correr o risco de afastar essa pessoa superior. Na verdade, levou algum tempo para que eu reconhecesse o que todos achavam natural: que Antonia buscava minha companhia e parecia mais contente quando estava comigo. Mas por que ela não investigou mais a minha vida? Quando a Madre Superiora me chamou na sala de aula naquela segunda-feira depois da Quinta-feira Negra para dizer que meu pai havia morrido em um acidente de caça, ela disse que eu podia ir para a capela ou para meu quarto pelo resto do dia. "Há alguém que você gostaria que fosse com você?", perguntou ela. Pensei em Antonia, mas tive receio de que ela se sentisse forçada. Por isso disse à Madre Superiora algo que a levou a suspeitar que eu podia ter sido abençoada com uma vocação precoce. "O único que quero ter comigo já está sempre comigo de qualquer maneira", disse eu. "Gostaria de permissão para ir ao meu quarto, pegar meu rosário e ir rezar por meu pai na capela."

A notícia se propagou como um incêndio na escola, é claro. Tendo ocorrido logo depois da Quinta-feira Negra, que havia consumido as economias de muitas famílias de meninas, a morte de meu pai era mesmo capaz de provocar especulações: teria sido um acidente? Meu pai administrava muitos fundos importantes. O que havia sido revelado sobre o estado desses fundos quando todos queriam ser tranquilizados quanto à sua solvência? Por que minha mãe não queria que eu voltasse para o enterro? Teria sido porque o corpo não podia ser enterrado em solo sagrado? (Só como registro, Beatrix, ele foi enterrado de fato e, em seguida, houve uma missa católica; e ninguém jamais interpôs uma ação contra meu pai por má administração de fundos. Na verdade, meus irmãos, ambos já mortos, honraram cada uma de suas obrigações.)

Enquanto eu dizia meu rosário, tinha consciência de que a capela se enchia de gente. Nossa professora, Madre O'Hara, havia enviado nossa turma para rezar comigo até a hora do almoço. A pequena Soledad se jogou no banco de igreja onde eu estava e chorou copiosamente ao meu lado enquanto eu percorria, dezena por dezena, minhas contas. Como era uma segunda-feira, a meditação era sobre os mistérios cheios de alegria e suas virtudes correspondentes: a Anunciação e a humildade; a Visitação e a caridade; a Natividade e a pobreza; a Apresentação de Jesus no Templo (obediência) e Jesus entre os Doutores (piedade). Quando o sino do Ângelus tocou ao meio-dia, as freiras entraram para a missa da sexta e minhas colegas deixaram o refeitório, todas exceto Antonia, que estivera em algum lugar atrás de mim. Nesse momento, ela se transferiu para o meu banco e ajoelhou ao meu lado. Estava com seu rosário. "Em que mistério você está?", perguntou ela. Eu disse que havia chegado a Jesus entre os Doutores. "Então começarei daí com você", disse ela, "e voltarei e farei os outros mais tarde".

Essa era Antonia.

Como disse, eu me perguntava na época, no começo de nossa amizade, por que ela não investigava mais minha vida. No entanto, depois percebi que ela não precisava. A irmã gêmea teria fornecido o tipo de informação e de boataria que Antonia acharia intrusivas demais para perguntar a respeito. Comigo Antonia foi a lugares aonde Cornelia não foi ou não poderia ir, e acho que Cornelia ficava magoada por isso. Por outro lado, Cornelia buscava lugares dos quais Antonia se mantinha distante. Cornelia adorava fofoca; adorava avaliar as pessoas, salientando suas faltas e escândalos. Ela se especializou em comentários mordazes e chocantes ("Na verdade, somos trigêmeas, mas uma de nós morreu") e em resumir alguém com uma declaração perspicaz mas desagradável que ficava gravada em sua mente. Ouvi-a dizer certa vez que um rapaz exalava um odor como se tivesse "se secado com uma toalha que cheirava a mofo" e nunca consegui ver esse rapaz de novo sem pensar na toalha.

Tivemos uma professora leiga, a sra. Prince, que ensinava Aritmética no ginásio. Ela era popular com as moças porque nos trazia doce e lia para nós histórias do Tio Remo, fazendo todas as vozes, até que algumas de nós tinham ataques de riso. E então um dia Cornelia disse: "O problema com a sra. Prince é que ela quer muito que gostem dela. E isso pode ser a ruína de qualquer um." E embora tenhamos continuado a gostar da sra. Prince, comer seu doce e rir de suas interpretações do Tio Remo, agora a víamos como "alguém que queria muito que gostassem dela" e ficávamos à espreita de sinais dessa fraqueza deplorável em nós mesmas. Bem, vinte anos se passaram, e a sra. Prince ainda era popular com as moças do ginásio. Até que a filha de Cornelia, Tildy Stratton, e sua melhor amiga na sexta série, Maud Norton, organizaram as outras moças e expulsaram a pobre da mulher. Eu havia me tornado diretora do liceu quando isso aconteceu. A sra. Prince contou à Madre Superiora que ela não podia continuar lecionando em Mount St. Gabriel's. E a Madre Superiora me chamou e ouvi a história. Implorei que a sra. Prince ao menos continuasse com as aulas de economia doméstica com as moças do liceu, aulas que também eram muito populares, mas ela disse que agora se sentia enjoada toda vez que passava pelos portões da escola. O golpe de Tildy a havia solapado por completo. E foi organizado de forma muito diabólica. Lembro-me de ter pensado, depois dessa triste entrevista com a sra. Prince, se o ato cruel de Tildy havia sido "inspirado" por sua mãe. Se um pai mostra desprezo por uma professora, o filho muito provavelmente vai imitá-lo. Talvez Tildy tenha feito isso para ganhar a aprovação da mãe. Porque não deve ser nenhuma surpresa que Cornelia como mãe tratasse as filhas praticamente como tratava suas amigas da escola. Ela as mantinha em servidão com sua língua desdenhosa.

A última coisa que eu poderia ter imaginado, quando ofereci a Tildy a chance de dirigir sua turma em uma nova montagem de minha velha peça escolar, era que estaria preparando para mim mesma uma perfídia que teria mais resultados adversos que a derrubada da pobre sra. Prince.

Recordando agora, vejo como provável que a adulteração da peça por Tildy tenha sido mais uma tentativa de ganhar aprovação da mãe. Também acredito que Cornelia não apenas a incentivou como chegou a contribuir com sugestões: as roupas usadas na cena insidiosa e outros materiais de pano de fundo sobre os quais Tildy não poderia saber, por exemplo.

Perguntei-me muitas vezes por que ofereci a Tildy a oportunidade que traria tanta censura contra minha cabeça. Tildy Stratton era uma moça difícil e teimosa, nem tão amável ou encantadora quanto a irmã mais velha, Madeline, mas tinha um potencial de liderança que estava sendo desperdiçado ou — como vimos no caso da sra. Prince — estava sendo aplicado em usos impróprios. Madre Malloy, que vinha dando aulas particulares a Tildy à tarde, concordou comigo a respeito disso. Ela disse que Tildy não havia encontrado meios suficientes para dar vazão às suas qualidades de liderança. Eu era do mesmo jeito. Gostava de pensar em coisas para as outras pessoas fazerem e orientá-las enquanto faziam. Gostava de ver o avanço dos meus efeitos no mundo ao meu redor. Mas tive sorte de buscar canais saudáveis. Quando tinha a idade de Tildy, escrevi uma peça para minha turma de calouras interpretar. Eu a batizei com o nome da escultura incompleta na gruta. Queria homenagear aquela moça que morreu antes que pudesse concretizar sua vocação.

Talvez — lembro-me de pensar naqueles minutos antes das Completas — fosse hora de uma nova montagem de *A Freira Vermelha*. A última havia sido em 1947 e, embora aquelas alunas tenham trabalhado duro e sido muito fiéis ao que acreditavam ser minhas intenções e as "tradições" da peça, senti que a coisa toda podia se beneficiar de sangue novo. E pensei, talvez seja a saída para Tildy: dar-lhe uma coisa à qual possa se atirar com unhas e dentes. Vou sondá-la. Mas ela precisa perceber que estou oferecendo um presente, um privilégio, bem como uma chance de se provar.

Pode-se dizer que ofereci minha peça como estopim e joguei, eu mesma, o primeiro fósforo.

Mas estou me adiantando. Contava sobre como Antonia e eu nos tornamos amigas e algo sobre as propriedades dessa amizade. Na verdade, foi minha peça e o trabalho conjunto nela que solidificou nossa decisão de ingressar na Ordem de Santa Escolástica juntas.

Senhor, ajudai-me a continuar contando todas essas histórias e a encaixá-las em seus devidos lugares.

CAPÍTULO 22

Uma Incumbência para Agnes

Manhã de sábado, 2 de fevereiro de 1952
Centro de Mountain City

MADELINE, DEPOIS DE COMPRAR OS SUPRIMENTOS NECESSÁRIOS para o estúdio da mãe, parou na frente da papelaria para examinar a prateleira de cartões do Dia dos Namorados. Escondidas entre as ofertas meigas e seguras ("Acho você sensacional..." "Para quem eu amo...") que ali preponderavam, havia algumas alternativas mais animadas: "Você me saltou aos olhos, rapaz/ Porque é lindo e maravilhoso demais" com uma sapa olhando apaixonadamente um grande sapo. E "Onde é o incêndio? Não banque o espertinho, sujeito. Você sabe que o acendeu em meu peito", com um cachorro dirigindo um carro de bombeiro. Ousadia no amor, ao que parecia, exigia substitutos animais. Madeline caiu na risada com um gambá num smoking segurando uma garrafa de champanhe ("Para nosso ilustre conFEDErado"), mas não havia homem em sua vida com o tipo de humor que toleraria receber um cartão desses. Seu pai, talvez, mas vindo de uma filha poderia parecer desrespeitoso. Se mamãe o enviasse a papai.

ele ia gargalhar e ficaria satisfeito por ela ter pensado nele; mas mamãe, sendo quem era, não era do tipo que enviava cartões ("Não preciso de um escrevinhador da Hallmark para expressar meus sentimentos.")

— Ah, Madeline, olá.

Era Henry Vick, também carregando pacotes. Trazia o rosto sem vida e parecia vazio por dentro.

— Achei que tinha reconhecido sua risada — disse ele.

— Foi este cartão. — Ela o retirou da prateleira e o entregou a ele, observando enquanto ele estudava a imagem com um sorriso confuso, depois caía na gargalhada quando lia a mensagem dentro do cartão.

— Você estava pensando em mandá-lo para mim?

— Ah, tio Henry, eu nunca...! — Madeline sentiu seu rosto corar. Mas então ficou duplamente constrangida quando percebeu que ele fazia uma piada.

— O que o senhor estava comprando? — perguntou-lhe.

— Papel vegetal, tinta nanquim, mais bicos de pena. Você almoçou?

— Ah, eu ia só pegar uma Coca e um queijo-quente no balcão da Woolworth.

— Podemos fazer melhor que isso — disse Henry Vick.

Eles caminharam até o restaurante Park no terreno gramado. Com decoração de belas-artes e claraboias coloridas, ele havia sido projetado pelo pai de Henry, Malcolm Vick, nos anos 1920. O restaurante era o lugar preferido de Madeline desde menina, e hoje ela carregava sua bandeja com os itens favoritos de sua infância: fatias de carne branca de peru enroladas em uma colher generosa de recheio, purê de batata com molho de carne, feijões-de-lima nadando em leite e manteiga, gelatina vermelha com creme chantilly e chá gelado. Henry pediu o bife Salisbury com purê de batata e molho de carne, uma salada de abacaxi e café. Era cedo demais para o grupo do almoço de sábado, mas várias pessoas cumprimentaram Henry calorosamente enquanto ele andava na fila. Madeline se sentiu sofisticada por estar "almoçando fora" com um homem importante da cidade. Ela também teve o prazer de notar seus próprios efeitos positivos no pobre tio Henry, que já parecia uma pessoa diferente do solteirão de rosto sem vida que havia surgido por trás dela na papelaria. Ele estava quase animado. E perguntou onde ela preferiria se sentar, lá em cima ou embaixo?

— Onde o senhor quiser — respondeu, sentindo-se de repente tímida e deferente.

— Vamos ficar naquele banco, onde podemos ter um pouco de privacidade. Eu quero lhe pedir um conselho, Madeline.

— Pedir um conselho para *mim*?

Ele esvaziou as bandejas dos dois, a dela primeiro, organizando o prato e os talheres em frente a ela. Depois carregou as bandejas para um balcão próximo, para serem recolhidas por um ajudante de garçom. De costas, Henry ainda podia passar por um homem muito mais jovem. Quando se curvou para empilhar as bandejas na prateleira de baixo — deixando a prateleira de cima para as pessoas que não conseguiam se curvar com tanta facilidade? —, ela o viu como um homem desejável pelos olhos de sua tia morta. Como teria sido o sexo entre eles naquela curta lua de mel?

Aturdida, Madeline abaixou a cabeça e olhou detidamente para seu purê de batata.

— Você devia ter começado sem mim — disse Henry, sentando-se no banco em frente a ela. — Não vai querer que esse molho maravilhoso esfrie.

— Adoro o molho deles.

— Leite em pó, tabletes de caldo de carne, farinha de trigo e uma pitada de melado.

— Como sabe disso?

— A cozinheira é prima de Rosa. Rosa acha que é um substituto de segunda do molho de caldo que faz, mas a vigilância sanitária não gosta de ver coletores de óleo respingando gordura nos fornos dos restaurantes. Rosa acrescenta um pouco de xerez no nosso.

— Comida não é o *máximo*? A última coisa que eu ia querer é tomar uma daquelas cápsulas que, segundo dizem, satisfazem todas as suas necessidades nutricionais.

Henry bebericou seu café e sorriu para ela com indulgência. Ele já estava se arrependendo de convidar uma moça de dezesseis anos para o almoço?

— Como vai Chloe? — perguntou ela. Desde o enterro da sra. Roberts, Tildy dava a impressão de estar ficando íntima de Maud de novo. Tildy e suas amizades intensas e exclusivas!

— Era sobre isso que queria conversar. Você é uma pessoa perspicaz, Madeline. Sabe sobre a coisa do padrasto, não sabe?

— Rex Wright quer que Chloe volte para... qual é mesmo a cidade?

— Barlow. Legalmente, ele é o pai dela. Quer se casar novamente e deseja que eles comecem já como uma família.

Madeline pensou: as duas melhores amigas de Tildy têm madrastas — ou futuras madrastas — que querem adicioná-las como um amuleto à vida delas. Embora ela tenha entendido por Tildy que houve algum desencanto em relação à madrasta de Palm Beach. Maud teria agido muito "rápido" numa dança, ou algo assim, e atrapalhado as aspirações sociais escusas da sra. Norton.

— Como Chloe se sente a respeito disso? — perguntou ela a Henry.

— A princípio, ela não quer participar disso. Quando contei a ela sobre as cartas que iam e voltavam entre Ollie Coxe e o advogado de Rex Wright em Barlow, ela me olhou com os olhos esbugalhados, como Agnes costumava fazer quando alguém mencionava algo que desaprovava. Ela me perguntou se eu não poderia mandar o sr. Coxe escrever de volta para o outro advogado e dizer que ela estava feliz comigo. Mas agora ela de repente surgiu com a ideia de tomar o ônibus para Barlow sozinha e passar o fim de semana com eles.

— Para que ela faria isso?

— Para conhecer Brenda, a noiva. Ela é uma viúva de filhos já crescidos. Os dois filhos trabalham para Rex. Um pulveriza plantações e outro dá aulas de voo.

— Mas por que Chloe ia querer conhecer Brenda se ela está feliz com o senhor?

— Pois é, esse é o problema. — Henry, parecendo desconfortável, passou as mãos devagar pela cabeça calva. — Chloe acha que a mãe dela... que Agnes... quer isso.

Madeline se lembra da explosão recente de Tildy. ("Todos esses desenhos, desenhos, desenhos de Agnes, Agnes, Agnes!

E depois ela se *consulta* com ela como se ela fosse a Virgem Maria ou coisa assim. É bem assustador. Não tenho mais paciência para isso, com a peça para dirigir e tudo o mais.")

Na ocasião, Madeline havia presumido que Tildy estava apresentando desculpas para a família por retomar a amizade com Maud.

— Mas por que Agnes quer isso? Quais os argumentos de Chloe?

— Não tenho certeza se argumentos entram nessa história. Não gosto de dizer isso, mas minha sobrinha parece assombrada. Ela passa horas desenhando retratos da mãe. E não posso evitar ouvi-la falando em seu quarto à noite. Era o quarto de minha irmã quando moça, entende.

— Sim, Tildy me contou.

— Chloe e Tildy não são mais tão íntimas como eram, e sinto muito por isso. Tildy é uma pessoinha tão *livre de assombrações*. Mas consigo entender por que Chloe, do jeito que é no presente, poderia estragar uma amizade. Não há muito dela com que se identificar. Eu me incluo nisso. Ultimamente, tenho pensado se não teria sido melhor deixá-la no internato com as freiras, conforme planejado. Mas Chloe queria viver na casa, por isso eu desconsiderei a taxa do internato. Tenho pensado em consultar Madre Ravenel, mas ela tende a ser controladora nessas questões. E Agnes sempre teve reservas quanto a Suzanne.

— O senhor vai deixá-la ir para Barlow no fim de semana?

— Ollie Coxe diz que sou maluco se deixar. Segundo ele, a ação está mais para eles. O que os impede de ficar com ela?

A posse é nove décimos da lei, sobretudo uma vez que Wright já é mesmo o pai dela legalmente.

— Mas eles não poderiam simplesmente mantê-la como refém. Se ela tivesse seu bilhete de ônibus da volta comprado...

— Sim, eu pensei nisso. O problema é: e se ela não quisesse voltar?

— Mas por que ela ia querer ficar? Ela disse a Tildy que ele costumava bater nelas.

— Ah, ela nunca me contou isso. Eu tenho evitado interrogá-la, entende?

— Não podia mandá-la no ônibus e depois buscá-la o senhor mesmo?

— Eu me ofereci para isso, mas — ele riu com tristeza — parece que Agnes decidiu que não devo participar disso. Chloe deve ir para Barlow por sua própria vontade. É algo que ela precisa realizar para a mãe. Você percebe como isso esta ficando difícil. Não estou na cabeça de Chloe, por isso não sei o quanto disso é a fantasia ilusória de uma moça que sente desesperadamente a falta da mãe e quer fingir que elas ainda se comunicam, ou se ela ouve mesmo Agnes, ou algo que ela acredita ser Agnes, comandando-a em seu interior. Seja como for, o que eu decidi é que falarei com o Monsenhor depois que ele ouvir minha confissão esta tarde.

— O que a Igreja diz sobre... assombrações?

— Bem, há a doutrina da imortalidade da alma. E Tomás de Aquino defendia que podemos provar o fato da vida consciente da alma mesmo depois que ela se separou do corpo. Mas tenho esperança que o Monsenhor possa dar alguma luz de tipo mais prático. Um padre provavelmente tem mais experiência em jovens assombradas do que um arquiteto solteirão. Não posso nem mesmo dizer que tenho experiência em uma casa assombrada que seja.

— Ouça, tio Henry, por que não me deixa levar Chloe para Barlow? Podíamos fazer disso um dia de viagem. Sairia cedo na manhã de sábado, e a deixaria e buscaria algumas horas mais tarde. O senhor acha que *isso* seria aceitável para Agnes?

Henry estremeceu de leve, e Madeline arrependeu-se de seu atrevimento. Por que, meu Deus, por que era tão difícil estabelecer um equilíbrio entre a verve e a gentileza? Não que sua mãe tivesse sido a melhor das professoras.

Mas, quando se deu conta, eles estavam definindo a logística do plano.

— O que você ia fazer durante essas horas? — indagou Henry.

— Ah, eu podia dizer que ia visitar uma velha amiga de escola em Barlow. Não, elas podem querer saber o nome de minha amiga. Qual é cidade média mais próxima de Barlow? Não sou esperta como meu avô Tilden; ele levava o mapa do estado na cabeça, podia fechar os olhos e despejar os condados, do oeste ao leste, e em nome de quem eles haviam sido batizados.

— Meu pai costumava dizer que Archie Tilden era um dos raros legisladores que conseguia ver as coisas no todo. Mas você é muito esperta, Madeline; não vou deixar você ficar aí se depreciando. Barlow fica a cerca de dezenove quilômetros abaixo de Statesville.

— Nesse caso, a história vai ser que minha amiga mora em Statesville.

— Você precisa passar por Statesville para chegar a Barlow, então isso significaria fazer o trajeto duas vezes para essa visita à sua amiga.

— O que é uma viagem de trinta e oito quilômetros para uma amiga? — disse Madeline alegremente. — Mas, espere, por que eu iria visitá-la assim de repente? Talvez um chá de panela. Não, minhas amigas ainda são muito novas para isso. Já sei: o chá de panela de sua irmã mais velha. Sempre admirei essa irmã mais velha. E mencionei isso por acaso, e o senhor disse: "Chloe está pensando em pegar o ônibus para lá... quando você vai, Madeline?"

— E quando você *estaria* pensando em ir?

— Que tal sábado que vem? Isso daria a Chloe tempo para ligar para eles, e ia poupá-la da tarifa de ônibus e tudo o mais. É claro, ainda não sabemos se...

Cale a *boca*, ela pensou, interrompendo-se.

— Se será aceitável para Agnes — completou Henry para ela, sorrindo com tristeza.

— Ouça, tio Henry, o senhor não tem nenhuma inquietação sobre... bem, minha amiga imaginária e sua irmã mais velha, tem? Isto é, se o senhor contar a Chloe: "Madeline se ofereceu para levá-la, esperar por você e trazê-la de volta", pode parecer que estamos num conluio, como se eu fosse sua substituta, uma espécie de espiã.

— Prefiro que ela esteja sob seus cuidados do que mandá-la no ônibus. Eu posso ter exagerado em meus escrúpulos com relação a ela. Mas e você, Madeline? Se vai ficar lá o dia todo, sua família vai querer saber onde você está.

— Contarei à mamãe a verdade. Ela gosta de operações secretas. Mas não direi nada a Tildy, porque nunca se sabe com ela. Ela pode bater com a língua nos dentes para Chloe ou não.

— Isso é sensato, penso eu. Vou propor sua oferta a Chloe hoje à noite, e ela provavelmente vai querer... consultar o travesseiro. Você vai estar na missa amanhã? Pode ser que eu tenha uma resposta até lá. É claro, vai depender do clima também.

• • •

Início da manhã de sábado, 9 de fevereiro de 1952
De Mountain City a Barlow

O clima era exatamente o que Madeline havia esperado: limpo, claro, nada frio. Se estivesse frio, mamãe havia oferecido, elas poderiam trocar os carros para que Madeline pudesse viajar no Packard mais bem-protegido do clima. Cornelia havia entrado com gosto na intriga, que ela havia batizado de forma jocosa de "a incumbência de Agnes".

— Mas você não acha que um chá de panela é meio descuidado, Madeline? E se Rex Wright e sua pretendente procurarem nos jornais o casamento futuro da irmã da sua amiga?

— Bem, já teremos deixado Barlow a essa altura.

— Mas você pode precisar voltar. Não vai querer destruir sua credibilidade. Faça com que a irmã da sua amiga esteja esperando um filho... as datas são mais vagas. Faça um chá de bebê. E, é claro, você vai precisar de um presente.

— Comprar um presente não é ir um pouco longe demais, mamãe?

— Quem disse alguma coisa sobre comprar? Que tal a sua caneca de prata de criança? Você pode embalá-la bonitinho e exibi-la no banco de trás, onde todos podem colocar a cabeça para dentro e admirá-la. Depois você pode escondê-la na mala antes de voltar para pegar Chloe.

— Mas e se Tildy a vir quando eu estiver deixando a casa?

— Você acha mesmo que Tildy vai estar em qualquer lugar sem ser dormindo em sua cama grande e macia, a cama que você tão generosamente deixou para ela, às seis horas de uma manhã de sábado? Mas entendi seu argumento. Embale-a em segredo e carregue para o carro dentro de uma velha sacola de compras. Antes de chegar à casa dos Vick, estacione e a exiba no banco de trás. Mas depois de voltar você *deve* contar a Tildy que levou Chloe para Barlow. Para o caso de Chloe contar algo para Tildy. Meu Deus! Dá o que pensar, né? Todas as coisas que você precisa planejar antes de tratar de cometer um crime de verdade.

— Mamãe, como era Agnes Vick?

O diálogo ocorreu na câmara escura de Cornelia no estúdio, o melhor local, Madeline aprendera, para ótimos *tête-à-têtes* com mamãe.

— Tinha uma autoimagem muito favorável e era meio pedante. A única pessoa na escola que gostava dela sem reservas era a velha Madre Finney. Agnes era especialista em fazer você sentir que não tinha exatamente os mesmos princípios que ela. Estava sempre mencionando virtudes como "integridade" e "honra". Algumas pessoas achavam que ela possuía um senso de humor maravilhoso, mas nunca percebi isso. Todas as piadas dela tinham uma característica edificante e piegas. Sabe como é: "Isso é engraçado, vai fazer você rir, mas ainda está dentro dos limites do bom gosto católico." Sua maior vitória era que conseguia fazer pouco de Suzanne Ravenel. O tempo todo durante o colegial, quando Suzanne estava lutando pelo poder, ela teve juízo o suficiente para manter distância de Agnes. Nossa, era divertido assistir àquilo!

— Ela não quis fazer parte das oblatas da Freira Vermelha.

— Isso foi algo que Suzanne inventou para manter as vocações dela e de minha irmã quentes e borbulhantes. Tudo que Suzanne planejava, como a peça, era projetado para manter Antonia por perto. A ideia das oblatas era bem fervorosa e ingênua, mas eu guardava meus sentimentos para mim mesma. Fiz parte do grupo para observar Tonia. Se elas tivessem formado um clubinho para fazer visitas regulares ao inferno, eu teria insistido em meu direito como irmã gêmea de ir junto. Suzanne não ousava me excluir. Ao passo que Agnes Vick foi presidente da Irmandade por três anos seguidos. Se alguém já se acha a tal nos Irmãos Maristas, que promove a recepção mais luxuosa no fim do ano letivo, quando a Rainha da Escola é coroada, por que ia precisar fazer votos secretos para um bloco de mármore velho em memória de uma moça que nunca fez nada a não ser morrer? Mas Suzanne ficou muito incomodada pela recusa de Agnes. Sempre achei que foi Suzanne quem espalhou o boato de que Agnes não podia aceitar os votos de oblata porque havia ido longe demais no agarramento com Merriweather Starnes. Suzanne teve de pedir a Francine Barfoot, porque era preciso cinco de nós para começar um clube. A outra oblata foi a coleguinha de quarto mexicana de Suzanne.

— Acho que a senhora nunca divulgaria os votos secretos, né, mamãe?

— Tildy estava tentando arrancar isso de mim uma noite dessas quando fui ao quarto dela para cobri-la. Você sabe como Tildy é insistente. Mas não suporto ser pressionada assim. Disse a ela que pensaria a respeito.

— Está com vontade de contar agora?

— A verdade, querida, é que não me lembro disso exatamente. Nada foi escrito; era secreto demais. Posso lembrar da essência, é claro. Era algo típico das coisas que as moças fervorosas adoram jurar para seus grupinhos e irmandades. A premissa era que seu pior destino seria não cumprir o plano divino para você, e por isso você tinha de dedicar um juramento a buscar ser quem Deus tinha em mente, e colocar tudo o mais em segundo plano. Ah, agora estou lembrando: um dos votos era renunciar a qualquer pessoa que a tentasse a se distanciar do plano de Deus. Vou contar uma coisa, Madeline. Depois da morte de Antonia, fiquei muito mal. Quase enlouqueci tentando descobrir por que aquele acidente bizarro havia acontecido com minha irmã. Cogitei todo tipo de ideia maluca, uma delas que talvez durante a lua de mel Tonia tivesse contado a Henry sobre os votos secretos das oblatas e então ela descobrira que ele podia ser a pessoa que estava obstruindo o plano que Deus tinha para ela, e que seu dever era renunciar a Henry. E ela ficou tão confusa e perturbada sobre o que devia ou não fazer que se meteu na frente do furgão. E agora, por favor, me ajude a prender essas fotos. Nada mal para uma noiva insossa, né? É porque eu entendo de iluminação. Estou pensando seriamente em expandir minhas atividades para retratos fotográficos. O que acha? Fazer as pessoas ficarem com boa aparência sempre vale alguma grana.

• • •

O CLIMA NA MANHÃ DE SÁBADO ESTAVA TÃO AGRADÁVEL QUE Henry Vick e Chloe estavam esperando por ela na varanda da frente. Fiel ao "plano do crime" de sua mãe, Madeline havia estacionado a alguns quarteirões de casa e colocado o presente para o bebê embalado de forma completamente visível no banco traseiro.

Chloe poderia ter passado por uma menina de nove anos em vez de quatorze com sua saia plissada xadrez, blazer escolar, meias três-quartos brancas e mocassins. Ela também carregava sua sacola de livros. Madeline sabia que o armário de Chloe dispunha de trajes mais sofisticados que esse e se perguntava se o efeito *jeune fille* era deliberado.

Henry as acompanhou até o carro, carregando uma cesta coberta com um pano de prato xadrez.

— Rosa preparou para vocês duas um café para o meio da manhã. Ela não suporta a ideia de alguém chegar a algum lugar com fome. Isso poderia deixar uma má impressão dela. Onde quer que eu coloque isso, Madeline?

— Ah, no banco traseiro está bom. Próximo ao, hum, ao presente do chá de bebê.

DURANTE A DESCIDA SINUOSA ENTRE BLACK MOUNTAIN City e Old Fort, Chloe ficou pálida e calada. Até então, ela estava fazendo o melhor que podia para responder às tentativas de sociabilidade de Madeline.

— Tudo bem aí, Chloe?

— Estou me sentindo um pouco enjoada.

— É um enjoo urgente ou do tipo que pode aguardar até a gente achar um lugar para parar?

— Pode esperar. — Um sussurro desprezível.

— Então não vou obstruir esse areeiro para caminhões desgovernados. Há um lugar melhor mais à frente. Você pode esperar até lá?

— Sim — foi a resposta abafada. A moça havia posto sua mochila perto do rosto. Madeline se lembrava de sua própria luta contra o enjoo da viagem nessa estrada vertiginosa que descia duzentos e cinquenta metros em menos de trinta minutos. Logo que ficou com idade suficiente para dirigir ela mesma, isso havia passado.

Assim que Madeline parou no acostamento, Chloe se jogou para fora do carro e correu para trás de uns arbustos. Ela saiu deles com sua dignidade intacta. Obrigada, mas ela estava com seus lenços de papel, e também uma escova de dente de viagem e um pequeno tubo de creme dental Ipana.

E para baixo elas seguiram, por Marion, Morganton, Valdese e Hickory, descendo mais noventa metros até o nível do mar. Madeline contou a Chloe sobre o avô Tilden, o deputado, que conseguia fechar os olhos e recitar todos os condados do oeste ao leste e as pessoas que lhes davam nome. "Só nessa manhã, teremos passado por seis. Deixamos nosso próprio Buncombe, depois passamos por McDowell, Burke e Catawba. Em seguida vem Iredell, é quando chegamos a Statesville, e depois desceremos até Barlow, que fica em Rowan.

— Quem foram essas pessoas?

— Bem, vejamos, quando criança eu conseguia dizer de cor, porque isso divertia vovô. Coronel Buncombe, Edward B., comandou um regimento na Guerra de Independência do nosso lado, ou seja, do lado que queria ser independente da Grã-Bretanha. Charles McDowell e seus "Montanheses" massacraram as tropas leais ao rei em Kings Mountain. Elas subestimaram o que chamaram de escumalha de vira-latas, mas os Montanheses se chamavam assim porque sabiam o que era uma montanha de verdade, e para eles a Kings Mountain era só um montículo. Thomas Burke e Matthew Rowan eram governadores do rei quando ainda éramos uma colônia. Burke foi sequestrado pelos *tories*, escapou da prisão e deixou a política desonrado porque havia quebrado o juramento que fez aos *tories* de não escapar. James Iredell foi o primeiro juiz da Carolina do Norte apontado para a Corte Suprema dos Estados Unidos depois que nos tornamos um estado. Ele era a favor do direito dos estados, mas, por incrível que pareça, também era um forte defensor da abolição da escravatura. Os catawbas foram uma tribo indígena grande e importante, como os cherokees, por isso eles têm dois condados batizados com seus nomes depois que foram derrotados e expulsos do estado. Pois bem, essa foi a aula de História do Estado do dia ministrada por Madeline, em honra ao avô Archibald Tilden, um homem amoroso que acreditava em justiça e nunca falava com condescendência às crianças.

Elas pararam numa área de piquenique ao lado da pista entre Hickory e Statesville e comeram os sanduíches de salsicha de Rosa, acompanhados de chá quente adoçado da garrafa térmica. O sol estava quente para o inverno, pelo menos cinco graus mais quente na menor altitude.

— Acho que é importante manter os mortos entre nós — deixou escapar Chloe de repente. — Você não acha que é importante?

— Não sei como poderíamos evitar — respondeu Madeline. — Eles se lembram de si mesmos dentro de nós todos os dias. Nós continuamos seu trabalho. E, ah, provavelmente repetimos seus erros. De certa forma eu estava continuando o trabalho de vovô lá no carro. E tenho certeza de que você vai influenciar o mundo à sua volta de formas que homenageariam sua mãe.

— Como assim, repetindo seus erros?

— Não tenho certeza. Isso só saiu da minha boca.

— Não, você quis dizer alguma coisa — insistiu Chloe.

— Bem, seria lógico, não é? Se puxamos suas boas qualidades, algumas das partes menos desejáveis da natureza deles podem ter sido incluídas também. Sabe como é, o joio e o trigo.

— Mas como o *quê*, por exemplo? — Entrando no modo de ataque favorito de Tildy.

Muitos exemplos inapropriados para serem passados a Chloe vinham com avidez à cabeça de Madeline e nela ocupavam lugar de destaque. A velha sra. Vick, a mãe dipsomaníaca de Henry e a própria avó de Chloe, vacilando nas pegadas altivas e encharcadas de bebida do pai e do avô antes dela. A esposa do prefeito anterior, que havia deixado um casamento próspero e tivera uma filha ilegítima, da mesma forma que a mãe havia feito com ela. O pai de trinta e um anos que se matou com o fuzil de caça no aniversário do filho; o filho, um amigo íntimo de Smoky Stratton no colegial, finalmente conseguindo se matar, depois de duas tentativas frustradas em seus vinte anos, no aniversário de trinta anos com o mesmo fuzil de caça. Histórias da velha Mountain City, polidas até brilhar como uma adaga e afiadas até o ponto de perfuração, depois passadas por Cornelia para suas filhas na tenra idade.

— O mais próximo que posso chegar de um exemplo — contemporizou Madeline — é... bem, pense em alguém que você ama ou admira... não precisa ser alguém morto... e pergunte quais qualidades dessa pessoa você gostaria de assumir como suas também. E depois se pergunte que características dessa pessoa você preferiria *não* ter.

Antes que Madeline tivesse desligado a ignição na frente da casa de fazenda de Rex Wright, um homem carrancudo vestindo uma jaqueta de aviador de couro marrom estava descendo rapidamente a calçada.

— É ele — murmurou Chloe.

— Bem, lembre-se, vou voltar para buscá-la em algumas horas.

CAPÍTULO 23

Agnes Descansa

Tarde e noite de sábado, 9 de fevereiro de 1952
Residência de Rex Wright
Barlow, Carolina do Norte

CHLOE PREFERIRIA TER VINDO SOZINHA NO ÔNIBUS. ELE A teria encontrado na estação rodoviária, e tudo estaria de acordo com as condições dele. Rex gostava das coisas de acordo com suas condições. Era assim que ficava com seu melhor humor. Agnes havia aprendido isso, e Chloe aprendeu com ela.

Mas o sr. Coxe, o advogado, disse a tio Henry que isso seria entregar o ouro a Rex. Rex Wright poderia bajulá-la ou usar de outros meios para fazê-la ficar. E então a batalha legal começaria toda do outro lado. O tio em Mountain City tentaria reaver a filha da irmã que estaria em Barlow. Mas alguém que era legalmente o pai e também cidadão honesto e solvente, piloto da Segunda Guerra Mundial condecorado e viúvo prestes a se casar, novamente teria muito mais chances de obter êxito perante o juiz que um tio solteirão, disse o sr. Coxe.

E depois tio Henry descobriu que Madeline Stratton ia de carro para Piedmont e deixaria Chloe com prazer em Barlow, muito embora isso significasse sair do seu caminho. Ele disse a Chloe que ela podia ir com Madeline, visitar Rex Wright e conhecer a noiva dele, e talvez mais tarde eles poderiam planejar um fim de semana em Barlow.

Quando a questão da visita foi proposta pelo padrasto, tio Henry havia oferecido levá-la e buscá-la, mas Chloe sabia que isso não daria certo. Rex Wright odiava tio Henry; dizia que ele era o resíduo estéril e derradeiro do clã esnobe dos Vick.

Na única vez que Rex havia encontrado tio Henry, exceto pelo enterro de Agnes, as circunstâncias não podiam ter sido menos favoráveis. Foi na ocasião em que Rex havia surpreendido a todos voando de Mountain City em seu novo Beechcraft e apanhado Agnes e Chloe, mal a visita delas havia começado. No voo de volta, em um ataque de fúria, Rex ameaçara atirar o avião em uma montanha.

Por isso, Chloe havia recusado a oferta de tio Henry de conduzi-la até Barlow. "Agnes não ia gostar", dissera.

Ah, Agnes, se ao menos eles permitissem que nós fizéssemos isso à nossa maneira... Não estamos com medo. Sabemos demais.

Mas talvez fosse dar certo.

A princípio, tio Henry disse que seria um chá de panela da irmã mais velha de uma amiga, mas no final era um chá de bebê. O tipo de coisa que se podia esperar que um solteirão confundisse, tio Henry disse, rindo de si mesmo.

Chloe podia perceber que Rex não estava de bom humor. Ele avançou até elas com o comportamento de um homem que previa de quantas maneiras seria tratado com superioridade por essa moça festeira disposta a descer a montanha e voltar no mesmo dia só para ir a um maldito chá de bebê... e assentir em deixar sua filha como um favor para o restolho estéril do clã decadente dos Vick.

Mas Madeline manteve sua saudação breve e respeitosa e usou de seu charme. Antes de ir embora, ela havia arrancado de Rex Wright um sorriso relutante de admiração e uma galante reverência. Chloe o vislumbrou pelos olhos de Madeline: um herói de guerra bem-afeiçoado numa farda impecavelmente passada com uma jaqueta de aviador que levava a insígnia do esquadrão. Ela gostava mais dele por essa visão, e ele captou a aprovação da enteada. Assim, a visita teve um início propício. Quando eles se encaminharam para a casa, ele não tentou beijá-la ou abraçá-la, apenas esfregou as mãos dela brevemente entre as suas para esquentá-las.

— Estou surpreso que não sejam pequenos blocos de gelo — disse ele. — Dirigir por todo o caminho naquele veículo exposto à corrente de ar. Esperava que ela tivesse um carro melhor.

— Ah, estava quente lá dentro. E nós... nós tínhamos uma garrafa térmica de chá. — Ela deixou de fora os sanduíches quentes e as salsichas da cozinheira de tio Henry, que precisou chegar mais cedo para prepará-los.

Fique comigo, Agnes.

Eles entraram. Parte da mobília havia sido movida de lugar, entretanto as coisas que foram deixadas como antes lhe deixaram admirada pela ausência que proclamavam. Quem agora se esticaria para pegar a antologia de poemas subitamente desejada ou o volume dourado das legendas dos santos das prateleiras que

Rex havia construído e envernizado com tanto orgulho quando trouxe Agnes e Chloe pela primeira vez para a nova casa? ("Agora vocês duas têm um lugar para sua biblioteca.") Os livros pareciam intocados desde a última primavera, embora ela soubesse que eles haviam sido espanados regularmente. Rex era um dono de casa obsessivo. Ele havia ensinado Chloe a fazer a cama do modo militar, de maneira que se pudesse jogar nela uma moeda e vê-la quicar, e também a polir os sapatos e passar as blusas.

Ela se sentou na beira do sofá, com a sacola de livros entre os joelhos, aguardando o copo de água que havia aceitado porque ele queria lhe trazer algo.

— Não ouço as galinhas — disse ela.

Quando as feições de Rex começavam a ficar parecidas com massa de vidraceiro, era sinal de que ele estava a ponto de chorar. Mas ele se recompôs.

— Precisei vendê-las. Um cachorro vadio entrou pela cerca elétrica e pegou Cackles; então Bomber ficou amuado, e as outras não queriam botar mais.

— Coitado do Bomber. Ele gostava mais da Cackles.

— Sua mãe também.

— Cackles era a duquesa. Mamãe sempre dizia "Obrigada, Sua Graça", quando pegava um ovo que estava embaixo de Cackles.

— Ela se preocupava com eles como se fossem da família. Ela poderia ter feito Bomber se recuperar. Bem, temos uma agenda corrida hoje. Você não vai ficar aqui por muito tempo.

Seu humor melhorava à medida que ele marcava os itens feitos na agenda. Primeiro, passariam na cafeteria para exibi-la para seus amigos. ("Sentimos sua falta por aqui, querida.") Em seguida, iriam ao campo de aviação para encontrar Eric e Jack. ("Meus futuros filhos crescidos. Brenda fez um ótimo trabalho na criação deles.")

Depois iriam ao cemitério para ver a lápide da mãe dela, e então se encontrariam com Brenda para o almoço. ("E depois nós três voltaremos para casa. Brenda quer fazer alguma decoração nova, e ela ia gostar da sua opinião.")

Cuidado!

Ela não havia dedicado um único pensamento aos amigos de cafeteria de Rex desde que havia deixado Barlow, mas eles estavam todos em seus mesmos lugares antigos, esperando por ela como os brinquedos do poema *Little Boy Blue*. Ole do posto de gasolina, com suas unhas pretas; Jimmy, o taquígrafo judiciário almofadinha, que ria e caçoava de Ole pela condição de suas unhas; Andy, da delicatéssen; o velho Bill Castle, o juiz da vara de família; e Miranda, a garçonete, que era pelo menos sexagenária.

— Ora, vejam só quem está de volta à cidade!

— Rex ficou muito animado com sua vinda.

— Ele disse para mim: "Mas, Jimmy, ela só vai estar aqui no sábado, o que significa que você e o juiz Bill vão perder a vinda dela." Eu disse: "O que nos impede de vir aqui num sábado? Miranda vai se recusar a servir café para a gente só porque não tem expediente na vara nesse dia?"

— Como ela ficou bonita!

— Puxou a mãe.

— Gostaria de uma rosquinha com seu café, querida? Bem, claro, temos chá, se chá no saquinho servir.

— Lá nas montanhas de Shangri-la, eles têm festas sofisticadas de chá com talheres de prata toda tarde. Mas acho que ela pode aceitar um chá no saquinho entre amigos. — A voz de Rex oscilou entre o desdém e o orgulho.

— O que você está achando de sua nova escola?

— Eu gosto dela. Minha mãe estudou lá.

— As freiras são muito rígidas?

— Algumas são, mas temos uma bonita...

— Nunca vi uma freira, exceto Ingrid Bergman naquele filme.

Chloe desafivelou sua sacola de livros e retirou um bloco de desenho em espiral.

— O que você tem aí?

Ela dobrou o bloco e o estendeu na mesa. Madre Malloy de perfil de três quartos, com queixo encolhido, a larga manga se movendo, dedos longos fechados em volta de um toquinho de giz, escrevendo no quadro-negro.

— Esta é nossa professora da nona série.

— Foi você que fez isso, querida?

— Ela sabe desenhar qualquer um — gabou-se Rex. — Faz igualzinho... às vezes mais do que se pode notar a olho nu.

— Como você faz isso, querida?

— Eu só preciso querer... entender como a pessoa é genuinamente. E se eu quiser o bastante, ela sai desse jeito.

— Bela senhora! Mesmo nesse traje de freira.

— A menina tem talento — disse o juiz Castle a Rex. — Ela precisa receber o treinamento adequado.

— Imagino que eu possa providenciar isso. — Rex estava de ótimo humor agora. — Miranda, como consegue se manter tão bonita?

— Nunca deixo nada tocar minha pele a não ser sabonete Camay.

— Ponha todo mundo na minha conta.

O juiz Castle permaneceu depois que os demais haviam ido embora, e Rex saiu para o banheiro.

— Foi bom vê-la de novo, querida. Nos preocupamos com você, principalmente Rex, mas você parece bem. Tem pessoas que se preocupam com você em Mountain City, e tem mais delas aqui, em Barlow. Toda semana recebo casos lá na vara... vou lhe contar: eles me causam repugnância. Crianças que não vão para a frente porque foram tratadas por mãos perversas. Há muitos pais que não merecem os filhos que têm. Enquanto você tem um excesso de boas pessoas do seu lado. Não feche nenhuma porta precipitadamente, Chloe. Dê a todos nós uma chance de fazer o bem por meio de você.

Eric e Jack pareciam mais velhos que o futuro padrasto. Eric, quando se ergueu da antiga escrivaninha de Rex, revelou uma barriga proeminente. Ele era agora o gerente do escritório, controlando as contas e agendando a pulverização de sementes. Jack, bem-arrumado e mais baixo, fazia a manutenção dos aviões e dava aula de aviação com Rex; ele estava usando o velho traje de aviação de Rex com as bainhas da calça viradas para cima. As vozes deles, juvenis e agudas, atropelavam-se, ansiosas pela aprovação dela. Chloe teve vergonha por estar decepcionada com eles. Eis que o dia dela em Barlow mal havia começado, e ela já se sentia como uma dignitária enfadada que contava os lugares onde ainda tinha de comparecer.

No cemitério, ela teve de lutar para esconder o sofrimento pela escolha de palavras na lápide, com as quais Rex estava tão satisfeito

Agnes Wright
1916-1951
Esposa Querida de
Capitão Rex Wright, Força Aérea dos EUA

Onde estava o nome do meio de sua mãe, Teresa? Seu nome de solteira, Vick? Seu primeiro nome de casada, Starnes? Era como se Agnes não tivesse vivido antes de pertencer ao capitão Rex Wright. E ele não podia ter guardado essa coisa de Força Aérea para a sua própria lápide?

Pense nisso como uma coisa boa, Chloe. Endurece seu coração para sua tarefa.

Dali, seguiram para a sofisticada casa de carnes Angus Barn, onde a futura esposa de Rex, com o rosto fixo num sorriso de expectativa, aguardava-os à mesa. Ela era uma mulher *mignon*, bem-vestida, mas sem toques modernos, e com aparência mais jovem que a dos filhos, embora devesse ser mais velha que Rex uns poucos anos. Havia deixado os cabelos cortados em camadas finas ficarem grisalhos, mas ainda se podia ver a moça "engraçadinha" que fora no colegial. Ela não era nem um pouco parecida com o que Chloe havia imaginado. Depois disso, restava apenas o retorno para a casa de Rex e a conclusão de sua tarefa.

Para o alívio de Chloe, eles não se comportavam como um casal de noivos. Eles agiam como pessoas que já estavam casadas levando um amigo de fora da cidade para almoçar. Brenda não a questionou sobre a escola ou sua vida em Mountain City. Não a chamou de "querida", mas a tratou pelo nome, de pessoa para pessoa, particularmente como alguém que havia vivido na casa que ela mesma administraria em breve. Não foi mencionado que Agnes havia também ocupado a casa durante aqueles quatro anos, e ainda assim ela estava presente para Chloe na maioria das propostas de Brenda para uma vida melhor.

— Estive pensando: Rex podia mover a lavadora e a secadora para fora do porão, para a varanda da cozinha. Isso parece bom para você, Chloe?

— Pouparia muitas escadas. — (Ouvindo na memória os passos de Agnes descendo e subindo, descendo e subindo, entre trouxas de roupa para lavar.)

Rex havia se permitido uma Budweiser, já que não ia voar naquele dia.

— E eu gostaria de fazer uma horta e um jardim com cerca onde pudéssemos plantar hortaliças e flores para colher. Todo o fertilizante de que vamos precisar está lá por causa das galinhas que vocês tinham antes.

("*Obrigada*, Sua Graça." Agnes fazendo uma reverência para Cackles enquanto se afastava com o ovo que a galinha havia acabado de botar, carregando-o com cuidado com as palmas cruzadas para o café da manhã da filha. Com tanto cuidado quanto ela agora carregava a própria alma em sua série diária de tarefas no purgatório.)

Eles chegaram de volta à casa de Rex um pouco depois das duas. Madeline devia chegar às três.

Falta pouco agora. E então vai estar terminado.

Agnes acelerava as coisas sem parar. Após um passeio pelos quartos, lá em cima e embaixo — exceto pelo quarto de cima cuja porta permaneceu fechada —, quando Brenda apresentou respeitosamente a Chloe suas ideias para a nova decoração, e depois que terminaram suas fatias da torta *chiffon* de limão de Brenda na cozinha (quando Chloe disse que era a melhor que já havia comido, e Brenda se ofereceu quase acanhada para ensinar-lhe o preparo), Rex, como se isso fizesse parte de algo ensaiado previamente, começou a elogiar os desenhos de Chloe.

— Mostre a Brenda aquele desenho que você fez de sua professora, Chloe.

Chloe se esticou para pegar a sacola de livros, que aguardava sua oportunidade embaixo de seus pés. Ela mantinha o bloco próximo ao peito enquanto folheava outros desenhos. Dobrando de volta no solicitado, ela o pôs sobre a mesa.

— Ah, meu Deus — disse Brenda. Mas, em vez de continuar com superlativos efusivos, ela inspecionou a representação feita a lápis da freira no quadro-negro.

— Tinha uma melhor que fiz antes — disse Chloe. — Mas eu dei de aniversário para uma amiga.

— Sinto que estou *vendo* essa pessoa — disse Brenda. — Você não acha isso bom, Rex?

— Bill Castle disse que ela precisa fazer aulas.

— Para mim parece que ela nasceu com as aulas já prontas dentro de si. Mas eu poderia falar com minha vizinha, a velha sra. Ledbetter. Ela ensinou Artes no Converse College durante anos e ainda aceita um ou outro aluno particular.

Eles acham que tudo está indo tão bem, pensou Chloe com tristeza. Eles me veem na vida deles, colhendo hortaliças e flores, aprendendo a fazer a torta de Brenda e estudando Artes com a velha sra. Ledbetter.

Nada de escrúpulos solidários, Chloe. Agora é a hora.

— Eu queria saber — perguntou ela a Rex — se haveria algum problema se eu fosse ao quarto de cima por alguns minutos?

Era claro pelo olhar que trocaram que sabiam que quarto ela queria dizer.

— Bem, claro, querida. Não sabíamos se você ia gostar de entrar...

— Mas, naturalmente, você gostaria — interrompeu Brenda com rapidez.

— Não houve tempo depois do funeral. Tio Henry queria voltar para Mountain City. — Chloe facilitou para eles, como havia sentido Agnes facilitar as coisas para ela o dia inteiro.

— Você quer subir lá sozinha, ou quer que alguém vá com você? — perguntou Rex. — O quarto é basicamente o mesmo. Eu não consegui... eu durmo embaixo agora.

— Gostaria de ficar lá sozinha por alguns minutos. Para rezar um pouco. E depois, talvez o senhor pudesse subir daqui a uns cinco minutos.

— Só eu?

— Se não for nenhum problema.

— Bem, é claro que não é — tranquilizou-a Brenda com cordialidade. Ela teria sido uma madrasta amorosa, rápida em compreendê-la e apoiá-la.

Mas isso não precisa acontecer agora, precisa?

Chloe ouviu os próprios passos leves subindo as escadas como se fosse os dois que a ouviam lá de baixo. Enquanto continuava pelo corredor, carregando sua sacola de livros, pensava em Tildy. Essa seria a cena dos sonhos de Tildy.

Rex disse que o quarto que compartilhou com Agnes estava basicamente o mesmo, só que agora ele poderia ter passado na inspeção militar. Todas as evidências de que fora habitado diariamente tinham sido eliminadas. O quarto era frio, o aquecedor estava desligado. Rex provavelmente teve que esfregar uma esponja no sangue seco na quina onde Agnes havia batido a cabeça quando caiu. Poderia ter havido sangue no chão. Rex teria limpado o quarto depois do funeral, quando poderia levar o tempo que precisasse, chorando enquanto carregava para cima o esfregão, o balde, o desinfetante e o polidor para assoalhos Old English, e seus panos e esponjas de limpeza. Rex gritava com Agnes se ela guardasse uma esponja por mais de um mês. Ele andava pela casa cheirando-as e jogando-as fora.

Enquanto esfregava e lustrava esse quarto para que obtivesse o aspecto memorial que tinha agora, ele trocaria a água do esfregão muitas vezes, esvaziando a água suja no vaso sanitário, talvez soluçando enquanto enchia o balde na torneira da banheira.

Era possível fazer uma moeda quicar na cama de casal. Os itens de toalete haviam sido removidos da penteadeira de tampo de vidro, mas uma capa protetora nova fora colocada sob a caixa de música dourada e pérola que Malcolm Vick dera a Agnes quando ela se formou em Mount St. Gabriel's. Quando você levantava a tampa, ela tocava "Toora Loora Loora."

Da sacola de livros, ela retirou o bloco de desenho e o deixou na penteadeira. Ela desenroscou a garrafinha, um dos muitos recipientes escaldados e guardados de Rosa, cujo conteúdo havia sido surrupiado no domingo anterior da pia de água benta depois da missa.

Faça primeiro no aquecedor.

Ela borrifou a água na parte de cima, esfregando levemente com os dedos nas dobras frias.

Absolvei, ó Senhor, a alma de Vossa fiel Agnes, que já se foi, de todos os laços de pecado. E com a ajuda de Vossa graça que ela possa escapar ao julgamento do castigo e regozijar-se com a luz eterna.

Agora o chão.

Concedei-lhe o descanso eterno, ó Senhor. E permiti que a luz perpétua brilhe sobre ela. Que ela descanse em paz.

Quando Rex bateu na porta ela ainda estava ajoelhada no chão.

— Me dê só mais um segundo.

— O tempo de que precisar, querida.

Levante-se do chão. Recoloque a garrafa na sacola de livros.

— Tudo bem, pode vir agora.

Ele não fazia ideia de onde estava se metendo. Ela nunca havia visto o padrasto com uma aparência tão humilde e ansiosa.

Agora não é a hora de amolecer o coração. Fique firme. Está quase encerrado.

— Você fez todas as suas orações?

— Não eram muitas. Só as preces que fazemos pelos mortos.

— Nunca compreendi do modo adequado a fé de sua mãe. Se pudesse fazer tudo de novo, teria feito um esforço maior.

— Ela o perdoa — disse Chloe.

Ele não gostou disso.

— Ah, é mesmo? — O antigo Rex voltando ao seu tom normal. Como era fácil convocar de volta o antigo Rex!

— Agnes está no purgatório agora. Não é um lugar ruim nem assustador. É um lugar que faz sentido; aonde se vai para ser purificado. Antes de ir para um lugar melhor, é conveniente ir para lá. Adiantar-se demais antes de estar pronto poderia fazer a pessoa se sentir suja. Agnes costumava dizer que seria como voltar da escola cansada e suada, colocar seu melhor vestido e ir para um baile sem tomar um banho primeiro.

— Ah, sim, aquelas aulas de catecismo dela. — Os cantos de sua boca se crisparam. Os braços pendiam de cada lado, ele abria e fechava as mãos. Estava lutando para manter a calma.

Ande até a penteadeira e pegue o bloco de desenho. Abra no primeiro desenho e lhe entregue o bloco.

— Lá na cafeteria, o senhor disse que eu sabia desenhar as pessoas... disse que eu conseguia mostrar mais coisas que o olho nu consegue ver.

Era como observar a pantomima de um homem que ia da curiosidade indulgente ao choque, e do choque à repugnância.

— Que *diabos* é...? O que é essa... coisa?

— É ela. Depois que caiu e bateu no aquecedor.

Seu corpo inteiro endureceu. Seus olhos se agitavam com seu antigo ódio.

— Que espécie de truque maldito...?

— Vire a página — ela praticamente sussurrava. — Tem mais.

— Quem quer mais? Isso é simplesmente... — Mas ele virou a página. E a outra e a outra.

— O que você está tentando fazer com isso? — Sua mandíbula havia começado a tremer, e a voz assumido aquele som obstruído e sufocado que sempre vinha do fundo da garganta quando a violência subia dentro dele. Dava para observá-la chegar ao pescoço e se espalhar por ombros e braços até seus dedos duros e ásperos.

— É como ela estava. Depois que o senhor saiu da casa. Depois que bateu nela.

— Depois que eu...? Mas que *porra* é essa?

Ela se encolheu, mas se arrependeu em seguida. Ele pensaria que ela se encolhera de medo da próxima ação dele, quando ela havia apenas sido pega de surpresa por uma palavra que não tinha ouvido desde que deixara a casa de Rex havia quase um ano.

— Do jeito que sempre nos bateu. Depois que o senhor saía de casa, esquecia e voltava com um humor melhor. Mas nós não havíamos esquecido.

Agora algo começava a vir à tona. Ele deu um passo atrás, como se ela tivesse de repente se tornado radioativa. Ela sabia que ele estava com medo de que batesse nela e assim cumprisse sua profecia, comprovando a própria violência. Ele dobrou os dedos, depois contraiu o punho dentro da outra mão. Seu corpo inteiro parecia contraído.

— Você acha... — A voz dele saiu alta, incrédula. — Você acha que bati nela... naquele dia... e a empurrei contra o aquecedor e depois saí da casa? Que espécie de monstro faria isso?

— Não — disse Chloe, mantendo a voz baixa e cautelosa — o senhor não fez isso. Mas vocês dois tiveram uma discussão, e o senhor bateu nela, do jeito que sempre fazia, e depois saiu para o campo de aviação. Ela se deitou na cama por um tempo, e depois se levantou, sentiu-se tonta, desmaiou e bateu a cabeça.

— Sua idiota perdida, você não estava aqui. Estava em Mountain City com aquele seu tio presunçoso. Nunca viu como ela estava quando a encontrei. Posso garantir que ela não lembrava nenhuma dessas... dessas madonas que sangram. Já viu alguém que morreu há várias horas? Vou poupá-la dos detalhes, sua imbecil mimada.

— É só que... ela o perdoa — sussurrou Chloe, com voz trêmula. — É tudo que queria dizer. Para que ela possa... continuar com sua purificação no purgatório. — Mas agora as palavras soavam estúpidas e ridículas para ela.

— O que quer dizer com ela me "perdoa"? Pelo quê? Por amá-la? Por desejá-la? Por aceitar sua pose e suas expectativas nobres e aquela maldita religião? Ainda sinto falta dela. Nunca haverá outra mulher como ela. Nem mesmo Brenda. Gosto mais de Brenda do que já gostei de Agnes, mas nunca poderia amar outra mulher como amei sua mãe. E ela me amava. Até o final, ela me queria. Sim, senhora, ela me queria. Suponho que já que vocês duas têm tido suas conversas católicas do além, você saiba sobre o bebê. Ou ela lhe contou que estava grávida quando ainda estava viva?

— Eu... não sabia sobre o bebê. — Chloe ficou com a boca seca. — Só que... entendi as coisas enquanto fazia os desenhos. Quando desenho as pessoas, consigo entrar nelas. E vi o que provavelmente aconteceu naquele dia e que... que ela o perdoa. Ela gostaria que o senhor soubesse disso. Está tudo bem agora. — Essa última frase soou pouco convincente e boba, mesmo para ela. "Presunçosa", Rex poderia dizer.

— Bem, você errou o alvo desta vez, jovenzinha. Acho que todos nós elogiamos demais suas habilidades artísticas e isso lhe subiu à cabeça.

Ele estava recuperando seu autocontrole e o controle sobre ela. Folheou mais alguns desenhos, com os lábios crispados, depois parou num que fez sua repugnância diminuir.

— Aqui está ela com aquele lenço de cabeça dela. Pegando os ovos. Por que você não pôde parar por aqui, sua cobrinha hipócrita?

• • •

DEPOIS QUE MADELINE DEIXOU CHLOE NA CASA DE REX Wright, ela ficou tão envolvida com sua mentira que saiu de lá pensando: "Onde exatamente em Statesville a irmã de Nan, Dolly, mora mesmo?" Preparada para um interrogatório intenso, ela deu aos seus personagens nomes, histórias (a fictícia Nan havia sido sua colega em Mountain City High no segundo ano do colegial, antes de o pai de Nan ser transferido para Statesville), e muitas coisas transitórias que ninguém perguntou. (Dolly havia se casado escondido enquanto ainda estava no colegial, mas a família havia se reconciliado porque todo mundo estava ansioso pela chegada do bebê, o nome de casada de Dolly era Johnson porque sempre se podia contar que haveria muitos Johnsons na lista telefônica).

Com a intenção de dar veracidade à história, ela voltou todo o caminho até Statesville, como se alguém a estivesse fiscalizando de um helicóptero. Ela se demorou com um cheesebúrguer e batatas fritas no drive-in, cantando junto com Nat King Cole no rádio do carro e pensando como Chloe estava se saindo lá em Barlow com aquele padrasto nervoso. Depois fez o retorno para o cinema que vira. Ela havia perdido alguns minutos da matinê, mas já tinha assistido a *Um Lugar ao Sol* com a amiga Cynthia, cujo maior interesse havia sido o guarda-roupa de Elizabeth Taylor. A cena favorita de Madeline era a em que Montgomery Clift ia para a cadeia por afogar Shelley Winters, quando a apaixonada Liz está abatida na pensão de veraneio dos pais durante uma tempestade, sendo importunada por sua mãe preocupada.

Desta vez ela notou incidentes e discrepâncias: aqueles arbustos do lado de fora do chalé estavam sendo soprados com força demais por uma máquina de vento. As janelas do quarto alugado de Montgomery Clift eram amplas demais e tinham cortinas muito bonitas para uma pensão. Mas o pior eram as preparações malfeitas de Montgomery Clift para o afogamento. Deixar o carro estacionado na estrada ao lado do lago, dar um nome falso quando alugou o bote a remo, tropeçar numa fogueira e acordar todo mundo, distribuindo pistas como doce, a torto e a direito, pelo caminho. Em contrapartida, o chá de bebê imaginário de Madeline havia sido planejado com maestria. "Dá o que pensar, né?", mamãe havia observado quando elas arquitetavam os detalhes dessa viagem. "Pensam em todas as coisas que você precisa planejar antes de tratar de cometer um crime de verdade"

Ela saiu de lá piscando no sol radiante do inverno e ficou confusa por ver um pacote de presente apoiado no banco traseiro do carro. Tenho vivido fantasias demais hoje para não trocar as bolas, ela riu para si mesma, colocando o presente de bebê não ofertado de volta na sacola de compras e escondendo-o atrás do estepe na mala do carro.

— Que bom que planejamos melhor que o coitado do Montgomery Clift — ouviu-se relatar à mamãe depois. — Porque Chloe saiu daquela casa carregada de coisas, com Rex e Brenda vindo logo atrás dela, todos eles carregando caixas, e adivinhe onde tinham de colocar tudo? Com que cara eu ia ficar se a senhora não tivesse pensado naquela sacola de compras!

Mas mamãe ainda não tinha chegado quando Madeline voltou para casa logo depois que escureceu. Papai tinha saído para algum lugar também. Ela subiu correndo as escadas, armada com uma nova mentira caso Tildy saísse do seu quarto querendo saber o que estava na sacola. "Uma coisa para uma pessoa intrometida que terá que esperar até o Dia de São Valentim", ela diria, deixando-a espiar. O que significava comprar um presente mais ou menos do tamanho do pacote e embalá-lo com o mesmo papel e fita, e dar para Tildy na semana seguinte. Mentiras cresciam e cresciam, como solitárias. Mas a porta de Tildy permaneceu fechada.

O sábado inteiro parecia irreal para Madeline. Ela havia levado um pacote falso por trezentos e vinte quilômetros e ido ao cinema assistir a um filme que já tinha visto. Nem Rex nem Brenda — nem mesmo Chloe — a questionaram sobre o chá de bebê em Statesville. Brenda havia abraçado Chloe no que parecia ser uma explosão de afeto genuíno, mas Rex Wright, formal e distante, havia apertado a mão de Chloe e as ordenado bruscamente que fizessem uma viagem segura de volta.

Assim que perderam a casa de vista, Chloe pediu a Madeline que parasse o carro. Não, ela não estava passando mal, só estava muito cansada. Então Madeline havia dirigido para casa com o rádio tocando baixinho. Ela não conseguia ter certeza se Chloe havia dormido ou não. A moça estava deitada sem se mover no banco traseiro, usando sua sacola de livros como travesseiro e coberta até o queixo com um casaco que pertencera à mãe. Estava levando todas as roupas de Agnes para casa, ela contara a Madeline, e eles haviam embalado gentilmente todos os livros que pertenciam a Agnes e a ela. Além disso, uma caixa de música que Malcolm Vick dera a Agnes quando ela era menina. Isso foi tudo que Chloe informou sobre a incumbência de Agnes.

Madeline fechou a porta de seu próprio quarto, rapidamente desembalou o "presente" e guardou a fita e o papel para outra ocasião. Agora ela desejava ser uma mosca na parede no quarto de Henry Vick. Depois que tivessem guardado as caixas com os pertences de Agnes, Henry, por mais reticente que fosse a "interrogar" a sobrinha, com certeza teria perguntado, e sem dúvida tinha direito a isso, sobre o tempo que Chloe havia passado em Barlow. Tudo que Chloe dissera, quando Henry perguntara como o dia havia transcorrido, foi que estava "tudo terminado", mas ela estava muito cansada.

Com a estranha sensação de não fazer parte da família, Madeline caminhou pelo corredor e bateu timidamente na porta de Tildy. Sentiu uma gratidão incongruente por ter sido bem-acolhida no seu antigo quarto pela irmã mais nova, que estava com o dia cheio. No último minuto, Maud havia cancelado o encontro com Tildy porque tinha de ajudar Lily a aprontar umas coisas para um bazar no Pine Cone Lodge.

— Então decidi que seria um bom dia para fazer um inventário dos pertences antigos de tia Antonia que estavam no baú do banco da janela. Pensei que poderíamos usar algumas das roupas como acessórios na peça. Mas você nunca vai adivinhar, nem em um milhão de anos, o que encontrei no verso da contracapa de um caderno azul de trigonometria! Mal posso esperar que mamãe chegue em casa.

Tildy não fez uma única pergunta sobre o dia de Madeline.

CAPÍTULO 24

Prova de Trigonometria

(*capa*)

Caderno de Exame da Honra
Nome: Antonia Tilden
Data: 11 de outubro de 1933
Matéria: Trigonometria
Atesto pela minha honra que não recebi nem ofereci ajuda neste exame.

Antonia Maria Tilden

(*verso da contracapa*)

Desde aquela noite no Swag, Suzy, venho
pensando se devemos continuar com nossos planos.
Algo me diz que isso seria errado de uma forma que não consigo encontrar palavras para dizer. Só que há um bom motivo para as coisas, mas quando se sabe que deve haver um motivo melhor, então o que é bom pode se tornar ruim.
Isso aconteceu conosco?

Fita cassete confessional, continuação (interrompida)

Alvorada, manhã de terça-feira, 11 de setembro de 2001
Festa de São Proto e São Jacinto, irmãos e mártires, queimados na fogueira; Roma, 260
Quarto de Madre Ravenel
Casa de Repouso da Ordem de Santa Escolástica

As frases têm se formado em minha cabeça a noite inteira, Beatrix. Por fim, eu desisti de dormir, me vesti no escuro e aqui estou ao amanhecer, tendo acabado de apertar o botão de gravar. Temos missa às sete e meia durante a semana agora porque o Padre precisa percorrer três casas de repouso de freiras, e depois nós fazemos nosso desjejum frio porque é cedo demais para nossa cozinheira. Gostaria de terminar esta fita hoje e enviá-la.

Pelo que consigo distinguir com minha vista limitada, aumentada por meus outros sentidos, será um belo dia de setembro aqui em Boston. O céu está dourado, não cinza-leitoso. O ar está fresco, não úmido. O coro das aves está com sua voz a toda, prestes a ser abafado pelo ronco dos aviões que saem de Logan. O cunhado de Irmã Bridget, que é controlador de voo em Logan, diz que nossa casa de retiro, a antiga propriedade dos Sanderson, fica bem abaixo dos primeiros minutos de todos os voos para o sul.

Agora estou no segundo lado da fita. Mas é claro que você sabe disso porque já a virou! Eu estava começando a contar sobre como escrevi *A Freira Vermelha* para minha turma apresentar e como o trabalho nela com Antonia fortaleceu nossa intenção de entrar na Ordem juntas no final do ano de formatura. Éramos então calouras no liceu. Eu havia sido eleita representante da turma e Antonia, vice-representante. No ano anterior,

1929-1930, muito havia acontecido. Eu havia perdido um lar e meu pai, mas tinha encontrado um novo lar em Mount St. Gabriel's e a chance de me recriar. Nada me impedia de me tornar a pessoa que eu queria ser. E eu sabia que era estimada pela amiga que me era mais querida.

Nossa fundadora havia morrido no começo de 1930 e houve um grande funeral na basílica, depois uma Missa de Réquiem na escola, e muitas reportagens elogiosas nos jornais locais e estaduais e periódicos católicos sobre o crescimento de Mount St. Gabriel's e como a escola se tornou parte da comunidade nos seus primeiros vinte anos. Madre Finney ficou ocupada dando entrevistas, e junto com todas as suas outras tarefas ela estava escrevendo o livreto *Aventuras com Nossa Fundadora*, enquanto, como dizia, tantas coisas ainda estavam frescas em sua memória, apesar de cobertas de tristeza. O motivo pelo qual estavam frescas, Beatrix, era que durante os últimos meses de Madre Wallingford na enfermaria, quando nada mais se podia fazer por ela, Madre Finney sentava ao lado da cama sempre que podia roubar um momento livre, e elas tentavam lembrar os estágios de sua notável jornada juntas, "repletas do Espírito Santo", justamente como os discípulos de Jesus no Ato dos Apóstolos. É claro, com o tumor no cérebro, Madre Wallingford nem sempre era convincente e às vezes Madre Finney ficava muito triste e frustrada. Tive um período na enfermaria eu mesma durante vários dias em seguida à morte de meu pai e ouvia pedaços das conversas delas. Era tão estranho: às vezes pareciam velhas camaradas; e outras, jovens moças felicitando uma à outra. Uma vez ouvi Madre Finney perguntar esbaforida: "A gente fez mesmo isso tudo por Deus?" E Madre Wallingford respondeu com uma risada, diminuindo-lhe o entusiasmo: "Não, acho que Deus nos usou." Uma vez ouvi Madre Finney implorando: "Por favor, Lizzie, por favor, fale comigo", e Madre Wallingford gritou com ela: "Fiau! Fiau! Fiau!" Achei que ela estivesse censurando Madre Finney, mas mais tarde percebi que ela poderia estar gritando "Fia! Fia! Fia!", que podia ser o apelido de Fiona.

(Vou parar aqui, Beatrix, Irmã Bridget acaba de soar o gongo para a missa de sete e meia.)

De volta da missa da manhã e dos flocos de milho.

Eu havia começado a contar sobre a peça que escrevi para nossa turma de calouras. Toda turma do liceu apresentava uma peça durante o ano e os calouros iam por último, geralmente no final de abril, de forma que aprendessem vendo as apresentações das moças mais velhas. A maioria das peças escolhidas era de dramaturgos conhecidos. As formandas daquele ano estavam ensaiando para a ótima peça, em versos, sobre moralidade, de W. B. Yeats, *The Hour Glass*, a respeito do homem esperto que ensinou a todos em sua cidadezinha que não havia alma, e depois um anjo chega para lhe dizer que ele vai morrer e ir para o inferno a menos que consiga encontrar uma pessoa que ainda acredite na existência da alma. Ele ainda teria de morrer, é claro, mas se achasse essa pessoa, só teria de ir para o purgatório.

E eu estivera sentada no salão de estudos pensando: "Como vamos superar essa?" Mesmo naquela época, Beatrix, eu já era muito competitiva. Algo de bom resultou de minha natureza ambiciosa, creio, mas já me disseram que consumiu um pouco de minha alma. Eu era representante de turma e queria que fizéssemos algo que levasse nossa turma a ser lembrada por anos no futuro.

Queria também impressionar Antonia e me envolver num projeto que estreitasse nossos laços.

O salão de estudos do liceu era o salão de danças, quando esse prédio era o velho Sky Top Inn. Os casais dançavam ao som da orquestra no ambiente amplo onde agora estudávamos; e nas laterais havia salões menores e os quartos de fumantes, que eram agora nossas salas de aula.

Bem, de repente todos os tipos de vozes formaram um redemoinho na minha cabeça, vozes que vinham de épocas diferentes na história do prédio. Ouvi um casal trocar comentários banais enquanto valsava em volta desse salão, e ouvi o leiloeiro pedir as ofertas de abertura para a mobília do hotel (o leilão havia sido feito nesse salão) depois que o velho Sky Top fechou, e Madre Wallingford fez sua oferta para "todas as mobílias do hotel em todos os oitenta quartos". A oferta foi aceita; os liquidadores estavam muito satisfeitos. Aqui estava essa freira inglesa de sotaque pomposo com a letra de câmbio de seu banqueiro, livrando-os de ter de pagar um único tostão para arrastar os móveis para baixo e entregar tudo de caminhão.

Mais tarde no mesmo dia, Madre Wallingford comprou o hotel.

E ouvi a voz sublime e pura da moça, Caroline DuPree, que foi levada pela malária no verão de 1912, tão cedo na história da escola, antes que pudesse fazer seus primeiros votos. E, em seguida, ouvi Deus meditando sobre como Ele havia procedido para criar este lugar.

Quando escrevi, não saiu em ordem cronológica. Era mais como o tipo de tempo divino; o próprio Deus não é cronológico. Não consigo lembrar quem foi que disse isso. Padre Krafft, talvez.

Então eu fiz a cena do convés de Madre Wallingford e Madre Finney cruzando o Atlântico em seu navio em 1898, sentindo-se como numa história que criavam à medida que prosseguiam.

Adorava imaginar essas duas, e o mesmo fez Antonia: essas duas amigas íntimas, ligadas por Deus, escrevendo a própria Regra da Ordem. Quanto mais detalhávamos a história delas, mais tínhamos a impressão de que a preenchíamos com nosso próprio futuro. Já sabíamos que Antonia ia interpretar o papel da fundadora.

Houve certas falas que escrevi para a peça que poderiam ter servido como nossas falas, minhas e de Antonia.

WALLINGFORD: Eu não poderia ter feito isso sem alguém que viesse comigo.

FINNEY: E ainda assim, tudo parece tão fácil.

WALLINGFORD: Parece fácil porque o Espírito Santo nos sopra adiante.

A princípio, pensávamos que eu interpretaria Finney, mas no final eu escolhi Agnes Vick. Agnes era íntima de Madre Finney, que a ajudou a acertar todos os detalhes. E Finney havia sido mais uma seguidora, enquanto eu tinha muito de líder. "É uma pena que você e eu não possamos interpretar as duas a fundadora", brincou uma vez Antonia. E eu brinquei de volta que tentaria me consolar sendo apenas a voz de Deus, a narradora e a teatróloga. Ah, Antonia estava tão bonita no manto genuíno de Madre Wallingford... Todos acharam isso.

O que me traz ao assunto lamentável da inveja, minha inveja de Antonia.

Em um mundo sem pecado, se alguém ama e admira outra pessoa, regozija-se de que essa pessoa seja amada e admirada por outros. Mas desde que a inveja do conhecimento de Deus de nossos primeiros pais levou-os a comer da árvore, temos vivido variações do tema da inveja e colhido seus frutos. O semblante de Caim ficou abatido quando os primogênitos do rebanho de Abel encontraram a predileção de Deus em vez de sua própria oferta de frutos da terra. Jacó cobriu-se de peles para que pudesse roubar a bênção de seu irmão peludo dada por seu velho pai cego.

Com relação à minha inveja de Antonia, eu nem sei onde existia. Sou como aquelas meninas no recreio que nunca conseguiam pular direito a corda que se movia.

Quero pular mais do que não quero pular, ainda assim sou também tentada a me desviar do salto inquirindo sobre a inveja dos outros. Quem atingiu seu coração com inveja, Beatrix? Uma melhor amiga? Um arqui-inimigo? Um colega de trabalho? Um estranho que passasse e tivesse alguma qualidade que você desejava? Um familiar?

O anjo de Deus Lúcifer não estava contente de ser o mais inteligente no paraíso. Ele queria montar seu próprio espetáculo.

Mas estou "divaricando", como vocês moças me contam que eu costumava dizer quando alguém ficava fazendo rodeios.

Antonia Tilden, bela, segura e boa, sabia desde a quinta série que queria se doar completamente a Deus. E ela era apoiada por sua família. Eles começaram um fundo para o seu dote. Antonia tinha tanto a oferecer e sabia disso. E queria ofertar tudo ao serviço de Deus. Era simples assim.

Os meus desejos eram tão simples?

No nosso segundo ano do colegial, fundamos essa pequena sociedade, as oblatas da Freira Vermelha. Foi uma inspiração minha, mas Antonia gostou da ideia. Cada membro prometia se dedicar a cumprir o plano de Deus para si. Queríamos colocar um muro em torno de nossas intenções, para protegê-las de todo dano, manter distantes os desejos secundários. Era esse todo o intuito. Escolhemos a Freira Vermelha como nossa mascote porque ela representava o desejo insatisfeito de uma aluna anterior em Mount St. Gabriel's. E ainda assim Deus foi capaz de usar seu monumento incompleto, e sua lenda, para servir de fortaleza para outras pessoas.

Havia apenas cinco oblatas. Cornelia insistia em integrar qualquer coisa que Antonia fizesse. E havia minha colega de quarto, Soledad Ostos, do México. E convidamos Francine Barfoot, uma interna que tocava flauta. Ela era uma moça prestativa e recatada que não insistia em ser a cereja do bolo. A filha dela, Elaine Frew, fez parte da sua turma.

Isso era tudo que nós éramos, uma pequena sociedade inofensiva de moças que queriam realizar seu potencial e não decepcionar Deus aceitando qualquer coisa inferior a isso. Sim, nós também juramos renunciar a qualquer pessoa ou influência que nos tentasse a burlar o plano maior que Deus tinha para nós. Depois daquele fiasco da montagem de *A Freira Vermelha* de Tildy Stratton na primavera de 1952, a mãe dela, Cornelia Stratton, disse-me algumas coisas imperdoáveis na recepção. Ela me acusou de ser a causa indireta da morte de Antonia em Roma. Disse que eu fora uma influência perniciosa sobre a irmã, que havia me "alimentado da vocação de Antonia como uma solitária" e a envenenado com meus próprios desejos. Que o "velho juramento bobo" que eu havia urdido, o juramento de renunciar a todas as influências secundárias, havia ficado na consciência de Antonia e perturbado seu coração na viagem de lua de mel, levando-a a se meter na frente de um furgão.

Não acredito que Finney jamais teve inveja de Wallingford. Ela sabia que Wallingford era a superior e ficava contente em compartilhar uma grande aventura com ela.

Essas duas, sem dúvida, forneceram um modelo em minha mente jovem para Antonia e para mim. Mas não me identificava tanto quanto Antonia pensava. "Suzy, nós não somos elas", ela me disse um dia, no início do último ano, quando começara a questionar sua vocação.

Foi por volta dessa época que percebi que talvez tivesse de ir sozinha. Eu já estava me consultando sobre isso com a Madre Superiora.

Mas havia algo mais também, Beatrix. E aqui devo voltar à inveja e sua prima direta, a competitividade.

Eu sabia, mesmo em setembro do nosso ano de formandas, que Antonia seria eleita Rainha da Escola nas festividades de Primeiro de Maio. Ela era a escolha inevitável: bela e boa; a incorporação do ideal de Mount St.

Gabriel's naquele ano. Ah, eu havia sido representante de turma por quatro anos seguidos, era a maior líder da minha turma, mas não incorporava esse ideal, e sabia disso. Embora isso me causasse sofrimento e inveja.

E então, quando Antonia começou a ter dúvidas, eu decidi vencer minha inveja entrando na Ordem precocemente. Porque, sabe, como postulante eu seria inelegível para rainha.

(Beatrix, alguém lá embaixo está tocando freneticamente nosso gongo. Não faz sentido. O próximo gongo está marcado para o Ângelus ao meio-dia. Preciso ir ver qual é o problema.)

CAPÍTULO 25

Silêncio nos Céus

Tarde da noite de terça-feira, 11 de setembro de 2001
Casa de Repouso da Ordem de Santa Escolástica

Duas freiras saindo para uma caminhada

— As estrelas... elas parecem mais próximas esta noite, Madre Galyon?

— Parecem sim, Madre.

— Foi o que pensei. Apesar de só poder vê-las pelos cantinhos dos olhos. Os cherokees das Carolinas acreditavam que o céu era uma grande tigela emborcada embaixo da qual vivemos. Eles a chamavam de domo celeste. Você chegou a ouvir isso quando esteve em Mountain City?

— Não, Madre. Mas a senhora esteve em Mountain City muito mais tempo do que eu.

A ex-diretora, que havia sido fundamental para reduzir a carreira de professora de Madre Galyon em Mountain City, não respondeu a isso. Elas continuavam pelo caminho de cascalhos, o som de seus passos amplificado pelo novo e misterioso silêncio dos céus. Todas as aeronaves, exceto os jatos militares e helicópteros médicos, haviam sido ordenadas a pousar, todos os aeroportos fechados indefinidamente. A nação estava em alerta máximo. Seriam esses ataques coordenadas apenas o começo de outros iguais — ou piores? Iríamos para a guerra, como fizemos depois de Pearl Harbor? Mas contra quem e como?

Saber que a tagarela agarrada ao seu braço não suportaria o silêncio por muito tempo dava a Madre Galyon uma paradoxal dose de alívio. Quando a próxima coisa inimaginável poderia surgir do domo celeste a qualquer momento, você acolhia de boa vontade as intrusões familiares.

— Bem, você e eu registramos quarenta e uma mortes de católicos esta noite. Fiquei surpresa que houvesse tantos, você não ficou?

— Por quê, Madre?

— Acho que teria sido mais natural se eles tivessem esperado.

— Esperado o quê?

— Ah, para ouvir a fala do presidente... para saber o que vai acontecer a seguir. Para... eu não sei... resistir buscando alguma singularidade em suas mortes. Milhares, o presidente disse. Todos aqueles corpos em chamas caindo pelo ar. Pessoas inocentes começando a trabalhar em suas mesas... ou achando que estavam viajando em segurança para a Califórnia. Perdoe-me, sei que estou falando coisas desconexas, mas esses dois aviões de Logan deviam ter se encaminhado para oeste; na hora que estavam sobre nós já haviam cortado a garganta dos pilotos oficiais. Provavelmente, no exato momento em que os sequestradores estavam voando sobre nossa casa, algum passageiro que conhecesse a rota estava pensando: "Por que eles de repente viraram para o *sul*?" O que *você* estava fazendo, Madre, quando Irmã Bridget começou a bater repetidamente naquele gongo?

— Estava lendo um romance policial.

— Sabe o que eu estava fazendo? Estava ditando aquela fita confessional que você sugeriu. Havia quase chegado ao fim do segundo lado. Mas depois dos eventos de hoje, como eu poderia enviar uma fita cassete dessas para Beatrix lá em Mountain City? Pareceria completamente descabido, e ela perderia o respeito por mim.

— Por que não a guarda por enquanto, Madre? Pelo que sabemos, todos nós podemos ser poeira e cinzas dentro de alguns dias.

Elas chegaram aos portões no final da propriedade e refizeram seus passos: a cautelosa volta ao lar de quatro velhos pés calçados com segurança. Esta noite a tela da TV no salão das freiras, geralmente visível pela janela, foi bloqueada pelas cabeças reunidas em torno dela, assistindo à repetição interminável dos vídeos de corpos caindo, torres desabando, pessoas cobertas de poeira correndo, correndo...

CAPÍTULO 26

Henry

Meio da manhã de quinta-feira, 14 de fevereiro de 1952
Escritório de Henry Vick
Centro de Mountain City

— Sr. Coxe para o senhor, sr. Vick.

— Ah, passe a ligação, Sherry.

— Não, senhor, quis dizer que ele veio vê-lo pessoalmente. Quer que eu o mande entrar?

— Sim, por favor.

Isso pode não ser nada bom.

Mas o rosto de Ollie Coxe estava radiante quando ele entrou.

— Bem, meu velho amigo, aqui está um presente de Dia de São Valentim inesperado para você. Pensei em entregá-lo pessoalmente.

O advogado tirou uma carta dobrada do bolso de seu sobretudo e a entregou a Henry, que a examinou incrédulo. O remetente era o advogado de Rex Wright, J. D. Wheeler, que citava o conteúdo completo do bilhete de seu cliente no corpo de sua própria carta.

— "Brenda e eu estamos desistindo da ação." — Henry leu em voz alta.

— É claro que, se o sr. Wheeler se desse ao trabalho de pegar o telefone e fazer uma ligação interurbana, nos teria poupado meia semana de preocupação. Ele tinha a carta de Wright em sua mesa desde segunda-feira. Wright a escreveu no sábado passado.

O mesmo dia em que Chloe estivera com eles em Barlow.

Henry releu a carta do advogado, buscando no bilhete de Rex Wright incluído algum sutil empecilho. Não encontrou nenhum. Rex Wright estava desistindo, o que era o mais definitivo a que um ex-líder de esquadra poderia chegar. Depois de um dia passado na companhia da enteada, Rex Wright escreveu, ficou claro para ele que seria melhor para ela permanecer sob os cuidados do tio católico e da escola de freiras onde a mãe havia sido tão feliz. Ele renunciava a qualquer reivindicação futura de tutela. Em troca, solicitava ser dispensado de qualquer obrigação futura com a jovem. O restante da carta do sr. Wheeler abordava essas questões.

— Pode ser simples assim, Ollie? Significa mesmo que está tudo terminado?

— A menos que você deseje ir até o fim para obter as despesas de faculdade de Chloe num fundo em depósito. Depois de todo o estardalhaço que ele fez sobre ser o pai dela legalmente, teríamos uma chance e tanto de conseguir.

— Ficarei feliz se você puder resolver de modo que ele não nos incomode de novo.

— Posso fazer isso, seu velhaco. Então, você a deixou ir a Barlow contrariando minha recomendação.

— Ela estava inclinada a ir, Ollie. Disse que a mãe... que Agnes ia querer isso. Eu deixei que fosse de carro com Madeline

Stratton, que estava indo para um chá de bebê em Statesville. Sabia que Chloe ficaria bem com ela. Madeline a deixou lá e a buscou algumas horas depois.

— Bem, nossa pequena Chloe com certeza ficou ocupada durante essas poucas horas.

— Ocupada o bastante para fazer Rex mudar de ideia, ao que parece. Ela disse que ele perdeu as estribeiras e empacotou todas as coisas de Agnes e as mandou para casa com ela e Madeline.

— Você não tinha um pressentimento de que ele ia desistir?

— Achei que era mais provável que ele estivesse planejando uma mudança de tática. Quando Sherry me contou que você tinha vindo pessoalmente me ver, eu estava esperando que dissesse que havia uma nova bomba para nós.

— Bem, aí está sua bomba, meu velho. Mas eu preciso dela de volta para os meus arquivos. Farei uma cópia para você. Tem certeza de que não quer pleitear esse fundo para a universidade? Eu ia gostar desse intercâmbio com o sr. J. D. Wheeler de Barlow.

— Certeza absoluta. Posso lhe oferecer algo do aparador de Malcolm?

— Você sabe a resposta para isso, meu amigo. Como você, eu não toco nessa coisa até o anoitecer, e depois só saboreio uma dose solitária. Mas vou me contentar com minha olhada nostálgica de sempre naquelas belas portas de armário. É, ainda é a imagem refletida do bar de papai no meu local de trabalho: o uísque single malt e o Cutty Sark se esnobando na frente, o Woodford Reserve separado em seu esplendor isolado, tio Pepe e Cinzano, coitados, deprimidos em seus cantos empoeirados.

Se você um dia quiser se desfazer dessa magnífica peça no estilo Sheraton, você tem um comprador.

— Vou deixá-la de herança para você — Henry contou a essa pessoa ao lado de quem havia andado de triciclo, o homem que, como ele, se inoculava todas as noites contra o alcoolismo antes que chegasse sorrateiro até ele. A mãe de Henry e o pai de Ollie haviam tirado suas férias de reabilitação no mesmo retiro da Virgínia Ocidental, muitas vezes ao mesmo tempo. "O que você acha que aqueles dois andam aprontando naquele spa isolado?", um colega, longe das boas intenções, havia implicado com Malcolm Vick. Henry, desenhando projetos no escritório ao lado, prendeu a respiração durante o silêncio aterrador que se seguiu. "Ah, principalmente caminhadas e carteado, penso eu", foi a resposta serena de Malcolm Vick, dada em seu próprio tempo. "Depois que o pinto vira picles, imagino que não apronte mais nada"

Com o dia de trabalho desestabilizado pela rendição de Barlow, Henry vestiu seu sobretudo e cachecol e se encaminhou pela Patton Hill, onde ventava muito, para dar uma nova olhada no local de sua biblioteca. A porção sul do terreno no fim da Church Street havia permanecido vazia desde que a agência do First Savings fora destruída pelo fogo em 1949. A placa marrom e dourada de Vick & Vick, colocada na abundante grama de inverno plantada no último outono, anunciava em que ponto ficaria a futura biblioteca. A cerimônia da pedra fundamental estava agendada para o primeiro sábado de abril.

Abrigado no pórtico do templo dos Shriners do outro lado da rua, Henry tentava visualizar as quatro colunas dóricas desnecessárias infligidas ao seu projeto limpo e aberto. O que Alvar Aalto teria feito? Mas o arquiteto finlandês era um gênio e um espírito livre, e Henry sabia que não era nenhum dos dois. O primeiro conjunto de projetos de Aalto para a biblioteca municipal em Viipuri havia encontrado seus próprios empecilhos. Eles recusaram sua ideia de um jardim no topo do telhado com salas de leitura externas. Depois, o próprio lugar foi mudado, e Aalto precisou começar de novo. No entanto, o novo local, dentro de um parque espaçoso, deu-lhe mais liberdade. Seu pensamento mudou. Ele reduziu o classicismo e simplificou radicalmente, concentrando-se nos usos da luz: mantendo-a longe das estantes de livros, mas dando aos usuários muita luz natural por meio de claraboias em formato de barril colocadas em lugares estratégicos. O Viipuri, uma obra-prima inicial do Modernismo internacional, foi inaugurado em 1935, quando Aalto tinha trinta e sete anos. Três anos mais novo que Henry hoje.

A caminho de Roma, Henry e Antonia haviam parado por uma noite em Nova York para ver a exibição de Aalto no Museu de Arte Moderna. Ambos ficaram emocionados com os esboços simples e infantis de um leitor na mesa da biblioteca feitos pelo arquiteto, setas representando a luz que mirava no livro aberto vinda de muitas direções. Antonia adorara a humildade apressada do desenho. "Ele estava tão concentrado em encontrar uma solução para seu problema que não se dava ao trabalho de fazer desenhos bonitos." Ela gostava de pessoas que mantinham o foco no que interessava.

Depois da guerra, a biblioteca de Viipuri, não mais na Finlândia, mas na Rússia, foi abandonada e deixada em ruínas.

Antonia foi enterrada do lado dos sogros no lote da família Vick em Riverside, uma caminhada de cinco minutos da casa de Henry.

Há dois sábados, ele e Madeline haviam idealizado seu plano de levar e trazer Chloe com segurança de Barlow. Como ela ficaria satisfeita de saber o resultado de seus esforços. Considerando a chance remota de que pudesse estar comprando mais suprimentos para a mãe na papelaria, ele rumou nessa direção. Mas então se lembrou de que hoje era um dia de semana, e Madeline, aos dezesseis anos, estaria na escola.

Examinou as ofertas na vitrine da loja de roupas masculinas Winston's, contrastando seu reflexo hibernal, no sobretudo de antes da guerra, com os manequins arrumados em ternos primaveris com gravatas mais estreitas e chapéus-panamá inclinados jovialmente. Henry havia adiado a compra de roupas novas por anos. Agora, já que teria Chloe permanentemente em sua vida, era melhor que ficasse mais elegante. Ele sairia com ela para comprar roupas de Páscoa para ambos.

Na janela da Skyland Studios havia uma única fotografia num cavalete com uma cortina de veludo cinza ao fundo: um retrato em preto e branco de uma noiva pensativa olhando para baixo, para seu buquê. Enquanto ele tentava atinar com a origem de seu charme, o rosto de Antonia parecia flutuar na escuridão sobre o retrato. Então ele percebeu que era Cornelia Stratton, em seu avental preto de reveladora, observando ironicamente do outro lado do vidro. Ela lhe mostrou a entrada do estúdio.

— Essa é uma fotografia intrigante — disse ele. — Eu não sabia que você fazia esse tipo de coisa.

— E que "tipo de coisa" é essa? — desafiou-o Cornelia. Será que Antonia teria tido essas linhas secas nos lados da boca? Ou ter vivido mais quinze anos teria deixado impressões diferentes em seu rosto?

— Tem algo de psicológico numa pose antiquada.

— Não me diga, Henry. É, eu consegui algo e sei disso. Você tem um momento? Aonde você estava indo, aliás?

— Estive no local da biblioteca, irritando-me com aquelas malditas colunas que eles estão decididos em colocar.

— Bem, você pode dar uma de Howard Roark. Fique com as colunas deles de algum jeito independente que não vá comprometer a estrutura e depois as exploda com dinamite em alguma noite escura e sem lua.

Henry nem sempre estava com humor para a verve agressiva de Cornelia, mas hoje havia sido agradável.

— Para falar a verdade, estou meio sem saber o que fazer. Minha maior preocupação acaba de ser puxada de baixo de mim como um tapete. O pai de Chloe está retirando todas as reivindicações. Ele vai deixá-la comigo e as freiras e não quer mais saber de nenhum de nós.

— *Sabia* que algo estava acontecendo quando Madeline me contou sobre Rex empacotando as coisas de Chloe em todas aquelas caixas. Então nossa incumbência para Agnes foi um sucesso.

— Parece que sim, embora eu ainda não tenha certeza do que aconteceu lá.

— Madeline disse que Chloe dormiu o caminho inteiro até em casa coberta com o casaco da mãe.

— Depois ela foi direto para a cama e dormiu durante o dia inteiro no domingo. À noite, desceu e disse que tudo ficaria bem agora. Como se fosse ela quem devia me tranquilizar. Ao que parece, ela e Rex tiveram uma discussão sobre o purgatório. Chloe disse que viu o momento exato em que ele desistiu dela. "Ele tomou asco por mim", foi o que ela disse.

— Tomou asco como?

— Bem, sabe como é, eu não gosto de ficar interrogando a menina. Quero que ela sinta que pode me contar o que estiver confortável e pare por aí.

— Vou mandar Tildy lá. Ela é uma ótima interrogadora. Tem me exaurido, tentando arrancar memórias escolares para aquela peça. Ouça, Henry, ela encontrou um bilhete que Antonia havia escrito para Suzanne. Estava no verso da contracapa de um velho caderno de prova de trigonometria, do outono do nosso ano de formatura. Minha irmã aludia a algo que tinha acontecido no Swag e dizia que podia ser errado continuar com seus planos de fazerem os votos juntas.

Henry aguardou.

— Deve ter sido naquela noite que Smoky e eu fizemos nossa festa de noivado. Não tenho ideia se o bilhete era só um esboço que nunca foi enviado, ou se Suzanne o recebeu. Tildy o encontrou numa caixa de coisas de Tonia embaixo do assento da janela. Era muito evasivo. Só dizia que as coisas estavam erradas de um jeito que Tonia não tinha palavras para expressar e depois algo sobre coisas boas se tornarem ruins. Não sei exatamente o que Antonia estava tentando dizer e, ao mesmo tempo, de alguma forma sinto que sei.

— Sim. — Ele assentiu, tendo sido pego de surpresa.

— Henry, volte ao meu santuário íntimo e deixe que lhe mostre meu novo brinquedo.

Cornelia trancou a porta da frente e pendurou a placa "No almoço".

— Estou procurando uma secretária. Madeline diz que sou muito dura com elas. Mas não sou mais dura com elas do que comigo mesma.

O novo brinquedo de Cornelia era uma bela câmera antiga, uma Deardoff, de madeira vermelha brilhante e metal pintado de dourado. Estava montada em um tripé com o fole estendido, e Henry se encontrava sentado num banco de madeira na luz clara. A voz de sua cunhada por sob a capa da máquina o informava do progresso. Ela estava compondo a imagem dele de cabeça para baixo. Tudo que Henry precisava fazer era sentar lá, num perfil de três quartos, como Cornelia o havia preparado. Ele podia manter os olhos fechados para que fosse menos provável que piscasse quando ela estivesse pronta para tirar a foto.

— Isso é interessante, Henry, posso ver coisas em sua imagem invertida que não tinha visto antes.

— Hum. Cuidado.

— Não está curioso para saber que coisas são essas?

Ele deu uma risada intencionalmente suave.

— Tem certeza de que eu aguento?

— Só por causa disso, vou deixá-lo no suspense.

— Provavelmente é melhor.

— Agora abra os olhos e conte até dez e, por favor, não pisque.

— O retrato da noiva foi feito assim? — perguntou Henry, depois de ter passado pelo procedimento várias vezes.

— Ah, não. Aquela foi uma foto inspirada espontânea. Foi logo depois do casamento... as testemunhas estavam de volta à sacristia assinando o registro, e ela estava de pé, na lateral, examinando seu buquê, pensando não se sabe o quê. Mas no momento que vi a imagem se formando na minha bandeja de revelação, sabia que havia captado algo. O que você chama de psicológico. Então esbanjei com uma impressão em platina. Com impressões em platina dá para obter uma intensa variação de sombras. Tenho aprendido sozinha como fazê-las. Tentei aprender rápido porque os erros são caros. Ouça, Henry... agora *não* mexa a cabeça... o que quis dizer quando deu a entender que sabia o que Antonia poderia estar dizendo naquele bilhete para Suzanne?

Bem, eu lhe dei a abertura, pensou Henry, então não adianta me comparar ao cervo que de repente descobre que o simpático fotógrafo da floresta tem uma mira na lente. Conheço Cornelia e sua mira desde que ela era uma menininha supercrítica. E nós dois amávamos Antonia.

— Falamos a respeito um pouco antes de ficarmos noivos — disse ele, decidindo contar a ela uma parte, mas não tudo. — Ela disse que a determinação de Suzanne de que elas fizessem isso juntas estava diluindo sua própria vocação.

— Foi essa a palavra que usou... “diluindo”?

— Sim, a princípio, pensei que ela poderia ter dito “iludindo”. Por isso perguntei, para ter certeza. Suzanne tinha de algum jeito ficado entre ela e Deus, e à medida que o tempo passava sua intenção ia perdendo a força. Enquanto o fervor de Suzanne só parecia aumentar. Como se estivesse se alimentando da antiga vocação de Antonia, foi como ela descreveu.

— Ah, meu Deus, Henry — foi o protesto ofendido de Cornelia por sob a capa. — É a primeira vez que estou ouvindo isso. Por que ela nunca contou isso para *mim*?

— Talvez porque achasse que você tinha outras coisas na cabeça. Você estava prestes a ter neném pela segunda vez. E também porque eu fui direto e perguntei. Eu queria pedi-la em casamento a essa altura, mas não queria competir com uma vocação, mesmo que fosse uma vocação adiada. Antonia me garantiu que não tinha mais o menor desejo de virar freira. Ela queria oferecer sua vida a Deus, mas confiava que Ele a mostraria como. E depois me contou como passar tanto tempo com a pequena Madeline lhe dera a impressão de que seria uma boa mãe. O engraçado foi que... bem, ela praticamente me pediu em casamento naquele dia, se você quer saber a verdade.

— Henry, mantenha essa expressão e não pisque. Conte até dez. Pronto, eu posso ter captado algo ou não. Mas é o bastante para hoje. De repente, fiquei cansada.

Quando saiu de onde estava coberta, Cornelia tinha um olhar atormentado.

— Vou receber o tratamento de platina? — perguntou Henry.

— Isso depende do que for revelado nas lâminas. Mas de qualquer forma, esse nosso pequeno interlúdio foi uma revelação inesperada, não foi?

— Deixe me levá-la para almoçar — disse, pensando melhor quanto a isso ainda enquanto propunha.

— Obrigada, mas nunca saio para almoçar. Flavia faz uma garrafa térmica de sopa. Depois que despedi minha secretária, tenho um acúmulo de coisas para fazer. Mas o que ela quis dizer com o Swag? O que poderia ter acontecido lá?

— Eu não estava lá, Cornelia. Estava na faculdade, lembra?

— Mas o que você acha que pode ter sido? Antonia alguma vez disse algo a respeito depois que casaram?

— Ah, estivemos juntos por tão pouco tempo... — respondeu Henry, refugiando-se em sua desculpa padrão. Ele não via razão para fazer maiores confidências à cunhada, especialmente considerando a hostilidade de Cornelia com Suzanne. Deitar-se ao lado de Antonia no escuro e conversar, depois que eles haviam cultuado com diligência o corpo um do outro, de acordo com os votos do casamento, havia sido a coisa mais ousada e íntima que ele já havia feito com alguém. Antonia sentira o mesmo. Ela lhe contara sobre o beijo perturbador na floresta, lá no Swag. ("Foi do nada. Não estou dizendo que não correspondi; foi a primeira vez que alguém fora da minha família me beijava nos lábios. Mas tudo ficou confuso depois disso. Comecei a ponderar se ela queria Deus do modo que eu queria ou se ela queria ter Deus através de mim.")

— Só sei que Antonia ficou magoada quando Suzanne entrou na Ordem prematuramente — disse Cornelia. — Ela perdeu completamente o ânimo. Nem quis ser Rainha da Escola. A traição de Suzanne a deixou estarrecida.

— Mas não é essa uma reação natural à traição de uma amiga? Você fica estarrecido. Você achava que conhecia alguém e descobre que não conhecia. Não é possível que, no fundo, Antonia estivesse aliviada?

— Ah, eu não sei, Henry. — Cornelia dava a impressão de que mal podia esperar para se ver livre dele. — Todas essas revelações são muita coisa para um dia corriqueiro de trabalho. Tudo que sei é que ainda tenho ataques quando penso no ano de formatura arruinado de Tonia. E agora ela está morta, e acabo de saber que nunca realizou seu desejo de ser mãe! E enquanto isso aquele demônio continua no poder, ainda se insinuando em nossas vidas. Você sabe o que ela está aprontando agora? Ela quer tirar Tildy de mim!

CAPÍTULO 27

Auteur/Directeur

Tarde de sábado, 15 de março de 1952
Idos de Março
Suíte de Nita Netherby Judd
Pousada Sunset Park Inn, Mountain City

TILDY ESTAVA SATISFEITA COM O ANDAMENTO DAS COISAS em *A Freira Vermelha*. O elenco da peça havia sido escolhido, e todas tinham um papel; algumas moças, mais de um. O cenário estava sendo construído e pintado por Chloe, com supervisão nos bastidores do tio arquiteto, e papai e Tildy haviam finalmente gravado a interpretação de John (cuidadosamente instruído) das falas de Deus, com pausas sinistras nos lugares certos.

Até agora, nenhum murmúrio de descontentamento havia chegado aos ouvidos de Tildy. Ninguém tinha ido reclamar com Madre Ravenel tampouco, porque Tildy teria sido informada pela diretora. As duas se encontravam regularmente, de maneira que Tildy pudesse atualizá-la sobre o andamento da montagem "delas", como Ravenel agora dizia com indulgência.

A arte estava se revelando fácil em comparação com as pessoas. As pessoas teimavam em se comportar em desacordo com seus personagens ou expor novas facetas alarmantes. Por exemplo... bem, por exemplo, qualquer um na vida dela, tanto faz.

Primeiro, vamos pegar Chloe como exemplo, já que ainda era sua melhor amiga oficialmente. Chloe havia ido para o segundo estágio do misticismo, ou o que quer que aquilo fosse. Depois que ela e "Agnes" fizeram o que fizeram em Barlow para se livrar do padrasto para sempre, ela admitiu a Tildy que havia ocorrido um "trabalho de equipe" entre mãe (morta) e filha, mas não ofereceu nenhum detalhe. Entretanto, Chloe estava se dedicando inteiramente à cenografia, e, graças à ajuda de tio Henry com os cenários móveis, ela seria espetacular.

Tildy continuara a passar as noites de sábado com Chloe porque a peça precisava ser dividida em cenas, e Tildy descobriu que suas habilidades criativas funcionavam melhor quando se deitava no sofá-cama com os olhos fechados, e Chloe lia devagar a peça até que Tildy visualizasse uma espécie de *quadrado* circundando parte do texto; então gritava "pare!", e fazia que Chloe assinalasse um bloco grande e colorido em torno dessa cena. Elas haviam feito isso com tanta frequência que Tildy sabia a peça inteira de cor. Ela conseguia *vê-la* empilhada em suas cenas vermelhas, azuis, amarelas, verdes, marrons, roxas e pretas, na parte interna de suas pálpebras, quando se deitava na cama à noite. E Chloe era paciente e constante: lia uma cena várias vezes até que Tildy tivesse visto o que quer que fosse necessário ver. Muito diferente de Maud, que suspirava pesadamente em algum ponto e dizia: "Tudo bem, Tildy, abra os olhos e vamos em frente, tudo bem?"

Maud representava um problema duplo naqueles dias. Por um lado, parecia agradecida, quase humilde, por sua amizade reavivada; ela buscava o aconselhamento de Tildy sobre as coisas mais insignificantes. Mas, ao mesmo tempo, havia nela um novo e perturbador retraimento. Tildy não conseguia se recordar dessa cautela em sua amizade anterior. Maud dava a impressão de estar mantendo partes de si em reserva. Tildy estava no momento no meio das ponderações sobre isso. Tinha certeza de que, se conseguisse chegar às razões, seria mais como a velha fórmula TildyeMaud, embora agora, é claro, Chloe precisasse se encaixar nela de alguma forma.

A vida de Maud no Pine Cone Lodge estava se desintegrando dia a dia. Nem era mais o Pine Cone Lodge: a placa havia sido retirada, e uma imobiliária próspera havia assinado uma promessa de compra e venda da casa. Se o conselho de planejamento municipal desse sua aprovação na semana seguinte, a venda ocorreria e a empresa começaria a transformá-la em apartamentos para idosos que queriam ficar a curta distância da cidade. E isso significava que Maud, Lily Norton e o sr. Foley teriam de se mudar imediatamente e deixar a casa "um brinco" dentro de trinta dias após o fechamento da venda. Isso era parte do preço de venda negociado, que Maud havia ficado acanhada de revelar, embora papai tenha dito que ouvira que Lily havia vendido muito bem, porque essa mesma imobiliária estava comprando mais casas velhas na mesma rua e planejava uma espécie de enclave para idosos abastados que tiveram suas habilitações de motorista canceladas.

Recentemente, Maud havia ouvido a mãe e o sr. Foley discutindo se seria mais econômico alugar pensões temporárias em

Mountain City, de modo que Maud pudesse terminar seu ano letivo "em casa", ou investir em uma casa em Atlanta, onde ficava o escritório do sr. Foley, e pagar uma taxa de internato a Mount St. Gabriel's por cerca de um mês.

— Ai meu Jesus, Maud, não seja boba... você pode ficar aqui conosco — estipulara Tildy, embora soubesse que teria de convencer mamãe, que parecia ter se voltado contra Maud.

Mas havia ficado mais fácil convencer mamãe a concordar com seus desejos desde que Madre Ravenel fizera de Tildy a diretora da peça. Tildy exultava em seu novo poder sobre mamãe: Cornelia, enciumada, estava em alerta para o primeiro sinal de que sua filhinha fosse ser roubada pela inimiga.

Mas Maud havia esnobado a oferta de Tildy.

— Obrigada, é muito gentileza sua, Tildy, mas, sabe como é, vou *pressioná-los* para me deixarem ficar no internato. Decidi que isso é o melhor para mim.

Por que ser confinada como interna seria o melhor para Maud estava além da compreensão de Tildy. Havia algo que estava sendo escondido dela, mas ela não conseguia identificar o que era. Tinha de ser mais do que a antipatia de Maud por Art Foley, porque certamente não havia nada de novo quanto a *isso*.

Nesse meio-tempo, Maud mergulhava com dedicação em *A Freira Vermelha*. Ela aprendera todas as falas de seus dois papéis... embora Tildy ainda estivesse escrevendo mais falas para a segunda parte.

Antes que Tildy tivesse escolhido o elenco da peça, Maud perguntou respeitosamente se poderia "fazer um teste" para o papel de Madre Wallingford, a fundadora.

— Não vamos fazer testes — disse Tildy. — Eles levam muito tempo, e as pessoas tendem a se imaginar capazes de papéis que são totalmente inadequados para elas. Muito tempo é desperdiçado louvando o processo democrático. Madre Ravenel acha o mesmo que eu. Ela escolheu todos os atores para os papéis da peça na primeira apresentação em 1931.

Então Tildy deixou uma pausa de suspense passar antes de acabar com a infelicidade de Maud... e lhe concedeu duas vezes o que ela pedira.

— Ocorre também, Maud, que já escolhi você como Madre Elizabeth Wallingford. Você tem a gravidade e a postura de uma fundadora inglesa aristocrática. Ninguém em nossa turma poderia vestir o manto da própria Madre Wallingford tão bem quanto você.

Tildy observou o semblante de Maud mudar da decepção ao alívio. Só que havia uma sombra do novo distanciamento também. Como se ela estivesse pensando à parte como era imaturo todo esse estardalhaço em torno de uma simples peça escolar.

— Mas, na minha montagem, a pessoa que interpreta a fundadora precisa interpretar outro papel também — prosseguiu Tildy.

— Que papel é esse?

— É uma personagem que não terminei de criar ainda. Toda turma pode adicionar seu próprio material, contanto que honre a essência da montagem original. Madre Ravenel me deu permissão para adicionar novas personagens que vieram mais tarde na história da escola. Sua segunda personagem será uma moça chamada Domenica. Ela é a melhor amiga de uma moça chamada

Rexanne. As duas planejam imitar Elizabeth e sua amiga Fiona tornando-se freiras juntas.

E depois disso vamos considerar John e Flavia, rochas impassíveis na vida doméstica de Tildy. Eles haviam se comportado em completo desacordo com seus papéis depois que Tildy os convidou na sala de jantar para ouvir a fita pronta dela e de papai, na qual John dizia as falas de Deus. Ela levou cerimoniosamente a máquina para a mesa, colocou-a sobre o jogo americano e pressionou o botão. Depois de uma série de chiados e estalos, a voz cavernosa e autoritária levou John e Flavia a darem um passo para trás, alarmados. Mas à medida que continuava ("Eu esmaguei continentes uns contra os outros..."), com seus espaçamentos de palavras sugestivos indicados pela diretora, o casal conseguiu reaver sua compostura usual. Entretanto, na parte que Deus decide criar uma escola "em meu próprio tempo", quando a voz de Deus subiu um pouco, tanto John quanto Flavia se viraram de costas para ela, e Tildy percebeu que os ombros deles tremiam. Seu primeiro pensamento tinha sido: "Eles estão tão emocionados que estão *chorando*", mas então Flavia disse esbaforida que tinha "uma coisa no forno" e correu para a cozinha, muito embora fosse o meio da tarde e nada estivesse sendo preparado. John aguentou por mais alguns momentos antes de deixar escapar um "Obrigado, senhorita Tildy" sufocado e disparar pela porta dupla de vaivém da cozinha atrás da esposa. Do outro lado da porta surgiu uma terrível explosão de riso contido enquanto o casal escapulia apressado para seus aposentos sobre a garagem.

E depois, ainda ontem, sexta-feira, houve o comportamento totalmente em desacordo com o personagem de Madre Malloy durante a aula particular. Elas estavam trabalhando na dissertação sobre história medieval da mesma forma que fizeram com seu trabalho sobre *David Copperfield*. Tildy foi incentivada primeiro a improvisar em voz alta, e depois juntas elas restringiam o entusiasmo a proporções controláveis. Tildy havia escolhido Eleonor, duquesa da Aquitânia, como seu tópico e, tendo previsto que receberia os parabéns de Madre Malloy em encontrar uma personagem perfeita para ela, ficou confusa quando a professora disse que muitas outras meninas na turma estavam escrevendo sobre Eleanor também.

— Bem — disse Tildy, recuperando-se de seu revés —, "mas o que importa é o que se faz com o tópico, não é, Madre?

— Com certeza há o bastante sobre ela para distribuir entre todas — concordou a freira, sorrindo. — O que você planeja fazer com ela, Tildy?

E Tildy havia iniciado com confiança seu improviso.

— Eu gostaria de usar muito *francês*, Madre, talvez escrevê-lo em francês, do jeito que fizemos com meu trabalho sobre Uriah Heep. Dessa vez parece *realmente* apropriado porque ela era uma rainha francesa antes de ser uma rainha inglesa.

Da última vez, quando elas haviam trabalhado na dissertação sobre Uriah Heep, Tildy havia apenas sugerido destacar algumas coisas que chamaram a atenção dela sobre essa figura grotesca, confiando em seu dom de extrair empolgação (ou repulsa) do nada, e espalhando com generosidade o que as pessoas chamavam de seu vocabulário "precoce", enquanto observava Madre Malloy atentamente para medir a qualidade de seus acenos de cabeça. Guiada pelos acenos mais vigorosos, Tildy havia conseguido restringir o tópico que lhe valeu um B+: o que tornava Uriah tão repugnante e que parte de sua repugnância era verdadeiramente maligna?

Mas desta vez o método do aceno de cabeça não estava funcionando bem. Nenhum dos acenos da freira podia ser considerado vigoroso.

Tildy havia escolhido Eleanor, duquesa da Aquitânia, porque era a pessoa no período que elas estavam estudando que mais parecia digna de sua imaginação. Com os pais certos e todas aquelas terras, Tildy tinha certeza de que, ela também, teria sido uma rainha excelente aos quinze anos, a idade que teria em seu próximo aniversário.

Com mais incentivo, ela estaria prestes a verbalizar essa certeza, mas Malloy estava sentada muito parada, com as mãos dobradas no colo, cabeça abaixada, e então Tildy buscou algo menos egocêntrico e chegou à ideia de *quinze anos e sozinha.* Madre Malloy adorava a concisão e a humildade... ela estava sempre aconselhando-as a não "tentar dar um passo maior que a perna" nas apresentações.

— Estive pensando, Madre, talvez eu pudesse considerar Eleanor aos quinze anos, baseada em toda a história que ocorria em torno dela, todas as pessoas fascinantes e por que ela e Luís tiveram de juntar suas terras e... não, espere, Madre, tive uma ideia melhor. Eu poderia escrever só sobre o casamento... ou mesmo Eleanor, a cavalo, uma duquesa de quinze anos, cavalgando até o jovem rei que ela nunca havia encontrado, com vassalos e toda a pompa, e mostrar por que...

Madre Malloy não levantou a cabeça. Ela mal parecia estar respirando.

Depois se mexeu e pediu desculpas, explicando que havia tido problemas para dormir ultimamente, e perguntou a Tildy se ela se importaria de repetir sua proposta.

Três das pessoas mais confiáveis da vida de Tildy: a professora que passara horas a incentivando a se expressar de novas formas e os dois empregados domésticos cuja adoração ela achava natural desde que eles a empurravam aonde quisesse ir em seu carrinho; dentro de uma semana, dois deles saíram correndo rindo dela, e ela havia posto a outra para dormir sentada.

Faz alguém pensar duas vezes antes de dar como certa a lealdade de qualquer pessoa. Graças a Deus que havia novas pessoas em sua vida a quem ela poderia causar uma boa primeira impressão hoje No momento, Tildy se sentava ao lado de Jiggsie Judd, a nova interna que havia recentemente sido rebaixada para a nona série por Madre Ravenel, no banco de trás arranhado do antigo Oldsmobile da avó de Jiggsie, que era de Spartanburg. O automóvel estava sendo dirigido por "Bob", um homem que fumava charutos vestindo calças Levi's e uma jaqueta xadrez de lã. Eles estavam a caminho da pousada Sunset Park Inn para um chá da tarde com a sra. Judd em sua suíte. Bob parecia ser uma mistura incerta de amigo e funcionário da avó de Jiggsie. Jiggsie disse que ele ia "para todo lugar com ela" e "ficava no quarto fumando quando ela estava com companhias em casa", mas vovó escrevia um cheque de cinquenta dólares para ele toda semana. Jiggsie a havia visto fazer isso. Desde que Tildy estava no carro, Bob havia relatado várias informações sobre a sra. Judd, a quem ele se referia como "Nita", na sua voz sarcástica de fumante: "Nita" ainda tinha habilitação de motorista, mas gostava que ele dirigisse para que ela não precisasse prestar atenção para onde estavam indo; "Nita" se recusava a se desfazer do Oldsmobile ano 1937, cujo custo de manutenção anual era maior que um carro novo, porque seu marido falecido o havia comprado para ela antes de morrer; "Nita" tendia a viver no passado, mas era boa companhia. Seu tom variava entre afeição e condescendência. Tildy se sentiu encorajada pela parte de "viver no passado", porém, porque nesta tarde ela planejava revirar a memória da sra. Nita Netherby Judd, da turma de 1913, tendo em vista a peça. Pense nisso: 1913 foi só três anos depois da inauguração de Mount St. Gabriel's. A sra. Judd teria conhecido a fundadora em seu auge!

O fato de Jiggsie ter sido rebaixada uma série — um medo secreto de Tildy por anos — não parecia desconcertar a moça. Se duvidar, ela considerava isso uma recompensa. Na nona série, ela conseguia passar o dia inteiro escolar na mesma sala que sua adorada protetora Elaine Frew, que a havia colocado sob as suas asas.

E para Tildy, o rebaixamento de Jiggsie à nona série havia sido uma oportunidade de ouro. Jiggsie parecia um anjo delicado, ainda que um pouco instável, e cantava angelicamente num soprano penetrante que parecia de outro mundo. Tildy logo criou um novo papel para ela na peça. Como dificilmente conseguiria eliminar a parte cantada de Dorothy Yount da malfadada Caroline DuPree, Tildy fez de Jiggsie o "Espírito do Internato". Como um anjo, esse espírito não envelhecia, e tinha uma percepção perfeita do futuro e do passado. Ele podia esclarecer coisas que haviam acontecido muito tempo antes e prever coisas que aconteceriam. Podia ver por trás das cenas e corrigir velhos erros. A personagem inspirada por Jiggsie fornecia a nova faceta que mamãe dizia que a peça precisava para fugir da antiga linha-dura de Madre Ravenel.

Tildy, sentindo-se magnânima, havia convidado Elaine Frew para compor a música de piano para as canções de Jiggsie. "Precisarei ver algumas letras primeiro", foi a evasiva da orgulhosa Elaine. "Terei uma mostra delas para você até segunda-feira", prometeu Tildy, engolindo sua ira e passando o fim de semana ditando e revisando "A canção-tema do Espírito" deitada no sofá-cama na casa de Chloe:

> Minha voz impiedosa expõe esquemas sombrios;
> Minha chama brilhante revive sonhos antigos;
> Ontem ou amanhã, para mim, são a mesma hora.
> Se quer saber meu nome, sou o Espírito do Agora.

— Quem escreveu isso? — perguntou Elaine, franzindo as sobrancelhas.

— Fui eu — respondeu Tildy. — Qual o problema com ela?

— Dá uma boa canção... ou dará, quando tiver a música certa. Será adequado para o contratenor estranho de Jiggsie.

Embora a sra. Nita Judd fosse, sem dúvida nenhuma, velha, não aparentava ser uma avó nem agia como tal. Ela andava compulsivamente pela suíte, importunando-as com suas ideias. Obviamente sentia que era seu papel esta tarde instruir e acolher duas jovens e estava fazendo o melhor a seu ver, sem esperar que elas contribuíssem muito. O que era compreensível, pensou Tildy, se sua ideia de uma jovem era alguém como Jiggsie.

As pessoas do lado bom da sra. Judd eram rotuladas de "coitadas" e o resto tinha que se virar sem seu adjetivo favorito. Suas calças cinza de seda com boca larga roçavam enquanto ela passava no tapete com suas sandálias de couro, seus braceletes tiniam e tilintavam, e quando se curvava para frente para pôr o chá com seu suéter de gola "v" folgado, dava para ver toda a parte da frente do seu sutiã preto de renda e as dobras de seu abdômen abaixo dele. Sua pele era da cor e textura de biscoito de gengibre, e o cabelo, penteado para trás com um nó espanhol apertado com uma crueldade que fazia suas sobrancelhas parecerem em permanente choque, era o que mamãe teria chamado de "suspeitamente preto".

Seus tópicos se atropelavam sem nenhuma ordem determinada, geralmente seguidos por reações de revolta. Primeiro, ela havia lembrado às moças que hoje era o Idos de Março, "o dia em que o coitado do Júlio Cesar foi assassinado por seus supostos amigos. 'Et tu, Brutus?' Sabe, eu aprendi algumas coisas na velha Mount St. Gabriel's, muito embora eu fosse o tipo de moça que mal podia esperar para se ver livre da escola". Em seguida, veio a história da instrução escolar descuidada de Jiggsie ("deplorável, na verdade, coitada da menina, mas o que se podia esperar, com pais como aqueles?") e continuou com a vida doméstica de Jiggsie, devido ao coitado do pai de Jiggsie ter gasto sua herança e se tornado jogador profissional de golfe e a mãe de Jiggsie ser "bem, vamos só dizer caprichosa em seus afetos, para exprimir de forma amena" e então se desviou de alguma forma para a firme convicção da sra. Judd sobre sua fé católica ("Quando tudo está um caos em torno de uma pessoa, é preciso ter algo constante com que se guiar... embora o Senhor saiba que a coitada da Sua

Igreja tem suas manchas") e prosseguiu com as perfeições do falecido sr. Judd ("O coitado do Harold era perfeito, o marido perfeito. E vou dizer uma coisa para vocês, meninas, e podem se lembrar disso quando forem viúvas: ele foi ainda mais perfeito depois que morreu").

E daí voltou a Jiggsie:

— Quando Madre Ravenel telefonou para dizer que teria que rebaixar Jiggsie uma série, eu fiz o coitado do Bob largar tudo para poder correr para cá e consolar minha única neta. E o que encontrei? Jiggsie toda feliz e contente, cercada por amigas como você, Tildy, e essa gentil Elaine Frew... Eu lamento tanto que Elaine não possa ter vindo hoje...

— Ah, Elaine é *inflexível* quanto a manter sua agenda de prática de sábado — anunciou Jiggsie com orgulho sem olhar para ninguém. Seus dedos flutuavam sobre a bandeja de sanduíches. Finalmente ela pegou um dos triângulos de pão de forma sem casca, puxou o pão e cheirou o recheio, depois pôs tudo na boca, encolhendo os ombros.

Era a primeira vez que Tildy ouvia que Elaine havia sido convidada.

— Então acho que esta velha vovó vai sair daqui amanhã de manhã — retomou a sra. Judd alegremente, com o roçar e o tinido. Ela ainda não se sentara. — Vou para a missa na basílica, passar na escola, ter minha reunião com Madre Ravenel e ver se consigo encontrar Madre Finney, que sempre foi minha favorita, e depois o coitado do Bob poderá voltar para casa para suas ferramentas. Você sabe aquele carrinho arcaico em que vocês chegaram? Eu não ouso vendê-lo porque o coitado do Bob não ia ter nada para consertar na minha casa.

Tildy decidiu que era hora de mudar o rumo desse monólogo que não chegaria a lugar nenhum sobre todos esses coitados para uma trilha mais determinada.

— Eu queria, sra. Judd, que a senhora nos contasse algo sobre sua época em Mount St. Gabriel's. Sabe, estamos fazendo uma peça sobre a história da escola...

— Sim, Jiggsie estava me dizendo. Você escreveu um novo papel especialmente para ela. Isso foi muito gentil de sua parte, Tildy.

— *Elaine* está escrevendo algumas canções para mim — disse Jiggsie, arrancando uma pétala da única rosa no vaso de prata da bandeja e deixando-a flutuar, como um barquinho, em sua xícara de chá.

— Na verdade — Tildy informou a sra. Judd —, sou eu quem está escrevendo as canções. Elaine está compondo a música.

— Que seja — disse Jiggsie com um dar de ombros.

— Vocês meninas são tão espertas! — exclamou a sra. Judd. — Como se chama a peça de vocês, Tildy?

— *A Freira Vermelha* — respondeu Jiggsie com certo desprezo, ainda sem olhar para ninguém. Ela arrancou uma segunda pétala e deixou-a flutuar em sua xícara de chá.

— Não é exatamente *minha* peça — contestou Tildy. — Digo, como diretora, tenho permissão de fazer acréscimos, mas Madre Ravenel a escreveu quando era caloura em 1931, e é uma tradição das turmas de calouras revivê-la de tempos em tempos.

— A única freira vermelha que conheço é aquela boia encarnada de demarcação que é melhor que esteja a estibordo quando você volta do mar — disse a sra. Judd. — Mas a de vocês é sem dúvida uma freira de verdade, já que a peça é sobre a escola. Como pode ela ser vermelha?

— Bem, é uma estátua em nossa gruta feita de mármore vermelho, em homenagem a uma moça devota de Mount St. Gabriel's, Caroline DuPree, que morreu antes que pudesse se tornar freira, e seus pais doaram esse memorial, só que ele ficou incompleto...

A sra. Judd parou de andar e parecia confusa.

— Com certeza, essa não pode ser a Caroline DuPree que conheci.

Tildy engasgou.

— A senhora conheceu Caroline DuPree?

— Sim, claro, ela era uma aluna interna uma série à frente da minha. Mas devo ter perdido partes da história, porque ela estava longe de ser devota, e Madre Wallingford a mandou para casa no meio de seu ano de formanda.

— Quer dizer, para não voltar?

— Bem, *sim*. Ela tentou pular da torre de água. Mas as janelas da torre estavam presas ou emperradas, e Madre Finney subiu as escadas correndo e a agarrou a tempo.

— A senhora quer dizer que ela queria *se matar*?

— Essa era a história que se contava. Ela estava perdidamente apaixonada por Madre Wallingford, e escreveu sobre isso para sua irmã mais nova, e os pais dela vieram pegar suas coisas e levá-la embora. Elas estavam todas reunidas na sala da Madre Wallingford e, quando contaram à Caroline o que havia sido decidido, ela correu até a torre. Sei que sucumbiu à malária, porque no outono seguinte fizemos um pequeno réquiem para ela. Eu era formanda nessa época, da turma de 1913, estava noiva de Harold Judd e em meu coração havia concluído a escola. Devo admitir que não dediquei muitos pensamentos a Caroline desde então.

Tildy ficou pasma.

— Madre Wallingford estava apaixonada por ela?

— Meu Jesus, não, menina. Madre Wallingford não estava apaixonada por ninguém. Duvido que estivesse apaixonada por Deus. Ela era um monstro de eficiência. Devia ter nascido homem, ser um governador ou primeiro-ministro ou algo assim. Deus era seu soberano, isso estava claro, mas certamente não era seu amor. Sim, era assim com Madre Wallingford. Sempre achei que ela tivesse vergonha de ser mulher, muito embora tenha dedicado a vida à educação de mulheres. Ela estava sempre repreendendo as moças com severidade, incluindo essa que vos fala, por "pensar como mulher". Era a coitada da Madre Finney que todo mundo amava. Ela era uma companhia espirituosa, tinha raciocínio rápido e era divertida, e tinha sardas bonitinhas, andava a cavalo de forma fantástica, mesmo na roupa de freira. É Madre Finney quem estou ansiosa para ver amanhã, embora ache que quarenta anos tenham deixado seus efeitos.

Um terremoto parecia que ia acontecer na cabeça de Tildy. As lembranças informais da sra. Judd, de uma ex-aluna que tinha "concluído a escola em seu coração" desde 1913, estavam sacudindo de cima a baixo as convicções de Tildy.

Elas ameaçavam a própria base da peça. Era uma coisa querer adicionar algumas personagens novas, para esclarecer algumas velhas vaidades e vingar alguns velhos malfeitos, para romper com o que mamãe chamava de "velha linha-dura" de Madre Ravenel. Mas onde colocar essas coisas novas que haviam saído tão despretensiosamente da boca da avó de Jiggsie... coisas que precederam a época da própria Madre Ravenel? Se as pessoas não eram quem se pensava que eram — se elas não eram as pessoas que Suzanne Ravenel pensava que eram —, onde isso se encaixava na peça?

E se não se encaixava, o que uma diretora de criação deveria fazer?

Tildy mal podia esperar para relatar tudo isso para mamãe. Antigamente, não teria certeza de um encontro com ela em noite alguma; porém, desde que Madre Ravenel a havia indicado para diretora da peça, ela podia contar que mamãe viria ao seu quarto todas as noites.

"Então, como vai minha filhinha?", mamãe diria. "O que há de novo na peça?" E cheirando a produtos químicos e a seu perfume de verão, mamãe se encolheria sobre as cobertas ao lado da filha e incentivaria Tildy a lhe contar, como uma criança que conta uma história de ninar à mãe, tudo que ela vinha fazendo com a peça. Tildy havia descoberto que tinha alguma de suas melhores inspirações durante essas revisões da narrativa, quando mamãe fazia acenos de cabeça, acomodada ao seu lado, e a instigava.

Mas não, droga, ela não veria mamãe até a noite do dia seguinte, porque estava passando a noite, como era seu costume, com Chloe.

CAPÍTULO 28

Revisão dos Mortos

Tarde de sábado, 15 de março de 1952
Cemitério de Riverside
Mountain City

ARRANJOS DE AÇAFRÕES, AMARELOS, ROXOS E BRANCOS, PROJEtavam-se para cima em seus lugares designados no lote cercado da família Vick. Logo seria o primeiro aniversário da morte de Agnes, mas ela não estava enterrada ali.

Do banco de ferro batido dentro do terreno cercado e coberto de seixos projetado por Malcolm Vick, Chloe examinou as placas funerárias dos Vick que haviam concluído suas vidas até então. Abaixo daquelas pedras jaziam os restos de seu avô Malcolm e da esposa que o precedeu na morte devido ao alcoolismo. E lá jazia a mãe de Malcolm, Agnes, em cuja homenagem a mãe de Chloe havia sido batizada. E lá jazia a esposa de tio Henry, a tia de Tildy, Antonia. Um dia Henry estaria embaixo da terra ao lado de Antonia. E um dia a própria Chloe, estirada, com a vida concluída, iria se juntar a eles em seu próprio caixão.

Fora do espaço cercado enfeitado com o gracioso portão com trinco estavam os outros Vick: um tio-bisavô que havia sido um soldado confederado, a esposa dele, que sobreviveu a ele cinquenta anos, algumas crianças mortas, e o pai de Malcolm Vick, que havia falecido na epidemia de gripe quando Malcolm tinha nove anos. Algumas dessas sepulturas verticais cobertas de líquen haviam afundado de lado na terra, motivo pelo qual Malcolm Vick, depois da morte da mãe, havia projetado esse cerco apenas para placas funerárias. Um cemitério era um lugar para os vivos, ele dissera, e gostava de arrumar as coisas de forma atraente para os futuros membros vivos da família, que viriam e se sentariam confortavelmente naquele terreno cercado e contemplariam seus mortos.

Antes de sua visita a Rex Wright em Barlow no mês passado, Chloe sentiu que era errado que a mãe não estivesse enterrada ali. Mas as coisas haviam mudado desde então. Desde que Rex mostrara a Chloe com orgulho o memorial a Agnes com tantos de seus nomes faltando e informações demais sobre ele mesmo, Chloe tinha a impressão de que Agnes, a Agnes de verdade, estava livre para não pertencer a absolutamente nenhum lugar e para vagar por onde bem entendesse. Ela não poderia ficar encerrada num "lote", seja no claro cemitério-jardim de Barlow ou aqui no terreno fechado projetado com cuidado pelo pai.

O problema era que Agnes havia mudado desde Barlow. Chloe não a sentia mais dentro de si, instruindo-a sobre o que fazer a seguir e às vezes sobre o que não fazer... como aquele retrato da turma da nona série que poderia ter causado mágoas. Desde que Chloe realizara as instruções de Agnes em Barlow, o espírito da mãe parecia ter saído de férias. Algo importante havia se realizado entre elas: o espírito de Agnes desejara isso, mas o corpo vivo de Chloe precisava concretizar.

O corpo de Chloe havia mudado também. Algumas semanas depois da viagem a Barlow, ela havia achado manchas marrons em seus pijamas numa manhã. Quatorze anos, quase fazendo quinze, e finalmente havia chegado. Ela e Agnes discutiram isso também na lanchonete. "Talvez sua menarca se atrase como a minha", disse Agnes. "A minha só começou aos dezesseis anos." A maioria das colegas de turma de Chloe em Barlow já haviam começado a menstruar. Elas corriam para o banheiro, pediam moedas emprestadas uma das outras para usar na máquina de venda automática de absorventes. Ela havia se mantido silenciosa sobre o "atraso de sua menarca" até que Tildy se tornou sua melhor amiga. Quem poderia esconder esse tipo de coisa de Tildy? Tildy havia começado a menstruar aos doze anos e, com a ajuda de Madeline, já havia mudado para os primeiros absorventes internos. "Você precisa virar a pélvis de certa forma no banheiro", disse Tildy a ela, "e se entrar errado, você não deve forçá-lo ou ele fica todo mole; só puxe-o e use um novo. Não se preocupe, vou lhe ensinar quando chegar a hora. Madeline não ficou menstruada até os quinze anos". "Bem, então estou em boa companhia", Chloe dissera.

("Até o final, ela me queria..." A voz alta e furiosa de Rex, contraindo o punho dentro da outra mão para evitar bater nela. "Sim, senhora, ela me queria. Suponho que já que vocês duas têm tido suas conversas católicas do além, você saiba sobre o bebê. — *Ou ela lhe contou que estava grávida quando ainda estava viva?*")

Não, ela não me contou. Queria saber por que não. Será que tinha medo de que eu ficasse descontente? Aborrecida? Eu teria ficado? Eu sabia o que eles faziam juntos, sei de onde vêm os bebês desde que tinha dez anos, mas mesmo assim nunca pensei que eles teriam um. Por que não pensei nessa possibilidade de um bebê? E se Agnes tivesse vivido e o bebê, nascido? Eu teria ficado com ciúmes? Ou o teria amado porque seria meu meio-irmão ou meia-irmã, e estaríamos todos ainda morando em Barlow?

Mas Agnes me mandou ir sem me contar sobre o bebê. Por quê? Será que tinha vergonha? Será que pensava que ia me aborrecer ou que a amaria menos? Ou, ai, meu Deus, será que pensava *que tinha de escolher entre mim e o Rex e o bebê deles*?

Ela queria que eu fosse uma boa católica e vivia dizendo que desejava que eu fosse para Mount St. Gabriel's um dia, como ela havia sido feliz lá.

Será que havia feito alguma promessa? Do tipo "Concedei a Rex e a mim esse filho e nós Vos daremos Chloe", da forma que as mães estavam sempre entregando seus filhos a Deus na Bíblia?

Talvez ela tenha decidido que, se eu estivesse fora do caminho, ela e Rex poderiam viver uma vida de casados mais normal, sem a sombra da filha de outro homem sempre os observando criticamente e os ouvindo à noite. Ela sabia que tio Henry terminaria de me criar de acordo com os princípios dela. E eu já tinha quase quatorze anos.

E se todos esses meses de estudo corrido de Latim, História e Religião com ela na lanchonete fossem parte de um plano? Um plano de me transferir para o tio Henry e Mount St. Gabriel's de forma que ela pudesse viver uma vida normal e ter esse filho e outros com Rex Wright?

Mas ela me amava, sei que me amava. Dizia que eu era sua melhor amiga. Que podíamos ir a lugares juntas que as outras pessoas não podiam ir. Quando lhe mostrei meus desenhos de como a imaginei com minha idade, ela disse: "É como se você estivesse comigo na minha época de menina, zelando por mim como um anjo da guarda."

Acredito que a aliviava conversar sobre Rex comigo em nosso banco na lanchonete do centro da cidade. Ela podia esclarecer para si mesma esse triângulo incômodo que estávamos vivendo. Mas nunca nos deixaria ir longe demais; o senso de justiça dela sempre nos interrompia antes que fizéssemos isso. Como às vezes ela dizia: "Este é nosso cenáculo. Somos como os primeiros cristãos repartindo o pão em segredo. Só que nosso pão são biscoitos salgados com manteiga de amendoim."

Mas quando eu fui longe demais e disse "Então não seremos jogados aos leões", ela não riu. "Ele está tentando, querida", disse ela. "Vamos dar a ele o benefício da dúvida." E depois com um lampejo conspiratório: "Porque, francamente, não vejo que outra opção nós temos."

Bem, talvez mais tarde ela tenha decidido que tínhamos escolha. Uma de nós vai embora, uma de nós fica. Ou já eram "dois de nós ficam" a essa altura?

Conversávamos sobre a violência também. Percebia que a magoava ter que explicar isso, dar desculpas. "Ele tem cabeça quente, querida. Ele só... algumas pessoas se inflamam mais do que as outras. Digo, algumas pessoas podem se inflamar tanto quanto madeira molhada, enquanto que Rex, bem, ele é como papel seco." Ela riu de sua comparação exata. "E também há a questão da criação", prosseguiu. "Se você cresce em uma família de gente violenta, aprende a se defender e a retribuir as pancadas. Nas pessoas... famílias..." Ela mordeu o lábio, procurando palavras que seriam justas com Rex, mas também transmitiriam seu argumento. "Em cada família, as pessoas têm formas diferentes de se afirmarem. A arma de meu pai era o desdém, um desdém muito sutil. Ele nunca levantou a mão para nenhuma de nós, mas conseguia fazer alguém fraquejar sem levantar a voz. Já no caso do pai de Merry, seu outro avô, a arma era uma espécie de passividade imperturbável. Ele diria: 'Bem, tudo bem, se é isso que você quer...' Depois se evadia em silêncio e fazia exatamente o que queria. Mas, veja só, o pai de Rex tinha pavio curto também. Ele batia em Rex com as costas da mão na mesa de jantar e depois, segundo Rex, olhava com genuíno choque ao ver seu filho deitado no chão da cozinha com o nariz sangrando."

"Mas eles são homens", Chloe protestava. "Enquanto que Rex bate *na gente*."

Ela se sentiria vitoriosa por ter ganhado o argumento se Agnes não parecesse tão derrotada. Eu realmente a magoei, Chloe pensou, amando a mãe ainda com mais ternura por ser capaz de magoá-la.

Mas Agnes, recuperando-se rapidamente, respondeu com um tanto de austeridade: "As pessoas podem mudar, Chloe. Se elas amam alguém e aprendem a não se sentirem ameaçadas e se sabem que são amadas. Creio que elas podem mudar." Inclinando-se para a frente sobre os cotovelos, ela descansou a testa nas pontas dos dedos e olhou para a mesa. "Preciso acreditar nisso", disse ela.

Será que ainda acreditava quando ele continuava batendo nela? Será que ele bateu nela naquele dia? Quer tenha batido nela, quer não, com certeza ele ficou assustado quando eu disse que bateu. "Sua idiota perdida, você não estava aqui!", ele gritou e eu podia ver duas coisas opostas: uma, que ele pode não ter batido nela naquele dia, que o magoava mesmo imaginar uma coisa dessas agora; e dois, que eu tinha o poder de arruinar sua vida se ele não me deixasse ir embora. Pude ver seu medo, que uma história dessas pudesse se espalhar em Barlow, que ele tinha algo a ver com a queda da esposa em cima do aquecedor.

Realizei mesmo tudo isso sozinha lá em Barlow? Não tenho mais certeza. Achava que Agnes estava me guiando porque ela ia querer que eu morasse com tio Henry se algo lhe acontecesse. Sentia que ela e eu estávamos trabalhando como uma equipe, que tínhamos essa coisa para realizar, que estava operando sob sua orientação e isso a mantinha próxima de mim. Ou imaginei tudo porque a mantinha tão próxima?

Agora não tenho certeza. Como saiu de férias e não consigo pensar nela enterrada em nenhum lugar, é difícil dizer se ela queria que isso fosse feito para que pudesse se livrar de suas preocupações comigo — se ela pensou nisso através de mim — ou se eu criei a coisa inteira sozinha.

Da mesma forma que criei esses desenhos dela dobrada sobre o aquecedor em seu próprio sangue. ("Você nunca viu como ela estava quando a encontrei. Posso garantir que ela não lembrava nenhuma dessas... dessas madonas que sangram.")

• • •

No fim da tarde de sábado, 15 de março de 1952
Residência dos Vick
Mountain City

Chloe estivera tão absorvida na pintura de partes dos cenários móveis, que tio Henry havia montado para ela no solário no andar de baixo, que não havia percebido o atraso de Tildy até o grande Packard estacionar na entrada. Tildy pulou do carro e irrompeu pelas portas francesas, deixando que John a seguisse com as coisas dela.

— Você achou que eu não vinha? Ah, essas árvores parecem mesmo de *verdade*! Você é um verdadeiro gênio, Chloe. Jesus Todo-poderoso, era de se esperar que uma família com três carros pudesse fazer a coitada da moça sem habilitação chegar ao seu destino no horário. Mas, não, mamãe tinha acabado de sair, e Madeline tinha acabado de chegar para se vestir para um encontro, e John e papai não estavam em nenhum lugar que eu pudesse encontrá-los. Fiquei fora de mim, eu ia ligar para você, mas...

— Mas você está aqui agora — disse Chloe. A urgência de Tildy com tudo que se relacionasse com ela mesma tinha o efeito de acalmar Chloe e fazê-la se sentir guardiã das duas. John infiltrou-se com seu jeito ligeiramente curvado pelas portas francesas, carregando o estojo de couro envernizado e uma imensa mala velha com correias.

— Como vai, srta. Chloe? Quer que eu suba essa mala para o quarto de vocês?

— Sim, por favor, John — disse Tildy. — E obrigada por trazer para mim. Só mais um ano e meio e vou poder dirigir eu mesma.

— É sempre um prazer para mim, srta. Tildy.

— O que diabos tem naquela mala imensa? — perguntou Chloe, agora radiante pela felicidade de ver sua amiga. — Está vindo morar conosco?

— Ah, você não ia querer isso — disse Tildy. — Conheço você: precisa ter seu tempo de privacidade para se comunicar com seus espíritos. É um presente muito mundano, por isso não espere nada grandioso. Na verdade, é uma mala cheia de absorventes Kotex. Mamãe comprou de algum lugar que vende no atacado para as drogarias. Dessa forma, a gente não precisa ir à drogaria e ficar com vergonha.

— Ah, Tildy, quanta consideração. Eu odeio ter de ir lá e... eu não consigo pedir ao tio Henry.

— E eu não sei disso, srta. Chloe? E quando você estiver pronta para ir para a próxima fase, eu vou lhe ensinar do lado de fora do banheiro, como Madeline fez comigo. E agora, ah, meu Deus, como temos trabalho a fazer! E como tenho coisas para lhe contar! Cadê o tio Henry? O Jaguar dele não está na garagem.

— Ele foi às montanhas para ver um homem que quer fazer um acréscimo em sua pensão de caça, mas manter tudo com aparência antiga e rústica. Você e eu vamos jantar sozinhas!

— Meu Deus! Primeiro eles queriam colunas gregas em sua nova biblioteca e agora estão tentando arrastá-lo de volta para o tempo das cabanas de toras de madeira.

— Ele diz que não se importa com a pensão de caça. É a falsa mistura de estilos que ele detesta. Vamos jantar salsichas alemãs com feijões, e Rosa deixou um prato de bolo de chocolate e tem um pouco de sorvete também.

— Coitado do tio Henry! Não, eu preciso parar de dizer "coitado" É a palavra favorita da avó de Jiggsie.

— E como foi o chá? Ela é simpática?

— Ela é muito falante. Muito embora a maioria do que dizia era consigo mesma. Não parava de andar e dava para ver a frente inteira de seu sutiã preto quando punha o chá. Jiggsie foi o doce assombro de sempre. Mas espere só para ouvir! A sra. Judd fez parte da turma de 1913 e conheceu a Freira Vermelha!

— Ela conheceu...

— Caroline DuPree estava uma série à frente da sra. Judd, e há o outro lado da história. Caroline estava apaixonada pela fundadora, por Madre Wallingford, e seus pais vieram levá-la da escola e ela tentou se jogar da torre, mas Madre Finney a salvou. Ah, tchau, John! — Ela acenou para a janela enquanto o Packard saía do acesso de carros. — E depois eles a levaram para casa e ela morreu de malária.

— Mas e toda aquela coisa de vocação?

— A sra. Judd não havia ouvido nada sobre isso, porque ela era uma dessas moças que mal podem esperar para se verem livres da escola. Tudo que ela sabia é que houve um réquiem no ano seguinte, quando a sra. Judd era do terceiro ano do colegial. Ela não manteve contato com a escola depois que se formou. E nem sabia sobre a estátua ou a famosa peça de Ravenel! Mas, Chloe, estava pensando no caminho até aqui, você é a chave de todo esse mistério.

— Sou?

— Preste atenção, quem ainda está em Mount St. Gabriel's e sabe tudo sobre essas coisas dos primórdios da escola, quem estava lá desde o começo?

— Madre Finney.

— Isso, Dick Tracy! E de qual aluna ela era mais próxima na turma de 1934?

— Bem, Agnes seria a resposta para isso.

— Exato!

— Ainda não consigo entender como...

— Espere, deixe-me terminar! Seria a coisa mais natural do mundo para você procurar Madre Finney e ter uma breve conversa com ela, diga que quer saber alguma coisa que ela poderia se lembrar sobre sua mãe e depois você pode lhe falar que quer ampliar o personagem da fundadora nesta versão atualizada da peça, e a faça falar sobre isso, e então você poderia dizer: "Ah, e a senhora deve ter conhecido Caroline DuPree, que morreu antes que pudesse concretizar sua vocação... como ela era quando estava na escola, Madre?"

— Mas ela deve ter querido ser freira em algum momento... Digo, seus pais passaram por todo aquele trabalho de importar o mármore e contratar o escultor. Quer dizer, é uma das lendas da escola.

— E quem criou a lenda? É isso que queremos descobrir! — Tildy praticamente ardia de eletricidade. — Ela existia antes da peça de Suzanne Ravenel? Ou o quanto disso ela inventou?

— Mas com certeza Madre Finney não teria sustentado por todos esses anos sem falar se havia algo que não era...

— É isso que temos de descobrir — disse Tildy de forma imperiosa, virando sua atenção para o painel do cenário de Chloe retratando a gruta. — Eu teria colorido a Freira Vermelha primeiro, mas você fez todas as árvores e a deixou branca.

— Bem, é assim que eu estou fazendo. Preciso ver se há algo mais que preciso ver sobre ela depois que todo o pano de fundo for preenchido.

— Não estava criticando, srta. Chloe. Só estava dizendo que sou a criança impetuosa que está doida para rabiscar com o giz de cera vermelho e você é a artista sutil.

— Acho que vou usar uma tinta de alto brilho para ela — disse Chloe. Quando voltava atrás, era impossível resistir à articulada Tildy. — Desse jeito ela se destacará da tinta à base de água das árvores. Ela vai parecer mais tridimensional e mais sólida. Estava até pensando se deveria fazê-la num tamanho maior. O que você acha?

— Você quer dizer maior do que ela é na verdade?

— Foi só... uma espécie de impulso que tive.

— Sabe de uma coisa? — Tildy andava para a frente e para trás diante do painel. — Acho que é uma excelente ideia. Fazê-la extraordinária. Uma força a ser considerada.

— Mas e se... e se descobrirmos algo com Madre Finney que a faça perder essa força?

— Não fará nenhuma diferença para a *estátua*. Ela está lá, imóvel com toda a sua história de... só ficar imóvel lá. Será a mesma, não importa o quanto a história de Caroline perca o vigor.

— Mas... a gente não devia esperar até ouvir o que Madre Finney tem a dizer? Pode não haver nada.

— Ah, sempre vai haver *alguma coisa* — disse Tildy, com um agito das mechas desgrenhadas. — Todo mundo tem sua própria versão de tudo. O que estou tentando é expandir o escopo da peça, romper com a antiga linha-dura de Madre Ravenel. E segunda-feira é Dia de São Patrício, então você tem uma desculpa perfeita para procurar a velha Finney, desejar-lhe a boa sorte dos irlandeses e introduzir sutilmente as outras coisas.

Tarde de segunda-feira, 17 de março de 1952
Festa de São Patrício, bispo e padroeiro da Irlanda
Mount St. Gabriel's

Semeia a tua semente desde a manhã e não deixes tuas mãos ociosas até a noite. Porque não sabes o que terá bom êxito, se isto ou aquilo, ou se ambas as coisas são igualmente úteis.

Madre Finney curvou-se sobre suas mudas. A luz do sol, que teria em breve a inclinação do verão, resplandecia pelo vidro da estufa e penetrava as camadas do hábito de sarja, aquecendo seus velhos ossos e aliviando suas articulações.

Ontem, os brotos pálidos lutaram para levantar seus minúsculos ombros para fora na superfície. Hoje as bandejas com folhagens multicoloridas prometem a colheita de amanhã. Em breve haverá cachos de tomates amadurecendo, vagens, ervilhas, abóbora, pepinos. Na Irlanda, sua família, econômica embora próspera, nunca havia se esquecido da Grande Fome de 1845 e plantava suas próprias batatas, mas aqui em Mount St. Gabriel's, com cem internas, as freiras e os empregados para alimentar, além do almoço do refeitório para as alunas externas, era mais econômico comprá-las por carga de caminhão de uma fazenda de New Jersey. A horta de Madre Finney não era mais uma necessidade, não como nos primeiros anos da escola (quando ela havia plantado batatas para assar, ferver e armazenar) e novamente durante os anos da Grande Depressão e da Segunda Guerra Mundial. Mas as irmãs e as alunas eram muito clamorosas em seus elogios: um "tomate Finney" tinha "o gosto dos tomates de antigamente", uma alface de sua horta era a mais viçosa e doce de todas. Cuidando de suas dores à noite com uma pomada mentolada e colocando seus dedos artríticos de molho em água quente, ela cedia ao seu entusiasmo. Aguardava com ansiedade a hora de servir a primeira salada cultivada na escola para a jovem Madre Malloy, que tinha problemas em digerir a comida com muito amido de Mount St. Gabriel's.

Doce é a luz, e é um deleite para os olhos ver o sol. Por mais numerosos que sejam os anos de vida, regozija-se o homem em todos eles, mas deve pensar nos dias obscuros que serão numerosos.

Ela se regozijava por seus anos acumulados, entretanto, quando olhava para trás, assombrava-se de que pudesse ter viajado tão longe e feito tantas coisas. E, apesar disso, sua vida lhe parecia exatamente sua: ela não poderia imaginar nenhuma outra. É claro, teve sua companheira de ousadia santa por quarenta de seus oitenta e nove anos. Fazia vinte e dois anos e dois meses agora que Lizzie Wallingford havia partido.

Ela podia também contabilizar dias de escuridão em que viveu. O autor do Eclesiastes sem dúvida sabia que os dias de trevas não estão sempre no futuro; eles são oferecidos para que a pessoa os suporte e se lembre deles durante sua jornada, espalhando-os, por assim dizer, pelo período de vida que lhe foi concedido.

Sua audição havia sido silenciada, sua catarata estava "madura", como relatou seu oftalmologista, mas quando se anda pelos mesmos corredores e escadas e terrenos por quarenta e dois anos, e se ouve as mesmas missas e se reza as mesmas orações, é possível se contentar com partes menos acentuadas da visão e da audição. À noite, ela ficava desperta e alerta, na companhia de Deus, ou era visitada por episódios de toda a sua vida. Eles lhe chegavam aos atropelos como sempre faziam, em sonhos ou devaneios, até que ela às vezes desejava que pudesse escapulir deles e se lembrar de episódios e cenas de outra vida além da própria.

No entanto, durante o dia ela estava ficando cada vez mais esquecida. Não podia mais contar que olharia um rosto e o associaria a um nome, embora soubesse perfeitamente bem quem a pessoa era. Não podia mais pegar no ar a palavra de que precisava no momento exato em que precisava dela. Mesmo os nomes de legumes esquecia às vezes.

Ontem uma mulher veio procurar por ela na estufa. Uma moça de rosto anguloso, de cabelos negros brilhantes dos primórdios da escola, ela era agora a avó de rosto anguloso e cabelos negros daquela nova interna que foi rebaixada uma série. Tinha tantas perguntas, essa senhora, de quem Madre Finney se lembrava como alguém exatamente igual quando moça, sempre lhe extorquindo informações e falando ao mesmo tempo. Extorque, extorque, retorque, retorque. Havia perguntado a Madre Finney se ela se lembrava de ter subido as escadas da torre para salvar Caroline DuPree, no dia que os pais de DuPree vieram para levá-la embora da escola. Todo mundo falara nisso. Madre Finney era uma heroína.

Madre Finney disse que sua memória não era mais a mesma, mas tinha certeza de que não havia nenhum heroísmo de sua parte.

Então a senhora quis saber quando foi que Caroline DuPree tinha se decidido a virar freira. Foi antes ou depois que ela foi mandada para casa?

Agora, eu realmente não sabia dizer.

E que história era essa sobre a Freira Vermelha? Aquela menina que está dirigindo a peça estava em cima de mim ontem quando a Jiggsie a trouxe para o chá na pousada. Eu precisei lhe dizer que isso era completamente novo para mim, essa devota Caroline DuPree que havia morrido antes de poder concretizar sua vocação. E apesar disso fiquei sabendo que há um memorial em mármore vermelho...

Sim, há... um memorial incompleto, na gruta. Gostaria de vê-lo?

A senhora adoraria, mas estava com muita pressa naquele dia; seu motorista estava esperando, ela estava no comando de um negócio de assinatura de revistas, muito rentável, que lhe fora legado pelo marido falecido. Madre Finney se lembra de como todas as moças da turma de 1913 a adoravam? E saiu apressada, sem esperar uma resposta, ainda falando enquanto saía da estufa, porque alguém que chamava de coitado do Bob gostaria de chegar em casa antes de escurecer.

E aqui, nesta tarde, veio outra visitante, uma menina delicada como uma corça, com um queixo delineado, que caminhou cautelosamente, porém com determinação, entre os cavaletes de caixas de mudas. Madre Finney sabia exatamente quem era, mas infelizmente tentava em vão achar o nome. Ela lembrava apenas o nome da mãe: Agnes, Agnes Vick, depois se chamou outra coisa, e ainda houve outro nome depois desse. Agnes, a especial, embora não devamos ter favoritos. Se bem que Nosso Senhor com certeza os teve.

— É Chloe — anunciou a moça, bendita seja. — Sabe, a filha de Agnes Vick? Eu queria... eu queria desejar à senhora um feliz Dia de São Patrício, Madre.

— Ah, Chloe. Eu tinha acabado de pensar na sua mãe. — O que era verdade, tendo visto o rosto de Agnes se aproximar nos olhos firmes e no queixo inconfundível da moça. — Conte-me, querida, como você está?

— Ah, eu... — A moça engoliu em seco e abaixou a cabeça.

— Eu sei, é difícil — disse, confortando-a. — Sabemos que ela está com Deus, mas somos nós que ficamos para trás que sentimos falta dela. Rezo por sua mãe todos os dias... e por você também. E o que está achando dos estudos, Chloe?

— Estão indo bem, eu acho. Quer dizer, eu preciso estudar para ter boas notas, mas minha mãe me ensinou algumas matérias antes de chegar a Mount St. Gabriel's. E Madre Malloy, nossa professora, é maravilhosa... ela faz você *desejar* se sobressair.

— Ela é uma dádiva, nossa Madre Malloy. E você fez amigos?

— Bem, Tildy Stratton e eu somos bem íntimas. Estou ajudando-a muito com a peça da nona série. Nossa turma está montando *A Freira Vermelha*... Madre Ravenel escolheu Tildy como diretora. Estamos acrescentando algumas cenas. As moças têm permissão para fazer isso.

— E que cenas você pensa em acrescentar, querida?

— Bem, com certeza queremos ampliar a personagem da nossa fundadora. Como ela era, sabe, no auge. A senhora é a única em Mount St. Gabriel's que a conheceu nessa época. Madre Ravenel fala muito nela, mas só conheceu Madre Wallingford no final, quando ela estava morrendo, e precisamos lembrar de que Madre Ravenel só tinha doze anos nessa época.

— É verdade — disse Madre Finney, apertando os lábios. Com mãos tortas, mas firmes, ela cortou um broto secundário de um tomateiro. — Madre Wallingford não era ela mesma nesses últimos dias. Ela deve ser lembrada pelas muitas coisas que realizou quando estava bem. — (A "cena no leito de morte", muito elaborada e completamente imaginária, continuava sendo uma fonte de aflição não mitigada para Madre Finney, que havia, desde 1931, sido obrigada a assistir a várias gerações de moças "interpretarem" Elizabeth Wallingford e Fiona Finney na peça escolar de Madre Ravenel.)

— Ah, que coisas, por exemplo, Madre? Estamos procurando novos materiais. Queremos ampliar a peça. Até Madre Ravenel disse que ela precisava de sangue novo.

— Sabe, querida, depois que Madre Wallingford morreu, escrevi tudo de que me lembrava. A Ordem gentilmente transformou meus escritos num livreto. Você encontrará exemplares na biblioteca da escola. No meu ápice, Chloe, eu não era escritora, mas você encontrará muito mais sobre Madre Wallingford nesse relato do que posso lhe contar agora. Fiquei tão esquecida... Chama-se *Aventuras com Nossa Fundadora*. E foi mesmo. Uma aventura depois da outra. Madre Wallingford acreditava em praticar o que ela chamava de ousadia santa.

— Ah, sim, Madre Ravenel está sempre falando sobre isso. E há outra coisa que vínhamos pensando também, Madre. Qual é a história verdadeira de Caıoline DuPree? Foi como aparece na peça de Madre Ravenel?

A antiga aluna de cabelos negros brilhantes ontem, e agora a jovem Chloe interrogando-a sobre Caroline DuPree.

Madre Finney havia percebido tardiamente que a filha de Agnes havia vindo à estufa com um objetivo diferente que não era o de lhe desejar um feliz Dia de São Patrício. Tão determinadas são elas, essas moças adolescentes, com sua futura peça, que era apenas, afinal, somente a repetição mais recente de uma representação teatral de uma adolescente anterior — uma peça que havia excedido sua duração, na opinião não solicitada de Madre Finney, e que, com todas as suas fabulações enganosas, seria melhor esquecer.

— Ah, filha. Fiquei muito esquecida. Ela foi uma moça que morreu. Os pais dela encomendaram a escultura, que nunca se completou. E depois Madre Ravenel, quando era moça, escreveu a peça. Infelizmente, é tudo que posso lhe contar, querida.

Chloe suspendeu a meia branca caída com o outro mocassim, tentando não demonstrar sua decepção.

— Bem, foi só algo que a gente pensou.

Como Madre Wallingford teria detestado *A Freira Vermelha* e todas as quimeras que se haviam construído em torno da "lenda" da moça, graças à peça de uma moça que veio depois. E apesar disso, foi a própria Madre Wallingford quem dera permissão para aquela tonelada de mármore ser descarregada bem em frente de Nossa Senhora na gruta. Desde o momento da entrega, as coisas assumiram vida própria. Mármore vermelho veronês em vez do branco de Carrara que havia sido encomendado da Itália. Depois veio a Primeira Guerra, a morte do escultor funerário, seguida da morte dos pais de DuPree.

— Uma companhia bem estranha para nosso Della Robbia, não é? — Madre Wallingford observara sobriamente. — Contudo, Madre Finney, vamos parar e contar nossas bênçãos.

E as duas ficaram contemplando o memorial incompleto, a fundadora enumerando suas bênçãos com os dedos.

— Um: Deus permitiu que ela ficasse incompleta, um alívio além de nossas esperanças mais infundadas. Esse bloco de mármore é uma concessão muito mais suportável. Como você sabe, eu estava preparada para suportar uma Caroline DuPree em tamanho natural, esculpida em todos os seus mínimos detalhes, com o hábito completo e o rosário da Ordem de Escolástica, em vermelho... ofendendo Nossa Senhora até o desmoronamento dessas montanhas, de forma que seus pais pudessem idealizar uma filha perturbada em vez de punir a escola. Dois: os pais dela estão mortos, o que nos dá segurança, e ninguém vai contratar outro escultor para completar o serviço. E três: o que é mais importante, nenhum escândalo daquela obsessão infeliz dessa moça comigo pôs em risco tudo que construímos aqui. — Nesse momento ela deu uma risada amarga, indignada, e Madre Finney sabia que ela estava lembrando a suprema infração cometida pela moça, a gota d'água. Caroline DuPree, perdida de amor, havia se escondido no dormitório das freiras, área proibida para as alunas, e passara a noite no armário de Madre Wallingford. Ou parte da noite, até que se traiu com uma tosse contida. Ela havia vindo equipada para acampar no ângulo recuado do armário em forma de L da fundadora, do qual ela havia feito um reconhecimento numa violação anterior das regras, quando todas as freiras estavam na capela. Em sua mochila, levava um cobertor para se aquecer, um pote de vidro com tampa e uma toalhinha para o caso de que precisasse aliviar a bexiga, e havia até embalado para si um lanche noturno com sanduíche e suco.

— Por quê? — Madre Wallingford havia perguntado, tendo fechado seu véu, vestido seu manto sobre a camisola e feito a moça andar rapidamente até seu próprio quarto.

— Eu queria passar uma noite com a senhora, Madre — foi a justificativa aos soluços. Depois, com argúcia, um tom religioso foi inserido. — Nosso Senhor, Ele... ninguém ficava acordado em vigília com Ele. Eu queria mostrar que podia.

— Você está confundindo as coisas — foi a fria resposta. — Você é uma moça muito confusa, Caroline. Vá para a cama e não deixe o seu quarto até que eu mande chamá-la.

— Nem mesmo para vir tomar café ou ir ao banheiro, Madre?

— Você tem o conteúdo da sua mochila para se virar com as duas coisas.

— A senhora não vai nem me dar um beijo de boa-noite, Madre?

— De jeito nenhum.

O RELÓGIO DE BOLSO DE MADRE FINNEY MOSTRAVA DEZ para as três, permitindo que ela liberasse a filha de Agnes de sua visita improdutiva a uma velha freira esquecida.

— Devo ir andando, Chloe, para tocar o sino da nona hora. Venha me visitar novamente e boa sorte com sua peça.

— Espero que vá assistir a ela, Madre.

— Ah, espero ir. E lembre-se: vou rezar por sua mãe e por você também, querida.

Ela parou na cozinha para lavar e ensaboar as mãos sob a torneira, secando-as em uma toalha limpa com o cuidado sacerdotal que precede um dever sagrado, e depois tratou de ir, com seu andar levemente claudicante por causa de uma queda de cavalo na juventude, pelo corredor ladeado de troféus a fim de convocar as freiras para a oração do meio da tarde.

Com cada badalada forte do sino, ela oferecia preces à sua saudosa Agnes e à filha, mais sonsa e tímida. Rezava por todas as moças, do passado e do presente, que, quer tenham prosperado, quer tenham cedido às tentações, ou se desviado do caminho, haviam feito parte das raízes de Mount St. Gabriel's.

Ela reconheceu os passos de suas várias irmãs enquanto passavam pelo patamar superior da escada munida de portão: o discreto zunido dos resistentes sapatos de solas de borracha da jovem Madre Malloy; o passo alto descuidado de Madre Lacy, que estudou na Juilliard, murmurando silenciosamente um cântico; o andar motivado da diretora, Madre Ravenel.

Suzanne.

— Conte-me sobre as novas moças, Madre Finney. — Era o começo do ano letivo, 1929, e as dores de cabeça matinais violentas de Madre Wallingford a haviam mandado de volta para cama e finalmente a levado a marcar uma consulta com o médico.

— Há uma agradável nova interna, de Charleston. Suzanne Ravenel. Anda empertigada como um soldado. Nem um pouco de saudade de casa. Diz que o ar lhe faz bem pela primeira vez na vida e que nunca foi tão feliz.

— Ela lhe disse isso?

— Ela está na minha mesa. Uma moça expansiva, mas bastante respeitosa. Vai se sair bem conosco, acho eu.

— É de se perguntar, no entanto, o que uma afirmação como essa diz sobre sua vida doméstica.

Depois todo o apreensivo setembro, o outubro deletério. O médico da freira havia enviado Madre Wallingford direto ao neurocirurgião. Houve testes no hospital. Raios X. Punção lombar. Biópsia por agulha. Consultas entre especialistas por ligações interurbanas. Remédios para aliviar a pressão no cerebelo. As más notícias, embaladas em frases paliativas: "remoção máxima possível", significando que parte seria cortada, dando à paciente algum tempo extra até que crescesse de novo. Arrancar tudo deixaria "danos inaceitáveis", significando que a paciente estaria melhor morta. A fundadora ficou estoica a princípio, depois furiosa. Ela só tinha sessenta e sete anos, havia muitas coisas a serem feitas para o crescimento da Ordem, para a melhoria das escolas. Ela se metamorfoseou em um demônio de eficiência. Os advogados foram convocados, ligações internacionais marcadas, novos documentos escritos, assinados e coassinados. No momento certo. A mente e a personalidade dela deterioravam-se diariamente.

O fim de outubro trouxe consigo a Quinta-feira Negra, seguida pela ligação telefônica de segunda de manhã do irmão de Ravenel em Charleston. Seu pai havia morrido em um acidente de caça. A moça não iria voltar para casa para o funeral. Sua taxa de internato não reembolsável e de instrução pagas até o meio de dezembro. Depois disso, ajustes mais modestos deviam ser encontrados para ela em Charleston. Não havia dinheiro para continuar em Mount St. Gabriel's. E, no entanto, não era possível que ela vivesse em casa com a mãe.

— A moça que perdeu o pai está aqui conosco na enfermaria — Madre Finney contou a Madre Wallingford, que ocupava um quarto lá desde que passou a receber o analgésico intravenoso.

— Que moça, Madre Finney? Você espera que me mantenha atualizada com cada moça no meu estado?

— A boa menina de Charleston sobre a qual conversamos. Suzanne Ravenel. Ela está triste por ter de nos deixar quando terminar o semestre.

— Então por que ela tem que ir embora?

— Não há dinheiro. E ela não pode morar com a mãe. Parece haver um problema com a mãe.

— Sempre há. A mãe é uma comedora de ópio; é esse o problema. — A fundadora explodiu com a gargalhada aguda enervante de sua doença.

— Não, essa era... acho que a está confundindo com outra pessoa, Lizzie.

— Agradeço se não me chamar de "Lizzie". De que adianta termos uma regra se a ignoramos e tratamos uma à outra pelo primeiro nome? E não estou tão incapacitada quanto você gostaria de pensar. Sei de que mãe está falando. É um método muito eficaz de abdicação também. Mande a moça vir me ver. Quem melhor do que eu para instruí-la sobre a abdicação de uma mãe?

— Quando a Madre Superiora contou à jovem sobre seu pai e perguntou se ela queria alguém para acompanhá-la até a capela, sabe o que ela disse?

— Pelo amor de Deus, Fiona, seja específica. "Ela" quem? A Madre Superiora ou a moça? Essa jovem não tem nome?

— Suzanne Ravenel, Madre. A interna cujo pai teve o acidente de caça em Charleston. A Madre Superiora ficou muito emocionada. Quando perguntou à moça se havia alguém que gostaria de ter com ela, Suzanne Ravenel disse que só havia Um de que ela precisava e Ele já estava com ela de qualquer forma. A Madre Superiora suspeita que ela possa ter uma vocação precoce.

Novamente a sinistra e aguda gargalhada. O tumor parecia ter roubado da fundadora seu timbre melodioso e suave.

— A Madre Superiora suspeita que todo mundo tem vocação precoce. Mande-a vir me ver. Eu vou revelar a ela a verdade dos fatos sobre mães.

— Estava me perguntando, M...

— Não sou sua mãe, Fiona. Sua mãe teve uma boa morte católica por ter filhos demais. Agora quem está ficando esquecida? — Outra gargalhada, dessa vez triunfante e cruel.

— Estava pensando — aventurou-se Madre Finney, agora impedida de usar tanto os nomes de batismo quanto os religiosos — se poderíamos contar com o fundo para manter Suzanne Ravenel aqui conosco. Poderíamos fazer isso anualmente, se achar adequado.

— Vou estar debaixo da terra antes do fim deste ano, Fiona. Com certeza, vamos inscrever sua pequena protegida e ampará-la sob o abrigo dadivoso do Pai. Você pode fazer isso sozinha. Tem uma procuração agora.

— Prefiro que façamos isso juntas. A senhora ainda pode.

Para a aflição de Madre Finney, Madre Wallingford se desmanchou num berro de dor. Da boca da fundadora despejavam-se ruídos uivantes desesperados, entremeados, o que tornava tudo mais triste, com frases inteiramente lúcidas.

— Ah, Fiona, por que permite que eu seja tão cruel com você? É a pressão, a pressão... algum gigante está pressionando minha cabeça entre suas mãos de ferro e logo vou ser esmagada como uma fruta madura demais. Ah, Fia! Fia! Fia! *Para que* foi tudo isso?

Aumentou-se a dose de morfina no soro naquela noite, e durante a semana seguinte Madre Finney providenciou que uma soma fosse reservada para a bolsa integral do internato de Suzanne Ravenel, a ser renovada anualmente no colegial e no curso superior pelo tempo que a moça se mostrasse digna da oferta.

O crédito da ideia foi atribuído à fundadora pela própria Madre Finney. Foi esse tipo de coisa que levou a lenda da escola adiante. Da mesma forma que se permitiu que a Freira Vermelha fizesse parte da lenda para proteger a escola. Suzanne foi trazida para a enfermaria de Madre Wallingford para uma breve audiência, durante o que Madre Finney considerou um dos momentos mais lúcidos da fundadora, dos quais havia cada vez menos. Embora o encontro tenha durado menos de cinco minutos, em duas ocasiões ele se direcionou para o desastre. A primeira vez foi quando Madre Wallingford começou uma lenga-lenga sobre mães perversas, bradando alguns versos de Thomas de Quincey sobre sua mãe fria e implacável, que o havia levado ao ópio. ("Toda a artilharia de seu desgosto desmascarada!" Madre Wallingford gritara na voz aguda enervante.) O assunto foi desviado pelo rápido lembrete de Madre Finney de que ela também tinha uma Mãe Divina que podia conter nossas dores porque ela mesma era a Nossa Senhora das Dores, citação que mais tarde encontraria lugar no relato de Suzanne Ravenel desse único encontro com a fundadora à morte, com atribuição à fundadora.

A segunda ocasião em que o desastre esteve por um triz foi quando Madre Wallingford, murmurando algo incoerente em latim, tentara abraçar a moça, que então se enrolou no soro intravenoso. Madre Wallingford gritava contra a tentativa de Madre Finney de desentrelaçar as duas, acusando Madre Finney de tentar roubar sua filha legítima. Depois a enfermeira veio correndo, e Madre Finney conduziu para longe a assustada Suzanne. Madre Finney sentou-se ao lado da cama da moça e rezou o rosário com ela até que caísse no sono.

Nada disso se tornou parte das lembranças posteriores de Suzanne Ravenel. Fiel ao espírito da fantasiosa visão retrospectiva com que se constrói um mito pessoal, a coisa toda foi representada como se tivesse ocorrido com dignidade e afeto entre a fundadora à morte e a beneficiária escolhida. Madre Finney não tinha nenhum lugar nesse mito.

CAPÍTULO 29

Uma Carta

Sra. Creighton Rivers
984 Cheerbrook Lane
Marietta, Georgia 30064

Domingo, 21 de outubro de 2007

Querida Tildy,

Rebecca Meyer (agora Birnbaum), da nossa turma da nona série, me ajudou a encontrá-la por meio de Ashley Nettle. Ashley disse que você usa o nome Mary agora, mas espero que não se importe se eu chamá-la pelo nome antigo, pelo menos para os fins desta carta.

Eu mal sei por onde iniciar. Deixe-me começar dizendo que lamentei saber da morte de seu marido. Tenho lembranças muito prazerosas de Creighton Rivers. Ele me fez sair do nado cachorrinho e aprender o *crawl,* e foi sempre tão gentil conosco na piscina. Ele chamava você de "Tentadora Tildy". Você previa que ele se casaria com sua irmã, Madeline.

Eu também enviuvei. Meu marido, Max, que foi cirurgião veterinário, morreu há dois anos e meio. Acabo de vender nossa casa, junto com o prédio da clínica cirúrgica de Max. Não tivemos filhos; e, em fevereiro passado, perdi nossa amada golden retriever, Daisy. A perspectiva da minha independência é quase aterrorizante, mas, se eu não perder a boa saúde — bate na madeira —, posso tentar atender às exigências dessa nova liberdade.

Estava pensando se você sabia que Madre Ravenel escreveu um memorial da escola, *Lembranças de Mount St. Gabriel's*, que foi publicado em 2006 pela editora Mountain City. Becky me contou tudo sobre ele e depois gentilmente me enviou um exemplar, quando solicitei, aconselhando-me a lê-lo como um documento fascinante de um "mundo de moças" que se perdeu. Becky é psiquiatra em Nova York e trabalha com adolescentes. Ela me "redescobriu" por meio de uma coluna que escrevi como convidada para o *Palm Beach Post* sobre um rapaz disléxico que lia para um velho golden retriever.

Foi uma experiência contraditória ler *Lembranças de Mount St. Gabriel's*. Algumas páginas me deixaram nostálgica pela "ousadia santa" e a excelência de todo o empreendimento (quero dizer a fundação da escola), e em outras páginas senti que ela estava criando sua própria versão enquanto prosseguia, pondo nele o que havia gostado e deixando de fora o que não a agradava. Mas depois pensei: talvez seja assim que todas as nossas memórias funcionam. Se você ainda não viu o livro — e quiser vê-lo —, enviarei com prazer meu exemplar para você.

Sinto que poderia continuar indefinidamente. O problema seria organizar tudo que quero lhe contar e perguntar! Lembra-se dos trabalhos de cinco páginas para Madre Malloy? Seja concisa e modesta, ela diria, não tente dar um passo maior que a perna. Por isso vou parar por aqui, sair e enviar pelo correio antes que comece a achar defeitos nesta carta. Meu endereço está nas costas do envelope, e também incluí meu celular e e-mail. Adoraria saber de você, Tildy. Foi a leitura do memorial de Madre Ravenel — no qual nenhuma de nós é mencionada — que me fez perceber o quanto senti sua falta durante todos esses anos.

Maud Norton Martinez

CAPÍTULO 30

Alternativas Nefastas

Noite de 9 de abril de 1952
Quarta-feira Santa
Capela de Mount St. Gabriel's

MAUD TINHA PERMISSÃO ESPECIAL DE MADRE RAVENEL PARA ficar na capela durante as Completas das freiras e buscar a vontade de Deus. Ela era uma interna em Mount St. Gabriel's há uma semana. O Pine Cone Lodge não existia mais. Sua mãe e Art Foley estavam morando em um hotel em Atlanta enquanto procuravam uma casa. Lily contara a Madre Ravenel que ela e o sr. Foley haviam casado em fevereiro, com celebração por um juiz de paz, e pediram a Maud que confirmasse a história.

— Quer dizer contar aos meus amigos que vocês se casaram?

— É claro, o que mais? Seria incômodo para você também, Maud. O sr. Foley e eu queremos esperar e fazer o certo, quando junho chegar, quando todos nós seremos uma família. Talvez fazer a cerimônia em nossa nova casa.

Era ruim o bastante ter de mentir; era ainda pior uma mentira que tornava Art Foley parte da família um minuto que fosse antes da hora. Até o momento, Maud não contara a ninguém.

Para Tildy, que insistia em se enfiar em seus segredos, ela dissera:
— Eles dizem que se casaram, mas me causa aversão pensar nisso, se não se importa.

— É claro que não me importo, Maud. Sua vida inteira está de cabeça para baixo. Mas você tem a sua bolsa e a mim. Tudo de que precisamos é que você conclua o resto do colegial; aí você poderá frequentar a universidade que quiser.

— Mas você sabe tão bem quanto eu que a bolsa é só para as alunas internas, e Lily não vai pagar para que eu fique como interna em Mount St. Gabriel's depois de maio. Ela espera que eu more com eles em Atlanta.

— Bem, isso não vai acontecer — disse Tildy. — Sempre existe a alternativa de você morar conosco.

— Sua mãe e seu pai podem ter algo a dizer quanto a isso.

— Tudo que papai quer é que suas meninas sejam felizes, e mamãe e eu temos sido especialmente íntimas desde que me tornei diretora da peça.

— Mas, Tildy, eu não posso... se eu pudesse pagar algo para viver na sua casa seria uma coisa, mas...

— Bem, preste atenção, o relacionamento entre você e Anabel está completamente terminado? Sei que ela e seu pai estão se separando, mas você não poderia escrever e dizer que sabe que não seria sensato voltar a Palm Beach agora, mas que existe uma oportunidade de morar com a família de sua velha amiga, enquanto termina o colegial com a bolsa de aluna externa, e se eles tivessem só um pouco de dinheiro, para salvar sua reputação e pagar pelo quarto...? Ela não estava sempre insinuando que pretendia pagar sua faculdade?

— Isso foi *antes* — Maud precisou se conter para não gritar —, antes que eu saísse com esse homem no baile e arruinasse as aspirações sociais de Anabel. Eu preferia morrer a pedir a ela. É ruim o suficiente que ela passe a pagar a meu pai uma espécie de remuneração, para que ele possa ficar num lugar decente e não ter que ir para alguma instituição estatal.

— Tudo bem — disse Tildy, voltando atrás. — Vamos só terminar a peça e então ainda teremos quase o mês de maio inteiro para pensar em alguma coisa. Se o pior acontecer, vou trocar meus títulos de guerra e podemos vender todas as moedas de ouro que vovô me deu. Elas são minhas para eu fazer o que bem quiser. Por que você está olhando para mim assim?

Maud estava se lembrando das sobrancelhas erguidas de Anabel no verão anterior na Worth Avenue quando lhe foi mostrada a foto de Tildy. ("Ora, Maud, ela parece a... órfã Annie dos quadrinhos, só que sem pescoço. Ela é uma menininha, querida, enquanto *você*...")

— Estou só tocada por sua generosidade, Tiddly, é só isso.

Desde a morte de vovó e o desmantelamento do Pine Cone Lodge, vinha sendo muito difícil para Maud estar a par de quem ela ainda era por dentro, o que estava enfrentando e quem teria que enganar. Foi por isso que Madre Ravenel lhe dera permissão para ficar na capela.

Ela devia estar rezando, só que se deu conta de que não tinha certeza em que consistia a verdadeira oração. Durante anos, dissera apressadamente suas orações noturnas, mas com certeza havia algo mais que deveria fazer aqui de joelhos se esperasse que Deus lhe contasse o que Ele queria dela.

Será que ela teria mesmo insinuado a Madre Ravenel que poderia...? Ela enterrou o rosto nas mãos. Seria isso uma possibilidade mesmo ou ela era a maior mentirosa da escola? Nem mesmo Tildy teria permissão de lhe arrancar isso. Era importante demais... ou muito perigoso; ela ainda não havia concluído qual dos dois. De certa forma era pior do que se tivesse ido até o fim com Troy Veech. Provavelmente, havia pessoas que achavam que ela fora: Mimi Weatherby, provavelmente a própria Anabel pensava isso, embora Maud tenha tentado explicar para a madrasta o que havia e não havia acontecido durante o fatídico intervalo no Palm City Club que levou ao cancelamento do convite dela e de Anabel para a festa de Mimi. Mas isso... essa nova possibilidade que até agora ela compartilhara apenas com Madre Ravenel... se fosse verdade, e caso se tornasse conhecido... que talvez, que ela *talvez* tivesse vocação... seria uma forma muito pior de ir até o final. Pior no sentido que isso alteraria as percepções das outras pessoas sobre ela. E poderia transformá-la em algo diferente mesmo que não fosse adiante.

Se ela não conseguia encontrar o jeito apropriado de rezar, ao menos poderia voltar e tentar descobrir seus motivos. (Ou, como Madre Malloy a instruíra sobre o mártir São Tomás Becket: "Veja até onde você consegue entender os lados de seu dilema dentro desses limites.")

Tudo isso havia começado em março, durante a reunião de Maud com Madre Malloy sobre seu trabalho de História Medieval. As alunas deviam se imaginar em algum ponto importante da vida de sua figura histórica, e Maud havia escolhido

Tomás Becket, amigo dileto e chanceler de Henrique II e mais tarde, pelo desejo do rei, arcebispo da Cantuária.

— É a parte da consciência que me instiga, Madre. Quer dizer, aqui está seu rei, a pessoa a quem deve tudo, eles são melhores amigos e então, através de seu rei e amigo, ele recebe um trabalho em que deve responder primeiro a Deus, e descobre que não pode ser fiel a ambos. Então qual é o seu dever maior? É disso que quero tratar.

— Você com certeza prefere temas profundos, não é, Maud? — Madre Malloy estava com bronquite, seus olhos estavam vermelhos e a voz era espectral. Mas ela ofereceu um sorriso a Maud. — É um tópico ambicioso, e não vou dissuadi-la de explorá-lo, pois conheço sua capacidade. Mas tente se limitar a um ou dois exemplos específicos e veja até onde você consegue entender os lados de seu dilema dentro desses limites. E lembre-se: não tente dar um passo maior que a perna!

E depois ela havia reverenciado Maud, perguntando-se em voz alta aonde os "muitos dons" de Maud a levariam.

— Eu gostaria de participar de alguma espécie de programa de bolsas — disse Maud. — História ou talvez Língua Inglesa. E — desejando agradar Madre Malloy — talvez ser professora também. Além disso, eu gostaria de escrever, se isso não for querer demais.

— Por quê? Tudo isso combina. E você estaria contribuindo muito.

A freira olhou para ela com algo tão próximo de admiração que Maud sentiu coragem de perguntar, embora elas não devessem fazer perguntas pessoais às freiras:

— O que a senhora achava que queria fazer da vida, Madre, quando tinha minha idade?

— Como você, eu queria estudar e ensinar. Como fui criada na igreja, foi um caminho direto para mim. Sabia que queria ir para uma ordem de ensino e continuar aprendendo enquanto ensinava. É um compromisso mútuo. Você faz seus votos à Ordem, e ela garante o pagamento de sua instrução. Se tivesse nascido homem, eu teria tentado a Companhia de Jesus. — Vendo que Maud estava intrigada, ela acrescentou: — Os jesuítas.

— Ah — suspirou Maud —, se ao menos nós tivéssemos algo assim... Um compromisso, em que a pessoa pudesse se pôr num caminho sem ter de se preocupar com...

— O que quer dizer com "nós"?

— Ah, os metodistas; é a igreja de nossa família. Não que eu seja muito adepta. Estou em Mount St. Gabriel's há tanto tempo que uso o missal com tanta perícia quanto qualquer moça católica.

— Mas eu a interrompi. Você dizia "sem ter de se preocupar com..."

— Sua educação. Ser o que quisesse.

— *Você* está preocupada com essas coisas, Maud?

Foi tanto a surpresa e a preocupação na voz da freira que Maud perdeu o domínio de si.

— Tenho tanto medo, Madre — ela se ouviu dizer, começando a chorar.

— Medo de quê, querida?

— Que minha mãe e o sr. Foley não me deixem voltar a Mount St. Gabriel's no próximo outono, e eu tenha que... tenha que... *desistir de meus sonhos.*

Citando seu próprio trabalho sobre Dickens que levara A+ para descrever de forma insuficiente sua aflição... dava para chegar a mais baixo que isso?

Era assim que seria a vida daqui por diante, depois que você "se assenhorou", como Madre Ravenel gostava de dizer em suas palestras de Orientação Moral, "de suas habilidades cognitivas completas": quando nada mais era uma conversa franca guiada por emoções, e sempre havia um motivo escuso ou uma tentativa maliciosa de obter vantagem.

Mas Madre Malloy apenas disse:

— Sinto muito por ouvir isso, Maud, mas talvez seja bom que tenha me contado. Não sei o que pode ser feito, mas falarei com Madre Ravenel. Isto é, se me der sua permissão.

Isso havia sido em março, e no café da manhã de hoje ela encontrou um bilhete dobrado enfiado embaixo de seu porta-guardanapos: "Maud, venha, por favor, à minha sala no começo da hora reservada ao salão de estudos à tarde. Madre Ravenel." Seu primeiro pensamento foi: O que fiz de errado? Ela não estabeleceu a ligação com a conversa com Madre Malloy. Ocorreu-lhe que Madre Ravenel havia descoberto de alguma forma que o segundo papel de Maud na peça, o de Domenica, que havia decidido se tornar freira com sua colega de escola Rexanne, era na verdade baseado na tia Antonia de Tildy, e que o personagem de Rexanne, interpretado por Tildy, era baseado em Suzanne Ravenel. Essa cena, encaixada nos dez minutos finais e cruciais da peça, estava sendo ensaiada separadamente por suas duas intérpretes, Tildy e

Maud. Somente durante o espetáculo as outras atrizes veriam a cena pela primeira vez.

— É o que os dramaturgos chamam de "mensagem oculta" da peça. — Tildy havia contado a Maud em mais profunda confiança. — É algo que dá à peça seu *frisson* especial, muito embora ninguém, a não ser o dramaturgo, saiba que está lá. Maud, preciso que saiba para que possa incorporar em sua atuação de Domenica. Ninguém mais sabe, nem mesmo Chloe. Não queria que ela fosse consultar o espírito de Agnes e atrapalhasse o processo com algum *escrúpulo* ou coisa assim.

— Mas que é o *frisson*, Tildy?

— Um *frisson* é um pequeno tremor — traduziu Tildy com complacência.

— Sei o que é um *frisson* — respondeu Maud irritada; a possessividade de Tildy com a língua francesa tinha se tornado nos últimos tempos uma razão de irritação. — O que quis dizer foi: onde está a mensagem oculta? Não acha que eu preciso saber o que é também?

— A mensagem oculta — disse Tildy, com uma pausa prenhe de significados; Maud sabia que ela estava escolhendo se contava ou inventava na hora — é... o que vamos revelar de Ravenel.

— Revelar...? — Maud percebeu que Tildy esperava que o temor das consequências surgisse em seu rosto.

— Preste atenção, Maud, quando era da nossa idade, Madre Ravenel enredou sua versão das coisas numa peça, e agora vamos *des*enredar parte disso e corrigi-la com coisas que descobrimos desde então. Mas isso precisa ficar entre nós. O público sentirá um sopro de ar fresco, e teremos feito um serviço para aqueles que não podem mais falar por si mesmos, e ninguém saberá, exceto Madre Ravenel. Será uma mensagem secreta para ela.

— Entre, Maud.

Madre Ravenel estava sentada numa escrivaninha escura imensa, com pernas esculpidas; o tampo liso abarrotado de papéis e cestas de cartas dava uma impressão de importância. Atrás da diretora, quase como um pano de fundo de palco, estavam as cordilheiras das montanhas a oeste, com Pisgah e o Rat em destaque logo acima do ombro direito da freira. Maud se sentiu iluminada pelos raios brilhantes do sol despejados pelas janelas duplas. Madre Ravenel, com as costas para a janela, estava na sombra.

Maud observou a sala, com seus troféus e fotografias e, numa parede, uma pequena Nossa Senhora numa escultura rústica usando um sombreiro, sentada numa espécie de casebre. Esta era sua primeira convocação à sala de Madre Ravenel.

— É muito agradável aqui, Madre — elogiou ela.

— Sente-se, querida. — A diretora apontou uma poltrona estofada de cor prateada.

— Quero que saiba, Maud — disse a diretora —, que você está sentada na poltrona Queen Anne da própria fundadora. Foi um de seus grandes achados. Reconhecendo-a pelo tesouro que é, ela a comprou de uma loja de artigos de segunda mão em Mountain City. Depois ela e Madre Finney a desmontaram, fizeram um novo acabamento e a estofaram com esse adorável brocado que sobrou de um frontal de altar.

— É muito bonita — disse Maud, correndo os dedos pelos braços do assento.

— E você combina com ela. Tildy Stratton me diz que a escolheu para o papel da fundadora. E disse que você aceitou outro pequeno papel também. Uma nova personagem, alguém chamado Domenica, creio eu. — Madre Ravenel certamente dava a impressão de estar informada até o último minuto sobre o desenvolvimento da peça, porém Maud também sentira algo de investigativo em seu tom. Será que Tildy contara à diretora que esta era a única cena que ninguém mais na turma sabia a respeito e que só era ensaiada privadamente pelas duas atrizes? Maud achava que não.

— Sim, Madre. Ela é uma moça que veio mais tarde na história da escola. É só uma espécie de participação especial. Domenica tem vocação ou acredita que tem.

— Entendo. — A diretora se recostou na cadeira giratória. — Você disse muito bem, Maud. Tem vocação ou acredita que tem. Às vezes, a crença vira realidade. E às vezes não. O ínterim nós chamamos na vida religiosa de "discernimento".

— Discernimento — repetiu Maud, em nada certa sobre aonde isso levaria.

— Mas não a chamei para falar sobre a peça, apesar de Tildy estar muito empolgada. Ela me fez prometer assistir a um ensaio assim que todos saibam suas falas. Segundo diz, ela contribuiu com novos materiais, aqui e ali, o que faz da peça uma coisa mais viva. Muito embora eu a tenha escrito, passei a considerá-la como uma obra em andamento a serviço da história da escola. Chamei-a, Maud, porque queria ouvir como você está se saindo. O que está achando da vida de aluna interna?

— Gosto mais de ser aluna interna, Madre Ravenel.

— Poderia explicar mais detalhadamente?

— É muito sossegado aqui. Sempre se sabe o que vem depois. Consigo fazer mais do que quero aqui.

— Entre as nossas internas, muitas não diriam isso, posso lhe garantir. Acho que depende do que a moça quer. O que você quer, Maud?

— Continuar com os estudos. Continuar sendo eu mesma, sem... sem...

— Sem...

— Sem me preocupar que tudo será tomado. Que eu vá ter que... ter que... — Ela baixou os olhos.

— Desistir de seus sonhos? — completou a diretora triunfante. — Sim, você percebe que estive falando com Madre Malloy. Ela fez certo em vir até mim. E li o seu trabalho sobre a provação do jovem David... e, por extensão, a provação inicial de seu criador. Achei muito perspicaz espiritualmente para alguém de sua idade. Mas vamos explorar isso um pouco mais, Maud. O que tem medo de que lhe seja tomado? Como seria tomado?

— Se eu tiver de sair daqui e começar de novo em outro lugar. E com... o...

— O novo marido de sua mãe, sr. Foley, é isso?

— Sim, com o sr. Foley.

— Você se dá bem com ele?

— Não tenho problema com ele. Só não quero formar uma família com ele e minha mãe. Logo terei quinze anos, e espero ter alguma outra escolha.

— Você tem alguma ideia do que escolheria?

— Bem, *sim*, Madre, mas não conta, não é, porque ainda sou menor e não tenho dinheiro que seja meu.

— Bem, vamos ouvir assim mesmo. Você sabe o que nossa fundadora disse. Ela ouviu de seu grande amigo Reverendo Maturin na Inglaterra, que a orientou em sua vocação. Não tenha medo de ser específica com Deus. Deus gosta que digamos o que queremos com detalhes. Quanto mais detalhes você der a Ele, mais elementos Ele tem com que trabalhar, e melhor compreendemos o que estamos pedindo a Ele.

— Para começar, Madre, eu gostaria de continuar como interna em Mount St. Gabriel's. A senhora sabe, eu ganhei a bolsa da oitava série até o liceu...

— Sim. E você está em boas condições de continuar com ela ano que vem. Suas notas são muito boas.

— Mas é uma bolsa para aluna externa. Ah, teria sido perfeito se vovó tivesse vivido, mesmo que mamãe tivesse ido embora com o sr. Foley. Eu poderia ter assumido as atividades domésticas e ajudado vovó a administrar as coisas. Mas minha mãe diz que não tem dinheiro para pagar o internato depois deste semestre. Tildy diz que eu poderia morar com eles, mas não tenho certeza se a sra. Stratton gosta tanto de mim assim. E, além disso, eu não quero ficar...

— Você não quer ficar em dívida com ela.

— É. — Tendo percebido o meneio de aprovação quando externou suas reservas quanto à mãe de Tildy, Maud continuou por esse caminho. — A sra. Stratton pode ser muito... ela tem um jeito que faz a gente se sentir insegura.

— Você e Tildy estavam brigadas até recentemente.

— Sim, Madre. Fomos ficando distantes uma da outra quando voltei depois de ter passado o verão em Palm Beach. E então Tildy e Chloe Starnes se tornaram melhores amigas.

— Você ficou magoada com isso?

— Ah, não. Me senti liberada de ficar... o que a senhora disse... em dívida com ela. Podia ser só eu mesma... ou descobrir como eu mesma era. Estava cansada de fazer parte dessa coisa chamada "TildyeMaud".

Madre Ravenel riu.

— Mas agora é óbvio que vocês duas estão íntimas de novo, se ela chega a sugerir que você more com eles.

— Não diria que somos exatamente íntimas; Chloe ainda é a melhor amiga dela. Mas estou gostando muito de trabalhar com ela na peça.

— Fico muito feliz de ouvir isso. Eu tinha uma cisma de que ela seria capaz disso, e decidi arriscar. Então, Maud, você estava dizendo que sua escolha seria o internato, se houvesse meios?

— Ah, sim, Madre! Estaria disposta a trabalhar. Eu poderia... não sei... ensinar as moças mais novas ou trabalhar na cozinha...

— Acho melhor deixar a cozinha com Betty. Sua mãe me disse que as coisas não estavam indo bem entre seu pai e a segunda sra. Norton, ou eu teria sugerido que você os sondasse. Ela é uma mulher abastada, não é?

— Meu pai tem... um problema com bebida. Acho que eles estão se separando. Ela vai dar a ele uma mesada para que possa ficar em um lugar particular, mas não acho que esteja disposta a dar uma mesada para mim.

— Você ouviu diretamente dela, então?

— Não, Madre. Depois de minha visita de Natal, Anabel escreveu para minha mãe sobre o problema do meu pai. E ela disse que não me convidaria para ir lá novamente.

— Mas pensei que ela gostasse muito de você. Você fez alguma coisa que a desagradou?

— Bem, houve um mal-entendido com... o que aconteceu foi que um rapaz, Duddy Weatherby, é o filho da amiga de Anabel... os Weatherby me convidaram para ser o par dele num baile.

— O baile para o qual você precisou sair mais cedo. Você não foi com ele afinal?

— Ah, fui. Fui, sim. Mas... houve um mal-entendido sobre com quem eu devia dançar... havia um cartão de dança com nomes preenchidos e me confundi e acho que alguns rapazes ficaram magoados. A sra. Weatherby ficou muito irritada e retirou o convite para que Anabel e eu fôssemos à sua festa de Natal. Foi um baque para Anabel, porque a sra. Weatherby ia apresentá-la à sociedade de Palm Beach.

— O seu par foi um dos rapazes que ficaram magoados?

— Ah, não, Duddy estava bem. Não perdi nenhuma dança com ele, e tivemos a última dança juntos. Mas eu sabia que não tinha ficado à altura dos padrões da sra. Weatherby. O sr. Weatherby havia nos trazido num antigo Rolls-Royce, mas a sra. Weatherby fez dois irmãos me levarem para casa num carro velho.

— Só você? Sem seu par?

— Ah, não, ele ainda estava comigo. Sentamos no banco de trás do... carro velho dos irmãos, e Duddy andou comigo até a porta e apertou minha mão. Mas eu sabia que tudo estava terminado para a pobre Anabel. Porque a última coisa que a sra. Weatherby disse para mim quando deixamos o baile foi para ter certeza de dizer a Anabel que iria vê-la "depois do dia primeiro", que foi a forma de ela dizer "não apareça na minha festa amanhã".

— Hum, parece uma reação muito drástica da parte da sra. Weatherby. — O tom indignado da diretora indicava que a versão do evento que protegia Maud havia sido engolida. Mas agora era hora de sair do assunto do baile, antes que Madre Ravenel viesse com mais perguntas.

— Sim, bem, está tudo terminado e estou contente com isso. Só quero estar aqui onde estou e me concentrar no que estou fazendo.

— No entanto, Maud, estudar não é tudo na vida. Ou talvez você tenha tido a intenção de dizer mais do que só estudar.

— Sim, quis dizer mais... quis dizer tudo. Continuar sendo eu mesma... não, isso não é tudo, tampouco. Quero ser tudo que posso ser. Mas não sei exatamente o que isso significa ainda.

— Claro que não sabe. Você só tem quatorze anos. Já rezou sobre isso?

— Bem, eu... não em muitas palavras, não da forma que venho falando com a senhora. Acho que minhas preces estão num nível bem infantil.

— Como assim?

— Ah, eu peço coisas como "Por favor, permita que vovó esteja em paz" ou "Por favor, permita que eu faça o meu melhor na prova" ou "Por favor, não permita que eu seja forçada a deixar Mount St. Gabriel's".

Madre Ravenel a investigava de perto.

— Madre Malloy me contou que você vem perguntando a ela sobre votos.

— Votos?

— Que você desejava que sua Igreja oferecesse os mesmos compromissos que a nossa. Ou estou citando Madre Malloy incorretamente?

— Eu disse que desejava que os metodistas tivessem algo assim. Em que você pudesse definir um caminho e não ter de se preocupar com sua educação. Mas eles não têm. Não tenho nem certeza se sou metodista. Quer dizer, eu fui batizada naquela Igreja quando mamãe nos trouxe para Mountain City... mas fui mais vezes à capela aqui do que fui à igreja metodista na minha vida inteira.

— Você sabe que nossa própria fundadora começou a vida como protestante, Maud. Ela descobriu a fé católica sozinha; ela a buscou e pesquisou com afinco antes de decidir que era para ela. Sabia que queria pôr todos os seus dons a serviço de Deus, e queria descobrir a melhor forma de fazer isso, passo a passo. Isso que é alguém que quer ser tudo que poderia ser! Ela cada vez definia desafios maiores para si mesma. Tive muita sorte de conhecê-la em seus últimos dias, quando estava em seu leito de morte. Eu mesma estava em uma situação desesperadora. Era uma interna, na sétima série, mas meu pai tinha morrido de repente na nossa cidade natal, e eles não me queriam de volta, só que não havia dinheiro para que eu pudesse ficar aqui. Até que Madre Wallingford encontrou um jeito.

— Qual foi o... jeito?

— Havia um fundo estabelecido para emergências. E fui beneficiária dele. Madre Wallingford providenciou uma bolsa de internato integral para mim, renovável de ano em ano, contanto que eu demonstrasse ser digna dele.

— Ainda existe... esse fundo?

— Ah, não, ele foi liquidado há muito tempo.

— Ah.

— Por que pergunta, querida?

— Só porque... bem, eu queria poder ser como ela, quer dizer, eu quero pôr meus dons a serviço de Deus, mas preciso ir passo a passo, como ela fez, até que eu compreenda bem as coisas. E sinto que poderia fazer isso melhor se ficasse aqui.

— Você acha que Mount St. Gabriel's fornece a melhor atmosfera para que faça isso.

— Sim, Madre, acho.

Nada direto havia sido dito, porém Maud achava que havia feito algo de errado.

Madre Ravenel a estudava com atenção.

— Vou dizer uma coisa, Maud. Vou dar uma sugestão. Quero que vá para a capela agora e reze sobre esta conversa que tivemos. Não tente compreender nada; não é a hora de compreender. Apenas faça sua oferta a Deus e deixe com Ele. Depois, continue com suas atividades normais e confie que Ele começará a operar sobre isso. E então volte para a capela antes de ir dormir e fique lá até a hora das Completas às nove. Você está dispensada da hora noturna reservada ao salão de estudos.

— E... o que faço na capela da segunda vez?

— Apenas ajoelhe-se numa atitude de prece e ouça. Veja o que vai acontecer. Orar não é apenas falar, falar, falar. Quero que se acostume a ficar sozinha com Deus. Esta é uma época ideal, o meio da Semana Santa. Toda a comunidade cristã está de luto, mas estamos nos preparando para Sua Ressurreição. Rezarei sobre isso também. Chamaremos isso de seu propósito. E vamos manter isso entre nós, tudo bem, Maud?

— Sim, Madre.

— Direi apenas mais uma coisa. Se concluirmos que Deus quer que você fique em Mount St. Gabriel's, encontraremos um jeito.

CAPÍTULO 31

A Peça

Sexta-feira, 25 de abril de 1952
Auditório de Mount St. Gabriel's

A MÃE E O PAI DE TILDY ACEITARAM OS PROGRAMAS BELAMENTE impressos das moças dispostas nos dois lados da entrada do auditório.

— Vamos para a fileira da frente — disse Cornelia. — Não quero ser distraída pelo movimento de cabeças.

— Há alguns lugares na esquerda — sugeriu o marido. — A menos que tenham placas de "reservado" nos assentos.

— Vamos simplesmente descartá-las. Ninguém vai roubar o lugar da família imediata da diretora.

— E é isso que nós somos — disse Smoky Stratton, com um riso terno. Ele estava se sentindo relaxado depois de uma ceia leve adiantada de camarão com arroz da cozinha *creole*, acompanhada por vários copos altos de *bourbon* com água.

A fila da frente à esquerda estava vaga, exceto por uma única placa no assento mais próximo do corredor central.

— Deve ser para o ponto — disse Cornelia. — Nós tínhamos duas moças nas laterais com o roteiro, e alguém colocado na frente para dizer o texto como último recurso. Vamos guardar lugar para Madeline e Henry. Ponha Henry perto do assento reservado para o caso de ser o lugar de uma pessoa detestável.

NOS BASTIDORES, HENRY VICK, LADEADO POR CHLOE E UMA tensa Madre Ravenel, vinham fazendo alguns ajustes finais às seções encaixáveis e flexíveis do cenário, construídas por ele mesmo e Chloe, pintadas por Chloe e entregues por caminhão esta tarde. Tio e sobrinha haviam chegado antes, para organizar as coisas.

— Henry, isso excedeu minhas expectativas — disse a diretora. — Cenários *reversíveis*! A economia disso! Eu nem sabia que essas coisas existiam. Ora, é como um tríptico gigante reversível. Qual a altura dele?

— Um pouco menos de três metros e meio. Mais do que isso exigiria um reforço maior.

— Você foi muito generoso, Henry. Só mesmo um arquiteto para criar algo assim.

— Ah, não, é só uma questão de medidas e dobradiças. E de decidir cobrir os dois lados das estruturas. Chloe fez cada centímetro do trabalho artístico. Não me envolvi nisso. Tentei não ser um desses pais que fazem o dever de casa dos filhos.

— O tempo que eles vão economizar! Em vez de Mark e Jovan terem que arrastar a gruta para fora e arrastar para dentro a sala de aula, eles simplesmente andarão no palco, girarão isso e sairão de novo. E você não foi além do seu papel de pai. Os pais sempre contribuíram nas peças. As mães que sabiam costurar faziam os figurinos; os pais forneciam toques masculinos como espadas e chifres de veado e velhos uniformes. Lembra, seu pai emprestou aquele belo aparador no estilo Sheraton do escritório dele quando nossa turma montou A *Tia de Carlitos* no nosso ano de formatura.

— Sim, ele emprestou. Para a sala da faculdade de Jack Chesney; Agnes fez Jack. Papai até forneceu as garrafas de uísque para o aparador. E a senhora fez o sujeito hilário que eles fantasiam de tia. Fez as pessoas rolarem de rir.

— Lorde Fancourt Babberly. "Babbs." Que grande papel foi aquele. Sempre adorei fazer personagens disfarçados. Mas, Chloe, pensei que você tinha me dito que ia pintar a Freira Vermelha nessa seção de cenário com a gruta.

— Eu pintei, Madre, mas não parecia tridimensional o suficiente, por isso coloquei árvores no lugar. Depois tio Henry sugeriu que tentássemos um tal de poli... poli...

— Fomos a uma casa de construção — disse Henry — e compramos um bloco de poliestireno. A Freira Vermelha está debaixo daquela lona. Chloe queria lhe fazer uma surpresa. Gostaria que fosse nosso presente para a escola para as futuras montagens da peça. Chloe, por que não retira o véu que a cobre?

Chloe, já vestida em calças de montaria e com as botas de montaria de Madre Finney, deu um passo à frente e removeu a lona. Henry ficou emocionado e ligeiramente constrangido pelo êxtase juvenil da diretora quando viu a reprodução em tamanho natural da Freira Vermelha.

— Foi bem fácil de esculpir, Madre — disse Chloe — e dá para lixá-lo e fazer que pareça a escultura de mármore. Mas, tio

Henry, o senhor não acha que precisa de um ou dois retoques? — Ela sacou uma pequena lata de tinta spray e pintou de leve os ombros maciços com branco leitoso. — Não se preocupe, seca muito rápido. E é muito, muito *leve*. — Ela a tocou com uma das botas e a escultura andou uns centímetros para frente como se tivesse rodas.

De repente, Tildy surgiu vestida com sua beca de coral de diretora.

— Santo D...! — Ela cortou sua praga no mesmo instante que viu a diretora. — O que é essa coisa, Chloe?

— Bem, é a Freira Vermelha, Tildy. A pintada parecia muito plana... Achei que você fosse gostar tanto. Queria que fosse uma surpresa. Você não gostou?

— Bem, não é um pouco grande *demais*? Onde você acha que vamos colocá-la?

— Justamente no lugar onde a pintada teria ficado. Em frente às árvores. Dá para movê-la facilmente.

— Então onde colocaremos o banco de Marta? — Tildy quase gritou.

— No lugar que sempre ficou. Tudo que isso faz é dar um efeito tridimensional. E nós concordamos que ela teria de ser maior, em minha casa, se lembra?

— Isso foi quando eu achava que você ia pintá-la no cenário! Isso é só... uma enorme obstrução.

— Bem, eu, pelo menos, estou muito impressionada e muito satisfeita com vocês meninas — interveio Madre Ravenel diplomaticamente. — Vocês puseram o coração nesse projeto; eu tenho certeza de que a montagem será uma das melhores nos anais da escola. E agora o sr. Vick e eu vamos descer para a plateia, onde é nosso lugar, e só aproveitar o espetáculo.

Ela pegou Henry pelo cotovelo, e eles saíram do palco pela direita. O coração de Henry vinha se amolecendo em relação à Madre Ravenel nas últimas semanas, quando apareceu na escola várias vezes para medir os espaços do palco e calcular as linhas de visão. Ele sempre telefonava antecipadamente — sabia como ela detestava que alguém a "visitasse sem avisar" —, e ela sempre o acompanhava até o auditório, deixando-o entrar com suas chaves no prédio que Malcolm Vick havia projetado e mantendo um comentário constante sobre a procedência de itens importantes de bastidor: o ciclorama, presente da turma de 1936 ("Isso foi um grande avanço porque podíamos agora fazer cenas externas..."), e depois a grande sorte inesperada de não só uma mas três telas pintadas por profissionais terem sido deixadas na escola em 1942 por uma companhia teatral em turnê cujos membros estavam se alistando ("Fiquei responsável pelo clube de teatro das moças na época, e quando os jovens rapazes me perguntaram se podíamos guardar esses panos conosco até depois da guerra, eu disse: "Eles estarão aqui esperando por vocês quando voltarem, e enquanto isso pense só no que as moças poderão fazer com uma floresta, um oceano *e* uma sala de estar! Foi a última vez que ouvi falar naqueles jovens... espero que tenham sobrevivido... ainda rezo por eles regularmente... mas que dádiva foram as telas em dezenas de apresentações de Mount St. Gabriel's!").

A percepção de Henry sobre ela havia mudado. Antes, sempre a considerara, seja como colega de sua irmã, seja como melhor amiga de sua esposa, diretora do liceu, uma pessoa controladora, com ciúme de seu território. Esta escola era sua vida. Ela era, cada vez mais à medida que os anos passavam, sua guardiã, a curadora das lendas, seu repositório, sua própria cronologia. (Ele havia esquecido completamente sobre o aparador de seu pai como acessório cênico em *A Tia de Carlitos*.) Ele podia ouvi-la, daqui a anos, apontando orgulhosa a Freira Vermelha de poliestireno para alguém: "Isso foi criado e nos doado em 1952 por uma de nossas moças, uma artista talentosa, e seu tio, o arquiteto Henry Vick, cujo pai projetou o auditório..."

Agora ele percebera — e foi isso que amoleceu o seu coração — que esta escola era a fortaleza dela.

E, no sentido de que toda a sua autoridade e todos os seus planos eram estabelecidos dentro de seus limites, ela era também sua prisão.

Vinte minutos antes de as cortinas se levantarem, o camarim abaixo do palco era um frêmito de nervos à flor da pele, explosões de empolgação seguidas por pedidos de silêncio e ajustes e vaidades de última hora. Gilda Gomes decidiu que o fazendeiro Wallingford precisava de um bigode e havia desenhado um em si mesma com um lápis de sobrancelha, incitando a ira da diretora, já irritada por um acessório gigantesco que lhe havia sido apresentado por sua melhor amiga sem o conhecimento ou consentimento dela. Ela disse a Gilda que o bigode rebaixava a peça a uma farsa de ginasiais e ordenou que o retirasse. Beatrix Wynkoop e Hansje Van Kleek, satisfeitas com seus figurinos cuidadosamente preparados para Reverendo Maturin (batina emprestada de Padre Lohan, o sacerdote residente) e o pretendente frustrado de Elizabeth (casaca do sr. Van Kleek e uma gravata vitoriana de clérigo feita com um lenço de linho), estavam pondo uma gravata-borboleta de papel crepe na camisa de árbitro de beisebol do pai de Ashley Nettle para fazer a protegida delas parecer mais um leiloeiro. Josie Galvin, vestida em um hábito da Ordem de Santa Escolástica, estava dizendo suas falas em voz baixa, embora fosse sentar por trás de uma mesa e pudesse ler o roteiro em frente a ela quando "contasse a história da Freira Vermelha" aos alunos dos anos 1920, Lora Jean Cramer e Mikell Lunsford, que usavam ambas vestidos autênticos dessa década reformados por suas mães. Kay Lee Jones, em seu avental de escultor, inclinava novamente sua boina preta para um ângulo mais irreverente; quando viu que estava sendo observada pelas amigas, beijou a imagem no espelho.

Dorothy Yount e Jiggsie Judd haviam saído para a garagem, onde a perua de Mount St. Gabriel's era guardada, para aquecer suas vozes.

No refeitório para o almoço das alunas externas, que ficava no porão do auditório, Madeline Stratton estava fazendo o máximo que podia para acalmar a diretora. Elas andavam pelo quarto em círculos, Tildy em completo nervosismo.

— Respire fundo, querida.

— *Não consigo* respirar!

— Talvez você devesse se sentar, então.

— Eu preciso continuar andando! Se eu me sentar minhas pernas vão tremer. *Você* que se sente se estiver cansada.

— É claro que não estou cansada. Vim mais cedo com você para lhe fazer companhia e ajudar se pudesse, mas me diga se preferir que eu vá embora. Logo vai ser a hora de subirem as cortinas mesmo.

— Não me importo se você vai ficar ou ir embora. Não, fique! Ai, meu Jesus amado, Madeline, não dá para confiar em ninguém.

— Esta peça vai ser maravilhosa, querida. Você só está com o nervosismo da estreia, que todos dizem que dá sorte.

— Como ela ousou fazer isso! Como *ousou* arrastar para o palco aquela porcaria desajeitada! E agir como se fosse Michelangelo ou alguém assim, se esticando para dar o "toque final" com sua latinha de tinta profissional. Usando as botas de montaria eternas da velha Finney que a Santa Agnes usou uma vez quando *ela* interpretou Fiona Finney. "Mas, Tildy, eu achei que você fosse gostar taaaanto." E a velha Ravenel agitada e orgulhosa, como se ela mesma tivesse encomendado a coisa. Que diabos *ela* precisava fazer nos bastidores? Esta é a peça da nona série. Não se vê Madre Malloy nos bastidores, e ela é nossa professora. E não se traz acessórios na última hora quando os atores não estão preparados. Qualquer imbecil sabe disso. Planejamos para que fosse pintado no cenário. Aí ela age pelas minhas costas e na última hora me engana de propósito. Odeio surpresas! Não é papel dela me surpreender. Toda vez que a gente divide o poder com alguém é apunhalada pelas costas!

— Mas Marta ainda vai estar sentada no banco como planejado, você disse. Então nada foi mudado, exceto... — Madeline escolheu as palavras com extrema cautela — exceto que em vez de uma Freira Vermelha *pintada* no cenário da gruta, há agora...

hum, uma *esculpida* na frente da gruta. E você alertou a menina que está interpretando o escultor...

— Kay Lee Jones... ah, *ela* ficou radiante. Chama mais atenção para ela que o Escultor tenha algo que realmente pareça uma escultura.

— Então, está vendo?

— Você não *entende*! As coisas escapam ao controle. Escapam de *mim*. Era para ser minha produção, mas agora.... praticamente na hora das cortinas subirem!... ela foi tomada de mim!

— Ninguém pode tomá-la de você, querida. É sua. Você pôs sua marca em toda parte, segundo mamãe. Agora me deixe dar um beijo em você e subir. Confie em mim, será maravilhoso.

— Hum — bufou Tildy, perdendo a energia e deixando-se beijar. — Eu posso ter algumas surpresas para revelar também.

MAUD, ENVOLVIDA NO MANTO LONGO DA FUNDADORA, COM cujo movimento e peso ela se familiarizara tanto quanto os de seu próprio casaco, andava entre as cruzes de mármore no cemitério das freiras. Ela sentia... ela não tinha certeza do que sentia. Não era nervosismo; sabia suas falas. Tinha mais falas que qualquer outra pessoa na peça, mas as havia assimilado. "O Espírito Santo nos soprará adiante...", "seria errado de uma forma que não consigo encontrar palavras para dizer" e "Mas, Rexanne, Deus não é algo que possa ser compartilhado como um animal de estimação".

E embora fosse possível saber suas falas com perfeição e ainda assim ter um branco devido à emoção do palco, isso não era algo que Maud temesse tampouco, porque ela havia se tornado curiosamente distante da peça da nona série. Ela sentia — ah, como Tildy odiaria isso! — que estava participando porque sua presença era necessária, mas em sua alma ela já estava em outro lugar, muito embora não tivesse certeza de que outro lugar era esse.

Estava entrando em sua quinta semana como interna em Mount St. Gabriel's, restando outro mês inteiro depois disso. Teria mais sessões confidenciais com Madre Ravenel, que a observava com avidez, como se estivesse à espera de que uma nova parte brotasse. Ela havia passado muito tempo sozinha com Deus, porém, talvez o período na capela tivesse tornado Deus menos presente do que nunca. Ajoelhava em silêncio e esperava que Ele revelasse Seu plano para a vida dela, mas até agora Ele parecia tão afastado de seu drama quanto ela se sentia afastada das urgências da peça de Tildy.

Bem, em menos de duas horas estaria tudo terminado. Os atores estariam se misturando aos pais e convidados no salão principal. Em suas ligações semanais para a mãe, Maud havia se mantido calada sobre a peça; tinha muito medo de que eles pudessem vir, e então Art Foley teria de ser apresentado como seu novo pai. Maud tinha coisas mais importantes a pensar agora. Havia arriscado contando isso a Madre Ravenel, que concordara, o que Maud tomou como um bom sinal. Significava que muito embora a diretora ainda esperasse ver sinais de uma vocação que brotava, ela já a considerava separada da família, que é o que Maud seria se ela...

De modo curioso, sua entrega aos dois papéis, o da freira que havia atravessado o oceano com a melhor amiga para fundar escolas e o da moça que escolheu não tomar o véu porque sua melhor amiga havia entrado entre ela e Deus, havia reduzido os escrúpulos de Maud sobre o engano latente em si mesma. Eles estavam todos jogando para vencer, Madre Ravenel, ela mesma e Tildy, e quando o jogo estivesse encerrado ela poderia ou não ter se comprometido em troca de mais três anos em Mount St. Gabriel's. E mesmo que anunciasse seu "propósito", ele não estaria gravado em pedra; veja Antonia, cuja consciência a levou a abandonar sua intenção.

Maud parou em frente à cruz da fundadora.

Elizabeth Mary Wallingford
O.S.E.
1863-1930
Professou em 10 de fevereiro de 1893

— Sim, tenho sido um pouco a senhora — dirigiu-se Maud à sepultura. — E agora está quase na hora de ir para os bastidores e recusar em seu nome a oferta de Gilda Gomez de montar para mim uma escola para jovens moças na propriedade dos Wallingford. Terei de dizer ao fazendeiro que não posso aceitar porque "o mundo não precisa de mais escolas, Pai, para ensinar garotas a ficar em casa, fazer tricô e crochê, tocar piano e gerenciar os empregados". E, em seguida, irei a Cowley com meu pobre pastor rejeitado para ouvir o famoso sermão de Reverendo Maturin (Beatrix faz um ótimo trabalho ao enunciar com vigor as falas dele com um sotaque britânico).

Na passagem acima, o neto de Jovan, Mark, usando terno e gravata, corria para o auditório, com uma extensão elétrica na mão. Mark estava fazendo a iluminação da peça e era responsável por operar a fita gravada com a voz de Deus.

— Bem, Madre Wallingford, vou entrar agora, vestindo seu manto. E sob o manto, pus a camisola de vovó, que servirá para sua cena do leito de morte no ato dois; só um pouco de gola branca aparece sob a coberta. E debaixo dela estou usando um vestido que pertenceu mesmo a Antonia Tilden, para a cena entre Domenica e Rexanne, quando Domenica escreve algo num velho caderno de prova e entrega para ser lido em voz alta por Suz... Rexanne.

"Ajude-me a transmitir seu verdadeiro espírito, Madre, como ele realmente era. E, se tiver uma chance, dê uma palavrinha com Deus por mim. Ele não parece interessado no meu dilema. Talvez porque... será que a coisa toda é apenas encenação minha?"

MADRE RAVENEL SE LEVANTOU DE SEU ASSENTO RESERVADO na frente da plateia e tocou uma sineta de mão de som agudo.

— Boa noite... boa noite a todos. Em nome da Madre Superiora Barrington e de todo o corpo docente de Mount St. Gabriel's, gostaria de convidar os pais, os amigos e os cidadãos para assistir à peça final do liceu neste ano letivo. Como muitos de vocês já sabem, a peça das calouras é sempre a última; essa é uma de nossas tradições, e a que as meninas apresentarão esta noite se tornou uma espécie de tradição também. Como verão no programa de vocês, *A Freira Vermelha* foi apresentada pela primeira vez pela turma de calouras de 1931. Esta noite será a quinta remontagem por uma turma de calouras. Outra tradição que se criou em torno dessa peça específica é que cada turma pode adicionar seu próprio material. Dessa forma, cada remontagem ganha vida nova. E agora, peço a todos que relaxem e aproveitem... e a turma de calouras fará o resto.

Tudo bem, já chega, pensou Cornelia. *Você já mostrou como é modesta... quando seu nome está bem no topo do programa como a pessoa que escreveu a peça. Sente-se logo, diabos.*

As luzes do teatro se apagaram e Elaine Frew saiu rapidamente com seu maravilhoso vestido. Ela se sentou ao piano abaixo do palco, mexeu com cerimônia nos ajustes do banco, depois, como se estivesse contando silenciosamente até dez, descansou as mãos soltas no colo antes de iniciar sua abertura que acabara de compor nesta mesma tarde: uma cativante trama com a partitura de Bach, o hino escolar de Mount St. Gabriel's e a abertura para flauta que sua mãe compusera para a estreia de 1931 de *A Freira Vermelha*.

Um suspiro de aprovação percorreu o público: ao menos a música seria de primeira.

Música é tudo, pensava Elaine, na iluminação serena de sua ilha de melodia. *Reduz as pessoas ao silêncio, eleva-as de suas vidas chatas... é superior a todas as outras artes.*

Uma mocinha com mechas cor de fogo entrou furtivamente pela abertura da cortina e ficou parada, em silêncio, na boca do palco enquanto as notas do piano seguiam num diminuendo. O holofote mudou de Elaine para essa moça em vestido de veludo preto com gola rendada.

A música cessou, e Becky Meyer começou a falar em sua voz precisa e bastante impessoal:

— Eis-nos aqui nas altas montanhas da Carolina do Norte, mas devemos viajar ao passado remoto para lhes contar como aqui chegamos.

Ela aguardou em um silêncio sereno que perdurou por um tempo um pouco exagerado para ser confortável antes que uma voz grave sepulcral urrasse por detrás da cortina.

— Eu... esmaguei... *con*-ti-nentes... uns... nos... outros... para... fazer... essas... *mon*-tanhas... Enviei *cen*-tenas de *mi*-lhões de anos do meu vento e minha chuva... e os *po*-li com *minhas ge*-leiras..."

Alguém no bastidor havia rapidamente baixado o volume. *Que falha! Que falha!*, pensou Cornelia, com uma careta. *A voz de John soa como alguém fazendo uma paródia de "O Sombra sabe." Eu devia ter ouvido a mim mesma e impedido isso. Mas Smoky disse que tudo bem, e Tildy havia trabalhado muito na enunciação com John. Se eu tivesse ouvido, teria convencido Tildy a desistir disso, mas quem tem tempo para administrar um negócio e ouvir cada pensamento da filha? Bem, está quase acabando, e depois teremos a canção sinistra do prólogo que Francine Barfoot compôs em 1931. Francine certamente está muito bem, mas quem não estaria com todo aquele dinheiro dos Frew... e, além disso, ela não tem uma carreira.*

"Se sair num passeio por esta floresta escura
Quando o gavião sob a asa se oculta
E sobre os vales se eleva a bruma
Ao som do grito da coruja:
Não fuja, se em seu caminho
Encontrar um fantasma sozinho.

Pergunte: 'O que por ti foi mais amado?
E o que deixaste inacabado?'"

Até que seu marido a cutucasse, a sra. Yount não havia percebido que ela estava murmurando junto com a filha lá no palco. Mavis Yount tinha absorvido tão completamente essa canção que a cantaria dormindo.

"Você não sabe o que vai dentro de você até tentar."

A moça altiva que interpretava Elizabeth Wallingford, acompanhada por seu pretendente contrariado (Hansje Van Kleek vestindo o terno escuro do pai), estava ouvindo encantada o Reverendo Maturin, interpretado por Beatrix Wynkoop, pregando na batina emprestada de padre com uma floresta ao fundo.

"Des-con-ten-ta-me-nto pode ser a catapulta de Deus. A forma dEle de incentivá-lo: 'Vai e tenta tu mesmo agora!'"

A leitura de Beatrix das falas do sacerdote inglês foi magistral.

MADRE FINNEY, LÁ EM CIMA NO BALCÃO COM A MAIORIA DAS freiras, estava, como sempre, temendo a cena do "leito de morte na enfermaria" no segundo ato da peça, mas depois de ter consultado seu programa sentiu uma agradável curiosidade de ver como essa montagem faria sem a "travessia do oceano". E agora que elas haviam chegado à última parte do primeiro ato, na qual

"Elizabeth" e "Fiona" andavam na floresta, ela compreendeu e admirou a astúcia e a economia da cena. Com certeza, devia-se louvar a Deus quando mesmo essa cansativa peça juvenil podia ser transformada em algo melhor por moças no final da adolescência.

O que essas moças haviam feito foi pegar o mais importante do diálogo das duas freiras na balaustrada do navio, um diálogo que jamais existira exceto na imaginação jovem de Suzanne Ravenel. Se a verdade fosse contada, o que não foi, saberiam que Lizzie havia passado a viagem inteira embaixo em sua cabine, passando muito mal, enquanto ela, Fiona, ficava de pé no balaústre, sozinha, pensando: "O que foi isso que fizemos? Estamos loucas por atravessar o oceano?" O que essas moças da nona série fizeram foi mover o diálogo para trás no tempo em Oxford, quando elas ainda não haviam feito os votos, mas estavam definindo e planejando sua grande aventura — e encorajando uma à outra.

Mesmo com sua surdez crescente, ela conseguia ouvir que parte da conversa do Dia de São Patrício com a jovem Chloe, a filha de Agnes, na estufa havia encontrado seu lugar no roteiro. Chloe deve ter aceitado seu conselho e consultado *Aventuras com Nossa Fundadora* na biblioteca da escola. Pelo que Madre Finney conseguia ouvir, que de maneira alguma era tudo, elas haviam mantido a ordenação e o ímpeto geral de Suzanne, mas haviam misturado no texto original as falas do seu livreto, coisas que Lizzie havia de fato dito. Embora as meninas tenham atribuído, com generosidade, uma quantidade igual da sabedoria do diálogo a "Fiona".

WALLINGFORD: Podemos fazer isso, Fiona. Nós três podemos.

FINNEY: De fato, nós três podemos.

WALLINGFORD: O Espírito Santo vai nos soprar adiante, como fez no Atos dos Apóstolos. Contanto que mantenhamos a fé na ousadia santa.

FINNEY: Que é quando você se permite ser guiado pela improvisação divina...

WALLINGFORD: Que é estar a serviço para um trabalho maior do que si mesmo...

FINNEY: E ser um só coração com os outros que fazem parte desse trabalho com você.

As duas moças andavam ansiosas para a frente e para trás em frente ao cenário de floresta, uma usando o velho manto de Lizzie, a outra, as velhas botas de montaria de Fiona.

E ser um só coração com os outros que fazem parte desse trabalho com você. A ponto de chorar, Madre Finney se viu meneando a cabeça positivamente, *sim, sim.*

MADRE ARBUCKLE, A ENFERMEIRA, ESTAVA ESPERANDO PARA ter uma palavra com dr. Galvin durante o intervalo, mas ele estava ocupado com os pais cubanos. Ela iria alcançá-lo na recepção depois da peça. ("Doutor, fiz um histórico da saúde de Madre Kate Malloy, que gostaria de passar ao senhor. Aos nove anos, ela contraiu uma infecção na garganta seguida de uma bronquite aguda com febre alta e deixou de ir à escola por cinco semanas. No dia em que chegou a Mount St. Gabriel's, ela desmaiou, contudo não houve novos episódios desde então, embora, segundo ela mesma, fica e às vezes tonta e sente fraqueza. Ela tem dificuldades para dormir à noite, exceto numa posição levantada, depois cai no sono em momentos diversos durante o dia. Também come muito pouco; a dieta da escola não lhe faz bem. Estava pensando em alguns exames para eliminar a possibilidade de dano cardíaco na infância.")

— Não sei quanto a vocês dois — disse Cornelia ao marido e a Henry Vick no saguão —, mas tiro o chapéu para a modernização que Tildy fez do auto batido de Suzanne. Estive envolvida nisso com ela desde o início, é claro, mas devo admitir que não esperava que fosse ser tão vívido.

— Realmente tem bom andamento — concordou o pai de Tildy. — Apesar de eu não ter visto o original. Nem conhecia Cornelia em 1931, quanto mais imaginar uma Tildy no meu futuro. Mas você viu, Henry. Como se compara à anterior?

— Perdi muito da peça... estava nervoso por causa de minha irmã. Ela estava interpretando Fiona Finney e estava aterrorizada que a Madre ficasse ofendida.

— Sim, Agnes adorava sua querida Finney — refletiu Cornelia, acrescentando, com um toque de malícia: — Sei que se fosse Finney, haveria partes que eu dispensaria. Especialmente aquele melodrama na enfermaria, que Tildy concordou que precisávamos atenuar.

— E papai ainda não havia construído o auditório — disse Henry. — As moças interpretavam suas peças num tablado no velho salão de baile. Tudo ficava lá de frente para o público, sem cenário ou cortina. Notava-se mais os erros.

— Onde Madeline se enfiou? — Cornelia soava como se tivesse acabado de lembrar que tinha outra filha.

— Ela estava descendo para o camarim para ver se Tildy precisava de alguma coisa — disse Henry, se perguntando por que ele se sentia de repente tão desolado. Parecia ser algo que surgira da concatenação dos eventos da noite: Madre Ravenel o lembrando de que o aparador no estilo Sheraton de seu pai havia sido usado em *A Tia de Carlitos*, sua irmãzinha Agnes, com suas primeiras paixonites e amores posteriores, enterrada sob uma lápide em Barlow em que faltava metade de sua história. E Antonia que se fora, deixando para trás sua ácida irmã gêmea para lhe lembrar, ano após ano, a aparência que teria conforme envelhecesse. Havia algum outro elemento, mas ele não conseguia apreendê-lo. Talvez tivesse algo a ver com Madeline. Como ela tomava conta das pessoas, entregava-se ao que era necessário — como conduzir Chloe até Barlow e trazê-la de volta — e parecia não querer nada específico para si mesma.

— Ouça, Henry. — Cornelia passou o braço em volta do dele. — Vamos eu e você trocar de lugar quando voltarmos. Quero sentar ao lado da Ravenel para ver como ela reage ao restante da peça.

CAPÍTULO 32

Ato Dois

As luzes do teatro se apagaram. A pianista se movimentou silenciosamente até seu instrumento, e uma figura pequena e delicada em uma blusa de mangas longas e jaqueta sem mangas prateada até os joelhos se materializou em frente à cortina. Uma só nota fá sustenido foi tocada, e a moça cantou sem outro acompanhamento na penumbra.

"Sou o espírito deste internato
Sou quem lembra o que ocorreu de fato.
Sou quem protege seu eu exato."

Nita Judd sentiu os braços formigarem ao ouvir essa neta miudinha com uma voz de cristal. Abençoada seja a adorável Elaine Frew e a mandona da Tildy Stratton por serem amigas da pobre Jiggsie e por fazê-la brilhar!

Agora Elaine entrava com vários acordes menores seguidos por alguns *tremolos* agourentos e então a voz de contratenor de um menino de coro de Jiggsie se elevar sozinha de novo.

"Histórias e lendas foram contadas
Algumas recentes, outras passadas;
Cada uma com sua hora e razão de ser,
Cada uma somou para alguém ter poder.
Mas sou o espírito que os fatos escolhe
Sou quem o medo de contar não tolhe:
Sou o amigo que nunca esmoreceu
Ao mostrar-se fiel ao que aconteceu."

A voz dessa menina é muito lúgubre, pensou Madre Ravenel, em seu assento na fila da frente à esquerda ao lado do grupo da família Stratton e Vick.

Que esperteza de Tildy criar esse papel para Jiggsie: O Espírito do Internato, que se lembra do que aconteceu antes e protege o eu genuíno dentro de cada uma de nós. É isso que Mount St. Gabriel's representa. E ter sido incluída de forma tão importante na peça da turma fez maravilhas para o moral de Jiggsie. Se ela conseguir só passar raspando, poderei escrever "Juliana está convidada a voltar" em seu boletim final, e Nita Judd permitirá que ela seja interna de novo no ano seguinte e todos serão beneficiados. Sempre é um risco fazer uma moça repetir uma série, embora nesse caso pareça ter funcionado, pelo que Lhe agradeço, Senhor.

Mas, agora, o que foi aquela parte sobre "Cada uma somou para alguém ter poder"? "Glória" teria sido uma palavra mais apropriada... mas então, é claro, não teria rimado com "ser".

Quando uma Cornelia sorridente se sentou ao lado de Madre Ravenel depois do intervalo e ofereceu seus elogios rasgados à peça, adulterados por um tom levemente ácido, a diretora teve a impressão de que havia finalmente recebido o perdão por ter sido amada pela irmã de Cornelia, Antonia. Será que seu ato de dar a Tildy a direção da peça afinal convenceu Cornelia de que ela não era inimiga da família?

Havia sido um risco, como tinha sido um risco colocar a neta de Nita Judd para repetir o ano. Mas a sugestão de Madre Malloy de que Tildy precisava explorar suas qualidades de liderança estimulara a diretora a arriscar.

E por enquanto as coisas estavam superando as expectativas. Esta montagem, até aqui, *era* "ao mesmo tempo profissional e vívida" (as próprias palavras de Cornelia). Embora, na opinião de Madre Ravenel, algumas alterações não precisassem ser feitas. Por que, por exemplo, dispensar a agradável cena das freiras atravessando o oceano, quando finalmente a escola possuía um cenário profissional do mar?

Mas agora Becky Meyer, em seu belo veludo preto com a gola rendada belga, havia substituído Jiggsie em frente à cortina e estava narrando como Elizabeth havia se tornado católica e as duas amigas, professado e aberto uma escola em Oxfordshire, como foram convidadas pelos beneditinos dos Estados Unidos para estabelecer sua ordem de ensino e como, depois de inaugurar com êxito seu liceu em Boston, ouviram do Reverendo Maturin que desafios maiores as aguardavam nos Apalaches e, "repletas do Espírito Santo", tomaram o trem para Mountain City, onde descobriram que um hotel estava à venda.

É claro que o livreto de Madre Finney, com Repletos do Espírito Santo *de Elizabeth Wallingford em seu apêndice, não existia quando eu estava escrevendo minha peça — ela ainda estava trabalhando nele —, mas Chloe me disse que Madre Finney dissera que elas poderiam olhar o livreto se precisassem de mais material. Eu as encorajei com insistência que assim o fizessem. E agora a cortina está se levantando na cena do leilão e Cornelia ao meu lado me exibiu um breve sorriso muito amistoso como quem diz "lá vamos nós."*

MADRE MALLOY, AO LADO DE MADRE FINNEY NO BALCÃO, desejava conseguir ler os pensamentos da velha freira enquanto ela via a si mesma mais nova e a jovem Elizabeth Wallingford sendo interpretadas por Chloe Starnes e Maud Norton. No momento, "Madre Wallingford", vestida em seu manto, confiante e com a dignidade de uma estátua, fazia lances para toda a mobília. Ashley Nettle, no papel do leiloeiro, conseguiu transmitir tanto a cisma interiorana quanto a admiração por essa freira inglesa.

LEILOEIRO: Mas... senhora, são oitenta quartos mobiliados, sem contar os cômodos comuns. O que a senhora fará com toda essa mobília? Como vai retirá-la?

WALLINGFORD: Não vou retirá-la. Ela ficará onde está.

LEILOEIRO: Mas... senhora, este hotel está à venda. A mobília *terá* de ser removida.

WALLINGFORD: Não, se eu comprar o hotel, não será necessário.

As réplicas rápidas no estilo de gângsteres levavam a marca de Tildy. Uma onda de risos percorreu a plateia. Uma risadinha seca saiu da própria Madre Finney.

Madre Malloy se perguntava o que realmente havia sido dito pela fundadora naquele dia em 1909. (E seguramente havia outros licitantes presentes.) Madre Finney, a única viva que podia conservar essas memórias da comunidade, provavelmente se lembrava, mas esta noite ela estava apenas sendo uma velha freira no balcão.

("Cada turma é um organismo", Madre Ravenel havia afirmado categoricamente no último outono quando, recém-chegada do trem de Boston, Madre Malloy estava fazendo o passeio pelo terreno e ouvindo relatos problemáticos sobre "sua" futura nona série. "Sim, uma turma nunca é apenas um conjunto de moças, embora certamente seja isso também, quando consideramos cada moça individualmente. Mas a classe como um todo desenvolve uma consciência de grupo. É uma unidade orgânica, com suas propriedades especiais... Elas são um grupo desafiador, essas meninas. Precisarão de controle.")

Mas logo antes do recesso de Natal, Madre Ravenel parecia ter chegado a novas conclusões sozinha. ("Vejo em sua nona série *vários* grupos de moças, cada um com sua esfera de interesses. Não vejo mais um núcleo de moças principais. Fico pensando se esta turma, da forma como está constituída agora, caso uma situação como a da sra. Prince ocorresse, conseguiria forçá-la a sair. Na minha opinião, o fim da amizade de Tildy e Maud e a vinda de outras moças criaram novos padrões de comportamento e diluíram forças antigas.")

Esta noite, Madre Malloy havia rezado na capela para cada atriz da peça, de Andreu a Yount, evocando cada rosto e o progresso de cada menina no ano até agora. E haviam existido exemplos maravilhosos de progresso — veja só o domínio da nervosa e dispersa Ashley Nettle no papel cômico do leiloeiro.

E, agora, a cortina está descendo com o hotel comprado; Madre Malloy aplaudia com o resto do público e depois fechava os olhos e pensava em seu exame noturno:

Onde identifiquei, até aqui no dia de hoje, a presença de Deus?

Um: nesta peça. Vejo a presença dEle no esforço alegre e contínuo de dezesseis moças, contando com nossa recente aquisição, Jiggsie. Para mim, a apresentação delas incorpora o que as duas jovens freiras no último ato estavam determinadas a fazer: estar a serviço de um trabalho maior que elas mesmas e ser um só coração com as pessoas envolvidas nesse trabalho. E essa mensagem, vinda de nossa fundadora por meio do velho roteiro de Madre Ravenel, revisado e proferido novamente por essas alunas da nona série atual, me deu uma nova compreensão de minha vocação.

Dois: senti a presença dEle na atenção cuidadosa de Madre Arbuckle, minha irmã em Cristo, que me convocou para uma injeção de vitamina B e depois me deu chá enquanto tomava notas sobre as doenças de minha infância.

— Pode ter havido alguma cicatriz nas válvulas mitrais durante aquele período febril quando você tinha nove anos, Madre. Quero mandar você para fazer exames com o dr. Galvin, querida. É só um tiro no escuro... provavelmente é um zelo excessivo de minha parte porque me preocupo com você... mas é melhor que possamos descartar essa hipótese.

— Mas e se seu tiro no escuro se revelar certeiro?

— O médico provavelmente recomendaria à Madre Superiora que você fosse transferida para a Nova Inglaterra no final do ano letivo. O coração precisa trabalhar com muito mais força nesta altitude, o que pode explicar seu desconforto à noite, sua falta de energia e seu pouco apetite. Descobertas impressionantes são feitas todos os dias na medicina cardiovascular, e caso se descubra que há mesmo um problema, você ficará mais saudável ao nível do mar até que se tenha tratado em Boston, com seus excelentes hospitais. Sentiria sua falta, como todas nós sentiríamos, mas você será mais útil a Deus quando estiver se sentindo melhor. Seria muito incômodo?

— Quando a Madre Superiora me ordenou que interrompesse meu trabalho na graduação e tomasse o trem para Mountain City, devo lhe dizer, eu me incomodei. Mas sabia, desde que pus meu anel, que meu incômodo com alguma coisa seria irrelevante pelo resto da minha vida, e que eu havia escolhido isso. Acho que entende o que quero dizer: sabe quando nos conhecemos e você me contou como decidiu não ligar o rádio do carro no caminho do hospital e como a conexão com Deus se fez naquele primeiro silêncio? Bem, a prática que mais me agrada agora, a prática que julgo central para tudo que faço, é viver cada dia e cada noite o mais completamente que puder em consulta a Deus. As perguntas que faço e as percepções que surgem de ouvi-Lo... não estou me expressando muito bem... mas quanto mais vivo desse jeito, mais quero... quero... *rezar minha vida* em vez de passá-la aos tropeços.

— Ah, então chegou a esse ponto também — disse a enfermeira. — Agora vou sentir sua falta mais do que nunca. No entanto, vamos esperar que seja um zelo excessivo. Então poderemos continuar tendo essas conversas.

A CORTINA SE LEVANTOU NO LADO DA SALA DE AULA DO CEnário reversível de três metros e meio de Henry Vick, enquadrado pelo ciclorama azul por trás dele. Chloe havia pintado cópias exatas das janelas em estilo gótico renascentista, através das quais as moças do liceu haviam olhado o exterior de suas salas de aula desde a inauguração da escola.

Josie Galvin, no hábito da Ordem de Santa Escolástica, com as mãos juntas como uma freira em sua escrivaninha, elogiava as duas moças que haviam ficado depois da aula para preparar algum trabalho. Ela se deixou convencer a contar a história dos primeiros anos da escola. Como a fundadora e seus professores tiveram de superar o sentimento local de oposição ao catolicismo:

> FREIRA: Dizem que um homem de Mountain City pulou de um bonde quando viu duas freiras de nossa Ordem entrando.
>
> MOÇAS: Não! É verdade, Madre?
>
> FREIRA: Assim diz a história. Mas devemos ter em mente que as histórias muitas vezes são inventadas para indicar como são as coisas sob a superfície.

Mas aquela história era verdadeira, pensou Maud, aguardando nas alas, usando a camisola de vovó pela cena futura da enfermaria. *O homem que pulou do bonde foi meu próprio avô Roberts, que morreu antes de eu nascer. Ele reviraria na sepultura se soubesse o que tenho deixado Madre Ravenel pensar que eu poderia fazer para ficar na escola que ele não deixou minha mãe frequentar. Teria sido diferente a vida de Lily Roberts se ela tivesse sido uma menina de Mount St. Gabriel's? Será que eu chegaria a ter existido?*

De forma inexplicável e inconveniente, Maud sentiu saudades súbitas da mãe.

Agora Josie Galvin estava relatando às moças a história da estátua inacabada da gruta: a morte de Caroline DuPree antes que pudesse fazer os votos e depois a morte do escultor antes que pudesse terminar seu memorial. As mães de Mikell Lunsford e Lora Jean Cramer imitavam com determinação as respostas das filhas, depois se cutucavam alegremente quando se percebiam fazendo isso. Elas estavam tão orgulhosas da autenticidade dos figurinos dos anos 1920 das moças, exumados de baús de cedro das famílias e reajustados e redecorados com amor. Infelizmente, nenhum dos dois pais pôde comparecer à apresentação de sexta à noite. O sr. Lunsford ainda não havia retornado de sua semana em viagem a serviço da Electrolux, e o sr. Cramer ("Por que diabos eles não podem reservar suas coisas para o sábado como fazia a escola paroquial?") estava trabalhando em seu turno noturno durante a semana como controlador de tráfego ferroviário.

O PANO CAIU NA CENA DA SALA DE AULA, E MARK E JOVAN se apressaram no palco para remover a mesa e as cadeiras, carregaram para fora o banco da moça fantasma, reverteram a nova seção do cenário para que fosse agora a gruta e colocaram no lugar o acessório de formato estranho feito à última hora que devia representar a Freira Vermelha. Um pouco de tinta branca fresca manchou a lapela do único terno de Mark, e ele praguejou, mexendo os lábios silenciosamente.

Marta Andreu, no vestido de casamento da mãe, com o rosto coberto por seu próprio véu da crisma, entrou no palco pela direita e começou seu movimento espectral para o banco ("Você precisa se mover *como una fantasma*", Tildy a havia dirigido. "Porque é isso que você é; o fantasma de alguém que não está mais lá, mas precisa assombrar esse lugar que foi importante para ela. Gilda, diga a ela para pensar em como um sonâmbulo andaria: *como una sonâmbula*.")

Mas nesta noite, confusa pela colocação do poliestireno da Freira Vermelha com o qual ela não havia ensaiado, Marta errou o passo, balançou e caiu no banco com uma rapidez nada fantasmagórica. Tildy, observando-a das alas, ficou lívida, mas, piedosamente, ninguém no público rira.

Dorothy Yount, a voz do fantasma de Caroline DuPree, já estava escondida atrás da seção do cenário com a gruta. Ela assentiu e contou os compassos iniciais de Elaine, depois entrou no tom exato:

> "Esta é a hora fantasmagórica
> Em que os espíritos pairam na névoa
> Se escutar bem, poderá ouvir minha canção:
> Aqui fui mais feliz,
> Permita que aqui meu espírito habite.

Na fortaleza da mocidade
Onde antes me abrigava
Sonhei o divino sonho
Da vocação que me chamava
Mas em Seu sublime intento
Na rubra rocha, quis-me presa.
'Filha, faça desta seu convento
Seja dos outros, a fortaleza.'"

Depois ela repetiu a música toda, Elaine tocando em diminuendo dessa vez, porque Tildy disse que as pessoas precisavam ouvir uma canção duas vezes para absorver todas as palavras.

Modéstia à parte, pensou Madre Ravenel com orgulho, *essa pequena ária sobreviveu ao teste do tempo.*

Marta se levantou e saiu do palco com toda a graça espectral readquirida. O holofote azul de cima continuava a brilhar no banco vazio, o que Madre Ravenel achou uma ideia inspirada da parte de alguém. Mas Mark, no quadro da iluminação, fascinado por Marta em seu vestido e véu encantadores, havia simplesmente esquecido de desligá-lo.

Entrou em cena o escultor funerário, Kay Lee Jones, de avental e boina, carregando um cinzel e um martelo, determinada a aproveitar as oportunidades fornecidas por seu novo acessório. Andando cautelosamente em torno da estátua da Freira Vermelha, aproximando-se e recuando, inclinando o rosto desse e daquele jeito, ela representou ao máximo o artista avaliando sua obra em andamento e, ao fazer isso, conseguiu adicionar vários minutos ao seu papel.

Depois ainda indo e voltando, ela recitou seu discurso sem escorregar em uma única linha:

> "Vocês encontrarão minhas estátuas em parques e cemitérios de todo o país.
>
> Eu sou aquele a quem mandam restaurar o herói caído de seu cavalo ou pôr anjos austeros sobre sepulturas infantis.
>
> Trabalho a partir de fotografias e descrições que me foram fornecidas pelos enlutados. Mas também uso meu instinto para tatear o caminho até chegar à essência dos que se foram.
>
> Esta moça faleceu antes que pudesse realizar seu desejo de tomar o véu. Ela era uma jovem pequena e magra nas fotos do anuário. Mas outro lado dela está se revelando por meio desse mármore vermelho, que foi enviado por engano.
>
> Não estou mais na flor dos anos nem no auge de minha saúde, mas confiarei que Deus me permita completar o que eu puder e torná-lo aceitável aos olhos dEle."

A mãe de Kay Lee, a estenógrafa judiciária, relaxou, aliviada. O discurso era longo, concentrado e extravagante demais para um curto papel numa peça escolar, e ela havia trabalhado durante semanas nele com Kay Lee, que havia chorado, se enfurecido e dito que tinham de enfiá-lo goela abaixo de Tildy e Madre Ravenel. "Preste atenção", Ruth Jones disse à filha, "nós não somos do tipo que desiste. Se eu consegui retreinar completamente meu cérebro e meus dedos para operar aquele estenógrafo infernal de forma a nos dar uma vida confortável depois que seu pai morreu, você pode memorizar essas falas. E já as lemos o suficiente para que possa improvisar, se precisar. Se esquecer as falas, conte a história com suas próprias palavras."

Tildy, que não confiava em ninguém a não ser em si mesma para comandar a cortina, fez que ela descesse com aplausos entusiasmados. Bem, Kay Lee Jones havia certamente explorado o papel dela *ao máximo*, graças ao acessório horroroso, a ingrata "surpresa" de Chloe, que quase provocou a queda de Marta. Mas as coisas estavam indo tão bem que ela não conseguia ficar com raiva de Chloe como sentia que tinha o direito. Somente duas outras cenas para o final! Em seguida a cena da enfermaria, para a qual ela havia adicionado um material muito bom saído do livreto da velha Finney — e isso, para ser justa, foi graças a Chloe, que o havia lido em voz alta de forma que ela pudesse ouvir com os olhos fechados e perceber o que sua visão interna sinalizava. Mark e Jovan haviam girado a gruta de volta para as janelas em estilo gótico renascentista, que agora serviriam como uma parede da enfermaria, e estavam carregando para dentro a cama de lona e a cadeira da cena do leito de morte de Madre Wallingford com Madre Finney. E aqui estava Maud na camisola da avó, com a cabeça enrolada em gaze para simular uma touca de freira, escorregando embaixo do lençol, e Chloe, no hábito de Santa Escolástica, sentada na cadeira ao lado da cama.

O pano subiu, mostrando a fundadora à morte de costas para o público enquanto Madre Finney rezava silenciosamente o rosário.

WALLINGFORD: (*Geme.*)

FINNEY: Como queria poder fazer alguma coisa!

WALLINGFORD: Você pode.

FINNEY: Me diga o quê, então.

WALLINGFORD (*na tentativa de fazer graça*): Você pode ficar com a metade da minha dor.

FINNEY: Você sabe que eu faria isso se pudesse.

WALLINGFORD (*virando-se na cama de modo que seu rosto possa ser visto*): Você se lembra de alguns dos nomes que consideramos para nossa Ordem?

FINNEY (*rindo*): Que Deus tenha piedade de nós, me lembro, sim.

WALLINGFORD: Quando lá estava ela o tempo inteiro, esperando que passássemos por todas as nossas Sociedades de Espíritos e Espíritos Santos e nossas longas Comunidades Desse-e-Daquele-Tipo de Educação e... ai! (*Agarra a cabeça envolvida, com dor.*)

FINNEY (*levantando-se de repente*): Por favor, diga-me, o que posso fazer?

WALLINGFORD: Você pode se sentar e me ajudar a reviver nossa maravilhosa aventura enquanto ainda me resta algum cérebro para agradecer por ela.

FINNEY (*Senta-se e recupera a compostura*): Santa Escolástica. Tudo que precisávamos num nome.

WALLINGFORD: Uma mulher santa inteligente e sensível... o nome perfeito para uma ordem dedicada à educação de mulheres.

FINNEY: E irmã gêmea do próprio São Benedito. Ela se colocou sob o comando dele.

WALLINGFORD: Pelo que sabemos, ela pode tê-lo ajudado a escrever. E na hora que ele ficou todo pedante e insensível quando lhe suplicou que passasse uma noite numa visita, ela rezou, e Deus enviou uma tempestade violenta para que ele tivesse de permanecer sob seu teto.

FINNEY: E contente ele ficou que ela tivesse feito isso. Porque ela morreu três dias depois.

WALLINGFORD (*segurando a cabeça novamente, mas forçando-se a continuar*): E você se lembra de alguns de nossos piores desenhos para nosso hábito? Aquele terrível chapéu de pala!

FINNEY: Mas, felizmente para nós, você disse: "Nada prático para uma ordem de ensino com freiras que precisam de toda a visão lateral de que puderem dispor."

WALLINGFORD: Não, cara amiga, foi você quem disse isso.

Até aqui, eu daria um A para essa montagem, dizia Madre Ravenel para si mesma. *Não, talvez um A-: aquela voz de Deus no gravador provocou risos inadequados. Contudo, Tildy foi inteligente ao manter o discurso do escultor exatamente como era. Algumas coisas saíram certas na primeira vez e não podem ser melhoradas. Mas como fiquei feliz que fui eu quem incentivou Chloe e ela a consultarem o livreto de Madre Finney, do qual não pude me beneficiar quando estava escrevendo a peça. Esta cena da enfermaria foi favorecida consideravelmente pelo tom do memorial de Madre Finney.*

Tildy havia tirado sua beca de coral antes de descer a cortina na cena do leito de morte, e Maud estava ao mesmo tempo saindo da camisola da avó e desmanchando sua touca de gaze para que tivesse tempo de rearrumar o cabelo para o papel de Domenica Elas haviam praticado essa mudança rápida na torre, sempre que as duas subiam para ensaiar a "cena oculta".

As duas usavam trajes dos anos 1930 que Tildy havia descoberto, junto com o caderno de prova de trigonometria, guardados no baú do assento da janela no antigo quarto de Antonia. Cornelia havia ajudado Tildy a escolher as roupas. ("Esse foi nosso número mais bem-sucedido durante nosso ano de formatura... As moças morriam de inveja quando Tonia e eu íamos para a escola nessas malhas tricotadas verde-escuras com detalhes em vermelho e botões dourados. Que boba eu fui de não ter guardado o meu! Maud como Domenica devia usá-lo, e depois nós colocaríamos você em um dos números menores e faríamos algumas alterações para se adequar ao personagem de Rexanne. Talvez uma gola Peter Pan.")

— ESPERO QUE ESTEJA GOSTANDO TANTO QUANTO EU — disse Cornelia à diretora enquanto elas aguardavam a cortina subir na cena final.

— Pelo que tinha visto no ensaio a que Tildy me convidou, tinha grandes expectativas, mas confessarei a você, Cornelia, a apresentação de hoje superou mesmo essas.

— Ah, fico tão feliz, Madre... — O novo jeito amistoso de Cornelia beirava o exagero. Ela consultou seu programa e citou: "Duas alunas e melhores amigas posteriores, Rexanne e Domenica. Na gruta." A senhora faz alguma ideia do que *isso* seja?

— Pelo que Maud me contou, Domenica... esse é o papel de Maud... está tentando descobrir se tem ou não vocação. É uma nova cena especial que as moças criaram juntas. Estou morrendo de vontade de saber mais, mas não gosto de espionar. Cada turma tem permissão de contribuir com novos materiais, é a tradição, então vamos só ter que esperar para ver.

— Você está certíssima, Madre — murmurou Cornelia, colocando a mão brevemente na manga da diretora. — Vamos só ter que esperar para ver.

Guardei o segredo de Maud, Madre Ravenel se felicitou. *Não seria empolgante, no entanto, se ela revelasse sua decisão como "Domenica" nessa nova cena especial? Seria uma mensagem dela para mim, porque ninguém mais saberia. E o que Maud ainda não sabe é que vai dar tudo certo para ela, quer ela decida que tem vocação, quer não. O dinheiro vai vir de algum lugar — eu providenciarei isso — para que ela seja interna em Mount St. Gabriel's: sempre há uma sobra no fundo discricionário devido a taxas não reembolsáveis e os juros que elas trazem. Ela é uma boa aluna e será um crédito para a escola, não importa o que decida. E quem sabe? Três outros anos conosco ainda podem revelar uma vocação. Vós trabalhais em Vosso próprio cronograma, Senhor."*

E agora a cortina estava subindo.

— Com minha audição deficiente eu perdi muita coisa — confessou mais tarde a velha Madre Finney a Madre Malloy depois da cena da enfermaria —, mas gostei das partes que ouvi. Captou a personalidade dela. Suas meninas fizeram um bom trabalho. Você deve estar muito orgulhosa delas.

— Sim, estou, Madre. Também aprendi muito com elas.

(Durante a noite, alguns versos de Hopkins haviam emergido nela e estavam às voltas em sua cabeça como uma querida melodia que é recuperada:

> Quis ir para um lugar
> Onde não falte fonte,
> Nem grasse gelo áspero e bifronte;
> Só lírios para olhar.[3]

É isso que faremos na segunda-feira, Madre Malloy pensou, animada. Escreverei esses versos no quadro, dizendo para elas em voz alta enquanto escrevo, marcando onde caem os acentos tônicos. E depois vamos analisar os versos juntos, repetindo-os em voz alta, descobrindo por nós mesmas o que os torna fortes e raros. Não vou sobrecarregá-las com a terminologia da prosódia. Aprenderemos de forma mais próxima ao método e espírito no qual ele o compôs, andando pela paisagem da Inglaterra como um jovem jesuíta. E as aulas particulares para Tildy me deram essa inspiração.)

MAUD INTERPRETANDO DOMENICA, NA MALHA VERDE-escura de Antonia com detalhes em vermelho e botões dourados, sentou-se sozinha no banco da gruta. Ela estava escrevendo devagar e com esforço no verso de seu caderno de prova.

---

[3] Trecho de poema traduzido de CAMPOS, A. Hopkins. *A beleza difícil.* São Paulo: Perspectiva, 1997. (N. T.)

DOMENICA: "Cara Rexanne..." Não... muito formal. Melhor dispensar a saudação e ir direto para o que tenho a dizer. Ou será cruel demais? Mesmo se for verdade? Mas eu *preciso* dizer. É verdade.

Entra Tildy como Rexanne.

REXANNE (*de forma acusadora*): Domenica! Eu venho procurando você em toda parte!

DOMENICA: Bem, aqui estou eu.

REXANNE: O que você está fazendo?

DOMENICA: Estava fazendo o rascunho de uma carta.

REXANNE (*com ciúme*): Uma carta para quem?

DOMENICA: Não importa, já que provavelmente não vou enviá-la.

REXANNE (*sentada próxima à amiga*): Detesto quando você fica toda distante.

DOMENICA: Todos nós temos lugares distantes em nós mesmos, aonde vamos para ficar sozinhos com Deus.

REXANNE (*com tristeza*): Achei que Deus fosse algo que compartilhávamos.

Para onde isso está indo?, Madre Ravenel se perguntava, confusa. *Se "Domenica" devia representar uma moça dos dias de hoje, por que Maud está usando aquele figurino? É o estilo do meu tempo de colegial, vinte anos atrás. Espere, não me lembro das irmãs gêmeas saindo da escola com essa mesma roupa? As roupas que a sra. Tilden costurava para Antonia e Cornelia eram tão bonitas que chegava a doer.*

DOMENICA: Mas, Rexanne, Deus não é algo que possa ser compartilhado, como um animal de estimação.

REXANNE: O que está tentando dizer? Não vamos fazer nossos votos juntas... para o mesmo Deus... no final do ano letivo?

Se "Domenica" não é Maud, então quem ela é? E quem é essa Rexanne interpretada por Tildy, também vestindo roupas da minha época... Eu tinha um colar Peter Pan como esse, que usava com muitas roupas. Costumava deixar de molho em bicarbonato de sódio para mantê-lo bonito e branco... não tive uma mãe que fizesse roupas da moda para mim, por isso precisava me virar com o que tinha.

DOMENICA: Ah, Rexy. Foi isso que eu estava tentando contar para você na minha carta, só que não estava saindo muito bom.

REXANNE: Sua carta era para mim? Domenica, não compreendo. Você está tentando me dizer que alguma coisa mudou no nosso plano de entrar na Ordem juntas? Da forma que nossa fundadora e a melhor amiga *dela* fizeram?

DOMENICA: Não somos elas, Rexanne. Veja, talvez seja melhor ler isto. (*Ela entrega o caderno de prova para Rexanne.*)

REXANNE (*lendo lentamente em voz alta*): "Desde aquela noite no Swag, Rexanne, venho me perguntando se deveríamos continuar com nossos planos. Algo me diz que seria errado de uma forma que não consigo encontrar palavras para dizer. Só que existe uma boa razão para as coisas, mas quando você sabe que deve haver uma razão melhor, então o bom pode se tornar ruim..."

Ao ouvir a palavra "Swag", a mente de Madre Ravenel começou a se movimentar muito rapidamente, e mesmo antes que se virasse e confrontasse o olhar de soslaio vitorioso que Cornelia lhe dirigia, ela estava calculando o que fazer para minimizar o dano, e em que ordem e estilo precisava fazer isso.

Eu fui encurralada, ela reconheceu, *mas agora não é hora de analisar. Com a exceção de Cornelia, elas são só calouras do colegial. O cérebro delas ainda não acabou de se desenvolver. Ainda posso superá-las em estratégias.*

E ainda enquanto Domenica, no palco, estava dizendo à sua melhor amiga que ela, Rexanne, havia ficado entre ela e Deus e "diluído sua vocação", Madre Ravenel, com o programa nas mãos, subia as escadas para o palco.

Ela entrou na peça.

— Sim, aqui estou — dirigiu-se ao público em sua voz de palco autoritária, ficando de pé atrás das moças sentadas, pasmas, em choque. — Como todos sabemos por *Um Conto de Natal*, de Charles Dickens, há fantasmas tanto do futuro quanto do passado.

Ela fez um gesto para o acessório de poliestireno de Chloe.

— Esta estátua incompleta que nós chamamos de Freira Vermelha serve de memorial de uma moça que morreu antes que pudesse fazer seus votos. Ela é um fantasma do passado dessas moças, e eu sou um fantasma do futuro delas. Essas duas moças que vocês veem aqui, Domenica e Rexanne, quem quer que tenham sido, não fizeram os votos juntas. Uma delas tinha vocação, a outra descobriu que não tinha. Discernimento é tudo: cada um de nós deve descobrir da melhor maneira que puder o plano de Deus para a nossa vida. É isso que nos esforçamos para ensinar em Mount St. Gabriel's. Mas o que sempre temos de lembrar é que... — Nessa hora, ela pausou e estendeu os braços magnânimos como um anjo que protegesse as duas moças aturdidas no banco e que abraçasse também o público. — Nós todos somos, cada um de nós, obras em andamento. Todos nós aqui neste auditório esta noite somos obras em andamento... e seremos até nosso último suspiro.

Outra pausa para causar efeito. (Dava para ouvir um alfinete cair!)

— E agora, subiremos as cortinas da apresentação desta noite e — consultando seu programa — o Espírito do Internato cantará sua Canção de Adeus, depois nossa pianista tocará a canção da escola como canto final. Por favor, abstenham-se de aplaudir, mas cantem conosco se souberem a letra. Depois disso, todos estão convidados para uma recepção no salão principal.

Então ainda com o pretexto de "dizer suas falas", ela instruiu as pálidas Tildy e Maud a permanecerem no lugar no banco "como um *tableau vivant*, meninas", e depois foi decidida fechar a cortina ela mesma, mandando Jiggsie Judd sair para cantar o adeus.

"Ardo por ti com fogo sagrado
Meu dever fiel nunca me deixa cansado
Minha luz implacável expõe esquemas sombrios
Minha chama fremente revive sonhos antigos..."

Depois que Jiggsie desapareceu por entre as cortinas, uma onda desobediente de aplausos entusiasmados foi rapidamente sufocada pela sequência da canção escolar em fortíssimo de Elaine Frew: letra de Madre Elizabeth Wallingford para a "Marcha de Pompa e Circunstância" de Edward Elgar.

"Salve, anjo radiante, vós que sois guardião de nossa escola..."

CAPÍTULO 33

Trágicas Consequências

Noite de sexta-feira, 25 de abril de 1952
Prédio e terreno de Mount St Gabriel's

— NÃO ERA ASSIM MESMO QUE TERMINAVA NO ROTEIRO DE Mikell! — protestou a sra. Lunsford para a sra. Cramer ao lado dela.

— Nem no de Lora Jean também — disse a sra. Cramer. — O narrador devia resumir como cada cena representava algo na história da escola e depois anunciar cada moça pelo nome do papel dela, e essa moça devia sair e fazer uma reverência ou uma mesura. O pai de Lora Jean praticou com ela como inclinar o tronco. Ela disse que não se sentia confiante o suficiente para fazer uma mesura em frente à multidão.

— Quem já se sentiu? Ah, bem, foi provavelmente outra das inclusões de última hora de Tildy Stratton. Mikell diz que ela é "assim" com a diretora.

— Faz sentido. Lora Jean disse que Madre Ravenel e a mãe de Tildy foram colegas de turma.

— Você acha então que talvez tenha sido planejado? *Ela* correr para o palco assim no final?

— Eu realmente não tenho certeza. Mas ainda assim. Devia ser a peça das *alunas da nona série.*

— AQUELA VACA... AQUELE DEMÔNIO. — CORNELIA STRATTON não se preocupou em baixar a voz. Ninguém podia ouvi-la mesmo, com o estrondo daquela marcha grandiosa que a metida da Francine Frew tocava e o público completamente desorganizado, alguns de pé, outros cantando, outros ainda falando e se encaminhando para as saídas, sem certeza do que se esperava deles.

— Mamãe, o que é *isso*? O que aconteceu?

— Não é óbvio, Madeline? Aquele demônio controlador sabotou a peça da minha filha.

— Mas como? Eu não entendo...

— É claro que você não entenderia. Você estava com a família de Cynthia em Myrtle Beach no feriado de Páscoa passado enquanto eu trabalhava com ela todas as noites, não importando o quanto estivesse exausta do meu dia de trabalho no estúdio. Eu sabia todas as falas... todas as mudanças no roteiro. Tudo que queríamos fazer era plantar um lembrete, abalar a satisfação que ela tem consigo mesma. Tudo que *ela* precisava fazer era ficar sentada e deixá-las dizerem *todas* as falas e depois deixar Becky reiterar o que tudo significava no sumário, que eu mesma ajudei Tildy a fazer. Nada a constrangeria publicamente, providenciei para que isso não acontecesse. Só queria que ela soubesse que *nós* sabemos seu segredinho sujo. Mas seu coração culpado não suportou. Ela confiscou uma peça escolar e roubou de Tildy seu final legítimo.

Madeline percebeu por essa explosão que sua mãe estava muito envolvida na estrepolia desta noite. Mas, enquanto isso, e Tildy?

— Não devíamos ir saber de Tildy?

— Querida Madeline, sempre preocupada com os outros. Mas você está certa. Vamos.

ENQUANTO O TOM ELEVADO DE ELGAR AINDA EXERCIA algum poder de aglutinação na plateia dispersa, Madre Ravenel começava a controlar o dano por trás da cortina fechada. Ela convocou o elenco inteiro para o palco.

— Meninas, esta noite algumas coisas não saíram conforme planejado. Minha entrada na peça de vocês foi uma surpresa para todos, inclusive para mim mesma. Tive de pensar muito rápido. Tive de tomar uma decisão apressada para evitar um dano maior. Quantas de vocês, além das duas atrizes envolvidas, sabiam da cena entre Domenica e Rexanne? Levante a mão quem sabia.

As meninas trocaram olhares nervosos. Ninguém levantou a mão. Foi Becky Meyer que finalmente falou:

— Sabíamos que haveria uma cena sobre duas amigas, Madre, mas como a diretora trabalhou nela até o último momento, foi reservado um bloco para ela, mas ele não foi ensaiado. Tudo que sabíamos era que ele vinha depois da cena da enfermaria e duraria cerca de sete minutos, e em seguida vinha a canção de adeus de Jiggsie, e por fim a narradora resumiria como as cenas representavam episódios importantes da história da escola.

— Lamento que não tenha conseguido fazer esse resumo, Rebecca. Você ainda o tem com você?

— Sim, Madre. — A narradora puxou um papel muito dobrado do bolso do vestido e entregou-o à diretora, que o analisou com eficiência, meneando a cabeça enquanto prosseguia, depois o entregou de volta a Becky.

— Agora, contarei o que vamos fazer, meninas. Quando a recepção no salão principal estiver em pleno funcionamento, vou tocar minha sineta para pedir silêncio e anunciar aos nossos convidados que teremos um poslúdio da peça. E então, Rebecca, você vai se apresentar à frente e fazer seu resumo, após o qual chamará cada moça pelo nome de seu papel: o leiloeiro, o escultor e assim por diante; vejo no seu roteiro que era esse o plano... e cada uma de vocês agradecerá à plateia. É isso que vamos fazer.

— Ficaremos em nossos figurinos, Madre? — perguntou o fazendeiro Wallingford.

— Obrigada por me lembrar, Gilda. Sim, todas ficarão com seus figurinos. — A diretora permitiu que seu olhar frio vislumbrasse Domenica e Rexanne, ainda paralisadas no banco em suas roupas dos anos 1930. — E agora, meninas, desçam para o camarim e ajeitem-se... mantendo o figurino, é claro... e depois vão direto para a recepção. Digam a todos por quem passarem que ainda temos um poslúdio, mas enquanto isso aproveitem o lanche. Tildy e Maud... permaneçam aqui comigo.

Tendo verificado que ninguém havia permanecido nos bastidores para ouvir, Madre Ravenel dirigiu-se às suas presas.

— O que vocês meninas estavam tentando transmitir ao público em sua ceninha supersecreta?

— Não... — Maud começou tremendo.

— A cena foi interrompida — cortou Tildy —, então nada foi transmitido.

— Você está divaricando, Tildy, e acho que você sabe disso. Perguntarei de outra forma: quem Domenica e Rexanne deveriam representar?

— Elas não representam ninguém — declarou Tildy, pronta para o confronto. — São personagens fictícios. Uma descobrirá sua vocação e a outra não. Era uma cena sobre... — com um ar vitorioso, ela captou uma palavra no ar — ... *discernimento*. Que é uma coisa importante que aprendemos em Mount St. Gabriel's. A senhora mesma disse quando...

Mas a atenção da diretora havia desviado para o caderno de prova no colo de Tildy.

— Deixe-me ver isso.

— A senhora não pode ficar com isso! — protestou Tildy. — Pertence à nossa família. Achei nas coisas antigas de tia Tonia.

Mas Madre Ravenel, tendo notado o nome e a data na capa azul, estava folheando o caderno. Quando chegou à mensagem manuscrita no verso da contracapa, suas sobrancelhas subiram levemente. Ela leu até o final, depois enrolou o caderno e o colocou no bolso do hábito.

— Isso é tudo que temos tempo para fazer por hora — disse ela. — Vocês duas estão dispensadas da recepção. Maud, você pode ir direto para o dormitório. Falaremos pela manhã.

— Mas... posso... parar na capela primeiro, Madre?

A freira lançou um olhar frio à moça suplicante que trajava o vestido belamente costurado de Antonia com detalhes em vermelho e botões dourados. As meias e os sapatos também eram daquela época. Possivelmente, eles também, foram de Antonia. Que trabalheira demoníaca deve ter havido na casa dos Stratton para realizar essa tentativazinha malograda de traição. Mas por que Maud havia se prestado a fazer algo tão prejudicial aos seus próprios interesses?

— Acho que não, Maud. Você não parece ter aproveitado muito seu tempo na capela. — Ela viu na expressão transtornada da moça que Maud estava percebendo exatamente o que havia perdido.

Madre Ravenel sentiu-se de repente muito cansada e muito jovem, como se fosse ter que viver tudo de novo para entender por que havia tomado certas decisões quando tinha a idade delas. E ela ainda tinha que passar pela recepção desta noite e certificar-se de que o poslúdio fosse executado adequadamente.

Ela deu meia-volta e foi-se embora, deixando amontoada no banco a dupla que caiu em desgraça.

Tildy foi a primeira a se levantar. Ela andou de um lado para outro algumas vezes, depois correu até o acessório de Chloe da Freira Vermelha e começou a chutá-lo enfurecida. Seu pé, ao bater no poliestireno, fazia um som rascante de esfarelamento.

— Acessório abominável! Nunca, *jamais* divida o poder com ninguém. Vai ser apunhalado pelas costas todas as vezes. Foi quando essa maldita noite começou a dar errado, quando ela trouxe essa coisa odiosa. E então bancando a *artiste*, sacou sua latinha de spray para "realçá-la". Rá! Eu queria ver se...? — Tildy saiu num instante do palco e retornou balançando a lata de tinta spray.

— O que você vai fazer? — exclamou Maud.

— Espere só para ver. — Tildy agitou a lata com violência e começou a borrifar letras brancas trêmulas no peito do acessório de Chloe:

R-A-V-E-N-E-L
I-N-V-E-R-N-A-L

Ela se virou, exultante.

— Bem preciso, não é?

— Não entendo. Por que "invernal"?

— Não é *invernal*, sua burra. É *infernal*.

— Ah, Tildy.

— Ah, Tildy, o quê?

— Ah, Tildy... querida, Tildy...

Momentos atrás, Maud estava longe de achar qualquer coisa engraçada, mas agora ela se entregara ao riso.

— Então, *que foi*? — inquiriu Tildy.

— Tiddle-dy... "Infernal" se escreve com efe

O rosto de Tildy se tornou ameaçador como o prenúncio de uma tempestade.

— Eu lhe disse para nunca me chamar disso de novo. É desagradável e condescendente. Mas acho que você tinha de ir à forra depois de ter que trabalhar subordinada a mim por todas essas semanas.

— Ah, Tildy! Não tive a intenção de ser desagradável... estava rindo porque a coisa toda era tão... você.

— Minha péssima ortografia, você quer dizer. Bem, prometo que essa é uma palavra cuja ortografia jamais errarei de novo.

• • •

Cornelia e Madeline desceram para o camarim, onde moças agitadas consultavam-se em pequenos grupos ou se olhavam no espelho.

— Alguém viu Tildy? — indagou Madeline.

Chloe, em seu hábito de freira da interpretação de Madre Finney, foi até elas.

— Elas ainda estão lá em cima no palco. Madre Ravenel queria falar com Tildy e Maud sozinhas.

— Vamos — disse Cornelia, sem se dar ao trabalho de reconhecer a existência de Chloe. Ela arrastou Madeline de volta para cima pelas escadas, mas logo que chegaram ao topo, foram paradas em seu caminho por pais e conhecidos que deixavam o auditório.

— Cornelia! Você deve estar tão orgulhosa!

— Achei que foi muitíssimo bem-realizado para a idade delas, não achou?

— Elas devem ter trabalhado muito duro.

— Mas, por favor, Cornelia, me esclareça para que não faça papel de boba na recepção... sobre o que era aquela última cena?

Cornelia atravessou a barreira dos tagarelas com a mão presa ao pulso de Madeline.

— Por que não pergunta à Madre Ravenel? — respondeu.

No palco atrás da cortina, elas encontraram apenas Maud com as roupas de Antonia, a cabeça baixa e desconsolada no banco.

— Onde está minha filha? — inquiriu Cornelia.

— Sra. Stratton, eu não sei. Ela pintou aquele... acessório com tinta spray e depois saiu furiosa. Ela estava com raiva de mim porque eu disse que "infernal" era com *efe*.

— Preste atenção, Maud. — Madeline falou-lhe mansamente; ela conseguia notar que a moça tentava não chorar. — O que aconteceu com Madre Ravenel? Chloe disse que ela deixou vocês duas para trás.

— Ela ficou muito irritada... muito fria. Foi assustador como foi fria. Ela perguntou a Tildy quem as moças na cena deviam representar e, quando Tildy disse que não representavam ninguém da vida real, que eram apenas representativas do... hum... discernimento, ela a acusou de divaricar.

— Uma palavra que adora usar para espicaçar os outros. — Madeline não conseguiu deixar de interromper. — E então?

— E daí... ela... pegou o caderno, leu-o todo e... o confiscou. Ela nos disse que estávamos dispensadas da recepção. Falou ao restante do elenco para permanecer com os figurinos. Elas farão um poslúdio na recepção para esclarecer o que tiver ficado confuso na peça. E... — Nesse ponto a voz de Maud falhou. — Ela me proibiu até de ir à capela. Quando eu sair daqui, vou direto para o meu quarto no dormitório. Acho que vou ser expulsa.

SMOKY STRATTON E HENRY VICK AGUARDAVAM CORNELIA E Madeline do lado de fora na suave escuridão, iluminada de forma romântica pelos antigos lampiões a gás vitorianos do hotel — que agora usavam energia elétrica — no acesso de veículos.

— Bem, como estão nossas meninas? — perguntou Smoky.

— Madre Ravenel manteve Tildy e Maud no palco sozinhas para fazer sua inquisição — relatou Cornelia. — E agora Maud está sozinha no palco chorando, e Tildy pintou com tinta spray "Ravenel Infernal" naquele acessório da Freira Vermelha, só que ela escreveu "Invernal", e quando Maud a corrigiu ela saiu furiosa.

— Ah, minha nossa — disse Henry. — Você viu Chloe?

— Chloe ainda está com o figurino de Madre Finney lá embaixo. Madre Ravenel, ao que parece, organizou um pequeno "poslúdio", para ser apresentado pelo elenco durante a recepção. Para esclarecer qualquer confusão que tenha ficado sobre a peça. Mas ela dispensou Tildy e Maud da recepção.

— Nesse caso, o que vamos fazer agora? — perguntou Smoky à esposa.

— O que *eu* queria fazer é dar um tabefe na cara daquela mulher... na frente de todo mundo... ou pensar em algo equivalente.

— Nesse caso, querida, vou esperar você lá fora.

— Talvez seja melhor — disse Cornelia. — Só não tome muitas doses do que temos no porta-luvas porque estou com muita raiva para levar a gente para casa.

— Estava pensando em pegar a *lanterna* no porta-luvas — foi a leve reprimenda do marido — e começar a procurar Tildy.

— Vou com o senhor, papai — disse Madeline.

— Não — retrucou Cornelia —, quero que você venha comigo para a recepção. Tildy pode aparecer lá para observar esse "poslúdio" que está sendo acrescentado à peça dela. Que é o que eu faria com certeza no lugar dela. O que ela tem a perder agora?

— O que quer dizer, mamãe?

— Não precisa ser detetive, Madeline, para ver onde isso vai dar. A carreira de Tildy neste lugar acabou. A de Maud também, pelo visto.

— Vamos só *achar* Tildy primeiro — sugeriu o pai dela, procurando a chave do carro no bolso.

— Vou com você, Bernard — disse Henry Vick. — Vou pegar minha lanterna também.

Foi uma ocasião rara, pensou Madeline, enquanto os dois homens se encaminhavam para o estacionamento, em que alguém chamava papai pelo seu nome de batismo, em vez do apelido que mamãe lhe premiara como um presente de noivado. Madeline sentiu uma forte atração pelo tio, que sempre dava a impressão de saber a coisa certa a ser feita.

DEVIDO À SUA SURDEZ CADA VEZ MAIOR, MADRE FINNEY evitava as recepções escolares, exceto para a Festa de Nossa Senhora e a graduação, preferindo ajudar Betty a encher as bandejas na cozinha ou começar a limpeza, mas esta noite a velha freira se movia com determinação pelo salão principal, com acenos de cabeça e apertos de mãos aos pais e ex-alunas, aceitando seus parabéns pela representação carinhosa que Chloe Starnes havia feito dela. Chloe estava pensando por que ela se apresentara nessa algazarra, já que todos os sons, do cair de um garfo a uma risada alta, eram transmitidos em igual volume pelo seu novo aparelho de surdez, incapaz de distingui-los. Ela queria agradecer à filha de Agnes e lhe dar um abraço por ter se dado ao trabalho de consultar *Aventuras com a Nossa Fundadora* e por restaurar parte do espírito corajoso de Madre Wallingford na peça... particularmente como

Lizzie implicava, ou até mesmo atormentava, para se precaver da piedade dos outros. Essas moças, que Deus as abençoe, haviam banido o melodrama da cena humilhante do leito de morte, e como ela estava satisfeita de ter vivido o suficiente para vê-lo ser abandonado!

Agindo de acordo com uma intuição de Henry, Smoky Stratton e Henry Vick haviam ido à gruta, onde suas duas lanternas luziam na Freira Vermelha pintada com tinta spray.

— Sem dúvida, "Biriba esteve aqui" — disse o pai de Tildy.

— E "Infernal" escrito corretamente dessa vez — analisou Henry ironicamente.

— Bom trabalho, Henry. Estamos no caminho certo. E agora?

— Chloe pode saber de alguma coisa. Vamos encontrá-la na recepção.

— Vá você, Henry. Ficarei bem aqui para procurar em alguns outros lugares. Estou farto de Mount St. Gabriel's. Uma boa educação católica aqui na cidade é uma coisa, mas há um péssimo histórico entre Cornelia e sua arqui-inimiga. Tildy se beneficiou muito com Madre Malloy este ano, mas no ano que vem ela estará melhor com Madeline em Mountain City High.

Já tendo procurado por Tildy nas salas de aula e banheiros do andar de cima do liceu, Cornelia se apressava pelo corredor de troféus até a recepção. Ela estava com os olhos brilhando e cheia de animação, de um jeito perigoso, sentiu Madeline. Quase dava para ver as faíscas de maldade que emitia.

— Vamos ficar juntas até que eu decida o que fazer — instruiu Cornelia a Madeline, quando elas chegaram ao salão principal.

— Lá está o próprio arquidemônio sendo bajulado por Francine Frew. Mantenha-se alerta quanto a Tildy... acho que ela vai aparecer de um jeito ou de outro. — Deu uma risadinha malévola.

— O *quê*, Mamãe?

— Ravenel *Invernal*. Acho que estava fantasiando como Tildy poderia aparecer de repente atrás da diretora e pintar as costas dela de tinta spray, bem na frente de todo mundo. Com a grafia correta desta vez, graças à nossa erudita Maud. Lá vai a mãe de Rebecca; talvez comece por ela. Ela pode saber de algo que não sei.

Da última vez que Madeline havia estado no salão principal foi no dia de matrícula, em setembro, quando Cornelia ainda estava ocupada demais para acompanhar Tildy. Naquele dia, Tildy soltava faíscas depois do confronto infeliz com Maud, que havia acabado de retornar "cheia de pose" de Palm Beach. Tildy berrara com Madeline na pequena sala na lateral do salão principal onde a professora da nona série fazia suas entrevistas, e Madeline, vendo que sua irmãzinha estava a ponto de perder o controle, a mandara sair à procura de Henry e Chloe. Ela permaneceu para falar com a bela freira de Boston e explicar algumas coisas sobre as perversidades em Mount St. Gabriel's, mas acima de tudo trocar algumas palavras sobre o espírito intrépido porém frágil de Tildy.

Agora havia encontrado Madre Malloy falando com os pais holandeses ao lado do Menino Jesus de Praga, ainda em suas vestes da Páscoa. Madeline aguardou que eles terminassem e depois se adiantou, recompensada por ver o semblante cansado da freira se iluminar.

— Ah, Madeline, como estou contente por vê-la.

— Ah, Madre, estava justamente me lembrando de como nos encontramos aqui no outono passado, quando trouxe Tildy para a matrícula.

— E sabe do que gosto de me lembrar? Daquele dia na gruta em que você me contou sobre o poema daquela moça que lhe deu um ataque de riso e lhe trouxe tantos problemas... aquele sobre os "cabelos pulcríssimos" de Elizabeth Wallingford... Acho que desde então ainda não ri tanto quanto naquele dia. Madeline, o que você achou da peça desta noite?

— Estava indo muito bem, aí algo deu muito errado no final.

— Foi o que achei também. Você viu Tildy?

— Papai e tio Henry estão procurando por ela no lado de fora. Ela saiu correndo furiosa, segundo Maud. E Madre Ravenel mandou Maud para o dormitório. Ela "dispensou" as duas da recepção.

— Parece severo.

— É, bem, ela ficou muito ofendida por aquela última cena com as duas moças no banco.

— Não consegui entender aonde se queria chegar com isso. E quando Madre Ravenel subiu ao palco, fiquei completamente desnorteada.

— Ela achou que elas estivessem debochando dela naquela cena. Que Domenica tinha sido baseada em minha tia Antonia, e Rexanne baseada nela mesma, Suzanne, na época em que iam entrar na Ordem juntas.

— E foi *mesmo* baseado nelas, Madeline?

— Pelo que consegui entender, foi, Madre. Devia ser uma mensagem oculta, endereçada a Madre Ravenel apenas, mas ela subiu ao palco e a interrompeu antes que terminasse... quer dizer, antes que pudesse ser considerada de uma forma simbólica. Agora ela organizou uma espécie de "poslúdio" durante a recepção, de modo que as pessoas não voltem para casa confusas.

— Ah, confusas — repetiu Madre Malloy, o brilho lhe havia escapado do rosto. — Mas onde você acha que Tildy está?

— PESSOAL! POSSO, POR GENTILEZA, TER A ATENÇÃO DE todos? Obrigada. Amigos, temos uma surpresa para vocês. Haverá um poslúdio, bem curtinho, da peça a que acabaram de assistir. Alguns de vocês podem ter ficados confusos pelo final. Vejo vocês fazendo sim com a cabeça. Acharam que não estavam entendendo alguma coisa, não é? Pois bem, não estavam mesmo. Depois da canção de adeus do Espírito do Internato, deveria haver uma breve mas importante seção final da narradora na qual ela explica como cada cena representa um tema importante na história da escola. Mas esse arremate foi deixado de fora. A montagem dessa noite de *A Freira Vermelha* continha alguns novos experimentos ambiciosos, e alguns deles funcionaram bem, enquanto outros não. Mas não vamos deixar que voltem para casa confusos. Como disse anteriormente, somos todos obras em andamento, e esta peça, que foi apresentada pela primeira vez pela turma de calouras de 1931, continua sendo uma obra em andamento também. E agora vou deixá-los com a atual nona série. Recuem e deixem um espaço para elas.

Rebecca Meyer se apresentou à frente e começou a ler uma folha de papel em sua voz meticulosa e um tanto distante:

Esta noite viajamos longe no passado para lhes contar como chegamos a ser o que somos. Ouvimos Deus planejar nossa escola antes mesmo que as montanhas estivessem em seu lugar. Vimos a névoa se levantando nas florestas escuras e ouvimos o grito da coruja enquanto o gavião dormia. Em seu caminho encontramos fantasmas que cantaram para nós porque sabíamos as perguntas certas a fazer: o que foi por ti mais amado e o que deixaste inacabado?

Vasculhando a multidão, Henry Vick não conseguiu localizar sua sobrinha. Ele achava provável que Chloe estivesse fora em algum lugar com Tildy, ajudando-a a lamber as feridas. É para isso que servem os amigos. As duas haviam trabalhado com tanto empenho naquela maldita peça. Horas e horas em sua casa. Ele mesmo havia passado horas nela. De repente, percebeu seu aspecto ridículo e deprimente: uma peça escolar, escrita pela colega de turma ambiciosa de sua irmã nos anos 30. Sua esposa falecida, Antonia, havia interpretado a fundadora, usando seu manto, o mesmo velho manto inglês que Maud Norton vestira esta noite. Sua falecida irmã havia interpretado Madre Finney, calçando as mesmas velhas botas de cavalgar irlandesas que Chloe usara esta noite. Por que todos eles ainda estavam atrelados à rotina desse carrossel moribundo?

Preferindo a escuridão, ele saiu novamente e se reclinou numa coluna no canto da varanda a oeste. Na cidade iluminada de Mountain City abaixo, conseguia distinguir muitos dos prédios do pai. Neste mês havia ocorrido a inauguração de sua própria biblioteca — as colunas odiadas foram anexadas de modo que as pessoas pudessem continuar vivendo em suas fantasias de como foi o passado.

Chloe talvez ficasse melhor em Mountain City High com as meninas Stratton. Ele sabia que o "estou farto" de Bernard era sério. Certa vez, no início do no ano letivo, Chloe dissera que, se Tildy fosse expulsa de Mount St. Gabriel's por notas ruins, ela se sentiria como um fantasma vagando pelos corredores.

Será que os Vick e os Stratton vivos estavam "fartos" de seus corredores e colunas vitorianas, janelas em estilo gótico renascentista e da companhia de seus fantasmas?

A sineta insistente de Madre Ravenel penetrou suas meditações. Sem querer deixar a escuridão da varanda, ele se moveu para mais perto de uma janela e observou pelo vidro. Ele estava no ambiente de Ravenel; ela, que havia feito o papel do engraçado Lorde Babberly em *A Tia de Carlitos*, agora fazia a Diretora em Domínio Divertido. E lhes interpretava os eventos da noite, atando as partes desconexas para que todos pudessem voltar para casa seguros de que a fortaleza que protegia suas filhas estava mais intacta do que nunca.

Ela então deu a palavra à pequena e imperturbável Becky Meyer, que daria seguimento à apresentação lendo um roteiro que era aparentemente uma revisão das cenas da peça. Depois, cada menina se apresentou e agradeceu ao público, e, é claro, lá estava Chloe, como estivera o tempo inteiro. Ele não conseguira encontrá-la porque havia esquecido que estava vestida como Madre Finney.

Ele entrou para buscá-la. Correndo até ele, ela tropeçou nas saias do hábito.

— Onde esteve, tio Henry? Tildy e Maud fizeram algo terrível, mas ninguém quer dizer o quê. E ela nem quis falar comigo no intervalo.

— Quem foi que não quis?

— Tildy. Ela detestou minha Freira Vermelha. Achei que ela ficaria tão satisfeita...

Agora não era o momento de contar a Chloe sobre o acessório vandalizado.

— Você sabe onde Tildy está agora?

— Provavelmente lá em cima com Maud no dormitório. Elas vão voltar a ser melhores amigas. É tão injusto. Li aquela peça para ela pelo menos cem vezes enquanto ela ficava deitada no sofá-cama de olhos fechados. Anotava sempre que tinha alguma ideia e datilografava. E ela escondeu de mim aquela cena com Maud! E agora ela me odeia por causa do acessório. Mas Madre Finney me abraçou e me disse que a havia feito feliz e que Agnes teria ficado muito satisfeita.

Henry se descobriu ecoando Bernard Stratton no estacionamento.

— Nesse caso, o que devemos fazer agora?

— Quero colocar minhas próprias roupas e ir para casa.

— Então vamos — disse Henry.

Depois do poslúdio e da chamada das atrizes ao salão principal, a sra. Nita Judd deu a Elaine Frew um presente em sinal de sua gratidão (um piano de cauda de prata para colocar como pingente em sua pulseira) por ser tão boa para Jiggsie, mas agora ela não tinha certeza do que fazer com seu presente para Tildy (um vale-presente com uma assinatura de um ano da revista *Seventeen*), que não estava na recepção. Jiggsie contou à avó que tanto Tildy quanto Maud estavam em apuros por algo relacionado à última cena da peça, sobre a qual ninguém sabia.

— Lá está a mãe de Tildy com Madre Ravenel — disse Jiggsie. — Talvez você pudesse só deixar o envelope com ela. Essas malditas botas que peguei emprestadas estão apertando meus pés. Vou ao dormitório trocá-las por minhas sapatilhas Capezios.

— Bem, volte logo, querida, para que possamos nos despedir. O coitado do Bob está esperando lá fora no carro para nos levar de volta para Spartanburg.

Mas quando Nita Judd abordou a mulher que Jiggsie havia identificado como a mãe de Tildy, viu que ela estava presa em alguma espécie de conversa sombria com a diretora. Em vez disso, ela foi cumprimentar a professora da nona série de Jiggsie, a coitada da Madre Malloy, que falava com uma moça muito bonita. Malloy parecia totalmente acabada. Freiras não batiam ponto, não tinham salário e não participavam de sindicatos, mas deviam trabalhar até cair.

Madre Malloy mal havia terminado de apresentar a sra. Judd para a irmã mais velha de Tildy, Madeline, quando Jiggsie estava de volta novamente, ainda com as botas emprestadas que apertavam. De seu jeito tresloucado, ela anunciou, sem se dirigir a ninguém em particular:

— Acabo de ver Tildy a caminho da torre. Ela pretende se jogar... como aquela Caroline tentou fazer.

MADELINE JÁ CORRIA PELOS CORREDORES E SUBIA AS escadas. Foi como se ela e Madre Malloy conseguissem de repente ler a mente uma da outra. Malloy manteria as outras fora do caminho e faria tudo o mais que fosse necessário enquanto Madeline partia de imediato. Graças a Deus, ela conhecia o caminho em torno daquele velho prédio. Ao chegar ao terceiro andar, a madeira terminava e o linóleo começava. Nesse andar, só havia freiras; ninguém precisava de detalhes extras. Seus pés ágeis bateram nos corredores de linóleo e avançaram mais um lance, e então fizeram a escada circular de ferro tinir ao subir até o cômodo da torre. Ela estava ofegante quando abriu a porta pesada. Praguejou como um marinheiro enquanto tateava as paredes em busca de um interruptor. Ela nunca havia estado ali à noite.

Uma risada familiar saiu do escuro.

— Menininha má. Assim parece tão malvada quanto eu.

Ela encontrou o interruptor.

— Tildy! O que está fazendo?

— Estava tentando escrever no escuro porque não consegui achar a maldita luz. Mas os olhos se acostumam bem rápido.

Três das almofadas de veludo azul do assento da janela estavam pintadas com tinta spray em letras brancas trêmulas: RAVENEL INFERNAL; RAVENEL INFERNAL; RAVENEL INFERNAL. Tildy, ainda vestida como Rexanne, estava mirando a lata na quarta almofada.

— Já chega! — disse Madeline, agarrando a lata.

— Pode pegar... estava falhando mesmo. Como sabia onde eu estava?

— Jiggsie disse que você ia se jogar da torre.

— Aquela imbecilzinha. Ela perguntou aonde eu ia e eu disse que tinha algo a fazer na torre e ela ficou toda animada e me perguntou se eu ia me jogar como Caroline tentou fazer e eu disse que bem podia. Ela é muito burra.

— Tildy, papai e Henry estão lá fora com lanternas, vasculhando o terreno para encontrar você. Mamãe e eu olhamos em todas as salas de aulas e banheiros. Estávamos *preocupadas*!

— Bem, eu mereço que se preocupem — gritou Tildy. — Minha noite foi arruinada! Meu plano foi roubado de mim. Amaldiçoo este lugar e todos relacionados com ele, incluindo Chloe e Maud.

Passos lentos foram ouvidos nas escadas de metal. Uma Madre Malloy extenuada surgiu. Escorando-se no umbral da porta para retomar o fôlego, ela perguntou a Tildy:

— Você me inclui também?

Madeline iria isolar aquela cena e reproduzi-la para si mesma a vida inteira. Ela tentaria observá-la como a testemunhara naquela noite, antes que soubesse o que viria depois. Mas, em todas as reprises, ela nunca conseguia filtrar as impurezas da visão retrospectiva do que ocorrera. Porque depois da experiência em si, sempre se sabe o que virá depois.

Tildy soltou um miado e se atirou para a frente. Madre Malloy encontrou Tildy no meio do caminho e agarrou a moça em seus braços.

— Venha — disse ela —, vamos nos sentar. Ah, meu Deus, alguém esteve trabalhando nessas almofadas. Vamos achar uma de que ninguém infernal tenha se apropriado.

Nesse momento, houve uma... tranquilidade magnânima. O cômodo da torre dava a impressão de estar envolvido nela, como se as três tivessem sido engolfadas por nuvens. Madeline estava de pé, mas quase parecia flutuar para algum lugar superior, só observando e ouvindo. Madre Malloy ensinava a Tildy um poema.

— É um poema de que me lembrei ao assistir à sua peça, Tildy. Adoro esses versos. Como pude me esquecer deles? Direi um verso e, em seguida, você repetirá. Vai aprendê-lo de ouvido, o que você faz tão bem. E depois talvez você me ajude a ensiná-lo à turma na segunda-feira.

As duas se sentaram lado a lado; Madre Malloy estava ligeiramente curvada para a frente com as mãos juntas no colo e Tildy, agora livre de sua violência, apoiava-se no ombro da freira.

— Quis ir para um lugar...

— Quis ir para um lugar...

— Onde não falte fonte...

— Onde não falte fonte...

— Nem grasse gelo áspero e bifronte...

— Nem grasse gelo áspero... — Tildy empacou no vocabulário peculiar.

— Áspero e bifronte... — Madre Malloy a guiou.

— Áspero e bifronte...

— Só lírios para olhar.

— Só lírios para olhar.

— Vá buscar Madre Arbuckle — disse Madre Malloy a Madeline. — Traga-a aqui o mais rápido possível. Ela saberá o que fazer. Vá rápido, querida.

Ela queria que a enfermeira desse algo a Tildy para acalmá-la, pensou Madeline, descendo às pressas os lances de escada.

Madre Arbuckle acabara de sair da recepção com o dr. Galvin.

— Madre, venha rápido! Madre Malloy precisa da senhora. Ela está lá em cima na torre com Tildy. Ela disse... ela disse que saberá o que fazer.

Então a volta: o roçar rápido das saias de Madre Arbuckle galgando as escadas, os passos do médico logo atrás dela; e sua própria tagarelice enquanto eles corriam, tentando atualizá-los sobre a peça que deu errado. Tildy correndo num ataque de fúria, todos a procurando... depois uma moça dizendo que Tildy ia se jogar da torre, ela mesma subindo os lances de escada, depois Madre Malloy chegando ao cômodo da torre e tranquilizando Tildy milagrosamente... "mas agora eu acho que a Madre pode querer que dê a ela um sedativo ou algo assim — a coitada da criança teve uma noite ruim".

E agora os que subiam — irmã mais velha, enfermeira escolar, médico das freiras, todos os três sem fôlego — chegaram ao cômodo da torre, e o que lá encontraram?

Uma freira e uma jovem sentadas juntas no assento curvado da janela. Atrás delas, as janelas arqueadas repletas da noite. A freira está inclinada para frente, com as mãos juntas. Ela podia estar em profunda prece, como Madeline havia presumido a princípio naquela tarde em outubro quando encontrara Madre Malloy dormindo na gruta no colo da Freira Vermelha.

— Ela tem feito muito isso ultimamente — lhes informa uma Tildy trêmula. — Ela cai no sono sentada — acrescenta, com uma risada meio forçada. — Principalmente quando estou por perto.

— Há quanto tempo ela está dormindo? — pergunta Madre Arbuckle, apresentando-se à frente.

Algo na voz da enfermeira põe Tildy na defensiva.

— Não tenho certeza. Eu não... ela só... tive medo de me mover e acordá-la. Estávamos repetindo o poema para que possa ajudá-la a ensiná-lo na segunda-feira, mas então ela apagou e não me respondia mais. Do jeito que ela costuma fazer.

Agora o dr. Galvin se põe em ação, e Madre Arbuckle passa a remover Tildy do assento da janela. Madeline vê que ela percebe as almofadas deformadas: RAVENEL INFERNAL; RAVENEL INFERNAL; RAVENEL INFERNAL.

— Leve-a para baixo com você — diz a freira a Madeline. — E peça a alguém para encontrar a Madre Superiora e dizer-lhe que precisa vir aqui imediatamente.

CAPÍTULO 34

O Coração de Irmã Bridget

Quinta-feira, 18 de outubro de 2001
Festa de São Lucas, evangelista
Casa de Repouso da Ordem de Santa Escolástica

MADRE RAVENEL SONHAVA COM SUA MÃE. NO SONHO, ERAM o tempo e o lugar atuais e sua mãe era só uma voz no quarto escuro, mas por trás dos ritmos familiares de desdém ela pulsava com uma nova aceitação da filha. Juntas elas estavam tentando compreender as coisas, a mãe falando pelas duas.

— Sim, há muitos que dançam em êxtase pela obliteração de vastos números de nós, mas o que se pode fazer? Colocar a máscara cirúrgica, as luvas de borracha e abrir a caixa de correio, se ousar, fechar o Senado e a Câmara até que os homens de amarelo possam passar o aspirador nos esporos de antraz. Se quer saber minha opinião, tudo pode se resumir a se nós estamos em número maior do que aqueles que nos querem mortos. E gostemos ou não disso, os mais evoluídos não vencem necessariamente.

No sonho ela se sentiu muito orgulhosa. Estava ansiosa pelo desjejum com flocos de milho depois da missa, quando relataria para as outras freiras: "Minha mãe veio me visitar a noite passada; ela fez uma análise primorosa do que tem acontecido no mundo."

— E eis outra coisa para pensar a respeito — continuou a voz. De modo assombroso, a filha de oitenta e cinco anos e a mãe, morta há cinquenta anos, eram por fim amigas, iguais, reunindo seus pensamentos no escuro. — Pense só nisso: todo esse uso radical da imaginação, no mundo todo, no nosso lado como no deles, de como destruir seu inimigo da forma que garanta maior publicidade. Nesse ínterim, vocês velhas freiras fornecem um exemplo excelente para todos nós, aceitando as formas menos notáveis de destruição de si mesmas. Há algo de bom em morrer do modo antigo, dia a dia, pouco a pouco.

Ela acordou com um soluço de protesto. Ela queria que a conversa continuasse: havia tanto mais que queria dessa voz com o novo toque de amizade que nunca conheceu em vida.

Depois da missa, Padre Gallagher pediu a Madre Ravenel para carregar a hóstia para ele até os aposentos de Irmã Bridget, que estava se recuperando de uma cirurgia de coração aberto.

— Mas o senhor está vindo, não está, Padre? — Ela estava alarmada que ele pudesse lhe pedir para administrar o sacramento à diretora... a agenda dele estava muito apertada.

— Vou, sim. Mas ela me pediu para levá-la. Sente falta da comunidade. Espera que a senhora fique e leia o salmo indicado com ela depois que eu me for.

Há dez dias, depois do desjejum, Irmã Bridget havia desmaiado no lavabo ao lado de sua sala, vindo da cozinha. Madre Galyon, ou "Irmã Frances", cuja tarefa atual era arrumar a geladeira, havia ouvido a queda. Felizmente, a diretora havia deixado a porta do banheiro sem o ferrolho. Madre Ravenel, terminando de usar seu irrigador dental no andar de cima, ouviu a sirene da ambulância, que sempre é desligada discretamente quando entra no terreno da casa de repouso. Madre Odom sofreu outro derrame, pensara ela. A quantos mais ela conseguirá sobreviver? De pé no corredor, ela aguardava os passos dos médicos. O quarto de Madre Odom ficava a duas portas do dela. Mas nenhum passo foi ouvido. As vozes convergiram na cozinha. Ela estava começando a tatear seu caminho até embaixo para "ir lá ver" por si mesma quando ouviu a escalada difícil da auxiliar doméstica de Madre Odom, Lanie, aquela que se referia a ela como "a velha freira cega".

— Madre Odom está bem?

— Estou indo até lá agora — rosnou Lanie. — Não dá para estar em dois lugares ao mesmo tempo. O coração de Irmã Bridget parou no banheiro, mas eles a reanimaram com choques e a levaram embora. A pobrezinha se borrou e sujou o chão inteiro, e adivinha quem teve de limpar tudo?

"... ela me pediu para levá-la."

Padre Gallagher colocou a hóstia na língua da diretora.

— O corpo de Cristo, Irmã.

— Amém.

— Bendigamos ao Senhor.

— Demos graças a Deus.

E então as duas freiras ficaram sozinhas.

— Obrigada por vir, Irmã Suzanne. Sente-se mais perto. Pensei que podíamos ler o salmo juntas. Depois, você vai querer seu café da manhã.

— Da minha parte não há pressa, Irmã. Como se sente?

— Sinto-me como Lázaro. Devo estar uma assombração. Quanto pode ver do meu rosto?

— Posso identificar o hematoma sobre seus olhos e pescoço.

— Caí para a frente no vaso sanitário e atingi o piso de cabeça. Foi o que me disseram. Lembro de muito pouco. Houve muitos procedimentos. Eles colocaram um cateter na minha virilha até meu coração e descobriram que estava noventa por cento bloqueado. Depois me abriram e substituíram as válvulas. De nada disso me lembro. São dias pelos quais não respondo. Também instalaram um marca-passo caso meu coração fique preguiçoso de novo. Estou me sentindo um pouco incorpórea, Irmã, mas me disseram que vou ficar por aqui um pouco mais.

— Estou muito feliz por isso. — Ao perceber que era verdade, Madre Ravenel descobriu-se piscando para conter as lágrimas.

— Como está indo o seu memorial escolar, Irmã?

— Ainda estou nos anos 50.

— A escola fechou em 1990... então, vejamos, você ainda tem três décadas inteiras a percorrer.

— Se eu um dia conseguir sair dos anos 50, Irmã, o resto vai ser sopa.

— Tanta coisa assim aconteceu?

— Certas coisas... *culminaram* em 1951 e 1952. Pode-se dizer que elas cobraram seu preço. Foi um ano perturbador para mim como diretora da escola. Fui mandada em licença no final do semestre letivo.

— Você contará sobre o ano perturbador no memorial?

— Não é o tipo de coisa que tem lugar numa história da escola. As moças responsáveis foram expulsas imediatamente, e algumas outras alunas não voltaram no ano seguinte. Quando eu chegar ao ano da turma delas no memorial... a turma de 1955... essas moças já haviam ido embora. Mas elas estão presas em minha memória como um tipo de barricada. Houve uma mãe envolvida também: uma colega minha de turma. A intenção era me constranger inserindo material em uma peça escolar. A parte trágica que resultou disso foi a morte de uma jovem freira. Ela sofria de uma doença cardíaca não diagnosticada que adquiriu na infância, ficamos sabendo, mas me considero responsável em grande parte. Se não tivesse exagerado em minha reação naquela noite a algo que mãe e filha haviam plantado na peça... uma mensagem oculta de que elas ainda me consideravam culpada... aquela jovem freira poderia ter vivido mais ou talvez ainda estar viva. Acho que é isso que me impede de ditar os anos 50 com a mesma facilidade que tive com os outros capítulos.

— Já falou com um padre?

— Mais de dez padres. Eles me disseram que eu estava sendo muito dura comigo mesma ou que era um insulto à misericórdia de Deus continuar insistindo em algo pelo que Ele já me havia perdoado. O que eu gostava mais me disse que eu estava "raspando o caldeirão" daquele ano para obter mais "lanchinhos malignos" e que eu voltasse ao trabalho e visse onde eu me encaixava no plano divino em vez de onde Ele se encaixava nos meus planos...

Irmã Bridget começou a rir, depois fez uma careta de dor.

— Fiz confidências a Madre Galyon em uma de nossas caminhadas recentes e ela sugeriu que eu fizesse uma fita confessional, só com as partes que me perseguem, depois pedir a bênção de Deus, enviá-la para alguém em quem confie e esquecer.

— E você fez isso?

— Ditei grande parte disso. Foi para uma aluna da turma de 1955. Permanecemos amigas; é quem está transcrevendo o memorial. Mas depois do 11 de Setembro, senti que seria descabido. Beatrix poderia se perguntar como eu podia ficar insistindo nessas velhas chagas quando coisas muito piores estavam acontecendo. Sei que isso é orgulho de minha parte, mas simplesmente não pude encarar a perda de sua admiração e respeito. Nesse estágio da minha vida, Irmã Bridget, a admiração de alguém é um bem precioso.

— Bem... Madre Ravenel... nunca fomos melhores amigas, você e eu, e parte dessa falha foi o *meu* orgulho. No entanto, como sua irmã em Cristo, ofereço-me como substituta para Beatrix. Tenho algum tempo nas mãos, como pode ver. Por que não dizemos o salmo juntas, e você pode pensar nisso.

— "Ó Deus, Vós sois o meu Deus, com ardor Vos procuro. Minha alma está sedenta de Vós..."

Foi só quando estava comendo seus flocos de milho com as outras freiras que ela registrou pela primeira vez que Irmã Bridget, muito ligada à nomenclatura igualitária do pós-Vaticano II, a havia tratado respeitosamente no estilo antigo, como "Madre Ravenel".

Fita cassete confessional reencaminhada

Noite de quinta-feira, 18 de outubro de 2001
Aposento de Madre Ravenel
Casa de Repouso da Ordem de Santa Escolástica

Querida Bridget, irmã em Cristo, diretora da Ordem de Santa Escolástica,

Estou começando uma nova fita porque a outra pode não ter espaço suficiente restando. O plano inicial era me limitar ao lado A e B de um cassete. Mas não quero arriscar ficar sem espaço no meio do agradecimento a Deus por Sua maravilhosa paciência comigo... e agradecer-lhe pela sua.

Se está ouvindo isso agora, você já terá terminado os dois lados da outra fita. Fiquei muito tentada a ouvir tudo novamente e tentar prever suas reações antes de aceitar sua oferta de ser "substituta" de Beatrix. Mas decidi arriscar, me atirar e aproveitar o ímpeto que sua oferta gerou em mim.

Lembro-me muito bem onde foi que parei de ditar esta fita confessional. Como alguém pode esquecer o que estava fazendo naquele dia terrível um pouco depois das nove da manhã?

Estava contando sobre minha inveja de Antonia. E como, quando Antonia começou a ter dúvidas em nosso ano de formatura, eu tive a ideia de ingressar na Ordem antes para superar minha inveja. Porque, como postulante, eu seria inelegível para Rainha da Escola. Bem, ingressei precocemente, e ela *foi* eleita rainha; contudo, recusou o posto, e depois disso a escola interrompeu a prática, o que acho que foi sábio. Quando somente uma pessoa é escolhida a melhor, muitos são magoados em seus sentimentos. A história da família dela foi que eu me precipitei, decepcionei-a e estraguei sua vocação, o que não foi verdade. Sabia que ela vinha tendo dúvidas, mas acreditava que ficava adiando me contar isso porque sabia como eu ficaria desapontada. No entanto, ela dizia coisas indiretas, e eu as captava. Acho que ficou magoada por meu ingresso precoce e por não ter confidenciado isso a ela, mas com certeza não ficou de coração partido. Se o coração de alguém estava ferido, era o meu. Esperava passar minha vida servindo a Deus com Antonia. Ela mais tarde casou com um homem muito bom, um jovem e promissor arquiteto e um bom católico. Infelizmente, ela morreu num acidente de trânsito em sua viagem de lua de mel, e isso reativou contra mim a amargura da irmã de Antonia, Cornelia. Na recepção depois da maldita peça, sobre a qual você ouviu na última fita, Cornelia me acusou não só de ser a causa da morte de Antonia, mas de "me alimentar da vocação precoce dela como uma solitária", até que fiquei repleta e ela, completamente vazia. Enquanto Cornelia dizia isso para mim, com a voz baixa e um sorriso forçado em seu rosto no meio da sala cheia, lembro-me de ter pensado: Este é o ponto mais baixo desta noite deplorável e vou de alguma forma passar por ela.

Mas o pior ainda estava por vir.

A filha de Cornelia, Tildy, tivera um ataque de fúria porque eu intervim no palco e mudei o rumo da peça. As coisas estavam ficando muito, muito ruins lá em cima, no palco, e eu não sabia o quão pior ficariam, e depois vi Cornelia me observando com o canto do olho e sabia que eu havia entrado numa emboscada. Por isso agi rápido, e a maioria das pessoas concordou mais tarde que quando subi ao palco parecia uma sequência natural da peça. O que Tildy e sua amiga Maud estavam fazendo, entende, era atuar numa cena que devia representar a mim e Antonia, só que se chamavam Domenica e Rexanne. Elas estavam encenando uma ocasião em que Antonia dizia que seria errado continuar com nossos planos de nos tornarmos freiras juntas... ocasião que nunca ocorreu, aliás. Mas elas tinham um velho caderno de prova de Antonia, e Maud como Antonia/Domenica estava lendo as palavras endereçadas a mim. No outono do seu ano de formatura, Antonia, ao que parece, havia esboçado uma carta para mim no verso de um velho caderno de prova, uma carta que nunca enviou, mas a família havia guardado o caderno todos esses anos, e agora estavam me surpreendendo com ele durante uma peça escolar... uma peça que eu escrevera com a idade de Tildy e dera a Tildy o privilégio de dirigir. Também havia permitido que Tildy fizesse alterações nela — isso era parte da tradição. E, para ser justa, houve algumas boas cenas e inovações incluídas. Mas a cena de Domenica e Rexanne, que, felizmente, veio ao finalzinho da peça, estava direcionada a mim, e quando ouvi certa "palavra-chave", precisei agir rápido para o caso de tudo piorar. E mesmo quando Cornelia estava dizendo essas coisas excessivas para mim na recepção, eu acreditava que havia controlado o dano.

A próxima coisa que ocorreu foi que Jiggsie retornou à recepção e contou à avó que Tildy ia se jogar da torre. Pois bem, naquela hora a avó de Jiggsie estava conversando com a irmã mais velha de Tildy, Madeline, e Madre Malloy, a professora da nona série de Tildy. Madeline começou a correr para a torre, e Madre Malloy a seguiu.

Sempre me pareceu estranho que eu devesse ser uma das últimas a saber o que estava acontecendo na torre. Eu ainda estava no andar de baixo me despedindo dos pais, certificando-me de que cada garçom havia recebido seu envelope de pagamento; então parei na cozinha para agradecer a Betty, nossa cozinheira, e Madre Finney, que ajudava a recolher as coisas. Estava me direcionando à capela para agradecer a Deus por me ajudar a sobreviver àquela noite quando uma moça veio correndo atrás de mim para me dizer que algo terrível havia acontecido.

No momento em que Madre Arbuckle retornou com Madeline para a torre, o dr. Galvin, o médico das freiras, estava com elas. Madre Arbuckle mais tarde me contou que, quando os três entraram no cômodo da torre, viram Tildy e Madre Malloy sentadas lado a lado, a freira curvada para a frente com as mãos juntas. Tildy lhes contou que Madre Malloy frequentemente caía no sono sentada durante suas aulas particulares. Madre Arbuckle viu imediatamente que algo não estava certo e mandou Madeline convocar a Madre Superiora.

Eles deitaram Madre Malloy no chão e trabalharam com ela por cerca de quinze minutos, a boca da enfermeira contra a dela, o médico lhe comprimindo o tórax. Mas foi em vão.

O dr. Galvin assinou a certidão de óbito, e a Madre Superiora e eu ficamos com ela na torre até que os homens da ambulância a levaram.

Isso é tudo que posso dizer esta noite, Irmã Bridget.

Mais tarde, quero lhe contar sobre meu ano de exílio, que a Ordem chamou de minha "licença", de 1952 a 1953, quando eu estava oficialmente cuidando de minha mãe à morte em Charleston.

Cedo nesta manhã, sonhei com minha mãe de uma forma nova. No sonho, parecíamos ter começado um novo relacionamento. Pela primeira vez, anseio descobrir aspectos dela além dos que falharam em suprir minhas necessidades.

• • •

Antes do amanhecer, sexta-feira
19 de outubro de 2001

Eu não tenho dormido bem, Irmã Bridget. Acordei de um sonho estranho no qual uma mulher que morava em nossa casa de repouso — ela parecia ser uma freira de alguma outra ordem — estava explicando para mim: "Você precisa aprender a louvar a Deus quando ele está se comportando mal."

Por isso decidi me levantar, me vestir e continuar com isto.

O ano em Charleston com minha mãe à morte (enfisema; ela também estava entrando na senilidade no verão de 1952, embora tivesse momentos suficientes de lucidez desdenhosa naquele ano). Ela estava com setenta e quatro anos quando morreu, parecia velha o bastante para mim na época. Eu já vivi uma década a mais que ela agora.

Eu tinha trinta e seis anos naquele verão. Havia sido freira por dezoito anos, diretora de um liceu há sete anos e, apesar disso, quando entrei pela porta da frente da casa de minha mãe pela primeira vez desde que eu a deixei aos doze anos, pude sentir meu recolhimento de volta ao lugar da filha detestada, acompanhada por todos os velhos epítetos: Suzanne "sorrateira, santa do pau oco, soberba", "Velha Rota, Velha Cotó, Velha Anã".

Foi na Festa de Santo Antônio de Pádua, que caiu numa sexta naquele ano. Era também sexta-feira 13.

Eu pareço estar evitando entrar por aquela porta. Tentarei outro método.

A frugalidade dos meus irmãos. Eufemismo para a mesquinharia dos meus irmãos. Como disse na fita anterior, eles reembolsaram tudo que meu pai "pegou emprestado" das contas que ele administrava antes da Quinta-feira Negra. Trabalharam arduamente na firma de advocacia e reouveram o respeito das pessoas. Todavia, em algum ponto desenvolveram uma obsessão por ganhar mais e mais dinheiro e gastar cada vez menos. Tornou-se um jogo para eles: tentar dobrar a quantia que ganharam no ano passado e gastar a metade da quantia que gastaram no ano anterior. Meu irmão mais velho havia casado com uma mulher endinheirada, e o que ela possuía não "contava" no jogo. Meu outro irmão vivia em casa com a mãe e a amante, que, convenientemente, era uma enfermeira, até os quarenta e nove anos, quando ele teve um ataque cardíaco fatal. Isso foi em maio de 1952: outra conjunção fatídica cuja ocasião não poderia ser pior... para mim. Meu irmão mais velho pensava num jeito que pudesse economizar três meses de atendimento domiciliar de verão para a mãe. A amante de seu falecido irmão se recusou a ficar pela quantia mísera que ele ofereceu. Sua irmã estava numa ordem de ensino, e todo mundo sabia que freiras não lecionam no verão. Então ele telefonou para a Madre Superiora e perguntou se eu podia ser dispensada para ficar com minha mãe à morte, que havia pedido por mim. E a Madre Superiora me convocou e disse que daria permissão para que eu tirasse uma licença que poderia ser prolongada por um ano. Ela disse que os acontecimentos recentes haviam sido certamente uma provação para mim, e esse apelo do meu irmão poderia ser uma bênção e uma forma de cura para todos. Nós duas sabíamos tudo que ficou sem ser dito. Depois da noite da peça e da morte de Madre Malloy, e da visita subsequente do bispo e sua homilia sobre "criações mal-orientadas", seguida da nova consagração do cômodo da torre e da Freira Vermelha, havia boatos desfavoráveis tanto na escola quanto na comunidade de Mountain City. Eu havia expulsado duas moças e várias outras na turma não retornariam, embora não soubéssemos na época. Não podia ser prudente separar a notória diretora, que de alguma forma havia sido implicada, até que a poeira assentasse?

E assim, na sexta-feira de 13 de junho, no ano de Nosso Senhor 1952, cheguei depois de uma viagem de ônibus de dez horas (meu irmão não pagou o trem, que seria mais caro) à casa de minha mãe. Ele tinha um caso no tribunal naquele dia e enviou sua secretária para me encontrar e me conduzir a East Battery, onde ela aguardou no carro até que a porta se abrisse, depois foi embora.

Apenas entre. Você precisa entrar alguma hora.

Ela mesma atendeu a porta, empurrando um carrinho com um cilindro de oxigênio. Era reconhecível como a mulher que eu vira pela última vez aos doze anos, só não era tão ereta, e usava uma espécie de vestido do qual anteriormente teria feito troça. Ela me olhou de cima a baixo, depois começou a rir de seu jeito triste, bufando, até que ficou sem ar e teve de colocar sua máscara de oxigênio. Ela me indicou que não podia mais subir escadas e me apontou meu velho quarto. Enquanto eu subia as escadas com minhas sacolas, sussurrou roucamente para mim: "E tire essa fantasia, Anã, a menos que queira me matar de rir."

Isso é tudo que posso fazer agora. Graças a Deus os aviões estão de volta aos céus. Um doce ronco ao amanhecer, quando a luz começa a penetrar os olhos da freira cega.

Sexta-feira, depois da prece da manhã
19 de outubro de 2001

Não há padre hoje; não há missa. Houve apenas as quatro de nós na capela: Madre Galyon, Irmã Paula e Irmã Marian de nosso hoje extinto Liceu de Boston da Ordem, e eu mesma. Madre Galyon conduziu a prece matutina e leu do Comum dos Mártires, já que hoje é a festa dos oito jesuítas torturados e mortos pelas tribos dos hurões e iroqueses na América do Norte entre 1642 e 1649. Também dissemos a Oração para Mulheres Sagradas e, pela primeira vez, fui tocada por estas palavras: "Pai, em nossa fraqueza Vosso poder atinge a perfeição."

Como isso funciona é o que me pergunto. Meditarei sobre isso na ida e na volta de minha consulta com o gastroenterologista. Mas a van não vai chegar antes das dez, então vou continuar com o ano que passei com minha mãe.

Lá estávamos nós duas, tagarelando em uma casa de três pavimentos do século XVIII na East Battery. Toda a boa mobília e os carpetes haviam sido vendidos pelos meus irmãos, e havia muitos pisos descobertos e ecos. Eu fazia pratos simples — sopa enlatada, sanduíches, bife defumado com molho branco sobre torradas. Ela não comia quase nada. Eu usava minha "fantasia" quando ia à missa na Santa Maria na Hasell Street e nas minhas caminhadas em volta da Battery, mas dentro de casa eu deixava o véu e usava as roupas casuais do meu irmão falecido. Como meu cabelo havia sido cortado muito curto, muitas vezes eu era confundida com um homem por entregadores. Quando ele começou a crescer, eu o cortei implacavelmente com tesouras de unha. A primeira vez que fiz isso, chorei. Sentia falta do "Salão" de Madre Finney, e sentia falta de minha comunidade. Madre Finney escreveria para mim fielmente durante meu exílio, até que morreu de pneumonia no final do inverno de 1953. A Madre Superiora me disse para rezar o Ofício Divino na hora usual sempre que possível e enquanto eu fazia isso me lembrar de que todas as minhas irmãs na Ordem estavam rezando comigo.

Mas isso se tornou cada vez mais difícil.

Surpreendi-me pensando em Antonia mais do que eu me permitira fazer em anos. Provavelmente, era natural, dada a cena na peça recente que eu interrompera quando Tildy (Rexanne/Suzanne) começou a ler o caderno de prova, no qual Antonia havia mesmo escrito um bilhete para mim, desfazendo nossos planos de ingressar juntas — um bilhete que Antonia devia ter achado melhor não enviar.

Depois eu havia mandado o resto do elenco para a recepção, confrontei Tildy e sua conspiradora Maud sobre o significado da cena e confisquei o caderno de prova, sob os protestos de Tildy de que ele pertencia à sua família. Bem, a família havia feito o pior que faria com ele; eu já havia me decidido quanto a isso. O que impediria que Cornelia o passasse de mão em mão para trazer mais danos que poderiam afetar a escola?

Antes de aparecer na recepção, eu subi ao banheiro das freiras no terceiro andar e descartei aquele caderno em pedacinhos minúsculos. O banheiro lá em cima ainda era do tipo antigo, com corda e reservatório em cima, e eu puxei a cordinha cinco vezes, só para ter certeza. Aqueles banheiros antigos tinham uma descarga muito mais forte que os modernos, e me lembro de pensar, enquanto esperava o reservatório encher de novo a cada vez, que talvez devêssemos ter mantido as descargas antigas nos banheiros das internas; com as novas descargas, os vasos sanitários ficavam frequentemente entupidos. Nem todas as "melhorias" modernas são necessariamente melhorias.

E depois desci até a recepção e Cornelia me atacou dizendo que eu era uma solitária e a causa indireta da morte de Antonia — e depois se seguiu a tragédia da torre — e o funeral e o resto da queda, que incluía a concessão pela Madre Superiora de minha "licença". Com tudo isso acontecendo, não houve tempo até que eu chegasse a Charleston para absorver essa nova informação sobre Antonia; que ela me havia escrito um bilhete, indicando a causa de nossa ruptura — o que eu fizera fora beijá-la na festa de noivado da irmã dela lá no Swag (onde ficava a cabana de caça do noivo de Cornelia). E "Swag" era a palavra-chave no bilhete de Antonia, e quando ouvi Tildy dizendo "Swag", lá no palco, percebi que tinha de agir rápido. Quem sabe o que viria em seguida no bilhete?

Sozinha com minha mãe naquele longo ano de licença, houve muito tempo para pensar em Antonia, e para me fazer perguntas difíceis, como: Eu teria vocação se não estivesse procurando um jeito de ficar com ela? E se a resposta para isso fosse não, que tipo de vocação poderia dizer que tinha agora? Uma vocação maculada ainda era vocação?

Na noite da minha chegada a Charleston, meu irmão passou na casa para me cumprimentar. Ele também parecia se divertir com minha "fantasia". Perguntou se havia alguma coisa de que estava precisando. Eu queria dizer "um abraço seu depois de todos esses anos seria um começo", mas não disse. Ele tinha mudado; não havia mais brincadeira para ele. Havia engordado, e suas bochechas estavam estufadas de um jeito raivoso. Não era o rapaz que havia corrido a pé comigo na praia, ou mesmo o rapaz que me chamou para a casa da árvore, depois pulou, tirou a escada e riu. Essa pessoa parecia impaciente com qualquer coisa que pudesse distraí-lo de seus objetivos sombrios. Ficou muito zangado quando expliquei que nunca tinha aprendido a dirigir. Era como se eu tivesse aceitado um emprego dando credenciais falsas. Isso significava que ele teria que continuar pagando por entregas em domicílio e mandando sua secretária levar nossa mãe ao médico.

Durante sua visita, nossa mãe ficou no quarto. Perguntei se não queria vê-la e ele disse que tinha tido um dia longo e não estava com vontade de receber insultos verbais. Ele me instruiu a observá-la cuidadosamente e disse que quando chegasse o tempo em que eu achasse que ela ficaria melhor num asilo, que lhe dissesse; ele já havia encontrado um lugar. "Só pensei que vocês duas podiam querer ter um tempinho juntas primeiro", disse ele. Ele fez com que parecesse uma grande benevolência de sua parte. Enquanto ia embora, decidi confrontá-lo: "Ela realmente pediu que eu viesse, Buddy?" "Bem, quando contei a ela que você talvez estivesse disponível, ela não disse não" foi a resposta dele.

Ela gostava de fazer suas refeições numa bandeja no quarto e que eu lhe fizesse companhia. Eu me sentava numa cadeira de frente para a dela, e ela usava o garfo nas beiradas da comida, como se estivesse mexendo em excremento, e bebericava minúsculos goles de sua xícara de chá e, entre uma coisa e outra, sem levantar os olhos ou a voz, lançava seus petardos emocionais. Cornelia Tilden Stratton poderia ter aprendido muito com minha mãe.

Não vou jogar esses petardos emocionais no seu colo, porque pertencem à classe de coisas de mau gosto cujo contato provoca no ouvinte o desejo de nunca tê-las escutado. Uma vez que se infiltram em você, tendem a se enraizar contra a sua vontade. Suspeito que muitos desses petardos poderiam receber aquela qualificação que se envolveu cuidadosamente em obscuridade: "pecado contra o Espírito Santo". Designação que, até onde consegui entender com meus guias espirituais, está relacionada com levar alguém a desprezar sua condição humana concedida por Deus ou a desprezá-la em si mesma. Um de seus temas preferidos era o asco a certas atividades humanas básicas.

Contudo, ainda no assunto de "se enraizar contra a sua vontade", contarei sobre um petardo porque ele explica algo. Não foi um dos piores, embora possa ter sido o mais doloroso para mim.

Olhando para baixo, minha mãe me perguntou no almoço um dia:

— Você chegou a conhecer algum homem, Anã?

Respondi que não.

— Lembra, entrei no postulado quanto tinha apenas dezesseis anos. — Se bem que por que ela deveria se lembrar? Nenhuma palavra foi recebida de minha família em resposta ao convite.

— Ah, muitas moças já rosetavam com essa idade — disse ela, emitindo o sopro da risada enfisemática que eu ouviria com muita frequência naquele ano. — Eu mesma já rosetava... anos antes de conhecer seu pai.

Daí mexeu um pouco com o garfo, depois decidiu não levá-lo aos lábios.

— Se é um consolo — disse ela —, você não perdeu nada.

— Mas eu queria filhos — prosseguiu. — Ou achava que queria. Ele arrancou dois filhos de mim, e eu achei que fosse o fim de tudo. Os rapazes estavam na adolescência, e eu estava liberta em casa. Então, adivinha o que aconteceu?

Enquanto tomava um minúsculo gole de chá, os olhos dela não podiam resistir a verificar o efeito que isso tinha em mim. Senti-me como um animalzinho paralisado pelo olhar de uma cobra.

— Quando percebi que não era uma menopausa precoce, fiz o que tinha feito da primeira vez, quando estava no internato. Entrei numa banheira muito quente e virei quase um litro de gim, depois pulei de uma mesa dez vezes. Só que dessa vez não funcionou. Você ficou presa lá como um carrapato. Tentei de novo alguns dias mais tarde, e dessa vez acabei machucando o tornozelo. Minha última tentativa foi ir mancando até a casa de uma negra que era conhecida por dar "massagens abdominais profundas" nas brancas que não queriam mais filhos. Mas depois que começou, ela me disse que estava num estágio muito avançado, devolveu-me o dinheiro e me mandou para casa. Você já tinha se instalado no meu ventre a essa altura.

Como já disse, os tapetes foram vendidos e a casa agora tinha os pisos descobertos. Alguns deles, especialmente os das salas embaixo, eram de belo taco de carvalho com padrão em espinha de peixe. Bem, uma tarde depois que "fiz companhia a minha mãe no almoço", andei até a sala de estar ao sul, e a luz vespertina estava sendo irradiada sobre as tábuas sem proteção de uma forma que deixava umas marcas e manchas num canto, e decidi ver o que mais eu podia fazer de joelhos além de rezar, que não estava dando muito certo. Então peguei uns panos, um balde de água quente e uma pedra-pomes e fui trabalhar naquele canto, trabalhava muito atentamente num taco de cada vez, acompanhando o padrão do piso e sem olhar o que mais faltava para fazer.

No capítulo 48 da Regra de Benedito, "De Opera Manuum Quotidiano", ele prescreve um número de horas de trabalho manual para seus monges. E também o número de horas para leitura de orações *lectio divina*; mas aquele verão, inverno e primavera não foi um tempo de leitura nem de prece para mim. Aqueles pisos foram o mais próximo a que cheguei de Deus naquele ano, e eles me levaram a uma espécie de fraternidade, pelo que fiquei muito grata.

Fui notada na missa em Santa Maria. É claro que fui notada. A freira que havia retornado para casa para cuidar da mãe à morte. Santa Maria era a igreja que nossa família frequentava. Meu pai foi enterrado em seu cemitério. O sacerdote atual veio depois da morte de meu pai e depois que minha mãe e meus irmãos deixaram de ir à igreja, mas ele sabia quem eu era, deu-me calorosas boas-vindas e me apresentou a outros paroquianos.

A princípio, eles ficaram tímidos, como leigos geralmente são perto de freiras, mas logo que mencionei que estava trabalhando nos nossos pisos, eles não conseguiam parar de falar. Muitos deles tinham tacos velhos desprotegidos pela casa inteira, e havia o grupo que preferia vinagre num esfregão bem torcido, o dos trapos úmidos com areia fina e óleo de tungue, os adeptos do óleo de linhaça fervido combinado com limão e os defensores da lixadeira orbital de mão contra os teimosos que só usavam lixas. Recebi uma quantidade generosa de dicas secretas para tratar de pisos antigos de família e emprestei um velho boné de pele do meu avô para acoplar em furadeira, da época em que ele era aficionado por carros. Alguns membros de minha fraternidade foram diretos e disseram que ficariam contentes se pudessem dar uma passadinha em algum momento para ver o piso, mas expliquei que não estávamos recebendo visitas. Não queria ser surpreendida "fora de minha fantasia", com meus cabelos curtos e pés descalços.

Até o final do verão, eu havia completado o piso na sala ao sul e começado a sala de jantar adjacente quando o primeiro furacão desenraizou uma palmeira crescida no quintal. Meu irmão, chegando sem avisar com sua motosserra, olhou pela janela e viu o que ele considerou um operário de joelhos. Ele estava furioso, pensando que tínhamos contratado alguém que teria de pagar, mas quando viu que era eu nas roupas do nosso irmão, e quando inspecionou o piso lustroso na sala de estar ao sul, me deu o primeiro abraço desde que eu tinha doze anos. Ele disse que o piso restaurado incrementaria muito o preço de venda da casa e me ofereceu pagamento. Eu recusei, é claro, dizendo-lhe que tinha sido uma forma de prece e que estava satisfeita em continuar fazendo isso enquanto estivesse lá. "Bem, então", disse-me ele, "quando tudo isso estiver terminado, você me permite fazer uma doação substancial para sua escola?" E eu disse que era muita generosidade dele e aceitei. Achei que seria bom retornar a Mount

St. Gabriel's carregando um vultoso cheque de minha família. Mas depois que mamãe foi enterrada e todas as salas ficaram com pisos lustrosos, lembrei-o de sua oferta, e ele ficou na defensiva. Disse que era um momento particularmente difícil para ele, mas que enviaria um cheque dentro de seis meses, se isso fosse aceitável para mim. Eu disse que tudo bem, mas acho que sabia que nunca veria esse cheque. Pobre Buddy... tenho certeza de que ele falava sério no dia que ofereceu, porém sua avareza havia se tornado tão entranhada nessa época que ele não conseguiu cumprir o prometido. Não escolhemos nossas famílias, e elas não nos escolhem. Embora às vezes elas possam tentar impedir de todo jeito que venhamos ao mundo.

Irmã Paula acaba de bater para me dizer que a van chegou para nos buscar. Parece que não vou viajar sozinha. Esta é a manhã que ela vai ao podólogo para cortar as unhas dos pés.

Noite de sexta-feira depois das Completas
19 de outubro de 2001

Planejei meditar durante meu tempo na van sobre essas palavras que me tocaram esta manhã na Oração para Mulheres Sagradas: "Em nossa fraqueza Vosso poder atinge a perfeição." Mas Irmã Paula estava nervosa e precisava ser distraída. Ir ao podólogo a deixava ansiosa porque um ano atrás lhe disseram que poderia ter de amputar o dedão; ela sempre teve medo de que dissessem que a infecção tinha voltado. Sei que ela gosta de ouvir histórias sobre Mount St. Gabriel's, por isso estava lhe contando sobre nossas peças — embora nada tenha dito sobre a noite desastrosa! — e sobre os altos padrões que as moças definiam para si mesmas nessas montagens. Nesta manhã, ela me disse que as freiras de nosso liceu de Boston costumavam chamar Mount St. Gabriel's de "galinha dos ovos de ouro" da

Ordem... baseadas no indício de que, por toda a sua história, sempre que precisávamos de alguma coisa, a Ordem fazia das tripas coração para nos fornecer. Foi assim que Madre Malloy veio para nós no outono de 1951, eu me lembro. Na última hora, a professora da nona série da época precisou assumir os cursos de secretariado no curso superior, então Madre Malloy foi enviada para substituí-la. É claro, sei agora que vimos o primeiro indício de seu problema cardíaco no dia que ela chegou. Não acostumada ao ar rarefeito disponível a um quilômetro e meio acima do nível do mar, ela desmaiou quando lhe mostrava o terreno da escola.

Na nossa viagem de volta na van, Irmã Paula estava felicíssima com sua boa notícia — o pé havia sido declarado oficialmente fora de perigo — e como o podólogo havia instalado uma nova banheira de hidromassagem para os pés, uma jovem freira lhe deu uma massagem amorosa e completa nos pés e tornozelos depois que havia cortado e lixado as unhas. Irmã Paula disse que teve de lutar para segurar as lágrimas de bem-estar e gratidão. "Me senti completamente nas mãos dela", afirmou. Depois pensei: por que não lhe perguntar sobre essa frase sobre a qual eu meditaria, quando me imaginava andando sozinha em silêncio?

"Houve uma frase esta manhã na Oração para Mulheres Sagradas", disse eu. "'Em nossa fraqueza o Vosso poder atinge a perfeição.' Ela realmente me tocou. O que você acha que significa, Irmã Paula?"

E ela pensou por um instante e depois disse: "Acho que significa que você precisa admitir que não pode se salvar antes de estar completamente disponível para Deus."

Aprendi muito hoje. Como costumava lembrar às moças em Mount St. Gabriel's, "Somos todos obras em andamento". Agora vou lhe entregar estas fitas, Irmã Bridget. Deus seja louvado por minha família em Cristo.

CAPÍTULO 35

Uma Caminhada no Meio da Manhã

Quarta-feira, 24 de outubro de 2001
Anthony Claret, bispo, 1807-1870 (anteriormente, a Festa de São Rafael, o arcanjo)
Terreno da Casa de Repouso da Ordem de Santa Escolástica

— GOSTO QUE O PADRE GALLAGHER CONTINUE A SE LEMbrar das velhas festas — disse Irmã Bridget. — Em uma comunidade antiga como a nossa, 24 de outubro foi a festa de São Rafael pela maior parte da vida das freiras.

— Dá o que pensar, porém — respondeu Madre Ravenel com bom humor —, de quem terá sido a ideia de juntar os três principais arcanjos em 29 de setembro só para deixar espaços livres no calendário. — Ela estava fazendo o melhor que podia para não se apoiar no braço da outra freira, já que esse era o primeiro passeio de Irmã Bridget desde sua cirurgia de coração aberto.

— Bem, mas novos santos continuam a nascer — argumentou a diretora com seu sotaque mais neutro de Boston, e Madre Ravenel teve de suprimir o sentimento de indignidade que borbulhava dentro de si. Essa era a pessoa que havia se oferecido como substituta para Beatrix, que teria captado instantaneamente o *jeu d'esprit* de seu comentário. Teria sido um erro de julgamento ter entregado essas fitas íntimas? No entanto, era tarde demais agora. Depois da missa hoje, Irmã Bridget havia relatado que as tinha ouvido e estava pronta para oferecer alguns "comentários". E se esses comentários fossem tão enfadonhos quanto sua última resposta? Madre Ravenel preparou-se mentalmente e resolveu guardar sua decepção para si mesma, não importando o que resultasse dessa caminhada.

— Achei que podíamos nos sentar no gazebo — disse Irmã Bridget. — Está um dia tão bonito... Todas essas folhas amarelas. O quanto consegue ver delas, Irmã?

Então voltamos à "Irmã" agora.

— Na verdade, amarelo é uma das minhas melhores cores. Elas parecem moedas caindo. Moedas embaçadas, é claro.

— Agora há três degraus — advertiu Irmã Bridget.

— Sim, eu sei. Muitas vezes paro no gazebo para reorganizar meus pensamentos.

— A senhora tem algum lugar favorito?

— Gosto deste canto. Fica fora do alcance do sol. — (*E fora do seu campo de visão quando você está na casa.*) A reconciliação de Madre Ravenel com Irmã Bridget se evaporava a cada minuto. Ela se sentia como uma aluna que estivesse prestes a ter seu trabalho criticado por uma professora cujas credenciais não correspondiam a seus padrões.

— A senhora sem dúvida conta uma boa história, Irmã. Senti como se estivesse lá. O velho prédio romântico. O ar da montanha. A segurança. A excelência. Moças que observam outras moças, planejando seus próximos movimentos. Meus dias escolares pareceram monótonos em comparação. Estou ansiosa para ler o memorial.

— Se Deus permitir em Sua benevolência que eu o termine.

— O que aconteceu àquelas moças, Irmã? As que expulsou depois da peça.

— Tildy foi para o colégio público. A irmã dela, Madeline, já estava lá. Tive de pedir a Madeline para sair de Mount St. Gabriel's no final do ano de caloura dela. Embora Madeline fosse de longe a mais simpática das duas.

— E essas eram filhas de Cornelia, certo?

— Sim. — Onde isso ia dar?

Mas Irmã Bridget a surpreendeu relinchando como um asno.

— Aquela Cornelia! Que língua afiada! "Na verdade, somos trigêmeas, mas uma de nós morreu." Eu gargalhei quando ouvi essa parte, mas não gostaria de ficar sob a mira dela. E o que aconteceu à outra moça que a senhora expulsou depois da peça?

— Lamento dizer que perdemos todo o contato com Maud. A mãe dela escreveu e pediu para ser reembolsada pelo restante da taxa de internato, que não era reembolsável. Ela havia assinado isso, lembrei-lhe, e nunca ouvi mais nada sobre nenhuma das duas. Às vezes me pergunto se fui dura demais com Maud; eu e ela fomos íntimas por um tempo, mas ela e Tildy eram tão intimamente associadas, e era aquele dilema da ovelha que põe todo o rebanho a perder. Para o bem da escola, não podia arriscar mantê-la. Mas Maud era uma moça muito esperta e atraente que se aplicava, e não tenho dúvida de que as coisas saíram bem para ela. O pai estava em seu segundo casamento, dessa vez com uma mulher rica de Palm Beach, e foi para lá que a mandei na manhã seguinte à peça. A mãe dela acabara de sofrer um aborto, e ela e o novo marido ainda nem tinham um lugar para morar.

— Todas essas vidas... — murmurou Irmã Bridget. Madre Ravenel teria notado um toque de reprovação? — Não entendi direito aquela cena que disse que estava direcionada à senhora, que lhe fez subir ao palco antes que ficasse pior; o quanto pior ela poderia ficar?

— Precisava evitar qualquer insinuação sáfica. Esse tipo de reputação poderia destruir a escola.

— Mas certamente... há uma tradição de moças amarem outras moças... ou se apaixonarem por freiras em escolas de convento. Quer dizer, quem além delas está lá?

— Não estamos falando dos irlandeses de Boston. Isso foi nos Apalaches. Católicos eram temidos.

— Ah, entendo. A senhora encontrou Cornelia novamente?

— A família toda veio à escola para o enterro de Madre Malloy. Tildy queria recitar um poema em frente à sepultura. Achei melhor ceder quanto a isso. Era o poema de Hopkins que Madre Malloy estava ensinando a Tildy logo antes de ela cair morta. E depois, Madeline ficou e pediu em nome da família se eu poderia devolver o velho caderno de prova de Antonia com o bilhete para mim. Expliquei a ela que isso não seria possível e ela disse: "Achei que não seria, Madre", e foi-se embora. É claro, continuamos a viver na mesma cidade, e as duas moças se casaram na basílica... Não fui convidada para nenhum dos casamentos e não esperava ser. Quando ouvi que Cornelia estava morrendo, telefonei e perguntei a Madeline se poderia visitá-la. Ela me fez aguardar por um longo tempo e depois voltou para relatar que, embora Cornelia não conseguisse mais falar, havia indicado que não.

— O que esperava conseguir?

— Acho que esperava algum sinal de que ela não me considerava mais responsável pelo que aconteceu à vida de Antonia... ou melhor, o que não aconteceu. E eu teria pedido perdão se ela achasse que eu tinha sido muito dura com suas filhas por causa da antiga animosidade entre nós. Se bem que não fiz mal em bani-las... nesse ponto, já havia muito veneno acumulado: elas haviam sido criadas para suspeitarem de mim.

— Mas *a senhora* ainda se considera responsável pelo que aconteceu a Antonia?

— Acho que se não a tivesse amado tanto... ou tivesse sido mais competente em esconder meu amor... as coisas poderiam ter sido diferentes.

— Sabe a parte em que me senti mais próxima da senhora nas fitas? Quando fala sobre a inveja. É uma experiência que conheço bem. Tenho invejado até vocês, velhas irmãs — com todas as suas enfermidades e sua pose —, por terem nascido cedo o bastante para concluir seus anos de ensino antes que nossas escolas fechassem. Fiz meus votos perpétuos quatro anos antes do Vaticano II, e quando me formei na graduação e comecei a ensinar em nosso liceu de Boston, as freiras estavam escapando pelas portas e janelas para se tornarem assistentes sociais, usando terninhos e morando juntas em apartamentos. Quando nosso liceu fechou, em 1978, eu tinha quarenta e dois anos. Perguntei à Madre Superiora se eu seria enviada para Mount St. Gabriel's em Mountain City... sabia que as freiras estavam deixando a Ordem lá também... e ela me prometeu que verificaria a possibilidade. Mas a resposta que veio foi não. As matrículas estavam caindo, e os administradores estavam contratando professoras leigas. Mais econômico. Elas não precisavam receber casa, comida e roupas. Então esse foi o fim da minha carreira de professora.

Madre Ravenel escolheu mudar de assunto.

— Quais eram as suas especialidades na graduação, Irmã Bridget?

— Ainda não terminei meus comentários sobre suas fitas, Irmã. Elas não são o que eu esperava. Não tenho certeza do que acha que ainda precisa confessar... ou pelo que ainda quer ser perdoada... para continuar com seu memorial. Decerto não um beijo apaixonado, dado a uma moça que amava... ou por sentir inveja e ingressar precocemente na ordem de forma que não fosse elegível como Rainha da Escola. E, depois de quase setenta anos de serviço, com certeza a senhora não está mais em dúvidas quanto à sua vocação. Talvez a senhora tenha sido muito dura com algumas dessas moças, mas também nunca fui diretora de um próspero liceu. O único grupo que dirigi foi esta comunidade de freiras idosas, e sei que fui muito dura com a senhora. Aquela ocasião em que Irmã Odelia estava preparando seu molho holandês, e todas vocês matraqueavam em seu francês de privilegiadas e eu a ordenei que parasse por causa do orgulho dela. Agora toda vez que a visito em seu quarto, eu rezo que me perdoe por essa explosão. Se ela pudesse responder, eu imploraria por seu perdão. Foi indigno de uma diretora, mas naquele dia me senti tão excluída, como alguma criada contratada para acompanhar vocês, senhoras aristocráticas, em sua senilidade. Mas tenho outra pergunta, Irmã. A senhora ainda suspeita que sua vocação foi "maculada"? E por quê? Porque a princípio a escolheu para ficar próxima de uma grande amiga?

— É isso que me pergunto. Eu amava Antonia mais que Deus? Mas, se nunca a tivesse conhecido, ainda acho que teria feito essa escolha. Adorava a escola, adorava a vida religiosa e adorava a Deus. E talvez a tenha escolhido porque fazia me sentir segura e me dava alguma autoridade. Só gostaria que a coisa toda tivessse sido, hum... *mais pura.*

— Mas, Irmã! Quantas de nós entramos com os motivos puros de... de... bem... alguém como Santa Teresa de Lisieux. Sei que eu não. Queria a autoridade também. E queria a... isenção. Não queria ser como minha mãe, criando sete filhos e bebendo vinho barato. Queria ser como certa freira que admirava, ficar frente a uma turma dando aulas, sem pertencer a ninguém a não ser a um esposo invisível. E agora eis nós duas aqui, meu Jubileu de Ouro se aproximando e a senhora se encaminhando para o de Diamante. Sabe a impressão com que fiquei de suas fitas, Irmã, depois que superei a fúria? A senhora tem oitenta e cinco anos e ainda está crescendo como pessoa. Ou como a senhora diz, ainda é uma obra em andamento. Aquele sonho com sua mãe. Depois daquele relacionamento terrível, a senhora encontra coisas em comum e acorda se sentindo mais próxima. Há outra coisa também, e vou confidenciar à senhora, antes de contar às outras, uma vez que já sonhou. Aquela freira de outra ordem com a qual a senhora sonhou... que estava morando em nossa casa?

— Ah, eu não faço ideia do que ela quis dizer com aprender a agradecer a Deus mesmo quando ele se comporta mal. Teríamos de perguntar a Freud sobre isso.

— Não foi isso; é que ela era de outra ordem e estava morando na nossa casa. Entende, é com isso que venho lutando e apresentarei a vocês quatro reunidas esta noite, no capítulo da Ordem: foi-nos oferecido um estipêndio para ficar com cinco irmãs remanescentes da Ordem de Santa Gertrude... ela foi fundada para administrar orfanatos, mas desde os anos 70 seu principal trabalho tem sido realocar famílias de refugiados. O estipêndio cobrirá nossa defasagem e permitirá que continuemos morando nesta casa confortável.

— Mas, Irmã, onde todas elas vão dormir?

— Esse é o lado desfavorável. Todas nós teremos de ficar com uma colega de quarto. O lado positivo é que, com gerenciamento cuidadoso e boa vontade da parte de todas, poderemos continuar juntas como uma comunidade. Seu sonho foi muito oportuno, Irmã. Embora, depois de considerá-lo, pareceu-me natural que alguém, após ter passado a maior parte da vida organizando pessoas, preveja o que precisa ser feito.

— Quando é que — Madre Ravenel estava decidida a manter sua voz firme enquanto pudesse — começarão a vir?

— Assim que decidirmos. O prédio delas foi liquidado com elas morando nele. Mas pensei na privacidade de que a senhora precisará para ditar o restante do memorial, Irmã. Aceitaria o uso da minha sala até, digamos, as dez horas da manhã todos os dias? Podemos organizar um canto para a senhora e ninguém a perturbará. Posso reencaminhar as chamadas e atendê-las na salinha.

— Isso é muita consideração sua, Irmã Bridget. Obrigada, eu aceito.

— Não tem de quê. Como disse no final de sua última fita, Deus seja louvado por minha família em Cristo.

Senhor, ajuda-me a ver... o que for necessário ver sobre esse diálogo inesperado. Se me sinto absolvida? De certa forma sim, sobretudo pelo ato de construir minha própria confissão e enviá-la para os "comentários" de outra alma. Se me sinto coagida por minha furtiva e enfadonha diretora? Sim, embora Tu misericordiosamente tenhas me permitido ver o humor disso tudo também.

Acho que o melhor que posso fazer agora, Senhor, é dizer uma prece para a pessoa que vai me ter como colega de quarto até que a ambulância entre pelos portões para buscar uma de nós. Deus a ajude e lhe conceda a tolerância de que ela precisará!

CAPÍTULO 36

Reencontro

MAUD

Tarde de sábado, 27 de outubro de 2007
Unidade de guarda-móveis 1516
Lake Worth, Flórida

— ALÔ?

Maud Martinez, brilhando de suor, estava sentada numa caixa de madeira recuperando o fôlego quando seu celular tocou.

— Maud?

— É ela.

— Aqui é a Tildy. Acabo de receber sua carta neste minuto. Fiquei tão empolgada que quase não consegui ler.

— Ah, Tildy, não acredito nisso...

— Você parece sem fôlego. Você está *correndo* ou algo assim?

— Não, eu estava arrastando caixas.

— Onde você está *neste minuto*?

— Estou no meu guarda-móveis na rodovia. Vendi nossa casa. Estou sentada numa caixa.

— Você já saiu da casa?

— Não, mas está quase vazia.

— O que tem na caixa em que está sentada agora?

Uma pergunta tão típica de Tildy!

— A porcelana da minha mãe. Lily tinha tanto orgulho dela... Quando casou com Art Foley, eles saíram e compraram tudo novo.

— Ela já morreu?

— Os dois já morreram. Ele morreu primeiro, e Lily morreu em 1988. E os seus pais?

— Ah, já morreram faz tempo. E... ah... mas escute, Maud, o que você está fazendo agora?

— Você quer dizer hoje ou pelo resto da minha vida?

— As duas coisas, mas vamos começar por hoje. Você vai sair com um *namorado* ou algo assim esta noite?

— Um namorado! Meu Jesus, não.

— Agora ouça, Maud, e não me interrompa até que eu tenha terminado. Você podia pegar a estrada Florida Turnpike e chegar à minha casa em nove horas. O que a impede?

A dramática e gloriosa Tildy. Como se elas ainda tivessem quatorze anos.

— Cerca de mais dez viagens para o centro de reciclagem amanhã, depois os polidores de piso terminarem a clínica cirúrgica de Max na segunda-feira, e eu quero ter certeza de que eles vão deixar tudo impecável para o próximo dono... a entrega das chaves é na outra terça-feira... e tenho uma consulta com minha médica nesta terça-feira.

— Você está bem?

— É só um exame de rotina. Ela gosta de brigar comigo por causa do meu LDL e me interrogar sobre o meu consumo de vinho.

— Que *horas* na terça-feira é a sua médica?

— Dez e meia.

— Por que não se planeja para chegar aqui para uma ceia atrasada na noite de terça-feira? Por que você está rindo? — A velha Tildy: rápida para captar no ar a insurreição.

— Não consigo dirigir depois que escurece. Tenho catarata.

— Ah. Bem, se sair no raiar do dia na *quarta-feira* você chegará aqui antes de anoitecer. Ainda poderíamos celebrar o Dia das Bruxas juntas.

Noite de sábado, 27 de outubro de 2007

Casa de Maud, anteriormente parte do Hospital de Animais de Palm City

Sunset Avenue, Palm Beach

Maud dançava salsa de meias na sala de estar vazia do andar de cima, à luz da lua. Mesmo no ápice de sua depressão depois da morte de Max, ela dançara, dizendo a si mesma: "Se estou fazendo isso, ainda não morri." Mas ela dançava sem música; não teria suportado as canções. Elas teriam transformado isso num espetáculo extravagante de choro. Dançava sozinha, sem som, tomando cuidado com os passos precisos, para honrar o amor entre Max e ela.

A última marca das pegadas de Daisy havia sido enterrada ontem pelas máquinas, mas Maud ainda conseguia lembrar do clique-clique-bum determinado dos anos finais da artrite de Daisy. Quando a cadela não conseguia mais subir para deitar ao lado dela na cama, Maud havia arrastado o colchão para o chão, onde elas continuaram a dormir juntas até o dia em que Daisy comeu os fragmentos fatais na praia. Isso foi em março, sete meses atrás. Max já estava morto havia dois anos e meio.

Max havia sido um dançarino inspirado e passional. E graças às aulas da srta. Bianca Mendoza em Mount St. Gabriel's, Maud pôde surpreendê-lo movendo-se corretamente no tango na primeira vez que dançaram.

Daisy, como filhotinha de quadril quebrado e depois como cão envelhecido com artrite, havia observado a dança entre eles nesta sala, marcando o tempo com o rabo... sua contribuição para o ritual familiar. Max a havia encontrado deitada em trapos cheios de óleo na tampa de uma caixa de papelão na varanda de sua veterinária uma semana antes do Natal de 1989. Ele colocou o quadril dela no lugar e a carregou para cima, ainda tonta do anestésico.

— Trago para você um presente de Natal adiantado — disse ele a Maud. Eles fizeram uma cama para ela com toalhas macias velhas em uma cesta de lavanderia. Ela era principalmente quatro patas douradas grandes e olhos castanhos aterrorizados.

— O que você acha que aconteceu? — perguntou Maud, já apaixonada.

— Ela pode ter sido chutada ou jogada escada abaixo ou atingida por um carro. Depois foi deixada em nossa porta por um filho da puta que se sentia culpado ou por um bom samaritano. Coitadinha da *nerviosita*, vamos reparar seu sofrimento.

Eles a chamaram Daisy. Como na canção "Daisy, Daisy... I am half crazy, all for the love of you".

Max e Maud: vinte e oito anos e meio. Max e Maud e Daisy: dezesseis anos. Maud e Daisy: dois anos.

Estou agradecida por ter tido tanto.

Manhã de domingo, 28 de outubro de 2007

O e-mail de Tildy foi enviado às 3h48 da manhã, com dois anexos.

> Querida Maud, estou tão empolgada que não consigo dormir. Agora, não ouse voltar atrás. Aqui estão as rotas do MapQuest de sua casa para a minha, e uma foto recente minha com minha neta mais velha, Jane. Só para que você não fique chocada quando essa velha ruína abrir a porta para você no Dia das Bruxas. Que tipo de vinho você toma? Sua Tiddly.

Maud telefonou para o Salão Lake Worth. Ela precisou olhar o número; sua última hora marcada havia sido antes do funeral de Max. A voz rouca da cabeleireira atendeu no primeiro toque.

— Lucia, é Maud Martinez. Lembra de mim?

— Maud, achei que tinha se mudado.

— Não, continuo aqui. Lamento aborrecê-la num domingo.

— Trabalho aos domingos com hora marcada agora. Tenho um rapaz marcado que vem para uma mudança de visual de emergência.

— É o que eu preciso. Você tem algum horário vago antes da quarta-feira?

— Amanhã está terrível, e terça-feira vou estar ausente. Você poderia hoje à uma hora da tarde?

— Ah, Lucia, obrigada, combinado então.

— Bom receber você de novo, querida.

Tarde de domingo

— Bem, vamos remover alguns desses prendedores e grampos, Maud, e ver o que temos aqui. Meu Deus, é Rapunzel!

— Uma Rapunzel grisalha, infelizmente.

— Mas o cabelo humano é impressionante, não é? Quem foi mesmo?... a mãe de alguma estrela do cinema, nos anos 30... ela mandava um cabeleireiro para o cemitério todos os meses para manter a aparência da filha. Quanto tempo faz desde que Max faleceu?

— Dois anos e meio.

— E o cabelo cresce cerca de um centímetro por mês, mas acho que o seu deve crescer mais rápido, porque está no meio das costas. Bom cabelo, no entanto. Ainda tem volume e brilho, mesmo sem meus serviços. Então, o que está pensando em fazer?

— Na quarta-feira, vou me encontrar com alguém que não vejo desde os quatorze anos.

— Nossa! Não é da minha conta, mas é por acaso uma antiga paixão?

Maud pegou a foto colorida na bolsa e a entregou a Lucia.

— Minha melhor amiga, Tildy, desde o primário. Não nos vemos há cinquenta anos. Quando ela me enviou um e-mail esta manhã, percebi o quanto me descuidei.

Enquanto Lucia analisava a foto, Maud, olhando-a pelo espelho, condoeu-se por aquele dia há muito tempo quando havia entregado com orgulho a foto de Tildy para Anabel Norton na Worth Avenue, e Anabel havia erguido suas sobrancelhas aparadas e rido. "É *este* o ser superior chamado Tildy? Ora, Maud, ela parece a... órfã Annie dos quadrinhos, só que sem pescoço. Ela é uma menininha comparada a você... O que exatamente *vê* nela, querida?"

— Sua amiga se cuida — disse Lucia. — E a filha também.

— Essa é a *neta*. E no e-mail que recebi esta manhã, Tildy se descrevia como uma velha ruína.

— É um processo de três cores muito inteligente. O cabeleireiro dela deve fazer zilhões de minúsculos reflexos e mechas escuras, todos misturados. Mas como ela faz para que fiquem levantados como uma crista assim? Um corte repicado geralmente despenca depois de alguns centímetros. Como eram os cabelos dela quando moça?

— Eram castanho-avermelhados e crespos. Como o da órfã Annie.

— Quando vai vê-la?

— Estou indo para lá de carro na quarta-feira; ela mora na saída de Atlanta. E gostaria de estar com a melhor aparência que puder.

— Bem, querida, você ainda tem o básico. Bons ossos. E esses não dá para comprar com nenhum processo. Costumávamos cortar essa mecha logo abaixo do queixo. Vai ser uma ocasião sofisticada?

— Não, só vamos celebrar o Dia das Bruxas juntas na casa dela.

— Hum! Acho que estou começando a ficar inspirada.

Dia das Bruxas, quarta-feira, 31 de outubro de 2007

Mil e sete quilômetros, da casa de Maud até a casa de Tildy. Mas o motorista ideal do MapQuest deve ter uma bexiga de aço, um tanque de gasolina sem fundo e um corpo mais jovem que o dela para fazer a distância em nove horas e vinte e nove minutos. Era já perto de dez horas quando Maud atravessou Georgia, e depois dos eventos de sua viagem ela estava começando a se sentir meio assombrada. Quando deixou sua casa ao amanhecer debaixo de chuva, as estações de rádio local já estavam anunciando lugares fechados para atividades do Dia das Bruxas. Era esperado que o furacão Noel, um retardatário da estação, soprasse para o mar, mas não antes que ele arruinasse o dia dos desfiles de fantasias e das crianças pedindo doces. "Você está de Mortícia, não é?" disse a moça que esperava por ela no pedágio próximo a Orlando. "E essa peruca lilás dá um ótimo toque." Parando num Burger King para um almoço tardio em Waycross, Maud fez amizade com quatro adultos em fantasias esmeradas no banco de frente para ela. A princípio, ela havia pensado que se tratava de dois casais; mas não, eram todos homens, com orgulho, dando como encerradas suas identidades: um cafetão, uma criada francesa, A Morte e Bette Midler. O cafetão lhe perguntou se ela estava usando uma fantasia, acrescentando: "Ou a senhora normalmente se veste nesse gótico elegante?" Maud lhes disse que estava a caminho de celebrar o Dia das Bruxas com uma amiga de infância na Georgia e que ela adotou o hábito de usar preto demais, "mas o cabelo é meu, não é uma peruca. Minha cabeleireira aplicou um tonalizante lilás no grisalho e trançou alguns apliques escuros. Acha que consigo passar por Mortícia?" Pelo jeito que riram, Maud sabia que havia sido aceita como senhora que tinha o espírito necessário para ter um Dia das Bruxas bacana.

A chuva havia parado quando entrou na Georgia, e daí por diante as estações de rádio locais diziam que essa era a pior seca desde 1931. De água de mais a água de menos, em uma viagem de um dia. Onze horas na estrada aos setenta anos, com cabelos lilases e apliques, tendo conversado com mais estranhos do que ela havia encontrado em meses. Não é de admirar que estivesse se sentindo desorientada.

Esquerda, esquerda, esquerda, direita, esquerda. Charlton Terrace, Westersham Place, Denmeade Walk, Bolingbrook Drive, Cherbrooke Lane. A noite caía sobre as relvas ressecadas. Crianças em fantasias carregando sacos patrulhavam as calçadas: Homens-Aranha, Mulheres-Aranha, Mulheres-Maravilha – uma superabundância de capas de Harry Potter.

Uma muçulmana de vermelho, parada numa entrada de carros, distribuía pacotes de doce para um círculo de crianças. Maud passou por ela, perguntando-se qual seita muçulmana usava xadores vermelhos... ou talvez fosse uma seita hindu, embora o mais provável ser uma mãe usando fantasia. Então ela viu que havia passado do número da casa que era o fim de sua jornada. Fez o contorno para voltar. A mulher de vermelho estava no meio-fio agora, acenando com as duas mãos e rindo. Não era um xador e sim um hábito religioso. De tecido vermelho, mas com a testeira branca, a touca e o crucifixo prateado da Ordem de Santa Escolástica.

Maud estacionou, desligou a ignição e saiu para a Terra de Tildy.

As amigas se abraçaram. Tildy parecia mais corpulenta, embora mais frágil. Rugas formavam leques saindo de seus olhos e uma pequena cerca sobre o lábio superior, mas depois de cinquenta e cinco anos, seu jeito de examinar você não tinha mudado.

— Você está magrinha! — acusou ela. — *Odeio* você. Isso é uma peruca?

— Não, foi a contribuição da minha cabeleireira. Ela ficou inspirada quando disse que ia passar o Dia das Bruxas com uma velha amiga.

— Você ainda é bonita, Maud, embora um pouco triste, acho. Diga o que quer primeiro: banheiro, bebida ou comida?

— Todos eles. Nessa ordem. Devo estacionar na sua entrada?

— Está bom onde está.

Carregando a bolsa preparada para uma noite de Maud ("Isso não parece pesado o suficiente. Você vai ficar alguns dias, não vai?"), Tildy a conduziu pela cozinha espaçosa com um cantinho para costura e subiu algumas escadas no fundo, levantando as saias como uma freira com prática.

— Esse é o caminho mais curto. Estou colocando você no quarto favorito da minha neta Jane. Ele tem privacidade e uma vista da floresta... ou do que restou dela. Nossas gêmeas cresceram em outra casa.

— Você teve gêmeas?

— Meu Deus, precisamos mesmo atualizar uma à outra. Sim, gêmeas idênticas, como mamãe e Antonia: uma amarga e a outra doce. Agora, vá fazer o que precisa sem pressa que vou descer e abrir o vinho. Branco ou tinto? Pode escolher.

Tarde do Dia das Bruxas, 2007
Varanda telada de Tildy, na saída da cozinha
Marietta, Georgia

Antes que a luz do sol tivesse deixado o céu, elas já estão tontas. Maud se reclina numa *chaise longue* e Tildy, em seu hábito de freira, está instalada numa cadeira de vime com os pés sobre o tamborete acolchoado. Ela também está usando sapatos vermelhos. ("O Papa os usa com suas vestes, então pensei, por que não?") Há um frio penetrante no ar, e Tildy trouxe uma coberta de *mohair* e a prendeu em torno de Maud como se fosse uma terna camisa de força. Em uma mesa próxima às duas está uma garrafa pela metade de sauvignon blanc da Nova Zelândia em seu porta-garrafa de mármore, palitinhos de queijo e azeitonas, e um prato de vidro cheio dos doces no formato de grãos de milho do Dia das Bruxas da infância de ambas.

— Não consigo deixar de admirar seu hábito — diz Maud. — Exceto pela cor, é uma réplica exata do da Ordem de Santa Escolástica.

— Logo depois da nossa ligação eu corri até a loja de tecidos Fabric Warehouse e encontrei o resto de um Tencel de cor vermelho-tijolo que estava esperando por mim. Eu costurei o fim de semana inteiro. As freiras teriam matado por esse material; dá para enrolar e jogar na máquina e ele sai melhor do que nunca. Não existia quando minhas filhas estavam crescendo, mas eu fiz alguns pijamas da Jane com ele. Maisie, minha outra neta, não liga muito para roupas. Ela cria cavalos da raça Tennessee walking horse.

— Não lembrava que você costurava.

— Aprendi só depois de ir para Mountain City High. As alunas podiam escolher entre dança moderna e economia doméstica como matéria eletiva, e você sabe como eu odiava tirar minhas roupas para a ginástica. Todos aqueles corpos úmidos de moças com seus absorventes malcheirosos.

— Ah, Tildy, nunca me esqueci de você. Continuei ouvindo exatamente como você costumava se expressar a respeito de alguma coisa. Igualzinho a agora.

— Não esqueci você tampouco, e eu não compreendo porque nunca me escreveu. Quer dizer, você sabia o *meu* endereço, mas eu não tinha o seu. Você foi simplesmente arrancada da minha vida. Não foi ao enterro de Madre Malloy. Você simplesmente se foi, e ninguém queria dizer nada. Fui expulsa imediatamente, é claro, mas papai ia me tirar de lá de qualquer maneira. Tive de terminar nossa nona série com uma professora particular. Mas fui ao funeral na basílica e ao enterro no cemitério das freiras. Não havia jeito como a Venerável Ravenel pudesse me impedir disso. Fui a última a estar com Madre Malloy, lá na torre. Ela estava me ensinando um poema quando meio que caiu para a frente. Toda a nossa família foi ao enterro.

— Tildy, você não mencionou Madeline.

— Ah, merda. Quase contei para você por telefone e depois não consegui. Meio que achei que, se eu deixasse você dirigir até aqui sem saber, podíamos mantê-la viva entre nós um pouquinho mais. E o dia todo eu ficava pensando: "Madeline ainda está viva no carro de Maud! Ela ainda está entre os vivos na mente de Maud!" Sinto mais falta dela do que de qualquer outra pessoa, *qualquer outra pessoa*! Você está ficando com frio? Gostaria de entrar? Estou bem quentinha no meu hábito, mas...

— Estou bem. Gosto daqui no escuro. Não quero me mexer, quero que me conte sobre Madeline.

— Nesse caso, vou pegar outra garrafa. O mesmo? Ou prefere trocar para o tinto?

— Vamos deixar tudo do jeitinho que está.

— Estou muito feliz que esteja aqui, Maud.

— Também estou.

Se um estranho estivesse nos observando daquele grupo de árvores, pensa Maud, *ele veria... o quê? Uma mulher de véu retorna à varanda escura com uma vela acesa dentro de um porta-copos. Ela a coloca na mesa, seguida por uma garrafa e depois ajeita algum tipo de pano em volta dos ombros da pessoa reclinada.*

— Somos aconselhados a não acender velas do lado de fora nesse tempo seco terrível — diz Tildy —, mas essas orientações são para os estúpidos e os descuidados. Então, você *tem certeza* de que está quentinha o suficiente aqui fora?

— Com todas essas coisas enroladas em mim, como eu poderia não estar?

— Me dê aqui, deixe-me encher sua taça. Obrigada, Jesus, por garrafas de vinho com essas tampas que basta girar para abrir. Tem certeza de que não está com fome ainda? A ceia só precisa ser aquecida.

— Estou ótima. Me conte sobre Madeline.

— Foi em dezembro passado. O serviço de limpeza a encontrou na manhã que morreu. Ela estava completamente vestida e deitada atravessada na cama. Eles disseram que a haviam visto fazer isso uma ou duas vezes antes... deitar para esperar a tontura passar. Dei a ela um daqueles relógios Life Alert, em que basta apertar um botão para contatar o atendimento de emergência, mas ela não o estava usando, porque ia sair. Era terça-feira, o dia que trabalhava como voluntária no escritório do abrigo. Ela estava vivendo sozinha na casa de Henry Vick. Você se lembra dele, não lembra?

— Claro, mas o que ela estava fazendo na casa dele?

— Ela se casou com ele.

— Madeline se casou com *Henry Vick*?

— Sim, bem, quando mamãe ficou com câncer, Madeline voltou do Corpo da Paz na África para ficar com ela, e as coisas se desenvolveram daí. Embora eu ache que, do jeito deles, foram muito felizes. Os dois eram boas pessoas que gostavam de cuidar dos outros. Minhas filhas pensavam que Madeline andava sobre as águas. Sempre que Liza ficava muito invocada comigo quando adolescente, ela dizia: "Por que não pude ser filha da tia Madeline?" Finalmente, um dia eu respondi: "Bem, então vá morar com ela. Vou ligar para ela agora mesmo." E então Ruthie caiu no choro e perguntou por que não podia ir também, que estava cansada de ser punida por ser a gêmea meiga. Então as duas foram passar o verão em Mountain City com a heroína delas e tio Henry, e Creighton e eu tivemos um pouco de sossego.

— Como Chloe encarou o casamento?

— Ah, Chloe foi ficando cada vez mais estranha ao longo dos anos. Ela estava com quase trinta anos quando ficou noiva, morando sozinha longe, no campo, em uma fazenda que tinha restaurado. Madeline quase se matou preparando o casamento e a recepção, mas então Chloe desistiu na última hora. O noivo já tinha chegado de avião — ele e Chloe haviam estudado arquitetura juntos em Swarthmore —, e a coitada da Madeline teve de consolá-lo e levá-lo para fora da cidade, além de fazer as ligações para dizer que o casamento havia sido cancelado. E ela e Henry passaram semanas encaixotando todos os presentes de Chloe e enviando-os de volta pelo correio.

— Madre Ravenel mencionou Chloe Starnes *Vick* no memorial. Estava tentando entender isso.

— Depois do casamento cancelado ela assumiu o nome de solteira da mãe para que a firma pudesse permanecer sendo Vick & Vick. A última coisa que ela fez foi transformar a casa dos Vick, que passou para ela com a morte de Madeline, em um refúgio para mulheres que sofrem violência doméstica. E ela ainda mora no campo sozinha, como uma bruxa velha eremita. Sabe, ela nunca me perdoou por ter desfigurado o estúpido acessório da Freira Vermelha, que quase estragou a peça mesmo antes que a velha Ravenel fizesse isso. Nunca mais fomos íntimas depois disso. Tio Henry a levou para olhar os prédios na Europa no verão depois do grande fiasco, e ela cursou mais um ano em Mount St. Gabriel's, enquanto a velha Ravenel estava fora; depois foi transferida para Mountain City High. Não ficamos jamais na mesma turma porque... bem, essa é outra história e depois chegaremos a ela.

— Sua mãe chegou a ver Madeline e Henry se casarem?

— Não, tudo começou depois que ela morreu. Quem sabe qual teria sido a reação dela? Ela estava feliz por ter Madeline às suas ordens de novo... Papai morreu nos anos 50; ele estava cortando madeira quando caiu de joelhos. O câncer de mamãe foi na laringe, e depois que eles removeram as cordas vocais, se recusou a aprender a falar com aquele pequeno microfone. Ela disse a Madeline que era um castigo por dizer tantas coisas terríveis sobre as pessoas, mas assim era sua natureza, e agora ela ficaria silenciosa e ouviria para variar. Quando queria comunicar alguma coisa, ela fazia gestos ou escrevia bilhetes. Quando veio o padre, escreveu sua confissão, e o fez levá-la embora e destruí-la depois que a absolveu. No fim, a velha Ravenel telefonou para Madeline, ela queria fazer uma visita, e mamãe escreveu: "Não queria vê-la quanto estava em guerra; por que ia querer vê-la agora quando estou em paz?"

— E Henry?

— Henry está no terreno fechado dos Vick com Madeline e tia Antonia. Pequenos derrames foram apagando partes dele até que não restou muita coisa. Por um tempo, a coitada da Madeline teve mesmo uma tarefa que desafiou seu fervor por cuidar de outras pessoas. E então, no começo do ano passado, eu a desafiei novamente. Tive uma dupla mastectomia e depois aquela químio horrorosa, que foi a pior parte. Nesse ponto da minha vida, pouco me importa dois peitos a menos. E agora vou pegar para nós algo quente para beber.

Maud ficou sozinha enquanto criava espaço na mente para todos os mortos de Tildy... e o câncer de Tildy. Ela entrou num cochilo parcial até que se descobriu sendo envolvida com uma terceira coberta e recebendo uma caneca de caldo emanando vapor.

— Isso estava envolvido no último conhaque de Creighton.

— Quando foi que Creighton morreu? Há quanto tempo está sozinha?

— Você continua com seus velhos truques, Maud.

— Que velhos truques?

— Você me deixa me estender e se reserva. Sempre houve essa parte distante que você manteve reservada. Você fez isso no nosso primeiro almoço na terceira série, e vem fazendo desde então. A única vez que chegou perto de se abrir foi depois do funeral de sua avó, quando fiz você voltar para nossa casa e você disse que tinha medo de perder tudo. Você começou a me contar sobre o homem horrível que lhe fez propostas em Palm Beach, mas em certo ponto se fechou, e nunca consegui descobrir mais. Você o viu de novo? Quer dizer, você morava em Palm Beach.

— Que homem?

— Você sabe quem. O irmão mais velho de alguém naquele baile em que você se desonrou... ou assim pensou. Estou avisando-a, Maud, você não deixa essa casa até que tenha preenchido todas as lacunas com tanta generosidade quanto preenchi as minhas.

— O nome dele era Troy Veech. E, sim, eu o vi de novo. Mas por enquanto continue sobre Creighton. Lembro-me dele tão bem, tão másculo e estudando medicina. Ele era tão paciente me ensinando a nadar quando eu nem era sócia.

— Sim, você era, de certa forma. Papai conseguia aqueles passes de verão para a piscina.

— Não é a mesma coisa que ser um sócio. Sempre me senti observada. Aquela parte distante que você fala sobre mim. Talvez fosse meu orgulho. É desconfortável ser sempre aquela que recebe. Agora me conte sobre Creighton. É muito adequado enquanto bebemos o resto do conhaque dele.

— Ok, mas amanhã é a sua vez. E não ouse dizer que vai embora amanhã.

— Posso ficar até o sábado... se puder me receber.

— Por que não domingo? Se o fechamento da venda é só na terça-feira...

— Porque sou velha e preciso de alguns dias para me recuperar de toda essa viagem dirigindo.

— Sua pobrezinha decrépita. Creighton morreu em 1998. Ele tinha sessenta e cinco anos e não precisava morrer, mas era descuidado com a saúde. Já ouviu sobre o advogado que morreu sem testamento? Bem, Creighton era o médico diabético... dando aula na faculdade de medicina, para você ver!... que se descuidava para poder beber seu suco de frutas. Ele perdeu a consciência e dirigiu até a ravina indo para casa, e quando o encontraram estava morto. Estou furiosa com ele desde então. Deixar-me viúva aos sessenta e um. As gêmeas estavam em seus quarenta anos, as filhas de Ruthie eram velhas o bastante, por isso não precisei ser babá delas, e finalmente consegui fazer Liza sair de casa... Liza teve o que se pode chamar de uma adolescência estendida... e Creighton havia me prometido viajar. Ele e eu nunca fomos a lugar algum. Nenhum de nós jamais foi à Europa; ele estava trabalhando muito duro. Queria que fôssemos lá enquanto nós dois ainda podíamos andar.

— Você sempre disse que ele e Madeline iam acabar se casando um dia.

— Era o que todos pensávamos. Mas "um dia" veio e foi embora, e eles continuaram a namorar até que Madeline integrou o Corpo de Paz. "Não pergunte o que seu país pode fazer por você" cabia a ela perfeitamente. E Creighton vinha me ver sempre que voltava à cidade. Lembra que ele costumava me chamar de Tentadora Tildy? Ele me disse mais tarde que sempre me teve num cantinho de seu coração, e então um dia percebeu que eu havia tomado o coração inteiro. Você se lembra dos comentários ácidos de mamãe. . quando eu contei a ela que Creighton queria se casar comigo, ela disse: "Que estranho. Quando ele poderia ter pedido Madeline em casamento." E Creighton foi até o fim. Ele fez a instrução católica, tornou-se católico, tivemos um casamento enorme na basílica, e ele conseguiu se livrar das amarras Na recepção no clube depois, mamãe disse que eu estava "quase bonita". Ouça, Maud, você tem certeza de que não está ficando com fome?

— Você está com fome?

— Não, mas sou a anfitriã e preciso perguntar.

— O caldo é o bastante para mim. Logo você vai precisar me ajudar a subir as escadas.

— A gente se ajuda. Ninguém precisa de uma bacia quebrada a essa altura do campeonato.

Quinta-feira, 1º de novembro de 2007
Dia de Todos os Santos
Residência de Tildy
Marietta, Georgia

Maud acordou intranquila no quarto da neta Jane. Levantando-se durante a noite para ir ao banheiro, havia sentido a contínua presença de jovens. Elas não haviam sido simpáticas, mas sua falta de cordialidade nada tinha a ver com ela. Maud não existia para elas; elas tinham seus próprios conflitos, e ela estava apenas por acaso compartilhando um quarto.

A luz da manhã atravessava as persianas fechadas, mas ela não sabia dizer se o dia seria bonito ou não. O relógio digital ao lado de sua cama informava que oito e quarenta. A casa estava quieta. Tildy devia ainda estar dormindo em seu quarto no final do corredor. Maud não podia se forçar a levantar ainda. Havia bebido vinho demais, mas não era a primeira vez e não seria a última. Ela adiou outra viagem ao banheiro porque não queria arriscar acordar Tildy e ter que começar o dia na companhia de outra pessoa. Encolhendo-se como uma bola sob a roupa de cama, apertou os olhos e tentou localizar a origem de sua intranquilidade. Não era como a depressão depois que Max morreu. Era uma sensação de estar deslocada, acompanhada por aflição de espírito e leve pânico. *Se eu entrasse no carro agora e dirigisse sem parar, poderia percorrer a maior parte do caminho para casa até escurecer...* Mas onde ficava a "casa"? A clínica vazia e os quartos em cima na Sunset Avenue, onde as marcas de Daisy haviam sido apagadas da areia e apenas um colchão e alguns utensílios de cozinha foram deixados? Parecia que sim. Ou talvez ela simplesmente identificava "casa" como o lugar onde podia ficar sozinha e no comando de sua história sem nenhuma intromissão?

Mas esse não era o momento nem o lugar para virar uma bruxa velha eremita, como Tildy havia chamado Chloe. Esticando-se, Maud resolveu sobreviver com elegância aos dois outros dias em Marietta, e foi nesse momento que viu o pedaço de papel dobrado que havia sido empurrado por baixo da porta.

> *8h15*
>
> *Querida Maud. Fui à missa das 9h. O café está pronto, e tem cereal ou a quiche da noite passada que a gente não comeu. Fica melhor aquecida no forninho. No micro-ondas fica empapado. Estou feliz que esteja aqui. Com amor, Tildy.*

TILDY RETORNOU, CARREGADA DE SACOLAS, PARA ENCONTRAR Maud vestida em jeans escuro e no velho cardigã preto de Max, bebericando uma Coca Diet no balcão da cozinha.

— Nada de café? Ah, meu Deus, você provavelmente bebe chá de ervas ou algo assim. Quando você e eu nos encontramos pela última vez ninguém havia começado a beber *nada* ainda.

— É exatamente disso que gosto. Max costumava beber durante o dia. Com uma rodela de limão. Ele chamava de "Cuba libre virgem". Como foi a missa?

— Ah, você sabe, missa é missa. — Hoje, num terninho de tweed e gola rulê, Tildy era a senhora arrumada com esmero da foto do e-mail. Os cabelos castanho-alaranjados com suas luzes e mechas escuras ficavam como a crista de uma cacatua, fazendo Maud se perguntar como ela conseguira domá-lo sobre o véu da fantasia da noite passada. — Sou uma ministra da Eucaristia agora; posso dar a comunhão, mas não posso abençoá-la. Hoje é a Festa de Todos os Santos; para os mortos justos. Rezei por Madeline e Madre Malloy. E amanha é Finados. Para o resto de nós.

— Madre Ravenel escreveu sobre a origem do Dia de Finados em seu capítulo sobre Tradições — disse Maud. — Um abade beneditino, São Odilon, instituiu o dia durante a Idade Média para todos os monges mortos, mas depois mais tarde sua generosidade aumentou e ele prolongou a festa para incluir todos os mortos, não importa como tenham se comportado, do começo da criação até o fim dos tempos. O melhor do memorial é quando ela fornece informações sobre o passado ou medita sobre assuntos interessantes, como o conceito de ousadia santa de Elizabeth Wallingford.

— A velha, boa e útil ousadia santa! Aposto que a velha Raivosa distorceu isso como um pretzel para se adequar aos seus próprios interesses.

— Ainda assim, é uma ideia fascinante. Conforme lia essas passagens, ficava imaginando o que eu seria se tivesse vivido uma vida de ousadia santa.

— Como sabe que não viveu? — desafiou Tildy, tirando da sacola itens de supermercado e mais vinho. — Será que *ela* acha que sim, lá no lugar de repouso de freiras velhas? Sabe, Maud, ainda sonho com ela, e ela ainda é o inimigo. No meu sonho mais recente, ela estava no controle de passaportes, dizendo a Creighton e a mim que não podíamos ir juntos. "Vocês terão de escolher", dizia ela para nós, e era exatamente a voz de quem-dita-as-regras dela. "Vocês dois não terão permissão de continuar juntos." O que me surpreende é que eu não sabia que o memorial existia até que você escreveu para mim. A propósito, você o trouxe?

— Trouxe, sim. Vou deixá-lo com você.

— Ah, eu acho que seria mais divertido se lêssemos parte dele juntas. E depois você pode levá-lo de volta. Ou podemos fazer uma fogueira com ele. Não quero nenhuma parte dela morando sob este teto. Era de se esperar que alguém no funeral de Madeline tivesse dito algo, mas talvez os que se lembravam que nossa família não morria de amores por ela estivessem sendo diplomáticos. Me pergunto se Chloe terá lido. É difícil saber com a velha Bruxa Eremita. Ela recusou quando a convidei para um almoço depois do funeral de Madeline. Disse que estava esperando a entrega de uma carga de pedras para algo que estava construindo. Tive vontade de dizer. "Com que acessório pavoroso você vai nos surpreender agora?" Você não tomou café, Maud?

— Estou com um pouco de ressaca. Além disso, meus ombros doem de toda essa viagem dirigindo.

— Bem, lá fora não está muito convidativo. Frio e escuro, mas não há chuva a caminho. Se não fosse essa seca, eu a levaria para um passeio no lago, mas quem quer ver um lago seco? Então o que pensei foi: faríamos uma grande panela da sopa da Flavia... lembra que você costumava entrar pela porta da frente e dizer: "Temos motivo para comemorar! Sinto cheiro da sopa da Flavia!"?

— Era simplesmente a melhor sopa do mundo — disse Maud, recordando como o cheiro sempre evocava nela uma grande vontade e uma mágoa pelo ato de generosidade que Tildy achava muito natural.

— Flavia ainda está viva, cuidando da horta e fazendo compotas aos noventa e cinco anos... as hortaliças dela que vão na sopa. Todo outono, o neto dela me traz mais do que consigo usar. Papai deixou para eles o Swag, e eles e os filhos o transformaram num negócio de entregas de legumes por caminhão.

— Não achava que eles tivessem filhos. — Observando Tildy atacar uma lata de caldo de carne com um abridor, Maud ficou sensibilizada por como as juntas dos dedos dela estavam encaroçadas pela artrite. Também ficou intrigada que, aos setenta anos, Tildy ainda estivesse sendo contrariada nos sonhos pela velha inimiga da família.

— Nenhum de nós achava. Não descobrimos até que papai morreu. Nos anos 40, quando ele anunciou que precisava de um casal sem filhos que dormisse na propriedade, eles se candidataram. A mãe de John morava na cidade, e John contou a papai sobre seus dois sobrinhos que ela estava criando depois que a irmã de John havia morrido em Chicago. John inventou a irmã. Agora me pergunto se papai e mamãe não sabiam o tempo todo, e foi por isso que papai deixou para eles o Swag. Sabe, para compensar o fato de ter separado uma família. Você não virou vegana ou coisa assim, espero, porque a sopa de Flavia pede ossos de carne e acém para cozinhar com os legumes. Então o plano é esse. Vou juntar os ingredientes dessa sopa, depois vamos nos recolher aos nossos respectivos *boudoirs* para uma boa e velha soneca da tarde. E a sopa vai ficar cozinhando em fogo baixo, daí vamos tirar uma soneca, cheirá-la e nos sentiremos como se tivéssemos treze anos de novo. O que acha?

— Você sempre teve um jeito para saber o que eu precisava, Tildy. Às vezes antes que eu mesma soubesse.

— E depois quando você descer, ligarei a lareira a gás no gabinete e vamos ficar em frente a ela tomando a sopa de Flavia e bebericando nosso vinho, e você vai preencher as lacunas desses últimos cinquenta e cinco anos.

Noite do Dia de Todos os Santos

Gabinete de Tildy

— Por onde devo começar? — perguntou Maud.

— Comece por sexta à noite, depois da peça. — Como se não pudesse haver nenhum outro início na história de Maud.

— Achei que minha vida tinha terminado quando ela me enviou para o meu quarto no dormitório. Andei para cima e para baixo naquele pequeno recinto e pensei loucuras.

— Como o quê?

— Ah, simplesmente... sumir. Fugir. Pintar o cabelo e assumir um novo nome. Mas não tinha dinheiro para a passagem de ônibus. E para onde eu ia de ônibus? Pensei em Lily sentindo minha falta e depois aceitando gradualmente que eu estava morta, e isso me fez chorar. E depois eu só fui dormir. Madre Ravenel havia falado que conversaríamos pela manhã, e quando acordei era sábado de manhã e os pássaros estavam cantarolando e tudo parecia um sonho ruim. Afinal, ela não tinha dito nada sobre eu sair da escola. E então minha porta se abriu e lá estava Jiggsie Judd, olhando para mim de forma estranha. Ela disse: "Você não sabe o que aconteceu, sabe?" E me contou sobre Madre Malloy. A princípio não acreditei, e então acho que pensei, se algo ruim assim aconteceu, Madre Ravenel esquecerá sua raiva de mim. Mas ela não esqueceu. Agora a coisa toda fica surreal, mas preste atenção. Vou tentar contar do meu ponto de vista.

— Bem, do ponto de vista de quem *você* poderia contar?

— Ah, você verá. Foi quando fui levada pela correnteza das necessidades e desejos de outras pessoas, e eu não consegui voltar à minha própria corrente até vinte e cinco anos depois.

— Meu Deus, Maud, isso está começando a ficar sinistro.

— Na época, parecia ser meu destino... que era assim que as coisas eram. Uma mulher que eu conheci em Palm Beach tinha essa placa de madeira na parede da cozinha que dizia: "Vida é o que acontece enquanto você está ocupado fazendo outros planos..."

— Ah, *odeio* essa placa! Já vi em lojas de presentes. Nunca ia colocar uma coisa dessas na minha parede.

— Nem eu — retrucou Maud com frieza. — Mas ainda assim, foi o que aconteceu comigo.

— Desculpe. Continue.

— O que aconteceu em seguida foi que Madre Ravenel me trouxe uma bandeja de café da manhã e disse a Jiggsie para ir embora. Ela disse: "Imagino que ela lhe tenha contado sobre Madre Malloy." Depois arrumou o café na minha escrivaninha... uma tigela de aveia, um copo de leite, dois pedaços de torrada amanteigada e um pouco de geleia de uva. Posso ver a forma comedida, quase respeitosa, como ela os colocou sobre a mesa, como se estivesse preparando um altar ou algo assim. Havia inclusive o porta-guardanapo do meu lugar na sala de jantar. E ela me disse para, por favor, me sentar e comer porque esse seria um dia muito ocupado e triste para ela, e precisava me pôr a caminho. Estaria indo com Jovan para o aeroporto em menos de uma hora. Havia uma conexão que eu tinha de fazer em Charlotte...

— Uma conexão para *onde*? — perguntou, exaltada, Tildy.

— Eu não *sabia* ainda. Foi o que disse, estou tentando contar da forma que aconteceu comigo na época.

— Desculpe.

— Enquanto eu comia... e eu comi mesmo... estava com fome... ela disse que estivera ao telefone na noite anterior e muito cedo nesta manhã com o sr. Foley e o sr. e a sra. Norton.

— E *Lily*?

— Foi exatamente o que eu perguntei: "E minha mãe? Por que a senhora não falou com ela?" E ela respondeu: "Sua mãe está no hospital em Atlanta. Ela sofreu um aborto ontem. Você já é quase uma moça crescida, Maud. Essas coisas acontecem na vida de casado. O sr. Foley diz que ela vai ficar bem, embora tenha sido uma decepção para os dois." Depois ela disse: "Pois bem, Maud, vamos empacotar suas coisas, vou ajudá-la, e enquanto fazemos isso, quero que ouça com muito cuidado o que eu disse ao sr. Foley e ao sr. e à sra. Norton em seu nome." Ela estava dobrando minhas coisas enquanto falava; dava a impressão de saber onde tudo estava no meu quarto e onde ficaria melhor na mala. Me contou que lhes dissera que eu era uma das moças mais promissoras da escola, mas eu havia sido influenciada por uma amiga para participar de uma brincadeira de natureza muito séria, que poderia ter manchado a reputação da escola. A outra moça havia sido expulsa sumariamente, e por causa do meu envolvimento ela não via escolha a não ser me expulsar também. Mas dissera que eu ainda poderia cumprir meu potencial em algum outro lugar, com a orientação adequada. Afirmou que era um período crucial em meu desenvolvimento, e poderia resultar bem ou mal, e ela estava me devolvendo aos cuidados deles. E então ela recolheu minha louça e disse: "Vou pedir que permaneça aqui até que eu retorne com Jovan para levar suas coisas para a van." E eu perguntei: "Mas a senhora não vai me dizer aonde estou indo, Madre?" E ela me respondeu que havia sido decidido que eu iria primeiro para Palm Beach, até que minha mãe e o sr. Foley encontrassem uma casa para morarem. "Fiz um pouco de relações públicas em seu nome em Palm Beach, Maud. Sabe, você me contou em nossas conversas que não era mais bem-vinda lá, mas agora acredito que você pensou que as coisas eram piores do que eram. Além disso, houve mudanças. Seu pai está melhorando e você pode ser o meio para que eles mantenham aquele casamento. Não seria uma coisa ótima?" E depois ela saiu com a bandeja e eu me sentei na minha cama e tentei assimilar o que estava acontecendo e como me sentia a respeito de tudo. Mas eu não conseguia *pensar*. Meu cérebro parecia que tinha sido embalado para remessa junto com o resto de mim. Eu estava sendo mandada embora como um pacote e precisava só esperar que eles me abrissem do outro lado para descobrir quem ou o que eu era.

— Ah, Maud. Se ao menos eu tivesse sabido disso!

— O que você poderia ter feito? — perguntou Maud com algo próximo a um sorriso de desdém.

— Você poderia ter ficado conosco e compartilhado minha professora particular. Diabos, com você lá, eu não ia ter precisado daquela maldita professora. Poderíamos ter ficado atualizadas com as aulas que perdemos e entrar na segunda série do colegial em Mountain City High. Em vez disso, aquela alcaguete bajuladora levou o dinheiro do meu pai o verão inteiro e fingiu que eu era um modelo e depois relatou ao diretor da Mountain City que minhas habilidades de leitura não estavam à altura do segundo ano do colegial! Tive de repetir a primeira série. E tive aulas de apoio de leitura.

— Ah, Tildy! — Maud sentiu pena pela moça de quatorze anos rebaixada. Que golpe em seu orgulho!

— O que eu sofria, é claro — continuou Tildy, com petulância —, recebeu um nome grego sofisticado nos anos 60, e agora as escolas estão cheias de professores de educação especial treinados para nos orientar e sairmos de nossa obscuridão. Minha filha Ruthie é especialista em dislexia. E você chegou a escrever uma coluna sobre isso naquele jornal de Palm Beach.

— Mas você sempre compensou com seu vocabulário oral, Tildy. Não sei qual foi a última vez que ouvi a palavra "obscuridão". Você acha a leitura mais fácil agora?

— Ah, muito mais. — Tildy riu. — Eu compro livros em áudio com texto integral. Até pertenço a um clube de leitura, e minhas apresentações são sempre arrebatadoras. Mas as palavras deitadas na página ainda são como aquelas cercas vivas terríveis em *Silas Marner*. Preciso escalar cada uma delas quando as encontro e saio toda lanhada. E se me agendam como uma das leitoras na igreja, eu preciso preparar minha lição com uma semana de antecedência. Mas todo mundo acha que leio bem. Preste atenção, Maud, diga-me uma coisa, com sinceridade. Quando você estava sentada naquela cama, prestes a ser mandada embora como um pacote, sentiu ódio de mim?

— Não, não estava pensando em você absolutamente. Foi o que disse, não conseguia pensar. Estava só lá na cama, e assim era a vida e depois eu estava sendo conduzida ao aeroporto, e depois estava de volta ao solo em Charlotte, onde uma pessoa da linha aérea me encontrou e me levou à minha conexão... Eu tinha quatorze anos, se lembra? E após isso cheguei a Palm Beach, e meu pai e Anabel estavam aguardando na pista. Anabel estava chorando e meu pai nos abraçou e disse: "Calma, meninas, isso pode acabar sendo uma coisa boa." E por um tempo, ele parecia ter razão.

— Por quanto tempo isso durou?

— Até o final do colegial. Quer dizer, ele tinha recaídas, mas eles permaneceram juntos, e meu pai conseguiu um emprego vendendo Cadillacs, o que fazia muito bem, e o mantinha nos trilhos... a maior parte do tempo. Anabel continuava a se esforçar para entrar na sociedade, e ela gostava de me levar aos lugares e me oferecer "vantagens". Tinha reflexos positivos para ela ser vista se comportando com generosidade com a filha do marido.

— E a mulher da sociedade que retirou o convite para a festa de Natal porque você deixou o baile com aquele homem que deu em cima de você?

— A mãe de Duddy, Mimi Weatherby. Tinha que se ocupar de seu castigo agora. O marido entrara com o pedido de divórcio porque ela estava tendo um caso com um homem mais jovem. Na verdade, era Troy Veech, o homem com quem eu deixei o baile.

— Meu Deus, Maud, isso é como uma novela!

— Bem, fica pior, e quem se enrolou nesse novelo, sozinha, fui eu. Em seguida vem minha matrícula na Cortt Academy, conhecida entre os internos como a Corte das Três Bruxas. Mas, agora, vamos fazer um intervalo comercial, porque preciso ir ao banheiro.

CAPÍTULO 37

Reencontro (Continuação)

TILDY

Noite do Dia de Todos os Santos,
Cozinha de Tildy

TILDY GOSTAVA DE ESTAR NO COMANDO DE SEUS AMBIENTES, e quando Maud fez sua pausa para ir ao banheiro, ela decidiu que era hora de mudar para um novo local. Ela estava mergulhando numa perigosa perda de identidade enquanto se entregava à narrativa de Maud em frente à lareira a gás. A história de Maud atraía como as pequenas chamas azuis. Dava para se esquecer de que ela era ativada por um controle remoto que liberava o propano e produzia a ilusão de toras de verdade queimando. Esquecer-se da segurança da sua identidade, tendo vivido sua vida e criado seus filhos e fascinado seu marido e sobrevivido ao câncer e a nove anos de viuvez... e mantendo seu orgulho mais ou menos intacto o tempo inteiro. Você mergulhava na impotência de Maud enquanto ela se sentava naquela cama como um pacote prestes a ser enviado para outro lugar.

Maud ainda era bonita. Quando você já atingiu os setenta anos, o pior que pode acontecer com sua aparência já aconteceu, fora uma ou outra mancha e protuberância desagradável, alguns outros pedaços de você destinados a serem cortados fora ou sugados. Mas Maud precisava sair daquele luto terrível. Vestido negro, jeans negro, um cardigã negro do marido falecido. Maud também precisa substituir as amálgamas de prata de seus molares; elas entregavam sua idade toda vez que abria a boca. Tildy tinha uma ideia brilhante para descartar o preto, um projeto que lhes tomaria todo o dia seguinte, o último dia inteiro de Maud com ela. Elas iriam até a Fabric Warehouse e escolheriam materiais e ela ia costurar para Maud uma elegante saia godê, cortada no viés. Elas precisavam de um projeto. Tildy havia notado o velho nervosismo de Maud, como um animal que se permite ser domesticado até certo ponto, depois dispara para a saída. Quando Tildy voltara da igreja, podia ler no rosto de Maud e na linguagem corporal que ela estava pensando em disparar para a saída. Maud sempre fora arredia, *diferente*. Quer fosse orgulho, não querer sempre estar de mão estendida, quer fosse só sua natureza, ela nunca se permitia conhecer por completo. Mas agora que haviam se achado de novo — e, afinal, Maud viera procurar por ela —, Tildy estava determinada a manter Maud em sua vida. Havia tantas coisas que elas poderiam aproveitar juntas, pensou Tildy, arrumando guardanapos, tigelas e taças de vinho no balcão da cozinha, mas ela devia ir devagar e ficar alerta contra aquele olhar que buscava uma saída.

— Uma mudança de ambiente — disse Maud, entrando na cozinha. — Eu estava pondo você para dormir lá na lareira?

— Longe disso. Estou doida para ouvir sobre a Corte das Três Bruxas. Mas precisava de combustível e, além disso, o Sindicato dos Contadores de Histórias dos Estados Unidos especifica um número de intervalo por horas no manual dele. Tchã-rã! A sopa de Flavia e, é claro, mais vinho, e estou esquentando uma baguete.

— Você pensa em tudo, Tildy.

— Eu tento. Especialmente quando estou na companhia de alguém com um zilhão de facetas.

— Ah, minhas facetas — disse Maud, corando de verdade. Mas ela não parecia um animal prestes a fugir quando Tildy tirou com a concha a sopa grossa e trouxe o pão quente e serviu o vinho.

— À amizade — disse Tildy.

— À amizade — disse Maud. Então ela engasgou com o vinho.

— Qual é a graça?

— Você, no nosso primeiro almoço, na terceira série. Comprou para a gente dois sacos de batatas fritas, colocou o seu debaixo do banco e sentou nele. Você disse: "Gosto de fazer isso. Ficam mais pedaços. Por que não experimenta?" E eu experimentei. E depois isso se tornou moda na escola. Todo dia no refeitório, toda a nossa turma sentava seus traseirinhos em suas batatas fritas.

— Nem todo mundo... tenho certeza de que Becky Meyer nunca fez isso. Mas é um assombro que ninguém nos tenha impedido, nenhuma freira veio dizer: "Moças, isso é indecente." Meu Deus, tínhamos tanto poder. Ou achávamos que tínhamos. Achávamos que podíamos fazer qualquer coisa.

• • •

Mais tarde
De volta ao gabinete de Tildy

— A Cortt Academy era uma escola estranha — retomou Maud. — Quer dizer, para mim era estranho, depois de Mount St. Gabriel's. Havia algo faltando, ou ligeiramente excêntrico, no entanto eu não conseguia descobrir o que era; seu aspecto irreal me deixava menos ansiosa quanto a me adaptar. A parte ruim era que como ela parecia irreal... tudo meio provisório... eu me sentia livre para ser quem bem entendesse.

— Isso parece um bônus para mim.

— Bem, mas essas identidades provisórias não eram eu mesma. Eu estava experimentando papéis e vendo até que ponto cada um deles agradaria outra pessoa. Tudo que os outros alunos sabiam sobre mim era que eu era uma garota nova, meio beata e "caxias" que havia sido transferida de um internato de freiras. Ninguém, exceto as irmãs Cortt, sabia que eu havia sido expulsa de Mount St. Gabriel's. A srta. Cortt havia falado com Madre Ravenel por telefone e, para minha sorte, tomou uma antipatia instantânea por ela. Me disse que eu tinha sorte de ter saído daquela fábrica de freiras e que ela não via razão para manchar minha matrícula na nova escola com o ônus de uma expulsão.

— Por que ela a chamou de fábrica de freiras?

— Quando vi para que lado soprava o vento na entrevista... quer dizer, a aversão da srta. Cortt por Madre Ravenel... decidi lhe contar sobre a tentativa dela de me converter.

— *O quê*? Isso é verdade, Maud?

— Estávamos tendo conversas sobre isso. Eu devia rezar e pedir a Deus que me mostrasse se eu tinha uma vocação. O acordo era que Madre Ravenel arranjaria o dinheiro para pagar minhas taxas de internato até o final do colegial se eu precisasse do tempo para o discernimento...

— O velho e bom discernimento. Ela podia fazer milhões de variações sobre esse mesmo tema. E você nunca me contou que isso estava acontecendo.

— Não contei a ninguém. Sabia que talvez fizesse isso, se fosse significar a garantia da minha educação... elas mandam você para a faculdade, sabe como é... e senti que perderia algo se tivesse que começar tudo do zero com Art Foley como chefe de nossa família.

— É desconcertante pensar em você como Madre Norton.

— Eu podia ter sido uma Madre Norton muito boa. Tentaria seguir o exemplo de Madre Malloy.

— Então, se você não tivesse se envolvido na peça que preguei, você teria ficado em Mount St. Gabriel's, e um dia em Mountain City High eu ouviria rumores de que minha velha amiga Maud entrara no postulado. Você teria me convidado para a cerimônia?

— Tildy, eu detesto esse tipo de... especulação retrospectiva. A coisa toda me dá nervoso agora. Acho que o que provavelmente aconteceria seria que eu me tornaria católica e depois talvez postulante... e descobriria que não podia levar aquilo adiante. E então eu me sentiria como uma fraude.

— Mas até lá você teria terminado Mount St. Gabriel's, e poderia escolher sua faculdade.

— Bem, em vez disso, eu terminei nas Três Bruxas. Em apenas dois anos, porque elas me fizeram pular uma série. Tornei-me a aluna preferida delas, especialmente da dra. Cortt, a que tinha doutorado em clássicos. Ela estava morrendo de vontade de inaugurar um seminário de alunos destacados, onde começamos a ler *Histórias* de Heródoto no primeiro dia e aprendemos nosso grego dessa forma. Também me matriculei em Espanhol avançado. O prognóstico da srta. Cortt era que o sul da Flórida logo seria bilíngue, e como ela estava certa. Elas eram mulheres dedicadas com um objetivo; costumava tentar compará-las a Madre Wallingford e Madre Finney. Eu pensava que, bem, tinha me transferido de um liceu para outro, os dois iniciados por duas mulheres com ideais educacionais elevados, mas sempre faltava algum elemento. É claro, a Cortt Academy era uma escola diurna com turmas mistas, embora houvesse muito mais moças... os rapazes daquele grupo iam em sua maioria para internatos. Mas havia uma ausência de algo que tínhamos em Mount St. Gabriel's.

— Hum. Talvez fosse o Espírito Santo.

— Engraçado, nunca pensei nisso — disse Maud, olhando para Tildy com respeito.

Temos todas essas memórias em comum, pensou Tildy, satisfeita, e posso contribuir com outro ponto de vista. Mas preciso ir com muito, muito cuidado.

— De qualquer forma, me formei na Cortt com distinção e tive minhas bolsas para escolher, de Auburn à Universidade de Miami e Agnes Scott. As minhas duas famílias estavam orgulhosas de mim, e alguns dos meus colegas tinham inveja declarada.

Mas não precisavam ter, porque logo depois da graduação optei por me lançar na correnteza sombria da derrocada de outra pessoa.

— Isso está começando a soar *verdadeiramente* sinistro, Maud. Precisamos abrir outra garrafa?

— ACHEI QUE DEVÍAMOS USAR PELO MENOS UMA COLCHA leve, por motivos psicológicos — disse Tildy, retornando com mais vinho e uma bandeja de queijo e biscoitos... e a colcha. — Precisamos estar *embaixo* de algo, para que possamos nos sentir seguras, como a gente se encolhia quando você dormia na minha casa. Ah, Maud, estou gostando tanto de sua companhia. Espero que não esteja querendo ir embora ou algo parecido.

— Como poderia, quando você está satisfazendo tantas das minhas facetas? Tudo bem, lá vai o capítulo mais sombrio da minha vida. Depois que terminou, eu me envolvi em todos os trabalhos monótonos que conseguia encontrar. Eu procurava coisas que esperavam de mim, seja quem for que estivesse esperando, de modo que eu pudesse levantar todas as manhãs e atender às necessidades de alguém sem ter de pensar sobre o que eu tinha perdido. Então um dia eu acordei me sentindo furiosa e percebi que ia fazer quarenta anos... e naquela noite eu saí para dançar com um veterinário cubano-americano chamado Max Martinez.

"O capítulo sombrio começou no final de meu primeiro verão com os Norton, mas desenvolveu-se de forma muito devagar e insidiosa. Eu havia sido aceita na Cortt Academy, e a dra. Cortt me dera como tarefa alguns livros para ler a fim de que eu pudesse pular uma série no outono. Eu lhe contei que meu pai tinha conseguido um trabalho vendendo Cadillacs, e isso o manteve sóbrio... bem, exceto pelas recaídas. Ele era um vendedor nato... gostava de ganhar dinheiro vendendo algo em que acreditava; dizia que era como ser pago para mostrar seu melhor lado. Ele havia sido o melhor vendedor da Costa Leste de anéis de formatura da Balfour quando conheceu Lily, e agora estava a caminho de se tornar o maior vendedor da loja de Cadillacs de West Palm Beach. Anabel trocava de Cadillac a cada dois anos e passava seus modelos 'antigos' para ele, para que conhecesse o produto. No entanto, o que era mais importante é que ele conhecia os tipos de clientes com quem estava lidando."

— Os ultraesnobes de Palm Beach?

— Não, os ultraesnobes dirigiam carros importados: Jaguares, Porsches, Rolls-Royces, especialmente Rolls-Royces clássicos, ou então passeavam pela cidade ouvindo *bebop* nesses alegres conversíveis da Hillman Minx. O sr. Weatherby dirigia um Rolls-Royce Phantom de 1929 e usava um chapéu de motorista do mesmo ano...

— Espere... esse é o marido traído cuja esposa estava tendo um caso com aquele rato que lhe fez propostas no baile.

— Sim. — Maud fechou brevemente os olhos. — Em 1952, quando meu pai começou a trabalhar para a loja, o Cadillac estava começando a carregar um estigma. No Palm City Club, os membros se referiam a ele como "O carro que os Eleitos elegeram".

— Seu pai lhe contou isso?

— Não, eles não eram membros. Anabel era uma das Eleitas. Eu ouvi de... um membro cínico que estava comprando um

Cadillac com meu pai. Como estou começando a lhe contar, meu pai conhecia as pessoas com quem estava lidando Eram alpinistas sociais que queriam os automóveis mais luxuosos feitos em Detroit. E parte de sua rotina de vendas para os mais sérios era convidá-los para sua casa para um chá da tarde; era sempre chá ou limonada e pequenos sanduíches, servidos pela cozinheira no terraço à beira-mar.

Maud fechou brevemente os olhos novamente e parecia ter tomado uma decisão.

— Essa não é uma competição de narrativa oral; estou só contando à minha amiga mais antiga como joguei fora minha vida... joguei fora com a concordância de todos os adultos envolvidos, exceto um. Por isso, vou deixar de lado os elementos de suspense e mergulhar. Numa tarde de verão de 1952, eu voltei da praia carregando uma edição bilíngue de Heródoto e meu novo dicionário de grego. Eu era Maud Norton, tinha acabado de fazer quinze anos, estava indo para a terceira série do colegial em uma escola particular de elite, tendo escapado por pouco das situações mais terríveis que havia imaginado para mim. Minha mãe me escrevia regularmente. Eu sabia que ela sentia saudades de mim, e eu geralmente chorava quando lia suas cartas, mas ela também parecia animada por sua nova vida, e eu tinha certeza de que eles teriam outro filho logo e eu não queria estar por perto para isso. Então, estava me sentindo felicíssima quando cheguei em casa, e lá no terraço, bebendo limonada, estavam meu pai e um cliente. No cenário da vila em estilo mediterrâneo de Anabel, os dois pareciam um anúncio das coisas boas da vida. Os dois estavam de branco, meu pai de calças brancas e camisa polo, o homem mais jovem de tênis. Eu o observava me olhar chegar perto, então fiquei perto o bastante para ver quem era. Meu pai nos apresentou, e eu disse: "Achei que tinha entrado no Exército." E ele disse: "O Exército não me quis. Então agora estou comprando um Cadillac Coupe de Ville usado do seu pai e estudando para tirar minha licença de corretor de imóveis. Talvez eu ainda possa me tornar um novo homem."

— Ah, Meu Jesus Cristinho, Maud, por favor, não diga que era o rato.

— Era Troy Veech.

— Maud, não aguento. Até onde foi isso?

— Tão longe quanto podia. Com tudo incluído. O pai entregou a noiva no terraço de Anabel, e os Veech fizeram a recepção para o casal no Palm City Club. Minha mãe não pôde ir porque estava finalmente dando à luz um pequeno Foley depois de dois abortos. Eu tinha dezessete anos e, a propósito, ainda era virgem, embora uma virgem muito apalpada por meu noivo. Mas ele não queria deixar que fôssemos até o fim. Era parte do seu mito: sua redenção por uma donzela.

— Sim, eu lembro que você disse que ele pediu que vocês fugissem naquele baile de Natal e prometeu mandá-la para a escola. A coisa toda parecia implausível. Mas depois você se calou e não confidenciou nenhum outro detalhe, exceto que deixar o baile com ele havia arruinado as esperanças sociais de Anabel. Imaginei-o como um homem mais velho repugnante que gostava de vítimas jovens.

— Troy era treze anos mais velho. Ele tinha trinta anos quando nos casamos. Era de um desdém sinistro, e provavelmente identificou em mim o cinismo que desabrochava. Ele havia me ouvido respondendo com irritação ao meu par por me perguntar se eu sabia o que era um cartão de dança. Acho que foi o que o atraiu em mim: reconheceu alguém como ele que via através da farsa, mas escolhia participar do jogo. Mas, quando saímos para nossa caminhada, ele me surpreendeu revelando outro lado seu, um idealismo melancólico... não, mais como uma nostalgia do idealismo que perdeu. E acabamos nos beijando apaixonadamente. Até então, eu nunca havia sido beijada por um rapaz.

— Bem, quem tinha? Isso foi no início dos anos 50, além disso, nós estávamos mais ou menos na quarentena do convento. Mas eu não entendo como você chegou a se *casar* com ele. E ele estava tendo um caso com Mimi Weatherby ao mesmo tempo?

— Isso já havia acabado a essa altura. Mas o marido dela descobriu depois, ela admitiu e ele lhe entregou os papéis do divórcio. Depois ela se tornou uma pária social e deixou a cidade, e Troy emergiu à superfície novamente em Palm Beach e fábricas de rumores ficaram totalmente do seu lado. Ele havia tido a reputação de ovelha negra por um tempo, mas os Veech eram uma família de Palm Beach mais antiga que os Weatherby, e Troy ainda estava em seus vinte anos e ainda podia se redimir. Era tudo muito romântico e idealista e ficou ainda mais quando ele se apaixonou por uma jovem que tinha sido criada num convento. Todo mundo adora a história de uma jovem pura que salva uma ovelha negra e todo mundo, exceto um adulto, embarcou nessa, inclusive as irmãs. Poderia dizer que fui coagida para estrelar um conto de fadas criado por outras pessoas, mas o fato era que eu mesma estava encantada com a história.

— Mas você tinha atração física por ele, Maud?

— Deus me ajude, sim. Exceto quando estava estudando, vivi num transe de luxúria não correspondida por quase dois anos. Houve momentos... houve momentos durante nosso noivado de um ano que eu avançava nele e o implorava que me possuísse. Mas ele não queria... não queria. Ele sorria e fazia todo o resto, mas nunca isso.

— Maud, criei duas filhas e ajudei a criar as filhas de Ruthie. E não consigo pensar em mim ou Creighton ou mesmo o pai mais relaxado que já encontrei permitindo que coisas assim chegassem a um ponto desses. Mas você disse que havia um adulto que não foi seduzido pelo conto de fadas.

— Art Foley, por incrível que pareça. Ele e minha mãe vieram à festa de noivado, e ele me tirou dali e disse: "Maud, você não vai gostar que eu diga isso, mas preciso meter o bedelho porque você é filha de Lily. Acho que essa coisa toda é prematura. Você tem dezesseis anos e está se comprometendo em matrimônio dentro de um ano. Por que não permanecer livre, terminar a universidade e ver como se sente então? Você podia ir para Agnes Scott e ficar mais perto de sua mãe. Não somos pessoas sofisticadas e não podemos oferecer uma mansão para você, mas nos importamos com seu futuro." E eu disse: "Você acha que meu futuro não está seguro aqui, então?" E ele respondeu: "Acho que não." E eu perguntei: "Por que não? Ainda pretendo ir para a faculdade. A única diferença é que serei casada e vou poder me dedicar completamente às minhas aulas sem todas as distrações sociais. Já fui aceita na Florida Southern, e nós teremos um pequeno apartamento em Lakeland. Troy venderá imóveis de Palm

Beach durante a semana, por isso vou ter bastante tempo sozinha no apartamento para estudar. Vou ser uma espécie de freira aos dias úteis." Mas quando disse o nome de Troy eu captei o olhar no rosto de Art. E eu disse: "Você não gosta de Troy, né?" E ele me respondeu que Troy não parecia ser "uma pessoa construtiva". Uma pessoa construtiva!, pensei. "Sr. Foley, o senhor não parecia alguém muito construtivo quando ficava apalpando minha mãe na varanda do Pine Cone Lodge com toda aquela goma no cabelo."

— Por que o Exército não aceitou Troy?

— Ele deu respostas sarcásticas para algumas perguntas no exame psicológico. Disseram que ele tinha um comportamento insolente e não ia se submeter à disciplina militar.

— Por que ele tinha reputação de ovelha negra?

— Ele era expulso de escolas o tempo todo por um motivo ou por outro. Quebrar regras. Comportamento. Falta de aplicação... — Maud jogou sua cabeça para trás e alisou com os dedos, como se fosse um ancinho, a mecha cinza pintada de lilás. Ela removeu os apliques pretos que a cabeleireira havia feito em homenagem ao Dia das Bruxas. — E depois houve as drogas.

— Ah, não — disse Tildy.

Alguma mudança de ângulo ou truque de luz da lâmpada havia transformado o semblante de Maud no de uma velha e cansada sibila analisando seus pecados.

— Mas isso tinha acabado quando vocês dois se casaram... quer dizer, não tinha?

— Eu achava que sim. Ou talvez eu não me permitia pensar nisso. A princípio, era só um haxixe ocasional, para... melhorar a qualidade do nosso sexo. Depois ansiávamos por elas. E, à medida que o tempo passava, entramos nas coisas mais pesadas.

— Ah, Deus! — gritou Tildy. — Passei por isso.

— Você? Eu não acredito.

— Não, minha filha, Liza. Preferia que tivesse sido eu, se pudesse poupá-la disso. Passei por sua crise de abstinência nesta casa. Naquelas primeiras setenta e duas horas ela me chamou de nomes que eu não sabia que existiam para insultar seres humanos.

— Ela já está... recuperada?

— Bem, você sabe como só se tem permissão de usar o gerúndio. Ela está se *recuperando*. Ela é massagista licenciada agora e tem uma boa remuneração só com idas e vindas de *spas* de reabilitação. Quando ela estava no pior de sua crise de abstinência, eu massageava seu corpo por horas. Parecia a única forma de contato contra a qual ela não lutava. Ela diz que não se lembra, e talvez seja melhor assim; dessa forma, a escolha de carreira fica sendo toda sua. Ela ainda não gosta de mim cem por cento, mas há uma ternura que não havia antes. Já se passaram dezoito anos. Quase destruiu Creighton na época. Ele não conseguia se perdoar por ser o médico que não conseguiu proteger a filha. Embora ele tenha lhe aplicado injeções de Diazepam e sentado ao seu lado à noite para que eu pudesse dormir um pouco. O Diazepam tranquiliza a ansiedade extrema da crise de abstinência. Você suporta que sua filha se despedace um pouco melhor se puder livrá-la do pior dos tremores e suores.

— Ah, Tildy. Queria ter ficado sabendo disso. Se tivéssemos mantido contato, eu poderia ter tido alguma utilidade para você

Poderia ter servido como... uma conselheira de recuperação ou algo assim.

— Como você se recuperou? E Troy?

— Troy morreu por misturar substâncias. Nosso casamento estava praticamente terminado, mas ainda tínhamos nossos "fins de semana de guerreiros" em Lakeland, embora eu tivesse abandonado a faculdade a essa altura. Depois da morte dele, Anabel pagou para mim uma internação numa instituição de reabilitação em Boca Ratón. Ela estava chegando ao fim dos seus recursos na época... isso foi três anos mais tarde, e meu pai havia saído dos trilhos, voltado a beber, outra vez. Ela ameaçou expulsá-lo de casa e começou os trâmites do divórcio. Mas enquanto ainda estavam tentando acertas as coisas ele tropeçou na escada que levava para o terraço de pedra e caiu de cabeça, e nunca recobrou a consciência. Ironicamente, não estava bebendo na ocasião; carregava uma bandeja para fora com um jarro de limonada e simplesmente pisou em falso.

— Que tristeza!

— Bem, mas isso deu a Anabel a chance de ficar de luto como uma viúva digna e começar a reconstruí-lo como um Cyril Norton mais perfeito. Eu precisava dessa reconstrução também. Para mim, ele havia sido mais um esboço vago de pai que uma pessoa corpórea com suas razões para se tornar o que era. Anabel possibilitou que eu recuperasse um pouco do meu terreno perdido. Morei com ela por tempo suficiente para terminar o Palm Beach Junior College, depois ela se casou novamente, com um presidente de banco aposentado e abstêmio, e eles se mudaram para o Colorado e se tornaram aficionados de caminhadas ecológicas e esqui, e ela foi convidada para todos os conselhos... o Festival de Música de Aspen etc. Então isso terminou bem, pelo menos enquanto estivemos em contato.

— Mas e quanto a você nesse meio-tempo, Maud?

— Ah, por fim eu obtive meu bacharelado em serviço social dando aulas à noite de inglês como segunda língua. Houve grande necessidade no início dos anos 60 quando os exilados cubanos começaram a surgir no sul da Flórida, e eu era particularmente requisitada porque com todo o meu espanhol sou praticamente bilíngue. Mas, depois do interlúdio com os narcóticos, perdi minha ambição. Ainda adorava aprender as coisas por prazer, mas o desejo de me aprimorar parecia efêmero e de certa forma... antissociável. Daí minha escolha do serviço social para o que eu não servia de maneira alguma. As pessoas que você pensava que estava ajudando a se aprimorarem tinham recaídas das formas mais sem imaginação. Havia uma taxa desestimulante de reincidência. Você se lembra da nota de despedida de Ravenel: "Lembrem-se, meninas, vocês são todas obras em andamento!" Bem, durante muitas manhãs, quando eu me dirigia para tratar dos casos, me pegava murmurando amargamente: "Lembrem-se, meninas, vocês são todas obras em ruínas." Para me alegrar, aceitei alguns trabalhos noturnos, ensinando inglês como segunda língua. Aqueles cubanos eram ambiciosos... queriam vencer. Um homem que se inscreveu na minha turma já falava inglês fluente, mas me contou que desejava ser bom o suficiente para entender as piadas e os matizes. Esse era Max. E numa noite depois da aula... eu vinha contando a eles histórias em inglês sobre a famosa conversa da srta. Mendoza com todas as dicas de namoro e lições de aula... ele me convidou para dançar num clube de tango. E isso, velha amiga, me traz ao final da minha história de infortúnio. Tivemos quase trinta anos de felicidade, embora ele tivesse um temperamento explosivo e fosse sem sombra de dúvida inclinado ao machismo, mas cada dia que passa desde que ele não voltou daquela cirurgia cardíaca o traz mais perto da perfeição na minha memória.

— É como disse a avó maluca de Jiggsie Judd naquela vez que você e eu fomos à pousada Sunset Park Inn tomar chá; ela estava falando sobre as perfeições do falecido sr. Judd e então disse: "E vou dizer uma coisa para vocês, meninas, e podem se lembrar disso quando forem viúvas: ele foi ainda mais perfeito depois que morreu."

— Eu nunca tomei chá com a avó de Jiggsie, Tildy. Nunca nem mesmo a conheci. Você deve estar me confundindo com Chloe.

-- Não, era você, eu e Jiggsie. Lembra como Jiggsie ficava colocando coisas para flutuar em sua xícara de chá? Jiggsie tinha modos terríveis. Não pode ter sido Chloe porque ela estava esperando por mim na casa dela. Nós íamos trabalhar na cenografia da peça.

— Não, Tildy, eu não estava lá.

— Ah, bem, você *parecia* estar. Mas você sempre esteve, naquele ano, sabe, quando você e eu não éramos mais melhores amigas. Mesmo quando estava furiosa com você, eu a levava comigo e via coisas através de seus olhos além dos meus. Você era uma espécie de consciência que me acompanhava. Ouça, Maud, onde você mora agora?

— Aluguei um desses lugares na praia por temporada enquanto procuro.

— Tem certeza de quer mesmo morar no sul da Flórida? As pessoas dizem que está ficando muito superpovoado lá.

— As pessoas vêm dizendo isso nos cinquenta e cinco anos que moro no sul da Flórida. Além disso, tenho minha pequena rede lá. Tornei-me muito próxima dos membros do meu grupo de escrita criativa. Temos uma espécie de alquimia uns com os outros. E também prometi ao veterinário que está comprando a clínica de Max que iria lá vários dias por semana. Sou um rosto familiar na recepção.

— Ah, se você vai continuar *trabalhando*...

— Considero isso uma transição. Talvez mesmo uma transformação. Talvez eu esteja me tornando outra coisa, só que não sei ainda o que vai ser.

Essa forma de dizer deixou a ambas admiradas, e a Tildy, alarmada. E se, mais uma vez, Maud fosse para onde ela não podia segui-la?

— Isso é de alguma forma parecido com quando você foi mandada para longe, na manhã seguinte depois da peça, e achou que não sabia o que estava no pacote até que alguém o abriu na chegada?

Maud riu.

— Acho que se pode dizer isso. Só que agora sou um pacote de setenta anos. E quem ainda está por aqui para abri-lo? Pode valer a pena explorar isso numa narrativa: as transformações nas diversas conjunturas da vida de alguém.

— Com o seu grupo, você quer dizer. — Tildy lutava para não mostrar ciúme.

— Ah, eu não sei. Talvez só para mim mesma. Talvez eu me transforme numa velha escrevinhadora.

— Mas você não tem interesse em viajar?

— Se você diz sair em excursões e cruzeiros com outras pessoas da terceira idade, não. Max e eu sempre tivemos vontade de visitar Cuba, se isso fosse possível, mas não era. A única viagem que ainda me interessa é a do tipo mental. Mas e você, Tildy? Seus netos estão crescidos e o câncer foi vencido, certo?

— Até agora, tudo bem. Meu cabelo voltou, mas fiquei tão apaixonada por essa peruca que achei mais simples só colocá-la.

— Bem, me enganou... e enganou totalmente a minha cabeleireira. Mostrei a ela a foto que me enviou por e-mail.

— Por que você lhe mostrou minha foto?

— Porque eu parecia uma bruxa do seu lado, então entrei em pânico. Não ia até lá desde o funeral de Max. Ela cortou cerca de vinte centímetros de cabelos grisalhos desgrenhados, aplicou esse tonalizante e fez esses apliques bobos.

— Você precisa pensar em talvez adotar o louro grisalho, Maud.

— Acho que vou esperar para ver o que vou virar em seguida antes de escolher uma cor de cabelo — respondeu Maud com um tanto de frieza.

— Passei por uma transformação uma vez — disse Tildy, procurando abrigo em um passado mais seguro. — Foi naquele ano que tive de repetir a nona série, lá no colégio público. Também estava indo ao psiquiatra duas vezes por semana porque a velha Ravenel contou ao diretor que eu havia ameaçado me suicidar.

— Que maldade! Por que ela faria isso?

— Ah, foi culpa da estúpida da Jiggsie. Ela voltou da recepção e disse às pessoas que eu estava indo me jogar da torre. Foi por isso que todo mundo correu para cima... para me impedir. Naquela vez que estávamos tomando chá na pousada Sunset Park Inn com a avó de Jiggsie... só que você diz que não estava lá... a sra. Judd me contou que Caroline DuPree havia ameaçado *se jogar* da torre...

— Caroline DuPree? Mas por quê?

— Porque Madre Wallingford estava mandando-a para casa. Foi isso que a sra. Judd disse. Ela estava uma série abaixo de Caroline. A sra. Judd nunca tinha ouvido falar na parte da vocação que fez os pais quererem um memorial para sua filha.

— Você nunca me contou isso, Tildy.

— Com certeza, devo ter contado.

— Essa é a primeira vez que ouço isso.

— Bem, talvez tenha sido só a Chloe que contei. Tínhamos tantas ocupações *individuais* naquela primavera! Você e eu tínhamos nossa cena secreta para ensaiar, e Chloe estava se preparando para me surpreender com o acessório. Queria saber o que aconteceu com aquele acessório desagradável.

— Então qual foi sua transformação?

— Bem, eu deixei de ser Tildy Stratton para não ser nada. Ganhei nove quilos ao longo do verão e ninguém nem olhava para mim nos corredores. Papai e Madeline estavam preocupados... acho que mamãe devia estar também, mas a forma dela de mostrar era virar as costas quando me via...

— Ah, Tildy! — A frieza de Maud tinha se desfeito.

— Não, foi interessante; é por isso que estou lhe contando. Primeiro foi devastador, mas depois vi como algo interessante. Pela primeira vez na vida, eu não tinha nenhuma influência. Era como ser invisível... ou estar morta... e olhar o mundo seguir em frente sem mim. Na verdade, eu não queria ser notada, porque me odiava. Eu ia às aulas e tinha minhas aulas de apoio de leitura e só. A escola era próxima o suficiente para ir a pé, mas John e Madeline ainda precisavam me levar de carro para o psiquiatra. Ele e eu conversávamos muito sobre Madre Malloy. Acho que ele queria que eu admitisse que sentia que causara a morte dela para que pudesse me convencer do contrário, mas percebi suas intenções. Por aquele ano inteiro, eu me tornei o que costumava chamar de "parte do pano de fundo". Madeline era meu conforto naquele ano, mas talvez ela me desse amor incondicional demais. Foi Creighton que me tirou dessa, no verão seguinte na piscina. Ele implicava comigo sobre começar de novo o colegial e como eu seria a estranha tentadora de que todos perguntariam a respeito. Ele tornou isso um jogo: O que a estranha usaria? Que aparência teria? Em que estilo ela tentaria suas vítimas? No final do verão, eu havia perdido peso e estava começando a sentir minhas capacidades antigas em atividade de novo. Era como se estivesse me recuperando de uma longa doença. Mas me transformou, sabe, Maud. Eu nunca mais consegui tratar minhas capacidades como fato consumado.

CAPÍTULO 38

Uma Correspondência

Chloe Vick
Vick & Associados
5 Zebulon Square
Mountain City, N.C.

Segunda-feira de Páscoa, 24 de março de 2008

Querida Chloe,

Essas Páscoas prematuras sempre me parecem estranhas. O Dia de São Patrício foi apenas na segunda-feira passada! Os pioneiros da Igreja deviam ter se organizado melhor.

Visitei seu site. Que trabalho empolgante sua firma desenvolve. Todas aquelas coisas verdes e solares. Olhei as fotos de todos (dois dos sócios parecem mais jovens que meus netos) e admirei seus projetos. E gostei muito dos espaços sagrados. Nossa Igreja poderia se beneficiar de um labirinto como o que projetou para os episcopais.

O motivo por que estou lhe escrevendo (não sei seu endereço residencial) é que pretendo ir a Mountain City na segunda semana de abril, para ver Flavia (que está celebrando seu aniversário de noventa e seis anos) e passar algum tempo silencioso visitando a sepultura de Madeline. Sinto falta de Madeline mais do que posso dizer. Ela era a pessoa que sempre esteve ao meu lado em minha vida, e todos precisamos de alguém assim.

Ouça, Chloe, há alguma chance que pudéssemos nos encontrar? Na última vez você tinha que correr para receber um caminhão de pedras. Você terminou o que estava fazendo com ele? Espero que consiga encontrar tempo, se não para um almoço ou jantar, então pelo menos para uma caminhada primaveril. Talvez possamos nos encontrar no velho terreno da escola e fazer uma visita à Freira Vermelha. Nunca mais a vi desde aquela noite terrível quando saí por aí borrifando tudo de tinta spray.

Da sua
Tildy

P.S.: Consegui convencer Maud Norton (agora Martinez) a largar um pouco sua vida ocupada em Palm Beach para fazer a viagem comigo. Ela trabalha em tempo parcial para o veterinário que comprou a clínica de seu marido falecido e agora está escrevendo uma peça em um ato para alguma competição. Diz que é sobre duas amigas de juventude que se encontram de novo em seus setenta anos e trocam histórias de vida. Eu implorei que fosse gentil! Em outubro passado ela me visitou em Marietta depois de ler o memorial de Madre Ravenel. Disse que ele a fez sentir minha falta, muito embora nenhuma de nós — ou qualquer outra pessoa da minha família — tenha sido mencionada nele. Talvez seja por isso que ninguém trouxe o assunto à baila no funeral de Madeline. Você o leu? Maud escolheu um péssimo marido quando tinha dezessete anos e passou por alguns maus bocados, mas se casou com um cubano-americano aos quarenta e teve muitos bons anos com ele. Sem filhos. Maud e eu passamos três dias bebendo vinho e preenchendo as lacunas uma da outra dos últimos cinquenta e cinco anos.

Aí vai meu e-mail, se preferir. Você ainda é uma mulher que trabalha e sei que deve ser muito ocupada.

Para: Riversm200@yahoo.com
De: <cvick Vick&Associates.com>
Assunto: Sua visita em abril
Segunda-feira, 31 de março de 2008

Querida Tildy: Uma tarde de domingo seria o melhor para mim. Me informe quando e onde deseja me encontrar. O velho terreno da escola parece ótimo, é um colégio técnico agora, sabe; um de nossos associados está planejando o novo Centro de Treinamento de Técnicos de Emergência Médica. Mas devo alertá-la que a Freira Vermelha está completamente coberta de pichações e inscrições talhadas na pedra. Está vendo o que foi começar? Sim, eu finalmente li o memorial, mas não tinha lido quando nos encontramos para o funeral. As partes que gostei mais foram aquelas aparições aqui e ali da minha família: meu avô Vick remodelando a torre de água para virar um espaço de prece com Madre Wallingford, a menção a alguns dos prédios de tio Henry e, acima de tudo, aquela imagem de minha mãe, embora não tenha sido nomeada, vestida como Fiona Finney no Dia das Bruxas e cavalgando para dentro da gruta num cavalo alugado.

Sinto falta de Madeline também. Ela sempre foi boa para mim e me permitiu ter a privacidade de que precisava, e ninguém podia ter cuidado melhor de tio Henry em seus últimos anos. E sei que ela e tio Henry tiveram anos muito bons, como você diz do segundo casamento de sua amiga Maud. Que bom que vocês duas se reencontraram.

Meu projeto com as pedras está ficando pronto... é externo, por isso não dá para trabalhar nele no inverno... mas provavelmente trabalharei nele pelo resto da vida. Pelo menos, é o que espero. Da sua Chloe.

CAPÍTULO 39

A Capela dos Segredos

Noite de segunda-feira, 31 de março de 2008
Bosque das colinas acima da fazenda de Chloe

ESSE ERA O SEU NOME, CONHECIDO APENAS DELA; UM CELEIRO em frangalhos transformado por suas próprias mãos numa capela construída com toras e pedra nativa, tão pequena e estreita que parecia resultado de mágica. Era uma homenagem a alguns lugares de oração não adornados que ela teve a sorte de visitar durante sua vida: uma capela saxônica no norte da Inglaterra, construída com pedras de um forte romano em ruínas; um santuário de uma eremita no meio da agitada Norwich; uma igreja huguenote minúscula em uma cidadezinha do norte de Nova York. Aqui, usando seu suporte lombar enquanto misturava o cimento em um carrinho de mão e colocava as pedras, ela podia estar na companhia das pessoas que amava, que continuavam a viver nela e através dela. Aqui também, no silêncio de seus pensamentos campestres, ela continuava a trabalhar em tudo o que, dentro de si, era exclusivamente seu por finalizar.

Suas paredes inclinadas não continham nenhum símbolo ou ícone. Nenhum marcador ou placa em memória de seus santos pessoais, que viviam e falavam somente dentro dos ritmos de sua mente.

Henry: guardião e companheiro. ("O que quer fazer agora, Chloe? Ir embora depois da recepção? Ir para a Europa ver algumas construções? Ficar mais um ano em Mount St. Gabriel's? Transferir-se para Mountain City Hall?") E quem eventualmente faria confidências selecionadas quando ele achava que era o tempo certo. ("Não tivemos muito tempo juntos, sabe, mas Antonia me deu a entender que o que aconteceu no Swag mudou o rumo de sua vida. Era difícil o suficiente, ela disse, encarar a atração mútua; mas era repugnante contemplar a ideia de que elas pudessem trair Deus depois que tivessem feito os votos.")

Agnes: mãe e melhor amiga. ("É como se você estivesse zelando por minha juventude nesses desenhos e me preservando para você.") Tutora espiritual. ("Você voltaria direto para casa depois de um dia na escola, toda suada, pegaria seu melhor vestido no cabide e sairia correndo para um baile fantástico sem antes tomar banho e ajeitar os cabelos?")

Fiona Finney: freira favorita de mãe e filha. ("Mas, sabe, querida, mesmo Nosso Senhor teve Seus favoritos.") Provedora de informações solicitadas em seus últimos dias. ("Elas estavam só sendo meninas, aquelas oblatas. Mas Agnes não queria ter nenhuma parte naquilo. Disse a ela que era sábio, para alguém tão jovem, compreender que há segredos necessários o bastante a serem mantidos — e Deus sabe que tive minha parcela deles! — sem que se tenha de sonhar com os desnecessários.")

E o homem que ela amara — em necessário segredo — por vinte e seis anos, um médico católico que todos conheciam, morto há quatorze anos, cujo nome ela só falava em suas preces e quando eles estavam juntos em seus sonhos. Como na vida, ela era taciturna, porém, como na vida, ele a fortalecia, tanto na presença quanto na ausência, pela fé absoluta dela no amor dele.

Ela estremeceu ao imaginar seus últimos cinquenta e cinco anos reduzidos a um sumário de Tildy, se ela estivesse disposta a preencher ainda que fosse algumas de suas "lacunas" para a ex-melhor amiga.

Apesar disso, como ocorria com os poucos que havia amado e em quem havia confiado, ela ainda podia ouvir perfeitamente as vozes dos que não amava mais ou nunca amara.

("Depois da peça, Chloe e eu nunca mais fomos íntimas. Tio Henry a levou para ver as paisagens da Europa naquele verão — não à Itália, ele nunca poderia se convencer a ir lá novamente — e depois ela fez mais um ano em Mount St. Gabriel's e ficou muito íntima de Madre Finney em seus últimos dias. É claro, quando ela se transferiu para Mountain City High, eu estava uma série atrasada e passamos a fazer parte de círculos diferentes. Ela sempre foi uma solitária, mas estava começando a aparecer mais. E então todo mundo se casou, até Madeline e tio Henry, para o espanto de todos, e Chloe insistiu em se mudar da casa dos Vick e restaurar uma fazenda velha dilapidada a quilômetros de distância de qualquer lugar e que nem tinha água corrente ou banheiro interno. Então, quando estava com quase trinta anos, enviou convites para um grande casamento, só que o acabou cancelando na última hora. Ninguém jamais soube o porquê até anos depois, quando nos encontramos para tomar um pouco de vinho e preenchemos as lacunas uma da outra. Bem, eu preenchi as minhas, mas ela deixou muita coisa de fora! Ela vinha tendo um

longo caso com um homem casado, antes mesmo de seu noivado. Ela manteve muito segredo quanto a isso; eles precisavam. Ele era uma pessoa conhecida de todos na região, pai de muitos filhos — ela nem me disse quantos. Começou depois que seu filho morreu aos dezoito anos. Chloe estava na firma de tio Henry a essa altura e projetou o memorial do filho, mas não quis me dizer onde ficava ou como era. Eles nunca estiveram juntos em público, e às vezes meses se passavam em que não viam um ao outro. E pelos últimos anos de sua vida, ele ficou acamado e gagá e ela não pôde vê-lo de forma alguma. Mas isso teria sido tolerável para alguém da natureza solitária de Chloe. Quando não podia estar com quem amava, ela desenhava seus retratos, falava com eles e ouvia suas respostas.")

Agradecimentos

Meus mais profundos agradecimentos:

A Jennifer Hershey e Dana Edwin Isaacson da Random House, por seu trabalho de edição extraordinário.

A John W. Hawkins, por ser meu agente literário e amigo desde 1968.

A Madre Tessa Bielecki, O.C.D., pela maravilhosa expressão "ousadia santa" em seu livro *Holy Daring: An Outrageous Gift to Modern Spirituality from Saint Teresa, the Grand Wild Woman of Avila* (Element, 1994). Contudo, o conceito desenvolvido neste romance foi formulado pela personagem de Madre Elizabeth Wallingford.

À falecida Madre Kathleen Winters, R.C.E., por cinquenta anos de amizade e orientação espiritual.

À falecida Madre Margaret Potts, R.C.E., por seu memorial de 1991, *St. Genevieve's Remembered.*

A Padre David Bronson, por sua ajuda com as ordens religiosas e a história da Igreja Anglicana.

A Corinne Uzzell Spencer, por suas lembranças vívidas de St. Genevieve's.

A John Pfaff, diretor de avanço institucional na Carolina Day School, que em 1987 juntou St. Genevieve's, Gibbons Hall e Asheville Country Day para sua ampla pesquisa dos arquivos dos anuários e lembranças de St. Genevieve's para o fim deste livro.

Ao velho prédio vitoriano de St. Genevieve's, em várias épocas um orfanato, hotel e sanatório de tuberculosos em Asheville, Carolina do Norte, antes de se tornar St. Genevieve's em 1908, por fornecer o cenário para minha história. O prédio (hoje demolido), seus quartos e terreno — com exceção da escultura in completa da Freira Vermelha — permanecem vívidos em minha memória e meus sonhos. Os personagens fictícios, bem como a Ordem de Santa Escolástica fundada pelas Madres Wallingford e Finney, são frutos da minha imaginação.

Impresso no Brasil pelo
Sistema Cameron da Divisão Gráfica da
DISTRIBUIDORA RECORD DE SERVIÇOS DE IMPRENSA S.A.
Rua Argentina 171 – Rio de Janeiro, RJ – 20921-380 – Tel.: 2585-2000